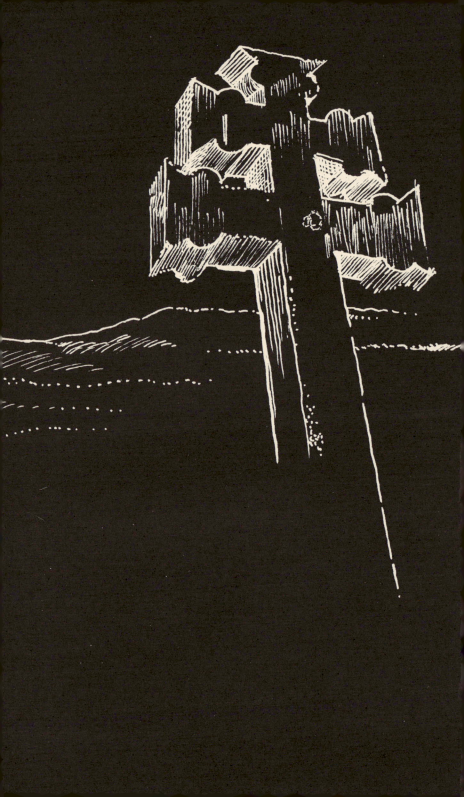

O tempo e o vento [parte 1]

2005
CENTENÁRIO DE

Erico
Verissimo

Erico Verissimo

O tempo e o vento [parte 1]
O Continente vol. 1

Ilustrações
Paulo von Poser

Prefácio
Regina Zilberman

23ª reimpressão

Companhia Das Letras

10 Prefácio – Um romance para todos os tempos
16 Mapa do Continente de São Pedro
18 Árvore genealógica da família Terra Cambará

20 O Sobrado I
43 A fonte
94 O Sobrado II
101 Ana Terra
195 O Sobrado III
208 Um certo capitão Rodrigo
372 O Sobrado IV

383 Cronologia
408 Crônica biográfica

"Uma geração vai, e outra geração vem;
porém a terra para sempre permanece.
E nasce o sol, e põe-se o sol,
e volta ao seu lugar donde nasceu.
O vento vai para o sul, e faz o seu giro
para o norte; continuamente vai girando
o vento, e volta fazendo seus circuitos."

ECLESIASTES I, 4-6

Prefácio

Um romance para todos os tempos

O Continente foi publicado em 1949, abrindo a trilogia que Erico Verissimo denominou *O tempo e o vento*. Quando lançou o romance, talvez o escritor não soubesse que seriam necessárias três obras diferentes para dar conta do tema que escolhera, mas, quando termina o primeiro deles, já anuncia sua continuação, *O retrato*, editado em 1951. Apesar de pertencer ao conjunto completado apenas em 1962, quando aparece o terceiro volume de *O arquipélago*, *O Continente* tem unidade própria e pode ser lido como livro independente.

A obra divide-se em sete segmentos, sendo que um deles, "O Sobrado", emoldura todos os outros. É também o trecho que se apresenta fragmentado, porque a ação narrada não se oferece toda de uma vez, e sim aos pedaços, à medida que o leitor vai avançando no conhecimento da história da família Cambará. "O Sobrado" corresponde à parte final dessa história, mas tomamos contato com ela em primeiro lugar, a sequência sendo interrompida para o narrador dar ciência do que se passou antes, desde os tempos mais remotos até a atualidade, representada pelo cerco da casa de Licurgo, assunto da moldura em questão.

Os demais segmentos têm teor retrospectivo: "A fonte" narra a infância de Pedro, o menino que vive numa das missões jesuíticas e assiste à derrota de seu povo; "Ana Terra" centra-se na vida dessa personagem, desde o encontro com Pedro, agora adulto, até a fundação de Santa Fé, cidade onde ela se radica; "Um certo capitão Rodrigo" introduz a figura do soldado aventureiro que, com Bibiana, dá início ao clã Terra Cambará; "A teiniaguá" é protagonizada por Bolívar, filho de Rodrigo e Bibiana, dividido entre o amor por Luzia, que o fascina e deseja sair de Santa Fé, e a obediência à mãe, que quer retê-lo junto às propriedades recentemente conquistadas; "A guerra" dá conta da juventude de Licurgo, cuja educação é disputada entre a mãe, agora doente, e a avó, dominadora e autoritária; "Ismália Caré" consagra Licurgo como chefe de família e político emergente, tomando parte nos movimentos abolicionista e republicano. O retrospecto desemboca na situação retratada em "O Sobrado", residência dos Cambará, acossada por ocasião da Revolução Federalista, que confronta liberais e republicanos, e confirma a liderança política de Licurgo.

O Continente funde a história de uma família e a história de uma região, o Rio Grande do Sul. As ações mais antigas passam-se em 1745, quando os Sete Povos das Missões estão sendo ameaçados pela execução do Tratado de Madri, acordo assinado entre Portugal e Espanha que entrega à Coroa castelhana a região colonizada pelos jesuítas. Estes, liderando os guaranis, a quem tinham catequizado e civilizado, recusam-se a cumprir o acordo, de que resulta a guerra. Em meio a esses eventos, nasce Pedro, que testemunha, ainda criança, a destruição e genocídio de seu povo. As ações mais recentes desenrolam-se em 1895, quando o Rio Grande reparte-se entre os adeptos de Júlio de Castilhos e os de Gaspar Silveira Martins, ocasionando a Revolução Federalista, vencida pelos primeiros.

Entre uma guerra e outra, faz-se a história do Sul; no mesmo período de tempo, Pedro conhece Ana Terra, tem com ela um filho, cuja filha, Bibiana, desposa Rodrigo Cambará. A família Cambará se constitui, cresce, gera descendência e acaba conquistando o poder político e econômico da região. Combinam-se, ao final, as duas trajetórias, sendo "O Sobrado" o ponto de chegada, conforme uma exposição que se oferece aos poucos, porque entrecortada pelas tramas intermediárias que revelam o percurso histórico.

O cotejo entre presente e passado não resume a construção integral de *O Continente*. Entremeando a passagem dos episódios parciais que compõem "O Sobrado" e cada uma das tramas que relatam períodos da história dos Cambará, Erico Verissimo introduziu trechos narrativos em que o narrador se afasta de suas personagens e conta os eventos históricos. Esses trechos distinguem-se dos demais não apenas por sua forma narrativa, mas também pela aparência gráfica, pois estão impressos em itálico. Sua função é variada: resumem os principais acontecimentos ocorridos entre um segmento e outro; oportunizam a emergência de uma personagem coletiva, que reage, às vezes lírica, às vezes dramaticamente, aos fatos mais importantes, não calando perante os efeitos devastadores das inúmeras guerras e conflitos armados por que passou a Província e que vitimaram sua população; e narram a trajetória de uma outra família, a dos Carés, que responde pelo ângulo popular da formação social do Rio Grande do Sul e que, assim como detém papel periférico na luta pelo poder, ocupa um lugar até certo ponto marginal na estrutura do romance.

O Continente constrói-se a partir da costura de todas essas linhas, segundo um desenho altamente elaborado. Sua estrutura refinada não impede, contudo, a compreensão dos fatos narrados, porque o escritor nunca perde o controle sobre a composição do romance. Graças à maestria com que o elabora, possibilita maneiras diversificadas de entendê-lo, multiplicando as possibilidades de dialogar com ele e apreciá-lo.

Uma primeira maneira diz respeito à abordagem da história do Rio Grande do Sul. Guerras abrem e fecham a obra, narrando as façanhas da conquista do Sul, bem como o processo de ocupação do território e de instalação de uma sociedade civil. As guerras supõem heróis, indivíduos capazes de se sobrepor aos demais e de lutar por causas coletivas. O primeiro deles é Sepé Tiaraju, admirado pelo pequeno Pedro; o último é Licurgo, que resiste à investida dos federalistas e impõe a nova ordem republicana em Santa Fé, cidade onde é prefeito. Entre esses dois pontos, aparecem outras figuras de grande nobreza, como o capitão Rodrigo Cambará, militar audacioso e campeão da causa dos mais fracos.

O Continente, porém, não é obra belicista. Pelo contrário, sublinha o que essas lutas tiveram de sacrifício, de que é sintomática a vida breve de quase todas as figuras masculinas, tais como Sepé Tiaraju, Pedro Missioneiro, Rodrigo e Bolívar Cambará. O teor pacifista da obra manifesta-se a cada passo, seja por mostrar, em "A fonte", o genocídio dos guaranis, seja por apresentar conflitos como a Revolução Farroupilha, a guerra contra o Paraguai ou a Revolução Federalista sob o prisma das mulheres, que perderam maridos e filhos, e viram abortar sua felicidade familiar.

Entendendo a história como uma sequência de lutas, Erico Verissimo deseja a paz, mas compreende seu preço. Por isso, o livro conclui com a vitória de Licurgo sobre os adversários, mas o sucesso custa caro, por trazer consigo as perdas contabilizadas nas últimas páginas do romance.

Uma segunda maneira de entender *O Continente* diz respeito à formação da classe dominante no Rio Grande do Sul. Erico Verissimo atribui-lhe uma origem entre os primeiros habitantes da região, os índios guaranis dos quais descende Pedro, o antepassado mítico capaz de visões premonitórias e que diz conversar com Nossa Senhora; atribui-lhe igualmente um começo histórico, situado em experiência anterior à ocupação portuguesa: os Sete Povos das Missões, pela qual nutre simpatia, dado o caráter cultural e civilizatório dos objetivos catequéticos dos jesuítas. E fixa para ela um percurso, vinculado primeiramente a atividades nômades e guerreiras, de que são exemplo as ações de Rodrigo Cambará, depois associadas à apropriação da terra, como mostra a história de Bolívar, culminando na tomada do governo, representada pelo trajeto de Licurgo.

Em *O Continente*, acompanha-se, assim, a ascensão de uma camada social que se formou durante o período colonial, definiu suas atividades econômicas principais durante o período monárquico, mas chegou ao poder somente com a substituição do regime político, que quis republicano. Nas partes iniciais do livro, os seres humanos que constituirão a camada social retratada pertencem aos grupos dominados; mas triunfam no final, ao derrotarem seus opositores e firmarem-se no comando do Estado.

Tal como ocorrera em relação à representação da guerra, Erico Verissimo não se rejubila com essa conquista. Pelo contrário, à medida que os Terra Cambará avançam politicamente, regridem afetivamente. O capitão Rodrigo é o romântico conquistador, que seduz não apenas a jovem Bibiana, mas também o leitor que acompanha suas aventuras; Licurgo, seu neto, é o realista que não comove nem se perturba, caracterizando-se pela frieza das emoções, a mesma que recebe de seu público. Habilmente, Erico Verissimo não criminaliza a personagem, porque seus heróis são conquistadores; mas congela a simpatia, evitando que o leitor se identifique com Licurgo e abrace seus ideais.

As duas histórias que embasam a trama de *O Continente* são lideradas por homens que lutam nas guerras e combatem o poder até se tornarem parte dele. Suas ações, contudo, não detêm o comando sobre o enredo do livro, dominado pelas mulheres, destacando-se três delas: Ana Terra, Bibiana Cambará e Luzia Silva. Por trás dessas senhoras estão várias outras, enlutadas por efeito das guerras que devastam a região e devoram seus homens, sendo que as vozes delas se manifestam principalmente nos trechos intermediários.

Já se afirmou várias vezes que, em *O Continente*, a perspectiva dominante é a das mulheres. Todos os que fizeram essa observação estão provavelmente corretos: não se trata apenas de fortalecer a voz feminina, mas de narrar um romance de conquistas e instalação de uma sociedade machista do ângulo dos perdedores, as mulheres que veem seus filhos e maridos partirem para a luta que os consumirá; que se dobram aos desígnios dos mais fortes; que, apesar de fracas, resistem e garantem a subsistência e o futuro de seus descendentes. Ana e Bibiana simbolizam a persistência feminina, razão por que se convertem não apenas em ícones da história narrada, mas também em alegoria da visão de mundo adotada por Erico Verissimo.

Pacifista e desiludido diante da trajetória dos grupos dominantes que fizeram a história do Rio Grande do Sul e do Brasil, o escritor confere às mulheres a função de representar seu posicionamento. Por ter sido capaz de traduzir a perspectiva da alteridade, que toma forma feminina, Erico criou um romance que ultrapassa o contexto histórico que retrata, mantendo-se permanentemente vivo na imaginação de quem o lê.

Regina Zilberman
Doutora em Letras pela Universidade de Heidelberg, na Alemanha,
e professora da Pontifícia Universidade Católica do Rio Grande do Sul

Mapa do Continente de São Pedro

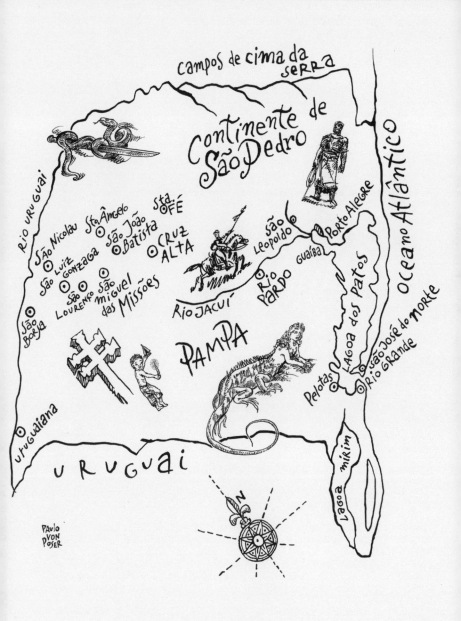

Árvore genealógica da família Terra Cambará

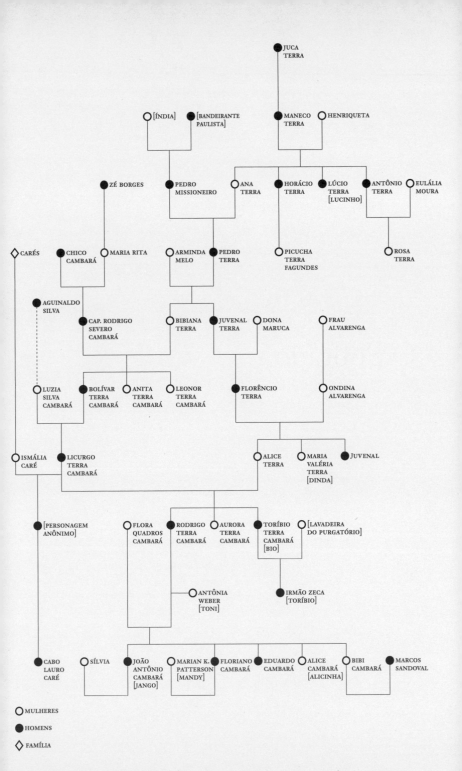

O Sobrado 1

Era uma noite fria de lua cheia. As estrelas cintilavam sobre a cidade de Santa Fé, que de tão quieta e deserta parecia um cemitério abandonado. Era tanto o silêncio e tão leve o ar, que se alguém aguçasse o ouvido talvez pudesse até escutar o sereno na solidão.

Agachado atrás dum muro, José Lírio preparava-se para a última corrida. Quantos passos dali até a igreja? Talvez uns dez ou doze, bem puxados. Recebera ordens para revezar o companheiro que estava de vigia no alto duma das torres da Matriz. "Tenente Liroca", dissera-lhe o coronel, havia poucos minutos, "suba pro alto do campanário e fique de olho firme no quintal do Sobrado. Se alguém aparecer pra tirar água do poço, faça fogo sem piedade."

José Lírio olhava a rua. Dez passos até a igreja. Mas quantos passos até a morte? Talvez cinco... ou dois. Havia um atirador infernal na água-furtada do Sobrado, à espreita dos imprudentes que se aventurassem a cruzar a praça ou alguma rua a descoberto.

Os segundos passavam. Era preciso cumprir a ordem. Liroca não queria que ninguém percebesse que ele hesitava, que era um covarde. Sim, covarde. Podia enganar os outros, mas não conseguia iludir-se a si mesmo. Estava metido naquela revolução porque era federalista e tinha vergonha na cara. Mas não se habituava nunca ao perigo. Sentira medo desde o primeiro dia, desde a primeira hora — um medo que lhe vinha de baixo, das tripas, e lhe subia pelo estômago até a goela, como uma geada, amolecendo-lhe as pernas, os braços, a vontade. Medo é doença; medo é febre.

Engraçado. A noite estava fria mas o suor escorria-lhe pela cara barbuda e entrava-lhe na boca, com gosto de salmoura.

O tiroteio cessara ao entardecer. Talvez a munição da gente do Sobrado tivesse acabado. Ele podia atravessar a rua devagarinho, assobiando e acendendo um cigarro. Seria até uma provocação bonita. Vamos, Liroca, honra o lenço encarnado. Mas qual! Lá estava aquela sensação fria de vazio e enjoo na boca do estômago, o minuano gelado nos miúdos.

Donde lhe vinha tanto medo? Decerto do sangue da mãe, pois as gentes do lado paterno eram corajosas. O avô de Liroca fora um bravo em 35. O pai lhe morrera naquela mesma revolução, havia pouco mais dum ano tombara estripado numa carga de lança, mas lutando até o último momento.

"Lírio é macho", murmurou Liroca para si mesmo. "Lírio é macho." Sempre que ia entrar num combate, repetia estas palavras: "Lírio é macho".

Levantou-se devagarinho, apertando a carabina com ambas as mãos. Sentia o corpo dorido, a garganta seca. Tornou a olhar para a igreja. Dez passos. Podia percorrê-los nuns cinco segundos, quando muito. Era só um upa e estava tudo terminado. Fez avançar cautelosamente a cabeça e, com a quina do muro a tocar-lhe o meio da testa e a ponta do nariz, fechou o olho direito e com o esquerdo ficou espiando o Sobrado que lá estava, do outro lado da praça, com sua fachada branca, a dupla fileira de janelas, a sacada de ferro e os altos muros de fortaleza. Havia no casarão algo de terrivelmente humano que fez o coração de José Lírio pulsar com mais força.

Os federalistas tinham tomado a cidade havia quase uma semana, mas Licurgo Cambará, o intendente e chefe político republicano do município, encastelara-se em sua casa com toda a família e um grupo de correligionários, e de lá ainda oferecia resistência. Enquanto o Sobrado não capitulasse, os revolucionários não poderiam considerar-se senhores de Santa Fé, pois os atiradores da água-furtada praticamente dominavam a praça e as ruas em derredor.

Por alguns instantes José Lírio ficou a mirar a fachada do casarão, e de repente a lembrança de que Maria Valéria estava lá dentro lhe varou o peito como um pontaço de lança. Soltou um suspiro fundo e entrecortado, que foi quase um soluço. De novo se encolheu atrás do muro e tornou a olhar para a igreja. Se conseguisse chegar a salvo até a parede lateral, ficaria fora do alcance do atirador do Sobrado, e poderia entrar no campanário pela porta da sacristia.

Vamos, Liroca, só uma corrida. Que te pode acontecer? O homem te enxerga, faz pontaria, atira e acerta. Uma bala na cabeça. Pronto! Cais de cara no chão e está tudo liquidado. Acaba-se a agonia. Dizem que quando a bala entra no corpo da gente, no primeiro momento não dói. Depois é que vem a ardência, como se ela fosse de ferro em brasa. Mas quando o ferimento é mortal não se sente nada. O pior é arma branca. Vamos, Liroca. Dez passos. Cinco segundos. Lírio é macho, Lírio é macho.

José Lírio continuava imóvel, olhando a rua. Ainda ontem um companheiro seu ousara atravessar aquele trecho à luz do dia, num momento em que o tiroteio cessara. Ia cantando e fanfarronando. Viu-se de repente na água-furtada do sobrado um clarão acompanhado dum estampido, e o homem tombou. O sangue começou a borbotar-lhe do peito e a empapar a terra.

"Vamos, menino!" Quem falava agora nos pensamentos de Liroca era seu pai, o velho Maneco Lírio. Sua voz áspera como lixa vinha de longe, de um certo dia da infância em que Liroca faltara à escola e ao chegar a casa encontrara o pai atrás da porta com um rebenque na mão. "Agora tu me pagas, salafrário!" Liroca saíra a correr como um doido na direção do fundo do quintal. "Espera, poltrão!" E de repente o que o velho Maneco tinha nas mãos não era mais o chicote, e sim as próprias vísceras, que lhe escorriam moles e visguentas da ferida do ventre. "Vamos, covarde!"

De súbito, como tomado dum demônio, Liroca ergueu-se, apertou a carabina contra o peito e deitou a correr na direção da igreja. Seus passos soaram fofos na terra. Deu cinco passadas e a meio caminho, sem olhar para o Sobrado, numa voz frenética de quem pede socorro, gritou: "Pica-paus do inferno! Sou homem!". Continuou a correr e, ao chegar ao ponto morto atrás da parede lateral da igreja, rojou-se ao solo e ali ficou, arquejante, com o peito colado à terra, o coração a bater acelerado, e sentindo entrar-lhe na boca e nas narinas talos de grama úmida de sereno. "A la fresca!", murmurou ele. "A la fresca!"

Estava inteiro, estava salvo. Fechou os olhos e deixou-se quedar onde estava, babujando a terra com sua saliva grossa, a garganta a arder, e o corpo todo amolentado por uma fraqueza que lhe dava um trêmulo desejo de chorar.

Da sombra que a igreja projetava no chão saiu uma voz:

— Eta Liroca velho de guerra!

Num sobressalto José Lírio soergueu a cabeça.

— Quem é lá? — perguntou.

— Sou eu.

— Eu quem?

— O Inocêncio.

— Ah!

Olhou melhor. Contra a parede lateral da igreja começou a distinguir o vulto dum homem, à altura de cujo rosto lucilava a brasa do cigarro. Liroca foi se erguendo lentamente, enquanto o outro ria baixinho um riso gutural e encatarroado.

— Pra que toda essa figuração?

— Que figuração?

— Essa corrida boba.

— Ora... o Sobrado.

— Qual! Acho que a munição deles acabou.

— É bom não confiar muito.

Liroca sentou-se no chão e recostou-se na parede da igreja.

— Um trago? — perguntou o outro, passando-lhe a garrafa de cachaça.

Liroca apanhou-a, levou-a à boca e tomou um gole largo. Era bom estarem no escuro — refletiu —, pois assim o Inocêncio não lhe veria o tremor das mãos.

— Gracias.

— Tome outro.

— Não. O coronel me mandou te render na torre.

— Eu sei. Mas tem tempo. Eles pensam que ainda estou lá em cima. Vamos prosear um pouco. É o diabo a gente passar uma tarde inteira sozinho sem ter viva alma com quem conversar.

— Ninguém saiu pro quintal?

— Ninguém.

— Ninguém apareceu nas janelas?

— Não.

— Que será que aconteceu?

Inocêncio encolheu os ombros.

— Acho que eles estão nas últimas.

Liroca soltou um suspiro.

— Nós é que estamos nas últimas.

O outro ficou um instante em silêncio, batendo a pedra do isqueiro para acender o cigarro que se apagara.

— Quem sabe?

— Não tem mais jeito. Qualquer dia temos que nos bandear pro outro lado do Uruguai.

Um grilo começou a cricrilar perto. Liroca tirou um toco de cigarro de trás da orelha, prendeu-o entre os dentes e, esquecido de acendê-lo, ficou olhando para o céu.

— Tomara que acabe duma vez esta revolução — suspirou.

— Por quê?

— Estou cansado de andar barbudo, piolhento, dormindo na chuva, acordando com geada na cara. Cansado de... — Calou-se de súbito.

— Mas é a guerra, Liroca.

Animado pela cachaça, que lhe dera um calor bom, Liroca continuou:

— Vivo com o estômago embrulhado. O cheiro de sangue e de defunto não me sai das ventas. Sinto-o na água, na comida, na mão, no vento, em tudo.

— É a guerra... — repetiu o outro.

— Mas é triste.

— Triste são os nossos companheiros degolados. Triste é o Gumercindo Saraiva morto.

Liroca tornou a colocar o toco de cigarro atrás da orelha. Estava mais calmo. A presença do companheiro lhe dava um certo conforto.

— Depois que o Gumercindo morreu tudo piorou.

Ergueu-se, com alguma relutância, e apanhou a carabina.

— Bom, tenho de ir andando... — disse, sem nenhuma vontade de subir para seu posto.

O outro troçou:

— Tome mais um mate, compadre...

Liroca tornou a suspirar:

— Muito mate tomei eu naquela casa.

— No Sobrado?

— É.

— Casa de pica-pau.

— Os Cambarás são gente direita.

— Inimigo é inimigo. O chefe deles é quem diz: "Inimigo não se poupa".

— O Licurgo é um bom homem.

— Todos eles são uns anjos. — Inocêncio deu uma palmada na coronha da arma. — Mas pergunta pra minha Comblain se ela gosta de caçar anjo.

Levantou-se também.

— Bom, Liroca, seja feliz. E dê lembranças pro calça-branca.

— Que calça-branca?

— O pica-pau que a noite passada se atreveu a sair do Sobrado e ir até o poço buscar água. O Bibilo estava na torre da igreja, viu aquela coisa esbranquiçada, dormiu na pontaria e... pei! O bichinho testavilhou e caiu de bruços em cima da tampa do poço.

— Ficou lá?

— Ficou. De rabo pro ar. Está apodrecendo nessa posição. Dê lembranças pra ele.

Liroca estava chocado. Com morto não se brinca — achava ele. Até mesmo um republicano depois de morto deixa de ser um inimigo para ser apenas um defunto. E há qualquer coisa de sagrado nos defuntos.

— Olha aqui, Liroca — murmurou Inocêncio, aproximando-se do companheiro e soltando-lhe na cara o hálito de cachaça. — Tu vais ver como lá em cima da torre, sozinho, a gente fica com uma vontade danada de tocar sino. Sabes que noite é hoje?

— Não.

— Noite de São João.

— É mesmo?

— É. A noite mais comprida do ano. Toca sino, Liroca. A vila está que nem tapera. Anima a rapaziada, Liroca. Toca sino! É São João.

José Lírio não disse palavra. O outro fez meia-volta, deu alguns passos e, ao chegar à quina da igreja, voltou a cabeça para trás e disse:

— Agora vê só como é que procede um maragato de vergonha.

Pôs a carabina a tiracolo e começou a atravessar a rua a passo calmo, como se estivesse acompanhando um enterro. No meio do caminho parou, bateu o isqueiro, tornou a acender o cigarro, tirou uma baforada e depois seguiu pachorrentamente seu caminho, desaparecendo por entre as árvores e as sombras da praça.

Dentro da igreja uma penumbra leitosa azulava o ar. Ao pé do altar-mor tremeluzia a chama duma lamparina. Nos seus nichos as imagens dos santos pareciam guerreiros entocaiados, dormindo na pontaria. Liroca começou a andar pelo corredor, entre as duas carreiras de bancos. Levava a Comblain debaixo do poncho, como se quisesse escondê-la aos olhos de Nossa Senhora da Conceição, padroeira da cidade; caminhava encolhido, na ponta dos pés, olhando com o rabo dos olhos para os vultos dos santos, e com a desagradável impressão de que a qualquer momento ia ser baleado. De súbito percebeu que estava de chapéu na cabeça. A la fresca! Deus me perdoe! Descobriu-se, rápido.

Entrou no batistério, levou instintivamente a mão à pia e fez o sinal da cruz. Ali ficava a escada que levava ao alto da torre. Liroca começou a subir os degraus devagarinho e ao chegar ao campanário foi de novo envolvido pelo ar frio da noite. Tornou a botar o chapéu, aproximou-se de gatinhas do parapeito e espiou através duma das seteiras. Sentiu um aperto no coração: o Sobrado se achava agora tão perto, que se por um milagre Maria Valéria aparecesse à janela da água-furtada os dois poderiam ficar conversando sem precisarem altear muito a voz. Mas qual! Agora estava tudo perdido. O destino malvado o separara talvez para sempre da criatura que ele mais amava no mundo. Se antes Maria Valéria simplesmente não simpatizava com ele, de agora em diante passaria a odiá-lo, pois nunca mais haveria de esquecer que José Lírio fora um dos sitiantes do Sobrado — era um maragato, um inimigo.

Com o olhar entre triste e assustado, o nariz franzido como que a farejar mau cheiro, Liroca mirou longamente os cadáveres de dois companheiros que estavam estendidos no meio da rua, à frente da casa sitiada. Tinham caído durante um dos primeiros assaltos e até agora ninguém quisera correr o risco de vir buscar-lhes os corpos.

De repente Liroca teve a sensação de que havia alguém mais, ali no campanário. Tomado dum vago mal-estar, ergueu a cabeça e viu o sino. Desde menino habituara-se a considerar aquele sino como uma pessoa tão viva como o vigário ou o sacristão. Quando ele badalava festivo parecia dizer *pirão sem sal! pirão sem sal!* Mas Liroca não podia esquecer que aquele mesmo sino dobrara a finados no dia do enterro de sua mãe. Era por isso que desde então passara a ligar suas badaladas à ideia de morte. Muitas vezes pensava assim: "Quando o meu caixão estiver saindo da igreja esse desgraçado vai ficar tocando".

Agora ali estava o velho sino, calado e imóvel, com a sua boca de monstro muito preta e aberta. Mas... se de repente ele começasse a tocar? Essa possibilidade encheu Liroca dum apagado terror. Na solidão daquela noite seria uma coisa para deixar qualquer cristão fora do juízo.

Remexeu-se num desconforto, apoiou o cano da carabina na seteira e ficou olhando a fachada do Sobrado. Era o diabo. Agora tinha um inimigo pela frente e outro suspenso sobre a cabeça. Talvez o mais garantido fosse içar a corda, a fim de evitar que algum gaiato lá embaixo puxasse por ela. Sim, é o que eu vou fazer — decidiu. Mas não fez. Ficou onde estava, sentindo no rosto a frialdade da pedra do parapeito e olhando para o quintal.

A ordem era clara: se alguém viesse buscar água no poço, ele devia fazer fogo. Água... Água pra Maria Valéria. Água pros sitiados. Água pra d. Alice. Água pros meninos. Água pra velha Bibiana. O pior de tudo era haver mulheres e crianças dentro do casarão. No princípio do cerco o chefe federalista tinha erguido uma bandeira branca e mandado o pe. Romano propor a Licurgo Cambará que fizesse as mulheres e as crianças se refugiarem na casa paroquial, com todas as garantias de vida e de respeito por parte dos revolucionários. Mas Cambará dera uma resposta seca: "O lugar da minha família é no Sobrado. Daqui não sai ninguém. Não aceito favor de maragato". O padre voltou acabrunhado com a resposta. "Sua alma, sua palma", disse o chefe federalista. E o tiroteio recomeçou.

Liroca tirou o toco de cigarro de trás da orelha, bateu a pedra do isqueiro e, tendo o cuidado de esconder no côncavo da mão a brasa do pavio, acendeu-o. Ficou pitando numa relativa calma, achando gostosa a ardência da fumaça nos olhos. Aquele cheiro de cigarro de palha trazia-lhe à memória recordações agradáveis: os serões do Sobrado nas noites de inverno, mate chimarrão com pinhão quente, conversas amigas, café fumegante com bolos de coalhada...

Liroca lembrava-se duma noite de minuano em que as vidraças do casarão matraqueavam e uma negra velha tinha trazido da cozinha uma lata cheia de brasas. Licurgo tirara do bolso um pedaço de fumo em rama e lhe dissera com sua voz grave e calma:

— Experimente deste, Liroca. É forte e de bom paladar.

D. Alice aparecera depois com uma biscoiteira cheia de pés de moleque:

— Coma um, seu Liroca. Fui eu mesma que fiz.

Sua última visita ao Sobrado tinha sido em princípios de 1893. Depois a política azedara tudo: amigos começaram a cortar o cumprimento uns aos outros, irmãos se estranhavam, famílias se dividiam... Por fim rebentara a revolução.

Liroca estava cansado. Mais de dois anos de guerra civil não era nenhuma brincadeira. Que estaria acontecendo dentro do Sobrado? D. Alice, grávida de nove meses, podia ter o filho a qualquer momento... E se a criança nascesse bem na hora dum tiroteio? Mundo louco, guerra louca! Liroca pensava também em d. Bibiana — pobre da velha! — metida lá no casarão, meio catacega e caduca, decerto sem saber direito o que se estava passando. Atirar contra o Sobrado era o mesmo que atirar contra a velhinha. Barbaridade!

Soltou um suspiro que parecia ter saído não só do fundo de seu peito, mas também do fundo do peito dos mortos da revolução, e das profundas da própria terra que comera a carne dos mortos daquela e de todas as outras guerras — um suspiro sacudido e prolongado, doloroso como um gemido.

"Eta mundo velho sem porteira!", murmurou Liroca, com a testa apoiada no parapeito e os olhos postos no quintal. Ficou alarmado: a voz que lhe saíra da boca não era a sua. Era a voz de seu pai. Naquele momento Liroca era o próprio Maneco Lírio, tinha sessenta anos e não trinta. O velho sempre dizia aquela frase quando alguma coisa absurda ou triste acontecia. Era a sua maneira de protestar contra um mundo sem coerência, sem bondade, sem justiça e sem Deus.

Contava-se que quando caíra do cavalo, na carga de lança, ainda tivera forças para se erguer. Caminhara cambaleante na direção dum companheiro, com ambas as mãos a segurar os intestinos que se lhe escapavam pelo talho de lança, e com voz estertorosa dissera: "Mundo velho sem porteira!". E caíra de borco.

Liroca viu um vulto mover-se no quintal. O coração começou a bater-lhe descompassado. Não havia dúvida: era um homem, ia rastejando como um jacaré, confundia-se no chão com as sombras das árvores, mas movia-se sempre na direção do poço. Liroca sentiu o sangue pulsar-lhe com força nas têmporas. O toco de cigarro colou-se-lhe ao lábio inferior. Agarrou a carabina e levou o dedo ao gatilho. O suor escorria-lhe pela testa e a respiração escapava-lhe pela boca entreaberta num resfolegar de cachorro cansado.

Atiro? Inimigo não se poupa. Vai buscar água. Água pra Maria Valéria. Água pra velhinha. Vamos. Faz pontaria enquanto é tempo. Está se erguendo... está fazendo descer o balde. Devagarinho, devagarinho, decerto pensa que não estou vendo... Está agora por trás do calça-branca. Pontaria, Liroca. Lírio é macho. Vamos. Mete bala. É um pica-pau. Água pros meninos. Mas eles mataram o meu pai. Depressa enquanto ele não vai embora. Um tiro só pra assustar. Isso! Sem mirar. Só pra espantar.

Ergueu a alça de mira na direção da copa das árvores do quintal e puxou o gatilho. O clarão — o estampido —, o coice da arma... Depois um silêncio de alguns segundos. Liroca olhava o quintal mas não via nada: tinha uma nuvem diante dos olhos. De súbito, da água-furtada do Sobrado partiu um tiro e, ferido de bala, o sino soltou um gemido, que Liroca sentiu no corpo inteiro com a força dum choque elétrico.

O som do sino chega aos ouvidos de Licurgo Cambará como um dobre de finados. Pela fresta duma das janelas do Sobrado ele espia o campanário. O maragato que ontem lá estava entocaiado matou-lhe um dos melhores homens. Agora outro companheiro saiu a buscar água, e é indispensável que volte a salvo, com o balde cheio, pois é mais fácil suportar a fome que a sede. Não há mais nenhum pingo d'água dentro de casa e a cachaça acabou-se também. Felizmente as laranjeiras do pomar estão carregadas, e não é difícil nem arriscado apanhar laranjas dos galhos que ficam próximos às janelas dos fundos. Os homens enganam o estômago com pequenas rações de charque, farinha de mandioca e rapadura; matam a sede com caldo de laranja. O pior de tudo é a falta de leite e pão para as mulheres e os meninos.

Ao pensar nisto Licurgo odeia os sitiantes com um ódio apaixonado, e odeia-se a si mesmo por envolver também nesse ódio o sogro e a cunhada, que estão com ele ali no Sobrado e vivem a lançar-lhe olhares carregados de censura e ressentimento.

Mas será que ele, Licurgo, tem culpa do que aconteceu? Nunca imaginou que as coisas pudessem chegar a este ponto. Do contrário teria preparado o Sobrado para o cerco, armazenado mantimentos para um mês, para dois, para quanto tempo fosse necessário. A verdade é que não contava com aquele ataque súbito dos federalistas a Santa Fé, e muito menos com o curso, desastroso para os republicanos, que tomara o combate pela posse da cidade. Vira-se de repente quase cercado, ali na praça, e na contingência de retirar-se às pressas para o Sobrado, com os poucos companheiros que lhe restavam, fechar as portas e resistir. Felizmente tinham munição em quantidade suficiente para se defenderem por mais alguns dias, se não desperdiçassem tiro. No início os ataques tinham sido ferozes. Por várias vezes nos primeiros dois dias do cerco os inimigos tinham tentado tomar o casarão de assalto, mas haviam sido repelidos com tantas perdas, que acabaram desistindo. Miseráveis! Não tinham tido coragem nem de vir buscar seus mortos. E desviando agora os olhos da torre — onde não vislumbra nenhum vulto humano — Licurgo olha para os dois cadáveres que estão estendidos há vários dias ali no meio da rua, a uns oito metros do Sobrado. Felizmente agora a noite esconde-lhes as feições decompostas, mas é horrível vê-los à luz do dia, cobertos de moscas. Quando o vento sopra de oeste, o cheiro pútrido que emana deles entra no casarão, por todas as frestas, empestando o ar. Licurgo tem ímpetos de abrir a janela central, avançar até o gradil da sacada e bradar:

— Venham retirar essa cachorrada morta! Não tenham medo, que nós não atiramos!

Noutros momentos em que seu ódio não ferve tão quente, ele pensa em acenar com um lençol e mandar um emissário ao inimigo, oferecendo-lhe uma trégua para que venham recolher os mortos. É desagradável ver esses cristãos insepultos, entregues às moscas ou então à mercê dos cachorros vadios que às vezes vêm cheirá-los e lamber-lhes as caras.

Por que morreram? Pelo seu partido, pelas suas ideias — está tudo muito bem. Lutaram como homens. Mas acontece que sua morte foi inútil, agora que a revolução se aproxima do fim e os federalistas estão perdidos. Há coisa duma semana um emissário vindo de Cruz Alta lhe trouxe a notícia de que as forças de João Francisco estavam marchando para atacar as do alm. Saldanha da Gama, lá para as bandas de Alegrete. Será provavelmente a batalha decisiva da campanha, o golpe de misericórdia nos federalistas. Muitos chefes maragatos já emigraram para a Banda Oriental. No entanto o cel. Alvarino Amaral insiste em sacrificar vidas neste cerco absurdo, por puro orgulho e pelo ódio que tem a ele, Licurgo Cambará, seu adversário político e inimigo pessoal de tantos anos. Pouco antes da revolução o canalha dissera numa roda de correligionários: "Um dia ainda hei de entrar no Sobrado de chapéu na cabeça e fazer o Cambará me beijar a mão". Licurgo não enxerga mais a rua nem os mortos nem a noite: só vê em seus pensamentos Alvarino Amaral metido num pala de seda, com o chapéu de aba quebrada na frente, o rebenque arrogante erguido no ar, o lenço encarnado no pescoço... Ouve-lhe a voz gorda e fanfarrona: "Gaspar Silveira Martins é o maior homem do Brasil. Quando ele fala, os republicanos ficam de perna frouxa!".

Licurgo lança o olhar na direção da Intendência, que fica do outro lado da praça. Os maragatos tomaram conta dela e apossaram-se de todas as casas da cidade; mas nem assim podem dizer que são senhores de Santa Fé, pois só entram e saem do paço municipal pelas portas dos fundos, e não se atrevem a cruzar a praça nem as ruas que ficam ao alcance das balas do Sobrado.

Licurgo respira fundo, com um feroz sentimento de orgulho. De certo modo ele ainda governa Santa Fé! Maragato algum jamais botará o pé no Sobrado nem como inimigo nem como amigo: nem agora nem nunca!

Tira do bolso uma palha de milho, enrola-a à maneira de cigarro, acende-lhe a ponta e leva-a aos lábios. Como não há mais nenhum pedaço de fumo em casa, para aliviar a vontade de fumar ele pita apenas a palha.

Ruído de passos. Licurgo volta-se e, na penumbra do patamar, distingue o vulto da cunhada.

— Acho que a criança vai nascer esta madrugada — murmura Maria Valéria.

Fica ali imóvel, muito alta e tesa, enrolada num xale escuro, com as mãos trançadas sobre o estômago. Por alguns instantes Licurgo permanece calado. Nada mais pode dizer senão repetir o que vem dizendo há quase uma semana com uma obstinação que às vezes se transforma em fúria: aconteça o que acontecer, não pedirá trégua.

Maria Valéria torna a falar:

— Acho que o senhor devia mandar buscar recursos.

Sua voz é firme e seca. E, apesar de não lhe divisar bem os olhos na semiobscuridade, Licurgo não tem coragem de encará-la.

— Recursos? Que recursos? — pergunta ele, olhando para o soalho.

— O doutor Winter está na cidade e pode vir com remédios. Mande um homem buscar ele.

— Não tem jeito.

— Tem, sim.

— Qual é?

— Peça trégua. Diga que sua mulher vai ter um filho. Os maragatos compreendem.

— Os maragatos são uns cobardes.

A resposta vem rápida e rascante:

— Não são. O senhor sabe que não são.

Licurgo fecha-se num silêncio soturno. A cunhada prossegue:

— O senhor sabe que eles são tão bons e tão valentes como os republicanos. É a mesma gente, só que com ideias diferentes.

— Que é que a senhora entende de ideias? — vocifera Licurgo.

Maria Valéria continua imóvel.

— Não é preciso gritar. O senhor faz todo esse barulho porque no fundo sabe que não está procedendo direito.

Licurgo tira a palha da boca e amassa-a entre os dedos.

— Isto não é negócio de mulher. É de macho.

Maria Valéria abranda um pouco a voz:

— Deus fez o mundo errado. Eu queria que os homens tivessem filho pelo menos uma vez na vida, só pra verem como não é fácil.

Ele tem vontade de gritar: "Que é que uma solteirona entende de ter filhos?". Mas permanece calado.

— Ter filhos é que é negócio de mulher, eu sei — continua Maria Valéria. — Criar filhos é negócio de mulher. Cuidar da casa é negócio de mulher. Sofrer calada é negócio de mulher. Pois fique sabendo que esta revolução também é negócio de mulher. Nós também estamos defendendo o Sobrado. Alguma de nós já se queixou? Alguma já lhe disse que passa o dia com dor no estômago, como quem comeu pedra, e pedra salgada? Alguma já lhe pediu pra entregar o Sobrado? Não. Não pediu. Elas também estão na guerra.

Licurgo faz um gesto de impaciência.

— Está bem, prima. Está bem. Mas tudo é uma questão de dias ou de horas. Os federalistas estão perdidos. Amanhã a cidade pode amanhecer livre.

— E a Alice pode amanhecer morta. Ela ou o filho. Ou os dois.

— Ou todos nós — diz Licurgo com voz apertada de rancor.

— Ou todos nós — repete Maria Valéria.

Faz uma lenta meia-volta e sem dizer mais nada começa a descer a escada.

Licurgo encaminha-se para o quarto de dormir. Uma lamparina de azeite está acesa junto da grande cama de casal, onde Alice se acha estendida, debaixo de grossos cobertores de lã, muito pálida, os olhos cerrados, os cabelos negros soltos sobre o travesseiro. A fumaça que sobe do prato de ferro ao pé do leito, e no qual ardem pedrinhas de incenso e benjoim, dá ao ar um cheiro de igreja, que Licurgo sempre associa à ideia de doença e morte. Sentada à cabeceira do leito, a mulata Laurinda segura a mão de Alice. Quando Licurgo entra, a criada ergue os olhos para ele, franze a testa numa expressão interrogativa, mas não diz palavra.

Se ao menos a gente pudesse abrir uma dessas janelas — pensa Licurgo — e deixar entrar um pouco de ar! Olha em torno do quarto. O lavatório com o espelho oval, o jarrão e a bacia de louça clara; o guarda-roupa escuro e pesado; o crucifixo de jacarandá com o Cristo de prata; o velho baú a um canto — tudo está como que esfumado na cerração azulada do ambiente, que a luz da lamparina mal alumia.

Licurgo aproxima-se da cama na ponta dos pés e fica a contemplar a saliência do ventre de Alice, sob os cobertores, e num dado momento julga perceber nela um movimento de onda, uma palpitação de vida: a criança a espernear. Ou terá sido ilusão?

Coitadinho! Vai nascer em tempo de guerra, talvez na hora dum tiroteio. Se for um homem, não haverá momento mais propício. Mas Licurgo deseja uma filha. Se ela nascer de madrugada, há de se chamar Aurora. Aurora Cambará. Um dia alguém dirá: "Nasceu numa noite fria de junho, quando o Sobrado estava cercado pelos federalistas. Quando o dia clareou, as tropas republicanas libertaram Santa Fé". Licurgo imagina-se com a filha nos braços, sente-lhe até o cheiro de leite e cueiros molhados. A revolução terminou, as janelas do Sobrado estão escancaradas e lá fora é primavera. Aurora... Uma linda menina.

A comoção sobe-lhe do peito à garganta, como uma onda quente e sufocante, e ele tem de fazer um grande esforço para reprimir as lágrimas. Um homem bem macho não chora nunca, haja o que houver. Choro é coisa de mulher. A última vez que chorou tinha dezessete anos; foi quando viu a mãe finar-se aos poucos em cima duma cama, consumida por um tumor maligno.

E neste instante Licurgo torna a ouvir mentalmente os sons duma valsa remota, tocada numa cítara por dedos magros e pálidos — os dedos de sua mãe. E de novo, por um rápido instante, sente-se menino: torna a voltar-lhe aquela esquisita impressão, misto de medo, curiosidade e estranheza que ele sempre sentia na presença da mãe. Seus olhos agora estão fitos no espelho oval, mas o que ele vê é apenas o mármore duma sepultura:

Aqui jaz
Luzia Silva Cambará
1833-1872
Paz à sua alma!

Alice sacode a cabeça dum lado para outro, solta um débil gemido, seu rosto se contorce, os dedos se crispam sobre o cobertor. A mulata Laurinda torna a erguer os olhos para o patrão e fica à espera de que este diga ou faça alguma coisa. Licurgo tem vontade de sentar-se na beira da cama, acariciar a testa da mulher, beijar-lhe as faces ou então deixar a mão pousar-lhe por um instante sobre o ventre, para sentir os movimentos da filha. Outra vez as vozes do futuro em seus pensamentos. "Nasceu numa madrugada de junho de 1895. Uma moça guapa. Os olhos são dos Terras, mas o gênio é dos Cambarás." Beijar a testa de Alice, dizer-lhe alguma coisa ao ouvido, pedir-lhe perdão... Licurgo, porém, continua de pé e imóvel, tolhido por um constrangimento invencível. Há gestos que nunca fez e agora é tarde para começar.

De repente, voltando a cabeça, vê a própria imagem refletida foscamente no espelho do lavatório, mas logo desvia os olhos dela, como se a temesse. Deve estar envelhecido e desfigurado. Há dois dias mirou-se por acaso naquele mesmo espelho e viu, horrorizado, que seus olhos tinham uma torva expressão de ódio, um desejo de matar. Compreendeu que era um homem que a guerra endurecera, que sentia a piedade desaparecer-lhe da alma. Teve vontade de quebrar o vidro com os punhos.

Faz meia-volta e com passos lentos sai do quarto e desce para o andar inferior. Na escada uma sensação de frio toma-lhe conta do corpo. Calafrio de febre? Ou será a temperatura da casa? Melhor é ir para junto do fogo, na cozinha. Entra na sala de jantar, que está às escuras. Perto de cada janela acha-se postado um homem, agarrado à sua Comblain. Há uma sentinela na água-furtada, e outra junto duma janela dos fundos. Ao menor movimento suspeito darão o alarma. Apesar de todos os pesares — reflete Licurgo — só um de seus homens recebeu um ferimento grave: o Tinoco, que está deitado na despensa, com um balázio na perna. A princípio a coisa parecia sem importância, mas o ferimento apostemou e tudo indica que o pobre homem está com o pasmo. Dois ou três dos outros companheiros receberam ferimentos leves. Sim, e há também o pobre do Adauto, que lá está caído de borco sobre a tampa do poço. É preciso mandar enterrá-lo...

— Onde está o seu Florêncio? — pergunta Licurgo, parando no meio da sala. Ouve-se então uma voz calma e cansada:

— Estou aqui, Licurgo.

Aos poucos os móveis e os vultos da sala se vão delineando mais nitidamente aos olhos de Licurgo, já habituados à penumbra. Ele caminha na direção do sogro, e diz em voz baixa:

— A cousa parece que é pra esta madrugada.

— Que cousa?

— O nascimento da criança.

— A Maria Valéria já me tinha dito.

Silêncio. Florêncio pigarreia. O genro sabe quanta falta ele sente do cigarro e do chimarrão. Mas não diz nada, nunca se queixa, e esse discreto silêncio é o que mais irrita Licurgo.

— Então?

— Então o quê?

No tom de voz do velho há um mal disfarçado ressentimento.

— Que é que se faz?

— Vassuncê é o dono da casa...

— Mas o senhor é o pai de Alice. É o mais velho de todos nós. Me diga com toda a sinceridade: acha que estou procedendo mal?

O velho tosse, por puro embaraço. Mas responde com calma:

— Que importa o que eu penso? Vassuncê sempre faz o que entende. Sou um homem ignorante mas conheço bem as pessoas. Tenho visto muita coisa nesta vida. Acho que vassuncê pode estar procedendo bem como chefe político, mas está procedendo mal como chefe de família.

— Cada qual sabe muito bem onde lhe aperta a bota.

A sua aperta no amor-próprio — pensa o velho. Mas cala.

Da cozinha vem o zum-zum das vozes dos homens que conversam ao pé do fogo. Agora o velho Florêncio Terra fala num tom conciliador, quase paternal:

— Olhe, Licurgo, vassuncê tem só quarenta anos. Eu tenho quase sessenta e cinco. Já vi outras guerras. Tudo isso passa. A revolução termina, os federalistas e os republicanos ficam alguns meses ou anos um pouco estranhos, mas o tempo tem muita força. Um dia se encontram, fazem as pazes, esquecem tudo. Todos são irmãos. Mas a vida duma mulher ou duma criança é coisa muito mais importante que qualquer ódio político.

A porta da cozinha abre-se de repente.

— Logrei os maragatos! — grita uma voz meio rouca, num tom de triunfo. — Trouxe o balde cheio d'água.

Licurgo precipita-se para a cozinha e aproxima-se do homem que acaba de chegar. É o velho Fandango. Põe o balde no chão, a seus pés, e fica a dançar de alegria, atirando braços e pernas para o ar. Alguns companheiros o cercam em silêncio: Licurgo sabe o que eles querem.

— Bem — diz —, a água tem de ser dividida irmamente entre todos. Primeiro as crianças e as mulheres. Depois vamos ver quanto toca pra cada um de nós.

Maria Valéria surge da sombra da sala de jantar e entra na zona luminescente criada pelo reflexo do fogo.

— Não toca nada — diz ela, brusca, tomando o balde. — A criança vai nascer esta madrugada e eu preciso de muita água quente.

Despeja a água num tacho, que coloca sobre a chapa do fogão. Sem olhar para os homens — que lhe observam os movimentos em respeitoso silêncio —, ela diz:

— Chupem laranjas.

Eles tornam a sentar-se ao redor do fogo, e um deles começa a assobiar baixinho. Fandango pergunta, muito calmo:

— Chamando cobra?

O assobio cessa. A lenha crepita. O reflexo das chamas clareia dum amarelo alaranjado estas caras barbudas e tostadas. Agora se ouvem, vindos de fora e de longe, os sons duma gaita.

— Os maragatos estão se divertindo — diz um.

Há um curto silêncio. Depois outro murmura:

— Mas isso não vai durar.

Maria Valéria acende uma vela nos tições e com ela atravessa a sala de jantar na direção da despensa. A chama ilumina-lhe o rosto descarnado e severo, um rosto anguloso e sem idade, mas de grandes olhos escuros e lustrosos. Tem de caminhar com cuidado para não pisar nos homens que dormem no chão, agarrados às suas armas. Suas narinas inflam: cheiro de homem. Suor antigo, sarro de cigarro, couro curtido. Um cheiro quente, azedo, penetrante, repulsivo. — Vou mandar a Laurinda defumar esta sala...

Maria Valéria entra no quartinho dos fundos, onde se encontra o ferido. Ergue a vela. A luz cai sobre o colchão onde Tinoco está estendido, enrolado num poncho. Tem a cara larga e barbuda, um nariz picado de bexigas, as mandíbulas fortes e quadradas. Sob a barba, a palidez cianótica parece já a dum cadáver. De olhos fechados, o ferido geme.

— Como vai, Tinoco?

Ele faz um esforço para falar, mexe inutilmente o queixo e os lábios, mas não consegue articular palavra. Maria Valéria franze a testa. Ela conhece esses sintomas: já viu um homem morrer de pasmo.

Ajoelha-se junto do ferido, põe o castiçal no chão e ergue a ponta do poncho. Vê o pé grande e moreno, de dedos achatados e graúdos, de unhas que mais parecem cascos, a perna cabeluda e musculosa... Cheiro de pus. Faz um esforço e começa a desfazer a atadura e, quando vê a ferida a descoberto, não pode evitar uma careta de repugnância. Ao redor do buraco negro e purulento da bala formou-se um largo halo, dum vermelho arroxeado. Faz dois dias, ela própria cauterizou a ferida com um ferro em brasa. Inútil. A supuração continua.

— A coisa está feia, Tinoco — diz ela. — Mas não há de ser nada, com Deus e a Virgem.

Tinoco torna a mexer as mandíbulas, mas não consegue falar. Maria Valéria ergue-se e deixa a despensa. O mais que poderiam fazer por ele agora seria dar-lhe cachaça. Mas a caninha terminou... Há outra solução: cortar-lhe a perna. Mas quem vai atrever-se a fazer isso a frio, sem os instrumentos apropriados? O melhor mesmo talvez seja meter uma bala na cabeça do coitado, para ele não sofrer mais. Maria Valéria estaca de repente junto da porta, como se a mão do horror de tal ideia a tivesse detido. Santo Deus, como é que posso pensar numa coisa dessas? A revolução está mudando todo o mundo. As pessoas não são mais as mesmas. Não há mais bondade. Não há mais paciência. Não há mais...

Fica de olhos postos na chama da vela. A gaita continua a chorar lá fora. Na cozinha os homens conversam em voz baixa. Maria Valéria encaminha-se para a escada. Para junto do primeiro degrau, desnorteada por uma repentina tontura. Tem no estômago uma sensação esquisita, como se houvesse dentro dele um punhado de geada. Dor de fome. Náusea. E se tomasse um chá de erva-cidró? Mas é preciso poupar água. Água para a criança que vai nascer...

Começa a subir lentamente a escada. A gaita tocando lá fora... Homens cantando, longe... Hoje é Noite de São João. Na mente de Maria Valéria está acesa uma grande fogueira, crianças saltam por cima dela, alguém assa uma batata-doce na ponta duma vara. Sobre o braseiro o churrasco chia, a graxa pinga nas brasas, o cheiro apetitoso espalha-se no ar. Vozes... "Vamos tirar a sorte, Maria Valéria?"

Ela sobe a escada devagarinho, uma das mãos segurando o castiçal, a outra agarrada ao corrimão. Tirar a sorte? Bobagem. Pra quê? Pra ver com quem vais casar. Atira esta casca de laranja pra trás... Assim. Vamos ver a letra que a casca formou. Um *L*. Ah! Eu bem desconfiava. Que nome começa por um *L*? Licurgo... Ah! Se eu pudesse fazer parar o pensamento! L. Licurgo. Mas o Licurgo não vai casar com a irmã dela, a Alice? Claro. Mas a Maria Valéria também gosta dele. Licurgo escolheu a outra. Coisas da vida... Sorte é bobagem. Licurgo. Sorte é bobagem. Alice casou. Maria Valéria vai ficar solteirona o resto da vida. L... Licurgo.

Maria Valéria chega ao patamar, fica um instante ali parada, sentindo as faces escaldantes.

Só o pensar nessas coisas me dá uma vergonha... Decerto estou vermelha. Melhor é ir ver os meninos...

Aproxima-se da porta do quarto dos sobrinhos, abre-a devagarinho, faz avançar a mão que segura o castiçal.

— Logo vi! — exclama, áspera.

Rodrigo e Toríbio, ambos de camisolão, acham-se junto da janela, espiando para fora. Voltam-se, num sobressalto, e precipitam-se para a larga cama onde passaram a dormir juntos desde que o cerco começou.

— Seus alarifes! Já deviam estar dormindo. Caminhando de pés no chão! Querem apanhar um resfriado? Espiando na janela! Não têm medo duma bala perdida?

Com os cobertores puxados até o queixo, as duas crianças olham para a tia, mal conseguindo reprimir o riso. Maria Valéria aproxima-se da cama e inclina a cabeça sobre o rosto dos sobrinhos. O sebo da vela pinga no cobertor. Dois pares de olhos escuros e vivos estão fitos nela. As crianças sorriem. E pela primeira vez desde que o sítio começou Maria Valéria sorri. Mas é um meio sorriso, rápido e seco, de quem acha que não tem direito de sentir-se feliz nem por um segundo.

— Agora durmam direitinho. Amanhã quando acordarem o irmãozinho já chegou.

A chama da vela projeta, enorme, a sombra de Maria Valéria na parede e no teto do quarto. E quando ela se retira, fica ali dentro a escuridão fria e silenciosa.

— Toríbio... — murmura o mais moço dos meninos.

— Que é?

— Donde vai sair o filho?

— Ora, da barriga da mamãe.

Encolhido, com as mãos entre as pernas, Rodrigo fica pensando...

— Como vaca? — pergunta, após alguns segundos.

— Como vaca.

— Dói muito?

Toríbio sabe coisas. Na estância ajuda a peonada a marcar o gado, a curar bicheira e até já viu muitos animais darem à luz as suas crias.

— Dói, sim — diz ele, voltando-se para o irmão.

O hálito morno de Rodrigo bafeja-lhe a testa.

— É por isso que elas sempre gritam?

— As vacas?

— Não. As mulheres.

— É.

— E por que é que na hora de sair a criança botam na cabeça delas o chapéu do marido?

— Quem foi que te contou isso?

— Ouvi uma conversa. Mas por que é?

— Pra ela ter coragem.

Um silêncio. Toríbio revolve-se na cama, com a impressão de que tem areia nos olhos.

— Será que vem tiroteio hoje? — pergunta o outro.

— Ora, vamos dormir.

— Mas será, hein?

— Se vier a gente ouve.

— Bio...

O mais velho não responde. Rodrigo agora está deitado de costas, de olhos fechados, pensando nas muitas coisas que o preocupam. Por que será que os maragatos pararam de dar tiros? Por que estão agora tocando gaita? Daqui a pouco mamãe começa a gritar. Não quero dormir, vou esperar a hora do meu irmãozinho nascer. Botam na cabeça dela o chapéu do papai, o chapelão com o letreiro: VIVA O DR. JÚLIO DE CASTILHOS! Então a barriga da mamãe se abre e lá de dentro sai a criança. Depois ela começa a chorar. Vai, então, botam o nenê na cama e ele começa a chupar nas mamicas da mamãe, como os porquinhos chupam nas mamicas da porca. Mas que barulho é esse?

Um ruído surdo e cadenciado. Rodrigo fica de ouvido atento. Sempre temeu que um inimigo traiçoeiro pudesse aproximar-se da casa no escuro e atirar uma bomba aqui dentro. O coração começa a bater com mais força. Ele imagina tudo... O homem, de lenço vermelho no pescoço, poncho e barba comprida... A bomba é redonda, preta, com um pavio, bem como uma que ele viu numa figura... O inimigo vem se arrastando, devagarinho. Decerto está já debaixo do coqueiro. Agora pula o muro... Está perto da janela da varanda... Bate a pedra do isqueiro para acender o pavio. Vai atirar a bomba...

— Toríbio!

Sacode o irmão pelos ombros.

— Que é?

— Estás ouvindo um barulho?

— Estou.

— Que será?

— Bobalhão! É a cadeira de balanço da vó Bibiana.

— Será mesmo?

— É, sim. Dorme!

O ruído continua, surdo, regular, como se fosse o pulsar do próprio coração do Sobrado.

Sozinha no seu quarto, sentada na sua cadeira de balanço, e enrolada no seu xale, a velha Bibiana espera... O quarto está escuro, mas para ela nestes últimos anos sempre, sempre é noite, pois a catarata já lhe tomou conta de ambos os olhos. Ela mal e mal enxerga o vulto das pessoas, mas ouve tudo, sabe de tudo, conhece as gentes da casa pela voz, pelo andar e até pelo cheiro. Quando ouviu o primeiro tiroteio, ficou nesta mesma cadeira, esperando e escutando. Quando as balas partiam as vidraças ou se cravavam nas paredes, ela tinha a impressão de estar vendo — não! —, de estar ouvindo uma pessoa de sua família ser fuzilada pelos inimigos. Medo não sentiu, isso não. Teve dó. E ódio. Estragarem o Sobrado desse jeito! Mas guerra para ela não é novidade. Tudo isso já aconteceu antes, muitas, muitas vezes. Viu guerras e revoluções sem conta, e sempre ficou esperando. Primeiro, quando menina, esperou o pai; depois, o marido. Criou o filho, e um dia o filho também foi para a guerra. Viu o neto crescer, e agora o Licurgo está também na guerra. Houve um tempo em que ela nem mais tirava o luto do corpo. Era morte de parente em cima de morte de parente, guerra sobre guerra, revolução sobre revolução. Como o tempo custa a passar quando a gente espera! Principalmente quando venta. Parece que o vento maneia o tempo.

D. Bibiana se balouça na sua cadeira. Há momentos em que não se lembra de nada. Na sua cabeça há apenas uma cerração. Ouve ruídos, vozes, engole os mingaus que lhe dão, deixa-se levar para a cama — mas às vezes não sabe quem é nem onde está. Noutros momentos, porém, volta-lhe tudo. E na noite escura da catarata ela vê faces, vultos, cenas. De vez em quando lá de longe ouve uma voz: "Bibiaaana!". É o cap. Rodrigo que entra como um tufão, arrastando as esporas no soalho. A pele de seu homem tem um cheiro de sol; suas barbas parecem macega, mas macega castanha. Seus olhos... Mas como eram mesmo os olhos do capitão? De que cor? Pretos? Cinzentos? Azuis? Tinha uma voz forte, como a do Curgo — disso a velha Bibiana se lembra.

Ela tem nos dedos murchos um rosário. Esqueceu quase todas as orações. Há uma para dia de tempestade. Outra para tempo de peste. Agora ela precisa rezar pelo bom-sucesso de Alice. Para que botar filhos no mundo, se mais cedo ou mais tarde a guerra leva as criaturinhas?

A velha Bibiana gosta do barulho da cadeira nas tábuas do soalho. É como uma voz, uma companhia. Lembra-lhe outros tempos, outras largas esperas. Estas batidas surdas e o uivo do vento, e o matraquear das vidraças, e o tempo passando...

— Bio! Acorda, Bio!

Toríbio resmunga, revolve-se na cama.

— Que é? — Num sobressalto ergue a cabeça. — Mamãe já começou a gritar?

— Ainda não.

— Então que é?

— Se algum inimigo entrar na casa eu me defendo.

— Não seja bobo.

— Me defendo, sim. Estou armado.

— Faz de conta?

— Não. De verdade.

— Como?

— Tu não conta nada pra ninguém?

— Não.

— Palavra de honra?

— Por Deus Nosso Senhor.

— Então bota a mão aqui.

Toribio procura a mão de Rodrigo por baixo das cobertas e seus dedos tocam um objeto frio.

— Que é isso?

— O punhal.

— O do vovô?

— É.

— Onde é que estava?

— Numa gaveta.

— Vais te machucar...

— Não vou. Guardo ele debaixo do travesseiro. Se um inimigo entra aqui, pulo em cima do bicho e lo degolo.

— Não pode.

— Por quê?

— Punhal não tem fio.

— Então finco-lhe a ponta na garganta. Eu já vi sangrar um boi.

Ao imaginar essas coisas o coração de Rodrigo pulsa com mais força. Ele vê o sangue escorrendo da goela do maragato. E seus pequenos dedos apertam o cabo do punhal.

A fonte

I

Naquela madrugada de abril de 1745, o pe. Alonzo acordou angustiado. Seu espírito relutou por alguns segundos, emaranhado nas malhas do sonho, como um peixe que se debate na rede, na ânsia de voltar a seu elemento natural. Por fim deslizou para a água, mergulhou e ficou imóvel naquele poço quadrado, escuro e frio.

Alonzo olhou em torno da cela. Repetira-se, como ele temia, o sonho das outras noites. Levantou-se, acendeu a lamparina, lavou-se — e enquanto fazia essas coisas o único som que se ouvia naquele cubículo era o rascar de suas sandálias nas lajes do chão. Vestiu a sobretúnica, pendurou o rosário no pescoço, apanhou o Livro de Horas e saiu para o alpendre. A brisa picante da madrugada bafejou-lhe o rosto. Havia na redução um silêncio leve e úmido, um certo ar de expectativa, como se toda a terra se estivesse preparando para o mistério do amanhecer. Alonzo amava aquela hora. Era quando tinha uma consciência mais lúcida da presença de Deus. Tudo lhe parecia puro, frágil e aéreo. Dir-se-ia que ele próprio pairava no ar, sem contatos terrenos. Sentia na boca do estômago um ponto branco e frio — e essa impressão de fome, que o enfraquecia um pouco, dava-lhe uma trêmula sensação de leveza, aguçava-lhe o espírito, tornando-o mais sensível às coisas do Céu.

O horizonte empalidecia e as estrelas se iam apagando aos poucos. Em torno da redução os campos estendiam-se, ondulados, sob a luz gris. Alonzo olhou para o nascente e foi de repente tomado dum sentimento de apreensão muito semelhante ao mal-estar que lhe deixara o sonho da noite. Naquela direção ficava o Continente do Rio Grande de São Pedro, que Portugal, inimigo da Espanha, estava tratando de garantir para a sua Coroa. Um dia, em futuro talvez não mui remoto, os portugueses haveriam de fatalmente voltar seus olhos cobiçosos para os Sete Povos. Fazia sessenta e cinco anos que, com o fim de estender ainda mais seu império na América, haviam eles fundado à margem esquerda do rio da Prata a Colônia do Sacramento, a qual desde então passara a ser um pomo de discórdia entre Espanha e Portugal. Laguna, posto extremo dos domínios portugueses no sul do Brasil, estava separada da Colônia por uma vasta extensão de terras desertas, cruzadas de raro em raro por grupos de vicentistas que, passando pela estrada por eles próprios rasgada através da serra Geral, iam e vinham na sua faina de buscar ouro e prata, arrebanhar gado e cavalos selvagens, prear índios e emprenhar índias. Metiam-se esses demônios Continente adentro, seguiam o curso dos rios, embrenhavam-se nas matas e, abrindo picadas a golpes de facão e machado, fazendo estradas com os cascos de seus cavalos e tropas, iam ao mesmo tempo rechaçando para o oeste e para o sul o inimigo espanhol. Alonzo ouvira contar a história dum bandeirante vicentista que, tendo encontrado nos campos duma vacaria uma cruz de pedra na qual se lia VIVA EL-REI DE CASTELA, SENHOR DESTAS CAMPANHAS, deitou-a por terra e ergueu ao lado dela um marco de madeira no qual escreveu VIVA O MUITO ALTO E PODEROSO REI DE PORTUGAL, D. JOÃO V, SENHOR DESTES DESERTOS. Os vicentistas enchiam aquelas paragens com o tropel de seus cavalos, os tiros de seus bacamartes e seus gritos de guerra. Mas quando voltavam para São Vicente, levando suas presas e achados, o que deixavam para trás era sempre o deserto — o imenso deserto verde do Continente.

O governo português resolvera então povoar o Rio Grande de São Pedro, a fim de facilitar as comunicações entre Laguna e Sacramento, bem como para garantir a posse deste último estabelecimento. Laguna, pois, ficou sendo o ponto de partida das muitas levas de homens que entravam nos disputados campos do extremo sul, para abrir caminho até o rio da Prata, de onde retornavam com novas da Colônia. E naqueles vinte últimos anos muitos lagunistas e vicentistas se haviam fixado em vários pontos do Continente, estabelecendo invernadas e currais que mais tarde se transformavam em estâncias. Contava-se até que quase todos eles já tinham conseguido cartas de sesmaria. E o fato de os portugueses haverem fundado em 1737 um presídio militar no Rio Grande indicava que estavam decididos a tomar posse definitiva do Rio Grande de São Pedro.

Alonzo olhava as bandas do nascente. Era de lá que no futuro havia de vir o perigo. Os vicentistas, que agora eram senhores de estâncias de gado naquelas terras lindeiras, provavelmente descendiam dos bandeirantes renegados que havia mais dum século tinham destruído bestialmente as províncias jesuíticas de Guaíra e Itati. E a ideia de que um dia os Sete Povos pudessem cair nas mãos dos portugueses deu-lhe um calafrio desagradável. Instintivamente — como que numa busca de proteção — Alonzo olhou para a catedral. Pesadamente plantada na terra, o vulto maciço recortado em negro contra o horizonte do amanhecer, ela parecia uma fortaleza. Sempre que a via, Alonzo pensava na mãe. Começou a caminhar na direção do templo, enquanto seus pensamentos o levavam de volta a um dia inesquecível de sua infância. O pai lhe havia infligido um castigo injusto; apaixonado, o corpo sacudido de soluços, mas mesmo assim sem conseguir chorar, o menino Alonzo seguia agoniado pelo corredor de sua casa, na direção da sala onde se encontrava a mãe. O corredor era longo, de altas paredes e teto abobadado, e seus passos soavam nos mosaicos do chão com ecos de catedral. Alonzo via d. Rafaela sentada na sua cadeira de respaldo alto e lavrado — bela e tranquila no seu vestido de tafetá negro, as mãos, faiscantes de joias, trançadas sobre o ventre. Precipitou-se para ela, ajoelhou-se diante da cadeira, quis contar-lhe a injustiça que sofrera mas não pôde articular palavra. Os soluços pareciam querer rasgar-lhe o peito, subiam-lhe como bolas de ferro à garganta. Mal, porém, os dedos mornos da mãe lhe tocaram as faces, Alonzo meteu a cabeça no regaço materno e desatou o pranto. "Chora, meu filho", murmurou ela, "chora que te faz bem." E ele chorou, e sentiu-se aliviado, consolado, desagravado. As mãos dela começaram a fazer-lhe nos cabelos uma carícia tão leve e esflorante que ele teve vontade de rir de gozo. E quando a mãe se pôs a cantar baixinho uma *canción de cuna*, uma paz quente e profunda desceu sobre Alonzo, que fechou os olhos e adormeceu no paraíso.

Sim, aquela catedral lembrava-lhe a mãe. No verão seu ventre era fresco; mas como eram cálidas no inverno suas entranhas! E no dia em que os inimigos atacassem a redução — e ao pensar nisso os olhos de Alonzo se voltaram de novo para o nascente — a catedral seria uma cidadela invencível.

No cemitério um lagarto correu por entre cruzes e sepulturas. Do outro lado da praça um vulto moveu-se contra a parede do Cabildo. Deve ser um dos guardas-noturnos — refletiu Alonzo. Nas outras casas — no colégio, no hospital, nas oficinas, no quarteirão dos índios — não se notava o menor sinal de vida.

Alonzo parou um instante no átrio da igreja. Pela porta aberta viu lá no fundo o altar-mor, cujas velas já estavam acesas. Preciso contar meu sonho ao cura — decidiu ele. E entrou no templo.

2

Ajoelhou-se em silêncio junto do pe. Antônio e ficou durante longo tempo em meditação. Por fim o cura ergueu-se, e Alonzo fez o mesmo.

— Padre Antônio, preciso de seu conselho.

À luz das velas e das lamparinas o rosto do cura tinha um tom alaranjado. Era uma face redonda e carnuda, de feições tranquilas. Sumidos nas órbitas, debaixo de sobrancelhas híspidas e grisalhas, seus olhos azuis tinham um brilho líquido de vidro.

— Temos ainda um bom quarto de hora antes do sino tocar. — Puxou a manga da túnica do outro. — Vamos nos sentar ali...

Sentaram-se. O cura respirava fundo. Era um homem corpulento e sanguíneo, de grandes mãos cabeludas. Seus dedos grossos brincavam distraídos com as contas do rosário.

— Fala, meu filho — murmurou ele.

Por um instante Alonzo ficou sem saber por onde começar. Fazia pouco que chegara à missão para servir de companheiro ao cura, que pouco sabia de sua vida e talvez nada de seu passado.

— Padre Antônio — disse Alonzo por fim —, tenho tido ultimamente sonhos perturbadores.

— Lúbricos?

— Não! — exclamou o outro, sôfrego. E ficou desconcertado ante a veemência de sua própria negativa. — Não... — repetiu com mais calma.

— Como são esses sonhos?

Houve uma pausa. Um grilo começou a cricrilar debaixo dum banco, e sua voz estrídula riscou o silêncio. Alonzo calou-se por um momento, meio enleado, os olhos postos na imagem de são Miguel, em cuja face de madeira dançava a luz das velas. Agora de repente lhe ocorria que são Miguel também lhe aparecera no sonho da noite.

— Bom... são confusos, como quase todos os sonhos. Mas num ponto todos se parecem. É que de repente me vejo a correr por uma rua estreita, fugindo... Sinto-me perseguido e estou em agonia. Lembro-me vagamente de que cometi um crime, mas não sei onde nem quando. Só sei que sou culpado e que por isso alguém me persegue.

— Essa rua... é aqui na redução?

— Não. Às vezes é uma rua em Pamplona, onde nasci. Outras vezes é... sim, agora me lembro bem. Esta noite sonhei com uma rua que eu costumava ver na gravura dum velho livro.

— Que livro?

— Creio que numa edição do Quixote. Não tenho certeza.

Pe. Antônio, de olhos semicerrados, sacudia a cabeça lentamente.

— No sonho desta noite — prosseguiu Alonzo —, depois da corrida pela rua, vi-me de volta à cela, caminhando como um sonâmbulo para o armário onde guardo as minhas coisas. Meus pés pesavam como chumbo. De repente são Miguel surgiu na minha frente e me fez recuar. Eu queria alguma coisa que estava no armário, mas o santo sacudia a cabeça, fazendo que não, e eu não sabia se recuava ou avançava.

Pe. Antônio pareceu despertar de repente:

— Que ias buscar no armário?

Fez-se um silêncio em que apenas o cri-cri do grilo continuou, com uma insistência cadenciada de goteira. Alonzo hesitou por um instante.

— Vamos — disse o cura —, conta tudo.

— Nesse armário estava... estava uma parte de meu corpo cujo nome não ouso mencionar neste templo.

O cura fez com a cabeça um grave sinal de assentimento.

— Mas ao mesmo tempo — continuou Alonzo — era também outra coisa que eu ia buscar... Não me lembro... Tudo estava muito confuso. Nesse ponto acordei com uma impressão de agonia.

Fora, os galos começavam a amiudar, e o trecho de horizonte que a porta do templo enquadrava tingia-se de carmesim.

— É só? — perguntou o cura.

— É só. Pelo menos, não me lembro de mais nada.

Pe. Antônio abriu bem os olhos e voltou a cabeça para o companheiro.

— Alonzo, não me disseste tudo.

Alonzo baixou o olhar. Havia algo que reservava para mais tarde, quando se confessasse ao cura. Mas era preciso contar agora.

— Padre — murmurou ele —, tive uma adolescência corrupta.

— Santo Inácio de Loyola também teve.

— Aos dezoito anos fui... fui amante duma mulher casada que quase me destruiu o corpo e a alma. Eu vivia sem lei nem Deus, para desgosto de minha família. Não tentarei justificar-me. Nem entrarei em pormenores. Quero apenas que tenha conhecimento desse período negro de minha vida.

De novo o cura estava de cabeça baixa e olhos cerrados, bem como costumava ficar no confessionário, enquanto ouvia os índios.

— Desabafa, meu filho, abre a tua alma. De resto, Deus já sabe de tudo. Estou certo de que Ele já te perdoou. Mas fala...

— Essa mulher era o centro da minha vida, padre. Fazia de mim o que queria. Por causa dela cometi as maiores vilezas. Ela costumava dizer-me que o marido a maltratava, que batia nela. Contava-me essas coisas com tanta força de convicção, com um realismo tão feroz que me fazia chorar. Aos poucos me fui enchendo dum ódio terrível por aquele homem que eu mal conhecia. Um dia...

Calou-se, como se de repente lhe faltasse o fôlego.

— Sim? — encorajou-o cura.

— Um dia resolvi matá-lo. Cheguei a essa decisão depois duma noite inteira passada em claro. Pela manhã fui à casa de meu rival. Ia provocá-lo e finalmente matá-lo num duelo. Eu era um bom espada-chim e ele tinha trinta e cinco anos mais que eu... Quando lá cheguei disseram-me à porta que ele tinha morrido havia poucos minutos, ful-minado por uma apoplexia. Voltei tomado de horror, com a impressão perfeita de que eu, eu é que o tinha assassinado a sangue-frio. Passei então as horas mais negras da minha vida. Procurei o padre confessor da família e contei-lhe tudo. Foi ele que me mostrou o caminho de Deus. Graças a ele estou aqui...

O cura soltou um fundo suspiro, descansou a mão no joelho do companheiro e disse:

— Isso tudo pertence a um passado morto, não é mesmo? Ou será que essas lembranças costumam perturbar-te os pensamentos?

— Minha verdadeira vida começou quando saí do confessionário decidido a entrar na Companhia de Jesus. O que ficou para trás não passa dum... dum pesadelo.

O cura coçou a cabeça e disse com sua voz áspera e gutural, que fazia os índios pensarem que ele escondia um chocalho na garganta:

— Nossa mente, Alonzo, é como uma grande e misteriosa casa, cheia de corredores, alçapões, portas falsas, quartos secretos de todo o tamanho, uns bem, outros mal iluminados. No fundo desse casarão existe um cubículo, o mais secreto de todos, onde estão fechados nossos pensamentos mais íntimos, nossos mais tenebrosos segredos, nossas lembranças mais temidas. Quando estamos acordados usamos apenas as salas principais, as que têm janelas para fora. Mas quando dormimos, o diabo nos entra na cabeça e vai exatamente abrir o cubículo misterioso para que as lembranças secretas saiam a assombrar o resto da casa. O demônio não dorme. E é quando nossa consciência adormece que ele aproveita para agir.

Alonzo sorriu de leve. Tinha — em Pamplona um dia alguém lhe dissera isso — o rosto dramático dum monge pintado por Zurbarán. Nas faces morenas e meio encovadas azulava uma barba forte. Os lábios eram grossos, e havia nos olhos castanhos um fogo lento de brasa.

O cura costumava dizer que amava mais a alma das pessoas que as próprias pessoas físicas. Tinha um prazer todo particular em procurar penetrar nos mistérios da mente dos índios, ler-lhes os pensamentos, seguir-lhes o raciocínio, antecipar-lhes as reações. Ainda a semana passada tivera um caso curioso. Estava a encomendar uma mulher dada como morta havia algumas horas, quando o corpo começou a mexer-se. Houve pânico entre os índios presentes, que se puseram uns a correr desnorteados, outros a cair de joelhos e a murmurar orações. A mulher olhava em torno com olhos aparvalhados. Com o auxílio dum irmão, pe. Antônio levou-a de volta a casa, pô-la num catre, deu-lhe um pote de leite morno e, depois de vê-la reanimada, fê-la falar. Por esse tempo os índios começavam a entrar aos magotes na casa da "ressuscitada". A índia, muito pálida, as mãos postas, contava a sua aventura. Mal sentira a vida fugir-lhe do corpo vira-se transportada aos céus nos braços de dois anjos "brancos como Pay Antônio" e de asas da cor das garças. Mas ah! A subida para o céu não tinha sido fácil, porque verdadeiros enxames de demônios com cabeças de cão, corpos de vaca e asas de morcego tentavam arrebatá-la das mãos dos anjos e levá-la para o inferno. Os índios escutavam-na enlevados, ao passo que o cura, céptico, olhava para a índia de soslaio, num silêncio desconfiado. Resolveu por fim interrogá-la.

— E depois, chegaste a ver o céu?

— Cheguei.

— Conta-me então como é o céu.

— É bem como o Pay Antônio diz.

— Viste Deus?

— Vi.

— Como é Deus?

— Um homem grande, branco, de barbas compridas, sentado num trono de ouro, em cima duma nuvem. Pay, como Deus é bonito!

Os índios estavam boquiabertos.

— Viste Nossa Senhora? — perguntou um.

— Vi, sim. Estava com seu manto azul bordado de estrelas de ouro. Ela sorriu para mim e disse: "Como vai?".

Pe. Antônio estava fascinado. Os índios tinham uma imaginação tão viva que às vezes lhes era difícil separar o mundo real do mundo de sua fantasia.

E o território dos sonhos de pe. Alonzo não se pareceria um pouco com aquelas fantásticas regiões em que a velha índia andara perdida durante sua morte aparente?

— Escuta, companheiro — disse o cura. — Que é que guardas no armário da cela?

— As minhas roupas.

— Só?

— Alguns livros.

— Que livros?

— Uma velha edição do Quixote. Os poemas de San Juan de la Cruz. Os *Exercícios*, de santo Inácio.

— Que mais?

A expressão do rosto de Alonzo mudou de repente.

— Sim! O punhal.

— Que punhal?

— Um punhal de prata, relíquia de família — exclamou ele, com uma expressão quase extática. E em seguida, mudando de tom: — É estranho que eu tivesse esquecido por tanto tempo que o punhal estava lá...

— Tens uma estima especial por essa arma?

Alonzo ficou calado. Parecia não saber como responder à pergunta. O cura tornou a falar.

— Tinhas contigo esse punhal no dia em que decidiste ir provocar... aquele homem?

Alonzo franziu o sobrolho.

— Sim, eu o levava à cinta.

O cura deu uma palmada na própria coxa.

— Aí está!

— Vê alguma relação entre meus sonhos e meu passado dissoluto?

— Evidentemente! Mas agora me explica por que razão trouxeste contigo o punhal.

— A conselho de meu confessor. Quando a graça de Deus caiu sobre mim e vi a iniquidade em que vivia, despojei-me de tudo quanto tinha, de tudo que me pudesse lembrar da vida antiga: objetos, roupas, amigos... Foi então que o confessor me sugeriu que guardasse o punhal, pois lhe parecia perigoso que eu apenas "esquecesse" o passado.

— ... sem tê-lo destruído de todo — completou o cura, sacudindo lentamente a cabeça. — Ótimo conselho. O essencial é não esquecer nunca a existência do inferno, para melhor sentir as delícias do céu. O único meio de fugir ao perigo é enfrentá-lo. Procurar esquecer a tentação é covardia. O que devemos fazer é vencê-la, isso sim.

Naquele instante o ar foi rasgado pelos sons graves e musicais dos sinos, que encheram de tal forma o recinto da catedral, que Alonzo teve a impressão de que de repente uma onda os engolfava. O sacristão acordava os índios da redução e chamava-os para as orações. Os castiçais vibravam àquele badalar festivo. Os dois padres se levantaram.

O cura teve de gritar para que o outro o ouvisse:

— Tira o punhal do armário e coloca-o em cima da mesa, bem à vista!

Tomou do braço do companheiro e impeliu-o docemente na direção da porta do templo.

— É preciso expulsar o demônio desse casarão — continuou, batendo com a ponta do indicador na testa de Alonzo. — Abrir as janelas, arejar os quartos. No ano passado os índios da redução foram atacados duma doença terrível, porque comiam muita carne crua e essa carne lhes apodrecia no estômago e intestinos, criando vermes. O remédio foi dar-lhes um vomitório de folhas de fumo. A purga e o vomitório para a espécie de mal que te atormenta, meu filho, são a confissão, a oração e a meditação.

Alonzo escutava-o em silêncio. Pararam no átrio e olharam em torno. Raiava o dia. De todas as casas saíam homens, mulheres e crianças, que se encaminhavam para a igreja. Via-se nas bandas do nascente, onde o sol começava a apontar, uma faixa dum amarelo avermelhado.

Finalmente o sino silenciou e ouviu-se o zum-zum confuso das vozes dos índios. O interior da igreja estava agora todo iluminado.

— Abrir também o quarto secreto! — exclamou o cura. Preso num raio de sol, seu rosto resplandecia. — Jogar pelas janelas todas as lembranças más e deixar entrar a luz de Deus, o ar de Deus!

Ao passarem pelo átrio os índios saudavam os padres. O cura dava-lhes a bênção, sorrindo, e fazia no ar o sinal da cruz. A praça enxameava de gente. Retardatários corriam. Mulheres arrastavam crianças. Velhos caminhavam apoiados em bastões.

— Padre Alonzo — perguntou o cura —, estás preparado para ouvir um segredo?

O outro sacudiu a cabeça afirmativamente. Pe. Antônio inclinou-se para ele e murmurou:

— Louvado seja Deus, sou um homem feliz!

E ao dizer isso sua voz chegou a ficar doce e lisa.

3

Às oito horas os índios que trabalhavam nas plantações e na estância reuniram-se como de costume na frente da igreja e pe. Alonzo fez-lhes uma pequena preleção. Disse-lhes que, se colhessem muito trigo, teriam muita farinha; se tivessem muita farinha, dariam serviço ao moinho; se o moinho trabalhasse, os padeiros poderiam fazer muito pão; e se todos tivessem muito pão, ficariam bem alimentados; e se ficassem bem alimentados, Deus se sentiria feliz. Acrescentou que naquele ano precisavam exportar mais erva-mate e algodão para Buenos Aires, pois quanto mais coisas exportassem mais dinheiro teriam, não só para pagar os dízimos ao rei de Espanha, como também para comprar remédios, instrumentos e — oh! sim — mais coisas belas para a igreja: cálices, cruzes, castiçais...

Quando ele terminou de falar, os índios trouxeram de dentro da catedral a imagem de santo Isidro e o cortejo se formou. À frente iam os tocadores de flautas, tiorbas, clarins e tambores; seguiam-se os homens que carregavam nos ombros a imagem do patrono da lavoura; depois vinham os outros índios, cujas vozes, que entoavam um canto sacro, subiam no ar luminoso. Alonzo ficou a observá-los por algum tempo e, depois que viu o grupo sumir-se na encosta do outeiro, saiu para as tarefas do dia.

Àquela hora o pe. Antônio devia estar confessando índios e índias e depois iria dar a aula de doutrina cristã. Uma vez Alonzo o surpreendera a contar às crianças a história de Jesus, que ele apresentava aos alunos como uma espécie de Bom Cacique. Estava tão absorto na própria narrativa que não viu o companheiro entrar. Era extraordinário como sabia adaptar as parábolas bíblicas ao mundo dos índios, e como dava realidade, vida às suas personagens. As crianças o escutavam de boca aberta, num silêncio enlevado.

Alonzo começou a atravessar a praça. Havia no ar um cheiro de névoa batida de sol, e a brisa que lhe chegava às narinas vinha carregada dum suave perfume de macela. Alonzo gostava da paisagem ao redor da redução. Não era trágica como a de certas regiões de Espanha, nem cruel como a dos trópicos. Era pura de linhas e cores — coxilhas verdes recobertas de macegas cor de palha e manchadas aqui e ali dum caponete; por cima de tudo, um céu azul onde não raro boiavam nuvens. Era simples e ingênua, dir-se-ia pintada em aquarela pela mão duma criança.

Alonzo entrou no hospital. Pairava lá dentro um cheiro desagradável de corpos suados, misturado com a fragrância de ervas medicinais — tudo nessa atmosfera indefinível dos quartos onde há muitas pessoas com febre.

Alonzo confabulou por alguns instantes com os enfermeiros e depois saiu a ver os doentes. Deteve-se diante do catre dum índio que tinha sobre um dos olhos uma atadura de algodão.

— Como te sentes, Inácio?

Por um momento o índio pareceu não ter ouvido. Depois descerrou a pálpebra do olho são e sorriu — mas sorriu apenas com esse olho, que fuzilou de alegria; o rosto permaneceu impassível.

— Bem — respondeu, seco.

O caso de Inácio — ocorrido havia poucos dias — fora verdadeiramente impressionante. Descoberto por um de seus companheiros no momento em que espiava a mulher dum amigo que tomava banho, nua, fora trazido à presença do cura, que o repreendeu severamente, pintando-lhe os horrores que sofreriam no inferno os que pecassem contra os santos mandamentos. Num dado momento, embriagado pelo próprio fervor, o pe. Antônio repetiu — e sua voz nesse momento tinha uma qualidade de esmeril — o versículo bíblico que diz "Se teu olho te escandalizar, arranca-o, e atira-o para longe de ti". Tamanha fora a eloquência do cura e tão grande o arrependimento de Inácio, que o índio correra para a oficina, tomara duma pua e com ela vazara o olho esquerdo. Com a cara lavada em sangue, urrando de dor, procurava furar o direito, golpeando a própria testa às cegas, quando um irmão leigo e outro índio o subjugaram. O cura teve de usar todo o seu tato para lhe explicar que, conquanto seu pecado fosse muito sério, os versículos bíblicos não deviam ser tomados ao pé da letra. Mais tarde, naquele mesmo dia, dissera a Alonzo, à hora da ceia:

— Imagina tu a loucura de Lutero. Dar a Bíblia a ler aos leigos!

Alonzo olhou para Inácio, dirigiu-lhe algumas palavras de conforto e começou a afastar-se dele quando o índio o chamou:

— Padre!

— Que é?

— Quando o índio morrer ele vai para o céu?

— Se seguires os mandamentos de Deus, se fores um bom cristão, irás para o céu.

— E se eu for para o céu, Deus me dá um olho novo?

— Claro, Inácio, claro. Deus te dará um olho novo.

Um curto silêncio.

— Padre, eu quero um olho azul como o de Pay Antônio.

— Está bem, Inácio. Reza e pede a Deus que te dê no céu olhos azuis como os de Pay Antônio.

O olho são de Inácio tornou a brilhar, mas sua face continuou séria e rígida.

Na oficina, Alonzo foi ver o que estavam modelando os escultores e ali passou uma hora. O índio Francisco, que nascera e se educara na missão, era um escultor consumado. Havia talhado muitas imagens, algumas das quais se achavam nas igrejas de outras reduções. De torso nu e calças de algodão, ele trabalhava a madeira com paixão, enquanto o suor lhe escorria pelo corpo bronzeado. Alonzo ficou a observá-lo por alguns momentos. Francisco esculpia a imagem dum Senhor Morto. Os outros escultores índios em geral davam à face das figuras os seus próprios característicos fisionômicos: olhos oblíquos, zigomas salientes, lábios grossos. Havia pouco um índio esculpira um Menino Deus índio com um cocar de penas na cabeça. Mas o Cristo Morto de Francisco, com sua face alongada e suas feições semíticas, lembrava estranhamente, na sua simplicidade dramática, certas imagens do século XI que Alonzo vira em igrejas da Europa. Era surpreendente como aquele índio conseguira dar uma expressão de dor e ao mesmo tempo de paz ao rosto do Filho do Homem.

Depois de visitar a padaria, a casa dos teares, a olaria e o moinho, Alonzo foi ao Cabildo, onde o corregedor — um índio imponente que ostentava o uniforme amarelo e encarnado dos soldados espanhóis — discutia com membros do Conselho problemas de administração judiciária.

Quando escrevia a parentes e amigos da Espanha, Alonzo nunca deixava de elogiar a organização das reduções, que, à maneira das povoações espanholas, era governada por um cabildo, para o qual os índios escolhiam em eleições anuais o corregedor — a autoridade máxima —, os regedores, os alcaides, o aguazil-mor, um procurador e um secretário. Contava-lhes também como os indígenas aprendiam, através de lições práticas e vivas, que o indivíduo pouco ou nada vale fora da coletividade a que pertence. Toda a produção das lavouras e estâncias de gado das reduções pertencia à comunidade, e os bens de consumo eram distribuídos igualmente entre todos. A gente dos Sete Povos não conhecia nenhuma moeda, pois ali vigorava um regime de permutas. Do dinheiro apurado na venda de erva-mate e outros produtos que exportava para o Rio da Prata, pagava impostos ao rei de Espanha, sendo o resto empregado na compra de instrumentos de trabalho, alfaias e outros objetos para as igrejas. O que sobrava era finalmente remetido aos cofres da Sociedade de Jesus, em Roma.

O governo encarregava-se de dar assistência às viúvas sem arrimo, aos velhos e aos órfãos; as crianças eram educadas segundo os preceitos da lei de Deus, e preparadas especialmente para viverem naquele tipo de sociedade, onde os brancos — em geral instrumentos de corrupção — só podiam entrar mediante uma licença especial.

Numa de suas últimas cartas à família, Alonzo escrevera:

Se pensais que vivo no meio de bárbaros, estais completamente enganados. Nos Sete Povos começa a nascer uma das mais belas civilizações de que o mundo tem notícia. Enquanto vos escrevo, vejo através da janela a nossa bela catedral, toda de arenito vermelho, com seu tímpano grandioso, o seu átrio com uma longa fileira de colunas, e a sua resplandecente cruz de ouro. Seu estilo lembra o de certas igrejas do fim do Renascimento italiano (o que não é de admirar, pois foi ela construída por um milanês).

Os índios das reduções vivem hoje mais cristãmente que muitos brancos de Pamplona, Madri ou Lisboa. Estão já redimidos do feio pecado da promiscuidade, pois todos se casam de acordo com as leis da Igreja e guardam o sexto mandamento; temem a Deus, são batizados e fazem batizar os filhos; no leito de morte nunca deixam de receber o Viático; e quando morrem são encomendados e finalmente enterrados em campo-santo.

Pois muitos desses chamados selvagens sabem, além da língua nativa, o latim e o espanhol, e são hábeis escultores, pintores, oleiros, ourives, tecelões, fundidores de bronze, e músicos. Um destes dias, escutando um sexteto de índios que tocava com sentimento e correção peças dum compositor bolonhês, fiquei de tal maneira comovido que não pude reprimir as lágrimas.

Às dez e meia o sino tornou a badalar. Alonzo recolheu-se à cela para seus quinze minutos de meditação. Tirou do armário um estojo de couro negro e abriu-o. Lá estava o punhal, que ele não via nem tocava havia tantos anos. Era uma bela arma de cabo e bainha de prata lavrada. Alonzo desembainhou-a: a lâmina triangular de aço, que ele apertou na mão, era fria. Fria e má — concluiu. Fechou os olhos e imaginou o que teria sido sua vida — ou antes, sua morte — se ele houvesse matado aquele homem. (Como se chamava ele? Com quem se parecia? Não se lembrava de nada...) Imaginou o horror de sentir nas mãos o sangue do outro, quente como uma coisa viva. Pensou na agonia das horas que se seguiriam ao crime, nas noites de insônia, no remorso a espicaçar-lhe a consciência, no horror e na vergonha da família e finalmente nas torturas do inferno, onde sua alma iria expiar, pelos séculos dos séculos, não só o crime de homicídio como também o pecado da luxúria. Alonzo então usou os cinco sentidos para criar o inferno e imaginar-se dentro dele. Ouviu seus próprios gritos de dor, os berros e as blasfêmias dos outros condenados que vociferavam coisas obscenas, vituperando Cristo e a Virgem... Sentiu o cheiro de carne queimada, o fedor pútrido de corpos em decomposição. Viu pecadores a se estorcerem, esfolados, purulentos, chamuscados, dilacerados, carbonizados — mas vivos, vivos sempre, sofrendo sempre. Sentiu na própria carne a dor que as queimaduras produziam. Tinha pecado: estava perdido para toda a eternidade. O suor escorria-lhe pelo rosto, pelo torso, e de olhos cerrados Alonzo debatia-se sempre no inferno. Não havia mais salvação. Todos os segundos, todos os minutos, todas as horas, todos os dias, todos os anos, todos os séculos dos séculos — sem um único momento de alívio, sem um único instante de descanso — significavam dor, dor aguda, dilacerante. Dor... Doía-lhe a palma da mão, de onde o sangue pingava lentamente nas lajes do chão. Alonzo abriu os olhos. A ponta do punhal penetrara-lhe na carne. Mas agora, suado e ofegante, ele entrevia o céu. No ato de Deus que fulminara aquele homem, ele vislumbrara o desejo do Altíssimo não só de salvar-lhe a alma como também de chamá-lo para Seu serviço. Ele estava salvo! Agora pertencia a Deus. Como era bom não ter cometido o grande pecado... Bom! Bom! Bom! Largou o punhal e seu espírito subiu ao céu. De braços caídos, cabeça erguida, olhos cerrados, ele se deixou levar... Sentia o perfume celestial, um sopro fresco bafejava-lhe a fronte. E a luz que se irradiava da face de Deus deixava-o ofuscado. A redução com todos os seus trabalhos evangélicos, todas as suas oportunidades de servir o Criador, redimir os índios era já uma antecâmara do Céu. Era bom estar ali! A sensação de liberdade e gratidão foi tão grande, que toda ela subiu no peito do padre e rebentou-lhe na garganta num soluço. Alonzo caiu de joelhos junto do catre e rompeu numa oração que o choro entrecortava.

Depois, exausto, e sempre ajoelhado, deixou pender a cabeça sobre o leito. Da ferida da mão, o sangue ainda escorria. Mas ele amava aquela ferida.

4

Entardecia e pe. Alonzo terminava sua aula de música. Um dos estudantes tocara ao órgão, havia pouco, um prelúdio. Depois um grupo de instrumentos de arco executara uma sarabanda, e agora o índio Rafael ali estava a tocar na sua flauta a pavana dum compositor italiano. Junto da janela, Alonzo escutava. Havia no rosto do índio uma inefável expressão de tristeza — mas uma tristeza de imagem asiática — lustrosa, fixa, oblíqua. Parado no meio da sala, de sobrancelhas erguidas, testa pregueada, olhos fechados, ele soprava na flauta, como que esquecido do mundo.

E a voz queixosa do instrumento parecia contar uma história. A melodia ora se desenrolava no ar como uma fita ondulante — e Alonzo tinha a impressão de ver a linha sonora escapar-se pela janela, avançar campo em fora, acompanhando docemente a curva das coxilhas —, ora parecia um lento arabesco noturno. E aquela pavana, composta por um remoto compositor europeu e tocada por aquele índio missioneiro, despertava em Alonzo recordações também remotas. Lembrou-se de sua casa em Pamplona. Frituras de azeite na cozinha, fragrância de cravos no jardim — esses eram os cheiros da casa de seus pais ao entardecer. Alonzo tinha agora no pensamento a imagem da mãe, sentada como uma rainha na sua cadeira de respaldo alto, o colo farto, o olhar manso, as mãos cruzadas sobre o ventre — tranquila, sólida e acolhedora como uma catedral...

A melodia serpenteava sobre as coxilhas. Que pensamentos estariam passando pela mente de Rafael? — desejou saber Alonzo. Aqueles índios amavam a música. E com que talento a interpretavam! Que ouvido privilegiado tinham! Havia na redução excelentes organistas, harpistas, corneteiros e cravistas. Tocavam composições difíceis, e até trechos de ópera italiana. Os instrumentos em sua maioria eram fabricados na redução pelos próprios índios, dirigidos pelos padres. A música havia sido e ainda era para os missionários um dos meios mais efetivos de catequização. Tocando seus instrumentos e cantando, eles se haviam aproximado pela primeira vez dos guaranis, desarmando-os espiritual e fisicamente e conquistando-lhes a confiança e a simpatia. No princípio a música fora a linguagem por meio da qual padres e índios se entendiam. E não teria sido porventura a música a língua do Paraíso — o primeiro idioma da humanidade? Por meio da música os jesuítas induziam os índios ao estudo, à oração e ao trabalho. Era ao som de música e cânticos que eles iam para a lavoura, aravam a terra, plantavam e colhiam — e era sempre debaixo de música que voltavam para a redução ao anoitecer. A música era por assim dizer o veículo que levava aquelas almas a Cristo.

A pavana terminou. O índio abriu os olhos mas ficou imóvel, com o instrumento ainda nos lábios, a mesma expressão de tristeza na face bronzeada. A interrupção da melodia chegou a ser quase dolorosa para Alonzo. Mas, oh!, a música podia ser também uma arma do demônio. A pavana era decididamente perigosa. Ele devia riscá-la do repertório de Rafael. Porque aquela composição não elevava a alma a Deus: não era vertical, mas horizontal, preguiçosa, lânguida, quase mórbida.

— Muito bem, Rafael — disse o padre. — Podes ir.

No anoitecer daquele mesmo dia, durante a hora de recreio que se seguiu à ceia, pe. Antônio contou aos índios a história da Paixão de Cristo, preparando-os para as comemorações da Semana Santa que se aproximava.

E já a noite havia descido por completo — uma noite morna, pontilhada de estrelas e grilos — quando pe. Alonzo se retirou para a cela, a fim de fazer um exame de consciência e preparar-se para a meditação do dia seguinte.

Pouco depois que o sino grande da catedral deu o toque de recolher, alguém lhe bateu à porta.

— Quem é?

— Sou eu. O irmão Paulo.

— Pode entrar.

Um jovem magro, metido numa batina parda, entrou.

— O cura lhe pede que vá imediatamente ao hospital.

Alonzo pôs o barrete na cabeça e saiu em companhia do outro.

— Inácio está passando mal? — perguntou ele ao atravessarem a praça.

— Não, padre. Uma índia acaba de dar à luz uma criança e está se esvaindo em sangue.

Alonzo estranhou:

— Mas não me consta que nenhuma mulher estivesse esperando filho para hoje...

Irmão Paulo tinha um rosto cor de cidra, uma voz mansa e um jeito humilde. Os olhos encovados quase nunca fitavam de frente o interlocutor.

— Não é índia das reduções — explicou ele. — Parece ter vindo do Continente do Rio Grande.

— Mas não me comunicaram nada!

O outro encolheu os ombros timidamente.

— Foi encontrada perto do trigal e recolhida pelos homens quando voltavam do trabalho.

— O corregedor foi informado?

Irmão Paulo fez com a cabeça um sinal afirmativo.

Luzia no céu um caco de lua. Talvez amanhã houvesse mais uma cruz ali no cemitério — refletiu Alonzo. E perguntou:

— Há alguma esperança de salvar a mulher?

— É um caso perdido, irmão.

Entraram no hospital. No quarto onde o cura administrava a extrema-unção à moribunda, boiava a luz amarelenta das lamparinas de azeite. Alonzo aproximou-se do catre. A índia estava deitada de costas, o sangue escorria-lhe das entranhas, empapava os cobertores e pingava nas gamelas que os enfermeiros haviam colocado ao pé do leito. O único som que se ouvia ali dentro, além do pingar do sangue, era a voz esfumada do cura, que ungia com os dedos os olhos da rapariga, murmurando: *Per istam Sanctam Unctionem et suam piissimam misericordiam, indulgeat tibi Dominus quidquid oculorum vitio deliquisti. Amen.*

De olhos muito abertos — olhos de animal acuado — a índia mirava fixamente o cura, enquanto de sua boca entreaberta saía um ronco estertoroso. Devia ter quando muito vinte anos — calculou Alonzo. Ajoelhou-se junto do catre e começou e pedir a Deus que recebesse no Reino dos Céus a alma daquela pobre mulher, que pecara por ignorância, e a quem decerto nunca fora dada a oportunidade de seguir o bom caminho.

— ... *quidquid narium vitio deliquisti. Amen* — recitava o cura. E o sangue pingava nas gamelas... *quidquid labiorum linguae vitio deliquisti.*

Amen. O cheiro de óleo e sangue entrava pelas narinas de Alonzo e em seu cérebro se transformava em pensamentos confusos, que ele se esforçava por espantar.

Ao cabo de alguns instantes em que andou perdido a vaguear entre o céu e a terra, Alonzo sentiu uma pressão de dedos no ombro. Ergueu os olhos e viu o cura.

— Está tudo acabado — disse este último.

Alonzo ergueu-se. Irmão Paulo aproximou-se da morta e com dedos leves cerrou-lhe as pálpebras.

De outras salas do hospital vinham agora gemidos e lamúrias. Como se tivessem sentido a presença da morte, os outros doentes clamavam pelos padres, oravam e choravam.

— E a criança? — perguntou Alonzo.

O cura sorriu.

— Está viva. Venha ver.

Aproximaram-se dum berço tosco onde, no meio de panos de algodão, o recém-nascido dormia. Tinha a pele muito mais clara que a da mãe. Alonzo ergueu os olhos para o cura, que sacudiu lentamente a cabeça, adivinhando os pensamentos do companheiro e dando a entender que participava também de suas suspeitas. Aqueles malditos vicentistas! — pensou Alonzo. Não se contentavam com prear índios e levá-los como escravos para sua capitania: tomavam-lhes também as mulheres, serviam-se vilmente delas e depois abandonavam-nas no meio do caminho, muitas vezes quando elas já se achavam grávidas de muitos meses. Aquele não era o primeiro caso e certamente não seria o último.

O cura observava a criança.

— É um lindo menino — disse. — Vamos batizá-lo amanhã. Tu serás o padrinho, Alonzo. — Inclinou-se sobre o berço, sorrindo. — Este pelo menos salvará sua alma — acrescentou. E depois, mudando de tom: — Que nome lhe vamos dar?

— Pedro — respondeu Alonzo, quase sem sentir.

O cura repetiu:

— Pedro... Pedro. Não há nada como os nomes simples. Ele se chamará Pedro.

Alguns minutos depois, atravessando a praça, rumo da cela, Alonzo procurava descobrir por que se lhe escapara com tanta espontaneidade o nome de Pedro. Algum amigo quase esquecido? Não. Algum membro da família? Também não. Deu mais alguns passos e de repente estacou, como se alguém o tivesse frechado pelas costas. *O homem que um dia ele quisera matar chamava-se Pedro*. Agora ele se lembrava... Pedro Menéndez Palacio.

5

Depois daquela noite, a geada de cinco invernos branqueou os telhados da missão; e as pedras avermelhadas de sua catedral fulgiram ao sol de cinco verões mais ou menos tranquilos. Foram aqueles os tempos de maior prosperidade dos Sete Povos. Conquanto no Continente do Rio Grande de São Pedro espanhóis e portugueses vivessem em contínuas lutas por questões de limites, houve paz nas reduções.

Padres vindos de além-mar ou de outras missões — pregadores, cartógrafos, músicos, naturalistas, astrônomos, matemáticos, arquitetos — chegavam, ficavam por algum tempo e depois se iam, deixando uma marca de sua passagem: um mapa, um relógio, um órgão, uma imagem, um livro, uma ideia... A população crescia, novas casas se construíam e novas cruzes eram plantadas no cemitério. Batizados, enterros e casamentos se alternavam; e não raro o cura mal via fechada uma sepultura e já corria a preparar-se para o batismo dos recém-nascidos, enquanto na igreja pares de noivos esperavam a hora do casamento. A experiência levava os padres a arranjar e apressar o casamento de índios e índias mal eles chegavam à puberdade. A catedral aos poucos se enchia de novas imagens e enriquecia suas alfaias. O relógio incrustado na torre maior parecia a face mesma do tempo, e o sino grande a sua voz.

A rotina da redução era quebrada de quando em quando por um acontecimento sensacional; um índio mordido de cobra; um tigre que atacava os terneiros da estância; um temporal que destelhava as casas ou uma chuva de pedra que danificava as plantações. Duma feita o sol foi escurecido por uma nuvem de gafanhotos vindos do nascente e que ameaçavam cair sobre as lavouras. Todos os índios da redução saíram correndo de suas casas, gritando com toda a força dos pulmões, batendo tambores, matracas, chocalhos, fazendo soar clarins, dando tiros de ronqueira, ao mesmo passo que os sinos da igreja atroavam os ares... E foi tal o barulho que se ergueu da missão, que a nuvem mudou de rumo e se sumiu na direção do norte.

Periodicamente o governador de Buenos Aires mandava buscar nas reduções índios para empregá-los na construção de edifícios públicos. Os padres indignavam-se ante tais exigências. Sabiam que esses índios jamais voltariam às suas casas, pois morreriam mercê dum tratamento pouco humano ou, longe da influência dos missionários, tornariam a cair em pecado, entregando-se à heresia, ao amor promíscuo, à bebida e outros vícios.

Pe. Alonzo continuava na redução. Uma vez que outra, nos verões muito quentes, ele tinha a impressão de ver o tempo parado sobre os telhados e campos em derredor, como que imobilizado pelo mormaço: moscardos zumbiam e voavam no tempo estagnado. Outras vezes ele sentia a rotina arrastar-se com lentidão, paralelamente às horas. Mas na maioria dos dias o tempo voava como o vento. Era quando ele se entregava a trabalhos absorventes, sempre cheios de imprevistos: orientar os índios nas suas criações artísticas; levá-los em excursões pelos campos; preparar as festas; escrever autos e dirigir-lhes os ensaios; discutir com o corregedor e as outras autoridades problemas de administração e de justiça. Dentro de suas orações havia toda a eternidade; e nas horas de meditação o tempo fluía e refluía, avançava ou recuava mil anos ou então se sumia de todo no espaço ilimitado de seu espírito, que de repente ficava esvaziado do seu conteúdo de tempo, bem como uma lagoa cuja água se drenasse por completo.

Todos os anos, no dia de Corpus Christi, antes de nascer o sol o corregedor, os caciques e outros dignitários da redução percorriam as ruas montados em cavalos ricamente ajaezados. Eram seguidos de tamboreiros e tocadores de flauta. Diante da igreja detonava-se uma ronqueira, seu estrondo reboava na praça, espantando as pombas que voavam assustadas da torre e do frontão do templo. A população acordava e vinha para a missa cantada.

Quando o sacerdote saía da sacristia, era sempre precedido por jovens dançarinos, que marchavam em filas de dois e empunhavam velas cuja chama lhes iluminava a face acobreada e impassível, como que talhada também em arenito vermelho. Iam num passo grácil e ritmado, enquanto quatro bailarinos queimavam ervas aromáticas e outros tantos tapetavam de flores e folhas o caminho que o celebrante percorria por entre as alas de fiéis, os quais ia aspergindo com água benta.

Como era belo ver depois aqueles esbeltos dançarinos, disciplinados como pajens, parados de pé, ali no batistério! Quando o sacerdote subia para o púlpito ou quando descia, era sempre flanqueado por dois desses índios, que levavam ainda nas mãos as velas acesas.

O cheiro do incenso misturava-se com o das flores e ervas. As vozes do coro enchiam, poderosas, o recinto da catedral. Os objetos de metal cintilavam à luz do sol ou ao reflexo das chamas das velas. Alonzo mal se podia concentrar em suas orações, tão deslumbrado estava com tanta cor, tão estonteado se sentia com tantos perfumes e sons, tão perturbado ficava com tanta beleza.

Terminada a missa solene, havia danças e cânticos no vestíbulo da igreja, perante os padres e os membros do cabildo.

As ruas eram preparadas especialmente para a procissão, enfeitadas com bandeiras, estandartes e arcos de triunfo, aos quais estavam presas aves vivas — gralhas, gaviões, corvos, tucanos, garças, colhereiros... Pias, gamelas e bacias de ferro cheias d'água e contendo peixes vivos eram colocadas em diversos pontos por onde devia passar a procissão. Outros animais — tigres, gatos-do-mato, veados, antas, tamanduás, leões baios — eram postos ao pé dos arcos, dentro de jaulas ou capoeiras.

Quando a procissão passava ao som de cânticos, as aves guinchavam e sacudiam as asas, os animais urravam, e do chão se erguia um perfume de manjericão silvestre esmagado.

Um dia Alonzo concluiu que esse era o espetáculo mais belo que jamais vira em toda sua vida. No entanto o resto do mundo o ignorava! Nas cortes da Europa ninguém sabia nem podia imaginar que ali naquele mundo novo e selvagem, no meio de campinas imensas, havia uma catedral mais bela que muitas da Espanha e da Itália: e que naquele momento milhares de índios e índias convertidos ao Evangelho rendiam homenagem ao Corpo de Cristo. O céu era dum azul-rútilo. A catedral reverberava à luz da manhã, como uma fortaleza impávida cujas paredes fossem de ferro em brasa. O ar enchia-se de sinos e das vozes de todas as criaturas de Deus — aves, feras e homens. Flores e asas e bandeiras de todas as cores tremulavam nos arcos de triunfo. A procissão movia-se vagarosamente, em meio duma nuvem de incenso, e nas mãos do sacerdote o ostensório fulgia como um sol.

Uma tarde, à hora do crepúsculo (foi no ano de 1750, por ocasião da Páscoa) Alonzo parou no centro da praça, contemplou a catedral e sonhou de olhos abertos com o Mundo Novo. Havia de ser algo tão belo e sublime que a mais rica das imaginações mal poderia conceber.

Os povos não mais seriam governados por senhores de terras e nobres corruptos. Seria a sociedade prometida nos Evangelhos, o mundo do Sermão da Montanha, um império teocrático que havia de erguer-se acima das nações, acima de todos os interesses materiais, da cobiça, das injustiças e das maquinações políticas. Um mundo de igualdade que teria como base a dignidade da pessoa humana e seu amor e obediência a Deus. Nesse regime mirífico o homem não mais seria escravizado pelo homem. Não haveria mais exaltados e humilhados, ricos e pobres, senhores e servos. Que direito tinha uma pessoa de se apossar de largas extensões de terra? A terra, Deus a fizera para todos os homens. O que era de um devia ser de todos, como nos Sete Povos. Todas as criaturas tinham direito a oportunidades iguais. Não era, então, maravilhoso transformar-se um índio pagão num cristão, num artista, num músico, num escultor, num ourives, num arquiteto? Quantos milhares de seres havia no globo que vegetavam na ignorância e na miséria por falta apenas de quem lhes iluminasse o entendimento, despertando-lhes o desejo de melhorar, de criar coisas úteis e belas com a mão e o espírito que Deus lhes dera!? Mas para conseguir esse mundo ideal era primeiro necessário combater todos aqueles que por indiferença ou egoísmo se negavam a baixar os olhos para os humildes. Alonzo, que fora sempre um estudioso da história, sabia que os homens em todos os tempos foram sempre levados ao pecado pelo diabo, e a arma de que o diabo mais se servia era o desejo de riqueza, poder e gozo. Para conseguir essa riqueza, essa força e esses prazeres, não hesitavam em escravizar as outras criaturas. E a melhor maneira de conservá-las em estado de escravidão era mantê-las na ignorância. Pagavam soldados não só para defender-lhes as vidas e os bens como também para alargar-lhes as conquistas. Mas esses senhores consistiam numa minoria. Ah! Um dia esses eternos humilhados, esses eternos escravos haveriam de tomar consciência de sua força e erguer-se! Mas era indispensável que tal levante se fizesse não em nome do ódio, da vingança e da destruição, mas sim em nome de Deus e da Suprema Justiça. A missão da Igreja — e neste ideal extremado Alonzo sabia que estava só — devia ser a de promover essa revolução. O trabalho da Companhia de Jesus já havia começado na América. Era preciso primeiro conquistar o Novo Continente, livrar o índio da influência do homem branco, organizar uma grande república teocrática que depois, aos poucos, poderia estender a outras terras a sua influência e o seu exemplo. Ah! Mas para conseguir esse supremo bem os jesuítas seriam obrigados a usar meios aparentemente ignóbeis. Teriam de ser obstinados e implacáveis. No princípio seria necessário exercer uma ditadura justa mas inexorável. Não havia outra alternativa. Seriam os fiadores dessa Revolução em Nome de Deus, pois o povo não estava ainda esclarecido, não sabia o que lhe convinha, e portanto podia ser facilmente ludibriado pelos poderosos. Era pois imprescindível que os sacerdotes exercessem na terra a ditadura em nome de Deus até que um dia (dali a quantos anos? cem? duzentos? mil? que importava o tempo?) fosse possível atingir aquele estado ideal, conseguir a igualdade entre as criaturas, a paz e a felicidade universal. Agora, porém, era preciso lutar, pregar, instruir, influir no espírito das gentes, educar e disciplinar a juventude, exercer uma censura feroz em todos os setores da vida daqueles povos a fim de que eles se habituassem a pensar de acordo com a Ideia Nova. Um dia haveria sobre a face da Terra governos justos, e não mais instrumentos secretos e cruéis de satanás. Até lá, porém, era inevitável que os sacerdotes suassem sangue, não cedessem às fraquezas de seus corações, tivessem a coragem de parecer tirânicos. Seriam odiados, caluniados, perseguidos, apresentados como monstros. Os senhores do mundo haveriam de atirar contra eles expedições militares punitivas. Ah! Mas ele conhecia a história. A justiça de Deus estava visível nas entrelinhas dos fatos. Que significavam as guerras contínuas entre nações, ducados e principados senão que a humanidade vivia em desentendimento porque era corrupta e adorava o bezerro de ouro? Por que países como Portugal e Espanha viviam sempre em guerras? Era porque faltava entre os povos separados por línguas e costumes diferentes um elemento de unidade espiritual. Esse elemento de unidade, esse denominador comum das almas só poderia ser um: o temor e o amor a Deus. Era em nome de Deus que eles, soldados da Igreja, tinham de lutar. E não haviam de recuar diante de nenhum obstáculo. O fim era bom: todos os meios para chegar a ele seriam necessariamente lícitos.

Naquela hora crepuscular, às vésperas dum domingo de Páscoa, Alonzo pensou em todas essas coisas. E esses pensamentos não só lhe vinham de velhos sonhos e cogitações, como também haviam sido despertados especialmente pelas notícias que acabavam de chegar à redução com um caráter de praga, de peste, de catástrofe. Portugal e Espanha, para pôr termo às rixas em que viviam empenhados, tinham assinado um tratado iníquo, segundo o qual os portugueses cediam a seus velhos inimigos a Colônia do Sacramento, e os espanhóis, em troca, lhes entregavam os Sete Povos das Missões.

6

Pedro cresceu na missão aos cuidados da família do cacique d. Rafael, e seguido de perto por Alonzo, que tinha por ele uma estima toda particular. Aos oito anos sabia ler, escrever, fazer contas, e, além do guarani, falava espanhol e podia ler com relativa correção alguns textos em latim. Era um menino mais alto que o comum dos índios da sua idade, tinha a pele trigueira, os cabelos pretos e lisos, olhos escuros e meio oblíquos, nariz fino e reto, e boca rasgada.

Grande foi para Pedro o dia em que pela primeira vez serviu de coroinha. Antes de começar a missa saiu a acompanhar o padre, que aspergia os índios. O coro rompeu a cantar. As mãos de Pedro, que seguravam a caldeirinha, tremiam: e cada vez que o padre sacudia o hissope no ar, gotas de água benta respingavam os olhos do menino, que piscava. A voz dos índios enchia as naves: *asperges me hyssopo et mundabor; lavabis me et super nivem dealbabor...* — cantava o coro. Desde esse dia, sempre que alguma coisa lhe entrava nos olhos, fazendo-os arder, ele se lembrava da palavra *asperges*. Com o passar do tempo foi descobrindo outras palavras mágicas. *Lavabo* passou a significar água; e sempre que chovia ele exclamava para si mesmo: *Lavabo! Lavabo!* Mas a grande descoberta que trouxe para sua vida uma secreta alegria e mais um mistério ocorreu quando ele rezava com outros meninos a Ladainha de Nossa Senhora. Estavam todos ajoelhados, de mãos postas, fazendo o responsório.

— *Turris eburnea!* — disse o cura.

E os meninos:

— *Ora pro nobis.*

E num dado momento "aquilo" aconteceu. A voz áspera de pe. Antônio rascou o ar:

— *Rosa mystica...*

Pedro esqueceu a ladainha. Seus lábios não conseguiram pronunciar o *ora pro nobis*. Rosa mística... Essas palavras lhe ficaram soando na memória com uma doçura de música. Rosa mística. Ele as repetia baixinho. Como era bonito! Rosa mística. Mas que queria dizer? Sabia o que era rosa. Havia rosas brancas, vermelhas, amarelas... Mas que seria *rosa mística*? Pensou em perguntar ao cura ou a pe. Alonzo. Mas um temor secreto impediu-o disso. Ficou acariciando a palavra, guardando-a como um segredo, como um pecado. Rosa mística. Tornou a pensar nela na cama, dormiu com ela. Na aula de música, no dia seguinte, enquanto tocava órgão, as palavras seguiram em sua mente a linha da melodia duma cantata. Rosa mística. Na aula de doutrina quase se ergueu para perguntar: "Padre, que é rosa mística?". Mas não teve coragem. E um dia, olhando a igreja na hora em que o primeiro sol da manhã lhe incendiava as paredes, murmurou: "Rosa mística". E daí por diante, sempre que uma impressão de beleza o feria, sempre que alguma coisa lhe dava prazer, ele murmurava: "Rosa mística". Se uma laranja era doce, Pedro pensava: "Rosa mística". "Rosa mística" dizia também para as músicas que amava, para as nuvens, para as aves, para a água, para os peixes. Um dia em que caminhava com pe. Alonzo através do cemitério, pararam ambos diante dum túmulo.

— Aqui está o corpo de tua mãe — disse o padre, mostrando uma cruz ao menino. Pedro olhou para o pequeno monte de terra a seus pés. Teve o desejo de abrir a sepultura a ver como era a fisionomia de sua mãe. Imaginava-a bela e branca como as santas. Olhando para o chão, esquecido da companhia do padre, murmurou de repente:

— Rosa mística.

O jesuíta, surpreendido, perguntou:

— Que foi que disseste?

— Rosa mística.

— E sabes quem é a Rosa mística?

O menino sacudiu a cabeça negativamente, sem olhar para o amigo.

— É Nossa Senhora, Mãe de Deus — explicou Alonzo.

Muito cedo Pedro travou conhecimento íntimo com o diabo. Nas aulas de doutrina ouvia histórias sobre anjos bons e anjos maus. Passou, então, a vê-los muitas vezes em seus sonhos e nas suas elucubrações. Dificilmente conseguia distinguir as coisas que imaginava ou sonhava das coisas que realmente via quando estava acordado. Num velho livro que pe. Alonzo tinha em sua cela, havia uma gravura pela qual Pedro sentia grande atração. Era a em que um mau espírito aparecia montado num pobre pecador, o qual, de quatro pés como uma cavalgadura, se deixava surrar pelo anjo do mal; viam-se ainda outros demônios com cabeça de vaca e de cão, asas de morcego e corpos humanos: um deles empunhava uma clava, outro tinha um nó de víboras em cada mão; um quarto espírito mau tocava flauta, e, no primeiro plano, um diabo dirigia o coro dos pecadores, cujas cabeças apareciam, de faces contorcidas, acima das chamas do inferno. Pedro aprendeu também que o diabo vigia nossos passos, procura entrar em nossos pensamentos a fim de nos fazer pecar. Vivia atento à luta que se travava entre o seu anjo da guarda e os espíritos do mal pela posse de sua alma. Às vezes julgava ouvir esses anjos caídos gemerem na voz do vento, surgirem nas sombras da noite, entre as cruzes do cemitério, ou entrarem no corpo dos morcegos e outros bichos da noite. Sua imaginação povoava o mundo de demônios, e esse mundo fantástico não só continuava como também se alargava em seus sonhos e meditações.

Pedro tinha em geral uma vida ativa: aprendia ofícios, doutrina cristã, música; lia em voz alta as Escrituras Sagradas em latim, à hora em que os padres ceavam; não raro ajudava os índios a limpar o trigo e, enquanto fazia isso, cantava com eles. Aos domingos, com outros coroinhas, acolitava o cura na missa. Fazia também parte do coro; representava nos autos e durante as festas tomava parte nas danças. Gostava também de andar sem rumo pelas coxilhas, de arco e flecha, a caçar passarinhos, a procurar ninhos ou a aprisionar lagartixas vivas. (Talvez um dia conseguisse até prender numa guampa a teiniaguá, a lagartixa encantada!) Momentos havia, porém, em que o menino caía em estado de melancólica meditação, preocupado com o mistério das pessoas que via a seu redor: os padres brancos com suas batinas negras; os índios cor de terra, vestidos de maneira tão diferente dos outros índios que não pertenciam a nenhum dos Sete Povos.

Intrigava-o o mistério do dia e da noite; do sol e da lua; das plantas, dos bichos, da chuva, do trovão, do relâmpago e do raio. Em tudo isso ele via, duma maneira obscura, manifestações da luta entre o bem e o mal. E havia sobretudo o grande mistério da morte. Ele acompanhava, fascinado, os serviços fúnebres, gostava de ver e ouvir, escondido atrás das colunas do templo, a encomendação dos defuntos. E era com o coração a bater-lhe descompassado, os olhos muito abertos, que Pedro via os cadáveres serem postos nas suas covas e depois cobertos com terra. O latim para ele tinha um som mágico que o deixava comovido, mesmo quando não compreendia o que lia ou ouvia. Decorava trechos do *Martiriológio* e salmos, que repetia quando estava sozinho. Sempre que ouvia falar nos outros países que havia para além do horizonte, ficava olhando à distância com olhos tristonhos. Pe. Alonzo contava-lhe coisas da Espanha, de seus reis, cavaleiros, santos, sábios, mártires e conquistadores. E às vezes traçava na terra com a ponta duma vara mapas que Pedro examinava com apaixonada e perplexa atenção.

Gostava principalmente das façanhas dos templários, e deliciava-se ao escutar a história das Cruzadas.

Outra das suas grandes paixões era a música. Em geral os índios das reduções, mesmo os adultos, conseguiam tocar apenas o que aprendiam de cor ou então o que liam na pauta, sendo incapazes de compor. Pedro era diferente. Às vezes tomava da flauta e começava a improvisar. Inventava melodias que ora eram tristes e arrastadas ora rompiam em trêmulos e arabescos alegres, para depois caírem de novo numa melopeia.

Aos dez anos Pedro aprendeu de cor uns versos de San Juan de la Cruz que o pe. Alonzo costumava recitar. Era o *Cántico espiritual entre el alma y Cristo, su Esposo*:

> *Adónde te escondiste,*
> *Amado, y me dejaste con gemido?*
> *Como el ciervo huiste,*
> *Habiéndome herido;*
> *salí tras ti clamando, y ya eras ido.*

O menino repetia esses versos com sua voz musical. E a parte de que ele mais gostava — embora não chegasse nunca a compreendê-la — era esta:

> *Buscando mis amores,*
> *iré por esos montes y riberas,*
> *ni cogeré las flores,*
> *ni temeré las fieras,*
> *y passaré los fuertes y fronteras.*

Recitou-os um dia para o pe. Alonzo e, ao terminar, perguntou-lhe:

— Padre, então a Alma casou com Cristo?

Meio embaraçado, Alonzo respondeu:

— Simbolicamente, Pedro.

Mas compreendeu de imediato que havia respondido apenas a si mesmo, não ao entendimento do menino.

— Faz de conta — explicou. — A alma duma pessoa religiosa ama a Cristo e une-se, casa-se com Ele.

— É o Pay Antônio que faz o casamento?

Alonzo sorriu.

— Não, Pedro. Não é bem assim.

Procurou palavras simples para explicar, e como não as encontrasse achou prudente mudar de assunto.

Um dia Alonzo chamou Pedro para lhe cortar a tonsura. Para que o rapaz não cometesse nenhum erro, deu-lhe uma rodela de papel na configuração exata da tonsura, e sentou-se. Pedro subiu num mocho, apanhou a tesoura e pôs-se a trabalhar. Era a primeira hora da tarde, fazia calor e Alonzo sentia os olhos pesados de sono. Um ar de preguiça amolentava tudo, e a luz do sol parecia escorrer como azeite quente sobre a missão. Num dado momento a rodela de papel deslizou pelos cabelos do padre, começou a esvoaçar no ar como uma borboleta branca. O espírito de Pedro não se concentrava no trabalho. Nem o espírito nem os olhos, pois estes estavam fitos, fascinados, no punhal de prata que se achava em cima da mesa da cela.

— Padre... — chamou Pedro de mansinho. Depois, mais alto: — Padre!

Alonzo abriu os olhos.

— Que é?

— De que é feita aquela espadinha?

— Aquilo não é espadinha. É um punhal. A lâmina é de aço. A bainha, de prata lavrada.

— De quem é o punhal?

— É meu. Já te disse mil vezes.

— Ah!...

Pedro tornou a pôr a rodela de papel na coroa da cabeça do missionário, e por alguns instantes só se ouviu ali na cela o zumbir das moscas e o pique-pique da tesoura.

— Padre.

— Presta atenção no que estás fazendo, Pedro!

— Quem foi que deu o punhal ao padre?

— Foi meu pai.

— E quem foi que deu o punhal ao pai do padre?

— Talvez meu avô. Mas basta! Cuidado... vais me cortar!

Os olhos de Pedro, porém, não se afastaram do punhal.

— Quando eu crescer posso ter um punhal assim?

— Para quê?

— Para me defender.

— De quem?

— Dos inimigos.

— Que inimigos?

— Os espíritos do mal.

— A melhor arma contra eles é a cruz.

— É?

— É.

— Ah!...

Fez-se um silêncio de vários minutos em que Pedro dividiu a atenção entre a tonsura do missionário e a arma.

— Pronto! — disse por fim, saltando da cadeira.

Sempre que podia, Pedro entrava furtivamente na cela do padre, tomava o punhal nas mãos, acariciava-o, experimentava-lhe a ponta, punha-o na cinta e imaginava-se um guerreiro como o corregedor, o alferes real Tiaraju, que era o homem que ele mais admirava na redução. Gostava de vê-lo empunhar o arco e frechar aves em pleno voo, dar tiros de mosquete, manejar a lança montado num cavalo a todo o galope, e gritar ordens para os soldados... Ficava de respiração alterada quando via o alferes nos dias de procissão todo metido no seu uniforme de guerreiro de Espanha, pistolas e espada na cintura, cavalgando seu belo ginete...

Pedro ficava-se ali na cela a imaginar essas coisas. Depois repunha o punhal sobre a mesa e retirava-se sem ruído, como uma sombra.

7

Um dia d. Rafael procurou o pe. Alonzo, trazendo-lhe Pedro e um problema.

— Padre — disse o cacique, apontando para Pedro. — Este menino anda dizendo por todo o Povo que viu Nossa Senhora.

Alonzo sorriu e respondeu:

— Todos vemos Nossa Senhora. Está na igreja, no seu altar.

O índio sacudiu a cabeça, obstinadamente.

— Não, padre. Ele diz que viu Nossa Senhora em carne e osso.

— Nossa Senhora é espírito... — murmurou o padre, baixando os olhos para o menino.

O cacique exclamou:

— Eu não te disse? — E segurando o menino pelos ombros, sacudiu-o todo. — Eu não te disse?

Os olhos do rapaz estavam postos no missionário — grandes, parados, quentes.

Alonzo brincou com as contas do rosário, fazendo um esforço para não sorrir.

— Está bem, cacique. Pode ir e deixe o menino comigo. Vou interrogá-lo.

D. Rafael retirou-se. Houve um silêncio. Era na casa dos padres à hora do anoitecer. Andava no ar um cheiro de carne assada, e vinha de longe o som das cantigas dos homens que voltavam da lavoura.

Alonzo aproximou-se do menino, pousou-lhe nos ombros ambas as mãos e depois perguntou, olhando-o bem nos olhos:

— Qual é o oitavo mandamento?

— Não levantar falso testemunho.

— Está bem. Sabes, então, que mentir é pecado...

— Sei.

— E sabes que se de repente morresses depois de teres dito uma mentira tua alma iria direito ao Purgatório?

— Sei.

— Vais então falar a verdade?

— Vou, padre.

— Perfeitamente.

Pedro estava parado no meio da sala, de braços caídos, os olhos fitos num pálido pedaço de céu que a janela emoldurava. Alonzo começou a andar calmamente dum lado para outro, com as mãos trançadas às costas. Houve alguns segundos de silêncio. De repente o jesuíta estacou na frente do menino e perguntou:

— Viste Nossa Senhora?

— Vi.

— Onde?

— No cemitério.

— Quando?

— Todos os dias.

— Todos os dias? Que vais fazer todos os dias no cemitério?

— Ver minha mãe.

— E consegues vê-la?

— Consigo.

— Mas como, se ela está enterrada!

— Ela desce do céu.

Alonzo fitou os olhos no rosto de Pedro e viu nele uma tamanha expressão de inocência, que por um momento imaginou que ele pudesse estar dizendo a verdade. Mas como estava habituado às fantasias dos índios — que viam as mais absurdas aparições — insistiu:

— Olha aqui, Pedro. Presta bem atenção. A alma de tua mãe, cujo corpo está enterrado no cemitério, desce do... céu?

— Desce.

— Todos os dias?

— Todos.

— Vem... junto com Nossa Senhora?

Pedro sorriu e ergueu as sobrancelhas num espanto.

— Mas ela é Nossa Senhora!

— Quem?

— Minha mãe.

— Pedro! — exclamou o padre. E quando deu acordo de si estava sacudindo a criança, bem como havia poucos minutos fizera o cacique d. Rafael. — Pedro!

— Que é, padre? — A voz do menino era tranquila, doce e meio nasalada como a voz da chirimia na qual ele tocava suas musiquinhas.

Alonzo não disse nada. Deixou cair os braços, sacudiu a cabeça devagar, respirou fundo e de novo começou a caminhar dum lado para outro. Ficou por um instante junto da janela olhando as cores do horizonte. E aos poucos sua irritação se transformou em divertida curiosidade. E foi sorrindo que tornou a aproximar-se do rapaz, passando-lhe a mão pela cabeça. Sua voz tinha um tom amigo e confidente quando ele perguntou:

— Então, Pedro, tua mãe é Nossa Senhora?

— Mas não é?

— Bom... E tu a vês todos os dias no cemitério?

— Vejo.

— Como é ela?

— Bonita... branca... vestida de azul.

— De onde vem?

— Do céu.

— Sozinha?

— Vem numa nuvem puxada por anjos.

— E a nuvem desce sobre o cemitério?

— Primeiro faz uma volta ao redor da torre da igreja, depois desce devagarinho e se some. E então Nossa Senhora fica ali no meio das cruzes.

— E que é que ela diz?

— Diz: "Como vais, Pedro?".

— E tu, que respondes?

— Primeiro me ajoelho e beijo a mão dela, depois digo: "Eu bem, e a Senhora?".

— Mas... quando beijas a mão de Nossa Senhora, sentes que elas são de carne, como as minhas, como as do cacique...?

— Não são de carne.

— Como são?

— São de espírito. E têm um cheiro bom.

— Cheiro de incenso?

— Não. Cheiro de rosa.

— Rosa?

— Rosa mística.

Perturbado, Alonzo começou a assobiar baixinho. Por fim tornou a perguntar:

— E depois... que acontece?

— Depois ela me convida para dar um passeio, pega a minha mão e vamos passear.

— Aonde vão?

— Saímos os dois voando num cavalo branco. Vamos para aquele lado.

Pedro ergueu o braço e apontou para o nascente.

— Para o Rio Grande de São Pedro?

— Isso mesmo.

— E que é que ela te mostra lá?

— Campos, índios, soldados, povos, padres, igrejas...

— Que mais?

— E meu pai.

— Teu pai? Como é ele?

— É um guerreiro como o nosso alferes real. Tem um chapéu de dois bicos com penachos coloridos... E pistolas... e um cavalo com arreios de prata e ouro.

— Como sabes que esse guerreiro é teu pai?

— Nossa Senhora me diz.

— E tu falas com teu pai?

— Não. Só olho...

— E depois?

— Depois nós voltamos. Nossa Senhora diz: "Vai para casa, Pedro, senão o cacique te castiga. Adeus". Eu beijo de novo a mão dela e volto.

Alonzo segurou o queixo de Pedro e fê-lo alçar o rosto.

— Pedro, estás falando a verdade?

— Estou, padre.

— Por Deus?

— Por Deus.

O rosto do menino tinha uma expressão de ânsia. O do padre, de pasmo.

— Sabes que se eu descobrir que mentes nunca mais permitirei que sirvas de coroinha?

— Sei, padre.

— E que nunca mais permitirei que represente nos autos? — O menino sacudia a cabeça. Seus olhos fitavam os de Alonzo, firmes, sem piscar. — E que nunca mais te deixarei tocar música? — Pedro fazia que sim, e o padre prosseguia: — E que nunca mais te deixarei entrar na minha cela? — Uma pausa. Alonzo respirou fundo, lentamente, como para dominar a comoção. Depois, destacando bem as palavras, perguntou: — Pedro, tu viste mesmo Nossa Senhora?

Na penumbra da sala, que apenas a luz do entardecer fracamente alumiava, o rosto do menino tinha uma pureza de imagem.

— Vi, padre. Vejo todos os dias...

Alonzo largou-lhe o queixo. Fez um gesto de desamparo e disse:

— Está bem. Podes ir!

Pedro fez meia-volta e se foi em silêncio, deixando Alonzo com sua dúvida e sua perplexidade.

8

Alonzo ia sendo aos poucos consumido pelo lento fogo que se lhe acendera no peito desde o dia em que chegara aos Sete Povos a notícia da assinatura do Tratado de Madri. Era um braseiro de paixão, misto de revolta nascida da consciência duma injustiça, de mágoa e — embora ele relutasse em reconhecer — de ódio. De faces descarnadas, dum amarelo lívido a que a barba cerrada emprestava um tom esverdeado, ele comia e dormia pouco e mal, e vivia num permanente estado de agitação física e espiritual. A roupeta negra lhe ia ficando cada vez mais folgada no corpo anguloso; a voz se lhe tornava azeda e áspera, os gestos nervosos, e às vezes toda a vida que havia nele parecia concentrar-se unicamente nos carvões ardentes dos olhos.

Aqueles últimos anos haviam sido particularmente difíceis e duros, talvez os mais dolorosos de sua existência. Outra vez estava ele em face duma tragédia. Agora, porém, não se tratava apenas de sua pessoa, mas sim de dezenas de milhares de criaturas humanas. Ele sofria na carne e nos nervos o drama dos Sete Povos. Não se conformava com a ideia de que aquela obra abençoada da Companhia de Jesus, aquele trabalho precioso de mais de um século estivesse a pique de desmoronar-se. A princípio parecera a ele e aos outros padres que a Espanha, percebendo afinal as desvantagens que lhe traria aquele tratado injusto e absurdo, tudo faria para revogá-lo. Era uma insensatez entregar a Portugal, em troca da Colônia do Sacramento, aquelas ricas terras das missões orientais, com aldeamentos prósperos, templos magníficos, estâncias, lavouras, casas... Por outro lado, como seria possível fazer a mudança de mais de trinta mil índios para o outro lado do rio Uruguai sem causar-lhes danos irreparáveis? Como transportar sem riscos mais de setecentas mil cabeças de gado?

Alonzo lera e relera os termos do tratado, no qual havia um artigo que, pela sua cínica simplicidade, lhe ficara gravado na memória:

Das Povoações ou Aldeias que cede Sua Majestade Católica na margem oriental do Uruguai, sairão os Missionários com todos os móveis, e efeitos, levando consigo os Índios para aldear em outras terras de Espanha; e os referidos Índios poderão levar também todos os seus bens móveis e semoventes, e as Armas, Pólvora e Munições que tiverem; em cuja forma se entregarão as Povoações à Coroa de Portugal, com todas suas Casas, Igrejas, e Edifícios e a propriedade e posse do terreno [...]

Todas as casas, igrejas, edifícios e propriedades! Por meio dum frio pedaço de papel, El-Rei movia as trinta mil e tantas almas daquelas reduções como se elas fossem utensílios de pouco ou nenhum valor!

Em fins de 1752 chegara aos Sete Povos o jesuíta Lope Luiz Altamirando com a incumbência de convencer os curas de São Lourenço, São Luís e São Borja a saírem com parte de seus povos rumo dos terrenos escolhidos para os novos aldeamentos em terras do Paraguai. Fora, porém, tão grande entre os índios a indignação contra aquele padre — a seu ver um agente secreto da Coroa de Portugal — que Altamirando se vira obrigado a fugir intempestivamente para não ser morto por um grupo de habitantes de São Miguel.

O pe. Matis, o superior das missões, declarara repetidamente que nem em cinco anos seria possível fazer aquela mudança em massa que os representantes de Espanha e Portugal esperavam se processasse dentro apenas do prazo de alguns meses. Para principiar, era difícil encontrar do outro lado do rio terrenos apropriados para a instalação das aldeias com suas lavouras e estâncias de gado. Alonzo horrorizava-se à ideia de que para chegar ao terreno que estava reservado a seu povo, ao norte do Queguai, teriam de percorrer duzentas léguas de deserto!

Durante todos aqueles anos os padres das missões, de um e outro lado do Uruguai, tinham despachado cartas de protesto. O próprio governador de Buenos Aires havia feito uma representação ao rei de Espanha, mostrando-lhe os inconvenientes daquela permuta, contra a qual se manifestaram também a Audiência Real de Charcas e o bispado de Córdoba e Tucumán.

Tudo, porém, fora em vão. O tratado estava sendo cumprido. A demarcação começara. Portugueses e espanhóis tinham ficado indiferentes a todos os protestos. Havia um porém, diante do qual não podiam apenas encolher os ombros: era a manifestação dos índios, que haviam impedido de armas nas mãos que a primeira partida demarcadora entrasse em terras de São Miguel.

À frente desses rebeldes achava-se o corregedor Sepé Tiaraju. Bradara ele corajosamente em face dos representantes de Portugal e Espanha que Deus e são Miguel haviam dado aquelas terras aos índios; e que se a comissão e os soldados espanhóis quisessem entrar nelas, seriam bem recebidos, mas que os portugueses, esses jamais poriam o pé naqueles campos.

A partida demarcadora achara prudente retirar-se para o rio da Prata, pois fora informada de que estavam reunidos na redução cerca de oito mil índios em armas, dispostos à guerra. Essa primeira vitória causara grande contentamento nas missões. Alonzo, porém, não se iludira. Ele sabia que o gesto de rebeldia dos índios equivalera a uma abertura de hostilidades.

Pelo inverno de 1753 divulgou-se a notícia de que os exércitos de Portugal e Espanha tinham decidido declarar guerra aos Sete Povos.

Já então lavrava a revolta e a desordem entre os índios, que não mais obedeciam aos padres. A disciplina das reduções se quebrava. Caciques, corregedores e alcaides estavam resolvidos a enfrentar os exércitos aliados. E Alonzo via, agoniado, transformar-se a vida daqueles povos, onde agora só se faziam preparativos bélicos. Os hinos religiosos eram substituídos pelos cantos tribais de guerra, entoados com o fervor do ódio. Os estandartes da Igreja tinham sido postos de lado para dar lugar a bandeiras vermelhas, que os cavaleiros índios agitavam ao vento, de povo em povo, para incitar os companheiros ao combate. Os padres que tentassem chamá-los à razão eram desacatados e às vezes corriam até o risco de serem agredidos.

Em tudo isso o que mais espantava Alonzo era ver que a piedade, a cortesia e as inclinações pacifistas dos indígenas não passavam dum tênue verniz que agora se quebrava para mostrar a natureza verdadeira daquela gente, que aos olhos dos padres se revelava com a força escandalosa duma nudez medonha. A antecipação da luta com todas as possibilidades de violência deixava-os intoxicados. As praças das reduções enchiam-se de rumores de guerra. Nas oficinas já não mais se esculpiam imagens nem se forjavam instrumentos de trabalho: agora só se fabricavam armas e munições. As lavouras estavam abandonadas, pois os homens válidos haviam sido convocados para formar o grande exército das missões. Alonzo decidira — e nisso tivera a reprovação do cura — encarar a situação com realismo. Achava que os índios tinham todo o direito de resistir, de não entregar aos portugueses a terra que lhes pertencia. Assim, empenhou-se também em ajudar o corregedor nos preparativos militares: instruir os guerreiros no manejo das espingardas e das peças de artilharia que ele próprio ajudava a fabricar. A princípio fizera essas coisas com fria eficiência; depois sentira que passava a trabalhar com interesse e finalmente com uma paixão que chegava a ser quase voluptuosa.

Numa tarde, em fins de janeiro de 1756, pouco antes de partir para uma das batalhas da campanha, o cap. Sepé lhe mostrara uma carta que acabara de receber e cujos dizeres impressionaram Alonzo profundamente, reforçando nele a convicção de que os índios estavam com a boa causa. A carta rezava assim:

Apenas se aproximem esses homens que nos aborrecem, devemos invocar a proteção de Nossa Senhora e de São Miguel e de São José, e de todos os santos, e se forem de coração, as nossas preces serão ouvidas. Devemos evitar toda a conferência com os espanhóis e ainda mais com os portugueses, que de todo o mal são a causa. Lembrai-vos como em todos os tempos antigos mataram muitos milhares de nossos pais, sem perdoarem nem as inocentes crianças, e como nas nossas igrejas profanaram as imagens que adornam os altares dedicados a Deus Nosso Senhor. E como queriam tornar a fazer-nos o mesmo, a nós e aos nossos. Não queremos aqui esse Gomes Freire e a sua gente, que por instigação do diabo tanto ódio nos tem. Foi ele que enganou o seu rei e a nosso bom monarca, e por isso não queremos recebê-lo. Temos derramado o sangue no serviço d'El-Rei, pelejando em suas batalhas na Colônia e no Paraguai, e ainda ele nos diz que abandonemos nossas casas, nossa Pátria! Este mandamento não é de Deus, é do diabo, mas o nosso rei anda sempre pelos caminhos de Deus, não do demônio: assim no-lo têm dito sempre. Ele sempre nos amou como seus pobres vassalos sem jamais buscar oprimir-nos nem fazer-nos injustiça, e quando souber todas essas cousas, não podemos crer que nos mande abandonar quanto temos e entregá-lo aos portugueses; nunca o acreditaremos. Por que não lhes dá ele Buenos Aires, Santa Fé, Corrientes e o Paraguai? Por que há de somente sobre nós, pobres índios, recair a ordem de deixar casas, igrejas, tudo quanto possuímos e que Deus nos dera? Se querem conferências, que não venham mais de cinco espanhóis, e o padre, que é pelos índios, será intérprete. Desta forma se farão as coisas como Deus quiser, senão será o que quiser o demo.

Alonzo lera a carta e tornara a entregá-la a Sepé Tiaraju, que a metera sob a camisa, no dia em que saíra a enfrentar os exércitos inimigos mandados para atacá-lo, sob o comando do governador de Montevidéu.

Alonzo despediu-se do alferes real ali na praça da redução, à frente da catedral. E quando o cap. Sepé montou a cavalo e desapareceu com seus homens na encosta do outeiro, Pedro puxou a manga da roupeta do padre e disse:

— O capitão Sepé não volta mais.

Alonzo lançou um olhar de censura para o menino e murmurou:

— Não digas uma coisa dessas!

Pedro olhava para o horizonte com seus olhos mansos e límpidos, e com aquela expressão de alheamento que tanto impressionava os padres e os índios. Impaciente, Alonzo segurou o menino por ambos os braços e começou a sacudi-lo num frenesi. O rosto de Pedro, porém, não se alterou.

— O capitão Sepé vai morrer — repetiu ele.

80

O padre sentiu uma súbita náusea. Ele sabia, por amarga experiência, que as premonições daquela criança sempre se confirmavam.

— Cala a boca! — gritou.

Pedro calou-se. Alonzo encaminhou-se, então, para a igreja, de olhos baixos, olhando fixamente para a própria sombra no chão.

Se José Tiaraju morrer — refletiu — estará tudo perdido. E assim, como temia o autor da carta que havia pouco ele lera, as coisas se fariam não como Deus as queria mas sim como o demo as esperava...

9

Fora aquela uma guerra cheia de armistícios prolongados, durante os quais os otimistas nos Sete Povos chegaram a dizer: "O inimigo compreendeu afinal que não nos pode vencer. Um exército como o nosso, que tem chefes como Nicolau Languiru e Sepé Tiaraju, jamais poderá conhecer a derrota".

Um dia o próprio cura dissera a Alonzo:

— É bem possível que as coisas vão ficando como estão e que nós, pela graça de Deus, possamos continuar em nossas terras.

Alonzo, porém, sacudira a cabeça, que aqueles anos de provação haviam embranquecido, e murmurara:

— Não creio. Eles estão apenas a preparar o ataque final. — Disse isso e mentalmente acrescentou: "Queira o bom Deus que eu me engane!".

Mas não se enganava. Os exércitos unidos de Portugal e Espanha gastaram quase três anos em aprestos para a batalha decisiva.

E durante esse áspero triênio acontecera algo que deixara Alonzo intrigado e preso de inquietadoras dúvidas. É que desde o primeiro encontro entre os índios e a partida demarcadora nas proximidades de Santa Tecla, ele assistira ao nascimento e ao desenvolvimento duma lenda e dum ídolo.

Muitas vezes, nas suas horas de solidão na cela, ficava ele a pensar nas coisas que vira e ouvira, e na qualidade fantástica que naquela atmosfera de nervosismo e excitação assumiam os fatos e as palavras mais triviais. Os índios tinham uma imaginação rica, eram supersticiosos e estavam sempre prontos a invocar o milagre para explicar as coisas que não compreendiam.

Desde o primeiro momento o corregedor José Tiaraju se erguera como um chefe natural daqueles guerreiros indígenas. Alonzo nunca chegara a penetrar bem a alma daquele belo homem de rígida postura marcial, parco de palavras e de gestos. Não estava Sepé entre os índios que revelavam vocação para a música, para a escultura, para a pintura ou para a dança, mas possuía evidentemente outros talentos. Sabia ler e escrever com fluência, tinha habilidade para a mecânica e conhecia a doutrina cristã melhor que muitos brancos letrados que se jactavam de serem bons católicos. Ninguém melhor que ele domava um potro ou manejava o laço; poucos podiam ombrear com ele no conhecimento e trato de terra; e aquela guerra mostrara que ninguém o suplantava como chefe militar e guerrilheiro.

Em tempos de paz, muitas vezes Alonzo ficara surpreendido ante as sentenças que o alferes real pronunciava, na qualidade de corregedor de seu povo. Resolvia problemas judiciários com um equilíbrio e um senso de justiça que fariam inveja aos magistrados das cortes europeias. Sabia exprimir-se com precisão e economia de palavras, e nas suas sábias sentenças Alonzo vislumbrava às vezes uma pontinha de ironia, o que o deixava a pensar nas ricas reservas mentais daquela raça considerada pelos brancos inferior e bárbara.

Alonzo não saberia dizer ao certo como tinha começado a lenda. Desconfiava, porém, que fora Pedro quem fizera rolar pela encosta da montanha a bola de neve que através do espaço e do tempo fora engrossando até tomar as proporções duma avalancha.

Em fins de 1752 Pedro divulgara a sua versão do famoso encontro entre o alferes real e os membros da primeira partida demarcadora.

— Nesse momento — contara o menino, arrematando a história — os espanhóis e os portugueses quiseram avançar, mas nosso corregedor levantou a espada, que era de fogo como a do arcanjo são Miguel, os inimigos recuaram assustados e fugiram a toda a brida.

Ao redor dele homens, mulheres e crianças o escutavam.

— A espada era mesmo de fogo? — perguntou um dos índios.

Pedro fez com a cabeça um veemente sinal afirmativo.

— Como pudeste ver tudo isso que se passou tão longe daqui, se não saíste da missão?

— Tive uma visão — respondeu o menino sem pestanejar.

Em outra ocasião, Sepé voltara duma escaramuça e ficara no centro da praça a arengar seu povo; e falara com tanto ardor que a cicatriz em forma de meia-lua que tinha na testa começara a ficar vermelha e reluzente.

Pedro contemplava-o, embevecido, e num dado momento sussurrou para as pessoas que estavam a seu lado:

— Olhem... Deus botou um lunar na testa de Sepé.

Essa frase passou num cicio pela multidão, de boca em boca. José Tiaraju tinha um crescente na testa, como uma luminosa marca de Deus. E com o passar do tempo e das batalhas, a estatura do herói foi crescendo...

Um dia os povos tiveram notícia dum hábil ardil de Sepé. Espalhara ele pela margem direita do Jacuí, onde os adversários se achavam acampados, algumas cabeças de gado e, isso feito, emboscara-se com seus índios. Ao verem os animais soltos, os soldados portugueses e espanhóis exultaram e, na perspectiva duma presa fácil, saíram desarmados a repontar o gado. Foi então que Tiaraju saiu do esconderijo com sua gente e os dizimou.

Poucos dias depois da Páscoa, no ano de 1754, caíra sobre a redução com o peso duma clava a notícia de que Sepé Tiaraju tinha sido aprisionado pelos inimigos. Alonzo viu então um negro desânimo tomar conta de sua gente a ponto de por alguns dias reduzi-la a um estado de absoluta apatia. E estava ela ainda a lamentar a perda do chefe quando uma tarde Pedro se pendurou na corda do sino da igreja, fazendo-o soar num ritmo desesperado de alarma. Os índios correram para a frente do templo e, encarapitado no alto da torre, o menino gritou para baixo:

— Sepé Tiaraju está livre!

Contou-lhes que tinha tido uma visão em que o corregedor lhe aparecera montado num cavalo, a correr pelo meio dos soldados de Espanha e Portugal, que atiravam nele com suas pistolas e mosquetes, sem entretanto conseguir atingi-lo; e Sepé lançara-se ao rio, atravessara-o a nado, sumira-se no mato, na margem oposta, onde finalmente se reunira aos companheiros.

Uma semana depois chegava à missão um mensageiro contando que Sepé havia fugido; e a narrativa dessa fuga coincidia com a visão de Pedro.

Os índios, então, entraram na igreja para render graças a Deus. Pedro, que rezava ajoelhado ao lado de Alonzo, tocou no braço do jesuíta e cochichou:

— Padre...

Alonzo voltou a cabeça e perguntou baixinho:

— Que é, meu filho?

— José Tiaraju é o arcanjo são Miguel.

— Não digas heresias.

— É, padre. Eu sei. Olhe para a cara do santo.

Alonzo olhou para a imagem e muito a contragosto descobriu-lhe nas feições traços do alferes real.

— Não contes isso a ninguém, Pedro.

Mas Pedro contou. Saiu a espalhar por todos os cantos que o pe. Alonzo lhe afirmara que o corregedor era uma encarnação do arcanjo.

Doutra feita, estando Sepé longe de seu povo em andanças guerreiras, chegou à missão a notícia de que o capitão-general português Gomes Freire, conde de Bobadela, mandara chamar Tiaraju para uma conferência. O mensageiro, testemunha ocular do fato, descrevia a cena com abundância de pormenores. Tudo se passara num mato, nas imediações do rio Jacuí, onde o conde lusitano se encontrava acampado com seu exército.

Convidado a vir parlamentar com o capitão-general, a princípio Sepé respondera:

— Se ele quiser conversar comigo, que venha até onde estou.

Como, porém, seus oficiais insistissem, Sepé resolveu aceitar o convite e foi. Gomes Freire tinha feito estender no chão um grande tapete, sobre o qual, à maneira de trono, colocara uma cadeira de campo. Sentara-se nela para esperar o rebelde, mas tivera antes o cuidado de cercar-se de guardas e de colocar a pequena distância os seus dragões façanhudos, armados de lanças e pistolas.

Acompanhado de alguns de seus homens, Sepé fez alto a umas quatro quadras do lugar onde o conde o aguardava. Apareceu o intérprete, que vinha da parte do chefe português, e disse:

— Deves vir desarmado.

Sepé retrucou:

— Mas por quê, se o general e seus homens estão armados?

Ditas essas palavras, Tiaraju aproximou-se do conde de Bobadela e, de cabeça erguida, bradou:

— Bendito seja o Santíssimo Sacramento!

— Apeie e beije a mão do general — intimou-o o intérprete.

O índio baixou para ele um olhar de desdém e respondeu:

— Beijar a mão de teu general? A troco de quê? Pensas acaso que estou na terra dele e não na minha?

Ao ouvir essa resposta traduzida pelo intérprete, Gomes Freire exclamou, irritado:

— Diga a esse índio que ele é um bárbaro.

Sepé sorriu e respondeu simplesmente:

— Diz ao teu patrão que ele é mais bárbaro que eu.

O general estava vermelho de cólera. Sempre de cabeça alçada, em cima de seu cavalo, o corregedor resumiu seu pensamento assim:

— Vim aqui, general, para te dizer que o exército espanhol retrocedeu e nos deixou em paz. E que tu e teu exército devem fazer o mesmo e voltar imediatamente. É só o que tenho a dizer-te.

Gomes Freire ergueu-se e, de punho cerrado, começou a fazer ameaças. Tinha gente e armas e coragem em quantidade suficiente para conquistar os Sete Povos — declarou ele, apontando com a mão cheia de anéis na direção noroeste.

Sepé limitava-se a sorrir quando o intérprete, que suava abundantemente, traduzia as palavras do conde. Finalmente este último tornou a sentar-se, passou a mão pela testa úmida, e quando de novo falou foi num tom conciliador. Começou a fazer grandes promessas: daria a Sepé e seus capitães lindos presentes vindos especialmente de além-mar: joias, armas, arreios, uniformes... E, como prova de cordialidade — acrescentava o narrador —, o conde, tirando do bolso sua caixinha de tabaco, chegara a oferecer uma pitada a José Tiaraju, o qual, fechando o cenho, gritou para o intérprete:

— Vai-te para o diabo, negro! Pensas que preciso de teu tabaco? Pensas que não tenho tabaco? Tenho, e do bom, muito melhor que o teu.

A entrevista terminou intempestivamente. Sem sequer acenar com a cabeça para o capitão-general, Tiaraju esporeou o cavalo e se foi.

Os feitos de Sepé e seus guerrilheiros corriam pelos Sete Povos, e testemunhas oculares das batalhas contavam que no meio da refrega tinham visto o lunar a fulgir na testa do corregedor, que passava incólume por entre as balas, brandindo no ar a espada flamejante.

Por toda a parte contavam-se histórias de novos milagres de Tiaraju, e, quando este aparecia na missão, todos queriam tocar-lhe as vestes. Alonzo vira mulheres ajoelhadas aos pés do guerreiro, a beijar-lhe reverentemente as mãos.

Um dia Pedro improvisou na chirimia uma música bucólica; e quando ele terminou, Alonzo, que estivera a escutá-lo num silêncio reflexivo, perguntou:

— Que foi que tocaste, Pedro?

O menino ficou um momento de olhar vidrado, absorto em seus pensamentos, e depois respondeu:

— É uma música que inventei. Chama-se "Lunar de Sepé".

Em princípios de fevereiro daquele terrível ano de 1756, Alonzo dirigia-se uma noite para a cela, quando, ao se aproximar dela, ouviu rumor de vozes lá dentro. Parou um instante, aguçou o ouvido. Quem podia estar no quarto a conversar aquela hora? Acercou-se da porta na ponta dos pés e abriu-a sem ruído e olhou.

O vulto de Pedro delineava-se contra o céu noturno que a janela enquadrava. Ficou o padre a observá-lo em silêncio. O menino tinha nas mãos alguma coisa que brilhava à luz do luar — o punhal — e murmurava palavras que Alonzo não conseguia compreender. Permaneceu assim durante algum tempo, como se estivesse conversando com alguém.

— Pedro! — exclamou o padre.

Sem o menor sobressalto, o menino voltou serenamente a cabeça na direção da porta e disse:

— Louvado seja Nosso Senhor Jesus Cristo.

Alonzo aproximou-se dele. Agora via-lhe o rosto à vaga claridade da noite. Naquele instante as feições da criança lhe feriram a retina com tal intensidade e numa tão pura impressão de beleza que por alguns segundos o padre perdeu a voz. Ficou a olhar para Pedro com a boca entreaberta e lágrimas nos olhos.

Finalmente conseguiu balbuciar:

— Que é que estás fazendo aqui, meu filho?

— Conversando com o alferes real.

Por alguns instantes Alonzo ficou de novo mudo. Era mais uma das "coisas esquisitas" do rapaz. Todos sabiam que Sepé Tiaraju estava longe, tinha saído com seus homens para enfrentar as tropas aliadas.

— Nosso alferes está a dezenas de léguas daqui, meu filho. Como podias estar conversando com ele?

Pedro apertava amorosamente o punhal contra o peito.

— José Tiaraju morreu, padre.

— Morreu? Quem te disse?

— Eu vi.

— Que foi que viste?

Mau grado seu, o padre sentia que as pulsações de seu coração se aceleravam.

— Vi o combate. O alferes foi derrubado do cavalo por um golpe de lança. Vi quando ele quis erguer-se e um homem... um general... de cima do cavalo varou-lhe o peito com uma bala.

Alonzo segurou a cabeça do menino com ambas as mãos e aproximou-a de seu rosto como se quisesse ler-lhe os pensamentos no fundo dos olhos.

— Como podias ter visto isso tudo se o combate foi travado tão longe daqui?

Pedro respondeu simplesmente:

— Eu vi.

— Disseste que estavas conversando com o corregedor.

— Estava.

— E que te dizia ele?

— Dizia que seu corpo tinha sido atirado num mato perto dum rio. E que a batalha estava perdida.

— Onde estava ele quando te falou?

— Lá em cima. A alma de Sepé subiu ao céu e virou estrela.

Alonzo largou a cabeça do menino, que fez meia-volta e se encaminhou para a janela, puxando o padre docemente pela manga da sobretúnica. Ergueu o dedo e mostrou o crescente:

— Deus botou também na testa da noite um lunar como o de são Sepé.

— *São* Sepé? — repetiu o padre, meio estonteado.

Sem dizer palavra e sem fazer o menor gesto, Alonzo viu o menino guardar o punhal entre a camisa e o peito, e sair da cela em silêncio.

Três meses depois, quando os exércitos dos Sete Povos já haviam sido completamente desbaratados numa batalha campal, e os habitantes do povo de Alonzo, desesperados, prendiam fogo à catedral e às casas, para que elas não caíssem intatas nas mãos do inimigo vitorioso que se aproximava — Pedro montou num cavalo baio e, levando consigo apenas a roupa do corpo, a chirimia e o punhal de prata, fugiu a todo o galope na direção do grande rio...

José Borges, meu bom homem, de que serve ter nas veias o sangue de Jacques de Bruges, o gentil-homem flamengo que veio para a ilha nos tempos do Infante Dom Henrique?

Ele possuía terras, vinhedos e trigais; joias, baixelas de prata, carruagens, cama fofa e mesa farta. Mas tu que tens? Só lhe herdaste a pele clara, os olhos azuis, os cabelos ruivos. Teu pão é escasso, tua açorda é magra e teus filhos não têm o que vestir.

José Borges, deixa tua ilha, aceita o convite d'El-Rei.

É num dia de estio, e há sol sobre o mar.
Zé Borges na praça de Angra soletra o edital d'El-Rei.

[...] fazer mercê aos Casais das ditas Ilhas, que se quiserem estabelecer no Brasil de lhes facilitar o transporte e estabelecimento, mandando-os transportar à custa de sua Real Fazenda, não só por mar, mas também por terra até os sítios que se lhes destinarem para as suas habitações, não sendo homens de mais de quarenta anos e não sendo as mulheres de mais de trinta [...]

Crescem os olhos de Zé Borges, ao lerem as promessas d'El-Rei.

[...] e logo que chegarem aos sítios que hão de habitar se dará a cada casal uma espingarda, duas enxadas, um machado, uma enxó, um martelo, um facão, duas facas, duas tesouras, duas verrumas e uma serra com sua lima e travadoura, dous alqueires de sementes, duas vacas e uma égua [...]

E ali na praça de Angra, Zé Borges põe-se a sonhar. Vê suas terras e rebanhos, come pão de seu trigal, bebe vinho de suas uvas, mora em casa senhorial, vai à missa no domingo numa carruagem com pajens, tem escravos que o servem, vizinhos que o adulam, vê os filhos já crescidos, casa as filhas com morgados...

Volta para casa estonteado e conta o sonho à mulher.

Ai, meu Deus, Nossa Senhora! Para o Brasil eu não vou. Tenho medo do mar, dos índios, das feras e das febres.

Mas vão. Dizem adeuses chorando aos amigos que ficam. Caminham para o porto com suas trouxas e baús. O pai, a mãe e cinco filhos: sete sombras caladas no chão da ilha Terceira.

* * *

Naquele exato momento, a mais de mil léguas de distância, do outro lado do mar oceano, onde o dia é mais novo, outras sombras se movem no chão da vila da Laguna. Um homem e seu cavalo.

Me chamo Francisco Nunes Rodrigues, mais conhecido por Chico Rodrigues. Venho do planalto de Curitiba. Meus pais? Se tive, perdi. Onde nasci não me lembro. Mas dês que me tenho por gente, ando vagando mundo.

Apeia na frente duma venda, entra, pede comida e pouso.

Pra onde se atira, patrício?

Pros campos do Rio Grande de São Pedro.

Pra lá muito povo tem ido, desta vila e doutros lugares. Vi gentes que saíram apenas com a roupa do corpo e a bolsa vazia. Sei que hoje são senhores de estâncias de gado, com léguas de sesmaria; têm patacões, onças, cruzados, boas botas e senhoria. Mas ouvi dizer que no Continente a vida é dura, os índios são brabos, e é preciso ter cuidado com os vizinhos castelhanos, com as feras e as cobras e o Regimento de Dragões.

Chico Rodrigues come, enquanto o vendeiro fala.

Pois é, Laguna está morrendo, todo o mundo vai s'embora, rumo desses campos do Sul. Uns vão prear gado, outros buscar ouro e prata, outros requerer sesmaria, outros o que fazem é tropas pra vender em São Paulo, Minas e Curitiba. Ai! Laguna está morrendo bem como a mulher que na hora de parir o filho começa a se esvair em sangue...

Mas a vida é assim mesmo. Uns morrem, outros nascem.

E uma coisa eu lhe digo. Tome nota do meu nome. Inda vai dar muito que falar um tal de Chico Rodrigues.

É noite no mar. Deitado no convés do navio, Zé Borges olha as estrelas e conversa com Deus.

Senhor, por que assim nos castigais? Faz sessenta dias e sessenta noites que não pisamos terra. Matastes dois filhos nossos, que foram sepultados no mar. Vossas águas estão furiosas, meu corpo arde em febre, minha mulher chora e geme, e os filhos que me restam sentem frio, fome e sede. Senhor, que grande pecado foi o nosso?

As estrelas luzem tranquilas sobre as ondas e as velas.

Há setenta casais a bordo, mas a Morte embarcou também. Não se passa um único dia em que não lancem um defunto ao mar. São as febres malignas e o medonho mal de luanda.

Cinzentos como cadáveres, homens e mulheres vomitam os dentes com sangue.
E de suas bocas purulentas sai um hálito podre de peste.
Outros rolam nos beliches treme-tremendo de febre.
E o capitão indiferente aponta para o céu, mostra a alguém o Cruzeiro do Sul.
O lavrador do Fayal que ontem perdeu o juízo, debruça-se à amurada, olha os horizontes da noite e começa a recitar

> Sobe, sobe meu gajeiro
> Àquele mastro real.
> Vê se vês terras d'Espanha,
> Areias de Portugal.

No dia seguinte avistam as areias do Continente.
É aqui que fica o Presídio e o Senhor General, com seus dragões faça-nhudos, de cabeleiras compridas, fardamento azul-marinho com debruns dourados, capacete com penacho azul e amarelo, espadim à cinta e pés des-calços. Os famosos Dragões do Rio Grande, comedores de milho e abóbora, de poeira e distâncias.

Cinco sombras da ilha Terceira nas areias do Rio Grande. Faltam duas, para onde foram? São sombras no fundo do mar.

Zé Borges, mulher e filhos embarcam num batelão, sobem a grande lagu-na, vão para os campos do Viamão. Lá encontram outros casais das ilhas. Mas na Capela Grande as imagens dos santos têm faces para eles estranhas.

Fazem casa de barro com coberta de palha. Comem carne-seca com fari-nha e suspiram de saudade da açorda, do pão branco, da sardinha, do azeite, da cebola e do alho.

Zé Borges, meu marido, onde estão as ferramentas, as sementes, a espin-garda, as vacas e a égua que Dom João V nos prometeu? Cá estamos como degredados, El-Rei de nós se esqueceu.

Tem paciência, ó mulher, Deus é grande e ninguém perde por esperar. El--Rei nos deu um quarto de légua de terra onde podemos plantar.

A mulher chora e diz:
Sete palmos me bastam.

E nos anos que se seguiram não houve quem não conhecesse no Conti-nente de São Pedro a fama dum tal Chico Rodrigues, chefe dum bando de arneiros, e que não respeitava a propriedade de El-Rei. Apossava-se de terras sem requerer carta de sesmaria, assaltava tropas, roubava gado, andava sempre com uma índia na garupa e quando alguém num povoado ou estância bradava: "Aí vem o Chico Rodrigues!", a gritaria começava, as mulheres fugiam para o mato, os homens pegavam nas espingardas, era um deus nos acuda.

O comandante do Presídio pôs-lhe a cabeça a prêmio.

Contam que um dia Chico Rodrigues quase foi morto de emboscada por um índio tape. Derrubou o bugre com um tiro de garrucha, depois arrancou a frecha que tinha cravada no peito, aquentou um ferro no fogo e quando viu a ponta em brasa encostou-a na ferida. Mal franziu o cenho, não soltou um ai, e quando sentiu cheiro de carne queimada gritou aos companheiros.

Até me deu fome, amigos. Vamos fazer um assado.

Fizeram. E como não tinham sal esfregaram a carne nas cinzas e comeram.

Por esse tempo muito povo descia para o Continente, cujas terras e gados seriam de quem primeiro chegasse.

Homens da Laguna, de São Paulo, das Minas Gerais e do planalto curitibano desciam pelos caminhos das tropas.

Muitos navegavam os rios em busca de ouro e prata.

Um tal João de Magalhães transpôs a serra do Mar, varou o Continente e foi parar nas barrancas do Uruguai.

Muitos requeriam sesmarias. Outros roubavam terras.

Ladrões de gado aos poucos iam virando estancieiros.

Nasciam povoados nos vales e nas margens daqueles muitos rios.

As campinas andavam infestadas de aventureiros, fugitivos do Presídio e da Colônia do Sacramento, homens sem lei e sem pátria, homens às vezes sem nome. E era com gente assim que Chico Rodrigues engrossava seu bando.

Quais são teus inimigos?

Os bugres, as feras, as cobras, os castelhanos, e o Regimento de Dragões.

E teus amigos?

Meu cavalo, meu mosquete, minhas garruchas, meu facão.

Em Santo Antônio da Guarda Velha, no Rio Grande, no Rio Pardo, em Tramandaí e Viamão não havia ninguém que não tivesse ouvido falar nas proezas dum tal Chico Rodrigues.

E de homens como ele havia centenas e centenas.

As patas de seus cavalos, suas armas e seus peitos iam empurrando as linhas divisórias do Continente do Rio Grande de São Pedro.

Queremos as ricas campinas do oeste e as grandes planícies do sul!
Só caranguejo é que fica na beira da praia papando areia.
Pelos campos do Rio Pardo iam entrando na direção do poente, demandando as Missões. Ou desciam costeando as grandes lagoas, rumo do Prata.
E em todas as direções penetravam na terra dos minuanos, tapes, charruas, guenoas, arachanes, caaguás, guaranis e guaranás.
A fronteira marchava com eles. Eles eram a fronteira.

Zé Borges, tu plantas trigo, mas cresceu algodão na tua cabeça. Muitos anos se passaram. Mais cinco filhos nasceram. Como o trigo cresceram e amadureceram. Dois deles morreram. Duas das moças casaram. Mas a mais bela de todas, a ruiva de olhos garços, inda está solteira.
Maria Rita, como danças bem a Chamarrita!

> Volta, minha Chamarrita,
> Ó minha Chamarritona.
> Trago terra n'algibeira
> Pra depor na manjerona.
>
> Encontrei a Chamarrita
> No mato fazendo lenha,
> C'o seu colete redondo
> Sua saia de estamenha.

Maria Rita! Maria Rita! Será que não amas ninguém? Vives fiando e cantando e ficas calada sorrindo quando os rapazes te dizem:

> Aqui tens meu coração,
> Se o quiseres matar bem podes:
> Olha que estás dentro dele,
> Se o matas, também morres.

Em Viamão se vive na paz de Deus.
Casas baixas de barro com rótulas pintadas de verde. Cantigas das ilhas.
Velhas de longas mantilhas pretas com rosários nas mãos vão aos domingos à missa em carretas de rodas maciças puxadas por lerdos bois. Fazem promessas, acendem velas, são devotas do Espírito Santo.
E os vagamundos aventureiros que passam por ali, riem daquelas gentes

pacatas, que respeitam a lei e odeiam a guerra, que falam cantando e às vezes lhes preguntam.

Aonde vades?

Acham engraçadas suas caras, suas casas, suas comidas, suas roupas, seus cantares, suas danças: o feliz amor, o sarrabaio, a chamarrita. E nas quermesses de maio mofam da Pomba do Divino. Mas muitos deles tomam parte nas cavalhadas, que é a guerra dos cristãos contra os mouros.

E quando esses homens sujos, de mosquete a tiracolo, chapéu de couro na cabeça, facão na cinta, veem os açorianos suando ao sol das lavouras de trigo ou mourejando nas suas oficinas, e as mulheres graves e caladas em casa curtindo couro, fiando, tecendo, cozinhando, lavando, cuidando dos filhos — sacodem as cabeças guedelhudas e não compreendem como é que um cristão pode ficar parado sempre no mesmo lugar, a fazer a mesma coisa o dia inteiro, a vida inteira.

Montam a cavalo e se vão felizes para suas andanças e lidas.

Os ventos do destino sopram Chico Rodrigues para as bandas do Viamão.

E num domingo à saída da missa ele vê Maria Rita, a de pele branca, cabelos ruivos e olhos garços.

Estava cansado de índias e chinas tostadas de sol com gosto de poeira e picumã. Queria agora mulher branca.

Foi por isso, só por isso que na noite daquele domingo tirou Maria Rita de casa.

E agora lá vai ele com a ruiva na garupa.

Perdi a conta do tempo, mas se não me falha a memória devo andar beirando os cinquenta.

Resolvi mudar de vida, requerer sesmaria, fazer casa, parar quieto, ser um senhor estancieiro, ter mulher, gado, cavalos e filhos, todos com a minha marca.

Chico Rodrigues olha para uma árvore forte, à beira da estrada e pensa.

De hoje em diante vou me chamar Chico Cambará.

O Sobrado II

25 de junho de 1895: Madrugada

Um grito atravessa o sono de Rodrigo, que acorda sobressaltado. É a mamãe — pensa ele. O coração começa a bater-lhe acelerado. O medo aumenta-lhe a impressão de frio, e ele sente na boca do estômago medo e fome confundirem-se numa mesma sensação de vazio gelado e náusea. Não tem coragem para abrir os olhos porque sabe que o quarto está às escuras. Com o punhal nas mãos e as mãos apertadas entre as pernas, encolhido e meio trêmulo, ele escuta... Deve estar saindo o filho — imagina. Pobre da mamãe!

— Bio — murmura.

Uma pausa. Depois, cochichada bem junto de seu ouvido, a voz do irmão:

— Que é?

— Começou...

— O quê?

— A mamãe. Escuta...

Mas agora de novo está tudo em silêncio.

— Não ouço nada... — sussurra Toríbio.

— Ué... Ind'agorinha a mamãe estava gritando...

— Decerto foi sonho.

De novo vem do quarto contíguo um grito agudo, como de alguém que tivesse sido subitamente apunhalado.

— Estás ouvindo?

— Estou.

Toríbio sente contra as costas as pulsações descompassadas do coração do irmão, e na nuca seu hálito morno e úmido.

— E agora?

Os gritos continuam, cada vez mais fortes e menos espaçados. Rodrigo rompe a chorar em soluços convulsivos.

— Não chora, bobo, não é nada.

— Mas eu tenho pena dela, Bio.

— Tapa os ouvidos.

Rodrigo deixa o punhal apertado entre os joelhos, puxa a coberta sobre a cabeça e cobre os ouvidos com as mãos.

À porta do quarto de Alice, Laurinda vem apanhar a chaleira d'água quente que Maria Valéria acaba de trazer.

— Agora vassuncê espera aí fora — diz a mulata.

— Não seja boba! Quero ajudar também.

— Mas vassuncê é uma moça solteira!

— Vacê também é!

Sem dizer mais nada Maria Valéria entra no quarto, resoluta, e fecha a porta.

No andar térreo os homens estão em silêncio. Os gritos de Alice, que vêm do andar superior, enchem a casa e parecem deixar o ar mais gelado. Ninguém ali na sala de jantar tem coragem de proferir a menor palavra. De vez em quando um dos homens pigarreia ou tosse uma tosse seca e nervosa. Lá fora a gaita também silenciou. Sentado no seu canto, o velho Florêncio Terra está imóvel, de cabeça baixa, com as mãos apertando as guardas da cadeira.

Licurgo sente o suor frio escorrer-lhe pela testa, a saliva grossa amargar-lhe a boca, arder-lhe na garganta. Os gritos da mulher são como agulhadas em sua cabeça. Imóvel, de pé na frente do sogro, ele espera... A qualquer momento algo de importante tem de acontecer. O nascimento da filha... Um toque de clarim anunciando que os republicanos se aproximam da cidade... Ou então um novo tiroteio. É preciso que aconteça alguma coisa que lhe exija uma ação imediata, porque ele simplesmente não pode aguentar mais esta imobilidade, esta quietude. Os gemidos de Alice parecem também fazer parte do silêncio: são como certas vozes que nos sonhos a gente mais vê do que ouve. Sim, tudo isto é como um horrível pesadelo. A escuridão fria, o sobrado cercado de inimigos, Santa Fé em poder dos federalistas, Alice lá em cima dando à luz uma criança... É preciso que aconteça alguma coisa. Por que ninguém fala? Se ao menos um desses homens dissesse uma palavra ou fizesse uma queixa... Mas qual! Estão agachados na escuridão, mudos, enrolados nos seus ponchos. O silêncio deles arde em Licurgo como uma chicotada. Porque ele sabe as coisas amargas que aqueles homens cansados e enfraquecidos estão pensando dele, de seu chefe, do dono da casa. Mas por que não falam? Se algum deixasse escapar a mínima queixa ele poderia gritar: "Pois vão todos embora! Entreguem-se aos maragatos! Não preciso de vocês! Não preciso de ninguém!".

Quando os gritos da mulher cessam de todo, o silêncio ali embaixo fica ainda mais medonho. *Alice morreu...* Esta ideia, que Licurgo vem se esforçando por afastar do espírito, toma-lhe conta dos pensamentos. Mas, não. Não é possível. No fim de contas um parto não é coisa assim tão perigosa. Milhões de mulheres têm filhos todos os anos, em todas as partes do mundo, nas condições mais difíceis. Sua avó Bibiana tivera três filhos assistida apenas por uma negra velha e suja, e no entanto mal botara as crias para fora já estava outra vez de pé a cozinhar, a tirar leite, a lavar a roupa... Não. Alice está viva, tudo correu bem e mais um Cambará chegou ao mundo.

Licurgo olha para o vulto do sogro. Seria bom que ele falasse, dissesse uma palavra de incentivo, de esperança. Mas o velho continua calado, de cabeça baixa.

De repente Licurgo ouve a própria voz:

— Aposto como a revolução não dura mais nem um mês. Os federalistas já estão se bandeando pro outro lado do Uruguai.

Ninguém parece tê-lo escutado. Suas palavras caem num vácuo frio. É como se ele tivesse falado dentro dum túmulo.

No fundo da cozinha um homem franzino ergue-se e encaminha-se de mansinho para a sala de jantar. O Antero — pensa Licurgo, reconhecendo o vulto. "Decerto quer se entregar. Nunca tive confiança nesse nanico." Fica esperando, subitamente aquecido pelo fogo duma raiva nascente. "Dou-lhe um pontapé no rabo e boto ele porta afora." Mas o homenzinho passa de largo, em silêncio, entra na despensa e fecha a porta atrás de si.

Antero acende um fósforo. A chama ilumina-lhe o rosto barbudo, no qual avulta um nariz chato e lustroso; sob as espessas sobrancelhas negras, os olhos, de esclerótica suja, têm uma fixidez gelatinosa e meio morta.

Com o pau de fósforo aceso, preso entre o polegar e o indicador, ele se acocora junto do ferido.

— Tinoco — murmura com sua voz encatarrada, observando o rosto do outro à luz da pequena chama. O ferido não responde, o fósforo se apaga, e nos dedos trêmulos de Antero fica apenas o palito em brasa. — Tinoco!

Torna a acender um fósforo. Tinoco abre os olhos e fita-os em Antero. Seus lábios se movem mas não conseguem articular palavra: sai deles apenas um ba-ba-ba infantil, mole e viscoso.

— Tu não me conhece... — diz Antero com voz apertada. — Sou irmão do Leovegildo. O Leovegildo Moura, te lembra?

Tinoco pisca e suas faces têm um estremecimento nervoso. O fósforo se apaga. Na escuridão úmida do quarto, Antero prossegue:

— Te lembra, cachorro? O Leovegildo, que tu matou numas carreiras.

Morre-lhe a voz no fundo da garganta. Há uma pausa em que só se ouve a respiração áspera do ferido.

— Este mundo é muito pequeno e dá muita volta — continua o homenzinho. — E Deus é grande.

Solta um suspiro longo, fundo, sentido.

— Ele era um menino bom que não fazia mal pra ninguém. E tu matou ele, bandido. Ele estava desarmado, covarde. Te absolveram, disseram que foi defesa legítima. Mentira! Foi mas é banditismo, malvadeza. Tu matou o menino por causa de dez mil-réis.

Risca outro fósforo.

— Quero ver tua cara outra vez, assassino. Por que tu não fala, hein? Deus é grande e Deus castiga. Tua língua está dura, tua queixada está dura, teu corpo está duro. Tudo que a gente faz neste mundo, aqui mesmo paga.

Muito arregalados, cheios duma expressão de vítrea estupidez, os olhos de Tinoco estão presos ao rosto de Antero, que continua:

— Eu podia te queimar esses olhos, não podia? — Aproxima a chama dos olhos do outro, que se fecham. — Por que tu não te mexe? Por quê? Porque tu está paralítico, tua perna está podre, teu peito está podre, teu coração, esse sempre foi podre.

O fósforo se apaga entre os dedos de Antero.

— Este mundo é mesmo muito pequeno. Quando trouxeram pra casa o corpo do Leovegildo, nossa mãe quase morreu do choque. Desde esse dia nunca mais endireitou, a coitada. Está me escutando, assassino?

Risca o quarto fósforo.

— Olha, canalha, faz anos que estou rezando pra chegar esta hora. Eu podia te esperar de tocaia e te meter uma bala no peito. Mas isso era traição. Eu não queria que tu morresse de repente. Queria mas era te ver morrendo aos poucos, purgando os teus pecados. Deus é grande. Deus nos reuniu nesta casa. Foi Deus que me mandou.

Tira da cinta a faca, aproxima-a do pescoço de Tinoco.

— Eu podia te degolar agora, se quisesse. Assim... — Encosta a lâmina no pescoço do outro. — Estás sentindo o fio da minha faca?

Tinoco começa a gemer baixinho, a baba escorre-lhe pelos cantos da boca, um suor azedo e viscoso roreja-lhe a testa, entra-lhe pelas barbas.

— Mas não sou bandido como tu, ouviu? Não quero que teu sangue imundo suje a minha arma.

A chama do fósforo se extingue.

— Tu está perdido. Deus castiga. Tu está fedendo, está podre. Tu vai morrer. Deus é grande.

Tinoco tenta dizer alguma coisa, sua mandíbula move-se rigidamente por alguns segundos, mas da boca só lhe sai um glu-glu de agonia.

— Tenho ainda um fósforo aqui. Quero ver essa cara nojenta que os bichos da terra amanhã decerto vão comer. E até a hora da morte tu vai pensar no menino que tu matou, bandido.

Do peito de Antero rompe um soluço. E com voz sumida ele choraminga:

— Mas nada disso faz o Leovegildo ressuscitar.

Acende o último pau de fósforo. Puxa do peito um pigarro e, com súbita fúria, escarra no rosto do ferido.

— Este é em nome do Leovegildo.

Torna a escarrar-lhe na testa.

— Este é em nome da minha mãe, que tu também matou de desgosto.

Ergue-se, com a chama do fósforo a morrer-lhe entre os dedos. E de pé cuspinha ainda sobre o outro, com menos força, já com certa relutância.

— E este é em meu nome.

Atira a brasa do fósforo no chão e, todo trêmulo, sai da despensa, na ponta dos pés.

Licurgo sobe as escadas devagarinho, com um mau pressentimento a oprimir-lhe o peito. Lá em cima no quarto de Alice tudo parece ter terminado. No entanto ele não ouve choro de criança. Que terá acontecido? Com os dedos crispados sobre o corrimão, ele sobe os degraus lentamente, sem nenhum desejo de chegar ao andar superior.

Pelas bandeirolas tricolores das janelas começa a entrar a claridade pálida do dia que nasce. Licurgo fica por alguns instantes imóvel junto da porta fechada do quarto da mulher. O único ruído que vem lá de dentro é um surdo rumor de passos. Ergue a mão para bater mas hesita, fica com o punho no ar, e depois deixa cair o braço. Nesse momento a porta se abre, e contra a luz amarelenta do interior da alcova desenha-se o vulto de Maria Valéria. Por alguns segundos ela fica em silêncio, olhando para o cunhado. Depois sussurra:

— A criança nasceu morta. Era uma menina.

Licurgo tem a impressão de que foi baleado no peito. Estonteado, engole em seco, cerra os dentes, faz um esforço desesperado para conter as lágrimas.

— E a Alice?

A cunhada encolhe os ombros.

— Não sei... Está muito abatida e precisa dormir um pouco.

Licurgo fica pensando em Aurora. As vozes do futuro agora são fúnebres: "Coitadinha. Nasceu morta naquela noite horrível".

— Quer ver a criança?

— Não.

Licurgo faz meia-volta e dirige-se para a escada. Suas botas pesam como ferro sobre o soalho. Maria Valéria acompanha-o com o olhar cansado.

O vento sopra forte, sacudindo as vidraças do Sobrado, agitando as árvores do quintal. Estendida na cama, d. Bibiana acorda de repente, com uma sensação de pânico. Que foi que aconteceu? Onde estou?

Ainda há pouco em seus sonhos havia luz, brilhava o sol. Agora o que ela vê é uma sombra confusa. Fica escutando o vento nas vidraças e o silêncio do casarão. Onde estará sua gente?

— Maria Valéria! — grita ela. — Maria Valéria! Licurgo!

Nenhuma resposta. Só o gemido do vento, o frio e a escuridão. Sob as cobertas d. Bibiana cruza os braços e aperta-os contra o peito. Se ao menos lhe trouxessem um braseiro para botar debaixo da cama... Ou lhe dessem um chimarrão bem quente... Encolhida de frio e de medo, ela começa a rezar automaticamente. No meio da oração perde-se, esquece as palavras, mas aos poucos se vai lembrando das outras coisas. O Sobrado cercado... a revolução... o parto de Alice... Teria nascido a criança? Menino ou menina? Onde estão todos? Por que não vêm me contar nada? Nunca ninguém me conta nada. Valéria! Curgo! Rodrigo! Toríbio! Nada. Ninguém. Só o silêncio do casarão, o vento nas vidraças e o tempo passando...

— Bem dizia a minha avó — resmunga d. Bibiana, cerrando os olhos. — Noite de vento, noite dos mortos.

Ana Terra

I

"Sempre que me acontece alguma coisa importante, está ventando", costumava dizer Ana Terra. Mas, entre todos os dias ventosos de sua vida, um havia que lhe ficara para sempre na memória, pois o que sucedera nele tivera a força de mudar-lhe a sorte por completo. Mas em que dia da semana tinha aquilo acontecido? Em que mês? Em que ano? Bom, devia ter sido em 1777: ela se lembrava bem porque esse fora o ano da expulsão dos castelhanos do território do Continente. Mas, na estância onde Ana vivia com os pais e os dois irmãos, ninguém sabia ler, e mesmo naquele fim de mundo não existia calendário nem relógio. Eles guardavam na memória os dias da semana; viam as horas pela posição do sol; calculavam a passagem dos meses pelas fases da lua; e era o cheiro do ar, o aspecto das árvores e a temperatura que lhes diziam as estações do ano. Ana Terra era capaz de jurar que aquilo acontecera na primavera, porque o vento andava bem doido, empurrando grandes nuvens brancas no céu, os pessegueiros estavam floridos e as árvores que o inverno despira se enchiam outra vez de brotos verdes.

Ana Terra descia a coxilha no alto da qual ficava o rancho da estância, e dirigia-se para a sanga, equilibrando sobre a cabeça uma cesta cheia de roupa suja, e pensando no que a mãe sempre lhe dizia: "Quem carrega peso na cabeça fica papudo". Ela não queria ficar papuda. Tinha vinte e cinco anos e ainda esperava casar. Não que sentisse muita falta de homem, mas acontecia que casando poderia ao menos ter alguma esperança de sair daquele cafundó, ir morar no Rio Pardo, em Viamão ou até mesmo voltar para a Capitania de São Paulo, onde nascera. Ali na estância a vida era triste e dura. Moravam num rancho de paredes de taquaruçu e barro, coberto de palha e com chão de terra batida. Em certas noites Ana ficava acordada debaixo das cobertas, escutando o vento, eterno viajante que passava pela estância gemendo ou assobiando, mas nunca apeava do seu cavalo; o mais que podia fazer era gritar um "Ó de casa!" e continuar seu caminho campo em fora. Passavam-se meses sem que nenhum cristão cruzasse aquelas paragens. Às vezes era até bom mesmo que eles vivessem isolados, porque quando aparecia alguém era para trazer incômodo ou perigo. Nunca se sabia. Uma vez tinham dado pouso a um desconhecido: vieram a saber depois que se tratava dum desertor do Presídio do Rio Grande, perseguido pela Coroa como autor de sete mortes. O pai de Ana costumava dizer que, quando via um leão baio ou uma jaguatirica, não se impressionava: pegava o mosquete, calmo, e ia enfrentar o animal; mas, quando via aparecer homem, estremecia. É que ali na estância eles estavam ressabiados.

A princípio tinham sofrido os castelhanos, que dominaram o Continente por uns bons treze anos e que de tempos em tempos surgiam em bandos, levando por diante o gado alheio, saqueando as casas, matando os continentinos, desrespeitando as mulheres. De quando em quando grupos de índios coroados desciam das bandas da coxilha de Botucaraí e se vinham da direção do rio, atacando as estâncias e os viajantes que encontrassem no caminho. Havia também as "arriadas", partidas de ladrões de gado, homens malvados sem rei nem roque, que não respeitavam a propriedade nem a vida dos estancieiros. Por vezes sem conta Ana e a mãe tinham sido obrigadas a fugir para o mato, enquanto o velho Terra e os filhos se entendiam com os assaltantes — agressivos se estes vinham em pequeno número, mas conciliadores quando o bando era forte.

Mas havia épocas em que não aparecia ninguém. E Ana só via a seu redor quatro pessoas: o pai, a mãe e os irmãos. Quanto ao resto, eram sempre aqueles coxilhões a perder de vista, a solidão e o vento. Não havia outro remédio — achava ela — senão trabalhar para esquecer o medo, a tristeza, a aflição... Acordava e pulava da cama, mal raiava o dia. Ia aquentar a água para o chimarrão dos homens, depois começava a faina diária: ajudar a mãe na cozinha, fazer pão, cuidar dos bichos do quintal, lavar a roupa. Por ocasião das colheitas ia com o resto da família para a lavoura e lá ficava mourejando de sol a sol.

Ana Terra fez alto, depôs o cesto no chão e suspirou. O vento impelia as palmas dos coqueiros na mesma direção em que esvoaçavam seus cabelos. Para que lado ficava Sorocaba? Os olhos da moça voltaram-se para o norte. Lá, sim, a vida era alegre, havia muitas casas, muita gente, e festas, igrejas, lojas... A povoação mais próxima ali da estância era o Rio Pardo, para onde de tempos em tempos um de seus irmãos ia com a carreta cheia de sacos de milho e feijão, e de onde voltava trazendo sal, açúcar e óleo de peixe.

O olhar de Ana continuava voltado para o norte. O pai prometera vagamente voltar para São Paulo, logo que juntasse algum dinheiro. Mas d. Henriqueta, que conhecia bem o marido, desencorajava a filha:

"Qual nada! Daqui ele não sai, nem morto". E, dizendo isso, suspirava. Às vezes, quando estava sozinha, chorava, mas na frente do marido vivia de cabeça baixa e raramente abria a boca.

Ana tornou a apanhar o cesto, ergueu-o e descansou-o sobre o quadril direito e, assim como quem carrega um filho escanchado na cintura, continuou a descer para a sanga. Avistou a corticeira que crescia à beira d'água e seus olhos saudaram a árvore como se ela fosse uma amiga íntima. Uma lagartixa passou correndo à sua frente e sumiu-se por entre as macegas. Ana pensou em cobra e instintivamente voltou o olhar para a direita, rumo da coxilha no alto da qual havia uma sepultura. Lá estava enterrado o corpo de seu irmão mais moço, que morrera havia alguns anos, picado por uma cascavel.

A sanga corria por dentro dum capão. As folhas das árvores farfalhavam e suas sombras no chão úmido do orvalho da noite eram frescas, quase frias. Ana aproximou-se da pedra onde sempre batia roupa, e depôs o cesto junto dela. Deu alguns passos à frente, ajoelhou-se à beira do poço fundo, fez avançar o busto, baixou a cabeça e mirou-se no espelho da água. Foi como se estivesse enxergando outra pessoa: uma moça de olhos e cabelos pretos, rosto muito claro, lábios cheios e vermelhos. Não tinha sequer um caco de espelho em casa, e, no dia em que pedira ao irmão que lhe trouxesse de Rio Pardo um espelhinho barato, o pai resmungara que era uma bobagem gastar dinheiro em coisas inúteis. Para que queriam espelho naqueles cafundós onde Judas perdera as botas?

Ana Terra sorria: a moça da sanga sorria também, e seu rosto era atravessado pelos vultos escuros dos lambaris que se moviam dentro d'água. Ana ficou a contemplar-se por algum tempo, com a vaga sensação de que estava fazendo uma coisa muito boba, muito imprópria duma mulher de sua idade. Agora em seus pensamentos um homem falava de cima de seu cavalo. Tinha na cabeça um chapéu com um penacho, e trazia à cinta um espadagão e duas pistolas. E esse homem dizia coisas que a deixavam embaraçada, com o rosto ardendo. Era Rafael Pinto Bandeira, o guerrilheiro de que toda gente falava no Rio Grande. Corriam versos sobre suas proezas e valentias, pois era ele quem pouco a pouco estava livrando o Continente do domínio dos castelhanos...

Ana Terra guardava a lembrança daquele dia como quem entesoura uma joia. Estava claro que ventava também na manhã em que o major Pinto Bandeira e seus homens passaram pela estância, a caminho do forte de Santa Tecla, onde iam atacar o inimigo. O velho Terra convidara-os para descer e comer alguma coisa. O major aceitou o convite e dentro em pouco estava sentado à mesa do rancho com seus oficiais, comendo um churrasco com abóbora e bebendo uma guampa de leite. Era um homem educado e bem-falante. Contava-se que sua estância era muito bem mobiliada e farta, e que tinha até uma banda de música.

Ana estava perturbada em meio de tantos homens desconhecidos — grandes, barbudos, sujos — que fanfarronavam, comiam fazendo muito barulho e de vez em quando lhe lançavam olhares indecentes. Num dado momento Rafael Pinto Bandeira fitou nela os olhinhos miúdos e vivos e, com pingos de leite no bigode, dirigiu-se a Maneco Terra, dizendo:

— Vossa mercê tem em casa uma moça mui linda.

De tão atrapalhada ela deixou cair a faca que tinha na mão. O pai não disse nada, ficou de cabeça baixa, assim com jeito de quem não tinha gostado da coisa. O major, que continuava a olhar para ela, prosseguiu sacudindo a cabeça:

— Mas é muito perigoso ter uma moça assim num descampado destes...

O velho Terra pigarreou, mexeu-se na cadeira e respondeu seco:

— Mas tem três homens e três espingardas em casa pra defender a moça.

E depois disso houve um silêncio muito grande.

Ao se despedir, já de cima do cavalo, na frente do rancho, Pinto Bandeira tornou a falar:

— A sina da gente é andar no lombo dum cavalo, peleando, comendo às pressas aqui e ali, dormindo mal ao relento pra no outro dia continuar peleando. — O vento sacudia o penacho do major. Os cavalos, inquietos, escravavam o chão. — Pois é, dona, quando o último castelhano for expulso — continuou o guerreiro, sofreando o animal —, vamos ficar donos de todo o Continente, e poderemos então ter cidades como na Europa. — Baixou os olhos para Ana e murmurou: — Nesse dia precisaremos de moças bonitas e trabalhadeiras como vossa mercê. Deus vos guarde! — Ergueu o chapéu no ar e se foi.

Ana escutara-o com o rosto em fogo. O pai ficou de cabeça baixa, calado. Ela se lembrava bem do que o velho Terra e Antônio, o filho mais velho, tinham dito depois.

— Pai, eu acho que devia ter ido com eles... — murmurou o rapaz, olhando os soldados que se afastavam na direção do poente.

O velho respondeu:

— Não criei filho pra andar dando tiro por aí. O melhor é vosmecê ficar aqui agarrado ao cabo duma enxada. Isso é que é trabalho de homem.

— O major é um patriota, meu pai. Ele precisa de soldados para botar pra fora os castelhanos.

O velho ergueu a cabeça e encarou o filho:

— Patriota? Ele está mas é defendendo as estâncias que tem. O que quer é retomar suas terras que os castelhanos invadiram. Pátria é a casa da gente.

E agora, ali a olhar-se no poço, Ana Terra pensava nas palavras do guerrilheiro: "... precisaremos de moças bonitas e trabalhadeiras". Bonitas e trabalhadeiras. Bonitas, bonitas, bonitas...

Ergueu-se, caminhou para o lugar onde estava o cesto, tirou as roupas para fora, ajoelhou-se, apanhou o sabão preto e começou a lavá-las. Enquanto fazia isso cantava. Eram cantigas que aprendera ainda em Sorocaba. Só cantava quando estava sozinha. Às vezes, perto da mãe, podia cantarolar. Mas na presença do pai e dos irmãos tinha vergonha. Não se lembrava de jamais ter ouvido o pai cantar ou mesmo assobiar. Maneco Terra era um homem que falava pouco e trabalhava demais. Severo e sério, exigia dos outros muito respeito e obediência, e não admitia que ninguém em casa discutisse com ele. "Terra tem só uma palavra", costumava dizer. E era verdade. Quando ele dava a sua palavra, cumpria, custasse o que custasse.

2

De súbito ali ao pé do poço Ana Terra teve a impressão de que não estava só. A mão que batia a roupa numa laje parou. Em compensação o coração começou a bater-lhe com mais força... Esquisito. Ela não via ninguém, mas sentia uma presença estranha... Podia ser um bicho, mas podia ser também uma pessoa. E se fosse um índio? Por um instante esteve prestes a gritar, sob a impressão de que ia ser frechada. Sentia que o perigo vinha da outra margem... Sentia mas não queria erguer os olhos. Com o coração a pulsar-lhe surdamente no peito, ela esperava... Quando caiu em si estava olhando para um homem estendido junto da sanga, a umas cinco braças de onde se encontrava.

Ana Terra apanhou uma pedra com ambas as mãos. Se ele avançar pra mim — pensou —, atiro-lhe a pedra na cabeça. Era a tática que usava contra cobra... Foi se erguendo devagarinho, sem tirar os olhos do corpo, que continuava imóvel, caído de borco, os braços abertos em cruz, a mão esquerda mergulhada na sanga. Ana Terra recuou um passo, dois, três... O desconhecido não fez o menor movimento. Tinha o torso nu, manchado de sangue, e seu chiripá estava todo rasgado. Seus cabelos eram pretos e longos e sua face se achava quase completamente escondida atrás duma maceta.

De repente Ana fez uma rápida meia-volta, largou a pedra e precipitou-se a correr na direção da casa. Ao chegar ao alto da coxilha avistou o pai e os irmãos, que trabalhavam na lavoura, e correu para eles, fazendo sinais com os braços. Antônio veio-lhe ao encontro.

— Que foi que houve? — gritou ele.

O pai e Horácio largaram as enxadas e também se encaminharam para Ana, que dizia, quase sem fôlego:

— Um homem... um homem...

E apontava na direção da sanga.

— Onde? — perguntavam eles. — Onde?

— Na beira da sanga... deitado... eu vi. Estava lavando roupa... de repente...

A garganta lhe ardia, o coração parecia querer saltar-lhe pela boca.

— De repente vi aquilo... Parece que está ferido... ou morto... ou dormindo. Não sei.

Ana tinha agora diante de si três caras morenas, curtidas pelo vento e pelo sol. Ali estava o pai, com os grossos bigodes grisalhos, o corpo pesado e retaco, o ar reconcentrado; Antônio, alto e ossudo, os cabelos pretos e duros; e Horácio, com seu rosto de menino, o buço ralo e os olhos enviesados. Em todas aquelas caras havia um retesamento de músculos, já uma rigidez agressiva. Escutaram a narrativa rápida e ofegante de Ana, consultaram-se numa troca de olhares, precipitaram-se para a casa, apanharam as espingardas e desceram os três a passo acelerado na direção da sanga.

Ana entrou no rancho e contou tudo à mãe, que estava junto do fogão botando no forno uma fôrma de lata com broas de milho. D. Henriqueta escutou-a em silêncio, tapou o forno, ergueu-se limpando as mãos na fímbria da saia e fitou na filha os olhos tristes e assustados.

— Quem será, Ana? Quem será?

— Não sei, mamãe. Acho que ele está muito ferido. Decerto veio se arrastando pra beber água na sanga e desmaiou.

D. Henriqueta sacudia a cabeça devagarinho. Aquilo não era vida!

Viviam com o coração na mão. Os homens do Continente não faziam outra coisa senão lidar com o perigo. Tinha saudade de Sorocaba, de sua casa, de seu povo. Lá pelo menos não vivia com o pavor na alma. Às vezes temia ficar louca, quando o filho ia com a carreta para Rio Pardo, o marido saía a campear com o Horácio e ela ficava ali no rancho sozinha horas e horas com a filha. Ouvia contar histórias horríveis de mulheres que tinham sido roubadas e levadas como escravas pelos índios coroados, que acabavam obrigando-as a se casarem com algum membro da tribo. Contavam-se também casos tenebrosos de moças que eram violentadas por bandoleiros. Seria mil vezes preferível viver como pobre em qualquer canto de São Paulo a ter uma estância, gado e lavoura ali naquele fundão do Rio Grande de São Pedro.

D. Henriqueta olhava desconsolada para a velha roca que estava ali no rancho, em cima do estrado. Era uma lembrança de sua avó portuguesa e talvez a única recordação de sua mocidade feliz. Casara com Maneco Terra na esperança de ficar para sempre vivendo em São Paulo. Mas acontecera que o avô de Maneco fora um dos muitos bandeirantes que haviam trilhado a estrada da serra Geral e entrado nos campos do Continente, visitando muitas vezes a Colônia do Sacramento. Quando voltava para casa, tantas maravilhas contava aos filhos sobre aqueles campos do Sul, que Maneco crescera com a mania de vir um dia para o Rio Grande de São Pedro criar gado e plantar. Antes dele, seu pai, Juca Terra, também cruzara e recruzara o Continente, trazendo tropas. Todos diziam que o Rio Grande tinha um grande futuro, pois suas terras eram boas e seu clima salubre. E eles vieram... E já tinham pago bem caro aquela loucura. O Lucinho lá estava enterrado em cima da coxilha. E, quanto mais o tempo passava, mais o marido e os filhos iam ficando como bichos naquela lida braba — carneando gado, curando bicheira, laçando, domando, virando terra, plantando, colhendo e de vez em quando brigando de espingarda na mão contra índios, feras e bandidos. Parecia que a terra ia se entranhando não só na pele como também na alma deles. Andavam com as mãos encardidas, cheias de talhos e calos. Maneco à noite deitava-se sem mudar a camisa, que cheirava a suor, a sangue e a carne crua. Naquela casa nunca entrava nenhuma alegria, nunca se ouvia uma música, e ninguém pensava em divertimento. Era só trabalhar o quanto dava o dia. E a noite — dizia Maneco — tinha sido feita para dormir. Que ia ser de Ana, uma moça, metida naquele cafundó? Como é que ia arranjar marido? Nem ao Rio Pardo o Maneco consentia que ela fosse. Dizia que mulher era para ficar em casa, pois moça solta dá o que falar.

D. Henriqueta respeitava o marido, nunca ousava contrariá-lo. A verdade era que, afora aquela coisa de terem vindo para o Rio Grande e umas certas casmurrices, não tinha queixa dele. Maneco era um homem direito, um homem de bem, e nunca a tratara com brutalidade. Seco, calado e opiniático — isso ele era. Mas quem é que pode fugir ao gênio que Deus lhe deu?

— Eles vêm vindo, mamãe! — exclamou Ana, que estava junto à janela.

D. Henriqueta aproximou-se da filha, olhou para fora e avistou o marido e os filhos, que carregavam lentamente um corpo.

— Minha Nossa Senhora! — murmurou. — Que será que vai acontecer?

3

Dentro de alguns minutos os homens entraram em casa e deitaram o desconhecido numa das camas.

— Água, gente! — pediu Maneco. — Depressa.

Ana Terra caminhou para o fogão, apanhou a chaleira de ferro tisnado, despejou água numa gamela e levou-a ao pai. Foi só então que, numa súbita sensação de constrangimento e quase de repulsa, viu o rosto do estranho. Tinha ele uma cara moça e trigueira, de maçãs muito salientes. Era uma face lisa, sem um único fio de barba, e dum bonito que chamava a atenção por não ser comum, que chocava por ser tão diferente das caras de homem que se viam naquelas redondezas. A tez do desconhecido era quase tão acobreada como a dos índios, mas suas feições não diferiam muito das de Antônio ou Horácio. Os cabelos, lisos e negros, desciam-lhe quase até os ombros, e o que impedia que ele parecesse efeminado era a violenta masculinidade de seus traços. Havia ainda para Ana um outro elemento de inquietação e estranheza: era aquele torso nu e musculoso, aquele peito largo e suado, que subia e descia ao compasso da respiração.

De súbito Ana viu-lhe o ferimento no ombro esquerdo, um orifício arredondado do tamanho duma onça, já meio apostemado e com sangue coalhado nas bordas. Ficou vermelha e perturbada, como se tivesse enxergado alguma parte secreta e vergonhosa do corpo daquele homem. Desviou os olhos dele imediatamente.

Maneco Terra falava em voz baixa com os filhos.

— O chumbo ainda está lá dentro — dizia. — Este animal perdeu muito sangue.

Antônio tirou a faca da cintura, foi até o fogão, aqueceu-lhe a ponta nas brasas e depois voltou para junto do ferido.

Ana não podia esquecer aquela cara... Estava inquieta, quase ofendida, e já querendo mal ao estranho por causa das sensações que ele lhe provocava. Era qualquer coisa que lhe atacava o estômago, dando-lhe engulhos; mas ao mesmo tempo tinha desejos de olhar para aquele mestiço, muitas vezes, por muito tempo, apesar de sentir que não devia, que isso era feio, mau, indecente. Veio-lhe à mente uma cena de seu passado. Quando tinha dezoito anos visitara com os pais a cidade de São Paulo e uma tarde, estando parada com a mãe a uma esquina, viu passar uma caleça que levava uma vistosa dama. Toda a gente falava daquela mulher na cidade. Diziam que tinha vindo de Paris, era cantora, uma mulher da vida... Ana sabia que não devia olhar para ela, mas olhava, porque aquela mulher colorida e cheirosa parecia ter feitiço, como que puxava o olhar dela. Era loura, estava toda vestida de sedas e rendões, e tinha o pescoço, os braços e os dedos coruscantes de joias. Uma mulher da vida, uma ordinária... Ana contemplava-a de boca aberta, fascinada, mas ao mesmo tempo com a sensação de estar cometendo um feio pecado. Pois tivera havia pouco a mesma impressão ao olhar para aquele desconhecido.

Antônio terminou a operação, aproximou-se da mãe com a faca manchada de sangue e mostrou-lhe o pedaço de chumbo grosso que tinha na palma da mão.

— Será que a ferida vai arruinar? — perguntou d. Henriqueta.

Antônio sacudiu os ombros, como quem diz: a mim pouco se me dá.

O homem continuava estendido no catre, imóvel. Maneco Terra mirou-o por algum tempo e depois disse:

— Tem jeito de índio.

— Mas não é índio puro — observou Antônio em voz baixa. — É muito alto para ser índio, e a pele é mais clara que a dos bugres.

Houve um curto silêncio. Maneco Terra sentou-se num mocho e começou a enrolar um cigarro.

— Não gosto da cara desse diabo — resmungou.

— Nem eu — disse Horácio.

— Quando ele acordar, dá-se comida pra ele e manda-se embora — decidiu o dono da casa.

Os filhos não disseram nada. A um canto do rancho Ana, que olhava fixamente para o ferido, apontou de repente para ele e perguntou:

— O que é aquilo?

Antônio seguiu com o olhar a direção do dedo da irmã, deu alguns passos para a cama e meteu a mão por baixo da faixa que o desconhecido tinha enrolada em torno da cintura e tirou de lá alguma coisa. Os outros aproximaram-se dele e viram-lhe nas mãos um punhal com cabo e bainha de prata lavrada. Antônio desembainhou-o, rolou a lâmina nas mãos calosas, experimentou-lhe a ponta e murmurou:

— Linda arma.

O punhal passou pelas mãos do velho Maneco e depois pelas de Horácio.

— Onde será que o índio roubou isso?

Ninguém respondeu. Maneco Terra guardou o punhal na gaveta da mesa, apanhou uma espingarda e entregou-a à filha.

— Sente aqui, segure esta arma e fique de olho nesse homem, que nós vamos voltar pra lavoura. Se ele começar a se mexer, mande sua mãe nos avisar ou então dê um grito. Mas não largue a espingarda, e se ele avançar faça fogo.

Maneco Terra e os filhos saíram. Tinham as calças de ganga escura arregaçadas até meia canela, e suas camisas, muito curtas e sujas, esvoaçavam ao vento.

Ana sentou-se, com a arma de fogo sobre as coxas, o olhar fixo no desconhecido.

4

O sol já estava a pino quando o homem começou a mexer-se e a resmungar. Os Terras tinham acabado de comer e Ana tirava da mesa os pratos de pó de pedra. O ferido abriu os olhos e por muito tempo ficou a olhar para as pessoas e as coisas do rancho — a olhar dum jeito vago, como quem não compreende ou não se lembra... Depois soergueu-se devagarinho, apoiado nos cotovelos, apertou os olhos, mordeu os lábios e soltou um gemido. Os Terras, sem afastar os olhos dele, mantinham-se imóveis e calados onde estavam, numa espera meio agressiva. O desconhecido então sorriu um sorriso largo e demorado, levantou a mão lentamente num gesto de paz e disse:

— Amigo.

Os Terras continuaram mudos. O índio ainda sorria quando murmurou:

— Louvado seja Nosso Senhor.

Tinha uma voz que não se esperava daquele corpo tão vigoroso: macia e doce.

Os outros não faziam o menor movimento, não pronunciavam a menor palavra. Mas o índio sorria sempre e agora repetia: amigo, amigo, amigo...

Depois inclinou o busto para trás e recostou-se na parede de barro. De repente seu rosto se contorceu de dor e ele lançou um olhar oblíquo na direção do ombro ferido.

Nesse instante Maneco Terra deu dois passos na direção do catre e perguntou:

— Como é o nome de vosmecê?

O outro pareceu não entender. Maneco repetiu a pergunta e o índio respondeu:

— Meu nombre é Pedro.

— Pedro de quê?

— Me jamam Missioneiro.

Maneco lançou-lhe um olhar desconfiado.

— Castelhano?

— No.

— Continentino?

— No.

— Donde é, então?

— De parte ninguna.

Maneco Terra não gostou da resposta. Foi com voz irritada que insistiu:

— Mas onde foi que nasceu?

— Na mission de San Miguel.

— Qual é o seu ofício?

— Ofício?

— Que é que faz? Em que trabalha?

— Peleio.

— Isso não é ofício.

Pedro sorriu. Tinha dentes fortes e alvos.

— Que anda fazendo por estas bandas? — insistiu.

No seu português misturado com espanhol, Pedro contou que fugira da redução quando ainda muito menino e que depois crescera nos acampamentos militares dum lado e doutro do rio Uruguai; ultimamente acompanhara os soldados da Coroa de Portugal em suas andanças de guerra; também fizera parte das forças de Rafael Pinto Bandeira e fora dos primeiros a escalar o forte castelhano de San Martinho...

Maneco Terra voltou a cabeça na direção dos filhos e olhou-os com ar céptico.

— Tem prova disso? — perguntou, tornando a voltar-se para Pedro.

Este último começou a apalpar a faixa e de repente seu rosto ficou sério, numa expressão de apreensiva surpresa.

— Donde está meu punhal?

— Não se apoquente — retrucou Maneco Terra —, ele está bem guardado.

Pedro continuou a apalpar a faixa. Finalmente achou o que procurava: um papel dobrado, muito amarelo e seboso. Desdobrou-o com mão trêmula e apresentou-o ao dono da casa. Maneco Terra não moveu sequer um dedo. Encarou Pedro com firmeza e disse:

— Aqui ninguém sabe ler.

Pronunciou essas palavras sem o menor tom de desculpa ou constrangimento: disse-as agressivamente, com uma espécie de feroz orgulho, como se não saber ler fosse uma virtude.

Pedro então leu:

A quem interessar possa. Declaro que o portador da presente, o tenente Pedro Missioneiro, durante mais de um ano serviu num dos meus esquadrões de cavalaria, tomando parte em vários combates contra os castelhanos e revelando-se um companheiro leal e valoroso. Rafael Pinto Bandeira.

Horácio e Antônio entreolharam-se, ainda incrédulos. Maneco Terra perguntou:

— Com quem vosmecê aprendeu a ler?

Sabia que não existia uma única escola em todo o Continente.

— Com os padres de la mission — respondeu Pedro. E imediatamente pôs-se a recitar: — *Lavabis me et super nivem dealbabor.*

Viu todos aqueles olhos postos nele, as caras sérias e desconfiadas, sorriu largamente e esclareceu:

— É latim. Língua de padre. Quer dizer: a chuva cai do céu. *Lavabis* é chuva. *Dealbabor* é céu.

Ana estava de boca entreaberta, atenta ao que Pedro fazia e dizia.

O latim pareceu não impressionar Maneco Terra, que perguntou, brusco:

— Como foi que vosmecê veio parar aqui?

— Fui atacado por uns desertores do presídio, a umas três léguas desta estância. Entonces consegui montar a cabalo e vir vindo, perdendo muita sangre no caminho. Despois caí de fraco, o cabalo fugiu, senti olor de água, estava loco de sed e vim de rasto até a beira da sanga. Entonces todo quedou escuro.

Pedro tornou a deitar-se, como se de repente se sentisse muito fraco e cansado. Maneco Terra ficou por algum tempo a mirá-lo, com ar indeciso, mas acabou dizendo:

— Essa história está mal contada. Mas dê comida pro homem, Henriqueta.

5

Anos depois, sempre que pensava nas coisas acontecidas nos dias que se seguiram à entrada de Pedro naquela casa, Ana Terra nunca chegava a lembrar-se com clareza da maneira como aquele forasteiro conseguira conquistar a confiança de seu pai a ponto de fazer que o velho consentisse na sua permanência na estância. Porque Maneco Terra, apesar de todos os seus sentimentos de hospitalidade, estava decidido a mandar Pedro Missioneiro embora, logo que o visse em condições de deixar a cama. Resolvera até dar-lhe um cavalo, pois não seria justo largar um vivente sozinho e a pé por aqueles desertos.

Fê-lo dormir no galpão a primeira noite. Durante o dia seguinte Antônio e Horácio foram levar-lhe comida e fazer-lhe novos curativos. A ferida sarava com uma rapidez tão grande que Antônio não pôde deixar de exclamar:

— Vosmecê tem sangue bom, moço!

Pedro limitou-se a dizer que Nossa Senhora, sua mãe, o protegia.

Dentro de poucos dias mais estava de pé, e as cores lhe tinham voltado às faces.

Os Terras estavam trabalhando na lavoura quando Pedro se apresentou para ajudá-los. Vestira uma camisa e umas calças velhas que Antônio lhe dera e tinha a cabeça amarrada por um lenço vermelho que lhe cobria também a testa. (Bem como os castelhanos, observou Maneco Terra, com desconfiada má vontade.) Acabou, porém, dando uma enxada ao índio e refletindo assim: "Ora, eu precisava mesmo dum peão". Mas não se sentiu bem com aquele estranho a trabalhar ali a seu lado. Tinha-lhe um certo temor. Entre suas convicções nascidas da experiência, estava a de que "índio é bicho traiçoeiro". Não conseguia nem mesmo tentava vencer o seu sentimento de desconfiança por aquele homem de cara rapada e olhar oblíquo. Era preciso mandá-lo embora o quanto antes. Se Pedro conhecesse o seu lugar e não se aproximasse das mulheres da casa nem tomasse muita confiança com os homens, ainda estaria tudo bem...

Ora, aconteceu que Pedro trabalhou aquele dia sem conversar. Comeu a comida que lhe levaram e quando a noite chegou recolheu-se em silêncio ao galpão. No dia seguinte acordou antes de o dia raiar e foi ordenhar as vacas no curral. Ao sair da cama, d. Henriqueta encontrou uma vasilha cheia de leite à porta da cabana.

Aos poucos o mestiço ia se fazendo útil. Os dias passavam e Maneco Terra, que aceitava os serviços dele com alguma relutância, ia deixando sempre para o dia seguinte a resolução de mandá-lo embora. Pedro falava pouco, servia muito e só se dirigia à gente da estância quando era interpelado ou então quando precisava pedir alguma informação ou instrução.

Um dia meteu-se no mato e voltou depois de algumas horas trazendo para d. Henriqueta favos de mel de abelha e uma canastra cheia de frutas silvestres. Doutra feita fez um arco e frechas e saiu a caçar às primeiras horas da tarde; voltou ao anoitecer, trazendo às costas um veado morto — com o sangue a pingar-lhe do focinho — e três jacutingas presas num cipó. Pôs o produto da caça junto da porta do rancho, numa oferenda silenciosa.

Mas Maneco e os filhos ainda não estavam convencidos de que o caboclo era pessoa de confiança. O papel que lhes fora lido, assinado por Pinto Bandeira, podia ser autêntico, mas também podia não ser. Pelas dúvidas, eles mantinham o punhal de Pedro fechado a chave numa gaveta, e conservaram o índio sob severa vigilância. E agora, que ele tinha um arco e frechas, passaram a temer vagamente uma emboscada e, por mais duma madrugada, Maneco Terra ficou de olho aceso, a pensar que, na calada da noite, Pedro podia entrar na casa e matá-los todos, um a um, enquanto dormiam. "O melhor mesmo é mandar esse diabo embora", refletiu certa manhã. Aconteceu, porém, que nesse mesmo dia Pedro se ofereceu para domar um potro — e fê-lo com tanta habilidade, com tamanho conhecimento do ofício, que Maneco Terra ao anoitecer já não pensava mais em despedi-lo. Aquele bugre era o melhor domador que ele encontrara em toda a sua vida! Nunca vira ninguém que tivesse tanta facilidade no trato dum potro! Era como se ele conhecesse a língua do cavalo, e com sua lábia tivesse o dom de conquistar logo a confiança e a amizade do animal... Pedro precisava ficar, pois havia muitos outros potros a domar. Quem recebeu com maior alegria a notícia da proeza do Missioneiro foi d. Henriqueta, que ficava sempre em agonia quando algum dos filhos ou o marido subia para o lombo dum cavalo selvagem. Maneco levara certa vez uma rodada medonha, e desde esse dia sentia umas dores nos rins. Doutra feita Antônio caíra do cavalo e quebrara uma costela. Que dessem agora aquele serviço ao bugre! Era um achado.

E assim Pedro Missioneiro foi ficando na estância dos Terras, e passou a morar numa barraca de taquara coberta de palha, que ele mesmo ergueu na encosta da coxilha, não muito longe da sanga.

Por essa época os ventos da primavera tinham amainado, e pelo cheiro do ar, pelo calor que começava, pelo aspecto dos campos e das árvores, os Terras sentiram que entrava o verão.

6

Pedro construiu um forno de barro perto do curral, e um dia montou a cavalo e saiu sem dizer aonde ia. Horácio viu-o partir e disse à mãe:

— Sempre que o Missioneiro sai a cavalo, me parece que não vai voltar mais...

— Volta, sim — garantiu-lhe d. Henriqueta, que já começava a ter uma certa afeição pelo índio. — Uma coisa me diz que ele volta.

E Pedro voltou mesmo. Voltou trazendo grande quantidade de argila. Ninguém lhe perguntou o que ia fazer com aquilo. O mestiço passou o dia a trabalhar junto do forno aceso e no dia seguinte acercou-se de Ana, trazendo-lhe o odre e os cinco pratos de argila que modelara. A moça murmurou uma breve palavra de agradecimento, sem contudo olhar para o índio. Não tinha coragem para encará-lo de frente. Quando o via, sentia uma coisa que não podia explicar: um mal-estar sem nome, mistura de acanhamento, nojo e fascinação. Chegou à conclusão de que odiava aquele homem, que sua presença lhe era tão desagradável como a de uma cobra. Desde aquele momento passou a ter um desejo esquisito de judiar dele, fazer-lhe todo o mal possível. Um dia botou-lhe cinza fria na comida. Noutro, sem que ele visse, atirou um punhado de sal no pote em que ele ia beber leite. E numa ocasião em que Pedro se inclinou para apanhar algo que caíra ao chão, e ela viu aparecer uma nesga da carne de seu torso tostado, desejou subitamente cravar-lhe as unhas naquela pele até tirar-lhe sangue. Envergonhou-se imediatamente desse desejo, que lhe pareceu doido, e por isso mesmo odiou ainda mais aquele homem estranho que lhe despertava sentimentos tão mesquinhos. Mas o que maior mal-estar lhe causava, o que mais a exasperava, era o cheiro do suor de Pedro que lhe chegava às narinas quando ele passava perto, ou que ela sentia nas camisas dele que tinha de lavar juntamente com a roupa do pai e dos irmãos. O cheiro de Pedro era diferente do de todos os outros.

E agora que o índio tinha sua barraca ali no caminho da sanga, nem mais lavar a roupa em paz ela podia. O diabo do homem não lhe saía do pensamento. "Tomara que ele vá embora!", dizia Ana para si mesma, muitas e muitas vezes por dia. Era um índio sujo, sem eira nem beira. Como podia ela preocupar-se tanto com uma criatura assim! Quando estava batendo a roupa nas pedras, ao pé da sanga, Ana sempre tinha presente a ideia de que fora ali que ela vira o Missioneiro pela primeira vez... E agora lhe parecia que lá de sua barraca ele a estava espiando: chegava a sentir o olhar de Pedro como um sol quente na nuca. Por isso Ana temia a sanga e deixara de tomar banho no poço.

Numa noite de aguaceiro, depois do jantar, quando d. Henriqueta e a filha lavavam os pratos e os homens conversavam ainda junto da mesa, Pedro bateu à porta e pediu licença para entrar. Ao ouvir-lhe a voz, Ana sentiu um calafrio desagradável. Aquela voz lhe fazia mal: era doce demais, macia demais; não podia ser voz de gente direita...

— Pode entrar! — exclamou o velho Terra.

Ana baixou os olhos. Ouviu o mole rascar dos pés descalços do índio no chão do rancho. Continuou a lavar os pratos.

— Vosmecê me dá permisso pra tocar alguma cosa?

Maneco Terra pigarreou.

— Tocar?

— Frauta — explicou Pedro. E mostrou a flauta que tinha feito duma taquara.

Os Terras entreolharam-se em silêncio.

— Está bem — disse Maneco.

Seu rosto, diante de Pedro, nunca assumia uma expressão amiga. Já agora a desconfiança e o temor duma traição haviam desaparecido nele quase por completo; mas ficara um certo desajeitamento, que às vezes se traduzia na maneira áspera com que ele se dirigia ao índio.

— Tome assento — disse o dono da casa, com o ar de quem dava uma ordem de trabalho.

O rancho não era grande. Constava duma só peça quadrada com repartições de pano grosseiro. A maior das divisões era a em que se achavam todos agora. Ali faziam as refeições e ficavam nas noites frias antes de irem para a cama: era ao mesmo tempo refeitório e cozinha, e a um canto dela estava o fogão de pedra e uma talha com água potável. O mobiliário era simples e rústico: uma mesa de pinho sem verniz, algumas cadeiras de assento e respaldo de couro, uma arca também de couro, com fechos de ferro, um armário meio desmantelado e, sobre um estrado, a velha roca de d. Henriqueta. Numa das outras repartições ficava a cama do casal, sobre a qual, na parede, pendia um crucifixo de madeira negra, com um Cristo de nariz carcomido; ao pé da cama ficava um mosquete carregado, sempre pronto para o que desse e viesse. Na divisão seguinte estavam os catres de Antônio e Horácio; e no quarto de Ana mal cabia uma cama de pernas de tesoura, debaixo da qual se via o velho baú de lata, onde a moça guardava suas roupas.

A luz da lamparina de óleo de peixe iluminava pobremente a casa, despedindo uma fumaça negra e enchendo o ar dum cheiro enjoativo.

Pedro sentou-se, cruzou as pernas, tirou algumas notas na flauta, como para experimentá-la, e depois, franzindo a testa, entrecerrando os olhos, alçando muito as sobrancelhas, começou a tocar. Era uma melodia lenta e meio fúnebre. O agudo som do instrumento penetrou Ana Terra como uma agulha, e ela se sentiu ferida, trespassada. Mas notas graves começaram a sair da flauta e aos poucos Ana foi percebendo a linha da melodia... Reagiu por alguns segundos, procurando não gostar dela, mas lentamente se foi entregando e deixando embalar. Sentiu então uma tristeza enorme, um desejo amolecido de chorar. Ninguém ali na estância tocava nenhum instrumento. Ana não se lembrava de jamais ter ouvido música de verdade naquela casa. Às vezes um dos irmãos assobiava. Ou então eram as cantigas tristonhas e desafinadas de sua mãe. Ou dela mesma, Ana, que só cantava quando estava sozinha. Agora aquela melodia, tão bonita, tão cheia de sentimento, bulia com ela, dava-lhe um aperto no coração, uma vontade danada de...

Tirou as mãos de dentro da água da gamela, enxugou-as num pano e aproximou-se da mesa. Foi então que deu com os olhos de Pedro e daí por diante, por mais esforços que fizesse, não conseguiu desviar-se deles. Parecia-lhe que a música saía dos olhos do índio e não da flauta — morna, tremida e triste como a voz duma pessoa infeliz. A chuva tamborilava no teto de palha, batia no chão, lá fora... E Pedro beijava a flauta com seus beiços carnudos. Às vezes a música se parecia com as que Ana costumava ouvir na igreja de Sorocaba, mas dum momento para outro ficava diferente, lembrava uma toada que um dia ela ouvira um tropeiro assobiar ao trote do cavalo...

A chama da lamparina dançava, soprada pelo vento que entrava pelas frestas do rancho. As sombras das pessoas refletidas nas paredes cresciam e minguavam. Com a cabeça apoiada numa das mãos, Maneco Terra escutava. Horácio olhava para o teto. Antônio riscava a madeira da mesa com a ponta da faca. Havia lágrimas nos olhos de d. Henriqueta — lágrimas que lhe escorriam pelas faces sem que ela procurasse escondê-las ou enxugá-las. E mesmo na tristeza seu rosto não perdia a expressão de resignada serenidade.

De repente Ana Terra descobriu que aquela música estava exprimindo toda a tristeza que lhe vinha nos dias de inverno quando o vento assobiava e as árvores gemiam — nos dias de céu escuro em que, olhando a soledade dos campos, ela procurava dizer à mãe o que sentia no peito, mas não encontrava palavras para tanto. Agora a flauta do índio estava falando por ela...

A música cessou. Fez-se um brusco silêncio, que chegou a doer nos nervos de Ana. Agora só se ouvia o ruído da chuva e o chiar da chama da lamparina batida pelo vento.

Maneco puxou um pigarro e perguntou:

— Onde foi que aprendeu a tocar?

— Na mission. Também sabia tocar chirimia.

Maneco abriu a gaveta da mesa, tirou de dentro dela o punhal e atirou-o para Pedro, que o apanhou no ar. Não explicou nada. Achou que não era necessário. O índio recebeu a arma num silêncio compreensivo.

Examinou-a por alguns instantes, pô-la à cinta, ergueu-se e, sem dizer palavra, foi-se. No momento em que ele abriu a porta, Ana Terra por um instante viu, ouviu e sentiu a chuva, o vento, a noite e a solidão.

7

Os dias se faziam mais quentes e mais longos. Pelos cálculos de Ana, dezembro devia estar no fim quando Antônio saiu para o Rio Pardo com um carregamento de milho e feijão. D. Henriqueta fez-lhe encomendas: precisava de uma faca de cozinha, de fio para fiar, dum corte de cassa e duns emplastos para as suas dores do lado. E, quando a carreta se sumiu para as bandas do nascente, ela voltou para dentro da casa e foi rezar ao pé do crucifixo.

Numa noite de lua cheia Horácio saiu para o campo a caçar tatu e voltou pela madrugada trazendo uma mulita magra. No dia seguinte a mãe preparou a caça para o almoço, e Maneco e Horácio mostraram-se satisfeitos, pois a carne de mulita era muito apreciada por todos. Pedro, porém, recusou-se a comê-la com uma veemência que quase se aproximava do horror.

— Não gosta? — perguntou d. Henriqueta.

— Nunca provei.

— Pois então prove.

O índio sacudia a cabeça obstinadamente.

— Mas não tem outra coisa — avisou ela. — Só tatu e abóbora.

Pedro fazia que não com a cabeça, ao mesmo tempo que sorria, olhando para o prato. Maneco aproximou-se dele e disse:

— Que luxos são esses? É uma das melhores carnes que conheço.

Pedro explicou que não costumava comer carne de mulita.

— Mas por quê? — perguntou Horácio.

— Porque um dia a mulita e os filhos dela ajudaram a Virgem Maria no deserto — explicou ele.

— Mas que bobagem é essa? — estranhou Maneco Terra.

Voltaram todos para a mesa, junto da qual Ana Terra ficara ouvindo tudo, mas evitando olhar para Pedro e mostrar-se interessada no que ele dizia. O índio sentou-se, pachorrento, junto da porta e, enquanto os outros comiam, contou-lhes uma história.

Havia muitos, muitos anos o rei dos judeus ordenara a seus soldados que matassem todas as crianças das redondezas e por isso a Virgem Maria e seu marido são José fugiram para o deserto, levando o Menino Jesus dentro dum carrinho puxado por um burro. Mas o burro por desgraça empacou no meio do caminho, ao passo que os soldados que perseguiam os fugitivos se aproximavam cada vez mais...

Ana escutava, sem erguer os olhos do prato. No seu espírito o deserto era verde e ondulado como os campos dos arredores da estância, e os rostos da Virgem e do Menino pareciam-se com os das imagens que ela vira na Matriz de Sorocaba.

Pedro prosseguiu:

— Entonces a Virge viu que estava tudo perdido. Pero apareceu a mulita na estrada e Nossa Senhora dije: "Mulita, usted tem filhos? Dá-me uma gotita de leite para meu filho que esta jorando de fome". A mulita deu, pero era solo uma gotita, mui poco. O Menino continuou jorando. Entonces Nossa Senhora dije: "Mulita, vá a jamar tuas filhas". Mulita contestou: "Muitos filhos tengo, pero mujeres pocas". Pero jamou as filhas, que dieram leite ao Menino. E Jesus quedou mui quieto.

Ana escutava Pedro, fascinada. Nunca havia encontrado em toda a sua vida uma pessoa assim. Às vezes o índio lhe parecia louco. Tudo nele era fora do comum: a cara, os modos, a voz, aquela língua misturada... E Ana ouvia-o de olhos baixos, imaginava Nossa Senhora no alto da coxilha, tendo a seu lado o carro com o Menino dentro, são José coçando as barbas, aflito, o burro empacado, e as mulitas fêmeas dando cada uma sua gota de leite para matar a sede de Jesus...

Maneco e Horácio também escutavam, mastigando e olhando para o prato.

As filhas da mulita sumiram-se no deserto, só a mãe ficou junto da Santa Família. E os soldados do rei dos judeus aproximavam-se cada vez mais, com suas espadas e lanças e caras malvadas. São José empurrava o burro, mas o animal continuava empacado. A Virgem, então, num desespero, tornou a falar com a mulita: "Mulita, ajuda-nos com tua força, puxa o carro de meu filho". Já se avistavam os soldados no horizonte, e suas armaduras reluziam ao sol. A mulita começou a puxar o carro, mas, se sua vontade de ajudar era muita, sua força entretanto era pouca. O tropel dos cavalos dos centuriões chegava já aos ouvidos da Virgem e de são José. "Depressa, mulita!", gritou a Mãe de Deus, chorando de medo. "Mande chamar seus filhos para puxar o carro do meu filho." Então a mulita respondeu: "Virgem Santíssima, minha ninhada é mui grande, mas meus filhos machos são poucos".

Mas chamou os poucos filhos que tinha, e eles vieram e puxaram o carrinho do Menino Jesus.

— Pero mulita anda despacito — explicou Pedro — e os soldados do rei dos judeus teniam cabalos veloces. Quando jegaram cerca da Virge, hubo uma grande tempestade de arena que dejou os soldados todos cegos e perdidos.

D. Henriqueta perguntou:

— E a Santa Família se salvou?

Maneco lançou-lhe um olhar de reprovação: aquilo era então pergunta que uma mulher velha fizesse? Pedro sacudiu a cabeça afirmativamente:

— Si, doña, salvou-se. E a Virge disse: "Mulita, como paga do leite de tuas filhas e da força de teus filhos, daqui por diante, sempre que tengas ninhadas, seran solamente de machos ou solamente de fêmeas".

Calou-se. Maneco, que tinha terminado de comer, empurrou o prato para o centro da mesa, tirou uma palha de trás da orelha e começou a fazer um cigarro.

— Bobagens — murmurou. — É uma história que nunca sucedeu.

O índio não disse nada. O velho Terra picava fumo com a faca na mão direita, deixando cair os pedacinhos negros na palma da esquerda. Horácio perguntou:

— Onde foi que aprendeu esse causo?

— Na mission. É um causo de verdade.

— Bobagens — repetiu Maneco.

Tinha ouvido falar em muitas histórias de assombração e tesouros enterrados. Mas não acreditava nelas. Naquela terra aberta, sem socavões nem altas montanhas, sem mato brabo nem muitas furnas; naquele escampado, não havia segredos, nem lugar para fantasmas e abusões. Medo só podia ter de gente viva mal-intencionada e de bichos. Quanto a tesouros enterrados, só conhecia os que lhe dava a terra como fruto de seu trabalho de sol a sol, dia após dia, ano após ano. Era um homem positivo, que costumava dar nome aos bois e não gostava de imaginações. Não acreditava em milagres e achava errado dizer que mais vale quem Deus ajuda do que quem cedo madruga. Deus ajuda quem com o sol se levanta e com o sol se deita, cuidando de suas obrigações.

— Pode ser bobagem — arriscou d. Henriqueta, levantando-se e começando a recolher os pratos. — Mas é bonito.

— E sem serventia — completou o marido —, sem serventia como quase tudo que é bonito.

Horácio cuspiu no chão, olhou para o índio e perguntou:

— Então é por isso que vosmecê não come carne de mulita?

— A mulita ajudou a Virge — respondeu Pedro simplesmente. — E Nossa Senhora é minha mãe.

Maneco Terra prendeu o cigarro nos dentes, bateu o isqueiro e acendeu-o. Puxou uma baforada de fumo e depois ficou contemplando Pedro através da fumaça, com seus olhos apertados e incrédulos.

8

Antônio Terra voltou com a carreta de Rio Pardo e, depois de pedir a bênção aos pais, de dar duas palmadinhas no ombro de Ana e Horácio, numa acanhada paródia de abraço, começou a contar as novidades da vila. Assistira aos festejos da entrada do ano-novo — o 78, explicou — e vira o entrudo, os fogos, o leilão e as cavalhadas. Falou com entusiasmo nos uniformes dos oficiais da Coroa e louvou o conforto de certas casas assoalhadas de madeira. Maneco escutou-o meio taciturno. Sempre temera que os filhos um dia o abandonassem para ir morar no Rio Pardo. Gente moça — achava ele — gostava muito de festa, de barulho e de bobagens...

À mesa do almoço conversaram ainda sobre Rio Pardo. O sol batia de chapa no toldo de palha e a cabana estava quente como um forno. Ana via os irmãos comendo e suando, as caras barbudas e reluzentes, a testa gotejando, as camisas empapadas. O panelão de feijão, com pedaços de linguiça e toicinho, fumegava no centro da mesa, e moscas voavam no ar pesado. Na cabeça de Ana soava uma flauta: a melodia que Pedro tocara naquela noite de chuva não lhe saía da memória, noite e dia, dia e noite.

Antônio começou a contar das estâncias que vira, de suas vastas lavouras de trigo, do número de peões e escravos que certos estancieiros ricos possuíam. Tivera ocasião de beber o excelente vinho feito pelos colonos açorianos com uva nascida do solo do Rio Pardo! Maneco escutava-o pensativo. Um dia ainda haviam de ter também ali na estância um grande trigal, e mais campo, mais gado, mais tudo. Mas não tinha pressa. Seu lema era: "Devagar mas firme".

Pensou no pai, que passara metade da vida a viajar entre São Paulo e o Rio Grande de São Pedro, sempre às voltas com tropas de mulas, que vendia na feira de Sorocaba. Uma vez o velho ficara dois anos ausente; correra até o boato de que ele havia sido assassinado pelos índios tapes. Um belo dia, porém, Juca Terra reapareceu trazendo na guaiaca muitas onças de ouro e a carta de sesmaria dumas terras do Continente que ele dizia ficarem nas redondezas dum tal rio Botucaraí. Quando a mulher se queixava de que ele era um vagamundo e tinha bicho-carpinteiro no corpo, o velho Terra meio que entristecia e com sua voz grossa e lenta dizia: "Vosmecê pensa que gosto dessa vida de judeu errante? O que eu quero mesmo é um sítio, uma lavoura, um gadinho e uma vida sossegada. Um dia inda hei de me estabelecer nos meus campos do Continente". Dizia isso com orgulho, batendo na guaiaca, onde guardava sua carta de sesmaria. Mas o coitado morrera sem realizar o seu desejo. E, ao pensar agora nessas coisas, Maneco olhava para a arca de couro dentro da qual guardava a carta de posse da terra que ele, a mulher e os filhos neste momento pisavam, da terra que tinha comido as carnes do Lucinho e que um dia se fecharia também sobre seu corpo.

Antônio descreveu para Ana o baile a que assistira no Rio Pardo. Falou com especial entusiasmo nos seus esplêndidos violeiros e gaiteiros, e nos bailarins que dançavam a chimarrita e a tirana que era uma beleza!

— Vi lindas moças — acrescentou, levando à boca com ambas as mãos uma costela de vaca e arrancando-lhe com os dentes a carne junto com a pelanca. — Por sinal fiquei até gostando duma delas. Chama-se Eulália. Dançamos toda a noite de par efetivo.

Maneco Terra espetou no garfo um pedaço de carne, e antes de levá-lo à boca repetiu um ditado que aprendera nos campos da Vacaria:

— Pra essas éguas da cidade não há cabresto nem palanque.

Não queria que os filhos casassem com moça da vila, dessas que não gostam de campo e só pensam em festas, roupas e enfeites.

— Me disseram no Rio Pardo — continuou Antônio — que em Porto Alegre um homem foi preso por ordem do Senado da Câmara só porque não quis ir a uma procissão.

Maneco enristou a faca na direção do filho e disse:

— É por essas e por outras que eu prefiro viver nos meus campos. Aqui faço o que quero, ninguém me manda. Sou senhor de meu nariz.

— Mas uma vila tem as suas vantagens, papai — arriscou Horácio.

— Que vantagens? Pra principiar são cercadas de muros e valos, como uma cadeia. Depois têm duas coisas que eu não gosto: soldado e padre.

— Mas que ia ser de nós sem os soldados? — perguntou Antônio. — Essa castelhanada vive nos atacando.

— Ora! No momento do aperto eles chamam os paisanos. Quem foi que mais ajudou a expulsar os castelhanos? Foi Pinto Bandeira. É um oficial de tropa? Não. É um estancieiro. E assim outros e outros...

— Mas numa cidade ao menos a gente está mais seguro, Maneco — disse d. Henriqueta, que se levantara para ir buscar a caixeta de pessegada.

— Fresca segurança! — exclamou o marido. E enumerou casos que sabia: crimes e banditismos ocorridos no Rio Pardo, na Capela do Viamão e em Porto Alegre.

— Lá a gente recebe cartas — arriscou Ana, que sempre achara bonito uma pessoa receber uma carta.

— Passo muito bem sem essas cousas — retrucou-lhe o pai. — Carta não engorda ninguém.

Houve um silêncio. Depois Antônio começou a contar de como iam adiantadas no Rio Pardo as obras da Matriz. — Dizem que daqui a um ano, ou ano e pouco, vai ficar pronta... — Maneco não prestava atenção ao que o filho dizia. Seu olhar perdeu-se pelo campo, que ele via pelo vão da porta. O ar tremia, era uma soalheira medonha. Longe, contra um céu desbotado, urubus voavam. Uma vaca mugia tristemente.

Maneco recordava sua última visita a Porto Alegre, onde fora comprar ferramentas, pouco antes de vir estabelecer-se ali na estância. Achara tudo uma porcaria. Lá só valia quem tinha um título, um posto militar ou então quem vestia batina. Esses viviam à tripa forra. O resto, o povinho, andava mal de barriga, de roupa e de tudo. Era verdade que havia alguns açorianos que estavam enriquecendo com o trigo. Esses prosperavam, compravam escravos, pediam e conseguiam mais sesmarias e de pequenos lavradores iam se transformando em grandes estancieiros. Mas o governador não entregava as cartas de sesmaria assim sem mais aquela... Se um homem sem eira nem beira fosse ao Paço pedir terras, botavam-no para fora com um pontapé no traseiro. Não senhor. Terra é pra quem tem dinheiro, pra quem pode plantar, colher, ter escravos, povoar os campos.

Maneco ouvira muitas histórias. Pelo que contavam, todo o Continente ia sendo aos poucos dividido em sesmarias. Isso seria muito bom se houvesse justiça e decência. Mas não havia. Em vez de muitos homens ganharem sesmarias pequenas, poucos homens ganhavam campos demais, tanta terra que a vista nem alcançava. Tinham lhe explicado que o governo fazia tudo que os grandes estancieiros pediam porque precisava deles. Como não podia manter no Continente guarnições muito grandes de soldados profissionais, precisava contar com esses fazendeiros, aos quais apelava em caso de guerra. Assim, transformados em coronéis e generais, eles vinham com seus peões e escravos para engrossar o exército da Coroa, que até pouco tempo era ali no Continente constituído dum único regimento de dragões. E, como recompensa de seus serviços, esses senhores de grandes sesmarias ganhavam às vezes títulos de nobreza, privilégios, terras, terras e mais terras. Era claro que, quando havia uma questão entre esses graúdos e um pobre-diabo, era sempre o ricaço quem tinha razão. Maneco vira também em Porto Alegre as casas de negócio e as oficinas dos açorianos. Apesar de ser neto de português, não simpatizava muito com os ilhéus.

Era verdade que tinha certa admiração pela habilidade dos açorianos no trato da terra e no exercício de certas profissões como a de ferreiro, tanoeiro, carpinteiro, seleiro, calafate... Reconhecia também que eram gente trabalhadora e de boa paz. Achava, entretanto, detestável sua fala cantada e o jeito como pronunciavam certas palavras.

D. Henriqueta partia a pessegada, Horácio palitava os dentes com uma lasca de osso.

— Me contaram também — prosseguiu Antônio — que a gente tem de tirar o chapéu quando passa pela frente do Paço.

Maneco mastigou com fúria um naco de pessegada.

— Um homem só tira o chapéu na frente de igreja, cemitério ou de pessoa mais velha e de respeito — sentenciou ele, acrescentando: — Como nesta estância não tem igreja, nem cemitério nem ninguém mais velho que eu, só tiro o chapéu quando quero.

Os outros não disseram nada. Comeram em silêncio a sobremesa, com os olhos já meio caídos de sono. Depois os homens se ergueram e foram dormir a sesta, e as mulheres puseram-se a lavar os pratos.

De longe vinha agora o som da flauta de Pedro. Ana sentia os olhos pesados, a cabeça zonza: seu corpo estava mole e dolorido, como se tivesse levado uma sova. Olhou para fora, através da janela, mas não pôde suportar o clarão do sol. Moscas voavam e zumbiam ao redor da mesa. Um burro-choro começou a zurrar, longe.

— Acho que estou doente — murmurou ela.

— Deve ser o incômodo que vem vindo — disse a mãe, que tinha as mãos mergulhadas na água gordurosa da gamela.

Ana não respondeu. Continuou a enxugar os pratos. O som da flauta aumentava-lhe a sensação de calor, preguiça e mal-estar.

— Se ele parasse de tocar era melhor... — murmurou.

Nunca pronunciava o nome de Pedro. Quando se referia ao índio dizia apenas "ele" ou "o homem".

— Deixa o coitado! — retrucou d. Henriqueta. — Vive tão sozinho que precisa se divertir um pouco.

Ana estava inquieta. No fundo ela bem sabia o que era, mas envergonhava-se de seus sentimentos. Queria pensar noutra coisa, mas não conseguia. E o pior era que sentia os bicos dos seios (só o contato com o vestido dava-lhe arrepios) e o sexo como três focos ardentes. Sabia o que aquilo significava. Desde seus quinze anos a vida não tinha mais segredos para ela. Muitas noites, quando perdia o sono, ficava pensando em como seria a sensação de ser abraçada, beijada, penetrada por um homem. Sabia que esses eram pensamentos indecentes que precisava evitar. Mas sabia também que eles ficariam dentro de sua cabeça e de seu corpo, para sempre escondidos e secretos, pois nada neste mundo a faria revelar a outra pessoa — nem à mãe, nem mesmo à imagem da Virgem ou a um padre no confessionário — as coisas que sentia e desejava. E agora ali no calor do meio-dia, ao som daquela música, voltava-lhe intenso como nunca o desejo de homem. Pensava nas cadelas em cio e tinha nojo de si mesma. Lembrava-se das vezes que vira touros cobrindo vacas e sentia um formigueiro de vergonha em todo o corpo. Mas esse formigueiro era ainda desejo. Decerto a soalheira era a culpada de tudo. A soalheira e a solidão. Pensou em ir tomar um banho no poço. Não: banho depois da comida faz mal, e mesmo ela não aguentaria a caminhada até a sanga, sob o fogo do sol. A sanga era para Ana uma espécie de território proibido: significava perigo. A sanga era Pedro. Para chegar até a água teria de passar pela barraca do índio, correria o risco de ser vista por ele.

A água do poço devia estar fresca. Ana imaginou-se mergulhada nela, sentiu os lambaris passarem-lhe por entre as pernas, roçarem-lhe os seios. E dentro da água agora deslizava a mão de Pedro a acariciar-lhe as coxas, mole e coleante como um peixe. Uma vergonha! O que ela queria era macho. E pensava em Pedro só porque, além do pai e dos irmãos, ele era o único homem que havia na estância. Só por isso. Porque na verdade odiava-o. Pensou nos beiços úmidos do índio colados à flauta de taquara. Os beiços de Pedro nos seus seios. Aquela música saía do corpo de Pedro e entrava no corpo dela... Oh! Mas ela odiava o índio. Tinha-lhe nojo. Pedro era sujo. Pedro era mau. Mas, apesar de odiá-lo, não podia deixar de pensar no corpo dele, na cara dele, no cheiro dele — aquele cheiro que ela conhecia das camisas —, não podia, não podia, não podia.

— Se ele parasse de beijar! — exclamou ela. E, percebendo que tinha dito *beijar* em vez de *tocar*, ficou vermelha e confusa.

Deixou cair um prato, que bateu no chão com um ruído fofo. D. Henriqueta olhou para a filha, apreensiva, e disse:

— Vá se deitar que é melhor.

Sem dizer palavra Ana Terra caminhou para o catre.

9

Como era noite de lua cheia, depois do jantar os Terras vieram ficar um pouco na frente da casa, antes de irem dormir. O céu estava dum azul muito pálido e transparente, e Ana teve a impressão de que o lucilar das estrelas acompanhava o cri-cri dos grilos. Subia do chão, no ar parado, um cheiro morno de capim e terra que tomou muito sol durante o dia.

Maneco Terra fumava, distraído, olhando para sua lavoura e pensando vagamente no dia em que em lugar do milho, da mandioca e do feijão tivesse um grande trigal. Precisaria de contratar peões e comprar escravos. Em vez de mandar uma carreta a Rio Pardo, passaria a mandar duas ou três. No futuro construiria uma casa maior, toda de pedra. Compraria também mais gado, mais cavalos, mais mulas. Sim, e ovelhas, talvez até porcos. Faria tudo devagar — devagar mas com firmeza.

Antônio e Horácio conversavam em voz baixa sobre o que tinham de fazer no dia seguinte. De quando em quando d. Henriqueta suspirava baixinho. E de repente, em meio dum silêncio picado pelo cricrilar dos grilos, ela disse:

— Precisamos dum cachorro.

Tinham tido um perdigueiro que, fazia muito, havia morrido duma mordida de cobra-coral. Desde então Maneco vivia a prometer que mandaria buscar um ovelheiro no Rio Pardo, mas nunca mandava. E agora, ouvindo a observação da mulher, ele perguntou:

— Quem foi que falou em cachorro?

— Ninguém. Eu é que me lembrei. Sinto falta de cachorro aqui em casa.

Maneco ficou pensando no pai, que tanto gostava de cachorros. Parecia mentira que um dia, havia muito tempo, o velho Juca Terra passara por aqueles mesmos campos com seus companheiros vicentistas. Maneco imaginava o velho em cima do cavalo, metido no seu poncho, com o chapelão de couro na cabeça, o mosquete a tiracolo e o facão de mato à cinta. Decerto ele acampara ali numa noite de lua como aquela, e antes de dormir ficara pensando no rancho que um dia havia de erguer no alto da coxilha...

Ouviu-se o guincho duma ave noturna. Um vulto encaminhava-se para a cabana e nele os Terras reconheceram Pedro. O índio aproximou-se em silêncio e pediu licença para sentar-se junto deles. Maneco disse:

— Tome assento.

Pedro sentou-se a uns cinco passos de onde estava o grupo e ficou calado.

— Amanhã vamos parar rodeio, Pedro — disse-lhe Antônio.

— Mui lindo — respondeu o índio.

— Vosmecê vá no bragado — instruiu-o Maneco. — O Antônio vai no alazão, o Horácio no baio.

— Mui lindo — repetiu Pedro.

E de novo o silêncio caiu. As estrelas brilhavam. Pedro olhava para a lua. Ana esforçava-se para não atentar nele, para ignorar sua presença. Sentia que agora, na noite morna e calma, não o odiava mais. Chegava a ter pena dele, da sua solidão, da sua pobreza, do seu abandono, da sua humildade serviçal.

Longe, contra a silhueta negra dum capão, um fogo vivo brilhou por uns instantes e depois se apagou.

— Olha lá! — exclamou Horácio, estendendo a mão.

Os outros olharam. A chama, que tornara a aparecer, agora se movia pela orla do capão. Em poucos segundos apagou-se outra vez.

— Boitatá — sussurrou Pedro.

— É o fogo de algum carreteiro acampado — disse Maneco.

— Puede ser, puede no ser — disse o índio.

— Muitas vezes vi fogo assim de noite no alto da serra — contou Antônio. — Nunca fiquei sabendo o que era.

— Boitatá — tornou a dizer Pedro, como se falasse para si mesmo. E acrescentou: — A cobra de fogo.

— Vosmecê acredita mesmo nisso? — perguntou Maneco, coçando a barba.

— Vi muitas.

Antônio soltou uma risada seca:

— Esse índio viu tudo...

— Anda por aí uma história mal contada — observou Maneco. — Um bugre velho que viveu no Povo de São Tomé um dia me falou na tal teiniaguá... Isso é invenção de índio.

— Mas hai — disse Pedro.

E, como os outros deixassem morrer o assunto e ficassem em silêncio, ele acrescentou:

— A teiniaguá já desgració um sacristán.

Repetiu com algumas modificações a história que Maneco Terra ouvira da boca do velho índio missioneiro.

Os mouros de Salamanca, mestres em artes mágicas, ficaram loucos de raiva quando foram vencidos nas Cruzadas pelos cristãos. Resolveram então vir para o Continente de São Pedro do Rio Grande, trazendo consigo sua fada transformada numa velhinha. Os mouros tinham grande ódio de padre, santo e igreja, e o que queriam mesmo era combater a cruz. Mal chegaram ao Continente fizeram parte com o diabo, que transformou a linda princesa moura na teiniaguá, uma lagartixa sem cabeça que também ficou conhecida como *carbúnculo*. No lugar da cabeça do animal, o tinhoso botou uma pedra vermelha muito transparente, que era um condão mágico. Quando o sol nasceu, seus raios deixaram a pedra tão brilhante que ninguém podia olhar para ela sem ficar meio cego. Ora, o encontro do diabo com a princesa se deu numa furna, a que chamaram *salamanca*. E em sete noites de sexta-feira o demônio ensinou à teiniaguá onde ficavam todas as furnas que escondiam tesouros. E, como era mulher e mui sutil, a princesa aprendeu depressa.

Houve uma pausa. De novo o fogo brilhou longe, à beira do mato. Então d. Henriqueta perguntou:

— E depois?

Pedro prosseguiu:

— Habia na mission de San Tomé um sacristán, muchacho mui triste. E una tarde, a la hora de la siesta, cuando los curas dormian, o muchacho caminou para a laguna que habia cerca, una laguna que parecia un calderón de água fervendo, parecia que o diabo vivia adentro, os peixes morriam, as jervas secavam... Entonces o sacristán viu salir da água um bicho pequeño... Era teiniaguá, com sua cabeza de sol. O sacristán quedó como loco, porque sabia que si prendiera a teiniaguá ganava una fortuna. Entonces tomó una guampa con água e meteu a teiniaguá adentro dela, e levou o bicho para su cela e lo alimentó com mel de lechiguana. Estava tan contento que batia no peito, dizendo que ia quedar rico com aquela pedra, el hombre más feliz do mundo. Pero un dia a teiniaguá se transformó numa princesa moura, mui linda, e el sacristán quedó loco de amor, e fué tentado, e pecó. Buscó el vino de la igreja, vino de missa, e se emborrachó com la princesa e quedó desgraciado...

Maneco queria encurtar a história, porque lhe era ainda desagradável aos ouvidos a voz de Pedro e sua língua confusa. Além disso, o fato de todos estarem escutando com atenção aquele mameluco dava-lhe uma importância que ele não merecia. Por isso, aproveitou a pausa que Pedro fizera e falou:

— Os padres então chegaram, viram o sacristão bêbedo, a cela desarrumada, sentiram cheiro de mulher e compreenderam tudo. O sacristão foi posto a ferros, e quiseram que ele confessasse o que tinha acontecido. Mas ele não confessou. Foi então condenado à morte e, quando levaram ele pra praça, o sino tocava finados e todo o Povo de São Tomé veio olhar. Quando o carrasco ia matar ele, começou a soprar uma ventania danada, ouviu-se um barulhão e todos ficaram mui assustados, os padres atiraram água benta no povo e começaram a rezar. Ouviu-se um ronco de fera e a teiniaguá saiu da lagoa com a cabeça erguida, faiscando. Saiu derrubando árvores, esbarrancando as terras. Foi assim que o índio velho me contou, se estou lembrado.

Pedro sacudia lentamente a cabeça.

— Diziam que era o fim do Povo de San Tomé, ou o fim do mundo. Pero hubo un milagre. Una cruz apareció no céu.

— E o sacristão? — perguntou Horácio, que ouvia a história de cócoras, arrancando talos de capim com dedos distraídos.

— O sacristán quedó solito, abandonado, com as manos presas em cadenas.

— Dizem que depois foram pro cerro de Jarau — prosseguiu Maneco Terra. — O sacristão e a princesa. Lá no cerro havia uma salamanca onde estava escondido um tesouro mui grande.

— Há quem diga que as salamancas existem — arriscou Antônio.

— Un dia encontré um castelhano que tinha entrado na furna de Jarau — disse Pedro.

— E que foi que ele encontrou lá? — indagou Horácio com um risinho incrédulo.

— Doblões de ouro, onças, pedras preciosas, mucha plata. Mui lindo.

— Decerto era um castelhano contador de rodelas — murmurou Maneco.

Pedro prosseguiu, sereno:

— O hombre dijo que Jarau está guardado por pumas e tigres, por almas penadas, por culebras calaveras. Mui feo. Un dia eu quero entrar na furna do Jarau.

— Não acredito nesses tesouros escondidos... — declarou Maneco Terra.

Antônio ergueu-se, espreguiçou-se e disse, abafando um bocejo:

— Eu bem que queria descobrir os tesouros que os padres enterraram nas missões.

— Patacoadas! — exclamou Maneco Terra, erguendo-se também. — Nosso tesouro está aqui mesmo.

E com a cabeça fez um sinal que abrangia o campo em derredor.

Do seu canto Ana olhava com o rabo dos olhos para Pedro, que continuava sentado, imóvel, com ambos os braços ao redor dos joelhos, olhando fixamente para a lua.

À hora de deitar-se Ana ouviu a voz da mãe, que dizia ao marido:

— Nunca sei quando esse índio está brincando ou falando sério.

Maneco pigarreou, gemeu baixinho, estendeu-se no catre, ficou calado por algum tempo e depois resmungou:

— É um mentiroso.

E apagou a lamparina com um sopro.

10

Aquele verão foi seco e cruel. Quando o áspero vento norte soprava, Ana Terra ficava de tal maneira irritada, tão brusca de modos e palavras, que d. Henriqueta murmurava: "O que essa menina precisa mesmo é casar duma vez...". Ana revoltava-se. Casar? O que ela precisava era mudar de vida, visitar de vez em quando Rio Pardo, ir a festas, ter amigas, ver gente. Aquela solidão ia acabar deixando-a doida varrida... Mas na presença do pai não dizia nada. Recalcava a revolta, prendia-a no peito, apertava os lábios para que ela não se lhe escapasse pela boca em palavras amargas. Nas noites abafadas dormia mal, às vezes levantava-se, ia para a frente da casa, ficava olhando as coxilhas e o céu, tendo nos olhos um sono pesado e na cabeça, no peito, no corpo todo uma ânsia que a mantinha desperta e agitada. Não raro, altas horas da noite, acordava com uma sede desesperada, metia a caneca na talha, bebia em longos goles uma água que a mornidão tornava grossa; e ia bebendo caneca sobre caneca, para no fim ficar com o estômago pesado sem ter saciado a sede nem aliviado a ardência da garganta. Muitas vezes o sono só lhe vinha de madrugada alta, e, vendo pela cor do horizonte que o dia não tardava a raiar, concluía que não adiantava ir para a cama, pois, dentro de pouco, teria de acender o fogo para aquentar a água do chimarrão. O remédio, então, era molhar os olhos, lavar a cara, caminhar ao redor do rancho para espantar a sonolência.

Uma tarde, à hora da sesta, Ana Terra tornou a sentir aquela agonia de outras tardes e noites. Era uma sensação que não saberia descrever a ninguém. Seria fome?... Havia acabado de almoçar, estava de estômago cheio; logo não podia ser fome. Tinha a sensação de que lhe faltava alguma coisa no corpo, como se lhe houvessem cortado um pedaço do ser. Era ao mesmo tempo uma falta de ar, uma impaciência misturada com a impressão de que alguma coisa — que ela não sabia bem claramente o que era — ia acontecer, alguma coisa *tinha* de acontecer. Revolveu-se na cama, meteu a cara no travesseiro, procurou dormir... Inútil. Ficou de novo deitada de costas, ouvindo o espesso ressonar dos homens dentro da cabana. Viu uma mosca-varejeira entrar por uma fresta da janela e ficar voando, zumbindo, batendo nas paredes, caindo e tornando a levantar-se para outra vez voejar e zumbir... Ana seguia com o olhar os movimentos da varejeira e acabou ficando tonta. Cigarras rechinavam lá fora. E mesmo sem ouvir o barulho do vento Ana sabia que estava ventando, pois seus nervos adivinhavam... Era o vento quente do norte a levantar uma poeira seca. Ana sentia o suor escorrer-lhe pelo corpo todo. O vestido se lhe colava às costas. Puxou toda a saia para cima do peito e ficou de coxas nuas e afastadas uma da outra, desejando água, um banho à sombra das árvores. Imaginou-se descendo a coxilha, rumo da sanga. Por que não fazia isso? Sim, seria melhor ir para fora. Mas não foi, era como se o suor a grudasse aos lençóis escaldantes. Começou a mover a cabeça devagarinho dum lado para outro, sentindo o latejar do sangue nas têmporas, que começavam a doer-lhe. Agora, sim, ela ouvia o vento. Não era um sopro uniforme: de vez em quando amainava, de repente vinha uma rajada mais forte, e Ana ouvia também o crepitar miúdo da poeira caindo no chão e na coberta da casa. As pálpebras pesavam-lhe, fechavam-se. Veio-lhe um torpor de febre, e de repente, num mundo confuso, Ana sentiu que um touro vermelho lhe lambia as pernas, enquanto ela se retorcia toda arrepiada de medo, nojo e desejo... A língua do touro era viscosa, babava-lhe as coxas, e a respiração do animal tinha a mornidão úmida do vento norte. E de repente, trêmula e aflita, Ana se encontrou de novo de olhos abertos, vendo o teto de palha da cabana, ouvindo o ressonar dos homens e o zumbido da varejeira que agora refulgia, verde-azul, presa momentaneamente numa réstia de sol.

Meio sem saber o que fazia, atirou as pernas para fora do catre e ergueu-se. Sentindo na sola dos pés a terra morna do chão, caminhou sem ruído para a porta, abriu-a devagarinho e saiu. Fora, o sol envolveu-a como um cobertor de fogo. Ana Terra começou a descer a encosta que levava à sanga. A luz ofuscava, e havia no ar um vapor trêmulo que subia do chão escaldante. As rosetas lhe picavam os pés nus, mas ela continuava a andar. Quando viu a corticeira, precipitou-se a correr. Deitou-se à beira da sanga, puxou a saia para cima dos joelhos, mergulhou as pernas na água, com um débil suspiro de alívio, e cerrou os olhos. Ouvia o farfalhar das folhas, sentia a quentura rija da terra contra as costas, as nádegas e as coxas, e assim ficou num abandono ofegante, cansada da corrida e ao mesmo tempo surpreendida de ter vindo. Pensou vagamente em atirar-se no poço, mas não teve coragem de mover-se. Uma cigarra começou a rechinar, muito perto. Ana sentia um aperto nas têmporas, a cabeça dolorida, as ideias sombrias, como se o sol lhe houvesse chamuscado os miolos. Ficou num torpor dolorido e tonto, escutando o murmúrio da água, o canto da cigarra, o farfalhar das folhas e o pulsar surdo do próprio sangue.

Num dado momento sua madorna foi arranhada por um estralar de ramos secos que se quebram. Teve um retesamento de músculos e abriu os olhos. "Tigre ou cobra", pensou. Mas uma dormência invencível chumbava-a à terra. Voltou um pouco a cabeça na direção do ruído e vislumbrou confusamente um vulto de homem, quase invisível entre os troncos das árvores, bem como certos bichos que tomam a cor do lugar onde estão. Ana então sentiu, mais que viu, que era Pedro. Quis gritar, mas não gritou. Pensou em erguer-se, mas não se ergueu. O sangue pulsava-lhe com mais força na cabeça. O peito arfava-lhe com mais ímpeto, mas a paralisia dos membros continuava. Tornou a fechar os olhos. E ouviu Pedro caminhar, aproximar-se num ruído de ramos quebrados, passos na água, seixos que se chocam. Apertava os lábios já agora com medo de gritar. Pedro estava tão perto, que ela sentia sua presença na forma dum cheiro e dum bafo quente. Sentiu quando o corpo do índio desceu sobre o dela, soltou um gemido quando a mão dele lhe pousou num dos seios, e teve um arrepio quando essa mão lhe escorregou pelo ventre, entrou-lhe por debaixo da saia e subiu-lhe pelas coxas como uma grande aranha-caranguejeira. Numa raiva Ana agarrou com fúria os cabelos de Pedro, como se os quisesse arrancar.

I I

Os dias que se seguiram foram para Ana Terra dias de vergonha, constrangimento e medo. Vergonha pelo que tinha passado; constrangimento perante Pedro, quando o encontrava diante das outras pessoas da casa; e medo de que estas últimas pudessem ler nos olhos dela o que havia acontecido. Aquele momento que passara com o índio à beira da sanga lhe havia ficado na memória duma forma confusa. Lembrava-se duma exaltação tocada de horror, dum doloroso dilaceramento misturado de gozo, e também do desespero de quem faz uma coisa que teme só para se livrar da obsessão desse temor.

No fim de contas, que era mesmo que ela sentia por Pedro? Amor? Nojo? Ódio? Pena? Às vezes se surpreendia a querer que ele morresse de repente, ou então que fosse embora, deixando-a em paz. Talvez fosse melhor que aquilo não tivesse acontecido... Ou melhor, que Pedro nunca tivesse aparecido na estância. A agonia em que vivia desde o primeiro dia em que pusera os olhos naquele homem persistia ainda. E agora ela tinha novos cuidados porque, além de todas as coisas que sentia antes, vivia num estado de apreensão insuportável. Chegava à conclusão de que o horror de que o pai e os irmãos descobrissem tudo era o sentimento que dominava todos os outros, até mesmo o desejo de ser de novo tomada pelo índio. Temia também que os homens da casa cometessem alguma violência. Eles tratavam Pedro como um ser inferior e não lhes passaria nunca pela cabeça a ideia de que Pedro Missioneiro jamais pudesse fazer parte da família. Ana conhecia casos de pais que matavam as filhas ao sabê-las desonradas. Honra se lava com sangue!

E o tempo passava... À noite Ana dormia mal, pensava muito e temia mais ainda. Procurava convencer a si mesma de que podia viver sem Pedro, continuar como era antigamente. Achava que tudo tinha acontecido só por causa do calor e da sua solidão. Mas, se por um lado ela queria levar os pensamentos para essa direção, por outro seu corpo ia sempre que possível para Pedro, com quem continuava a encontrar-se à hora da sesta no mato da sanga. Ficava com ele por alguns instantes, com o coração a bater descompassado. Falavam muito pouco e o que diziam nada tinha a ver com o que faziam e sentiam. Eram momentos rápidos, excitantes e cheios de sustos. E, no dia em que pela primeira vez ela sentiu em toda a plenitude o prazer do amor, foi como se um terremoto tivesse sacudido o mundo. Voltou para casa meio no ar, feliz, como quem acaba de descobrir uma salamanca — ansiosa por ruminar a sós aquele gozo estonteantemente agudo que a fizera gritar quase tão alto como os quero-queros...

O verão terminou, o outono começou a amarelecer as folhas de algumas árvores e pôs um arrepio no ar. E um dia, quando lavava roupa na sanga, Ana sentiu uma súbita tontura acompanhada de náusea. Ficou então tomada de pânico, porque lhe ocorreu imediatamente que estava grávida. Por longo tempo quedou-se imóvel ajoelhada junto da água, com as mãos cheias de espuma, os olhos postos na corrente, pensando no horror daquela descoberta. Voltou para casa aniquilada. Que fazer? Pedro estava ausente, tinha ido com Horácio levar uma tropa à estância de Cruz Alta do Rio Pardo. Pensou vagamente em fugir ou em ir à vila sob qualquer pretexto e lá procurar uma dessas mulheres que sabem de coisas para fazer desmancho. Tinha ouvido falar numa erva... Se contasse à mãe talvez ela a pudesse ajudar. Mas não teve coragem.

Dias passaram. Os sintomas se agravaram. Ana começou a observar a lua, viu-a passar por todas as fases: seu incômodo mensal não veio. Não havia mais dúvida. Num temor permanente passou a olhar para o ventre, a apalpá-lo, para ver se ele já começava a crescer. E, quando Pedro voltou, uma noite ela saiu da cama sem ruído — o ar estava frio, o capim úmido de sereno, o céu muito alto —, foi até a barraca do índio, contou-lhe que ia ter um filho e ficou ofegante à espera duma resposta. Houve um curto silêncio, ao cabo do qual Pedro murmurou:

— Mui lindo.

De repente Ana desatou a chorar. Estavam ambos sentados no chão lado a lado. Pedro enlaçou-a com os braços, estreitou-a contra si e as lágrimas da rapariga rolaram-lhe mornas pelo peito. Ana sentia contra as faces as carnes elásticas e quentes do homem, e o bater regular de seu coração. Chorou livremente por algum tempo. Pedro nada dizia, limitou-se a acariciar-lhe os cabelos. E, quando ela parou de chorar, pôs-lhe a mão espalmada sobre o ventre e sussurrou:

— Rosa mística.

Ana franziu a testa.

— Quê?

— Rosa mística.

— Que é isso?

— Nossa Senhora, mãe do Menino Jesus.

Ana não compreendeu. Outra vez lhe passou pela mente a ideia de que talvez o índio não fosse bom do juízo.

— Pedro, vamos embora daqui!

Ele ficou em silêncio. Um quero-quero guinchou, e sua voz metálica espraiou-se na noite quieta.

— Vamos, Pedro!

Pedro sacudiu a cabeça.

— Demasiado tarde — respondeu.

Ana não entendeu bem o sentido daquelas palavras, mas, como o índio sacudisse a cabeça, ela viu que ele dizia não, que não.

— Mas por quê? Por quê? Se meu pai e meus irmãos descobrem, eles nos matam. Vamos embora.

— Demasiado tarde.

— Que é que vamos fazer então?

— Demasiado tarde. Voy morrer.

— Pedro!

— Eu vi... Vi quando dois hombres enterraram mi cuerpo cerca dum árbol. Demasiado tarde.

— Como?

— Dois hombres — murmurava Pedro. — Mi cuerpo morto... cerca dum árbol.

— Um sonho?

— No. Eu vi.

— Mas como?

— Demasiado tarde.

Ana agarrou os ombros do índio e sacudiu-o.

— Então foge sozinho.

— Demasiado tarde.

— Foge, Pedro. Foge. Não é tarde, não. Depois nos encontramos... em qualquer lugar.

Parou, sem fôlego. Pedro sorriu e murmurou:

— Rosa mística.

E deu-lhe o punhal de prata que trazia à cinta.

Ana voltou para casa com a morte na alma. Ia pensando naquela coisa que lhe crescia no ventre. Dentro de poucos dias não seria mais possível esconder que estava grávida.

Ao chegar perto da cabana começou a temer que o pai ou um dos irmãos a ouvisse entrar e perguntasse quem era. Começou a andar devagarinho, na ponta dos pés, o coração a bater-lhe num acelerado de medo. De repente uma sombra avançou para ela. Ana não pôde conter um grito de espanto, um grito que lhe saiu do fundo da garganta, quase como um ronco. Ficou de boca aberta, com a respiração subitamente cortada... O vulto delineou-se com mais nitidez, e ela reconheceu a mãe. As duas mulheres ficaram frente a frente, paradas, sem dizer uma única palavra, sem fazer o menor gesto. E aos poucos Ana percebeu que a mãe chorava de mansinho, sem ruído: os soluços mal reprimidos sacudiam-lhe os ombros ossudos. D. Henriqueta aproximou-se da filha e choramingou:

— Que será que vai acontecer agora, Ana?

A moça atirou-se nos braços da mãe, abafou os soluços contra seus murchos peitos e ali ficou fazendo um esforço dilacerador para não soltar o pranto, e sentindo que o frio do chão lhe subia pelo corpo, lhe penetrava as carnes e lhe enregelava os ossos.

— E agora, mamãe, e agora? — perguntava ela.

— Não há de ser nada com Deus e Nossa Senhora, minha filha.

Num súbito acesso de nervos, quase gritando, Ana desabafou:

— Mas eu vou ter um filho!

— Santo Deus! — murmurou d. Henriqueta. E quando ela pronunciou essas palavras de espanto Ana sentiu na orelha seu hálito morno. — Santo Deus! Esse homem só veio trazer desgraça pra nossa casa...

— Mãe, e se eu tomasse um remédio pra botar o filho fora?

— Não diga isso, minha filha!

— Então como vai ser?

— O único jeito é contar tudo pro Maneco. Mais cedo ou mais tarde ele tem de saber.

— Mas ele me mata, mamãe!

D. Henriqueta tremia, e foi sem muita convicção que disse:

— Não mata, não. Teu pai é um homem de bem. Nunca pegou em arma a não ser pra defender sua casa.

— A honra, a honra, a honra! — dizia Ana com voz rouca, agarrando com força os ombros da mãe. — A honra, mãe. Ele vai me matar.

— Não mata, minha filha, não mata.

— E o Antônio? E o Horácio?

— Eles só fazem o que o pai manda.

Ana deixou cair os braços, endireitou o busto, afastou-se um passo. Depois lentamente enxugou as lágrimas com as pontas dos dedos.

— Tenha coragem, minha filha. Vamos contar tudo ao teu pai. Conta-se aos poucos. Não precisas dizer que estás grávida...

Da sombra que a cabana projetava no chão avançou outra sombra. E Maneco Terra falou:

— Não precisa dizer nada. Eu ouvi tudo.

Foi como se Ana tivesse levado uma bordoada na cabeça. Amoleceram-se-lhe as pernas e os braços, o sangue começou a pulsar-lhe nas têmporas e no pescoço com tamanha força que ela ficou estonteada.

— Maneco... — balbuciou d. Henriqueta. E não pôde dizer mais nada.

Ana deixou-se cair, primeiro de joelhos, depois resvalou para um lado, deitando-se sobre a coxa direita, apoiando o busto com o cotovelo fincado no chão. Maneco continuava imóvel onde estava. Antônio e Horácio saíram da cabana e d. Henriqueta, horrorizada, viu quando eles se encaminharam para o fundo do terreiro e começaram a encilhar os cavalos em silêncio. O luar nos campos era doce e calmo.

Agora, deitada no chão, tomada duma invencível canseira, Ana Terra, sem compreender bem o que via, seguia com os olhos os movimentos dos irmãos, que montaram nos seus cavalos e, levando um terceiro a cabresto, seguiram a trote na direção da sanga. Ouviu quando o pai lhes gritou:

— Bem longe daqui...

Henriqueta não reconheceu a voz do marido. Estava de tal modo alterada que ela teve a impressão de que era um estranho que falava.

Na mente de Ana soava a voz de Pedro: "Dois hombres... enterraram meu corpo cerca dum árbol. Dois hombres... Dois hombres".

Quis gritar, mas não teve forças. A saliva se lhe engrossara na boca e uma garra parecia comprimir-lhe a garganta. O corpo inteiro tremia, como se ela estivesse atacada de sezões. Estendeu-se no chão de todo o comprimento, sentindo na orelha, no pescoço e nas faces a frialdade da terra.

Maneco Terra fez meia-volta e encaminhou-se lentamente para a cabana. Poucos minutos depois d. Henriqueta seguiu o marido. Ao entrar encontrou-o sentado, encurvado sobre a mesa, com a cabeça metida nos braços, soluçando como uma criança. Estavam casados havia quase trinta anos e aquela era a primeira vez que ela via o marido chorar.

12

Antônio e Horácio voltaram ao clarear do dia. Estavam pálidos e tinham nos olhos tresnoitados uma apagada expressão de horror. Nada disseram ao entrar; ninguém lhes perguntou nada. Estendida no catre, Ana ouviu o ruído dos passos dos irmãos, abriu os olhos e ficou a seguir o movimento de suas sombras que se projetavam no pano que separava seu quarto da divisão maior. Viu quando um deles atirou uma pá no chão. Compreendeu tudo. Numa súbita revolta desejou erguer-se, correr para os irmãos, meter-lhes as unhas na cara, arrancar-lhes os olhos, mas ficou imóvel, sem ânimo para mover-se ou falar.

Estava exausta, com um frio de morte no corpo, um vazio na cabeça. Tudo aquilo lhe parecia um pesadelo, que a luz da lamparina e o frio da madrugada tornavam ainda mais medonho.

D. Henriqueta começou a servir o chimarrão ao marido e aos filhos. A cuia passou de mão em mão, a bomba andou de boca em boca. Mas ninguém falava. Maneco apagou a lamparina, e a luz alaranjada ali dentro da cabana de repente se fez cinzenta e como que mais fria. As sombras desapareceram do pano onde Ana tinha fito o olhar. Ela então ficou vendo apenas o que havia nos seus pensamentos. Seus irmãos tinham levado Pedro para bem longe: três cavalos e três cavaleiros andando na noite. Pedro não dizia nada, não fazia nenhum gesto, não procurava fugir, sabia que era seu destino ser morto e enterrado ao pé duma árvore. Ana imaginou Horácio e Antônio cavando uma sepultura, e o corpo de Pedro estendido no chão ao pé deles, coberto de sangue e sereno. Depois os dois vivos atiraram o morto na cova e o cobriram com terra. Bateram a terra e puseram uma pedra em cima. E Pedro lá ficou no chão frio, sem mortalha, sem cruz, sem oração, como um cachorro pesteado. Agora estava tudo perdido. Seus irmãos eram assassinos. Nunca mais poderia haver paz naquela casa. Nunca mais eles poderiam olhar direito uns para os outros. O segredo horroroso havia de roer para sempre a alma daquela gente. E a lembrança de Pedro ficaria ali no rancho, na estância e nos pensamentos de todos, como uma assombração. Ana pensou então em matar-se. Chegou a pegar o punhal que o índio lhe dera, mas compreendeu logo que não teria coragem de meter aquela lâmina no peito e muito menos na barriga, onde estava a criança. Imaginou a faca trespassando o corpo do filho e teve um estremecimento, levou ambas as mãos espalmadas ao ventre, como para o proteger. Sentiu de súbito uma inesperada, esquisita alegria ao pensar que dentro de suas entranhas havia um ser vivo, e que esse ser era seu filho e filho de Pedro, e que esse pequeno ente havia de um dia crescer... Mas uma nova sensação de desalento gelado a invadiu quando ela imaginou o filho vivendo naquele descampado, ouvindo o vento, tomando chimarrão com os outros num silêncio de pedra, a cara, as mãos, os pés encardidos de terra, a camisa cheirando a sangue de boi (ou sangue de gente?). O filho ia ser como o avô, como os tios. E um dia talvez se voltasse também contra ela. Porque era "filho das macegas", porque não tinha pai. Tremendo de frio Ana Terra puxou as cobertas até o queixo e fechou os olhos.

Quando o sol saiu, os três homens foram trabalhar na lavoura. D. Henriqueta aproximou-se do catre da filha, sentou-se junto dele e começou a acariciar desajeitadamente a cabeça de Ana. Por longo tempo nenhuma das duas falou. Ana continuava de olhos cerrados, reprimindo a custo as lágrimas. Por fim, numa voz sentida, bem como nos tempos de menina quando Horácio ou Antônio lhe puxavam os cabelos e ela vinha queixar-se à mãe, choramingou:

— Mãe, eles mataram o Pedro.

D. Henriqueta limitou-se a olhar a filha com seus olhos tristes, mas não teve coragem de falar. O sofrimento dava-lhe ao rosto uma expressão estúpida. Ela não queria acreditar que os filhos tivessem feito aquilo; mas já agora não restava a menor dúvida.

— Decerto eles só mandaram o Pedro embora... — disse, sem nenhuma convicção.

— Não, não. Eles mataram o Pedro, eu sei... Que vai ser de mim agora?

— Deus é grande, minha filha. Tem coragem.

— Se eu tivesse coragem eu me matava.

— A vida é uma coisa que Deus nos deu e só Ele pode nos tirar.

— Ou então eu ia embora...

— Mas pra onde?

— Pra o Rio Pardo, pra qualquer outra parte...

— Mas fazer o quê?

— Trabalhar, viver a minha vida.

— Com esse filho na barriga?

— Um dia ele nasce.

— E tu vai ter ele na rua ou numa estrebaria, como um animal? Não, minha filha, teu lugar é aqui. Teu pai diz que pra ele tu está morta. Mas eu sou ainda tua mãe. Teu lugar é aqui.

Ana sacudiu a cabeça, obstinadamente. Sabia que sua vida naquela casa dali por diante ia ser um inferno.

— Eles mataram Pedro — repetiu.

D. Henriqueta não respondeu. O mugido duma vaca no curral lembrou-a de que tinha de ir tirar leite, começar o seu dia, seguir sua sina. Soltou um fundo suspiro, puxou para cima uma mecha de cabelo grisalho que lhe caíra sobre a testa, levantou-se, apanhou o balde e saiu. E a própria Ana lembrou-se de que tinha de lavar roupa — a roupa dos homens que haviam assassinado Pedro —, cerzir calças, começar enfim seu dia de trabalho. Levantou-se da cama com grande esforço, de pernas bambas, braços moles, meio estonteada e a ver diante dos olhos manchas escuras. Começou a apanhar as roupas, com gestos automáticos. Por fim encheu o cesto, levou-o à cabeça e também saiu.

E assim as duas mulheres começaram mais um dia. E, quando a noite desceu, encontrou-as a dar comida para os homens, à luz da lamparina fumarenta. E dentro da casa aquela noite só se ouviu a voz do vento, porque ninguém mais falou. Nenhum dos homens sequer olhou para Ana, que só se sentou à mesa depois que eles terminaram de comer.

13

Vieram outros dias e outras noites. E nunca mais o nome de Pedro foi pronunciado naquela estância. O inverno entrou e houve horas, longas horas, em que o minuano arrepelou as macegas e cortou o ar como uma navalha. Vieram as chuvas, que prenderam na cabana os cinco membros da família, que às vezes se reuniam junto do fogo, onde os homens ficavam a falar da lavoura, do gado, do tempo. Para Maneco Terra a filha estava morta e enterrada: não tomava conhecimento de sua presença naquela casa. Antônio e Horácio tratavam Ana com uma aspereza meio constrangida, que lhes vinha duma consciência culpada. Ao lhe dirigirem a palavra, não olhavam para ela de frente, e ficavam desconcertados quando, para lhe evitar os olhos, baixavam a cabeça e davam com o ventre crescido da irmã.

Quando não chovia Ana descia para a sanga. Agora levava duas cargas: a cesta de roupa e o filho, que cada vez lhe pesava mais. Muitas vezes pela manhã seus pés pisavam a geada do caminho. E na água gelada seus dedos ficavam roxos e entanguidos. Durante todo o tempo que passava junto da sanga, a lembrança de Pedro permanecia com ela.

Um dia, olhando o bordado branco que a espuma do sabão fazia na água, teve a sensação de que Pedro nunca tinha existido, e que tudo o que acontecera não passara dum pesadelo. Mas nesse mesmo instante o filho começou a mexer-se em suas entranhas e ela passou a brincar com uma ideia que dali por diante lhe daria a coragem necessária para enfrentar os momentos duros que estavam para vir. Ela trazia Pedro dentro de si. Pedro ia nascer de novo e portanto tudo estava bem e o mundo no fim de contas não era tão mau. Voltou para casa exaltada...

Mas num outro dia foi tomada de profunda melancolia e escondeu-se para chorar. Ficou na frente da casa, olhando o horizonte e esperando que longe surgisse o vulto dum cavaleiro — Pedro voltando para casa; porque ele não tinha morrido: conseguira fugir e agora vinha buscar a mulher e o filho. Um entardecer sentiu o repentino desejo de montar a cavalo e sair pelo campo em busca do cadáver de seu homem: levaria uma pá, revolveria a terra ao redor de todas as árvores solitárias que encontrasse... Mas montar a cavalo no estado em que se encontrava? Loucura. Seu ventre estava cada vez maior. E Ana notava que, quanto mais ele crescia, mais aumentava a irritação dos irmãos. O pai, esse nunca olhava para ela nem lhe dirigia a menor palavra. Comia em silêncio, de olhos baixos, pigarreando de quando em quando, conversando com os filhos ou pedindo uma ou outra coisa à mulher.

Em meados da primavera Antônio mais uma vez foi a Rio Pardo e de lá voltou trazendo mantimentos e artigos que os pais lhe haviam encomendado. Contou que aquele ano os índios tapes tinham atacado os colonos açorianos nas vizinhanças da vila: ele vira algumas lavouras devastadas e muitas cruzes novas no cemitério. Falou também das festas da inauguração da nova Matriz e, depois de muitos rodeios, comunicou ao pai que estava gostando duma moça, filha dum agricultor do município, e que pensava em casar-se com ela.

— Se vosmecê me dá licença... — acrescentou humildemente.

Maneco Terra ficou um instante em silêncio e depois respondeu:

— Está bom. Vamos ver isso depois. Quero tomar informações da moça e da família dela.

E não se falou mais no assunto nos dias que se seguiram.

Findava mais um ano e os pêssegos do pomar já estavam quase maduros quando Ana começou a sentir as primeiras dores do parto. Foi num anoitecer de ar transparente e céu limpo. Ao ouvirem os gemidos da rapariga, os três homens encilharam os cavalos, montaram e se foram, sem dizer para onde. D. Henriqueta viu-os partir e não perguntou nada.

Naquela noite nasceu o filho de Ana Terra. A avó cortou-lhe o cordão umbilical com a velha tesoura de podar. E o sol já estava alto quando os homens voltaram, apearam e vieram tomar mate. Ouviram choro de criança na cabana, mas não perguntaram nada nem foram olhar o recém-nascido.

— É um menino! — disse d. Henriqueta ao marido, sem poder conter um contentamento nervoso.

Maneco pigarreou mas não disse palavra. Quando o pai saiu para fora, Ana ouviu Horácio cochichar para a mãe:

— Ela vai bem?

— Vai indo, graças a Deus — respondeu d. Henriqueta. — Está com os ubres cheios. Tem mais leite que uma vaca — acrescentou com orgulho.

Naquele instante Ana dava de mamar ao filho. Estava serena, duma serenidade de céu despejado, depois duma grande chuva.

Três dias depois já se achava de pé, trabalhando. E sempre que ia lavar roupa levava o filho dentro da cesta, e enquanto batia nas pedras as camisas e calças e vestidos, deixava a criança deitada a seu lado. E cantava para ela velhas cantigas que aprendera quando menina em Sorocaba, cantigas que julgava esquecidas, mas que agora lhe brotavam milagrosamente na memória. E a água corria, e a criança ficava de olhos muito abertos, com a sombra móvel dos ramos a dançar-lhe no rostinho cor de marfim.

Pelos cálculos de Antônio deviam já estar no ano-novo. Uma noite, depois do jantar, Horácio disse:

— Se não me engano, estamos agora no 79.

Maneco Terra suspirou.

— Eu só queria saber que nova desgraça este ano vai nos trazer...

Disse essas palavras e começou a enrolar tristemente um cigarro.

14

Um dia d. Henriqueta sugeriu timidamente ao marido que levasse o neto ao Rio Pardo para que o vigário o batizasse. Maneco pulou furioso:

— No Rio Pardo? Estás louca. Pra todo mundo querer saber quem é o pai da criança? Estás louca. Pra arrastarem meu nome no barro? Estás louca varrida.

— Então o inocente vai ficar pagão?

— O melhor mesmo era ele ter nascido morto — retrucou o velho.

Ana escutou a conversa, serena. Habituara-se de tal modo à situação que já agora nada mais a indignava ou irritava. Um dia havia de aparecer na estância um padre e então batizariam Pedrinho. Se não aparecesse, paciência...

Maneco continuava a ignorar a existência tanto da filha como do neto. Mas Antônio e Horácio tinham abrandado um pouco o tratamento à irmã. Dirigiam-lhe a palavra com mais frequência e menos aspereza, embora continuassem a evitar-lhe o olhar. E d. Henriqueta, que sofria com esse estado de coisas, alimentava a esperança de que com o passar do tempo tudo voltasse a ser como antes. Achava que, quando a criança crescesse e começasse a querer subir para o colo do avô, Maneco acabaria por se entregar ao neto. Era casmurro, teimoso como uma mula, mas tinha bom coração. D. Henriqueta conhecia bem o seu homem, por isso esperava e confiava. E, quando algum desconhecido passava pela estância, descia para tomar um mate e fazia perguntas sobre Ana e o filho — enquanto os homens da casa ficavam num silêncio meio agressivo —, d. Henriqueta apressava-se a explicar:

— Minha filha é viúva. O marido morreu de bexigas, faz meses.

Aquele inverno Maneco Terra foi ao Rio Pardo com um dos filhos e voltou de lá trazendo três escravos de papel passado. Dois deles eram pretos de canela fina, peito largo e braços musculosos; o outro era retaco, de pernas curtas e um jeito de bugio. No dia em que eles chegaram Ana foi até o galpão levar-lhes comida. Antônio — que estava irritado porque o pai, apesar de lhe ter aprovado a escolha da noiva, aconselhara-o a marcar o casamento para dali a um ano — exclamou ao ver a irmã entrar:

— Vê agora se vai dormir também com um desses negros!

Ana estacou de repente no meio da sala, de cabeça alçada, olhos fuzilando, como uma cobra pronta a dar o bote. Olhou firme para o irmão e cuspiu a palavra que havia muito recalcava:

— Assassino!

Antônio ergueu-se num prisco.

— Cobardes! — exclamou Ana, olhando também para os outros homens. — Mataram o Pedro — desabafou ela. — Assassinos!

— Cala essa boca, pelo amor de Deus! — implorou d. Henriqueta.

Antônio estava pálido.

— Tu e o Horácio! — gritava Ana, espumando na comissura dos lábios. — Dois contra um, cobardes!

Horácio estava de cabeça baixa. Antônio deu alguns passos e ergueu a mão para bater na irmã. Mas a mãe se precipitou para ele e se lhe dependurou no braço.

— Não, Antônio! Isso não!

Maneco Terra fumava em silêncio, olhando fixamente para seu prato vazio, como se nada visse nem ouvisse.

— Assassinos! — repetiu Ana. — Todos deviam estar mas era na cadeia com os outros bandidos!

Antônio desembaraçou-se da mãe e correu para fora.

Pedrinho tinha começado a berrar. Ainda arfando, Ana aproximou-se do catre, tomou o filho nos braços, desabotoou o vestido e deu-lhe o peito. A criança acalmou-se em seguida, e por algum tempo no silêncio do rancho o único som que se ouviu foi o dos chupões que ele dava no seio da mãe.

15

Os anos chegavam e se iam. Mas o trabalho fazia Ana esquecer o tempo. No inverno tudo ficava pior: a água gelava nas gamelas que passavam a noite ao relento; pela manhã o chão frequentemente estava branco de geada e houve um agosto em que, quando foi lavar roupa na sanga, Ana teve primeiro de quebrar com uma pedra a superfície gelada da água.

Em certas ocasiões surpreendia-se a esperar que alguma coisa acontecesse e ficava meio aérea, quase feliz, para depois, num desalento, compreender subitamente que para ela a vida estava terminada, pois um dia era a repetição do dia anterior — o dia de amanhã seria igual ao de hoje, assim por muitas semanas, meses e anos até a hora da morte. Seu único consolo era Pedrinho, que ela via crescer, dar os primeiros passos, balbuciar as primeiras palavras. Mas o próprio filho também lhe dava cuidados, incômodos. Quando ele adoecia e não sabia dizer ainda que parte do corpo lhe doía, ela ficava agoniada e, ajudada pela mãe, dava-lhe chás de ervas, e quando a criança gemia à noite ela a ninava, cantando baixinho para não acordar os que dormiam.

De quando em quando chegavam notícias do Rio Pardo pela boca dum passante. Contaram um dia a Maneco Terra que Rafael Pinto Bandeira tinha sido preso, acusado de ter desviado os quintos e direitos da Coroa de Portugal e de ter ficado com as presas apanhadas nos combates de São Martinho e Santa Tecla. Ia ser enviado para o Rio de Janeiro e submetido a conselho de guerra. E o informante acrescentou:

— Tudo são invejas do governador José Marcelino, que é um tirano.

Maneco não disse palavra. Não era homem de conversas. Não se metia com graúdos. O que ele queria era cuidar de sua casa, de sua terra, de sua vida.

De toda a história Ana só compreendeu uma coisa: Rafael Pinto Bandeira fora preso como ladrão. E imediatamente lembrou-se daquele remoto dia de vento em que o comandante, todo faceiro no seu fardamento e no seu chapéu de penacho, lhe dissera de cima do cavalo: "Precisamos de muitas moças bonitas e trabalhadeiras como vosmecê".

Muitos anos mais tarde, Ana Terra costumava sentar-se na frente de sua casa para pensar no passado, e no seu pensamento como que ouvia o vento de outros tempos e sentia o tempo passar, escutava vozes, via caras e lembrava-se de coisas... O ano de 81 trouxera um acontecimento triste para o velho Maneco: Horácio deixara a fazenda, a contragosto do pai, e fora para o Rio Pardo, onde se casara com a filha dum tanoeiro e se estabelecera com uma pequena venda. Em compensação nesse mesmo ano Antônio casou-se com Eulália Moura, filha dum colono açoriano dos arredores do Rio Pardo, e trouxe a mulher para a estância, indo ambos viver no puxado que tinham feito no rancho.

Em 85 uma nuvem de gafanhotos desceu sobre a lavoura deitando a perder toda a colheita. Em 86, quando Pedrinho se aproximava dos oito anos, uma peste atacou o gado e um raio matou um dos escravos.

Foi em 86 mesmo ou no ano seguinte que nasceu Rosa, a primeira filha de Antônio e Eulália? Bom. A verdade era que a criança tinha nascido pouco mais de um ano após o casamento. D. Henriqueta cortara-lhe o cordão umbilical com a mesma tesoura de podar com que separara Pedrinho da mãe.

E era assim que o tempo se arrastava, o sol nascia e se sumia, a lua passava por todas as fases, as estações iam e vinham, deixando sua marca nas árvores, na terra, nas coisas e nas pessoas.

E havia períodos em que Ana perdia a conta dos dias. Mas entre as cenas que nunca mais lhe saíram da memória estavam as da tarde em que d. Henriqueta fora para a cama com uma dor aguda no lado direito, ficara se retorcendo durante horas, vomitando tudo que engolia, gemendo e suando frio. E quando Antônio terminou de encilhar o cavalo para ir até o Rio Pardo buscar recursos, já era tarde demais. A mãe estava morta. Era inverno e ventava. Naquela noite ficaram velando o cadáver de d. Henriqueta. Todos estavam de acordo numa coisa: ela tinha morrido de nó na tripa. Um dos escravos disse que conhecia casos como aquele. Fosse como fosse, estava morta. "Descansou", disse Ana para si mesma, e não teve pena da mãe. O corpo dela ficou estendido em cima duma mesa, enrolado na mortalha que a filha e a nora lhe haviam feito. Em cada canto da mesa ardia uma vela de sebo. Os homens estavam sentados em silêncio. Quem chorava mais era Eulália. Pedrinho, de olhos muito arregalados, olhava ora para a morta ora para as sombras dos vivos que se projetavam nas paredes do rancho. Ana não chorou. Seus olhos ficaram secos e ela estava até alegre, porque sabia que a mãe finalmente tinha deixado de ser escrava. Podia haver outra vida depois da morte, mas também podia não haver. Se houvesse, estava certa de que d. Henriqueta iria para o céu; se não houvesse, tudo ainda estava bem, porque sua mãe ia descansar para sempre. Não teria mais que cozinhar, ficar horas e horas pedalando na roca, em cima do estrado, fiando, suspirando e cantando as cantigas tristes de sua mocidade. Pensando nessas coisas, Ana olhava para o pai, que se achava a seu lado, de cabeça baixa, ombros encurvados, tossindo muito, os olhos riscados de sangue. Não sentia pena dele. Por que havia de ser fingida? Não sentia. Agora ele ia ver o quanto valia a mulher que Deus lhe dera. Agora teria de se apoiar na nora ou nela, Ana, pois precisava de quem lhe fizesse a comida, lavasse a roupa, cuidasse da casa. Precisava, enfim, de alguém a quem pudesse dar ordens, como a uma criada. Henriqueta Terra jazia imóvel sobre a mesa e seu rosto estava tranquilo.

No outro dia pela manhã enterraram-na perto do Lucinho, no alto da coxilha, e sobre o seu túmulo plantaram outra cruz feita com dois galhos de guajuvira. Quando voltaram para casa, soprava o minuano sob um céu limpo e azul. Maneco e Antônio iam na frente, com as pás às costas.

"As mesmas pás que cavaram a sepultura do Pedro", pensou Ana, que descia a encosta puxando o filho pela mão.

À noite, Pedrinho, que dormia abraçado à mãe, apertou-a de leve e cochichou:

— Mãe.

Ana Terra voltou-se para ele, resmungando:

— Que é?

— Está ouvindo?

— Ouvindo o quê?

— Um barulho. Escuta...

Ana abriu os olhos, viu a escuridão e ouviu o ressonar de Maneco.

— É o teu avô roncando — disse.

— Não é, não. É a roca.

Sim, Ana agora ouvia o ruído da roca a rodar, ouvia as batidas do pedal, bem como nos tempos em que sua mãe ali se ficava a fiar e a cantar. Não havia dúvida: era o som da roca. Mas procurou tranquilizar o filho.

— Não é nada. Dorme, Pedrinho.

Ficaram em silêncio. Mas não puderam dormir. Ana escutava o tá--tá-tá da roda, que agora se confundia com as batidas apressadas de seu próprio coração e com as do coração de Pedro, que ela havia apertado contra o peito.

Devia ser a alma de sua mãe que voltava para casa à noite e, enquanto dormiam, punha-se a fiar. Sentiu um calafrio. Quis erguer-se, ir ver, mas não teve coragem.

— É ela, mãe? — sussurrou Pedro.

— Ela quem?

— A vovó.

— Tua avó está enterrada lá em cima da coxilha.

— É a alma dela.

— Não é nada, meu filho. Deve ser o vento.

Em outras madrugadas Ana tornou a ouvir o mesmo ruído. Por fim convenceu-se de que era mesmo a alma da mãe que vinha fiar na calada da noite. Nem mesmo na morte a infeliz se livrara de sua sina de trabalhar, trabalhar, trabalhar...

16

Em princípios de 89 Maneco Terra realizou o grande sonho de sua vida. Foi a Rio Pardo, comprou sementes de trigo e conversou com alguns colonos que o haviam plantado com sucesso e que lhe ensinaram como preparar a terra e semear. Maneco voltou para casa contente. Pela primeira vez em muitos anos Ana viu-o sorrir. Chegou, abraçou Eulália e Antônio, resmungou constrangido uma palavra para a filha e outra para o neto e foi logo contando as novidades. Rafael Pinto Bandeira — ouvira dizer no Rio Pardo — tinha sido absolvido no Rio de Janeiro e voltara de lá com glórias e honrarias. E depois de ter sido durante alguns anos governador do Continente ("Vejam só, um homem que já comeu na minha mesa e apertou a minha mão"), havia casado, na vila do Rio Grande, com uma dama natural da Colônia do Sacramento. Maneco falara também com Horácio e sentira um aperto de coração ao vê-lo atrás dum balcão vendendo cachaça e rapadura aos caboclos vadios da vila.

Durante o mês de junho Maneco e Antônio aprontaram a terra para plantar o trigo. Toda a gente da casa, inclusive Pedrinho, que ia já a caminho dos onze anos, foi para a lavoura. Limparam primeiro o terreno, arrancando as raízes e as ervas. Depois viraram a terra, trabalhando de sol a sol. Quando voltaram ao anoitecer para o rancho, Eulália esperava-os com o jantar pronto: carne de veado, abóbora, mandioca e feijão. Maneco estava excitado e parecia ter rejuvenescido. Fazia contas nos dedos, ficava às vezes absorto nos próprios pensamentos, esquecido da comida que fumegava no prato. Plantaria poucos alqueires, para experimentar a qualidade da terra; e naturalmente continuaria com o milho, a mandioca e o feijão. Se o trigo desse bem, aumentaria o trigal. Com o produto da venda do primeiro trigo colhido poderia comprar mais uma junta de bois, ferramentas e mais escravos. E era preciso arranjar o quanto antes mais uma carreta.

— Uma pena é o Horácio não estar também aqui com a gente — murmurou ele de repente, ao cabo de longo silêncio.

Quando cessaram as primeiras chuvas de inverno — julho devia estar principiando —, começaram a semear. Lançaram as sementes nos sulcos (quanto mais fundo o rego, melhor, sabia ele). Na noite do dia em que se fez a primeira semeadura, Maneco teve um sono agitado. Ana ouviu-o revolver-se na cama e finalmente levantar-se e sair. Ergueu-se também, foi até a porta e olhou para fora. Era uma noite de lua cheia, de ar parado e frio. Avistou o pai, que caminhava para a lavoura. Seguiu-o com os olhos e viu-o ficar olhando longamente a terra, como se o calor de seu olhar pudesse fazer as sementes germinarem. Quando ele se voltou e começou a andar na direção do rancho, Ana tornou a deitar-se.

Uma semana depois, certa manhã, mal o sol havia raiado, Pedrinho entrou em casa todo alvorotado, no momento em que o avô e o tio tomavam chimarrão e as mulheres se preparavam para ir tirar leite no curral.

— Mãe! — gritou ele. — Mãe! O trigo está nascendo!

Maneco Terra largou a cuia sobre a mesa, ergueu-se, rápido, e ficou olhando para o neto. O menino estava transfigurado e havia no seu rosto uma alegria tão radiosa que chegava quase a transformá-lo num foco de luz.

— O trigo já está aparecendo... — disse ele. — Uma coisinha verde. Tão bonita, mãe, tão...

Calou-se, engasgado. Brotaram-lhe lágrimas nos olhos. Maneco e Antônio precipitaram-se para fora e correram para a lavoura. As sementes efetivamente haviam brotado. A terra era boa! O trigo punha a cabeça para fora, procurava o sol!

Nos dias que se seguiram foram aparecendo as folhas. E os talos cresceram. Pedrinho seguia de perto o desenvolvimento das plantas e todos os dias à hora das refeições contava o que havia observado.

Uma tarde, ao voltar da sanga, Ana viu Maneco Terra e o neto conversando animadamente na frente da casa como dois bons amigos. Falavam do trigo. Ela sorriu e entrou em casa de olhos baixos.

17

Depois que as espigas apareceram, sempre que geava os Terras tomavam duma longa corda, Antônio pegava numa ponta e Maneco na outra e começavam a andar de cima a baixo na lavoura, passando a corda sobre as espigas, para limpá-las da geada.

Passaram-se os meses, o inverno acabou e quando entrou o verão Maneco cortou uma espiga, procurou esmagar os grãos entre os dedos e, como encontrasse resistência, concluiu: "Está maduro. Podemos colher". E num dia seco e limpo de fevereiro todos foram para a lavoura com suas foices. Ana surpreendeu-se vendo o pai assobiar. Era um assobio agudo, cuja melodia, confusa e sincopada, tinha o ritmo do trote do cavalo.

Trabalharam como mouros naquele dia e nos que se seguiram. À noite iam para a cama exaustos e muitas vezes Ana estava tão excitada que não conseguia pregar olho. Ficava então acordada, ouvindo o ressonar do filho, que dormia a seu lado, e pensando no dia em que pudesse ir-se embora dali com Pedrinho.

Depois que os feixes de espigas foram amarrados e guardados debaixo duma ramada, Maneco Terra voltou para casa à hora do almoço e, quando Ana lhe serviu o prato de fervido, ele quase sorriu para a filha.

Mas notícias pressagas escureceram aquela alegria. Um tropeiro que passara pela estância, rumo do Rio Pardo, contou-lhes, alarmado, que um grupo de bandidos castelhanos se encaminhava para ali, saqueando estâncias, matando gente, violentando mulheres.

Maneco escutou a notícia num silêncio sombrio. E, quando Antônio lhe perguntou que deviam fazer, respondeu simplesmente:

— Esperar.

O tropeiro se foi, prometendo pedir providências ao comandante da praça do Rio Pardo. Podiam mandar os dragões para enfrentar os bandoleiros. Não era para isso que a Coroa pagava seus oficiais e seus soldados?

Naquela noite Maneco e Antônio ficaram por muito tempo azeitando e carregando as espingardas. E os dois escravos revezaram-se no posto de sentinela no alto duma coxilha, de onde podiam dominar com o olhar léguas em derredor. A noite se passou em calma. No dia seguinte os homens foram para o trabalho e trataram de trazer o gado e os cavalos para mais perto da casa. E, como se passassem outros dias sem novidade, a tensão nervosa dos Terras afrouxou e eles começaram a ter esperanças de que os castelhanos, temendo aproximar-se demais da vila, onde havia forças regulares, tivessem mudado de rumo.

Uma tarde Ana Terra olhou bem para o filho e começou a ver nele traços do pai: os olhos meio oblíquos, as maçãs salientes, o mesmo corte de boca. Pedrinho era um menino triste, gostava de passeios solitários e, agora que completara onze anos, começava a fazer perguntas. Um dia indagou:

— E o meu pai?

— Morreu — disse Ana —, morreu antes de tu nascer.

— É ele que está enterrado lá em cima?

— Não. Uma daquelas cruzes é da sepultura da tua avó. A outra é do teu tio.

— Mas onde foi que enterraram o meu pai?

Antônio, que estava perto e ouvira a pergunta, baixou os olhos e tratou de afastar-se. Ana Terra sentiu uma apertura na garganta, mas respondeu firme:

— Morreu numa guerra, muito longe daqui.

Um dia surpreendeu o menino a brincar com o punhal de prata.

— Posso ficar com esta faca, mãe?

Ela sorriu e sacudiu a cabeça afirmativamente. E Pedro dali por diante começou a riscar com a ponta do punhal os troncos das árvores, fazendo desenhos que surpreendiam a mãe: cavalos, bois, casas, pés de trigo, árvores e até caras de pessoas. Ela olhava e sorria. E consigo mesma dizia: "Bem como o pai. Sabe fazer coisas".

18

Certa manhã, estando Ana e Eulália a fazer pão, ouviram vozes excitadas no galpão e Antônio entrou correndo na cabana seguido de Maneco e dum dos escravos.

— Os castelhanos vêm aí! — gritou ele com voz que a comoção tornava gutural.

Eulália ficou mortalmente pálida, deixou cair a fôrma que tinha na mão. O primeiro pensamento de Ana foi para o filho.

— Pedrinho! — gritou ela.

O rapaz apareceu, Ana abraçou-o e pôs-se a olhar para os lados, aflita, sem saber o que fazer.

Maneco e Antônio apanharam as espingardas e deram um velho mosquete ao escravo.

— Corram pro mato! — ordenou Maneco à filha e à nora. — E levem as crianças. Ligeiro!

Ana ergueu nos braços a filha de Antônio, tomou a mão de Pedro e, fazendo sinal para a cunhada, gritou:

— Vamos!

Saíram. O outro escravo, que estava agachado atrás duma árvore, espiando os castelhanos, gritou para as mulheres:

— Aproveitem que lá de baixo não podem enxergar vosmecês.

— Quantos são? — perguntou Ana sem parar nem voltar a cabeça para o negro.

— Tem mais castelhano que dedo na minha mão — respondeu ele.

— Tome a criança! — disse Ana, passando Rosa para os braços da mãe.

Apertou Pedro contra o peito, beijou-lhe o rosto muitas vezes e disse:

— Leve a tia Eulália pro fundo do mato, lá pr'aquela cova que tu sabes.

Os olhos do menino brilharam.

— Eu estou armado, mãe! — exclamou ele com orgulho, segurando o punhal que trazia à cinta.

Eulália perdera a fala, e o pavor velava-lhe os olhos.

— Agora corram! — gritou Ana. — Corram! Corram!

Pedrinho tomou a mão da tia e puxou-a. Mal havia dado alguns passos, voltou-se:

— Vem, mãe!

Ana acenou-lhe com os braços e gritou:

— Eu vou depois. Mas, aconteça o que acontecer, só saiam quando eu chamar. — Num desespero repetiu: — Só quando eu chamar!

Fez meia-volta e correu para casa, onde Maneco e Antônio combinavam o que deviam fazer quando os castelhanos se aproximassem. Recebê-los à bala? Era loucura. Estavam em número muito inferior e não poderiam resistir nem durante meia hora...

Ao verem Ana entrar, interromperam a conversa, e foi com uma irritação nervosa que o velho perguntou:

— Por que não foi pro mato?

Ana não respondeu.

— Corra, Ana! — exclamou Antônio, agarrando o braço da irmã e tentando arrastá-la para fora. Mas ela resistiu, desvencilhou-se dele e disse:

— Se eu me escondo eles nos procuram no mato, porque logo vão ver pelas roupas do baú que tem mulher em casa. Se eu fico, eles pensam que sou a única e assim a Eulália e as crianças se salvam.

— E vosmecê sabe o que pode le acontecer? — perguntou-lhe o pai.

Ana sacudiu lentamente a cabeça. Maneco encolheu os ombros e deixou escapar um suspiro.

Combinaram tudo. Antônio sairia para se entender com os castelhanos enquanto os outros ficariam dentro de casa, preparados para tudo. Se os bandidos quisessem apenas saquear a estância, respeitando a vida das pessoas, ainda estaria tudo bem. Era só apear e começar a pilhagem... (E ao decidir isso Maneco pensava com dor no coração no seu rico trigo, que lá estava debaixo da ramada.) Mas se aqueles renegados não quisessem respeitar nem as pessoas, o remédio era resistir e morrer como homem, de arma na mão.

Antônio apanhou a espingarda e saiu. Maneco também tomou da sua arma e foi colocar-se junto duma das janelas. Suas mãos tremiam e a sua respiração era um sopro forte, como a dum touro. O escravo, que empunhava também arma de fogo, estava acocorado no chão, perto da porta, e tremia tanto que Ana temeu que lá de fora pudessem ouvir-lhe o bater dos dentes; e pela sua cara, dum negro meio azulado, o suor escorria em grossas bagas. Enquanto isso, o escravo que estava desarmado segurava a cabeça com ambas as mãos e chorava um choro solto e convulsivo.

Automaticamente Ana começou a rezar. Seus olhos ergueram-se para o crucifixo, postaram-se no Cristo de nariz carcomido. Padre nosso que estais no céu, santificado seja o Vosso nome... O coração batia-lhe com uma força surda. O tropel se aproximava e ela ouviu, vindo lá de fora, o resfolgar dos cavalos, o tinir de espadas. Depois, um silêncio.

Uma voz rouca perguntou:

— Donde están los otros?

Ana mal reconheceu a voz do irmão quando ele respondeu, meio engasgado:

— Dentro de casa.

— Que salgan! Bamos!

— Vosmecê pode me dizer... — começou Antônio.

— Perro súcio!

Ouviu-se um estampido lá fora. E em seguida Maneco disparou o mosquete. Pelo vão da porta o escravo atirou também. Ana rojou-se ao chão, de todo o comprimento, colou-se à terra, enquanto outros estrondos fendiam o ar e as balas esburacavam as paredes do rancho. De olhos fechados, Ana ouvia os gritos e os tiros, sentia cair-lhe poeira sobre o corpo, enterrava com desespero as unhas no chão. "Santa Maria Mãe de Deus", pensava ela, "rogai por nós pecadores..." Da boca entreaberta saía-lhe com a respiração uma baba visguenta. De repente ela viu, mais com os ouvidos que com os olhos, que a parede da frente vinha abaixo. Um dos bandidos entrava no rancho a cavalo, distribuindo golpes de espada a torto e a direito. Ana sentiu tão perto o resfolgar do animal que escondeu a cabeça nas mãos e esperou agoniada que patas lhe esmagassem o crânio ou que espadas lhe varassem o corpo.

A gritaria continuava. Mãos fortes agarraram Ana Terra no ar e puseram-na de pé. A mulher abriu os olhos: cresceram para ela faces tostadas, barbudas, lavadas em suor.

— Mira que guapa!

Um dos homens apertou-lhe os seios. E depois Ana viu uma cara de beiços carnudos, com dentes grandes e amarelados — e esses beiços, que cheiravam a cachaça e sarro de cigarro, se colaram brutalmente aos seus num beijo que foi quase uma mordida. Ana cuspiu com nojo e os homens desataram a rir.

Um suor gelado escorria-lhe pela testa, entrava-lhe nos olhos, fazendo-os arder e aumentando-lhe a confusão do que via: o pai e o irmão ensanguentados, caídos no chão, e aqueles bandidos que gritavam, entravam no rancho, quebravam móveis, arrastavam a arca, remexiam nas roupas, derrubavam a pontapés e golpes de facão as paredes que ainda estavam de pé. Mas não lhe deram tempo para olhar melhor. Começaram a sacudi-la e a perguntar:

— Donde está la plata?

La plata... la plata... la plata... Ana estava estonteada. Alguém lhe perguntava alguma coisa. Dois olhos sujos e riscados de sangue se aproximaram dos dela. Mãos lhe apertavam os braços. Donde está? Donde está? La plata, la plata... Ela sacudia a cabeça freneticamente, e a cabeça lhe doía, latejava, doía... La plata... la plata... Braços enlaçaram-lhe a cintura, e Ana sentiu contra as costas, as nádegas, as coxas, o corpo duro dum homem; e lábios úmidos e mornos se lhe colaram na nuca, desceram em beijos chupados pelo cogote, ao mesmo tempo que mãos lhe rasgavam o vestido.

La plata... la plata... E Ana começou a andar à roda, de braço em braço, de homem em homem, de boca em boca.

— Bamos, date prisa, hombre.

Tombaram-na, e mãos fortes que lhe faziam pressão nos ombros, nos pulsos, nos quadris e nos joelhos imobilizaram-na contra o solo. Ana começou a mover a cabeça dum lado para outro, com uma força e uma rapidez que a deixavam ainda mais estonteada.

— Capitán! Usted primero!

Ana sentiu que lhe erguiam o vestido. Abriu a boca e preparou-se para morder a primeira cara que se aproximasse da sua. Um homem caiu sobre ela. Num relâmpago Ana pensou em Pedro, um rechinar de cigarra atravessou-lhe a mente e entrou-lhe, agudo e sólido, pelas entranhas. Ela soltou um grito, fez um esforço para se erguer, mas não conseguiu. O homem resfolgava, o suor de seu rosto pingava no de Ana, que lhe cuspia nas faces, procurando ao mesmo tempo mordê-lo. (Por que Deus não me mata?) Veio outro homem. E outro. E outro. E ainda outro. Ana já não resistia mais. Tinha a impressão de que lhe metiam adagas no ventre. Por fim perdeu os sentidos.

19

Quando voltou a si, o sol estava a pino. Ergueu-se, devagarinho, estonteada, com um peso na cabeça, uma dor nos rins. Olhou em torno e de repente lembrou-se de tudo. No primeiro momento teve a sensação de estar irremediavelmente suja, desejou um banho e ao mesmo tempo quis morrer. Tinha ainda nas narinas o cheiro daqueles homens nojentos. Levantou-se lentamente, gemendo. Àquela hora o clarão do sol tinha uma intensidade que fazia mal aos olhos.

Não havia sombras sobre a terra e o silêncio em torno era enorme. Ana olhou para a ramada: os bandidos haviam levado todo o trigo e as carretas. O rancho estava completamente destruído. E de súbito, num choque, ela deu com os cadáveres... Lá estava o velho Maneco todo coberto de sangue, caído de costas: uma bala abrira-lhe um rombo na testa. A poucos passos dele, caído de borco, Antônio tinha a cara metida numa poça de lama sangrenta. Mais além, um dos escravos com a cabeça separada do corpo. Por um momento Ana sentiu uma náusea, um novo desfalecimento. Que fazer? Que fazer? Que fazer? Não atinava com coisa alguma. Julgou que ia enlouquecer. Não conseguia nem pensar direito. De olhos fechados ali ficou por muito tempo, sob o olho do sol, apertando a cabeça com as mãos.

Foi então que, de súbito, lembrando-se de Pedrinho, precipitou-se coxilha abaixo na direção da sanga. Ia de pernas moles, passos incertos, chorando e gemendo, e a cada passo uma agulhada como que lhe trespassava os rins. Ana sentia sede, mas ao mesmo tempo sabia que se botasse alguma coisa no estômago imediatamente vomitaria. Porque não podia tirar do pensamento a imagem dos mortos, e ainda sentia o cheiro daqueles homens imundos. Um banho, um banho... Pensando nisso, corria. De repente afrouxaram-se-lhe as pernas e ela caiu de cara no chão e ali ficou ofegante por algum tempo. Depois, fez um esforço, tornou a erguer-se e continuou a correr. Avistou a corticeira... E à medida que se aproximava dela um novo horror lhe ia tomando conta do espírito. E se lá embaixo à beira do mato encontrasse o filho, a cunhada e a sobrinha mortos também? E então começou a desejar não chegar nunca, mas apesar disso corria sempre. Finalmente chegou à sanga. "Pedro! Pedro! Pedro!", gritou. Mas ela não chamava o filho. Chamava o pai de seu filho, como se ele pudesse ouvi-la e vir socorrê-la. Era melhor morrer, morrer duma vez, decidiu de repente. Lembrou-se dos homens que se haviam cevado no seu corpo, e sem pensar, num assomo de desespero, atirou-se no poço. A água ali cobria um homem alto. Ana deixou-se ir ao fundo, mas instintivamente fechou a boca, apertou os lábios, começou a bracejar, veio à tona e por fim agarrou-se numa pedra; arquejante, encostou o rosto nela e ficou olhando estupidamente para um pequeno inseto verde que lhe pousara na mão. Saiu de dentro d'água, atirou-se no chão e ali permaneceu — por quanto tempo? — com a cabeça escondida nas mãos, tratando de pôr ordem nos pensamentos, para não ficar louca. Levantou-se e caminhou para o mato.

— Pedrinho! — gritou. — Pedrinho!

Ficou escutando. Sua voz morreu por entre as árvores. Nenhuma resposta.

— Eulália! Eulália! — tornou a gritar.

Nada.

— Pedrinho! Sou eu... a mamãe!

E então, de repente, por trás duns arbustos apareceu uma cabeça.

— Meu filho!

O rapaz correu para a mãe e atirou-se nos braços dela. Eulália também surgiu, lívida, com a filha adormecida no colo. E Ana ficou olhando para a cunhada com olhos estúpidos, querendo contar tudo, mas sem coragem de dizer uma palavra. Quedaram-se por longo tempo a olhar uma para a outra, num silêncio imbecil.

— Que foi que aconteceu, mãe? — perguntou Pedro.

Ana não respondeu. O rapaz tornou a perguntar:

— Os bandidos já foram? Onde está o vovô? Onde está o titio?

Ana olhava sempre para a cunhada. Os olhos de Eulália continham uma pergunta ansiosa e ao mesmo tempo já refletiam o horror da resposta que ela sabia que ia ouvir. Ana finalmente recobrou a voz, e foi com frieza, quase com alegria, que disse:

— Estão todos mortos.

Fez meia-volta e, puxando o filho pela mão, começou a subir a coxilha na direção da casa, sem voltar a cabeça para trás.

E durante toda aquela tarde as duas mulheres e o menino ficaram a enterrar seus mortos. Eulália pouco ou nada pôde fazer, pois estava tomada duma crise nervosa, e o pior — achava Ana — é que a coitada não conseguia chorar: soluços secos sacudiam-lhe o corpo, e havia momentos em que ela ficava apenas a olhar fixamente para o chão, o rosto vazio de expressão, a boca semiaberta, os braços caídos, os olhos vidrados.

Ana auscultou o coração do pai: já não pulsava mais; fechou-lhe os olhos sem emoção e depois foi encostar o ouvido no peito de Antônio, cujo coração também cessara de bater. Era preciso enterrá-los antes que caísse a noite. Enrolou-os nas estopas que serviam de repartição na casa, tomou da pá e começou a cavar as sepulturas. Quando ela cansava, Pedro revezava-a no trabalho. Antes do anoitecer os quatro mortos estavam enterrados, mas Ana, Eulália e Pedrinho não saberiam mais dizer em qual daquelas sepulturas sem nomes nem cruzes estava o corpo de Maneco ou o de Antônio. Mas que importava? O principal é que tinham sido enterrados, não ficariam ali para servir de pasto aos urubus.

Chegou a noite — uma noite morna, de ar parado —, e as duas mulheres atiraram-se no chão, extenuadas. Eulália então apertou a filha contra o peito e desatou o pranto. Ana não disse nem fez nada, mas estava contente por ver a cunhada finalmente botar para fora aquele choro que a engasgava. Só fechou os olhos quando, cessados os soluços, viu a outra adormecer. Ana Terra dormiu um sono atormentado de febre, acordou no meio da noite e a primeira coisa que viu foram as quatro sepulturas sob o luar. Ergueu-se e caminhou na direção da cabana. Lembrava-se agora de que o pai, ao saber da aproximação dos bandidos, enterrara todo o dinheiro que havia em casa. Tomou da pá e começou a cavar a terra bem no lugar onde estivera uma das camas. Encontrou o cofre de madeira com algumas onças e muitos patacões. Tomou-o nos braços, como quem segura uma criança recém-nascida, e ficou parada, ali no meio das ruínas do rancho, olhando para os móveis quebrados que estavam espalhados a seu redor. De repente avistou, intata sobre o pequeno estrado, a roca de d. Henriqueta. "Ainda bem que a mamãe está morta", pensou.

Havia uma imensa paz naqueles campos. Mas Ana começou a temer o novo dia que em breve ia raiar. Que fazer agora? Para onde ir? Não era possível ficarem sozinhas naquele descampado. Pensou em Horácio... Não. Não tinha coragem de ir para o Rio Pardo: o irmão podia envergonhar-se dela. O melhor era procurar outro sítio.

Pensou também no que iam comer. Não tinha ficado nada em casa. Os bandidos haviam levado o gado, as ovelhas, as vacas leiteiras e até as mantas de charque e as linguiças que pendiam do varal, por cima do fogão.

Ana respirou fundo e teve um estremecimento desagradável: tinha ainda nas narinas o cheiro dos castelhanos... (La plata! Donde está la plata? La plata!)

Longe no mato cantou um urutau. Ana Terra voltou para perto de Pedrinho, sentou-se em cima do cofre e ficou a contemplar o filho, que dormia. Estava ainda acordada quando o primeiro sol dourou o rosto do menino.

20

Mal raiou o dia, Ana ouviu um longo mugido. Teve um estremecimento, voltou a cabeça para todos os lados, procurando, e finalmente avistou uma das vacas leiteiras da estância, que subia a coxilha na direção do rancho. A Mimosa! — reconheceu. Correu ao encontro da vaca, enlaçou-lhe o pescoço com os braços, ficou por algum tempo a sentir contra o rosto o calor bom do animal e a acariciar-lhe o pelo do pescoço. "Leite pras crianças", pensou. O dia afinal de contas começava bem. Apanhou do meio dos destroços do rancho um balde amassado, acocorou-se ao pé da vaca e começou a ordenhá-la. E assim, quando Eulália, Pedrinho e Rosa acordaram, Ana pôde oferecer a cada um deles um caneco de leite.

— Sabe quem voltou, meu filho? A Mimosa.

O menino olhou para o animal com olhos alegres.

— Fugiu dos bandidos! — exclamou ele.

Bebeu o leite morno, aproximou-se da vaca e passou-lhe a mão pelo lombo, dizendo:

— Mimosa... Mimosa valente...

O animal parecia olhar com seu olhos remelentos e tristonhos para as sepulturas. Pedro então perguntou:

— E as cruzes, mãe?

— É verdade. Precisamos fazer umas cruzes.

Com pedaços de taquara amarrados com cipós, mãe e filho fizeram quatro cruzes, que cravaram nas quatro sepulturas. Enquanto faziam isso, Eulália, que desde o despertar não dissera uma única palavra, continuava sentada no chão a embalar a filha nos braços, os olhos voltados fixamente para as bandas do Rio Pardo.

No momento em que cravava a última cruz, Ana teve uma dúvida que a deixou apreensiva. Só agora lhe ocorria que não tinha escutado o coração dum dos escravos. O mais magro deles estava com a cabeça decepada — isso ela não podia esquecer... Mas e o outro? Ela estava tão cansada, tão tonta e confusa que nem tivera a ideia de verificar se o pobre do negro estava morto ou não. Tinham empurrado o corpo para dentro da cova e atirado terra em cima... Ana olhava, sombria, para as sepulturas. Fosse como fosse, agora era tarde demais. "Deus me perdoe", murmurou ela. E não se preocupou mais com aquilo, pois tinha muitas outras coisas em que pensar.

Começou a catar em meio dos destroços do rancho as coisas que os castelhanos haviam deixado intatas: a roca, o crucifixo, a tesoura grande de podar — que servira para cortar o umbigo de Pedrinho e de Rosa —, algumas roupas e dois pratos de pedra. Amontoou tudo isso e mais o cofre em cima dum cobertor e fez uma trouxa.

Naquele dia alimentaram-se de pêssegos e dos lambaris que Pedrinho pescou no poço. E mais uma noite desceu — clara, morna, pontilhada de vaga-lumes e dos gemidos dos urutaus.

Pela madrugada Ana acordou e ouviu o choro da cunhada. Aproximou-se dela e tocou-lhe o ombro com a ponta dos dedos.

— Não há de ser nada, Eulália...

Parada junto de Pedro e Rosa, com um vaga-lume pousado a luci-luzir entre os chifres, a vaca parecia velar o sono das duas crianças, como um anjo da guarda.

— Que vai ser de nós agora? — choramingou Eulália.

— Vamos embora daqui.

— Mas para onde?

— Pra qualquer lugar. O mundo é grande.

Ana sentia-se animada, com vontade de viver. Sabia que, por piores que fossem as coisas que estavam por vir, não podiam ser tão horríveis como as que já tinha sofrido. Esse pensamento dava-lhe uma grande coragem. E ali deitada no chão, a olhar para as estrelas, ela se sentia agora tomada por uma resignação que chegava quase a ser indiferença. Tinha dentro de si uma espécie de vazio: sabia que nunca mais teria vontade de rir nem de chorar. Queria viver, isso queria, e em grande parte por causa de Pedrinho, que afinal de contas não tinha pedido a ninguém para vir ao mundo. Mas queria viver também de raiva, de birra. A sorte andava sempre virada contra ela. Pois Ana estava agora decidida a contrariar o destino. Ficara louca de pesar no dia em que deixara Sorocaba para vir morar no Continente. Vezes sem conta tinha chorado de tristeza e de saudade naqueles cafundós. Vivia com o medo no coração, sem nenhuma esperança de dias melhores, sem a menor alegria, trabalhando como uma negra, e passando frio e desconforto... Tudo isso por quê? Porque era a sua sina. Mas uma pessoa pode lutar contra a sorte que tem. Pode e deve. E agora ela tinha enterrado o pai e o irmão e ali estava, sem casa, sem amigos, sem ilusões, sem nada, mas teimando em viver. Sim, era pura teimosia. Chamava-se Ana Terra. Tinha herdado do pai o gênio de mula.

Soergueu o busto, olhou as coxilhas em torno e avistou um fogo, muito longe, na direção do nascente.

"Boitatá", pensou. E lembrou-se imediatamente da noite de verão em que Pedro Missioneiro, acocorado na frente do rancho, lhes contara a história da teiniaguá. O fogo que ela via agora parecia uma estrela caída, graúda e amarelona. E como ela não se apagasse, Ana concluiu que devia ser o fogão dum acampamento. Soldados? Ao pensar nisso tornou a sentir o cheiro dos castelhanos, e a lembrança de homem lhe trouxe de novo uma sensação de repulsa e de ódio. Mas podia bem ser o acampamento dum carreteiro, e nesse caso a carreta podia passar por ali no dia seguinte. Ana Terra começou a sentir no corpo o calor duma esperança nova. Iam ver gente, talvez gente de bem, algum tropeiro continentino que vinha da vila do Rio Pardo... Tornou a deitar-se, mas continuou a olhar para o fogo. Pouco a pouco o sono começou a pesar-lhe nas pálpebras. Ana cerrou os olhos, dormiu e sonhou que andava numa carreta, muito devagar, e ia para Rio Pardo, cidade que ficava muito longe, e todo o tempo da viagem ela chorava, porque Pedrolucinho tinha ficado sepultado no alto duma coxilha: ela mesma o enterrara vivo, só porque o coitadinho não era bem branco; e por isso agora chorava, enquanto as rodas da carreta chiavam e o carreteiro gritava: Ooche, boi! Ooche, boi!

2 1

Na manhã seguinte o sol já estava alto quando as mulheres viram aproximar-se duas carretas, conduzidas por três homens a cavalo. Um deles esporeou o animal e precipitou-o a galope coxilha acima, estacando ao chegar perto de Ana e Eulália.

— Buenas! — disse, batendo com o dedo na aba do chapéu. Olhou em torno, viu o rancho destruído, as sepulturas, tornou a encarar as mulheres e perguntou: — Mas que foi que aconteceu por aqui, ainda que mal pergunte?

Ana contou-lhe tudo. O desconhecido escutou num silêncio soturno e, quando a mulher terminou a narrativa, ele cuspinhou e disse por entre os dentes:

— Castelhanada do inferno!

Apeou e, segurando a rédea do animal, aproximou-se das mulheres, estendeu-lhes uma mão áspera e frouxa e disse:

— Marciano Bezerra, criado de vosmecês.

Em breve as carretas e os outros dois homens chegavam ao topo da coxilha, e Marciano repetiu aos companheiros o que ouvira de Ana. De dentro das carretas caras espantadas olhavam. Havia três mulheres moças, quatro crianças e uma velha de rosto tão enrugado e cor de ocre que lembrou a Ana um origone.

As mulheres desceram das carretas e ficaram a olhar para Ana e Eulália, como se estas fossem bichos raros.

— Pr'onde é que vão? — perguntou Ana a um dos homens.

Marciano Bezerra apressou-se a esclarecer:

— Vamos subir a serra. Já ouviu falar no coronel Ricardo Amaral?

— Não — respondeu Ana.

— É o estancieiro mais rico da zona missioneira. É tio-avô da minha mulher. Consegui umas terrinhas perto dos campos dele. Diz que há outras famílias por lá. O velho parece que quer fundar um povoado.

— Um povoado? — perguntou Ana, meio vaga.

O homem sacudiu afirmativamente a cabeça.

— É muito longe daqui?

— Bastantinho — disse Marciano, picando fumo para um cigarro e olhando o horizonte com os olhos apertados.

Ana pensou no cofre. Tinha o suficiente para pagar àquela gente pelo transporte e ainda lhe sobraria dinheiro para comprar alguns alqueires de terra. Podiam principiar a vida de novo. Chamou Eulália à parte.

— E se a gente fosse com eles?

— Pra onde?

— Pra esse lugar.

— Onde é que fica?

— Pras bandas do norte, subindo a serra.

— E nós deixamos... isto aqui?

Ana sacudiu a cabeça lentamente. Não poderiam mais continuar vivendo sozinhas naquele descampado.

— Quem sabe vosmecê quer ir pro Rio Pardo? — perguntou ela, encarando a cunhada. O rosto de Eulália, descarnado e amarelento, era o duma pessoa doente e já sem vontade.

— Não tenho mais ninguém de meu no Rio Pardo — suspirou ela.

— Vamos então com esta gente?

Eulália sacudiu os ombros magros. — Que me importa?

Naquele instante Pedrinho brincava com o perdigueiro que acompanhava os carreteiros; o cachorro sacudia o rabo e lambia as mãos do menino.

Sempre num silêncio meio assustado, as mulheres e as crianças tornaram a voltar para as carretas.

— Seu Marciano! — chamou Ana Terra.

O homem aproximou-se, com o cigarro apertado entre os dentes.

— Pronto, dona.

— Nós queremos ir com vosmecês...

Por alguns instantes o carreteiro ficou em silêncio, o ar indeciso.

— Temos dinheiro pra le pagar — acrescentou Ana.

— Quem foi que falou em dinheiro, moça?

— Mas vosmecê parece que não gostou...

— Não é o causo de gostar ou não gostar. Esta viagem não é brincadeira.

— Eu sei.

— Podemos levar uns dois mês... ou mais.

— Eu sei.

— E que é que vão fazer chegando lá?

— Vosmecê não disse que esse seu parente ia fundar um povoado?

— Pois é, disse.

— Então, acho que podemos ficar morando lá.

— Isso é.

Marciano fez meia-volta, foi confabular com os dois outros homens e depois voltou:

— Pois então vamos, não é? — E acrescentou: — De qualquer modo, não é direito deixar vosmecês atiradas aqui sozinhas.

Ana pôs a trouxa às costas e subiu com Pedro para dentro duma das carretas, ao mesmo passo que Eulália e a filha se aboletavam na outra.

Puseram-se a caminho. Marciano picou um dos bois, gritando: "Vamos, boi osco!". As rodas rechinaram. Ana Terra estava na frente duma mulher de rosto amarelado e triste que, com seus seios murchos, amamentava uma criança de poucos meses. Num canto da carreta a velha com cara de origone mirava-a com o rabo dos olhos.

E assim Ana Terra viu ir ficando para trás a estância do pai. Por algum tempo avistou as ruínas do rancho, as quatro cruzes perto dele e, mais longe, no alto de outra coxilha, a sepultura da mãe e a do irmão mais moço. Seis cruzes... Lançou um olhar de despedida para a lavoura de trigo e depois ficou olhando para o focinho tristonho de Mimosa, que seguia a carreta no seu passo lerdo, com fios de baba a escorrer-lhe, dourados de sol, da boca úmida e negra.

Seis cruzes...

Ao anoitecer acamparam perto dum capão, fizeram fogo e uma das mulheres cozinhou. Comeram em silêncio e ninguém falou nas coisas que tinham ficado para trás. No dia seguinte antes de o sol raiar, retomaram a marcha. E o novo dia foi longo e mormacento; e a noite caiu abafada, sem a menor viração. E vieram outros dias e outras noites, e houve momentos em que até em sonhos Ana Terra continuava a viajar, ouvia o chiar das rodas, os gritos dos homens. E assim cortaram campos, atravessaram banhados, passaram rios a vau. E vieram chuvas e tempestades, de novo o céu ficou limpo e o sol tornou a brilhar. Aquela viagem parecia não ter mais fim. Uma tarde avistaram a serra. Três dias depois a subida começou. Em muitas noites Ana ouviu o choro de Eulália junto de seu ouvido.

— Eu queria mas era estar morta — murmurou ela um anoitecer.

Ana pensou em fazer um gesto amigo, estender a mão e acariciar a cabeça da cunhada. Mas não o fez. Ficou imóvel e disse apenas:

— Não há de ser nada. Deus é grande.

E em pensamento completou a frase: "Mas a serra é maior".

No outro dia continuaram a subir. Quando a rampa era forte demais, as mulheres e as crianças tinham de descer, e todos punham-se a empurrar as rodas das carretas.

Quanto tempo já fazia que estavam viajando? Ana tinha perdido a conta dos dias. Seguiam a trilha das outras carretas, entravam em picadas, embrenhavam-se no mato, desciam e subiam montes... Numa certa altura da viagem, uma das filhas de Marciano — a mais moça de todas — começou a tossir uma tosse rouca e a chorar. Ana embebeu um pano em cachaça e amarrou-o ao redor do pescoço da criança. Mas a tosse continuou e havia momentos em que a coitadinha parecia prestes a morrer asfixiada.

E a carreta andava, lenta, aos solavancos. Mimosa, cada vez mais magra, seguia a caravana com seus olhos tristes, os úberes secos. E um dia, numa volta do caminho, sem que ninguém soubesse por quê, ficou para trás e desapareceu. Pedro notou-lhe a falta, mas não disse nada.

Ao anoitecer, quando a carreta parou à beira duma lagoa, alguém soltou um grito. Ana pulou de seu canto e foi ver o que era. A mulher de Marciano Bezerra sacudia a filha nos braços e exclamava:

— Minha filha! Minha filha!

Ana arrebatou-lhe a criança e trouxe-a para perto do fogo. O rosto da criaturinha estava completamente arroxeado, seus olhos, muito arregalados, pareciam querer saltar das órbitas, o coraçãozinho não batia mais.

Enterraram a menina à beira da lagoa. A muito custo conseguiram arrancar a mãe de junto da sepultura e levá-la para a carreta. A velha com cara de origone estava muito quieta no seu canto, de olhos secos e boca apertada. Quando retomaram a marcha, ela olhou para Ana e falou:

— Eu bem disse. Trazer criança numa viagem destas é coisa de gente louca. — Encolheu os ombros. — Mas acham que a velha está caduca. — Suspirou. — Eu devia ter morrido também pra ficar enterrada perto da minha neta. Assim a criança não ficava sozinha.

Ficou depois a resmungar palavras que Ana não entendeu.

Marciano Bezerra seguia soturno no seu cavalo, ao lado da carreta, com a aba do chapéu puxada sobre os olhos. E, nos muitos dias que se seguiram, quase não falou. Chupava seu chimarrão em silêncio, e de quando em quando suspirava. Dali por diante ninguém mais mencionou o nome da criança morta.

Continuaram subindo a serra. O calor diminuíra, o vento agora era fresco e de manhãzinha e à noite fazia frio. Um dia atravessaram um tremedal e todos tiveram de descer das carretas para empurrar-lhes as rodas, com barro até meia canela. Marciano picava os bois, incitava-os com gritos. O suor escorria-lhe pela cara trigueira, e num dado momento, soltando um suspiro de impaciência, ele exclamou:

— Quando urubu anda sem sorte até nas lajes se atola.

Mas Pedrinho divertia-se à sua maneira quieta e meio silenciosa. Para ele a viagem era uma aventura. Fizera boa camaradagem com as meninas e já agora trocava com elas histórias e risadas.

Pelas manhãs as carretas viajavam através da cerração, e Ana temia que os bois resvalassem e caíssem todos naqueles precipícios medonhos. Não queria mais morrer. Viver era bom: ela desejava viver, para ver o filho crescer, para conhecer os filhos de seu filho e, se Deus ajudasse, talvez os netos de Pedrinho. Mas, se tivessem de morrer, era melhor que morressem todos juntos. E seus olhos ficavam postos na estrada, que a névoa velava: e ela mal podia ver o lento lombo dos bois que puxavam a carreta. Aos poucos, porém, à medida que a manhã passava, a névoa ia ficando mais clara, mais clara até que se sumia de todo, o céu azulava, o sol aparecia e lá estava um novo dia — quente e comprido e arrastado como os outros.

Uma tarde avistaram um rio.

— O Jacuí — disse Marciano. E pela primeira vez Ana viu no rosto dele algo que se parecia com um sorriso.

Aproximaram-se das margens, acamparam, e ali ficaram muitos dias, porque o Jacuí não dava vau, e os homens tiveram de fazer uma balsa. Foram para o mato com seus machados e começaram a derrubar árvores, a cortar galhos e cipós. Ana ajudou-os nesse trabalho, que para ela era um divertimento, porque trabalhando ela não pensava, e não pensando afugentava as lembranças tristes. Eulália auxiliava as outras mulheres a preparar a comida e a cuidar das crianças.

Pedrinho estava encantado. Nunca vira um rio tão grande como aquele. Era maior, muito maior que a sanga da estância e devia ter peixes enormes. Marciano emprestou-lhe linha e anzol e o rapaz ficou uma tarde inteira a pescar e soltou gritos de triunfo ao tirar da água um grande peixe dourado.

Finalmente a balsa ficou pronta e as carretas atravessaram em duas viagens aquele rio de águas barrentas. Na outra margem três antas bebiam água, mas, à aproximação da balsa, fugiram e meteram-se num mato próximo.

— Agora estamos mais perto — disse um dos homens, olhando para o norte.

E as carretas retomaram a marcha. E, quando Ana já pensava que nunca mais haviam de chegar, Marciano uma tarde fez parar o cavalo junto dum copado umbu e gritou:

— Estamos entrando nos campos do velho Amaral!

Três dias depois chegavam ao alto duma coxilha verde onde se erguiam uns cinco ranchos de taipa cobertos de santa-fé. Marciano Bezerra soltou um suspiro e disse:

— Chegamos.

Os homens ajudaram a velha a descer da carreta. Quando pôs o pé em terra ela olhou em torno, viu as campinas desertas, aproximou-se de Ana e cochichou-lhe:

— Toda essa trabalheira louca só pra chegar nesta tapera?

Ana Terra sacudiu a cabeça lentamente, concordando, pois tivera o mesmo pensamento.

22

Aquele agrupamento de ranchos ficava à beira duma estrada antiga, por onde em outros tempos passavam os índios missioneiros que os jesuítas mandavam buscar erva-mate em Botucaraí. Por ali transitavam também, de raro em raro, pedindo pouso e comida, viajantes que vinham das bandas de São Martinho ou dos campos de baixo da serra.

Desde o primeiro dia Ana Terra começou a ouvir falar no coronel Ricardo Amaral, dono dos campos em derredor, senhor de dezenas de léguas de sesmarias e muitos milhares de cabeças de gado, além duma charqueada e de vastas lavouras. Contava-se que o coronel Amaral nascera em Laguna e viera, ainda muito moço, para o Continente com paulistas que negociavam com mulas. Chegou, gostou e ficou. Sentou praça no exército da Coroa e em 1756 tomou parte na batalha do monte Caibaté, em que as forças portuguesas e espanholas aniquilaram o exército índio dos Sete Povos das Missões. Contava-se até que fora Ricardo Amaral quem numa escaramuça derrubara com um pontaço de lança o famoso alferes real Sepé Tiaraju, a respeito do qual corriam tantas lendas. Dizia-se que esse guerreiro índio tinha na testa, como sinal divino, um lunar luminoso, e os crentes afirmavam que depois de morto ele subira ao céu como um santo. Pelo Continente corriam de boca em boca lindos versos cantando as proezas de são Sepé. E quando alguém perguntava ao coronel Ricardo: "Então, é verdade que foi vosmecê que lanceou Sepé Tiaraju?", o velho torcia os longos bigodes brancos e com sua voz grave e sonora respondia, vago: "Anda muita conversa fiada por aí...". E sorria enigmaticamente, sem dizer sim nem não.

Depois da Guerra das Missões, Ricardo saíra a burlequear pelos campos do Continente, e as más-línguas afirmavam que ele andara metido numas arriadas, assaltando estâncias e roubando gado por aqueles descampados. Mas quem dizia isso eram seus inimigos. Não havia nenhuma prova clara dessas histórias escuras, e a verdade era que hoje Ricardo Amaral tinha fama de ser homem de bem e de gozar grande prestígio com o governo. Sempre que havia alguma guerra o comandante militar do Continente apelava para ele e lá se ia o senhor da estância de Santa Fé, montado no seu cavalo, de espada e pistolas à cinta, seguido da peonada, dos escravos e dum bando de amigos leais.

Quando os castelhanos invadiram o Continente, comandados por Pedro Ceballos, Ricardo lutara como tenente nas forças portuguesas, tendo tomado parte no ataque fracassado à cidade do Rio Grande; apesar de ter recebido no peito uma bala, continuara brigando, protegendo a retirada dos companheiros. Dizia-se até que, ao gritar as ordens para seus soldados, as palavras lhe saíam da boca junto com golfadas de sangue. Anos depois, quando Vertiz y Salcedo invadiu de novo o Continente com suas tropas, Ricardo Amaral e seus homens se juntaram às forças do tenente-general João Henrique de Bohm que assaltaram e retomaram a vila do Rio Grande. Amaral foi dos primeiros a entrar na vila; entrara de espada desembainhada, no seu cavalo marchador, cumprimentando galantemente as raras moças que assomavam meio bisonhas às janelas de suas casas.

Como recompensa pelos seus serviços, o governo lhe ia dando, além de condecorações, terras. Murmuravam-se histórias a respeito da maneira como ele conseguira seus muitos campos. A lei não permitia que uma pessoa possuísse mais de três léguas de sesmarias, mas Ricardo Amaral, seguindo o exemplo astuto de muitos outros sesmeiros, recebera as suas três léguas e pedira mais sesmarias em nome da esposa, dos filhos e até dos netos que ainda estavam por nascer.

Depois da expulsão dos espanhóis e do Tratado de Santo Ildefonso, Ricardo retirara-se para a estância e, segundo sua própria expressão, "sossegara o pito". Entregara-se à criação de gado, comprara mais escravos e aumentara as lavouras. Suas carretas saíam periodicamente para o Rio Grande e outros pontos, levando trigo, milho e feijão. Mas o que ele gostava mesmo era da criação. Era com uma certa volúpia que parava rodeio, curava bicheiras, marcava o gado. Era voz geral que o próprio Ricardo gostava de sangrar as reses para carnear e que seus olhos luziam de gozo quando ele sentia o sangue quente do animal escorrer-lhe pelo braço. Um dia alguém ouviu-o dizer:

— Criação é que é trabalho pra homem. Lavoura é coisa de português.

Falava com certo desdém dos açorianos que vira em Rio Pardo, Porto Alegre e Viamão, com suas barbichas engraçadas, seus olhos azuis e sua fala esquisita. Para Ricardo, trabalho manual era para mulher ou para negro. Um homem bem macho devia saber manejar a espada, a lança, a espingarda e a pistola, entender de criação e ser bom cavaleiro. Não compreendia que se pudesse viver com os pés sempre no chão, agarrado ao cabo duma enxada ou exercendo um ofício sedentário. Para ele o comércio tinha qualquer coisa de indigno e desprezível. Amava os cavalos, e sua filosofia de vida e seu conhecimento das criaturas e dos animais levavam-no a traçar paralelos entre os homens e os cavalos. Todos ali na estância de Santa Fé e arredores repetiam os ditados do coronel Ricardo, que costumava dizer que "Homem direito tem um pelo só", e que "Cavalo bom e homem valente a gente só conhece na chegada". Queria com isso dar a entender que conhecia cavalos que numa carreira saíam na frente mas chegavam na rabada, bem como homens que se mostravam valentes na arrancada inicial mas no meio da peleja "cantavam de galinha". Ricardo Amaral gostava de dizer que "Quem faz o cavalo é o dono" e, estendendo essa filosofia aos

peões e aos escravos, procurava moldá-los de acordo com seus desejos e conveniências. Quando um dia o governador José Marcelino de
Figueiredo lhe mandou um ofício, que Ricardo considerou ofensivo,
sua resposta foi pronta, lacônica e altiva; apenas um bilhete com estas
palavras: "Sou potro que não aguenta carona dura de ninguém".

Casara-se com a filha dum curitibano residente no Rio Pardo.
Achava que "Mulher, arma e cavalo de andar, nada de emprestar". Mas,
apesar disso, mais de uma vez tomara emprestadas mulheres de outros.
E na fazenda — contava-se — fizera filhos em várias chinocas, mulheres
de capatazes e agregados, e até numa escrava, a famosa Joana da Guiné.

Um dia — por volta de 1784 — Ricardo Amaral viajara para Porto
Alegre, levando consigo muitos cavalos de posta, dois escravos e o mulato Bernardino, que afirmavam ser seu filho natural. Voltara depois
duns três meses e, ao chegar à casa, reunira à noite os parentes e amigos e contara, entre outras notícias da capital, a sua visita ao Palácio do
Governo. As lamparinas ardiam na sala grande da casa da estância e,
sentado na sua cadeira de balanço, com um pretinho escravo a descal-
çar-lhe as botas, Ricardo Amaral começou:

— O governador me deu uma audiência...

Olhou em torno para ver o efeito da palavra *audiência*. Era um palavrão importante que cheirava a coisas da Corte, vice-reis, generais e
palácios. Sua esposa sorria, enamorada dele como sempre.

— Pois é — repetiu o coronel com sua voz solene. — O governador
me deu uma audiência. Quando entrei no palácio, os guardas apresentaram armas. Apresentaram armas — repetiu — e então eu entrei e
o general Veiga Cabral veio ao meu encontro, me apertou a mão e disse:
"Como tem passado, coronel? Entre e tome assento. Vossa mercê está
em sua casa".

Ricardo soltou a sua risada lenta, que pôs à mostra os dentes cor de
marfim queimado. Era um homem alto e corpulento, desempenado
apesar de andar já por volta dos setenta. Tinha o rosto trigueiro, o
olhar de ave de rapina, o nariz largo e purpúreo, e os lábios grossos e
rosados escondidos sob um bigode branco e esfalripado como algodão.

— Imaginem só. Eu em minha casa, no palácio! Bom. Tomei assento e então conversei sobre coisas do nosso município. Fui mui
franco, porque não sou como quero-quero, que canta pra um lado e
tem ninho pra outro. Dissimulação não é comigo. "General", eu disse,
"as coisas vão mal assim como estão..."

Falara-lhe — prosseguiu Ricardo — primeiro nas arbitrariedades de

José Marcelino, o antecessor de Veiga Cabral no governo do Continente. Depois queixara-se do abandono em que viviam as estâncias, da eterna questão dos limites de terras e da confusão que havia quanto às tropas. Neste ponto o general lhe assegurara que estava obrigando todos os estancieiros a marcarem seu gado e seus cavalos. Ricardo manifestara também a Veiga Cabral suas dúvidas quanto à Feitoria do Linho-Cânhamo, que a Coroa criara. Na sua opinião a empresa estava destinada ao fracasso. O melhor que o governo podia fazer era ajudar os criadores. Estava claro que a lavoura também era importante, mas não tanto como o gado. "A carne, vossa mercê sabe, é o alimento mais importante pra nossa gente. E enquanto houver abundância de carne tudo está bem. Porque ninguém vive só de pão, mas só de carne pode viver. E, se tivermos carne, teremos charque, e as nossas charqueadas só podem ir pra frente. Temos ainda o negócio de couros, os chifres, etc. Mais ainda, general, na guerra não vamos alimentar nossa gente com trigo, milho ou feijão. O que nos vale numa campanha é o boi."

Neste ponto da narrativa Ricardo Amaral piscou o olho, avançou o busto para a frente e disse:

— Então cheguei onde queria. Disse: "General, preciso que o governo me conceda mais sesmarias para as bandas do poente. Vossa mercê precisa saber que meus campos ficam a dois passos do território inimigo. Mais cedo ou mais tarde os castelhanos nos atacam de novo. E quem é que sofre primeiro? São os povos que estão perto da fronteira. Preciso ter gente pronta pra brigar". O homem sacudia a cabeça e estava impressionado. Vai, então, eu disse: "Para le ser franco, acho que o território das Missões nos pertence de direito". Veiga Cabral respondeu que estava tudo muito bem, mas que a gente não devia se precipitar, pois o Continente ainda não estava preparado para a guerra. "Está bem", retruquei, "está muito bem. Mas vamos nos preparar." Fiquei sério, meio que me ergui na cadeira e falei: "General, preciso de mais terras, pois, quanto mais campo eu tiver, de mais gente precisarei. E, quanto mais gente eu tiver, mais soldados terá o Continente no caso de necessidades". O homem ficou impressionado e me prometeu estudar o assunto.

Ricardo reclinou-se para trás na sua cadeira e ficou gozando o efeito de suas palavras no rosto da mulher, do filho, da nora e do capataz, que o escutavam num silêncio respeitoso.

Quando Ana Terra viu pela primeira vez o senhor da estância de Santa Fé, seu espírito já estava cheio das histórias que se murmuravam a respeito dele. Ricardo Amaral chegou um dia montado no seu cavalo alazão, com aperos chapeados de prata, muito teso, de cabeça erguida e um ar de monarca. As largas abas do chapéu sombreavam-lhe parte do rosto. Ficou sob a figueira grande, à frente dos ranchos, e os poucos habitantes do lugar vieram cercá-lo — as mulheres de olhos baixos e os homens de chapéu na mão. Ricardo Amaral não apeou. De cima do cavalo informou-se sobre as colheitas, ouviu as queixas e resolveu duas ou três questões entre os moradores dos ranchos. Naquelas redondezas ele não era apenas o comandante militar, mas também uma espécie de juiz de paz e conselheiro.

Marciano Bezerra aproveitou uma pausa e disse:

— Coronel, esta é a moça que falei a vossa mercê.

Apontou desajeitadamente para Ana, que segurava a mão do filho.

— Ah! — fez o estancieiro, baixando os olhos. — Linda moça! — E num relâmpago Ana viu Rafael Pinto Bandeira a falar-lhe de cima do seu cavalo num dia de vento. — Vai ficar morando aqui?

— Se vossa mercê dá licença — respondeu Ana.

— Não há nenhuma dúvida. Precisamos de gente. Um dia inda hei de mandar uma petição ao governo pra fundar um povoado aqui.

Abrangeu com o olhar o coxilhão.

— O menino é filho? — perguntou depois, olhando para Pedro.

— É, sim senhor.

— Onde está o marido de vosmecê?

Ana não teve a menor hesitação.

— Morreu numa dessas guerras.

Contou-lhe também o que havia acontecido ao pai e ao irmão. O coronel escutou em silêncio e, depois de ouvir tudo, disse:

— Um dia essa castelhanada ainda nos paga. Deixe estar...

Pedro olhava fascinado para as grandes botas do estancieiro e para as chilenas de prata que lampejavam ao sol.

Quando ele se foi, o menino puxou o vestido da mãe e disse:

— Mãe, que velho bonito!

Ana sacudiu a cabeça devagarinho e acrescentou:

— E dizem que sabe ler e escrever.

"Um dia", pensou ela, "havia de mandar o filho para uma escola." O diabo era que não existia nenhuma escola naqueles cafundós. Ouvira dizer que um homem na vila do Rio Grande tinha aberto uma aula para ensinar a ler, escrever e contar. Mais tarde, quando Santa Fé fosse povoado, talvez o coronel mandasse abrir uma escola, se bem que no fundo ela achasse que uma pessoa podia viver muito bem e ser honrada sem precisar saber as letras.

Naqueles dias, ajudados por vizinhos, Ana Terra, Eulália e Pedro construíram o rancho onde iam morar. Tinha paredes de taipa e era coberto de capim. Quando o rancho ficou pronto, Ana, o filho e a cunhada, que até então tinham vivido com a família de Marciano, entraram na casa nova. O único móvel que possuíam era a velha roca de d. Henriqueta. Dormiam todos no chão em esteiras feitas de palha. Ana conservava sempre junto de si, à noite, a velha tesoura, pensando assim: "Um dia inda ela vai ter a sua serventia".

E teve. Foi quando uma das mulheres da vila deu à luz uma criança e Ana Terra foi chamada para ajudar. Ao cortar mais um cordão umbilical, viu em pensamento a face magra e triste da mãe. A criança veio ao mundo roxa e muda, meio morta. Ana segurou-lhe os pés, ergueu-a no ar, de cabeça para baixo, e começou a dar-lhe fortes palmadas nas nádegas até fazer a criaturinha berrar. E, quando a viu depois com os beicinhos grudados no seio da mãe a sugá-los com fúria, foi lavar as mãos dizendo ao pai que estava no quarto naquele momento:

— É mulher. — E a seguir, sem amargor na voz, quase sorrindo, exclamou: — Que Deus tenha piedade dela!

Desde esse dia Ana Terra ganhou fama de ter "boa mão" e não perdeu mais parto naquelas redondezas. Às vezes era chamada para atender casos a muitas léguas de distância. Quando chegava a hora e algum marido vinha buscá-la, meio afobado, ela em geral perguntava com um sorriso calmo:

— Então a festa é pra hoje?

Enrolava-se no xale, amarrava um lenço na cabeça, apanhava a velha tesoura e saía.

23

Muitos anos depois, sentada uma tardinha à frente de seu rancho, Ana Terra conversava com o filho e dizia-lhe, mostrando meninos e meninas que passavam:

— Aquele que ali vai eu ajudei a botar no mundo. Por sinal que o diabinho saiu berrando como bezerro desmamado.

E depois:

— Está vendo a Amelinha? Passou e nem olhou pra mim. No entanto, se não fosse eu ela estava a esta hora no cemitério. Nasceu com o cordão umbilical enrolado no pescocinho e ia morrendo esgoelada. Foi numa noite braba de inverno. — Suspirou fundo e acrescentou: — Este mundo velho é assim mesmo. Não há gratidão.

Tendo na mão a cuia de mate — quente como uma presença humana — e chupando lentamente na bomba, Ana Terra às vezes ficava sentada à sombra duma laranjeira, na frente de seu rancho, tentando lembrar-se das coisas importantes que tinham acontecido desde o dia em que ela chegara àquele lugar. Mas não conseguia: ficava confusa, os fatos se misturavam em sua memória. E o que sempre lhe vinha à mente nessas horas eram os muitos invernos que tinha atravessado, pois o inverno era o tempo que mais custava a passar. O vento minuano às vezes parecia prender a noite e afugentar o dia que tentava nascer. Tudo era mais comprido, mais triste e mais custoso no inverno.

Entre outras coisas alegres do passado, Ana lembrava-se principalmente dum verão em que aparecera por ali um padre carmelita descalço, homem de barbas pretas e sotaina parda, que chegara montado numa mula, contando que tinha estado prisioneiro dos índios coroados. Vinha da vila do Rio Pardo; ia para as Missões. Falava dum jeito esquisito, pois era estrangeiro. Ficou uns dias por ali e os moradores dos ranchos lhe deram mantimentos e dinheiro. O carmelita rezou uma missa debaixo da figueira grande, batizou as crianças que ainda estavam pagãs e casou os homens e mulheres que viviam amancebados.

Havia também outros dias que Ana Terra não podia esquecer, como aquele em que pela primeira vez percebera que Pedrinho era já um homem-feito, de voz grossa e buço cerrado. Ficara espantada ao notar que o filho estava mais alto do que ela. Mas espanto maior ainda lhe causara a descoberta que aos poucos fizera de que, embora fosse a imagem viva do pai, o rapaz tinha herdado o gênio do avô: era calado, reconcentrado e teimoso. Engraçado! Maneco Terra e o homem que ele mandara matar agora se encontravam no corpo de Pedrinho.

Ana procurava sempre esquecer os dias de medo e aflição, principalmente aquele — o pior de todos! — em que, chegando à casa uma tarde, vira, horrorizada, um índio coroado aproximar-se, na ponta dos pés, da cama onde seu filho dormia a sesta. Quase sem pensar no que

fazia, apanhou o mosquete carregado que estava a um canto, ergueu-
-o à altura do rosto, apontou-o na direção do índio e atirou. O coroado caiu com um gemido sobre Pedro, que despertou alarmado, desvencilhou-se daquela "coisa" que estava em cima de seu peito e saltou
para fora da cama já com o punhal na mão e todo banhado no sangue
do bugre. Vendo o filho assim ensanguentado, ela se pôs a gritar, imaginando que também o tivesse atingido com o tiro. Os vizinhos acudi-
ram e foi só depois de muito tempo que tudo se aclarou. Ana Terra
não gostava de recordar esse dia. Ficara com o ombro arroxeado e dolorido por causa do coice que a arma lhe dera ao disparar. A sangueira
que saía do corpo do coroado deixara-a tonta. Não tinha tido coragem
de ir olhar de perto... Mas um vizinho lhe contara:

— Ficou com um rombo deste tamanho no pulmão.

Ana passara o resto daquele dia tomando chá de folhas de laranjeira. Tinha matado um homem — ela, que ajudava tanta gente a nascer!
Por muitas semanas ficou sem poder comer carne. Mas, como o tempo é remédio que cura tudo, aos poucos foi esquecendo aquilo. Sempre, porém, que alguém queria mangar com ela na frente dum forasteiro, a primeira coisa que dizia era:

— Dona Ana, conte a história do bugre que vosmecê matou.

Ela ficava tão furiosa que tinha vontade de dizer nomes feios.

E, por falar em bugres, muitas vezes naqueles anos os coroados an-
daram pelas vizinhanças dos ranchos, fazendo estripulias.

Num dos primeiros invernos que ela passara ali, Marciano Bezerra
tinha ido um dia encher o corote no arroio que ficava a umas trezen-
tas braças dos ranchos e voltara de lá branco como papel, perdendo
muito sangue dum braço, e contando que havia sido frechado por um
bugre. Nos dias que se seguiram todos ali ficaram no temor dum ataque dos coroados, que tinham sido vistos pelas redondezas em grande
número. Avisado disso, o coronel Ricardo armara seus homens e saíra
à caça dos índios, que fugiram para as bandas de São Miguel.

Essas eram as coisas de que Ana Terra mais se lembrava sempre
que ficava depois do almoço a tomar mate sozinha debaixo da laranjeira. Porque, quanto ao resto, um dia era a cópia de outro dia, em que
ela trabalhava de sol a sol, em casa e na lavoura, fazendo serviço de homem. Para Ana não havia domingo nem dia santo. De vez em quando
ela saía com sua tesoura para cortar algum cordão umbilical. Ou então
ia a algum enterro. Porque pessoas continuavam a nascer e a morrer
naquele fim de mundo.

Quando a água da chaleira acabava, Ana erguia-se, entrava no rancho, botava a cuia em cima do fogão e recomeçava a lida do dia. Tinha agora em casa um espelho, presente que Pedro lhe trouxera duma de suas viagens à vila do Rio Pardo. De raro em raro Ana tirava um minuto ou dois para se olhar nele. Era esquisito... Tinha sempre a impressão de estar na frente de uma estranha. Examinava-se com cuidado, descobria sempre novos fios brancos nos cabelos e às vezes nos seus próprios olhos via os olhos tristonhos da mãe. "Espelho é coisa do diabo", concluía. Quem tinha razão era seu pai.

Exatamente no dia em que Pedro Terra anunciou seu noivado com Arminda Melo, chegaram ali os primeiros boatos de guerra.

Dias depois o coronel Ricardo apareceu montado no seu cavalo — agora um tordilho — e expôs a situação. Chegara à sua estância um próprio trazendo um ofício em que o governador do Continente lhe comunicava que, na Europa, Portugal e Espanha estavam de novo em guerra.

— Isso significa — explicou ele — que temos de pelear de novo com os castelhanos.

Estava recrutando gente, pois Veiga Cabral precisava de muitas forças para guarnecer as fronteiras. O tordilho escarvava o chão, desinquieto. E em cima do animal o coronel Ricardo estava também excitado. Apesar dos setenta anos era ainda um homem desempenado e forte, e seus olhos brilhavam quando ele falava em guerra.

— Faz muitos anos mesmo que a gente não briga — acrescentou.

— Já era tempo.

Pediu a Marciano que começasse o recrutamento. Tinha armamento para uns quarenta homens. Levaria de sua estância vinte escravos e dez peões, e esperava arregimentar mais uns doze ou quinze soldados ali nos ranchos. Os habitantes do lugar escutaram-no em silêncio. Antes de se retirar, o coronel Amaral gritou, de cabeça erguida, como se estivesse falando com Deus:

— O recrutamento é obrigatório. São ordens do governo!

As mulheres então desataram o pranto.

Naquele mesmo dia Ana Terra pediu emprestado a Marciano um cavalo, montou nele e tocou-se para a estância do coronel Amaral. Mandaram-na entrar para a sala grande da casa, onde ela se viu na frente do senhor de Santa Fé.

— Tome assento — ordenou ele.

Chico Amaral, filho do estancieiro, azeitava suas pistolas. Por toda a parte se notavam preparativos guerreiros: alguns escravos limpavam espadas e baionetas, outros se exercitavam no manejo de espingardas. Sentado num cepo, de facão em punho, um mulato fazia ponta numa lança de guajuvira, assobiando por entre os dentes. As mulheres da casa estavam de olhos vermelhos. Mas os homens, com exceção dos escravos, pareciam muito contentes, como se se estivessem preparando para um fandango. Um deles até cantava, trançando um laço perto da porta da casa-grande:

> *Esta noite dormi fora,*
> *Na porta do meu amor;*
> *Deu o vento na roseira*
> *Me cobriu todo de flor.*

Ana olhava, bisonha, para Ricardo Amaral.

— Então? — perguntou este último. — Que novidade há?

— Não vê que eu vim fazer um pedido a vossa mercê... — Calou-se, embaraçada. Amaral brincava, meio impaciente, com a argola do rebenque que estava em cima da mesa, a seu lado. Ana criou ânimo e prosseguiu: — Não vê que tenho um filho, o Pedrinho...

— Eu sei, eu sei.

— Seu Marciano disse que o menino tem que marchar também... — E acrescentou rápida, a medo — pra guerra —, como se esta última palavra lhe queimasse os lábios.

— E que tem isso? Pois ele não é homem?

— É, sim senhor.

— Então?

— Mas acontece que é tão moço. Recém fez vinte anos.

— Moço? Sabe quantos anos eu tinha quando entrei no primeiro combate? Dezessete!

Ana Terra tinha os olhos postos no chão. O vozeirão do estancieiro a intimidava. Ela olhava fixamente para suas grandes botas negras, cujos canos lhe subiam até os joelhos, e lembrava-se de que, quando menino, Pedro lhe dissera um dia ter medo daquelas botas que lhe pareciam um "bicho preto".

— Vosmecê volte pra casa — disse Ricardo. — Volte e não conte a ninguém que veio me pedir pra dispensar o seu filho. Não conte, que é uma vergonha.

Ana recobrou a coragem e fez nova tentativa:

— E se ele morrer?

— Todos nós temos de morrer um dia. Ninguém morre na véspera.

— Mas o Pedro está pra casar...

— Casar? O que ele quer mesmo é dormir com a moça. Pois que durma, tem tempo, só partimos daqui a dois dias. Durma e vá pra guerra. Depois case, se voltar vivo e tiver vontade.

Ana Terra sentiu uma revolta crescer-lhe no peito. Teve ganas de dizer que não tinha criado o filho para morrer na guerra nem para ficar aleijado brigando com os castelhanos. Guerra era bom para homens como o coronel Amaral e outros figurões que ganhavam como recompensa de seus serviços medalhas e terras, ao passo que os pobres soldados às vezes nem o soldo recebiam. Quis gritar todas essas coisas mas não gritou. A presença do homem — aquelas botas pretas, grandes e horríveis! — a acovardava. Fez meia-volta e se foi em silêncio. E ia pisar no alpendre quando ouviu a voz retumbante do coronel que a envolveu, pesada e violenta como boleadeiras:

— Estou com setenta anos e prefiro mil vezes morrer brigando do que me finar aos pouquinhos em cima duma cama!

Fora, o caboclo ainda cantarolava. Quando Ana passou, ele lhe lançou um olhar carregado de malícia e lhe dirigiu uma quadra:

Fui soldado, sentei praça,
Já servi numa guarita,
Agora, sou ordenança
De toda moça bonita.

Dois ou três dias depois Ana Terra disse adeus ao filho. Apertou-o contra o peito, cobriu-lhe o rosto de beijos e a muito custo conteve as lágrimas. Outras mulheres despediam-se chorando de seus homens. Havia um ar de desastre e luto em todas as caras.

O coronel Ricardo Amaral e os filhos apareceram em cima dos seus belos cavalos, com pistolas e espadas à cinta. Abriram a marcha, seguidos pelos outros homens que, enrolados nos seus ponchos, e na sua maioria descalços e com as espingardas a tiracolo, acenaram, de cima de seus matungos, para as pessoas que ficavam.

Ana Terra, Eulália, Rosa e Arminda, noiva de Pedro, ficaram a acompanhar com os olhos o grupo que se afastava. Os arreios chapeados de prata do coronel Amaral reluziam ao sol. Longe, quando já começava o declive da grande coxilha, Pedro fez estacar seu cavalo, torceu o busto, e acenou tristemente com a mão. As mulheres responderam ao aceno.

Foi só então que Ana Terra percebeu que estava ventando.

24

E de novo Ana Terra começou a esperar... Esperava notícias da guerra; esperava a volta do filho. Se era dia, desejava que caísse a noite, porque dormindo esquecia a espera. Se era noite, queria que um novo dia viesse, porque, quanto mais depressa o tempo passasse, mais cedo o filho voltaria para casa. Muitas vezes até em sonhos Ana se surpreendia a esperar, agoniada, vendo longe no horizonte vultos de cavaleiros entre os quais ela sabia que estava Pedrinho — mas por mais que seus cavalos galopassem eles nunca chegavam.

Nos ranchos vazios de homens — só os velhos e os inválidos tinham ficado — as mulheres continuavam sua lida. E quando, dali a muito tempo, chegou um próprio trazendo notícias da guerra para a família do coronel Amaral, elas o cercaram e lhe fizeram perguntas aflitas sobre seus homens. O mensageiro não pôde contar-lhes muito. Deu-lhes notícias gerais e vagas... Ricardo Amaral e seus soldados estavam com as forças do coronel de cavalaria ligeira Manuel Marques de Souza. Tinham invadido o território inimigo e tomado as guardas de São José, Santo Antônio da Lagoa e Santa Rosa, e estavam agora se fortificando em Cerro Largo.

Por aqueles dias Eulália foi viver com um viúvo cinquentão que não fora para a guerra por ter dois dedos da mão direita decepados.

— Quando aparecer um padre nós casamos — explicou ela a Ana, de olhos baixos, na hora em que foi comunicar à cunhada sua resolução de juntar-se com o viúvo.

— Que me importa? — respondeu a outra. — O principal é que vosmecês vivam direito e que a Rosinha tenha quem cuide dela.

Assim, Eulália e a filha mudaram-se para outro rancho. E Ana Terra ficou sozinha em casa. E quando se punha a fiar, a pedalar na roca, frequentemente falava consigo mesma por longo tempo e acabava concluindo, a sorrir, que estava ficando caduca.

Às vezes a imagem do filho em seus sonhos confundia-se com a do pai, e uma madrugada Ana acordou angustiada, pois sonhara que Antônio e Horácio tinham levado Pedrinho para longe, para assassiná-lo. Ficou de olhos abertos até ouvir o canto do primeiro galo à hora de nascer o sol.

Passaram-se meses, e um dia, quando ela viu que o ventre de Eulália começava a crescer, pensou logo na sua tesoura e sorriu. Naquele inverno nasceram seis crianças nos ranchos, porque antes de partir para a guerra muitos maridos tinham deixado suas mulheres grávidas. E, quase sempre no momento em que ela via uma criança nascer, a primeira coisa em que pensava era: será que o pai ainda está vivo?

Uma noite de chuva, voltando para casa depois dum parto, caminhando meio às cegas e orientando-se pelo clarão dos relâmpagos, Ana pensou todo o tempo no filho, imaginou-o a dormir no chão, enrolado num poncho ensopado, com a chuva a cair-lhe em cheio na cara. Teve vontade de apertá-lo nos braços, emprestar-lhe o calor de seu corpo. E em casa, perto do fogo, ficou ouvindo o barulho manso da chuva na coberta do rancho. Olhava para a roca e lembrava-se dos tempos lá na estância, quando a alma de sua mãe vinha fiar na calada da noite. A roca ali estava, velha e triste, e Ana Terra sentia-se mais abandonada que nunca, pois agora nem o fantasma da mãe vinha fazer-lhe companhia.

Lá pelo fim daquele inverno um próprio chegou e disse:

— A guerra anda aqui por perto.

Muitas pessoas, velhos e mulheres, aproximaram-se dele e ouviram o homem contar que um tal Santos Pedrozo com uns vinte soldados derrotara a guarda castelhana de San Martinho e apoderara-se das Missões. E, com um largo sorriso na cara marcada por uma cicatriz que lhe ia do canto da boca à ponta da orelha, acrescentou:

— Agora todos esses campos até o rio Uruguai são nossos!

Ana Terra sacudiu a cabeça lentamente, mas sem compreender. Para que tanto campo? Para que tanta guerra? Os homens se matavam e os campos ficavam desertos. Os meninos cresciam, faziam-se homens e iam para outras guerras. Os estancieiros aumentavam as suas estâncias. As mulheres continuavam esperando. Os soldados morriam ou ficavam aleijados. Voltou a cabeça na direção dos Sete Povos, e seu olhar perdeu-se, vago, sobre as coxilhas.

No princípio dum novo verão chegou um mensageiro com a notícia de que o coronel Ricardo tinha sido morto num combate e que os filhos estariam de volta a Santa Fé dentro de três meses, com os soldados que tinham "sobrado" da guerra. Na estância de Santa Fé houve choro durante três dias e três noites. As mulheres nos ranchos estavam ansiosas, queriam saber quantos haviam sobrevivido dos quarenta e tantos que tinham partido, fazia mais dum ano. O mensageiro entortou a cabeça, revirou os olhos e respondeu, depois de alguma reflexão:

— Sobraram uns vinte... — E, como visse consternação no rosto das mulheres, fez uma concessão otimista... — ... ou vinte e cinco.

E se foi, assobiando uma música de gaita que aprendera nos acampamentos da Banda Oriental.

— Mas Pedro está vivo — disse Ana Terra para si mesma. — Uma coisa dentro de mim me diz que meu filho não morreu.

Tomou a mão da futura nora e arrastou-a para o rancho, dizendo:

— Temos de arrumar a casa pra esperar o noivo.

25

Um dia Chico Amaral chegou com seus homens. Tinham vencido a guerra, mas voltavam com um ar de derrota. Barbudos, encurvados, de olhos no fundo, os ponchos em farrapos, nem sequer sorriram ao ver os parentes. Chico Amaral tinha recebido um pontaço de lança que lhe vazara o olho esquerdo, sobre o qual trazia agora um quadrado de fazenda preta. Um dos seus peões voltava sem um dos braços. Outros haviam recebido ferimentos leves. Tinham ficado enterrados em território castelhano quinze escravos, quatro peões e oito rancheiros. Os homens apearam dos cavalos, abraçaram os parentes e amigos e encaminharam-se para seus ranchos. E as mulheres cujos maridos, filhos, irmãos ou noivos não tinham voltado ficavam ainda um instante, meio estupidificadas, a esperar por eles debaixo da grande figueira. Mas de repente, compreendendo tudo, rompiam o choro.

Ana Terra não pôde conter as lágrimas quando viu o filho. Quase não o reconheceu. Pedro tinha envelhecido muitos anos naqueles meses. Estava magro, abatido e deixara crescer a barba, e quando ele desceu do cavalo e caminhou para a mãe, esta teve a impressão de que ia abraçar o próprio Maneco Terra.

No dia seguinte — já descansados e mais bem alimentados — os guerreiros contavam proezas, descreviam combates, marchas, surtidas... Só Pedro Terra não falava. Por mais que lhe perguntassem, por mais que puxassem por ele, não dizia nada. Ficava às vezes com os olhos vagos a olhar para parte nenhuma, ou então a tirar lascas dum pau qualquer com seu facão.

Começou a correr de boca em boca a narrativa das proezas do coronel Ricardo Amaral. Contava-se que o inimigo estava acampado nas proximidades do rio Jaguarão com cerca de duzentos homens. Marques de Souza mandou uma divisão dumas duzentas praças fazer reconhecimento. Quis entregar o comando delas a um de seus capitães, quando o coronel Ricardo avançou e disse: "Chefe, se vossa mercê tem confiança em mim, terei muita honra em comandar esses soldados". Marques de Souza respondeu: "Está muito bem, coronel. Vá e seja feliz". Chico Amaral falou: "Pai, eu quero ir com vossa mercê". O velho disse apenas: "Pois venha. Vai ser divertido". E foi mesmo muito divertido. Ricardo pôs-se à frente da tropa e encontrou o inimigo formado em fila singela perto do Passo das Perdizes. De lança em riste os nossos soldados se precipitaram contra os castelhanos, que abriram fogo. Mas quem foi que disse que os homens de Amaral pararam? Veio então o entrevero. Foi no alto duma coxilha e de lado a lado os soldados brigavam como demônios. Em muitos pontos o capim verde ficou vermelho. E o sangue dos homens misturou-se e coalhou ao sol com o dos cavalos. Parece que Ricardo Amaral recebeu um balaço quando o combate ia em meio, mas aguentou até o fim, perdendo sangue. Os castelhanos foram completamente derrotados; os que não puderam fugir morderam o pó. Quando Chico Amaral olhou para o pai — no fim da peleja —, viu-o cair para a frente, sobre o pescoço do tordilho. Esporeou seu cavalo e chegou a tempo de enlaçar o velho pela cintura, impedindo-o de tombar ao chão. Ricardo quis dizer alguma coisa, mas de seus lábios só saiu um ronco. Morreu dessangrado nos braços do filho.

Marques de Souza mais tarde declarou que aquela vitória do Passo das Perdizes tinha sido decisiva. Porque graças a ela suas forças puderam atravessar o Jaguarão sem perigo e entrar mais fundo no território inimigo. Assim os castelhanos perderam Rio Pardo, Batovi, Taquarembó, Santa Tecla...

Nos meses que se seguiram chegaram ainda aos campos de Santa Fé boatos de que os castelhanos se preparavam para voltar ao ataque. Mas contava-se também que, na Europa, Portugal e Espanha tinham feito as pazes, e que no Continente tudo continuaria como estava.

* * *

Em princípios de 1803 um padre das Missões passou por aquele agrupamento de ranchos, disse uma missa, convenceu Chico Amaral da necessidade de mandar erguer uma capela, batizou doze crianças e fez cinco casamentos, inclusive o de Pedro Terra e Arminda Melo.

Em fins daquele mesmo verão Chico Amaral viajou de carreta para Porto Alegre em companhia da mulher e de seu filho Ricardo, levando uma mucama preta, um pajem e dois peões. Voltaram depois de seis meses, e o novo senhor de Santa Fé contou aos parentes e amigos o que vira, dissera e fizera na capital. O general Veiga Cabral morrera havia uns dois anos, fora substituído por um brigadeiro — que governara apenas quatorze meses —, e agora quem estava na comandância do Continente era o chefe de esquadra Silva Gama.

— Um homem de bem — contou Chico Amaral. — Mas encontrou o Continente em petição de miséria, por causa da guerra. Me contou que a despesa é maior que a receita... imaginem!

Os que o escutavam sacudiram a cabeça num mudo assentimento, embora não entendessem o sentido dessas palavras.

— Queixou-se do abandono em que vive o Continente — continuou o estancieiro — e de que não pode fazer nada sem consultar o Rio. Assim as coisas ficam mui demoradas e difíceis. O remédio, me disse ele, é tomar as iniciativas sem consultar o vice-rei.

Chico Amaral sorriu e acrescentou:

— Então eu respondi: "É melhor passar por insubordinado do que por incompetente". O governador gostou muito da minha resposta. E me contou muito em segredo que faz quase dez anos que a Corte não manda pagar os soldados do Rio Grande. "Vosmecê sabe melhor que eu, major", ele me disse, "o que esses pobres-diabos passam. Nem uniforme têm, andam de pés no chão e nesta última guerra brigaram até com lanças de pau, por falta de arma de fogo!"

Chico Amaral mostrava-se satisfeito pela maneira com que fora recebido. O governador concedera-lhe as três léguas de sesmaria que ele requerera e, quando ele lhe contara de seus projetos de fundar um povoado, Silva Gama lhe dissera: "Faça uma petição ao comandante das Missões. Eu vou recomendar-lhe que a despache favoravelmente".

Foi assim que um dia, alguns meses depois, o novo senhor de Santa Fé chegou a cavalo e, bem como fazia o pai, postou-se debaixo da figueira, chamou os moradores dos ranchos e contou-lhes que o administrador da redução de São João lhe mandara um ofício concedendo o terreno necessário para a edificação do povoado. Chico Amaral leu em voz alta: "Ordeno a Vosmecê que faça medir com brevidade meia légua de terreno no lugar em que pretendem formar a povoação, contendo, desde o ponto em que desejam ter a capela, um quarto de légua na direção de cada rumo cardeal, em rumos direitos de Sul a Norte, e de Leste a Oeste".

Ana Terra escutava, mal entendendo o sentido daquelas frases. Pedro estava muito atento. Pensava no terreno que lhe ia tocar, e ao mesmo tempo olhava fascinado para as grandes botas do estancieiro, lembrando-se das botas do coronel Ricardo; ainda sentia por elas um secreto temor, que no fundo era surda malquerença.

Houve um ponto para o qual o major Amaral chamou a atenção dos presentes, lendo-o duas vezes com ênfase: "Ninguém poderá ocupar mais terreno que aquele que lhe é destinado, salvo o caso de compra a outrem que lá possuir título legítimo".

Cada rua do povoado devia ter sessenta palmos craveiros de largura e cada morador ia receber um lote de cinquenta palmos contados na frente da rua e duzentos palmos de fundo, devendo dentro do prazo de seis meses requerer título legítimo aos senhores do governo.

O major Amaral mandou fazer uma planta da povoação por um agrimensor muito habilidoso que viera do Rio Pardo. Queria uma praça, no centro da qual ficaria a figueira, três ruas de norte a sul e quatro transversais de leste a oeste. Meses depois mandou começar a construção da capela com madeira dos matos próximos. E todos os homens e mulheres do lugar ajudaram nesse trabalho. E, quando a capela ficou pronta, foi ela dedicada a Nossa Senhora da Conceição; veio um padre de Santo Ângelo e disse a primeira missa. E o major Amaral mandou comprar nas Missões, a peso de ouro, uma imagem da padroeira do povoado.

No ano seguinte mandou construir uma casa toda de pedra para sua família, bem na frente da capela, do outro lado da praça. Ergueu outras casas para alugar à gente que chegava. E muita gente chegou naquele ano e nos seguintes. Tropeiros que vinham de Sorocaba comprar mulas nas redondezas gostavam do lugar e iam ficando por ali. E o nome de Santa Fé começou a ser conhecido em todo o município do Rio Pardo e fora dele.

Em princípios de 1804 Chico Amaral fundou uma charqueada e comprou mais um lote de escravos. Nesse mesmo ano, numa noite morna de março, nasceu o primeiro filho de Pedro e Arminda Terra. Era um menino e deram-lhe o nome de Juvenal. Quando Ana Terra tomou da tesoura para cortar-lhe o cordão umbilical, suas mãos tremiam.

E naqueles dias, quando Pedro saía para o mato a buscar madeira para a casa que estava construindo no terreno que lhe coubera, e Arminda ia lavar roupa no arroio, Ana Terra ficava em casa fiando e cuidando do neto. Quando Juvenal chorava, ela pedalava mais de mansinho e cantava-lhe velhas cantigas que aprendera com a mãe, as mesmas que cantara um dia para Pedrinho.

Achava que tudo agora estava bem. O filho era um homem direito e tinha casado com uma mulher séria e trabalhadora. Eulália vivia em paz com o marido e Rosinha estava noiva do capataz do major Amaral.

Aqueles foram tempos de grande paz. Muitas vezes por ano Ana Terra saía apressada sob o sol ou à luz das estrelas com a tesoura debaixo do braço. E gente nascia, morria ou se casava em Santa Fé. O número de casas aumentava e a população já se habituava à voz do sino da capela.

No inverno de 1806 Ana ajudou a trazer para o mundo seu segundo neto, uma menina que recebeu o nome de Bibiana. Ao ver-lhe o sexo, a avó resmungou: "Mais uma escrava". E atirou a tesoura em cima da mesa num gesto de raiva e ao mesmo tempo de alegria.

Bibiana tinha já quase três anos quando certo dia um tropeiro chegado do Rio Pardo contou a Pedro que havia grandes novidades no Rio de Janeiro. A rainha e o príncipe regente tinham fugido de Portugal porque esse país havia sido invadido pelos franceses... ou ingleses, ele não sabia ao certo; mas a verdade era que a família real já estava no Brasil. No Rio Pardo todos achavam que as coisas iam mudar para melhor.

O major Amaral agora dava audiências no seu sobrado às gentes do lugar que lhe iam levar seus problemas ou pedir-lhe conselhos.

Duma feita, Pedro ouviu o senhor de Santa Fé conversar, indignado, com um estancieiro de Viamão que lhe viera comprar uma tropa.

— Assim não é possível! — dizia ele, caminhando dum lado para outro da sala. — Nosso charque só pode ser vendido no Rio de Janeiro a setecentos réis a arroba, e o charque dos castelhanos chega lá por quatrocentos. Isso tem cabimento? Me diga, tem?

O visitante limitava-se a sacudir a cabeça e a murmurar:

— São dessas coisas, major, são dessas coisas...

— E, a todas essas, o preço do nosso gado na tablada vai baixando.

O viamonense começou a picar fumo reflexivamente. Depois, com sua voz calma, perguntou:

— E no que deu aquele pedido que fizeram ao governo pra proibir a entrada do charque castelhano?

— Deu em nada! Está claro que o governo tem interesse no caso, pois não quer perder o imposto de importação.

— É o diabo... E agora ainda inventaram esse imposto de trezentos e vinte réis por cabeça de rês abatida...

Chico Amaral cuspiu no chão.

— Eu só quero ver como é que eles vão arrecadar. Eu só quero ver...

— É o diabo...

— Os castelhanos têm tudo que querem, fácil e ligeiro. Nós temos que depender das ordens do Rio. De nada nos adiantou elevarem o Rio Grande a capitania. Não vai adiantar nada também a gente ter a Corte no Rio de Janeiro. Vamos continuar aqui embaixo abandonados e esquecidos como sempre. Mas na hora do aperto eles vêm com esses pedidos de auxílio, porque o país está mal, porque isto e porque aquilo. Vosmecê se lembra da arrecadação de donativos que fizeram em 1805? Foi o mesmo que pedir esmola a particulares. Onde se viu?

— É o diabo... — murmurou de novo o visitante, enrolando o cigarro.

— E na hora de pegar no pau furado, na hora de brigar com os castelhanos, a Corte apela é pra nós.

Parado junto da porta, sem coragem de entrar, Pedro escutava o estancieiro, com os olhos fitos em suas botas embarradas.

Chico Amaral, que agora mascava com fúria um naco de fumo, começou a falar no problema do contrabando. Silva Gama fizera o possível para acabar com aquele abuso, mas não conseguira nada. Os contrabandistas traziam negros das colônias portuguesas da África, tiravam guias para a Capitania do Rio Grande, mas na verdade seguiam viagem para Montevidéu e Buenos Aires, onde trocavam os pretos por charque, trigo, couro e sebo, e iam depois vender essas mercadorias em outros pontos do Brasil, como se elas tivessem sido produzidas no Rio Grande.

— E é assim que eles fazem concorrência ao nosso produto! — exclamou Chico Amaral. — Isso tem cabimento? É por essas e por outras que o nosso charque não pode competir com o da Banda Oriental. O couro deles tem boa cotação, o nosso fica aqui apodrecendo e o remédio é fazer surrão com ele!

Chico parou na frente do visitante, segurou-lhe o braço, encarou--o e perguntou:

— Vosmecê sabe qual é a solução para esse negócio todo? Pois é invadir a Banda Oriental e arrebentar aquela coisa lá. Os castelhanos não podem se queixar porque foram eles que começaram essa história de entrar na terra dos outros.

O viamonense sacudiu a cabeça devagarinho e disse mansamente:

— Guerra não resolve nada, major.

— Qual! Guerra resolve tudo.

Pedro, que tinha ido à casa de Chico Amaral para lhe pedir o arrendamento de alguns alqueires de terra, onde tencionava plantar uma lavoura de trigo, achou melhor voltar, pois viu que o homem estava excitado.

Uma semana depois, entretanto, conseguiu o que queria. Chico Amaral arrendou-lhe um pedaço de campo a um quarto de légua do povoado. Pedro contratou dois peões e com eles virou a terra. Nesse dia a mulher e a mãe também pegaram nas enxadas e os ajudaram. Trabalharam o dia inteiro. Depois semearam. Passados seis meses, colheram. Pedro vendeu o trigo e ganhou um bom dinheiro. Tornou a semear e de novo teve boa colheita. Já por essa época sua casa estava pronta. Era de tábua, tinha um pomar e uma criação de galinhas e porcos.

Tudo corria bem para os Terras quando começaram a circular rumores duma nova guerra. Dizia-se que d. João resolvera tomar conta da Banda Oriental.

Ana Terra suspirou e disse:

— Isso é falta de serviço. Se esse homem tivesse de trabalhar como a gente, de sol a sol, não ia se lembrar de invadir terra alheia.

Foi no ano de 1811. Contava-se que na Banda Oriental havia barulho, porque os platinos queriam se ver livres da Espanha. Quem é que ia entender aquela confusão? Diziam também que d. Diogo de Souza, o comandante das forças portuguesas na Capitania do Rio Grande, estava acampado em Bagé com seus exércitos. Tudo indicava que estava preparando a invasão.

Arminda rezava dia e noite diante do Cristo sem nariz. As mulheres de Santa Fé encheram a capela no dia em que se confirmaram os boatos de guerra. E lá dentro o rumor das rezas se misturava com o do choro.

Quando Chico Amaral apareceu uma tarde, exaltado, em cima do seu cavalo e mandou tocar o sino, chamando os habitantes do lugar, Ana Terra saiu com um frio na alma, porque sabia o que ia acontecer. E tudo aconteceu como ela temia. D. Diogo de Souza apelava para o major Francisco Amaral, pedindo-lhe que se reunisse o quanto antes com seus homens às forças portuguesas que iam invadir a Banda Oriental.

Pedro teve de abandonar a lavoura para se incorporar à tropa de Chico Amaral.

— Uma coisa me diz que desta guerra eu não volto — murmurou ele quando se preparava para partir.

Arminda, que chorava com Bibiana agarrada às saias, não disse nada. Mas Ana Terra, que tinha os olhos secos, botou a mão no ombro do filho e falou:

— Volta, sim. — E, como se tudo dependesse de Pedro, ela olhou-o bem nos olhos e disse: — Vosmecê precisa voltar. Pense nos seus filhos, na sua mulher, na sua lavoura.

Os olhos de Pedro brilharam.

— Mãe, tome conta de tudo.

— Nem precisa dizer.

Chico Amaral e seus soldados partiram numa madrugada para reunir-se nas Missões às forças de Mena Barreto. Ana e Arminda tinham passado a noite em claro, ouvindo Pedro remexer-se na cama, inquieto. Ao partir ele estava pálido. Sabia como era a guerra. Não tinha nenhuma ilusão.

E de novo o povoado ficou quase deserto de homens. E outra vez as mulheres se puseram a esperar. E em certas noites, sentada junto do fogo ou da mesa, após o jantar, Ana Terra lembrava-se de coisas de sua vida passada. E, quando um novo inverno chegou e o minuano começou a soprar, ela o recebeu como a um velho amigo resmungão que gemendo cruzava por seu rancho sem parar e seguia campo fora. Ana Terra estava de tal maneira habituada ao vento que até parecia entender o que ele dizia. E nas noites de ventania ela pensava principalmente em sepulturas e naqueles que tinham ido para o outro mundo. Era como se eles chegassem um por um e ficassem ao redor dela, contando casos e perguntando pelos vivos. Era por isso que muito mais tarde, sendo já mulher-feita, Bibiana ouvia a avó dizer quando ventava: "Noite de vento, noite dos mortos...".

Noite de abril. À luz duma vela, na casa onde se hospeda, o botânico francês toma uma nota em seu diário de viagem.

Observo que quanto mais simplicidade de maneiras e conversa imprimo a meus atos, menos deferência recebo.

Os habitantes da Capitania do Rio Grande estão de tal modo habituados ao militarismo e ao ar carrancudo dos oficiais, que não acreditam em que uma pessoa simples e honesta possa ter importância.

Sim, os homens que tinham galões, títulos de nobreza, léguas de sesmaria, botas e cavalos falavam alto e grosso, de cabeça erguida.

E havia também os sem títulos nem terras nem galões, que falavam alto e grosso e de cabeça erguida porque tinham armas, botas e cavalos.

Mas os gaúchos sem cavalo, sem armas, sem botas, sem nada; os pobres-diabos que andavam molambentos e de mãos vazias, esses só falavam alto e grosso entre os de sua igualha.

Porque ante os bem montados ficavam de olhos baixos e sem voz.

De seu às vezes nem um nome tinham. Donde vinham? Ninguém sabia ao certo nem procurava saber. Alguns haviam nascido de chinas ou bugras que dormiram com tropeiros, ladrões de gado, carreteiros, buscadores de ouro e prata, preadores de índios.

Outros eram sobras de antigas bandeiras,
retirantes da Colônia do Sacramento,
escravos foragidos,
desertores do Regimento de Dragões,
castelhanos vindos do outro lado do Uruguai, das planuras platinas: gente andarenga sem pouso certo,
mamelucos, curibocas, cafuzos, portugueses, espanhóis.
Alguns carregavam suas fêmeas e crias, mas em geral andavam sozinhos.
E eram mais miseráveis que os bugres.

Ali vai um desses.
Como é teu nome?
João Caré.
Onde nasceste?
Não sei. Acho que cresci do chão como erva ruim que ninguém plantou.

Tua mãe?

Morreu.

Teu pai?

Nem ela sabia.

Tens pele de mouro, mas donde tiraste esses olhos esverdeados?

Nunca vi meus olhos.

João Caré anda sozinho, de pés no chão, quase nu, mal tapando as vergonhas com um chiripá esfarrapado. No inverno, quando o minuano sopra, ele cava na terra uma cova e se deita dentro dela. Quando a fome aperta e não há nada que comer, João Caré mastiga raízes, para enganar o estômago. E, quando o desejo de mulher é muito, ele se estende de bruços no chão e refocila na terra.

Pobre não se casa, se junta. João Caré um dia se junta com uma china. Fazem rancho de barro com coberta de capim. E começam a ter filhos.

A única coisa que plantam na terra que não lhes pertence são os filhos que morrem.

Os que sobrevivem se criam com a graça de Deus.

Um dia vem um homem a cavalo e grita:

Quem te deu licença pra fazer casa nestes campos?

Ninguém.

Esta terra é muito minha, tenho sesmaria d'El-Rei. Toca daqui pra fora!

João Caré junta os trapos, a mulher, os filhos e se vai.

De pobre até o rastro é triste. Mas há muita fruta no mato, água nas sangas e mais os bichos de Nosso Senhor. Às vezes até encontram a fressura de alguma rês recém-carneada: é só limpar a terra.

Um dia João Caré chega ao Rio Pardo, ouve os sinos batendo, foguetes no ar pipocando, vê gente na rua gritando. Que foi? Que não foi?

Proclamaram a Independência! Estamos livres dos galegos!

João Caré não compreende. E, como precisa de dinheiro para dar de comer à família, aluga a filha mais moça a um negociante.

É virgem?

É sim senhor.

Quantos anos tem?

Deve andar pelos quinze.

Está no ponto.

É sim senhor.

Os olhos do homem cocam as pernas da chinoca.

Quanto quer por ela?

Vossa mercê faça preço.

Dois patacões e uma manta de charque.

Pode levar a menina.

Os olhos do homem cocam os peitinhos da chinoca.

Está fechado o negócio. Mas, se ela não for virgem, quero de volta o dinheiro. E te mando dar uma sumanta de rabo-de-tatu.

Minha filha, vá com o coronel, faça tudo que ele mandar.

E foi assim que nasceu o Mingote Caré.

Cresceu ali mesmo no Rio Pardo, onde a mãe, china de soldado, dormia com os dragões a dez vinténs por cabeça.

Agora lá vai ela levando o Mingote no colo e outro filho sem pai no bucho. E o vento frio deste julho faz tremular seus molambos

... e as bandeiras e velas do bergantim Protetor, *que está atracando no trapiche de Porto Alegre com imigrantes alemães a bordo.*

S. Exa. o Presidente da Província, de chapéu alto e sobrecasaca, os espera no porto, no meio de autoridades.

Da amurada do navio, Willy olha a cidade que os casais açorianos fundaram.

Desembarca meio estonteado, de mãos dadas com a mulher: Hänsel e Gretel, coitados, perdidos na floresta.

Num batelão com as outras famílias de imigrantes sobem o rio dos Sinos, de águas barrentas e margens baixas, rio sem história, sem castelos, sem ondinas nem Loreleis.

Tornam a pisar terra firme, entram num carro de bois.

Este é o lote que te toca, Willy. Agora não passarás mais fome como em tua terra natal.

Willy olha a mata. Verflucht! *É preciso derrubar árvores, virar a terra e antes de mais nada fazer uma casa. Mas o alfaiate Willy não sabe construir casas. Senta-se numa pedra e fica olhando as nuvens e achando que* Gott wird helfen.

Outras levas de imigrantes chegam. São da Renânia, do Palatinado, de Hesse, da Pomerânia, da Baixa Saxônia e da Vestfália.

O ar da antiga Feitoria do Linho-Cânhamo se enche do som de macha-

dos, serrotes, martelos e vozes estrangeiras. Árvores tombam, picadas se abrem, e escondidos dentro do mato bugres e bugios espiam intrigados aqueles homens louros.

Heinrich ficou debaixo dum cedro com o peito esmagado.

Kurt foi mordido por uma cobra.

Um índio furou o olho de Jacob com um frechaço.

Schadet nichts!

Dão à colônia o nome de São Leopoldo.

Ach mein Gott! Não gosto de charque nem de pão de milho nem de feijão com arroz. Quem me dera ter batatas, sauerkraut, pão de centeio e alguns litros de cerveja!

Willy experimenta o mate chimarrão, queima a língua, cospe longe a água verde e amarguenta. Mas Hans o ferreiro prova e gosta, veste chiripá, se amanceba com mulata e, vergonha da colônia, muda de nome: é João Ferreira.

Uma tarde em sua casa nova, nas faldas da serra Geral, Werner escreve ao seu lieber Vetter Fritz, que ficou na Alemanha:

[...] o governo não nos deu tudo que prometeu, mas com o amor de Deus vamos vivendo.

Como não havia mais terras devolutas em São Leopoldo, nos mandaram aqui para a serra, onde existem índios ferozes.

Graças à divina Providência não passamos mais fome. Temos comida em abundância e nossa terra dá feijão branco e preto, milho, arroz e batata. Imagina, Fritz, batata! Também planto fumo, que é da melhor qualidade.

Deves vir também para cá. A viagem foi longa e dura, passei perigos e agruras, mas estou certo de que dentro de poucos anos serei um homem rico.

Olha, Fritz, tu que tanto gostas de frutas viverias aqui muito feliz, pois esta boa terra produz limas e limões, bananas, laranjas, ananases, figos, pêssegos, maçãs, melancias e melões. Agora vou plantar linho e algodão, e um dia talvez...

Werner parou de escrever porque estava na hora de voltar para a lavoura. Nunca chegou a terminar a carta, pois naquele mesmo dia os índios atacaram a picada e mataram onze colonos. Werner caiu de borco com uma frecha cravada nas costas. A última palavra que disse, babujando a terra de sangue, não foi o nome do Vaterland nem o de algum ente amado. Foi:

Scheisse!

Um dia um gaúcho andarengo e pobre passou a pé por São Leopoldo.

Olhou a colônia que já tomava jeito de vila, viu homens trabalhando nas roças, ferreiros batendo bigorna, seleiros fazendo lombilhos, moleiros moendo trigo, padeiros fazendo pão, e como passasse por sua frente um filho de Willy, grandalhão, corado, feliz, bem montado num lindo alazão, o caboclo teve um súbito ímpeto de revolta e gritou:

Alamão batata!

E se foi, desagravado, erguendo poeira do chão com seus pés descalços.

Depois veio a guerra com os castelhanos. Formaram nas colônias uma Companhia de Voluntários Alemães.

E de vários pontos da Província cinco Carés foram levados a maneador para as tropas nacionais como voluntários.

Nunca ficaram sabendo direito contra quem brigavam nem por quê.

Mas lutaram como homens, e nenhum deles desertou. Eram magros mas rijos.

Foi nessa mesma guerra que um tal Tenente Rodrigo Cambará um dia avançou a cavalo contra uma bateria castelhana e com um laço de onze braças laçou uma boca de fogo inimiga e se precipitou com ela, gritando e rindo, a trancos e barrancos, para as linhas brasileiras.

Por essa e por outras ganhou uma medalha e foi promovido a capitão.

Pedro Caré nessa guerra teve um braço amputado. E nunca recebeu soldo.

Quando veio a paz voltou à vida antiga.

Onde foi que perdeu o braço?

Na guerra.

Não lhe faz muita falta?

Nem tanto. Graças a Deus me cortaram só o braço.

E meio rindo ele mostrava sua china, que tinha um filho no colo e outro na barriga.

Por essa e por outras foi que a raça dos Carés continuou.

O Sobrado III

25 de junho de 1895: Tarde

Pouco depois do meio-dia, Licurgo sobe à água-furtada e de lá fica espiando a praça, onde não enxerga viva alma. O homem que está de plantão se queixa:

— Faz mais de quinze horas que não dou um tirinho.

Licurgo mantém-se calado. Seus olhos estão fitos na fachada da Intendência. Lá dentro daquela casa está Alvarino Amaral, e nesse homem Licurgo concentra todo o fogo de seu ódio, como se ele fosse o culpado de tudo: da revolução, da morte de sua filha, de toda a desgraça que caíra sobre sua casa...

— Que será que houve? — pergunta ele, mais para si mesmo que para o companheiro.

— Decerto os maragatos já abandonaram a cidade.

Licurgo sacode a cabeça.

— Se tivessem abandonado, alguém já tinha vindo me avisar.

As vidraças das casas da praça chispam ao sol. Há geada na cara dos mortos, ali na rua, e Licurgo olha para eles com nojo.

— Se a gente pudesse mandar enterrar esses cadáveres... — murmura.

O atirador boceja.

— Quando bate o vento, não se aguenta o mau cheiro — diz ele, cuspinhando.

— Terá alguém agora na torre da igreja?

O outro dirige para o campanário um olhar mortiço, pesado de sono:

— Acho que não.

— É esquisito...

— Parece que os maragatos estão se preparando para abandonar a cidade.

— Por quê?

— Ao romper do dia chegou um homem a cavalo. Vi quando ele entrou pela rua do Comércio. Ia fazer pontaria mas achei que era desperdiçar bala. Estava ainda meio escuro e o diabo vinha muito longe. De repente desapareceu. Decerto entrou na Intendência pelos fundos. Depois disso notei uns movimentos, um vaivém...

— Vou mandar um homem buscar água no poço. Fique observando a torre e, se enxergar algum vulto, faça fogo.

Espraia mais uma vez o olhar pela praça. Lembra-se doutros tempos, quando ali havia paz e gente alegre. Pensa na última festa do Divino, no coreto onde tocava uma banda de música, nas bandeirinhas de papel colorido, na quermesse, nos fogos de artifício, nos jogos... Santo Deus, quanto tempo faz que essas coisas aconteceram!

— Às quatro vou mandar um homem le render — diz Licurgo.

E desce. Desce com a sensação de que sua casa não é a mesma de algumas horas atrás. Antes havia ali dezenove pessoas: treze homens, quatro mulheres e duas crianças. Agora existem vinte, mas a vigésima está morta. "Chama-se Aurora. É uma linda moça. Nasceu numa noite de inverno, quando a casa dos pais estava cercada pelos maragatos." Ninguém mais há de dizer essas palavras no futuro, porque Aurora nasceu morta.

Licurgo desce à cozinha e manda Gervásio — um caboclo retaco de olhos claros — buscar água no poço.

Entra depois na sala de visitas. Em cima da mesinha redonda está o corpo da recém-nascida, dentro duma caixeta de marmelada, coberta com uma toalha. Ao pé da caixeta bruxuleia a chama do último toco de vela que existe em casa. A um canto da sala, sentado numa cadeira, Florêncio Terra está num silêncio resignado. O grande espelho de moldura dourada reflete sua figura triste: um velho de rosto moreno, longo e descarnado, com uma barba grisalha a cobrir-lhe as faces e o queixo, o bigode de pontas amareladas a escorrer-lhe pelos cantos da boca. A seu lado, Maria Valéria conversa com a mulata Laurinda, que acaba de descer.

— A Alice já acordou? — pergunta a primeira.

— Não senhora.

— E dona Bibiana?

— Já.

— Onde estão as crianças?

— No quarto da frente, brincando.

Licurgo aproxima-se da cunhada.

— Quando é que os homens vão comer? — pergunta.

— Pode ser agora. — Volta-se para Laurinda: — Dê comida pros homens.

Laurinda fita nela os olhos surpresos:

— Mas que comida?

— Os restos de charque e farinha.

Ouve-se a voz cansada de Florêncio:

— Eu não quero nada, Laurinda.

Licurgo percebe que estes três pares de olhos estão postos nele. Sente-se na obrigação de dizer alguma coisa:

— Acho que hoje é o último dia de sítio. A sentinela do sótão me disse que viu uns movimentos esquisitos na Intendência. Parece que não tem mais ninguém na torre. Não se enxerga ninguém na praça. Acho que os maragatos estão liquidados.

Os outros continuam calados. Licurgo não ousa encarar a cunhada. Senta-se pesadamente numa cadeira e fica a olhar para cima da mesinha. Sua filha morta, dentro duma caixa de marmelada! Podia ter um caixãozinho branco, com enfeites dourados. Mas está dentro daquela caixeta, como filha de pobre. Morta, fria, um pedaço de carne sem vida. E o estômago se lhe contrai numa náusea quando ele pensa, por associação, em carne de nonato. Se ao menos pudesse fumar! Os lábios lhe ardem. A falta de cigarro lhe dá a impressão de que sua língua cresceu, inchou.

Maria Valéria aproxima-se dele e diz:

— Precisamos enterrar essa criança, Curgo.

Ele ergue os olhos.

— Enterrar? Mas onde? — pergunta com voz embaciada.

— No porão.

— No porão?

— Só até terminar o sítio. Depois se leva o corpo pro cemitério.

Licurgo torna a baixar a cabeça.

— Está bem. Mas quando?

— Pode-se esperar ainda umas horas. Mas acho que não adianta nada. É melhor enterrar já.

Florêncio solta um suspiro.

— Vou ver a Alice — diz ele, levantando-se e encaminhando-se para a escada.

Licurgo esquece a presença de Maria Valéria e, inclinando o busto para a frente, apoiando os cotovelos nas coxas, esconde o rosto nas mãos. Vem-lhe à mente a imagem de Ismália. Que lhe terá acontecido? Pensa também em sua estância... A esta hora os malditos federalistas decerto já invadiram os campos do Angico, cortaram o aramado, arrebanharam o gado, carnearam, depredaram a casa e — miseráveis! — provavelmente serviram-se à vontade no corpo da rapariga.

A voz de Maria Valéria:

— Vassuncê precisa mas é dormir.

Licurgo ergue a cabeça, quase num sobressalto.

— Dormir? — repete, como se não conhecesse a palavra.

— Vá pra cima e se deite.

Curgo continua sentado, agora com o busto inteiriçado, o ar meio agressivo.

— Não adianta nada vassuncê se martirizar desse jeito — insiste a cunhada.

— A senhora também precisa dormir.

— Já dei uma cochilada há pouco no quarto de Alice. Faça o mesmo.

— Mas não estou com sono.

— Não pode deixar de estar. Faz duas noites que não dorme.

— Eu sei do que preciso.

Licurgo odeia que tomem com ele atitudes maternais. Maria Valéria contempla-o por um breve instante e depois torna a falar:

— Vassuncê ficando acordado a situação não melhora em nada. A criança nasceu morta. A Alice está com febre. Os mantimentos se acabaram. O Tinoco está com pasmo.

À menção do nome de Tinoco, Licurgo franze o cenho. Naquelas últimas horas havia-o esquecido por completo. Mas dentro dum segundo Tinoco torna a desaparecer-lhe da consciência, pois Licurgo está tomado por um sentimento de revolta ante a enumeração de desgraças que a cunhada acaba de fazer com um ar de quem acha ser ele o único culpado de tudo. Começa a sentir um calor no peito e a custo reprime um palavrão: cadela! Desvia os olhos do rosto daquela mulher, cujas feições ele sempre aborreceu e agora começa a odiar.

— Por falar nisso — diz ela —, é preciso fazer alguma coisa por esse pobre homem.

— Mas que querem que eu faça?

— Já lhe disse mil vezes. Bote uma bandeira branca na frente da casa, peça uma trégua, diga que é pra salvar a vida dum cristão. Não. De dois. Chame o doutor Winter. Ele pode trazer remédios pra Alice e os petrechos pra cortar a perna do Tinoco.

— Já lhe disse que não peço favor a maragato.

— Prefere então deixar aquele coitado apodrecendo aos poucos lá na despensa?

— Não prefiro coisa nenhuma. Guerra é guerra.

Curgo grita mas não se sente muito seguro do que diz. E fica ainda mais furioso por ver que Maria Valéria está percebendo sua indecisão, sua luta de consciência.

— O Tinoco está perdido — acrescenta, sem grande convicção. — Não tem mais jeito, mesmo que cortem a perna dele.

— Quem foi que lhe disse? Faz dois dias que vassuncê nem entra na despensa.

— Tenho tido coisas mais importantes a fazer.

— Ouça o que lhe digo. Ainda há tempo de salvar o Tinoco.

— Milhares de homens têm morrido nesta revolução por causa de suas ideias. A vida duma pessoa não é tão importante assim. Há coisas mais sérias.

— O seu orgulho, por exemplo.

Licurgo Cambará ergue os olhos para a cunhada: seus maxilares inferiores se mexem sob a pele tostada que uma grossa barba negra recobre.

— Pois bem. O meu orgulho. Eu respondo pelos meus atos. Se depois de terminado tudo isto eu for chamado perante um tribunal, irei de consciência tranquila.

— Duvido.

— Nunca fugi à responsabilidade — diz ele, alteando a voz e falando num tom gutural, como se estivesse engasgado.

— Só grita quem sabe que não tem razão.

— Não estou gritando. Posso falar como entendo porque estou na minha casa.

— Todo o mundo sabe disso.

— É melhor a senhora ir calando a boca. Como chefe político tenho deveres que uma mulher não pode compreender.

Maria Valéria está pálida e seus lábios tremem um pouco quando ela diz:

— De política não entendo nem quero entender. Só sei que minha irmã está doente e precisa dum doutor e de remédio. Só isso é que sei.

— Mas a Alice não está em perigo de vida.

— Está com febre alta e ninguém sabe o que pode acontecer.

Curgo faz um gesto de impaciência, ergue-se, dá algumas passadas na sala, para junto da mesinha, olha por um instante para a caixeta onde está o corpo da filha e depois, mais calmo, quase conciliador, diz:

— Tenho a mais absoluta certeza que amanhã o mais tardar os republicanos chegam e a cidade fica livre desses maragatos.

Maria Valéria fita em Curgo os olhos graúdos, quase exorbitados:

— Podemos então fazer três enterros ao mesmo tempo — diz ela.
— O da criança, o do Tinoco e o da Alice.

Curgo cresce para a cunhada, como se a quisesse esbofetear.

— Cale essa boca, sua...

Ouve-se um tiro. Outro. E outro. E o tiroteio começa, cerrado. Os defensores do Sobrado correm para as janelas e põem-se a atirar para fora. Licurgo precipita-se para a cozinha. Abre a porta e vê Gervásio que sobe a escada, meio encurvado, com uma mão sobre o peito e a outra a segurar o balde. Desce a auxiliá-lo, toma-lhe o balde com uma das mãos, com a outra enlaça o companheiro pela cintura e arrasta-o para dentro de casa.

— A sentinela da torre me viu e fez fogo — diz o caboclo, ofegante.

Deitam-no no chão da cozinha.

— Onde foi?

O peão arreganha os dentes.

— Não foi nada. Parece que a bala me pegou de refilão.

Licurgo abre-lhe a camisa.

— O maragato te tirou um bom pedaço de carne do peito — diz ele. — Tiveste sorte, Gervásio. Por um pouco que não te entra no coração.

O caboclo continua sorrindo.

— Patrão, faça um churrasco desse naco de carne.

Um dos companheiros ajoelha-se ao lado dele, lava-lhe a ferida e depois passa nela uma pena de galinha embebida em creolina.

— Está doendo, Gervásio?

— Coisa de nada.

O ferido soergue-se, olha em torno e diz:

— Eu dava metade da vida pra ter agora um cigarrinho de palha!

Depois, olhando para o balde, ajunta:

— Mas a água está ali. Não perdi uma gota...

Um dos homens toma do balde e diz:

— É. Mas quem é que vai beber isso?

Os outros olham: a água está toda tinta de sangue.

A sala de visitas está deserta. Toríbio e Rodrigo entram de mansinho, de pés descalços e chinelos nas mãos, aproximam-se da mesa e ficam parados, a respiração alterada, como se estivessem fazendo uma coisa proibida. Conversam num sussurro:

— Ela está aí dentro da caixeta? — pergunta Rodrigo.

— Está, sim — responde Toríbio. — Pequeninha, não é?

— É.

— Como será a cara dela?

— Não sei.

— Vamos tirar o pano pra ver?

— Não.

— Por quê?

— Tenho medo.

Uma pausa. As duas crianças ficam olhando para a toalha que cobre a caixeta.

— Engraçado... — diz Rodrigo, entortando a cabeça e sorrindo.

— Que que é engraçado?

— Ela ser nossa irmã.

— É mesmo...

— E ter nascido morta.

— Pois é...

— Não adiantou nada. Toda a dor, todos os gritos da mãe...

— Não adiantou.

— E agora?

Bio encolhe os ombros.

— Agora enterram ela.

— Onde?

— No porão.

— Como é que tu sabe?

— A tia Maria Valéria me contou.

— E depois?

— Depois... nada.

— Que é que acontece quando enterram uma pessoa?

— Ela apodrece, os bichos comem ela.

— Que bichos?

— Ora... os bichos.

Rodrigo sacode a cabeça.

— Não entendo.

— Que é que tu não entende?

Rodrigo faz um gesto vago:

— Tudo...

Toríbio ergue a mão e começa a puxar a toalha.

— Não! — protesta o outro.

— Eu quero só ver a carinha dela.

Rodrigo recua um passo, fecha os olhos.

— Olha só, Rodrigo. Olha.

Sempre de olhos fechados, o outro continua a sacudir a cabeça, fazendo que não.

— Olha, bobalhão.

Rodrigo abre os olhos. Dentro da caixeta de marmelada, aquela coisa enrolada nuns panos parece uma bonequinha de carne. Rodrigo aproxima-se mais.

— É bem direitinha... — diz.

Estão ambos com os olhos muito próximos do rosto da morta.

— Tem nariz, tem olhos, tem tudo — murmura Toríbio.

— Só não respira.

— Está morta.

— Por que ela está dessa cor?

— Morto fica assim.

— É?

— É.

— Como é o nome dela?

— Não tem.

— Por quê?

— Porque não foi preciso.

— Como é então que nós vamos chamar ela?

— Mas nós não vamos chamar ela.

— Eu sei dum nome.

— Qual é?

— A enterradinha.

— Bobo!

Olham uma vez mais para a irmã. Depois Toríbio docemente torna a cobrir a caixeta com a toalha.

— Vamos brincar? — convida ele.

— De quê?

— De revolução. Eu sou republicano e tu é maragato.

— Não. Eu sou republicano e tu maragato.

— Assim não vale. Então vamos brincar da guerra do livro.

— Isso mesmo! Eu sou francês e tu prussiano.

— Está feito.

Fazem meia-volta e se vão. Junto da porta voltam-se ainda, e lançam um olhar para a caixeta. Toríbio fecha um olho, leva ao rosto uma carabina imaginária, aponta para a irmã, dorme na pontaria e depois faz — tei!

Pouco depois das três horas Licurgo apanha uma pá, toma nos braços a caixa com o cadáver da filha e desce com ela para o subsolo, pelo alçapão da sala de jantar. Já com metade do corpo para baixo do soalho, ele olha para o sogro, para a cunhada e para os outros homens que, num silêncio respeitoso, se preparam para acompanhá-lo:

— Não é preciso ninguém descer comigo. Eu posso fazer o serviço sozinho.

Maria Valéria fica esperando na sala de visitas, sentada junto do pai. E Laurinda, com uma expressão de sonolenta tristeza nos olhos escuros, lamenta:

— A inocentinha vai ser enterrada sem batismo.

— Essa criança não tinha pecado, Laurinda — observa Maria Valéria num tom de censura.

— Mas pagou pelos pecados dos pais, minha filha — diz o velho Terra.

— Não acredito nessas coisas.

— A gente tem de acreditar. Quando a senhora chegar à minha idade vai mudar de opinião.

— Esse negócio de pecado é bobagem.

— Não diga isso.

Laurinda pergunta:

— Se vosmecê é herege por que é então que reza no oratório?

— Porque acho que existe um Deus. Um Deus que às vezes nem bom é. Mas existe, governa o mundo, como um chefe, como um...

Como Licurgo — pensa ela, terminando a frase no pensamento. Um Deus mandão, orgulhoso, absurdo, que às vezes odiamos, outras vezes amamos, e a cujas ordens sempre acabamos obedecendo, por bem ou por mal.

Laurinda dirige-se para a cozinha a fim de preparar a comida de d. Bibiana e das crianças: uma papa de biscoitos velhos amolecidos n'água quente com um pouco de farinha de mandioca e caldo de laranja.

Florêncio Terra tira a faca da bainha e começa a limpar as unhas num silêncio absorto. Maria Valéria cerra os olhos por um instante e encosta a cabeça no respaldo da cadeira. Imagina o que se está passando lá embaixo. Agora Licurgo abre no chão úmido do porão uma pequena cova, enquanto ratões passam pelos cantos sombrios. Ao pé de Licurgo, a caixeta. Marmelada branca. A criança tinha mesmo uma cor de marmelada branca. E Maria Valéria pensa nas vezes em que já ficou ao pé do fogão, de mangas arregaçadas, mexendo com uma pá de madeira no tacho onde fervia a marmelada branca. Nunca mais ela poderá fazer ou comer marmelada sem pensar na criança morta.

A voz do pai atravessa seu triste devaneio. Ela ouve o som das palavras mas não percebe o sentido delas.

— Hein? — pergunta, abrindo os olhos.

— De que cor eram os olhinhos dela?

— Pretos... acho.

— Que nome iam botar na criança?

— Não sei, papai. Que adianta a gente estar pensando agora nessas coisas?

— Ora, minha filha, eu só queria saber. Faz algum mal?

Ruído na sala de jantar: o alçapão que se fecha com um estrondo. O velho Terra estremece. Maria Valéria levanta-se e caminha para a peça contígua.

Licurgo está no meio da sala, com os cabelos revoltos, o rosto lustroso de suor.

— Está enterrada — diz ele, seco.

Atira a pá no chão e com passos cansados dirige-se para a escada.

Alice soergue-se na cama: tem as faces afogueadas, os lábios gretados, e há em seus olhos uma luz tão estranha que Licurgo tem a impressão de estar diante duma desconhecida.

— Onde está a minha filha? — pergunta, exaltada.

Licurgo hesita por um instante, mas Maria Valéria, que acaba de entrar, responde:

— Tenha calma, menina. Deixe a criança dormir. Depois eu trago ela.

— Mas onde botaram a minha filha? — torna a perguntar Alice, quase gritando, a mover a cabeça dum lado para outro, numa busca aflita.

— Está dormindo no meu quarto... — mente Maria Valéria.

— Dormindo? É mentira. Ela nasceu morta. Eu sei... Eu sabia que ela estava morta. Fazia dias que não se mexia dentro de mim.

De pé junto da cama Licurgo está imóvel como que chumbado ao chão. A voz de Alice lhe faz mal aos nervos. É-lhe tão desagradável ver a mulher assim descabelada a gritar, que ele desvia os olhos dela. Detesta as cenas, sempre achou insuportáveis as pessoas teatrais. Mas compreende também que Alice — de ordinário tão quieta e sensata — está doente, com febre e não deve saber o que faz nem o que diz. A coisa toda, porém, se parece tanto com cenas que ele já viu no teatro ou em descrições de folhetins de jornal, que não pode evitar uma sensação de mal-estar que lhe põe no corpo um calor formigante.

— Onde botaram a minha filha? — exclama Alice. — Por que não esperaram que eu acordasse pra depois levarem ela daqui?

Maria Valéria aproxima-se da cama, toma a irmã pelos ombros e obriga-a a deitar-se.

— Vamos, Alice. Não podes te agitar desse jeito. Fica quieta.

Agora, deitada, com os braços debaixo das cobertas, Alice começa a sacudir a cabeça sobre o travesseiro, dum lado para outro.

— Por que deixaste levar a nossa filha, Licurgo? — murmura ela. — Por quê?

Licurgo faz um esforço sobre si mesmo para dizer:

— Tinha que ser, Alice.

— Mas por quê? — insiste ela. — Não podiam esperar mais um pouco, só um pouquinho?

De repente a cabeça fica imóvel, as pálpebras se fecham, o rosto se contorce ao mesmo tempo que as lágrimas começam a brotar-lhe dos olhos e a escorrer-lhe pelas faces.

— Tragam a minha filha... — pede ela com voz de criança. — Eu sei que ela está morta. Mas tragam assim mesmo. Eu quero pegar ela um pouquinho.

Licurgo e a cunhada entreolham-se. Passando a mão de leve pelos cabelos da irmã, Maria Valéria sussurra:

— Não adianta ver a criança agora, Alice. Podes ficar mais nervosa.

Alice abre os olhos:

— Então ela nasceu aleijada! É isso. Vocês não querem que eu veja a minha filha porque ela nasceu aleijada!

Maria Valéria reprime um suspiro de impaciência.

— Não foi nada disso. Nós não trazemos a criança... porque ela já está enterrada.

Por alguns instantes Alice não diz palavra, fica chorando de mansinho, mordendo os lábios, os olhos postos no teto.

— Enterrada... Então já levaram ela pro cemitério?

Há um silêncio de alguns segundos. Depois Licurgo diz com voz dura:

— Foi enterrada no porão.

— No porão? — balbucia Alice.

— Não havia outro jeito.

— No porão... — Alice repete a palavra várias vezes e depois com voz aflita pergunta: — Não vão acertar nenhuma bala no corpinho dela, Licurgo?

— Não, Alice, não há perigo.

— No porão... Sozinha, com este frio, no porão... E sem nome... sem nenhum nome... sem nada.

Licurgo fica olhando fixamente para a chama triste da lamparina.

No seu quarto d. Bibiana termina de comer a papa que Laurinda lhe trouxe.

— Então nasceu morta? — pergunta a velha. — Essa foi feliz...

— Não diga isso, dona.

— Ué, por que não hei de dizer?

— A coitadinha...

— Morreu em boa hora. Essa não tem de trabalhar, sofrer, casar, criar filhos, e ficar esperando quando os filhos vão pra guerra. Primeiro precisam da gente, mamam nos nossos peitos, mijam no nosso colo. Depois crescem, se casam e tratam a gente como um caco velho.

— Coma mais um pouco.

— Era bonita?

— A criança? Era uma lindeza.

— Parecida com alguém da família?

— Um pouco com o pai.

— Sangue Cambará não nega... — E a velha sorri.

Laurinda tira-lhe o prato das mãos. D. Bibiana cruza os braços sob o xale e começa a se balançar na cadeira.

— O capitão Rodrigo ia gostar de ver a cara da bisneta.

Um certo capitão Rodrigo

I

Toda a gente tinha achado estranha a maneira como o cap. Rodrigo Cambará entrara na vida de Santa Fé. Um dia chegou a cavalo, vindo ninguém sabia de onde, com o chapéu de barbicacho puxado para a nuca, a bela cabeça de macho altivamente erguida, e aquele seu olhar de gavião que irritava e ao mesmo tempo fascinava as pessoas. Devia andar lá pelo meio da casa dos trinta, montava um alazão, trazia bombachas claras, botas com chilenas de prata e o busto musculoso apertado num dólmã militar azul, com gola vermelha e botões de metal. Tinha um violão a tiracolo; sua espada, apresilhada aos arreios, rebrilhava ao sol daquela tarde de outubro de 1828 e o lenço encarnado que trazia ao pescoço esvoaçava no ar como uma bandeira. Apeou na frente da venda do Nicolau, amarrou o alazão no tronco dum cinamomo, entrou arrastando as esporas, batendo na coxa direita com o rebenque, e foi logo gritando, assim com ar de velho conhecido:

— Buenas e me espalho! Nos pequenos dou de prancha e nos grandes dou de talho!

Havia por ali uns dois ou três homens, que o miraram de soslaio sem dizer palavra. Mas dum canto da sala ergueu-se um moço moreno, que puxou a faca, olhou para Rodrigo e exclamou:

— Pois dê!

Os outros homens afastaram-se como para deixar a arena livre, e Nicolau, atrás do balcão, começou a gritar:

— Aqui dentro não! Lá fora! Lá fora!

Rodrigo, porém, sorria, imóvel, de pernas abertas, rebenque pendente do pulso, mãos na cintura, olhando para o outro com um ar que era ao mesmo tempo de desafio e simpatia.

— Incomodou-se comigo? — perguntou, jovial, examinando o rapaz de alto a baixo.

— Não sou de briga, mas não costumo aguentar desaforo.

— Oôi bicho bom!

Os olhos de Rodrigo tinham uma expressão cômica.

— Essa sai ou não sai? — perguntou alguém do lado de fora, vendo que Rodrigo não desembainhava a adaga.

O recém-chegado voltou a cabeça e respondeu calmo:

— Não sai. Estou cansado de pelear. Não quero puxar arma pelo menos por um mês. — Voltou-se para o homem moreno e, num tom sério e conciliador, disse: — Guarde a arma, amigo.

O outro, entretanto, continuou de cenho fechado e faca em punho. Era um tipo indiático, de grossas sobrancelhas negras e zigomas salientes.

— Vamos, companheiro — insistiu Rodrigo. — Um homem não briga debalde. Eu não quis ofender ninguém. Foi uma maneira de falar...

Depois de alguma relutância o outro guardou a arma, meio desajeitado, e Rodrigo estendeu-lhe a mão, dizendo:

— Aperte os ossos.

O caboclo teve uma breve hesitação, mas por fim, sempre sério, apertou a mão que Rodrigo lhe oferecia.

— Agora vamos tomar um trago — convidou este último.

— Mas eu pago — disse o outro.

Tinha lábios grossos, dum pardo avermelhado e ressequido.

— O convite é meu.

— Mas eu pago — repetiu o caboclo.

— Está bem. Não vamos brigar por isso.

Aproximaram-se do balcão.

— Duas caninhas! — pediu Rodrigo.

Nicolau olhava para os dois homens com um sorriso desdentado na cara de lua cheia, onde apontava uma barba grossa e falha.

— É da boa — disse ele, abrindo uma garrafa de cachaça e enchendo dois copinhos.

Houve um silêncio durante o qual ambos beberam: o moço em pequenos goles e Rodrigo dum sorvo só, fazendo muito barulho e por fim estralando os lábios.

Tornou a pôr o copo sobre o balcão, voltou-se para o homem moreno e disse:

— Meu nome é Rodrigo Cambará. Como é a sua graça?

— Juvenal Terra.

— Mora aqui no povo?

— Moro.

— Criador?

O outro sacudiu a cabeça negativamente.

— Faço carreteadas daqui pro Rio Pardo e de lá pra cá.

— Mais um trago?

— Não. Sou de pouca bebida.

Rodrigo tornou a encher o copo, dizendo:

— Pois comigo, companheiro, a coisa é diferente. Não tenho meias medidas. Ou é oito ou oitenta.

— Hai gente de todo o jeito — limitou-se a dizer Juvenal.

Rodrigo olhou para o vendeiro.

— Como é a sua graça mesmo, amigo?

— Nicolau.

— Será que se arranja por aí alguma coisa de comer?

Nicolau coçou a cabeça.

— Posso mandar fritar uma linguiça.

— Pois que venha. Sou louco por linguiça!

O capitão tomou seu terceiro copo de cachaça. Juvenal, que o observava com olhos parados e inexpressivos, puxou dum pedaço de fumo em rama e duma pequena faca e ficou a fazer um cigarro.

— Pois le garanto que estou gostando deste lugar — disse Rodrigo. — Quando entrei em Santa Fé, pensei cá comigo: capitão, pode ser que vosmecê só passe aqui uma noite, mas também pode ser que passe o resto da vida...

— E o resto da vida pode ser trinta anos, três meses ou três dias... — filosofou Juvenal, olhando os pedacinhos de fumo que se lhe acumulavam no côncavo da mão.

E, quando ergueu a cabeça para encarar o capitão, deu com aqueles olhos de ave de rapina.

— Ou três horas... — completou Rodrigo. — Mas por que é que o amigo diz isso?

— Porque vosmecê tem um jeito atrevido.

Sem se zangar, mas com firmeza, Rodrigo retrucou:

— Tenho e sustento o jeito.

— Por aqui hai também muito homem macho.

Houve um silêncio desconfiado. Juvenal pôs de lado a faca e ficou a amaciar o fumo apertando-o na palma da mão esquerda com o lado da direita.

Um cheiro de linguiça frita espalhava-se no ar. Rodrigo sorriu e começou a bater com a mão espalmada no balcão.

— Como é, amigo Nicolau, essa linguiça vem ou não vem?

Do fundo da casa, o vendeiro respondeu:

— Tenha paciência, patrício.

Rodrigo voltou-se para Juvenal:

— Então vosmecê acha que não posso passar aqui nem três horas.

— Não foi bem isso que eu disse.

— Mas deu a entender.

— Mais ou menos.

— E por quê?

— Tudo pode acontecer, não pode?

— Quer dizer que hai valentões por acá. E decerto eles vão se estranhar comigo...

— Mais ou menos...

Agora Juvenal alisava a palha com a lâmina da faca, pachorrento. Seus olhos continuavam ainda postos no estranho, avaliando-o. Achava engraçada aquela combinação de bombacha e casaco de soldado. Implicava um pouco com o lenço vermelho. Aquele violão a tiracolo também lhe inspirava desconfiança. Nunca tivera simpatia por homem que vive gauderiando. Enfim, é preciso haver de tudo um pouco neste mundo — concluiu.

Começou a falar em coisas vagas: o tempo, as colheitas, uma carreira que ia realizar-se dali a uma semana... Mas estava ansioso para saber quem era aquele tal cap. Rodrigo, e de onde tinha vindo. Que era prosa, logo se via; que era fanfarrão, não restava a menor dúvida. Tinha entrado ali altivo e provocante, mas não sustentara a provocação. Porque não queria brigar debalde? Ou porque era medroso? Não. Juvenal conhecia bem homem e cavalo. Aquele homem não era covarde.

— Está na mesa! — gritou Nicolau. — Venha entrando.

— Vamos comer alguma coisa? — convidou Rodrigo, puxando Juvenal pelo braço.

— Já almocei.

— Mas venha dar uma prosa.

Juvenal foi. Sentaram-se a uma mesa de pinho, sebosa e sem toalha, e sobre a qual estava um prato onde se enroscava uma linguiça tostada e fumegante, ao lado duma farinheira de pau transbordante de farofa.

Rodrigo começou a trinchar a linguiça com alegria. Juvenal bateu o isqueiro, acendeu o cigarro, tirou duas tragadas e ficou a observar o forasteiro. Já começava a achar que ele tinha uma cara simpática. Só o jeito de olhar é que não era lá muito agradável: havia naqueles olhos muito atrevimento, muita prosápia e assim um ar de superioridade. Depois, Juvenal sempre desconfiara de homem de olho azul... No entanto, podia jurar que nunca vira cara de macho mais insinuante. Os cabelos do capitão eram meio ondulados e dum castanho-escuro com uns lampejos assim como de fundo de tacho ao sol. O nariz era reto e fino, os beiços dum vermelho úmido, meio indecente, e o queixo voluntarioso. Fumando em calma, Juvenal observava Rodrigo, que mastigava com gosto, o bigode já respingado de farofa.

— Quase que nos estranhamos, hein, amigo Juvenal?

— É verdade...

Com a boca cheia, meio atirado para trás na cadeira de assento de palha, Rodrigo olhou bem nos olhos do outro e perguntou, afrouxando o nó do lenço:

— A moçada da terra gosta de jogar cartas?

— Alguns gostam.

— E o amigo?

— Eu não jogo.

— Nunca jogou?

— Nunca.

— Pois perdeu metade da sua vida. A gente precisa experimentar de tudo.

— Hai pessoas de todo jeito.

— Pelo que vejo, o amigo é um homem sem vícios.

— Nem tanto.

— É casado?

— Sou.

— Com moça da terra?

— Vosmecê até parece vigário.

— Faz algum mal perguntar?

— Mal não faz.

Houve uma pausa longa, em que Rodrigo se atirou com apetite à linguiça. A cabeça da mulher de Nicolau apontou num vão de porta, e seus olhinhos curiosos e assustados ficaram espiando o desconhecido por um instante. Rodrigo ergueu para ela os olhos atrevidos e a cabeça desapareceu, num movimento de ave assustada.

— Hai muitas moças bonitas neste povo?

— Algumas.

— Não me refiro só a moças de família...

Juvenal verrumava o outro com olhos miúdos, calado como se não tivesse ouvido a pergunta. Rodrigo tirou da linguiça um espinho verde de laranjeira e, erguendo-o no ar, esclareceu:

— Faz dois meses que não tenho mulher...

O cigarro de palha estava colado ao lábio inferior de Juvenal, que tinha a boca entreaberta e uma expressão de desconfiança nos olhos. Ficou assim algum tempo e depois falou, vagaroso:

— Amigo, acho que vosmecê não vai esquentar lugar em Santa Fé.

— Quem foi que lhe contou?

— Eu é que acho.

— Por quê?

Rodrigo levou à boca o último pedaço de linguiça, tendo primeiro o cuidado de esfregá-lo demoradamente na farofa.

— Aqui todas as mulheres têm dono — explicou Juvenal Terra. — As que ainda não têm são moças de família e querem se casar.

Rodrigo mastigava ruidosamente, escutando. O outro continuou:

— E é melhor eu ir lhe avisando, capitão, a gente desta terra é de boa paz, mas não gosta que ninguém venha lhe pisar no poncho...

— Mas eu não vou pisar no poncho de ninguém, companheiro!

— Às vezes a gente pisa sem querer.

Rodrigo encolheu os ombros, empurrou o prato vazio para o centro da mesa e gritou:

— Nicolau!

Quando o vendeiro apareceu, o capitão perguntou:

— Tem sobremesa?

— Tem pessegada com queijo.

— Então traga. Gosto de tudo.

Nicolau voltou para a cozinha, enquanto Rodrigo ficou palitando os dentes com o espinho. Juvenal pensou em erguer-se e sair; não sabia por que continuava ali, conversando com aquele forasteiro. Sentia por ele uma atração inexplicável. Tinha vontade de saber mais do passado daquele homem. Não era seu feitio bisbilhotar a vida dos outros, mas achava também que não fazia nenhum mal perguntar àquele cristão de onde vinha, já que ele lhe fizera tantas indagações.

— Ainda que mal pergunte — começou, batendo o isqueiro para acender o cigarro que se apagara —, donde vem o amigo?

Rodrigo fez um gesto largo e respondeu:

— Venho de muitas guerras.

— Andou pela Banda Oriental?

— Se andei pela Banda Oriental? Mais duma vez.

Nicolau trouxe a sobremesa num pires trincado, com um garfo sem cabo. Rodrigo preferiu usar a própria adaga. Tirou-a da bainha e cortou com ela um pedaço de pessegada, depois um naco de queijo, espetou-os ambos na ponta da arma e levou-os à boca.

— Sentei praça com dezoito anos e em 1811 andei com as forças que invadiram a Banda Oriental.

— E que tal foi a coisa?

Rodrigo encolheu os ombros.

— Não foi das piores. Deu pra gente se divertir.

— Meu pai esteve também nessa guerra.

— Como é o nome dele?

— Pedro Terra.

— Nunca ouvi falar.

— Mas ele esteve — afirmou Juvenal, num tom quase agressivo.

— Está bem. Não desminto. Só disse que não conheço o nome.

Uma curta pausa.

— Entrei em Montevidéu em 1817 com as forças do general Lecor — prosseguiu o capitão. — As castelhanas são mui lindas. — Sorriu. — Houve uma noite que eu fui para o quarto com três. E dei conta do recado. Tinha nesse tempo vinte e poucos anos...

Juvenal não disse nada. Depois dum curto silêncio falou:

— Meio feio a gente invadir a terra dos outros, não?

— Não tivemos a culpa. O governo da Banda Oriental pediu a proteção do nosso. Estava malito, porque o Artigas andava fazendo estripulias por lá.

— A verdade é que nós acabamos tomando conta da terra deles.

— Águas passadas...

— Mas muita gente boa morreu.

— Hai gente demais no mundo... Mas, como eu ia le dizendo, em princípios de 21 eu era tenente e estava na guarnição de Porto Alegre quando soubemos dos acontecimentos de Portugal.

— Que acontecimentos?

— A revolução do Porto.

— Não ouvi falar nada...

— Ora, a portuguesada disse que não queria saber mais dessa história do rei mandar e desmandar sem dar satisfação a ninguém. Queriam que ele jurasse uma constituição.

— Me desculpe. Mas nunca ouvi falar nesse negócio. Sou um homem rude.

— Constituição é... — Rodrigo calou-se, embaraçado, e começou a fazer gestos, como se estes pudessem substituir as palavras. — ... é um papel, um regulamento que um país tem, dizendo todas as coisas... vosmecê sabe... todas as leis... um negócio desses... compreende?

Juvenal mirava-o em silêncio, com sua cara inexpressiva, o olhar morto.

— Seja como for, a junta governativa de Porto Alegre não estava muito disposta a jurar a tal constituição... Ora, chegaram notícias que nas outras capitanias havia barulho. Por toda a parte se falava em revolta.

— Mas contra quem era o barulho?

— Contra o governo.

— Mas por quê?

— Ora... — E Rodrigo comeu os últimos pedaços de pessegada e queijo. — Eu sempre digo, se é contra o governo podem contar comigo.

— Mas o governo às vezes pode ter razão.

— Mesmo que tenha, isso não vem ao caso. Governo é governo e sempre é divertido ser contra.

Juvenal sacudiu a cabeça devagarinho. Não sabia que opinião formar daquele homem, nem até que ponto podia acreditar no que ele lhe contava. Precisava levantar-se e ir embora. Não era nenhum índio vadio que pudesse ficar numa venda conversando à toa. Havia, porém, algo que o impedia de mover-se. Ele se interessava pelo que o outro dizia; gostava da maneira como o capitão falava, mesmo que suas palavras às vezes o irritassem. Até a voz do diabo do homem era agradável: tinha um tom grave e ao mesmo tempo meio metálico.

— Pois o povo compreendeu que o triunvirato estava mas era marombando pra não jurar a constituição. Nesse ponto estourou a revolta não só do povo, como também das tropas, é claro! Lá estava o tenente Rodrigo Cambará no meio do fandango.

— Houve briga?

— Quase. Eram mais ou menos duas da madrugada quando fomos pra frente da casa do governo. Eu era da infantaria, mas levamos também umas duas bocas de fogo, porque vosmecê sabe que a artilharia sempre impõe respeito. Mas a minha arma mesmo é a cavalaria, que é outra coisa. Boca de fogo faz muito barulho e fede. A espada e a lança são armas nobres e não há coisa mais linda neste mundo que uma boa carga de cavalaria em campo aberto. Já viu alguma?

— Ainda não.

Rodrigo ficou surpreso.

— Nunca esteve numa guerra?

— Não.

— Nem numa revolução?

— Também não.

— Mas já era tempo. Quantos anos tem?

— Vinte e cinco no lombo.

— É. Já era tempo... Mas, como eu ia dizendo, o fandango estava armado. Outras forças da guarnição apareceram e os oficiais mandaram chamar o ouvidor, o juiz de fora, o... o vigário-geral e não sei quem mais.

— Eles vieram?

Rodrigo soltou uma risadinha de desdém.

— Não haviam de vir! Pois levamos aqueles graúdos todos a grito para ir buscar a gente do governo.

Fez uma pausa para tirar do bolso a palha e o fumo, que começou a picar, de olho alegre.

— E vieram? — tornou a perguntar Juvenal, só para fazer o outro continuar a narrativa.

— Vieram e juraram a constituição ali mesmo no meio da praça. O dia estava raiando, os galos cantando... Então o comandante mandou as peças darem umas salvas. Estava jurada a constituição.

Juvenal remexeu-se na cadeira, esfregou no chão os pés descalços.

— E adiantou alguma coisa?

— Não sei se adiantou ou não. O que sei é que naquele dia houve festa grossa. Rolou bebida e comida. Houve uma hora que eu senti o bucho tão cheio de vinho e churrasco que pensei que ia rebentar. Só sei que lá pelo anoitecer acordei completamente nu numa cama não sei de quem, num quarto não sei onde e ao lado duma mulher não sei de quem nem de onde.

Soltou outra risada e deu uma palmada na mesa.

— Onde é que vosmecê estava quando proclamaram a independência? — perguntou Juvenal.

— Deixe ver... — disse Rodrigo, pensativo. — Ah! Eu tinha dado baixa e andava metido em negócios de gado. Vosmecê sabe, um homem precisa fazer de tudo um pouco. Depois que tomamos a Banda Oriental a situação do nosso charque e do nosso gado melhorou, e eu ganhei um bom dinheiro fazendo tropa. Mas quando ouvi falar de novo em revolução, eu, que já andava cansado de lidar com boi, vaca e cavalo, comecei a limpar a espada e azeitar as pistolas... Andavam prendendo muito militar e eu senti que a coisa estava por estourar...

Enrolou o cigarro, acendeu-o no do Juvenal, tirou uma baforada e disse:

— Mas a independência veio e o Rio Grande aceitou logo a situação. Foi pena. Eu tinha muito português marcado...

— E que é que ia fazer com eles se houvesse mesmo guerra?

— Nada... Só ia dar um sustinho nessa gente. Não sou prevalecido e só brigo com homem que pode reagir. Mas hai sujeitos que merecem levar um bom cagaço.

De novo Juvenal pensou em seus afazeres. No dia seguinte tinha de sair com a carreta carregada para Cruz Alta, onde ia buscar açúcar, sal, fazendas e bugigangas para a estância dos Amarais e para a venda do Nicolau, que era a única da localidade. Precisava ir dar umas ordens, tomar umas providências, mas apesar de tudo isso ia ficando...

— E assim o amigo continuou a negociar com gado, não?

— Qual nada! — Rodrigo atirou os pés para cima da mesa. — Um dia fiz a mala, montei no pingo, apurei um dinheirinho e me toquei pra Porto Alegre. Fiquei lá me divertindo até gastar o último patacão.

— Hai pessoas que não se preocupam com o amanhã.

— *Mañana es otro dia*, como dizem os castelhanos.

— Quem não tem família nem obrigação pode pensar assim.

Rodrigo mamava o seu cigarrão de palha com visível delícia.

— Escuta o que vou le dizer, amigo. Nesta província a gente só pode ter como certo uma coisa: mais cedo ou mais tarde rebenta uma guerra ou uma revolução. — Atirou ambos os braços para o lado, num gesto de despreocupação. — Que é que adianta plantar, criar, trabalhar como burro de carga? O direito mesmo era a nossa gente nunca tirar o fardamento do corpo nem a espada da cinta. Trabalhar fardado, deitar fardado, comer fardado, dormir com as chinocas fardado... O castelhano está aí mesmo. Hoje é Montevidéu. Amanhã, Buenos Aires. E nós aqui no Continente sempre acabamos entrando na dança.

— Hai gente que gosta de paz.

— No entanto sempre temos guerra ou revolução...

— Dizem que na estranja é assim também.

— Nunca ouviu falar nesse tal de Bolívar que levantou o povo desses países todos da América do Sul e botou os espanhóis pra fora? Nunca ouviu falar em San Martín?

— Eu sou um homem rude — repetiu Juvenal, com uma humildade agressiva.

— Vosmecê viu também que antes de os orientais conseguirem independência tiveram de nos meter no baile?

— Por falar nisso, vosmecê também brigou em 25?

— Naturalmente. Estive naquele combate de Rincón de las Gallinas com a gente do Mena Barreto. — Soltou um suspiro e disse: — Apanhamos que nem boi ladrão.

Juvenal sorriu de leve. Mas seu sorriso foi um sorriso de canino, só de dentes; o resto da cara não participou dele, continuou numa impassibilidade sombria.

— Foi um deus nos acuda — prosseguiu o capitão. — Nossa gente se espalhou em desordem e depois foi um caro custo pra reunir de novo a soldadesca. Em 1827 eu estava com as tropas do marquês de Barbacena. Nunca vi tanta miséria. Soldados de pé no chão, sem uniforme, alguns quase nus, só cobertos pelo poncho. Eram uns diabos sujos e piolhentos, mas, justiça seja feita, na hora de brigar esqueciam a fome, o frio, tudo, e chegavam a pelear se rindo e gostando. — Cuspiu no chão com nojo. — Depois — prosseguiu — veio aquela batalha desgraçada do Passo do Rosário. Nós éramos uns cinco mil e poucos contra mais de dez mil inimigos. Nossas tropas tinham umas dez ou doze bocas de fogo; eles tinham vinte e tantas, quase trinta. Foi uma barbaridade. Brigar em campo seco é sério, mas brigar em banhado é mais sério ainda. Nossa gente estava cansada, tinha feito uma marcha puxada: os castelhanos estavam fresquitos e bem municiados. Assim mesmo peleamos onze horas sem comer nem beber água. Por falar em água, estou com sede. Nicolau! Me traga um pouco d'água fresca.

O vendeiro trouxe-lhe uma caneca de barro cheia d'água, que Rodrigo bebeu num sorvo só. Depois, enxugando os beiços com a manga do dólmã, sorriu e continuou:

— Pra le dar uma ideia da anarquia das nossas tropas, vou le dizer uns versos feitos por um alferes brasileiro, um tal de David Francisco Ferreira ou Pereira, nem me lembro direito do nome dele. Esse homem tomou parte na batalha, viu a coisa de perto. Escute.

Recitou:

> *Muitas chinas percorriam*
> *Pelas margens dos banhados*
> *Levando cada uma delas*
> *Aos dez e doze soldados.*

— Pois era mesmo! — comentou Rodrigo. — A soldadesca o que queria era dormir com as piguanchas. Mas eu me lembro de outros versos:

> *Se quereis ser triunfante,*
> *Mudai desde logo a cena,*
> *Não dês heróis combatentes*
> *Ao cargo dum Barbacena.*

— Era verdade! — exclamou o capitão. — Nunca vi pior general. Parecia que nunca tinha ouvido falar em estratégia.

Juvenal não conhecia essa palavra, mas nada disse. O outro continuou:

> *E assim aconteceu*
> *Sem nada determinar.*
> *E só entrou nessa luta*
> *Aquele que quis entrar.*

Rodrigo soltou uma risada.

— Nunca vi uma batalha mais louca. Foi bem como diz o alferes nos seus versos:

> *Fazendo carga no centro*
> *Sem dar proteção aos flancos*
> *Lá deixou bastantes mortos,*
> *Muitos feridos e mancos.*

— E vosmecê não se feriu?

Rodrigo sacudiu negativamente a cabeça.

— Só tive um bicho-de-pé arruinado. Parece mentira! Mas ouça mais esta quadra, que é a melhor de todas:

> *Tendo-nos sido visível*
> *Quase inteira a perdição,*
> *O herói Bento Gonçalves*
> *Foi a nossa salvação.*

— Mas como? — perguntou Juvenal.

— Espere que já lhe conto. O inimigo tinha invadido a Província e tomado Bagé. Barbacena estava parado com sua gente e todo mundo parecia desmoralizado, sem coragem pra dar um passo. Estávamos acampados num banhado e eu pensei cá comigo: não sou sapo pra viver em banhado. Quero mais é brigar. Comecei a resmungar e um tenente meu amigo me disse: "Capitão Rodrigo (nesse tempo eu já tinha sido promovido a capitão), vosmecê anda falando contra o comandante. Tome cuidado senão podem le mandar a conselho de guerra". Eu não disse nada mas resolvi fugir...

— Fugir? — admirou-se Juvenal.

— Falava-se muito na cavalaria de Bento Gonçalves da Silva e de Bento Manuel Ribeiro... Uma noite montei a cavalo, logrei a sentinela e me fui...

Fez uma pausa. Tirou os pés de cima da mesa, de novo apertou o lenço. Na porta a mulher do Nicolau tornou a espiar e só então, voltando a cabeça, é que Rodrigo percebeu que, na sala da frente da venda, outros homens também tinham estado a escutá-lo. Isso lhe deu um ânimo novo. Quando voltou a falar foi com voz mais forte e numa inflexão mais dramática.

— Me juntei com a cavalaria dos dois Bentos. Aquilo é que é gente, amigo. Barbaridade! Que cavaleiros! Levamos a castelhanada a grito e a ponta de lança até a fronteira. Depois tivemos umas escaramuças mais, até que veio a paz.

Juvenal ergueu-se e Rodrigo fez o mesmo.

— Vosmecê já viu peixe fora d'água? Pois aqui está um. Na paz me sinto meio sem jeito.

— Quer dizer que vosmecê recém saiu da guerra.

— Ainda trago nas ventas cheiro de pólvora e sangue.

— E que é que vai fazer agora?

Rodrigo olhou em torno, de mãos na cintura, peito inflado.

— Pois nem sei. Estou gostando deste lugar...

Caminhou até a janela, olhou a praça, com a grande figueira no centro, as casas em torno e os verdes campos que circundavam o povoado. Um sol de ouro novo iluminava tudo.

Rodrigo respirou fundo e disse:

— É. Pode ser que eu fique por aqui.

Juvenal coçou a cabeça e resmungou:

— Está me palpitando que o amigo não vai se dar bem em Santa Fé.

O capitão voltou-se para o interlocutor.

— Mas por quê?

— Vosmecê é um homem de guerra. A gente deste povoado é mui pacata.

Rodrigo fez um gesto vago.

— Pode-se tentar. Não se perde nada. Se a coisa estiver muito ruim, faço a mala, monto a cavalo e caio na estrada. O mundo é muito grande.

— Grande e louco — sentenciou Juvenal.

Os homens que escutavam riram baixinho. Rodrigo olhou para eles e perguntou:

— Onde é que vou encontrar pouso para esta noite?

Ninguém falou. Mas Nicolau saiu de trás do balcão e disse:

— Se vosmecê quiser ficar aqui, tenho um quarto de hóspede. Não é lá grande coisa, mas serve.

— Estou habituado a dormir ao relento em cima dos pelegos.

Juvenal estendeu a mão, que Rodrigo prendeu na sua.

— Bom, capitão, tenho de ir andando. Juvenal Terra, seu criado.

Rodrigo olhou-o bem nos olhos.

— Capitão Rodrigo Cambará, pra servir vosmecê. Pode contar com um amigo. E quando digo que sou amigo, sou mesmo.

Juvenal fez meia-volta e encaminhou-se para a porta. Levava um mau pressentimento. Aquele homem ia trazer incômodos para Santa Fé. Por um momento a sombra duma dúvida escureceu-lhe o espírito: que era que a Maruca, sua mulher, ia sentir quando visse aquele homem? Pensou também no que diria seu pai, Pedro Terra, quando soubesse da chegada do estranho. E desejou estar presente quando Rodrigo Cambará e o cel. Ricardo Amaral Neto — o chefe político de Santa Fé — se encontrassem. Ia sair chispa: aço batendo contra aço.

Já tinha deixado a venda quando ouviu, lá dentro, a voz de Rodrigo:

— Algum dos amigos por acaso quererá jogar uma bisca comigo? Tenho um baralho na mala...

Não ouviu o resto. Caminhou para casa e — sem saber por quê —, quando a mulher lhe perguntou onde estivera, respondeu que ficara a conversar na venda do Nicolau, mas não fez a menor referência ao recém-chegado.

E aquela noite as gentes de Santa Fé ouviram música de violão na casa de Nicolau. E lá de dentro saiu uma bonita voz de homem, cantando modinhas.

Pedro Terra, que voltava da casa do vigário pouco antes das nove da noite, ao passar pela venda ouviu a voz de Rodrigo, parou e ficou escutando:

> *Sou valente como as armas,*
> *Sou guapo como um leão.*
> *Índio velho sem governo,*
> *Minha lei é o coração.*

Pedro Terra começou a sentir, desde o primeiro momento, uma inexplicável antipatia pelo dono daquela voz — um homem cuja cara ainda não vira nem desejava ver.

2

No Dia de Finados Pedro Terra foi com a mulher e a filha ao cemitério para levar flores às sepulturas de seus parentes. Era uma manhã morna, de sol muito pálido. O cemitério de Santa Fé ficava no alto duma coxilha, a um quarto de légua do povoado; era cercado de pedras e as suas sepulturas todas não passavam de montículos de terra com cruzes ou então de lajes rústicas onde havia nomes gravados com letras singelas. Só havia uma que tinha a forma de capela e era de tijolo rebocado e caiado: o jazigo perpétuo da família Amaral. Lá estavam, entre outros, os restos mortais do cel. Ricardo Amaral, que morrera às margens do Jaguarão lutando contra os castelhanos, e os de seu filho Francisco Amaral, fundador de Santa Fé. E esse jazigo destacava-se com tamanha imponência no meio daquelas sepulturas quase rasas que era como se até depois de mortos os Amarais, famosos por serem homens altos e autoritários, continuassem a dominar os outros, a falar-lhes e dar-lhes ordens de cima de seus cavalos.

Numa das cruzes havia um nome e uma pequena inscrição:

ANA TERRA
Descansa em Paz

Não havia datas. Esse era um característico das gentes daquele lugar: ninguém sabia muito bem do tempo. Os únicos calendários que existiam no povoado eram o da casa dos Amarais e o do vigário, o pe. Lara. Os outros moradores de Santa Fé continuavam a marcar a passagem do ano pelas fases da lua e pelas estações. E quando queriam lembrar-se dum fato, raramente mencionavam o ano ou o mês em que ele se tinha passado, mas ligavam-no a um acontecimento marcante na vida da comunidade. Diziam, por exemplo, que tal coisa tinha acontecido antes ou depois da praga de gafanhotos, dum inverno especialmente rigoroso que fizera gelar a água das lagoas ou então duma peste qualquer que atacara o trigo, o gado ou as pessoas. Muitos sabiam de cor o ano das muitas guerras. Os velhos diziam "Foi na guerra de 1800..." ou "Foi na de 1811... ou 1816... ou 1825". Mas no espírito da maioria, principalmente no das mulheres — que faziam o possível para esquecer as guerras —, essas datas se misturavam. Era por isso que o túmulo de Ana Terra não tinha datas. Ninguém sabia em que ano ela nascera; todos, porém, se lembravam de que a velha morrera exatamente no dia em que chegara a Santa Fé a notícia de que os 33 de Lavalleja tinham invadido a Cisplatina...

Diante daquele túmulo, naquela manhã de princípios de novembro, achavam-se Pedro Terra, sua mulher, Arminda, e Bibiana, a filha do casal. De chapéu na mão, os cabelos grisalhos esvoaçando à brisa, Pedro olhava para a cruz e lembrava-se dum dia — havia muitos anos — em que tinham vindo enterrar naquele mesmo cemitério um dos habitantes do povoado que morrera com os intestinos furados pelas guampas dum touro bravo. Por sinal o enterro fora numa tarde de soalheira medonha, e os homens que carregaram o caixão a pulso tinham as roupas ensopadas de suor. Ana Terra fizera questão de ir ao cemitério, apesar do mormaço, e Pedro, que conhecia a teimosia da mãe, sabia que era inútil contrariá-la. Ficara a velha à sombra dum cedro, no centro do cemitério, apoiada no braço do filho, e no momento em que baixaram o caixão à cova, ela murmurou:

— Meu pai e meu irmão foram enterrados no alto duma coxilha. — Mostrou-lhe as mãos murchas. — Eu mesma enterrei os dois com estas mãos que a terra um dia há de comer... esta terra. — E apontava para o chão vermelho. — Quero ser enterrada aqui, meu filho, aqui debaixo deste cedro.

A terra caía sobre o caixão com um som cavo, quase musical.

— Não quero que ninguém chore — continuava a velha. — Não é preciso costurarem nenhuma mortalha pra mim. Qualquer vestido serve. Mas quero que vosmecê prometa que ninguém vai ver a minha cara no velório. Promete?

— Não diga essas coisas, mamãe — repreendia-a Pedro. Mas ela apertava o braço do filho, sacudia a cabeça completamente branca, sorrindo um sorriso em que a boca desdentada sugava os lábios, fazendo-os dobrarem-se sobre as gengivas.

— Promete? — insistia ela. — Promete?

Ele não teve outro remédio senão sacudir a cabeça e dizer "Prometo".

— Está bem, meu filho. Eu também prometo uma coisa. Prometo nunca mais voltar depois de morta para trabalhar na roca, como a minha mãe fazia. — Fez uma pausa, olhou fixamente para a cova e depois disse, rindo o seu riso guinchado: — Mas o hábito tem muita força. O melhor mesmo é vosmecê também enterrar a roca junto comigo. Assim eu livro a Bibiana da sina de trabalhar nela.

Agora Pedro Terra olhava para a cruz e pensava nessas coisas. Pensava também na vida trabalhosa e triste que a mãe sempre levara, e, erguendo os olhos para Bibiana, ficou a contemplá-la com uma mistura de carinho e pena. Que destino estava reservado para aquela criaturinha de Deus? Ele fazia tudo para que ela fosse feliz, trabalhava como um mouro para que nunca faltasse nada à família. Fora infeliz nos negócios, mas não por culpa sua. E agora, já na casa dos cinquenta, ainda trabalhava como um moço de vinte, não que quisesse fazer da filha uma dessas mulheres sem serventia que passam o dia dormindo, comendo e passeando; o que ele não queria era que um dia ela fosse obrigada a trabalhar como uma escrava para ganhar seu sustento.

Arminda ajoelhou-se e começou a arrancar as ervas daninhas que cresciam sobre a sepultura da sogra. Bibiana depositou no pé da cruz a braçada de margaridas amarelas que trouxera e ficou acompanhando com os olhos as formigas que caminhavam numa fila interminável, carregando pequenos fragmentos de folhas e de grama.

Bibiana tinha um rosto redondo, olhos oblíquos e uma boca carnuda em que o lábio inferior era mais espesso que o superior. Havia em seus olhos, bem como na voz, qualquer coisa de noturno e aveludado. Os forasteiros que chegavam a Santa Fé e deitavam os olhos nela, ao saberem-na ainda solteira, exclamavam: "Mas que é que a rapaziada desta terra está fazendo?". E então ouviam histórias... Bento Amaral, filho do cel. Ricardo Amaral Neto, senhor dos melhores e mais vastos campos dos arredores do povoado, andava apaixonado pela menina, tinha-se declarado mais de uma vez, mas a moça não queria saber dele.

— O herdeiro do velho Amaral? — estranhavam os forasteiros.

— Sim, senhor.

— Mas o moço é aleijado?

— Qual nada! É até um rapagão mui guapo.

Ninguém conseguia compreender. As outras moças invejavam Bibiana Terra e não entendiam como era que ela, não sendo rica, rejeitava o melhor partido de Santa Fé, aquele moço bonitão a quem elas de muito bom grado diriam sim no momento em que ele se declarasse. Mas quem ficava mais perplexo que qualquer outra pessoa era o próprio Pedro Terra, que não atinava com uma explicação para a atitude da filha. Ele não morria de amores pelos Amarais. Tinha até queixas do velho Ricardo, que lhe tirara as terras e se recusara a ajudá-lo quando o trigo fora águas abaixo. Além disso, achava os Amarais prepotentes, vaidosos, gananciosos, e também sabia que Ricardo não fazia muito gosto no casamento do filho com Bibiana, pois queria que o rapaz casasse com alguma moça rica de Rio Grande ou Porto Alegre. Por todas essas coisas Pedro Terra não insistia com a filha para que aceitasse Bento Amaral. Mas mesmo assim não entendia e ficava vagamente inquieto com a ideia de morrer sem ver a filha casada com um homem de bem. Fosse como fosse, os Amarais eram por assim dizer os donos de Santa Fé. E Bento visitava os Terras com alguma frequência, tratava-os bem, dava presentes a Juvenal, a Arminda e principalmente a Bibiana, que os recebia sem nenhuma alegria, mal murmurando uma palavra de agradecimento, quase sempre sem olhar para o pretendente. Pedro Terra às vezes inquietava-se pensando no gênio da filha. Era voluntariosa, duma teimosia nunca vista e dum orgulho tão grande que era capaz de morrer de fome e de sede só para não pedir favor aos outros. No entanto, quem olhasse para ela julgaria, pelo seu suave aspecto exterior, estar diante da criatura mais meiga e submissa do mundo. Às vezes em casa, depois do jantar, Pedro ficava fumando junto da mesa, enquanto a mulher e a filha cerziam meias ou bordavam. Nessas horas o filho de Ana Terra olhava para Bibiana e pensava em certas coisas... A mãe lhe falava às vezes no velho Maneco Terra e em como ele era teimoso, caladão e reconcentrado. Pedro mal se lembrava do avô, mas certas ocasiões chegava quase a vê-lo nos olhos da filha e principalmente no jeito de franzir o sobrolho. Havia nela também muito da avó, principalmente a voz. Bibiana tinha crescido à sombra de Ana Terra, com a qual aprendera a fiar, a bordar, a fazer pão e doces e principalmente a avaliar as pessoas. Depois que Ana Terra morrera, Pedro às vezes tinha a impressão de que ela continuava a falar pela boca da neta. Bibiana repetia frases da avó. Quando à noite ventava e eles estavam dentro de casa em silêncio, esperando a hora de irem para a cama, a moça de repente murmurava: "Noite de vento, noite dos mortos". Bibiana via muito os homens com os olhos desconfiados e cautelosos de Ana Terra. Pedro nunca pudera descobrir a razão por que a mãe tinha tanta malquerença pelos homens em geral. Às vezes fugia deles como o diabo da cruz. Era com frequência que falava, com má vontade e repugnância, em "cheiro de homem". Não gostava que Pedro fumasse perto dela; dizia que isso era falta de respeito, mas o filho sabia que havia uma razão mais poderosa: sarro de cigarro era "cheiro de homem". Pedro lembrava-se de que quando menino ouvira falar nas propostas de casamento que vários homens de Santa Fé haviam feito à sua mãe. Sempre que vinha das Missões um padre para dizer missa, fazer casamentos e batizados, surgia um pretendente para Ana Terra — um viúvo ou um solteirão de meia-idade. Ela repelia-o, indignada, como se lhe tivessem feito uma proposta indccorosa. Pedro não compreendia e às vezes ficava a pensar que espécie de pessoa teria sido seu pai para que Ana vivesse assim tão ressabiada de homem.

Devia ser por influência da avó que Bibiana tinha tanta aversão ao casamento. Era na certa por isso que rejeitava as propostas de Bento Amaral.

E agora ali no cemitério, diante do túmulo de Ana Terra, Pedro contemplava a filha e via-lhe no rosto uma expressão de grande tristeza, enquanto ela olhava para a sepultura da avó.

Pedro Terra tomou do braço da esposa e levou-a consigo em silêncio, para depositar flores no túmulo de três de seus filhos que haviam morrido quando ainda adolescentes: um afogado, outro de bexigas e o terceiro de bala perdida, por ocasião duma briga, num dia de carreiras.

Bibiana ficou sozinha mas não deu por isso. Olhava para as formigas que entravam num buraco que havia sobre a sepultura. Imaginava que aqueles bichinhos penetravam na terra e estavam passeando pelo corpo de sua avó. Quis afastar esse pensamento; sabia que agora já não devia haver nenhuma carne naquele corpo: aquela face querida era apenas uma caveira. Lágrimas começaram a brotar-lhe dos olhos. Depois que a velha morrera, Bibiana se sentira muito desamparada. Costumava confiar-lhe seus segredos e as duas muitas vezes ficavam horas inteiras conversando, costurando, fazendo marmelada ou enchendo linguiça. A avó contava-lhe coisas do tempo em que era moça e morava com a família numa estância perdida no campo, lá para as bandas do Botucaraí. Agora a velhinha estava morta e Bibiana não tinha mais a quem confiar suas mágoas e suas dúvidas. Não se entendia muito bem com a mãe; achava-a boa, sim, serviçal, não havia dúvida, mas muito parada, muito... sem histórias para contar. O pai, esse era um pouco fechado e inspirava-lhe um respeito que quase chegava a ser temor.

Bibiana olhava fixamente para a sepultura. A luz do sol, que passava por dentro dos ramos do grande cedro, pintava-lhe o rosto de amarelo. As sombras das cruzes eram arroxeadas contra a terra vermelha. Um joão-de-barro que tinha o seu ninho na forquilha onde o tronco da árvore se dividia meteu a cabeça para fora de sua casa, como para espiar aquela gente que visitava seus mortos. Sons indistintos de vozes chegavam aos ouvidos de Bibiana, que de repente percebeu que os pais se tinham afastado.

Havia no cemitério àquela hora outras pessoas do povoado — homens, mulheres e crianças — e por entre elas e as cruzes a moça começou a procurar os pais com o olhar. Foi então que uma figura lhe chamou subitamente a atenção. Era um homem vestido duma maneira esquisita, metade de soldado, metade de paisano. Estava parado a contemplá-la, a pequena distância. Tinha ele no pescoço um lenço encarnado e quando Bibiana caiu em si estava olhando com espanto para a cara do desconhecido. Sentiu uma coisa esquisita: primeiro foi surpresa, depois constrangimento. Suas orelhas e faces começaram a arder. Ela baixou os olhos, ajoelhou-se automaticamente e pôs-se a mexer nas margaridas ao pé da cruz, só para disfarçar seu embaraço. Mas com o rabo dos olhos viu que o homem ainda estava no mesmo lugar e continuava a olhar para ela. Seu corpo foi tomado duma sensação estranha, uma espécie de medo de que ele lhe viesse falar. Era também uma cócega quente, como se aquelas formigas todas lhe estivessem passeando pelo corpo. O melhor era correr para o pai antes que o desconhecido se aproximasse. Quem seria ele? Um forasteiro, talvez... E o que mais aumentava o embaraço de Bibiana era o fato de ela estar com os olhos cheios de lágrimas. Ouviu um bater de asas: o joão-de-barro sobre sua cabeça... O homem deu um passo à frente, na sua direção. Bibiana ergueu-se, alvorotada, e correu para onde estavam o pai e a mãe.

Rodrigo Cambará seguiu com o olhar a moça de vestido de cassa azul e lenço na cabeça. Achara-a tão bonita que tivera o desejo de dirigir-lhe a palavra, sob qualquer pretexto. Podia perguntar-lhe de quem era a sepultura diante da qual estava ajoelhada. Ou simplesmente começar dizendo: "Bonito dia, não?". Tinha gostado da cara da rapariga. Mais que isso: tinha ficado excitado. Não era homem que se deixasse fascinar facilmente. Gostava de mulher, isso gostava... Mas nunca — que se lembrasse — tinha ficado tão impressionado por nenhuma assim à primeira vista.

Viu a moça de azul correr, quase pisando as sepulturas, na direção dum casal. Sorriu, apertou o chapéu nas mãos e resolveu aproximar-se do grupo. No fim de contas não era nenhum bicho e a coisa mais natural do mundo era uma pessoa falar com outra.

Caminhou para Pedro Terra, lentamente, de cabeça erguida, e ao distinguir as feições daquele rosto queimado teve a impressão de que elas lhe eram vagamente familiares. A moça de azul, vendo-o acercar-se, voltou-lhe bruscamente as costas. Potranquinha arisca — pensou Rodrigo. E seu interesse pela rapariga aumentou.

— Com o permisso de vosmecê, patrício! — exclamou ele, dirigindo-se a Pedro. — Sou de fora e nunca vim a este cemitério. Podia me informar de quem é aquela sepultura?

Apontou para o jazigo da família Amaral. Pedro Terra encarou o desconhecido, de sobrolho franzido, e, como quem quer cortar a conversa, respondeu, seco:

— Está escrito na porta.

Rodrigo não se deu por vencido.

— Muitas gracias, amigo. Vosmecê mora no povo?

— Moro.

Então o forasteiro descobriu com quem se parecia aquele homem de poucas palavras.

— Não será por acaso parente de Juvenal Terra?

— O Juvenal é meu filho.

— Logo vi. São mui parecidos e têm quase a mesma voz.

— Donde é que vosmecê conhece o Juvenal?

— Daqui mesmo. Somos amigos. Ele não lhe disse?

Pedro então viu com quem estava falando. Era o homem que tocava violão e cantava na venda do Nicolau. Mirou-o de alto a baixo e retrucou:

— Ele não me disse nada.

Enquanto os dois conversavam, as mulheres se tinham afastado e agora estavam paradas, de olhos baixos e em silêncio.

— Eu sou o capitão Rodrigo Cambará, criado de vosmecê.

Estendeu a mão, que Pedro segurou frouxamente, por um rápido segundo. Querendo estabelecer conversação, Rodrigo disse:

— Ouvi falar que vosmecê esteve na guerra de 1811.

— Na de 800 também. E em muitas outras. Por que pergunta?

— É que também estive na de 811 e em todas as que vieram depois.

Pedro limitou-se a sacudir a cabeça. O capitão perguntou:

— Em que forças serviu vosmecê?

— Andei com a gente do coronel Ricardo Amaral, o primeiro povoador destes campos.

Disse isso e achou que já tinha falado demais. Rodrigo olhou para as mulheres, sorriu com amabilidade.

— Pelo que vejo são gente da sua família.

— São.

Nenhuma das duas mulheres sequer levantou a cabeça.

— Bom — fez Pedro, fazendo para elas um sinal. — Vamos embora.

Olhando para Rodrigo, murmurou:

— Passe bem.

Pôs-se a caminhar rumo ao portão do cemitério, seguido das mulheres. Bibiana passou pelo forasteiro de cabeça baixa e Rodrigo devorou-a com os olhos. Viu que ela tinha as faces coradas como uma fruta madura e que seus seios eram pontudos; imaginou como deviam ser rijos e quentes... Apalpá-los seria o mesmo que apertar duas goiabas maduras. Sentiu um calor bom em todo o corpo... Mas, percebendo que ia perder a oportunidade de fazer boas relações com o pai da moça, deu algumas passadas largas e alcançou Pedro Terra já do lado de fora do cemitério.

— O amigo me desculpe se sou importuno — começou a dizer, enquanto o outro voltava para ele o rosto em que havia uma indisfarçável expressão de contrariedade. — Eu queria le pedir um conselho.

— Mas vosmecê nem me conhece...

— Ouvi dizer que vosmecê é um homem mui experimentado.

— Nem tanto.

— Acontece que estou numa dúvida e precisava ouvir alguém.

As duas mulheres aproximaram-se da carroça que as trouxera até ali. E, quando Bibiana subiu, a saia ergueu-se-lhe um pouco e Rodrigo vislumbrou-lhe o tornozelo.

— Que espécie de conselho vosmecê deseja?

— Pois resolvi ficar em Santa Fé. Sou solteiro, não tenho parentes e pretendo sentar juízo. Queria empregar direito o dinheirinho que tenho e não sei bem o que vou fazer. Vosmecê acha que devo plantar ou criar gado?

Pedro escrutou-lhe o rosto por um instante e depois perguntou:

— Vosmecê quer mesmo a minha opinião franca?

— Foi pra isso que pedi o seu conselho.

— Está bem. O meu conselho é que vosmecê monte a cavalo e vá embora daqui o quanto antes.

Rodrigo sentiu subitamente o sangue subir-lhe à cabeça. Teve de fazer um esforço para não esbofetear aquele atrevido. Ficou muito vermelho, apertou os lábios e conteve-se. Não podia bater num homem de cabelos grisalhos que, além do mais, não chegava a ser tão forte quanto ele. Também não podia brigar com o pai da moça de azul...

Pedro bateu com o indicador da mão direita na aba do chapéu e afastou-se.

— Vosmecê está enganado comigo! — gritou Rodrigo, esforçando-se por dar à voz um tom de jovialidade.

Pedro subiu para a bolcia da carroça e, sem olhar para o outro, pegou do chicote, fê-lo estalar no ar. Os cavalos puseram-se em movimento e a carroça afastou-se na direção de Santa Fé. Por algum tempo Rodrigo Cambará ficou olhando as costas de Bibiana: o vestido azul, o lenço branco esvoaçando ao vento...

"Monte a cavalo e vá embora daqui o quanto antes." A voz do homem ainda lhe soava na mente. Que diabo aquela gente tinha visto em sua cara? Primeiro tinha sido o filho. Agora o pai. Todos achavam que ele ia trazer desgraça para o povoado... Mas a verdade era que, quanto mais oposição encontrava, mais vontade sentia de ficar.

3

A casa de Pedro Terra ficava numa esquina da praça, perto da capela, com a frente para o poente. Baixa, de porta e duas janelas, tinha alicerces de pedra, paredes de tijolos e era coberta de telhas. Os tijolos haviam sido feitos pelo próprio Pedro em sua olaria e as telhas tinham vindo de Rio Pardo, na carreta de Juvenal. Era das poucas casas assoalhadas de Santa Fé; dizia-se até que muita gente em melhor situação financeira que a de Pedro não morava numa casa tão boa como a dele. Não era muito grande. Tinha uma sala de jantar, que eles chamavam de varanda (o vigário, homem letrado, afirmava que varanda na verdade era outra coisa), dois quartos de dormir, uma cozinha e uma despensa, que era também o lugar onde ficava o bacião em que a família tomava seu banho semanal. (Pedro tinha o hábito de lavar os pés todas as noites, antes de ir para a cama.) A cozinha, que era a peça que o dono da casa preferia, por ser a mais quente no inverno e a que mais o fazia lembrar outros tempos — chão de terra batida, cheiro de picumã, crepitar de fogo, chiado da chaleira —, ficava bem nos fundos da casa, com uma janela para o quintal, onde havia laranjeiras, pessegueiros, cinamomos, uma marmeleira-da-índia e o poço. A mobília dos Terras era o mais resumida possível. Na varanda, além da mesa de cedro sem lustro, viam-se algumas cadeiras com assento de palha trançada, uma cantoneira de tábua tosca e uma talha com água potável a um canto. Nos quartos, camas de vento, baús e pregos na parede à guisa de cabides. As paredes eram caiadas e completamente nuas; na da sala de jantar havia uma saliência semelhando um ventre roliço. (Ana Terra costumava dizer que a casa estava grávida...) De vez em quando essas paredes eram cruzadas por pequenas lagartixas dum pardo esverdinhado, por lacraias ou aranhas — o que dava calafrios em Bibiana, que sabia de histórias de pessoas que morriam de mordidas de bichos venenosos. Sobre a cabeceira da cama de Pedro pendia um crucifixo com um Cristo de nariz carcomido. Essa imagem — sabia Bibiana — era um dos poucos objetos que tinham vindo da estância do bisavô, juntamente com a velha tesoura enferrujada que pertencera a Ana Terra e que servia para podar árvores ou cortar fazenda.

Na noite do Dia de Finados, depois de lavados os pratos do jantar, Arminda e Bibiana ficaram costurando à luz duma vela metida num gargalo de garrafa. Sentado na cadeira de balanço, a um canto da varanda que a luz da vela não alcançava, Pedro Terra fumava em silêncio, olhando para a filha. Estava cansado e triste. Sempre ficava nesse estado de espírito quando visitava o cemitério. Desde a morte da mãe sentia-se desamparado, como um terneiro que se vê subitamente desmamado. Sabia que um dia a velha tinha de morrer: era uma lei da vida. Mas habituara-se de tal modo a buscar o apoio dela, a pedir-lhe conselho, que agora lhe era custoso viver sem a velha. Pensava na vida que a mãe levara e agora ali em sua casa repetia para si mesmo a pergunta que se fizera no cemitério diante do túmulo materno. Valia a pena lutar, sofrer, trabalhar como um animal para depois ir servir de comida aos vermes da terra?

Devia existir um Deus que governa o mundo e as pessoas, um ser poderoso acima do qual nada existe. Mas ninguém sabe direito o que esse Deus pretende. Pelo menos ele, Pedro Terra, não sabia. O vigário fazia sermões e falava em céu e inferno, mas às vezes Pedro se convencia de que o céu e o inferno estão aqui embaixo mesmo, neste mundo velho e triste, que no fim de contas é mais inferno que céu.

Pedro não tirava os olhos de Bibiana. A filha era uma das poucas alegrias de sua vida. Mas não chegava a ser uma alegria completa, porque também lhe dava grandes cuidados. Criar filho homem era mais fácil e menos arriscado. Juvenal estava casado, vivia a sua vida: tratava-se duma questão resolvida. Mas com Bibiana a coisa era diferente. Estava com vinte e dois anos e ainda solteira numa terra em que as moças se casavam às vezes com quatorze ou quinze anos. Ele sabia duma que se casara no Rio Pardo antes de completar treze... A sua pressa em arranjar marido para a filha lhe vinha do medo de morrer duma hora para outra, deixando a família desamparada. Arminda não era uma mulher decidida e Juvenal não estava em condições de sustentar duas casas. Além do mais, Pedro vivia com um temor negro no coração. Sabia de casos horríveis: povoados atacados pelos índios que saqueavam as casas, matavam os homens e violentavam ou raptavam as mulheres. Por isso às vezes lhe passava pela cabeça a ideia de que o melhor mesmo seria casar a filha com um homem decente que a pudesse levar para Viamão, Porto Alegre ou qualquer um daqueles lugares que estavam menos sujeitos aos ataques dos selvagens. Havia ainda e sempre o perigo das guerras; e os castelhanos não estavam muito longe de Santa Fé. Ele tinha uma experiência amarga. Mais cedo ou mais tarde haveria outra invasão e era um risco muito grande ter mulher moça em casa num lugar abandonado como aquele.

Pedro sentia ainda no corpo o vestígio das guerras em que tomara parte. Depois de 1811 ficara sofrendo de reumatismo e duma dor nos rins, tudo isso como consequência de dormir em banhados, de tomar chuva e de carregar muito peso. Vezes sem conta tivera de empurrar roda de carroça e puxar canhão, como se fosse um cavalo. Além disso, passara fome ou estragara o estômago comendo carne podre e charque bichado. Aquela era a sina dos habitantes da Província de São Pedro. Pagavam muito caro por viverem tão perto da fronteira castelhana. Diziam que no Rio de Janeiro a vida era diferente, mais fácil, mais agradável, mais confortável. (A ideia de conforto, entretanto, nunca fora muito do agrado de Pedro, que a associava vagamente a homens efeminados, que nunca pegaram no cabo duma enxada e usam água de cheiro.)

Ao pensar na Corte, Pedro pensou em *governo*. Para ele governo era uma palavra que significava algo de temível e ao mesmo tempo de odioso. Era o governo que cobrava os impostos, que recrutava os homens para a guerra, que requisitava gado, mantimentos e às vezes até dinheiro, e que nunca mais se lembrava de pagar tais requisições... Era o governo que fazia as leis — leis que sempre vinham em prejuízo do trabalhador, do agricultor, do pequeno proprietário. Antigamente, quem dizia governo dizia Portugal, e a gente tinha uma certa má vontade para com tudo quanto fosse português, começando por antipatizar com o jeito de falar dos "galegos". Mas que se passava agora que o país havia proclamado sua independência e possuía o seu imperador? Não tinha mudado nada, nem podia mudar. No fim de contas d. Pedro I era também português. Vivia cercado de políticos e oficiais "galegos". Ali mesmo na Província já se dizia que nas tropas quem mandava eram os oficiais portugueses; murmurava-se que eles estavam conspirando para fazer o Brasil voltar de novo ao domínio de Portugal.

Bibiana ergueu os olhos para o pai. Não lhe distinguia bem o rosto ali no canto sombrio. Mas via a brasa viva do cigarro, diminuindo e aumentando, e via também a fumaça subir. Ela estava inquieta, com uma coisa no peito... Era um alvoroço que nunca sentira antes. Por mais que fizesse, não podia esquecer o homem que vira aquela manhã no cemitério. Sabia que se chamava Rodrigo e que estava hospedado no rancho do Nicolau, ali do outro lado da praça, bem defronte a sua casa. Pensava na voz dele e sentia um calor no corpo. Não, não era bem calor. Era um amolecimento morno, uma vontade de... de que mesmo? Ela não sabia direito. Melhor: sabia mas não queria saber e só de pensar nisso corava, ficava perturbada, errava o ponto do bordado. Ainda bem que os outros ignoravam o que ela estava pensando e sentindo... Olhou para a mãe, que, com a testa franzida, embainhava uma toalha feita dum saco de farinha de trigo. Bibiana empurrou a agulha com o dedal azinhavrado mas em seguida se perdeu de novo em pensamentos. Imaginou-se costurando seu próprio enxoval. Ouvia mentalmente o comentário das amigas: sabe? A Bibiana vai casar. Não diga! Com quem? Com o Bento Amaral? Não. Com aquele homem bonitão que chegou a Santa Fé. O capitão Rodrigo? Esse mesmo. Diz que vai ser um casamento muito lindo. O velho Terra mandou matar uma novilha e um porco. Estão fazendo doces. Vem um gaiteiro de São Borja. Vão dançar o fandango. Um homem mui guapo.

— Que é, minha filha? — perguntou d. Arminda.

— Nada — respondeu Bibiana, quase sobressaltada. — Por quê?

— Vosmecê está aí sacudindo a cabeça e falando baixinho... Até parece a sua avó. Errou o ponto?

— Não senhora. — Mentiu: — Espetei a agulha no dedo.

— Não tem dedal?

— Tenho.

— Está saindo sangue?

— Não. Não foi nada.

Bibiana sentia arderem-lhe as faces e as orelhas. A noite estava morna, de ar parado, e da varanda do Nicolau vinham risadas masculinas. Através da janela Bibiana agora via a grande figueira no meio da praça, ao luar. Quando menina ela gostava de trepar naquela árvore grande, de ficar pendurada num dos galhos, balançando os pés no ar. Gostava também de arrancar suas folhas, picá-las com uma velha faca e fazer de conta que era uma dona de casa e estava preparando o jantar para suas bruxas de pano. Bibiana ficava horas debaixo da figueira, que ela considerava como sua propriedade. Era ali que brincava de comadre e de visita com as outras meninas. Mas, desde o dia em que seu Inocêncio Carijó amanheceu enforcado num dos galhos da figueira, Bibiana passara a olhar a árvore com um certo temor. Fora ela a primeira a ver o corpo, de manhãzinha. A princípio pensou que o homem estava brincando de se balançar. Aproximou-se dele e quando lhe viu a cara soltou um grito. Inocêncio estava completamente roxo, de língua de fora e olhos saltados das órbitas. Vieram os vizinhos, cortaram a corda e o corpo do enforcado tombou ao chão com um som horrível, como um enorme figo podre que cai. Um dos homens disse: "Judas também se enforcou numa figueira". Ela não compreendeu... Mas em casa ouviu os pais dizerem que Inocêncio Carijó tinha atraiçoado um amigo.

Bibiana olhava agora para a figueira, pensando no enforcado. Mas em breve esqueceu a árvore e o morro para atirar o olhar na direção da venda do Nicolau, cuja porta era um quadrilátero de luz amarelenta aberto na fachada sombria. Era lá que *ele* estava. Bibiana não se lembrava de jamais se haver interessado tanto por um homem. Bento Amaral, tão rico, tão cobiçado pelas outras moças, não lhe causava nenhuma impressão, apesar de seus arreios chapeados de prata, de seus palas de seda, do anel no dedo, do relógio de ouro. Sabia ler e escrever e tinha maneiras de fidalgo. Mas Bibiana simplesmente não sentia nada senão aborrecimento perto dele, e quando o moço aparecia ela só desejava que ele fosse embora o quanto antes. No entanto, o desconhecido que ela vira aquela manhã no cemitério (será mau agouro?) não lhe saía da lembrança. Bibiana pensou na avó. Se ela estivesse viva, qual seria sua opinião daquele forasteiro? "É um homem como os outros." Mas talvez gostasse dele, talvez...

Bibiana tentou concentrar a atenção no que estava fazendo, mas não conseguiu. Não via o bordado: via a cara do cap. Rodrigo. Aqueles olhos azuis tinham um fogo, uma coisa que puxava a gente, bem como um atoladouro. Eram olhos que davam medo e ao mesmo tempo atraíam. Bibiana achava que não teria nunca coragem de ficar olhando muito tempo para eles. Porque se olhasse muito acabaria tendo uma vertigem. No entanto, sabia que o pai não tinha gostado do capitão. Viera do cemitério resmungando, falando mal dele. "Havia de aparecer agora essa peste..." E dava chicotadas nos cavalos, como se os pobres animais fossem os culpados do aparecimento daquele estranho. "Que é que ele pensa de Santa Fé?" Lept! Lept! Bibiana nunca vira o pai tão exaltado. Por quê, Santo Deus? Afinal de contas o homem não tinha feito nada de mau... E ao pensar em todas essas coisas Bibiana ficava apreensiva, com o receio de que algo de sério pudesse acontecer. A avó sempre lhe falava da brutalidade dos homens, que sempre acabavam fazendo o que a gente menos espera, isto é, as coisas mais absurdas. Vovó Ana costumava dizer que certos assuntos eram "coisa de homem". Guerra era coisa de homem; carreira, briga, jogo e bebida eram coisas de homem. O melhor que as mulheres tinham a fazer era desistir de compreendê-los. Desistir e continuar obedecendo e esperando...

Pedro Terra pensava nas suas lavouras perdidas. Era a maior mágoa que tinha no coração. Perdera seus trigais, fazia alguns anos, e com dor de alma vira desaparecer com o trigo uma das maiores riquezas do Continente. Primeiro tinha sido a peste da ferrugem que batera nos trigais. Ele, então, tentara plantar outro tipo de trigo que a ferrugem não costumava atacar. Fora mais ou menos bem-sucedido, mas sobrevieram outros desastres. A Coroa tinha estabelecido um preço fixo para o trigo e havia comprado toda a produção. Ora, esses preços não convinham ao plantador, mas governo é governo. Às vezes a Coroa se apossava das colheitas, prometia pagar mas acabava não pagando. Por outro lado, as sementes escasseavam e o governo nada fazia para ajudar o agricultor. As lavouras começaram a ficar abandonadas. Era impossível lutar contra duas pestes ao mesmo tempo: a ferrugem e o governo. Não era de admirar que os lavradores acabassem abandonando os trigais. Preferiam criar gado, pois dava menos trabalho — diziam — e era mais divertido. De resto, a faina das estâncias parecia-se mais com a da guerra que o trabalho das lavouras. Os homens do Rio Grande estavam de tal modo habituados à luta e às correrias que quando vinha a paz não se conformavam mais com o trabalho da terra, em que tinham de ficar mourejando de sol a sol, agarrados ao cabo da enxada ou da foice. E assim, aos poucos, o trigo tinha ido águas abaixo. A coisa começara lá por 1815, no ano em que apareceu a ferrugem. Pedro lembrava-se bem, pois fora na época em que, triste e estropiado, ele voltara da Banda Oriental. Viera depois a pavorosa seca de 1820. Daí por diante as lavouras tinham começado a mermar, a mermar até se acabarem. Só se salvou quem tinha criação. E a salvação dele, Pedro, havia sido a olaria. Os Amarais exigiram a devolução das terras, pois ele não pudera cumprir o prometido no seu compromisso de compra. E assim ficara apenas com a olaria e a casa do povoado.

Pedro Terra suspirou de mansinho e tornou a pensar na mãe.

Foi nesse momento que se ouviram os sons dum violão e um homem começou a cantar com uma voz que encheu o ar quedo da noite. Pedro franziu o cenho, retesou o busto, apertou forte o cigarro entre os dentes e ficou escutando. As mulheres também ergueram a cabeça e olharam na direção da janela. Bibiana, de olhos arregalados, respirava com dificuldade. D. Arminda olhou para o marido, numa interrogação muda.

— Parece mentira! — exclamou Pedro. — Não respeitam nem o dia dos mortos!

— É um desaforo — concordou a mulher. E depois, noutro tom:
— Quem será?

— Ora, quem há de ser! — Pedro ergueu-se. — É aquele sujeito que encontramos hoje no cemitério. Conheço a voz.

Bibiana teve como um desfalecimento.

Pedro aproximou-se da janela olhando na direção da venda do Nicolau.

— É preciso ser muito ordinário para fazer uma coisa dessas — murmurou.

As palavras do pai doeram em Bibiana. Entretanto, ela reconhecia que era mesmo uma falta de respeito, um sacrilégio cantar no Dia de Finados. Mas a voz que vinha lá da venda, morna e clara como a noite, causava-lhe uma confusa ânsia que no fundo era um pressentimento de desastre. Mas também era prazer, um prazer tão grande que chegava a dar-lhe vergonha, como se ela estivesse fazendo algo de feio e proibido.

4

Sentado num mocho, de pernas cruzadas e violão em punho, Rodrigo Cambará cantava cantigas que aprendera nos acampamentos da Província e da Banda Oriental. Eram modinhas e quadras que falavam de mulheres, cavalos, amor e morte. Debruçado sobre o balcão, Nicolau fitava no cantor os olhos sonolentos, pondo à mostra os cacos de dentes. Uma lamparina de sebo alumiava fracamente a sala. Rodrigo cantava com entusiasmo porque sabia que do outro lado da praça ficava a casa de Bibiana, que decerto também o escutava. Punha na voz muita ternura, falava duma tirana que lhe havia roubado o coração e que o martirizava por ser muito arisca...

Calou-se mas continuou a dedilhar o violão. Depois tornou a soltar a voz:

> *Quem canta refresca a alma,*
> *Cantar adoça o sofrer,*
> *Quem canta zomba da morte,*
> *Cantar ajuda a viver.*

Nicolau sacudiu a cabeça e disse:

— Que ajuda, ajuda mesmo.

Um cachorro veio da cozinha, sacudindo o rabo, deitou-se enrodilhado junto ao balcão, descansou o focinho sobre as patas dianteiras e fechou os olhos. Num canto sombrio apontou a cabeça da mulher de Nicolau, que ficou de olhos grudados no capitão, uma expressão de espanto no rosto lustroso.

Rodrigo olhava para a porta que enquadrava um pedaço da noite e via, no outro lado da praça, a janela iluminada da casa de Pedro Terra. De repente uma sombra assomou à porta da venda e fez sumir-se a casa de Bibiana. Era um homem alto, moreno e grisalho, de batina negra: o vigário de Santa Fé. O capitão continuou dedilhando o violão, tirando acordes graves, mas de olhos postos no recém-chegado.

— Boa noite, capitão! — disse o padre, sorrindo.

— Boa noite! — respondeu Rodrigo, parando de tocar.

— Vosmecê pode me dar uma palavrinha?

— Pois não.

Rodrigo pôs o violão em cima do balcão e ergueu-se.

— Aqui fora, se não é incômodo.

Saíram ambos para a praça.

— Linda noite! — exclamou o padre, como para começar a conversa.

— Mui linda.

Rodrigo olhou de soslaio para o outro. O pe. Lara caminhava devagar. Tinha uma cabeça enorme, desproporcional ao corpo raquítico c desengonçado. Havia entretanto uma qualidade tão aliciante em sua voz grave e lenta que era possível a uma pessoa simpatizar com ele, contanto que não olhasse para seu rosto feio e enrugado, de pele frouxa e papada flácida — coisa de estranhar numa cara magra. Os olhos do padre eram líquidos e as bordas de suas pálpebras estavam sempre vermelhas, como numa ameaça permanente de terçóis. Mas ali à luz da lua a face do vigário como que adoçava, perdia a fealdade e tudo que ele tinha de melhor se revelava na maciez envolvente da voz.

Os dois homens deram algumas passadas lado a lado, em silêncio, na direção da grande figueira. Quando se achavam apenas a uns cinco metros da árvore, o padre parou, segurou o braço do outro e perguntou:

— Vosmecê se lembra daquela história das Sagradas Escrituras sobre a figueira que não dava frutos?

— Não entendo muito desses negócios de religião, padre.

— Quando Nosso Senhor andava pela terra, um dia ficou com fome e se acercou duma figueira. Vendo que ela tinha só folhas, disse: "Nunca mais nasça fruto de ti". E a figueira secou imediatamente.

Por alguns segundos Rodrigo nada disse. Limitou-se a olhar para o vigário. Só agora percebia que o velho tinha uma respiração de asmático e que um rom-rom de gato lhe escapava da boca semiaberta.

— Vigário, que é que essa história quer dizer?

O pe. Lara começou a esfregar as mãos, devagarinho.

— Há homens como a figueira das Escrituras. Não têm nada pra dar. É o mesmo que se estivessem secos.

Rodrigo limitou-se a dizer:

— É. Hai...

A sombra da figueira era como um borrão de tinta no chão que o luar azulava.

— Existe muita gente assim no mundo, capitão.

— Mas a troco de que vosmecê me conta essa história das Escrituras?

O outro fez um gesto vago.

— Por nada. Porque vi esta árvore.

Rodrigo não ficou satisfeito com a explicação. Pressentia que aquelas palavras eram apenas uma introdução para algo de pessoal que o padre lhe queria dizer. Alguém tinha encomendado sermão ao vigário. Era melhor resolver logo o assunto. Tomou do braço do outro e apertou-o com força; mas, como seus dedos encontrassem um braço fino e descamado, afrouxou-lhe a pressão.

— Padre, é melhor vosmecê ir logo dizendo o que quer. Isso de dar voltas é lá com o rio Ibicuí. Gosto de gente que vai direito ao assunto. Que é que vosmecê quer mesmo comigo?

— Para lhe ser sincero, capitão, o que eu queria era fazer que vosmecê parasse de cantar e tocar violão.

— É pecado cantar e tocar violão?

— Em certos lugares e em certas ocasiões é. Não sabe que hoje é Dia de Finados?

— Ah! Mas por que não disse logo?

— Vosmecê podia se ofender.

— Nunca me ofendo quando me pedem. Fico esquentado quando querem me mandar. Se me pedem com bons modos, faço. Se me dão ordens, brigo.

Acre e úmida, a respiração de gato bafejava o rosto do capitão. O luar parecia deixar mais brancos os cabelos do padre. Um galo cocoricou longamente num quintal; outros galos responderam em outros terreiros, e por um instante a noite ficou como que cheia de clarinadas. Rodrigo lembrou-se de toques de clarim na madrugada. E quase sentiu a impressão que tinha quando em campanha era acordado ao alvorecer pelas cornetas: a cabeça vazia, uma dor de fome no estômago, e na boca uma secura que era vontade de tomar chimarrão. Enquanto os galos cantavam, os dois homens ali perto da figueira ficaram em silêncio. Rodrigo procurava discernir vultos dentro da casa de Pedro Terra. Era lá que morava Bibiana. Por trás daquelas paredes estava a cama em que a moça dormia. Daria um braço, um olho, uma perna para dormir com Bibiana. Só de pensar nisso sentia prazer. De algum jardim vinha-lhe às narinas um cheiro adocicado de flor.

— Capitão...

Rodrigo voltou os olhos para o padre.

— Vosmecê é um soldado, não é?

— E vosmecê é um padre...

— Espere, estou falando sério. Como militar vosmecê sabe que num batalhão tem de haver disciplina, o soldado tem de obedecer ao seu superior.

— Naturalmente.

— Desde que o mundo é mundo sempre houve os que mandam e os que obedecem, um servo e um senhor. O mais moço obedece ao mais velho...

— Isso depende...

— Deixe-me terminar. O filho obedece ao pai, a mulher obedece ao marido. Se as coisas não fossem assim, o mundo seria uma desordem...

— Mas quem foi que lhe disse que o mundo não é uma desordem?

— Capitão! Vosmecê precisa ler história universal. Precisa ler sobre os outros continentes, principalmente sobre a Europa. Não pense que o mundo é só a Província de São Pedro.

Rodrigo deu de ombros.

— Pra mim tem sido...

— Mas não é para muitos milhões de pessoas. O mundo é muito vasto. A autoridade suprema dum país é o rei. Ele tem todo o poder temporal. Mas o poder espiritual quem tem é o papa, representante de Deus na Terra.

Aonde quererá ele chegar? — refletia Rodrigo, olhando de viés para a casa de Bibiana.

— Que diabo, vigário. Vosmecê sempre com voltas. Não queria que eu parasse de cantar? Pois parei. Que é que vosmecê quer agora?

Por um instante o padre lutou com a asma. Finalmente disse:

— Assim como cada casa tem um chefe, cada cidade também tem uma autoridade. E não é desdouro para ninguém obedecer a essa autoridade, quando as ordens que nos dão são justas, decentes e para o bem geral.

— Padre, desembuche duma vez!

— Se vosmecê chega a um povoado como o nosso, não pode proceder como se estivesse ainda num campo sem dono nem lei. Tem de se submeter às autoridades.

— E quem é a autoridade aqui?

— O coronel Ricardo Amaral Neto.

Era bem o que eu esperava — concluiu Rodrigo. O padre trabalhava para o mandachuva da terra. Naturalmente fora o velho Amaral quem mandara construir a igreja, quem comprara as imagens, quem dava ao vigário casa para morar. Não seria de admirar que o pe. Lara usasse o confessionário para arrancar dos habitantes do lugar informações do interesse do chefete de Santa Fé. Rodrigo conhecia casos...

— Vosmecê podia me ter dito tudo isso em duas palavras sem dar tanta volta.

Ficaram de novo em silêncio. Rodrigo via em pensamentos a imagem de Bibiana: a boca carnuda, os olhos oblíquos. Parecia uma fruta; dava na gente vontade de mordiscar aquela boca, aquelas faces, aqueles peitos. Naquele momento seu desejo por Bibiana se confundia com uma sensação de fome e Rodrigo começou a pensar alternadamente na rapariga e num churrasco. O padre recomeçou o sermão, mas Rodrigo não lhe prestava muita atenção. Não podia perder uma noite daquelas na companhia dum padre. Para ele padre era preto e agoureiro como urubu. Onde havia padre havia desastre ou morte: enterro, extrema-unção ou casamento. Sempre achara que casamento também era um desastre, uma prisão, uma espécie de morte. No entanto, agora a ideia de casamento associada a Bibiana não lhe era de todo desagradável nem impossível. Depois — concluiu ele com certa irritação —, parecia que só poderia dormir com a moça se casasse com ela... O pe. Lara falava, falava... Num dado momento puxou pela manga da túnica do capitão e perguntou:

— É ou não é? É ou não é?

— Deve ser, padre, deve ser. Mas vosmecê não acha que o sereno vai lhe fazer mal?

Como se não tivesse ouvido a pergunta, o vigário prosseguiu:

— Então deixe que eu lhe dê um conselho.

Por que será que toda gente neste povoado se acha com o direito de me dar conselhos? — pensou Rodrigo.

— Pois venha de lá esse conselho — disse em voz alta, enquanto com o rabo dos olhos via um vulto de homem assomar à janela da casa de Bibiana.

— Encilhe o seu cavalo e vá embora amanhã.

— Até vosmecê, padre?

— Ouça o que estou lhe dizendo.

— Mas por quê?

— Porque Santa Fé não é lugar para um homem de seu temperamento.

— Mas serei por acaso leproso, ladrão de cavalo ou bandido?

Rodrigo começava a exasperar-se.

O pe. Lara sacudiu a cabeça com veemência e a pelanca debaixo de seu queixo balouçava dum lado para outro, mole como papo de peru.

— Não. Mas sei que vosmecê é um homem que veio de muitas guerras, gosta de jogo, de mulheres e de bebida.

— E quem não gosta?

— O capitão vai se dar mal aqui. Tivemos outros casos, ainda no ano passado...

Rodrigo interrompeu-o:

— Palavra de honra que não compreendo, padre.

— Pois eu compreendo. Tudo está claro como água.

— Então se explique. E por amor de Deus não me venha com voltas.

O pe. Lara puxou o outro pelo braço e ambos começaram a caminhar na direção da capela.

O vigário entrou numa história muito longa sobre a família Amaral, sua tradição, seus hábitos, suas manias e seu prestígio junto ao governo da Província. Rodrigo olhava para a casa de Pedro. Viu quando fecharam a janela. Imaginou Bibiana a despir-se, a tirar o corpinho, a saia... Aquele pedaço de tornozelo que ele vislumbrara quando a menina subira para a carroça, à frente do cemitério, agora se ampliava: era uma perna bem torneada, um joelho roliço, uma coxa... Em breve, excitado, Rodrigo tinha nos braços Bibiana toda nua, com os seios a balouçar, brancos e trêmulos como coalhada nova recém-saída da tigela. E em pensamento ele a deitou na cama e os dois estavam enroscados aos beijos quando o pe. Lara lhe apertou o braço e lhe disse junto ao ouvido:

— É quem manda neste povoado e nestes campos ao redor de Santa Fé. Ninguém fica aqui sem o consentimento dele. É ele quem resolve todas as questões: uma espécie de juiz de paz.

— Mas esse homem nem me viu ainda. Como é que já não gosta de mim?

— Pois aí é que vosmecê se engana. O coronel Amaral já sabe quem é vosmecê, donde vem e o que pretende. Ele me disse que não ia permitir que vosmecê ficasse no povoado, porque não quer saber de barulho.

— Mas eu não vou fazer barulho, já disse! — gritou Rodrigo. Sua voz ecoou na praça e depois se dissolveu no ar.

— Está vendo? Diz que não vai fazer barulho e está quase brigando comigo. Vosmecê tem sangue quente, capitão.

— Que é que vou fazer? Nasci assim e estou velho demais pra mudar.

O padre aveludou a voz.

— Está bem. Está bem. Não vamos brigar. Vosmecê não precisa mudar. Continue como está, se isso lhe agrada. O que eu quis dar a entender com toda esta arenga é que o coronel Amaral mandou lhe dizer que não vê com simpatia a permanência de vosmecê em Santa Fé.

— Por que é que ele não veio me dizer isso cara a cara?

— Decerto porque não quis, pois coragem não lhe falta.

Tinham chegado à frente da capela. Rodrigo sentou-se num dos degraus de madeira da porta central e o padre o imitou. Por alguns instantes ficaram ambos em silêncio olhando a noite. Na maioria das trinta e poucas casas de Santa Fé àquela hora não havia luz. O luar caía manso sobre os telhados e cobertas de palha, sobre os pomares, as hortas e os campos em derredor. Rodrigo fitou o casario de pedra dos Amarais, lá do outro lado da praça. A fera deve estar dormindo — pensou. E sentiu desejos de enfrentá-la.

— Então o homem não quer saber de mim... — murmurou.

O padre ronronava a seu lado como gato velho.

— Que é que vosmecê vai fazer? Pode falar com confiança. Nunca se confessou?

— Nunca. Nem a meu pai.

— Bom. Mas pode se abrir comigo como se estivesse num confessionário. Segredo que cai aqui — e espalmou a mão sobre o peito — é como se caísse numa sepultura.

— Mas não tenho nenhum segredo para contar. O que pretendo fazer já disse a meio mundo. Vou ficar.

— Mas por que é que vosmecê insiste tanto em ficar?

— Porque gostei deste lugar.

— Só por isso?

— Para provar que não escondo nada, vou dizer o resto. É porque estou também gostando duma moça que mora aqui.

— Posso saber quem é?

— A filha do Pedro Terra.

— A Bibiana?

— Essa mesmo.

O padre fez uma pequena pausa e depois disse, grave:

— Mas é uma moça muito direita. Se vosmecê pensa...

— Se é direita, tanto melhor. Tenciono casar com ela.

O sacerdote ficou como que espantado.

— Bom, se é assim... Mas me parece... bom... a coisa vai ser difícil.

— Por quê?

— O Bento, filho do coronel Amaral, também gosta da moça.

— E ela gosta dele?

O pe. Lara acariciou com a palma da mão a coroa da cabeça.

— Gostar... não gosta. Mas vosmecê sabe. O moço é voluntarioso, é rico, e no fim de contas a Bibiana vai acabar dizendo que sim. Principalmente se o velho Ricardo se meter na história.

— Pelo que vejo esse Amaral é um deus.

— Não diga isso, capitão. Deus é um só e está no céu. E esse Deus

244

único não é apenas senhor de Santa Fé. É senhor do universo. — Deixou o tom solene, ficou mais terra a terra ao perguntar: — Vosmecê não é religioso?

— Não. Religião nunca me fez falta.

— Há pessoas que só se lembram da Virgem quando troveja.

— Quando troveja me lembro do meu poncho.

— Há homens que passam a vida fazendo pouco da Igreja, mas na hora da morte mandam chamar um padre pra se confessar.

Rodrigo soltou uma risada.

— Chamar padre na hora da morte? Acho que nem que eu queira vou ter tempo pra isso.

— Quem é que lhe garante?

— Na minha família quase ninguém morre de morte natural. Só as mulheres, assim mesmo nem todas. Os Cambarás homens têm morrido em guerra, duelo ou desastre. Há um ditado: "Cambará macho não morre na cama".

E ao dizer essas últimas palavras Rodrigo falava alto e havia em sua voz um tom de alegre orgulho. O padre ficou por um instante num silêncio abafado. Olhou para a criatura que tinha a seu lado: a lua lhe batia em cheio no rosto. De tão claros, seus olhos pareciam vazios.

— Vosmecê já pensou no que lhe pode acontecer depois da morte?

— Não.

— Não tem medo de ir para o inferno?

Rodrigo cruzou as pernas, atirou o busto para trás e recostou-se contra a porta da capela.

— Padre, ouvi dizer que no céu não tem jogo nem bebida nem carreiras nem baile nem mulher. Se é assim, prefiro ir pro inferno. Além disso, as tais pessoas que todo mundo diz que vão pro céu por serem direitas e sem pecado são a gente mais aborrecida que tenho encontrado em toda a minha vida. Tenho conhecido muito patife simpático, muito pecador bom companheiro. Se eles vão para o inferno, é para lá mesmo que eu quero ir.

— Vosmecê brinca com coisas sérias. Mas acredita que há um céu e que há um inferno, não acredita?

— Pra lhe falar com franqueza, nunca penso nessas coisas.

— Sim, mas quando vosmecê começar a envelhecer vai pensar. Ouça o que lhe digo.

— Nunca nenhum Cambará macho conseguiu passar dos cinquenta anos.

Para além das casas estendiam-se os campos dobrados sob o lagoão enorme do céu. As coxilhas eram como seios de mulheres — comparou Rodrigo mentalmente. Seios e nádegas.

— Mas vosmecê nunca pensa em Deus?

— Uma vez que outra.

— Não reconhece que Ele fez o mundo e todas as pessoas que há no mundo?

— Se Deus fez o mundo e as pessoas, Ele já nos largou, arrependido.

— Não diga tamanho absurdo! Se Ele tivesse largado, tudo andava de pernas para o ar.

— E não anda?

— Me diga uma coisa: por que é que a Terra gira em volta do Sol e a Lua em volta da Terra, tudo direitinho a bem de haver o dia, a noite, as quatro estações? Por que é?

— Porque é.

— Isso não é resposta. Me diga por que é que a gente bota semente de trigo na terra e a semente cresce numa planta, numa espiga com grãos, e o grão se transforma em farinha e a farinha em pão e o pão em alimento para as pessoas. Vosmecê já pensou que coisa benfeita, que máquina perfeita é o corpo humano?

Rodrigo pensou no corpo de Bibiana. Nu em cima duma cama, os peitos de coalhada, as pernas roliças, os beiços vermelhos. O corpo de Bibiana devia ser uma perfeição.

— Me diga outra coisa. Há homem no mundo capaz de fazer as coisas que Deus fez: as criaturas humanas, as plantas, as estrelas, os animais? Pegue uma florzinha e veja que maravilha, que delicadeza, que... — O padre calou-se, ofegante. — Já pensou nessa coisa milagrosa que é nascer, crescer, viver...

— E envelhecer, e morrer, e apodrecer... — completou Rodrigo, pensando em que Bibiana um dia havia também de ficar velha.

— Exatamente! Mesmo envelhecer e morrer e apodrecer são coisas extraordinárias, porque tudo obedece a um grande plano. O corpo humano é matéria e como tal volta à terra de onde saiu. Mas a alma é imortal. Tudo faz parte do milagre chamado vida. Nada disso podia existir se não houvesse Deus. Podia?

— Vosmecê que lê nos livros é que sabe, padre. Não me pergunte.

— Se Deus tivesse abandonado o mundo, o dia não seguia a noite, o pão não alimentava mais o corpo, o ar se sumia, as plantas não cresciam mais, os astros se chocavam no espaço e o mundo acabava...

Mas antes de o mundo acabar — pensava Rodrigo — tenho de dormir com Bibiana Terra. E de novo sentiu fome. Será que o Nicolau me arranja alguma coisa pra comer?

— Vosmecê deve ter razão, padre. E eu lhe peço desculpas por ser tão atrasado e tão herege. Pode ser que eu mude um dia... — acrescentou, sem nenhuma convicção.

— Se Deus quiser!

— E se eu tiver tempo.

Ergueu-se, rindo baixinho e sentindo as bombachas úmidas de sereno nos fundilhos. Um grilo começou a cantar debaixo dos degraus. Rodrigo lançou um olhar na direção da casa de Pedro Terra.

— Padre.

— Pronto, capitão.

— Vou lhe fazer um pedido.

— Faça.

— Não pense mal de mim.

— Mas eu nunca penso mal de ninguém. Sou um pobre velho que quer ajudar os outros e servir a sua Igreja.

— Sei que sou meio esquentado e às vezes falo alto demais. É que gosto muito da vida.

— Está se vendo.

— Viver é muito bom. Às vezes a gente tem tanta força guardada no peito que precisa fazer alguma coisa pra não estourar.

— Eu compreendo.

— Me criei guaxo. Não conheci mãe. Com doze anos já trabalhava no campo com a peonada bem como um homem-feito. Com dezoito tinha sentado praça e já andava brigando com os castelhanos. Daí por diante sempre vivi ou brigando ou correndo mundo.

O padre sacudia a cabeça, devagarinho.

— Nunca aprendi nenhuma reza nem me habituei a ir à igreja.

— Mas ainda tem tempo. Nunca é tarde, meu filho.

— Qual! Há certas coisas que a gente ou aprende quando é menino ou nunca mais. Mas, pra le ser franco, não tenho sentido falta da igreja nem de reza nem de santo.

— Nem na hora do perigo?

— Pois na hora do perigo mesmo é que não penso nessas coisas.

— Paciência. Pode ser que um dia vosmecê mude. Deus é grande.

— E o mato é maior, padre. É o que esses caboclos aprendem na luta dura desde pequeninhos. Não podem confiar em Deus e ficar parados. Quem fizer isso acaba degolado ou furado de bala. Às vezes o melhor recurso é ganhar o mato. A gente não pode estranhar que essa gente pense assim. Foi a vida que ensinou...

— Deus escreve direito por linhas tortas.

Rodrigo abriu a boca num bocejo cantado e depois disse:

— Mas o diabo é que ninguém sabe ler o que Ele escreve.

O padre ia retrucar, mas calou-se. Houve um curto silêncio e por fim o vigário confessou:

— Quer que eu lhe diga uma coisa? Gosto de vosmecê. Pode ficar certo disso. Gosto.

— Pois me alegro, vigário, me alegro. Tenho tido pouca sorte desde que cheguei.

— Por que não vai falar com o coronel Amaral?

— Eu?

— Sim. Vá e fale franco com o homem. Pode ser que ele acabe gostando de sua pessoa.

— Acha que vale a pena?

— Que é que vosmecê tem a perder?

— Nada, isso é verdade.

— Então? Amanhã eu falo com o homem, pergunto a que horas ele pode receber vosmecê.

Rodrigo fez um gesto que era metade dúvida, metade assentimento.

— Pois... está combinado. Fico esperando suas ordens amanhã. — E mudando de tom: — Vai naquela direção?

— Não. Fico por aqui. Minha casa é atrás da igreja.

— Boa noite, padre. E não me queira mal.

— Boa noite. Deus guarde vosmecê!

— Amém — disse Rodrigo automaticamente. E riu-se de ter dito isso sem sentir.

Separaram-se. As luzes na casa de Nicolau estavam apagadas. Rodrigo fez a volta do rancho e entrou no seu quarto pela porta dos fundos. Pensava ainda em Bibiana e em algo que comer. Alguém tossiu do outro lado do tabique.

— Nicolau! — murmurou o capitão.

— O Nicolau saiu. — Era a voz da mulher. — Foi caçar tatu.

Imediatamente o coração de Rodrigo começou a pulsar com mais força, uma fração de segundo antes de ele próprio saber o porquê daquele súbito alvoroço. O Nicolau tinha saído de casa e ali do outro lado do tabique sua mulher estava numa cama... Não era nem

248

muito moça nem bonita. Mas era uma fêmea. Fazia tempo que Rodrigo não tinha mulher. Ou tudo aquilo não passava de fome? Pensou em Bibiana. Imaginava Bibiana do outro lado do tabique, deitada na cama, nua...

— Dona Paula — chamou ele.

Por um instante não veio nenhuma resposta. Ele sabia que a china o evitava, como se o temesse. Espiava-o sempre de longe, com seus olhos de animal assustado.

Finalmente o capitão ouviu uma voz débil.

— Vosmecê chamou?

— Chamei, sim.

— Que é?

— Estou com muita fome, dona. Pode arranjar alguma coisa de comer?

— Não sei. Vou ver. — Havia na voz dela um tom de permanente lamúria. Tinha uns peitos flácidos e uma pele terrosa. Mas não era repugnante. E, fosse como fosse, era uma mulher.

De pé, junto da cama, Rodrigo ouvia o rascar das chinelas da companheira do Nicolau. Sabia que para ir à cozinha Paula tinha de passar pelo seu quarto. Entreabriu a porta e ficou esperando de luz apagada. E, quando o vulto da mulher passou, Rodrigo murmurou:

— Dona Paula...

Ela estacou, muda. Ele a segurou pelos ombros e puxou-a para dentro do quarto. Sentiu que ela tremia toda, como se estivesse com sezões, mas não fez nenhum gesto, não disse a menor palavra. Arrastou-a para a cama.

5

No dia seguinte, logo após a sesta, por obra e graça do pe. Lara, Rodrigo se viu frente a frente com o senhor de Santa Fé. Era numa das salas do casarão de pedra, onde os poucos móveis que havia eram escuros e rústicos. A um canto da peça Rodrigo viu três espadas e uma espingarda encostadas na parede. O cel. Ricardo estava sentado atrás duma mesa de pau preto. Não se ergueu quando o padre fez as apresentações. Não estendeu a mão para o visitante nem o convidou a sentar-se. Quando o vigário se retirou, Rodrigo, de pé a uns quatro passos da mesa, olhou bem nos olhos o dono da casa e seu instinto lhe gritou que tinha macho pela frente.

Ricardo Amaral Neto era um homem de cinquenta e poucos anos, moreno, de rosto coberto por uma barba preta estriada já de fios brancos. Usava o cabelo à escovinha, tinha um olhar altivo e na ponta do nariz um sinal dum preto-arroxeado, quase do tamanho duma moeda de vintém. Estava em mangas de camisa, trazia à cinta uma faca de prata e, sob a mesa, Rodrigo podia ver-lhe as botas de couro negro e cano alto.

Houve um pequeno silêncio. O capitão tinha já decidido principiar a conversa quando o outro perguntou bruscamente:

— Que é que pretende fazer aqui?

— Ainda não sei, coronel.

— Este povoado já tem gente vadia que chegue!

Ricardo Amaral atirou essas palavras como seixos na cara do outro. Rodrigo recebeu-as aparentemente impassível, ficou por alguns segundos calado e depois, com voz meio apertada, replicou:

— Se não fosse o respeito que tenho a um homem da sua idade, eu fazia vosmecê engolir o que acaba de dizer.

Ricardo ergueu-se como que impelido por uma mola. Como o avô e o pai, era um homem alto e espadaúdo. Afastou a cadeira com um pontapé, contornou a mesa, pegou duas das espadas que estavam a um canto, atirou uma para Rodrigo, que a apanhou no ar, desembainhou a outra e gritou:

— Defenda-se! Vou mostrar quem é velho. Defenda-se!

Rodrigo continuava imóvel, segurando a espada horizontalmente com ambas as mãos.

— Vamos, defenda-se! — repetiu o estancieiro.

O capitão sorria. Sorria porque estava achando divertido aquele homenzarrão ali na sua frente, de espada em punho, querendo arrastá-lo a um duelo. Se também se deixasse enfurecer estaria tudo perdido.

— Acalme-se, coronel — pediu ele, apaziguador. — Vosmecê não vai querer matar um homem debaixo de seu próprio teto.

Só então Ricardo pareceu cair em si e compreender a situação. Pigarreou — no próprio pigarro havia um tom de surda raiva — e deixou cair o braço cuja mão segurava a espada. Seu peitarraço subia e descia ao compasso duma respiração acelerada; seu rosto estava purpúreo.

Rodrigo deu alguns passos e encostou a espada na parede. Voltou-se para o senhor de Santa Fé:

— Vosmecê veja a minha situação... — disse ele, quase jovial, ajeitando o lenço vermelho. — Se eu matasse o coronel Amaral, não saía vivo desta casa. Se vosmecê me matasse... eu estava liquidado. De qualquer modo estou perdido. Já vê que minha posição é meio difícil...

— Mas vosmecê me ofendeu! — exclamou Ricardo, pondo a espada em cima da mesa.

— Foi vosmecê que me ofendeu primeiro — retrucou Rodrigo.

— Eu podia mandar le prender.

— Podia, coronel. Podia também mandar me enforcar. Mas não manda nem uma coisa nem outra.

— Quem foi que lhe disse?

— Vosmecê não manda me prender porque não tem motivos pra isso. Não se prende um homem de bem por um dá cá aquela palha. E vosmecê não manda me enforcar por uma razão muito forte. É porque é um homem justo e bom.

Ricardo voltou-se devagarinho na direção da mesa, lançando um olhar torvo e enviesado na direção do interlocutor. Depois, dominando a voz, disse:

— O melhor mesmo é vosmecê ir embora de Santa Fé o quanto antes.

— Por quê?

— Porque sim.

— Que é que há contra mim?

Ricardo hesitou por um instante, acariciou nervosamente o cabo da faca e disse:

— Vosmecê não tem o nosso jeito. Sou um homem muito vivido e vejo logo quando uma pessoa pode se dar aqui e quando não pode. Logo que me falaram na sua pessoa, senti que vosmecê não podia esquentar lugar em Santa Fé e que mais cedo ou mais tarde ia nos dar trabalho.

— O coronel está me tratando como se eu fosse um castelhano, um estrangeiro, um inimigo.

Ricardo pareceu meio abalado com o argumento. Tartamudeou um pouco antes de responder, mas o tom firme e teimoso em breve lhe voltou à voz.

— Conheço um homem até pela maneira como ele anda vestido. Esse seu lenço vermelho é um sinal de fanfarronice.

— Coronel, vosmecê está enganado.

— Nunca me engano com homem nem com cavalo. Vosmecê tem

um jeito de olhar e de falar com as pessoas que faz o sangue da gente ferver.

— Não é minha culpa. Nasci assim.

E imediatamente Rodrigo percebeu que a voz lhe saíra atrevida e agressiva.

— Meu avô costumava dizer que homem também se doma, como cavalo.

— Nem todos.

— Pois le pego pela palavra. Se vosmecê é potro que não se doma, muito bem, é porque não pode viver no meio de tropilha mansa. Seu lugar é no campo. Neste potreiro de Santa Fé, moço, só há cavalo manso. Chegam xucros mas eu domo eles e boto-les a minha marca.

— Já me tinham dito isso.

— Pois, se a coisa não le agrada, mande-se mudar.

Ricardo virou as costas para Rodrigo, como para dar por terminada a entrevista. O outro, porém, continuou imóvel onde se achava. Estava resolvido a não deixar-se convencer nem enfurecer. Se despertasse a ira do senhor de Santa Fé, estaria perdido. A vida para ele no povoado seria insuportável e o melhor que tinha a fazer era encilhar o cavalo, montar e ir cantar noutra freguesia. Mas, se ele fosse embora, adeus, Bibiana!

Decidiu tentar outro recurso. Sabia que Ricardo era comandante dum corpo de cavalaria.

— Coronel, vosmecê também é um militar.

— E por sinal seu superior, capitão. Não se esqueça disso.

— Não esquecerei. Mas peço que vosmecê me escute. No fim de contas um homem tem o direito de se defender, principalmente quando está com a consciência limpa.

Ricardo encarou-o. E naquele instante Rodrigo sentiu que estava diante dum juiz.

— Então que é que tem a dizer a seu favor?

— Eu mesmo não tenho nada. Mas há muita gente boa disposta a falar por mim.

— Aqui em Santa Fé?

— Nestes papéis, coronel. Com licença de vosmecê, aqui está a minha fé de ofício.

Tirou um rolo de papéis de dentro da túnica e apresentou-os ao estancieiro, que os tomou, desamarrou a fita que os prendia, botou os óculos e começou a ler. Eram cópias de ordens do dia de diversos gencrais que Ricardo Amaral conhecia e nelas havia elogios ao cap. Rodrigo Severo Cambará pelo seu comportamento em ação. Havia também um "a quem interessar possa", declarando que o cap. Rodrigo tinha tomado parte em diversos combates, "portando-se com heroísmo, dedicação e disciplina a toda prova". A declaração estava assinada por Bento Gonçalves da Silva.

Por alguns minutos Ricardo ficou de cabeça baixa, e Rodrigo percebeu que o homem lia com alguma dificuldade: seus lábios grossos se moviam, soletrando as palavras. O senhor de Santa Fé tornou a enrolar os papéis e estava amarrando a fita que os prendia quando o capitão tirou do bolso das bombachas um estojo preto e dramaticamente apresentou-o ao outro:

— E se isto também pode dizer alguma coisa em meu favor...

— Que é isso?

— Faça o obséquio de abrir.

Ricardo Amaral tomou do estojo, com um pouco de má vontade, abriu-o e viu contra um fundo de veludo roxo uma medalha. Reconheceu a cruz da Ordem dos Militares. Não pôde esconder sua surpresa, e seu rosto iluminou-se de repente, como se a condecoração irradiasse luz. Logo em seguida, porém, seu semblante tornou a ficar sombrio. Ricardo fechou o estojo, entregou-o ao outro e começou a esfregar as mãos com impaciência.

— Isso tudo, capitão, prova apenas que vosmecê foi um bom soldado.

Rodrigo estava decepcionado. Esperava que todos aqueles documentos conseguissem comover o estancieiro e agora, vendo-o irredutível mesmo diante daquela condecoração, começava a agastar-se.

— Só me admiro é duma coisa — disse Ricardo, com voz mais conciliadora mas ainda com uma ponta de dúvida. — Como é que um homem com os serviços que vosmecê prestou ao governo não teve outras recompensas...

— Recebi o meu soldo, coronel.

— Não me refiro a soldo. Muitos oficiais depois de deixarem a tropa receberam sesmarias, viraram criadores ou plantadores.

Rodrigo sorriu. Lembrava-se de que lhe haviam contado que naquelas muitas guerras, quando fazia o recrutamento, Ricardo Amaral Neto preferia sempre tirar pais de famílias de seus lares e lavouras a desviar do trabalho de sua estância peões e escravos. Apesar de comandante dum corpo de cavalaria, nunca fornecera uma única de suas vacas para alimentar os soldados, pois achava muito mais conveniente requisitar gado e cereais aos pequenos criadores e agricultores. Murmurava-se também que o cel. Ricardo se valera mais duma vez de sua autoridade militar para obrigar certos proprietários a lhe venderem suas terras a preços baixos.

Rodrigo encolheu os ombros e disse:

— Nunca me interessei por essas coisas, coronel. Nasci caminhando como filho de perdiz.

— E por que é que agora quer fazer seu ninho aqui no povoado?

— Já lhe disse que gostei de Santa Fé. É um lugar mui lindo. No dia que eu achar que ele não me serve mais, monto a cavalo e vou m'embora. Só árvore é que pega raiz no chão.

— Pois homem que não é capaz de se apegar à terra não nos serve. O mal desta província têm sido esses aventureiros que vêm doutros pontos do país só pra se divertirem ou fazerem negócio e depois vão embora.

Ricardo, agora visivelmente mais calmo, acariciava as barbas grisalhas com sua grande mão queimada de sol e estriada de veias dum azul esverdeado.

Rodrigo sabia ser simpático, quando queria. Tratou de falar com calma e brandura, e no seu tom de voz havia agora não a humildade dum pobre que curva a cabeça ante um potentado, mas sim o respeito carinhoso dum filho que se dirige ao pai.

— Vosmecê ainda não me conhece, coronel. Mas se minha palavra valesse alguma coisa...

Ricardo interrompeu-o:

— Olhe, capitão, nunca apreciei as pessoas que põem em dúvida a palavra dos outros. Se vosmecê vai me dar a sua, não tenho razão pra duvidar dela.

Rodrigo viu que começava a pisar em terreno mais firme.

— Pois lhe empenho a minha palavra de cidadão e de soldado como nunca lhe darei nenhum motivo de queixa. Quero ficar aqui. Talvez compre umas terrinhas e comece a criar o meu gadinho. Talvez até me case...

— Mas vosmecê não vai gostar de Santa Fé. Temos poucos divertimentos e um homem habituado a pândegas, fandangos, carreiras, jogatina e mulheres não pode aguentar esta vida. Santa Fé é terra de gente trabalhadeira. Tem pouca festa e pouca moça. E as moças são direitas, ouviu, capitão?

— Ninguém está dizendo o contrário.

— Vosmecê já foi ao nosso cemitério?

— Casualmente estive lá ontem.

— Viu aquele túmulo de cruz preta, logo à direita de quem entra? Rodrigo sacudiu a cabeça, numa negativa.

— Não que me lembre.

— Pois ali está enterrado o Zé Oliveira.

Fez uma pausa cheia de significação. Depois continuou:

— O Zé tomou a mulher dum dos meus agregados... — Outra pausa. Os olhos de Ricardo Amaral Neto brilharam por um instante. — O marido meteu-lhe chumbo no corpo. O corpo do Zé Oliveira ficou que nem peneira...

— E que foi que aconteceu pra mulher? — perguntou o capitão, sorrindo.

O estancieiro fez um gesto brusco e grasnou:

— Não vem ao caso!

— Se vosmecê pensa que vou tentar tirar a mulher de alguém... — começou a dizer Rodrigo.

Mas o outro não o deixou terminar:

— O Zé Oliveira era um sujeito valente, muito alegre, cantava e tocava violão. — Com uma voz cheia de intenções veladas, acrescentou: — Sempre desconfiei de homem que toca violão.

Espinhado, Rodrigo não se conteve e replicou:

— Conheço muito patife que não toca violão.

Por um breve instante os dois homens se mediram com os olhos, num silêncio feroz. Nenhum piscou. Nenhum falou por vários segundos. Rodrigo então compreendeu que não havia mais remédio para aquela situação. Apanhou o chapéu que estava em cima duma cadeira e disse, num supremo esforço para alisar a voz:

— Bem, vou andando com a licença de vosmecê.

— Pra andar vosmecê tem toda a minha licença.

— E pra ficar?

— Para ficar, não.

O capitão fez meia-volta, aproximou-se da porta e, já a abri-la, exclamou:

— Mas fico!

Não ouviu o que o outro disse nem lhe viu a cara, pois bateu a porta em seguida e saiu para o alpendre. Dirigiu-se para a venda do Nicolau, assobiando, com o chapéu atirado para a nuca, a ruminar com gozo suas últimas palavras. Mas fico. Mas fico. Mas fico.

6

E ficou mesmo. Nada lhe aconteceu. Porque aqueles dias Ricardo Amaral fechou a casa do vilarejo e foi passar o resto do verão na estância, deixando o campo livre para Rodrigo, que aos poucos conquistou toda a população de Santa Fé, com exceção de Pedro Terra. Era alegre, cantava, tocava violão, pagava bebidas e sabia perder no jogo. Faziam rodas de truco ou de solo na venda, e em certas ocasiões até o pe. Lara vinha jogar. Ficava pitando um cigarro de palha, tossindo e rindo das histórias que o capitão lhe contava. E muitas vezes, segurando com seus longos dedos as cartas sebosas do baralho, sacudia a cabeçorra e murmurava:

— Esse capitão Rodrigo é das arábias!

Nicolau estava satisfeito com o hóspede e, de pé atrás do balcão, servindo cachaça para a freguesia, costumava olhar com ar quase paternal para Rodrigo. E parecia continuar ignorando que, sempre que ele saía, a mulher ia para a cama do outro, silenciosa e trêmula, confirmando o ditado que o cap. Cambará com frequência repetia aos amigos íntimos: "Mulher que vai uma vez comigo pra cama vai sempre".

De vez em quando Rodrigo saía com os novos amigos a caçar veados ou jacutingas. Aos domingos corria com eles carreiras em cancha reta. As apostas eram moderadas e todos se admiravam de nunca haver briga. Diziam:"O capitão Rodrigo é homem que sabe perder". Quase todas as noites havia reuniões na venda do Nicolau depois do jantar. Rodrigo tocava violão e cantava, e, quando encontrava algum repentista, desafiava-o para trovar; e, sob risadas, ficavam os dois até tarde no seu duelo poético. Já se dizia em Santa Fé que "Onde está o capitão Rodrigo não hai tristeza".

E assim se passaram algumas semanas. Rodrigo não podia tirar Bibiana do pensamento. Para falar a verdade, não procurava esquecê-la. Fizera muitas tentativas para falar com a moça, mas não conseguira nada. Aos domingos costumava ir esperar a saída da missa para ver sua "tirana" passar, de olhos baixos, muito vermelha, acompanhada pela mãe e pelo pai, o qual, ao avistá-lo, mal batia com dois dedos na aba do chapéu e passava de largo. Tinham-lhe contado que Pedro Terra dissera, em certa roda: "Esse tal capitão Rodrigo é um homem sem serventia. Vive cantando, bebendo e jogando, e tem raiva do trabalho". Rodrigo exasperava-se. A moça morava naquela casa ali do outro lado da praça e no entanto era como se vivesse em Viamão, em Rio

Pardo ou em São Paulo, porque raramente a via. Pensara em mandar-lhe um recado, escrever-lhe um bilhete... Um dia chegou a falar com o padre.

— Vigário, eu queria pedir um favor a vosmecê.

O pe. Lara aproximou o ouvido dos lábios do capitão.

— Diga.

— Arranje um jeito de eu falar com dona Bibiana.

O sacerdote sacudiu a cabeça com veemência.

— Não conte comigo para essas coisas. Não sou nenhum alcoviteiro. Não quero me meter nesses assuntos.

— Mas as minhas intenções são sérias. Quero casar com a moça.

— Então fale com o pai dela.

— Mas o velho Terra não me dá ocasião. Não quer saber de mim.

— Fale com o irmão.

— Ele não está no povoado.

— Deve chegar por esses dias.

— Mas eu sei que Pedro Terra ouve vosmecê. Diga alguma coisa a meu favor.

O padre coçou a papada. Seus olhos líquidos fitaram o rosto do capitão.

— Vosmecê me bota em cada aperto...

— Então vai falar?

— Vamos ver... Talvez. Não prometo nada.

O vigário procurou safar-se. Mas Rodrigo agarrou-lhe a manga da batina e disse:

— Padre, vosmecê sabe como sou esquentado. Estou levando este negócio com bons modos. Mas se perco a paciência não respondo pelo que acontecer.

— Vosmecê é um homem impossível! — exclamou o sacerdote. E abalou, furioso.

Por aqueles dias Juvenal voltou de sua viagem a Cruz Alta. Vendo a carreta carregada de fardos e caixas, Rodrigo teve uma ideia. Depois de abraçar Juvenal, chamou-o à parte e disse:

— Tenho uma proposta pra le fazer.

— Que é?

— Um negócio...

— Que negócio?

Estavam sentados debaixo da figueira. A tarde caía calma, e o céu estava limpo, dum azul liso e desbotado.

— A venda do Nicolau é uma droga — declarou Rodrigo.

— Mas é o que temos, não é? — retrucou o irmão de Bibiana, meio áspero.

— Vosmecê conhece a loja do velho Horácio Terra no Rio Pardo?

— Não hei de conhecer! O velho Horácio é meu tio-avô.

— Pois aquilo é que é loja. Tem de tudo, é grande e bem sortida. Santa Fé precisa duma venda melhor que a do Nicolau.

Rodrigo olhou para Juvenal, mas não viu no rosto deste nenhum sinal de compreensão ou entusiasmo. Continuou:

— Tenho na guaiaca algumas onças e patacões. Não é muito, mas dá pra gente principiar... Pois a minha proposta é a seguinte: vosmecê tem uma carreta e eu tenho um dinheirinho. Vamos fazer uma sociedade. Vosmecê faz o sortimento no Rio Pardo e eu tomo conta da loja aqui.

O rosto de Juvenal continuou impassível. Seus dentes amarelentos apertavam o cigarro apagado. Permaneceu em silêncio, olhando para o casarão dos Amarais, cujas janelas e portas continuavam fechadas.

Rodrigo deu-lhe uma palmada jovial no joelho.

— Que tal?

— É...

— É o quê? Acha ou não acha boa a ideia?

— Pode ser, pode não ser...

— Mas vosmecê não arrisca nada. Eu é que entro com o dinheiro. Vosmecê entra com sua carreta, sua experiência e suas relações no Rio Pardo. Começamos com um negócio pequeno, depois vamos melhorando a coisa aos poucos.

— É... pode ser.

— Que diabo! Vosmecê não se entusiasma com nada.

Juvenal sorriu com um canto da boca.

— Não se pode fazer nenhum negócio no ar. Tenho família.

— Pois então pense. Pense e me diga o que resolveu.

— Vou pensar.

Juvenal ergueu-se.

— Outra coisa — ajuntou Rodrigo, levantando-se também. — Quero me casar com a sua irmã.

Juvenal não disse nada. Tirou o isqueiro, bateu a pedra e, quando o pavio prendeu fogo, aproximou dele a ponta do cigarro. Só depois de tirar uma baforada é que falou.

— Já se entendeu com o meu pai?

— Ainda não.

— E com a Bibiana?

— Também não.

— Ela gosta de vosmecê?

— Não sei.

— Como é que diz então que vai se casar com ela?

— Mas como é que vou falar com ela se o velho Terra cuida da filha como cachorro ovelheiro cuida de rebanho?

Pelos olhinhos de Juvenal passou um rápido brilho pícaro.

— Decerto é porque ele acha que vosmecê é um tigre.

Rodrigo fez um gesto de impaciência. Via agora um vulto no pátio da casa de Pedro Terra, sob os pessegueiros carregados de frutos. Um vestido azul... Sim, era Bibiana que dava de comer às galinhas.

— Amigo Juvenal, faça alguma coisa por mim.

— Mas que é que vosmecê quer que eu faça?

— Fale com seu pai, com sua irmã. As minhas intenções são boas. Não sou nenhum pesteado.

Juvenal mirou o outro longamente e depois disse:

— Não acha melhor dar tempo ao tempo?

Rodrigo desferiu um pontapé numa pedra, arremessando-a contra o tronco nodoso da velha figueira. Estava de bombachas de riscado e camisa branca, com o lenço vermelho no pescoço, a aba do chapéu quebrada na frente. Juvenal olhou-o com uma mistura de simpatia e má vontade. Durante toda a viagem a Cruz Alta levara no peito uma preocupação que em vão se esforçara por vencer. Não se sentia seguro sabendo que tinha deixado sua mulher sozinha em casa, numa terra onde andava às soltas um homem como o cap. Rodrigo. Nunca tivera nenhuma razão para duvidar da fidelidade da esposa; a Maruca era uma moça quieta e trabalhadeira que nunca dera nenhum motivo para falação. Mas, por mais que ele fizesse, não conseguia esquecer Rodrigo Cambará e por isso se apressara a voltar. E, olhando agora para a cara do capitão ali naquele entardecer quente e sereno, Juvenal não podia ter nenhuma dúvida quanto aos sentimentos da irmã. Apesar de Bibiana não lhe ter nem mencionado o nome de Rodrigo, ele pressentia que a coitada estava já irremediavelmente apaixonada por aquele forasteiro. O diabo do homem tinha feitiço.

— O que tenho feito aqui nesta terra, Juvenal, chega a ser uma desmoralização pra mim. Nunca me rebaixei tanto. Nunca fiquei onde não me queriam. Sou desses que quando querem as coisas fazem, sem pedir licença a quem quer que seja. Mas aqui tenho baixado a cabeça. O mundo é muito grande e eu podia encontrar por aí miles de moças que quisessem casar comigo. Mas gostei de sua irmã e decidi que ela tem de ser minha mulher. E lhe digo mais. Hei de me casar com dona Bibiana, custe o que custar.

Juvenal não perdeu a calma.

— Mesmo que ela não queira?

— Bom, isso é diferente... Se ela não me quiser, monto a cavalo e me vou embora. Com dor de coração, mas vou. Mas se ela quiser...

Calou-se. Achou melhor não continuar, porque não queria perder a amizade de Juvenal. Ia dizer que, se Bibiana o amasse, ele a tiraria de casa e a levaria para longe na garupa do cavalo. Ja tinha feito isso com outras mulheres, em outros lugares. Deixava-as depois no caminho, quando se cansava delas. Mas com Bibiana ia ser diferente. Queria a moça para esposa. Desejava ter uma casa e filhos, muitos filhos.

Aquela manhã no cemitério, ao dar com os olhos em Bibiana, ele tivera uma espécie de visão do seu destino. Parecia que uma voz lhe segredava: "Chegou a hora, capitão. É esta".

— Tenho de ir andando... — disse Juvenal.

— Pense bem no negócio que lhe propus.

— Vou pensar.

— E quando é que me dá resposta?

— Qualquer dia.

Rodrigo teve ímpetos de dar um pontapé no traseiro de Juvenal para animá-lo, fazê-lo tomar interesse pelas coisas. Quando ele se afastou no seu andar lento, um pouco gingado, ficou a acompanhá-lo com os olhos. Juvenal tinha as pernas meio arqueadas e seus cabelos, dum negro lustroso e liso, eram compridos, cobriam-lhe o pescoço e roçavam na gola da camisa. Havia nele qualquer coisa de lerdo e descansado, como se de tanto carretear ele tivesse tomado o jeito dos bois.

Rodrigo voltou-se para a casa de Pedro Terra e ficou a contemplá-la. Bibiana havia desaparecido do pátio, mas lá estavam ainda as galinhas a ciscar o chão. Achou bonita a casa dos Terras à luz macia do entardecer. Não havia vento e as árvores estavam imóveis. Os pêssegos amarelavam entre as folhas verdes dos pessegueiros e o chão, sob as árvores, era dum vermelho-escuro manchado de sombras arroxeadas. Dum outro quintal vinha uma fumaça azulada, cheirando a cipó e ramos secos queimados. Havia também no ar um cheiro bom de carne assada. Nessas horas Rodrigo sonhava com uma casa, uma boa cadeira e Bibiana. Decidia que estava cansado de guerras e andanças e que já era tempo de sentar o juízo e cuidar do futuro. Pensou nos filhos... Queria que o primeiro fosse homem. Havia de dar-lhe uma educação de macho. Pediria ao vigário que o ensinasse a ler, escrever e contar... Mas havia de ensiná-lo principalmente a andar a cavalo e manejar as armas.

Nicolau apareceu à porta da venda.

— Está na mesa, capitão!

Despertado de seu devaneio, Rodrigo respondeu:

— Já vou indo.

Naquela noite não cantou. Todos estranharam ao vê-lo tão macambúzio. Naquela noite e nas muitas outras noites e dias que se seguiram, Rodrigo várias vezes avistou Bibiana, mas de longe. E, por mais que inventasse pretextos, não conseguiu falar com ela. E, quando o pai a levou a passar uma temporada na estância dum amigo, o capitão ficou no povoado, amargando sua saudade. À noite sentava-se sozinho debaixo da figueira, olhando para a casa de Pedro Terra e imaginando coisas. Frequentemente tinha de saciar o seu desejo de Bibiana no corpo magro da mulher do Nicolau, o qual começava já a desconfiar de tudo, mas preferia fingir que não sabia de nada. Rodrigo tinha pena do vendeiro e ao mesmo tempo o desprezava. Às vezes ficava irritado com Paula, porque ela não era nova, bonita e limpa como Bibiana. A chinoca continuava a deixar-se usar num silêncio submisso e sempre assustado. No princípio esperavam que Nicolau saísse para irem para a cama. Ultimamente Rodrigo já não fazia mais cerimônia. E muitas vezes, quando estavam ambos deitados, ouviam do outro lado do tabique a tosse ou o ressonar de Nicolau. Por fim Rodrigo não pôde suportar mais Paula; e uma noite, para evitar que ela viesse para sua cama, trancou a porta do quarto. E depois, ouvindo entre enojado e exasperado ruídos suspeitos no quarto contíguo, bateu com o pé na parede e gritou:

— Façam esse negócio sem barulho!

Revolveu-se na cama e fechou os olhos. O sono, entretanto, não lhe veio. Ele pensava em Bibiana, nos seus seios brancos, no seu corpo jovem, nos seus olhos enviesados... Decidiu que quando ela voltasse da estância ia falar-lhe nem que para isso tivesse de passar por cima do cadáver do pai, do irmão, do padre, do bispo, do diabo! Pensou também em fazer a mala e ganhar de novo a estrada. Um homem como ele se arranjava em qualquer lugar... Mas no momento mesmo de formular esse pensamento ele já sentia, já sabia que ia continuar em Santa Fé.

E, quanto mais o tempo passava, mais Rodrigo compreendia ser-lhe impossível viver sem Bibiana. O que a princípio fora apenas desejo carnal agora era também um pouco ternura: era amor. E o cap. Cambará inquietava-se por isso. Porque sempre lhe parecera que o único amor digno dum homem era esse que apenas pede cama. O amor de fazer ou cantar versos e mandar flores, esse amor de doer no peito, de dar saudade era amor de homem fraco. Ele cantava versos que falavam em tiranas, saudade e mágoa, só por brincadeira, sem sentir de verdade as coisas que dizia. No entanto, agora estava enfeitiçado por Bibiana Terra.

E, em fins daquele dezembro quente e parado, Rodrigo Cambará pela primeira vez compreendeu o profundo sentido dum ditado popular: "Quem anda cego de amor não sabe se é noite ou se é dia".

7

Um novo ano entrou e em fins de janeiro a filha de Rosa, prima de Pedro Terra, ia casar com um moço de Porto Alegre que ela conhecera em uma de suas viagens à capital. O pai da noiva, Joca Rodrigues — um dos mais prósperos plantadores de erva-mate de Santa Fé —, decidiu fazer festa grande no dia do casamento. Pediu emprestado o gaiteiro da estância de Ricardo Amaral, fez matar dois novilhos gordos, dois porcos e quinze galinhas e pôs a mulher e muitas amigas e comadres a fazerem doces, pães, pastéis, roscas e biscoitos. O noivo mandou de presente ao futuro sogro três pipas de vinho feito na quinta dos pais. E, quando Rosa Rodrigues — que era econômica a ponto de parecer sovina — perguntou ao marido se ele pretendia dar de comer e beber a um batalhão, Joca respondeu:

— Que diabo, mulher! É a nossa única filha, e vai fazer um casamentão. Se a gente não festeja uma ocasião dessas, quando é então que vai festejar?

Rosa suspirou, baixou a cabeça e meteu de novo as mãos na massa de pão. E no dia do grande acontecimento Santa Fé não falou noutra coisa.

O noivo viera só. Era um moço baixo, quieto, de grossos bigodes negros e olhos mansos. Os pais tinham nascido na ilha dos Açores e possuíam nos arredores de Porto Alegre uma quinta onde cultivavam parreiras e hortaliças, faziam vinho, queijo e linguiça e criavam porcos e galinhas. A chegada do rapaz a Santa Fé causara alguma sensação. Qualquer forasteiro que chegasse sempre era uma novidade que ocupava a atenção dos habitantes do povoado, onde a vida de ordinário se arrastava calma e igual. Mas aquele homem do litoral, que vestia e falava dum modo diferente das gentes do interior, de certo modo representava uma parte da Província cujos habitantes não tinham ainda cortado completamente o cordão umbilical que os prendia a Portugal. Algumas famílias açorianas cujos antepassados tinham chegado ao Continente de São Pedro havia quase oitenta anos mantinham ainda mais ou menos intatos os costumes das ilhas.

O noivo da filha de Joca Rodrigues não sabia montar a cavalo com o garbo e o desembaraço dos homens do interior e da fronteira. E quando entrou no povoado, meio encurvado em cima dum petiço manco e cansado, seguido de dois escravos, um santa-fezense que estava parado à frente da venda do Nicolau gritou, jovial:

— Cuidado, baiano!

E outro, mais adiante, vendo como o forasteiro se agarrava à cabeça do lombilho, não se conteve e exclamou:

— Largue o santantônio, moço!

O recém-chegado sorriu. Tinha consciência de estar fazendo figura triste. Achava-se agora em meio de gente habituada a uma vida e a um tipo de trabalho que ele desconhecia quase por completo. Jamais manejara o laço ou as boleadeiras; não sabia domar potros nem parar rodeio. Meio encalistrado, distribuía cumprimentos amáveis para a direita e para a esquerda, como se quisesse comprar com essa afabilidade a tolerância daqueles gaúchos.

Não levou, porém, muito tempo para se fazer estimado. Como a maioria dos ilhéus, era simples e alegre, duma alegria natural, sem fanfarronada nem barulho. Gostava de dançar, cantar, era econômico, firme nas suas opiniões e não se expunha a riscos em seus negócios. Apegado à terra, preferia — como a maioria dos homens de sua origem — uma vida sóbria e sedentária às guerras, correrias e aventuras. Era religioso, hospitaleiro e tinha um respeito supersticioso pela lei e pela autoridade.

O pe. Lara travou logo conhecimento com aquele moço de Porto Alegre, pediu-lhe notícias da capital e do mundo e recebeu com satisfação os jornais da Corte que o recém-chegado trouxera consigo. E, convivendo com aquele filho de açorianos, o vigário, que gostava de estudar e observar as pessoas e as coisas, sorria e achava que o noivo da filha de Joca Rodrigues era bem a antítese de Rodrigo Cambará. Sua linguagem — na pronúncia, na entonação e no emprego de certos vocábulos que o interior da Província usava pouco ou desconhecia de todo — lembrava a das ilhas, aproximava-se muito, na construção das sentenças, do português castiço que o padre lia em Manuel Bernardes e Benardim Ribeiro. Era uma língua cantante, por assim dizer apertada, cheia de *ss* chiados, *aa* surdos, *ee* mudos, ao passo que Rodrigo Cambará pronunciava todas as letras, falava uma linguagem clara, como que quadrada no seu escandir de sílabas, e cheia de castelhanismos trazidos da Banda Oriental. Para o moço de Porto Alegre uma moça era uma "rapariga"; para seus avós, uma "cachopa"; mas para Rodrigo, mulher moça era à vezes "muchacha" ou, quando ele queria depreciar a jovem, "piguancha". Quando o noivo desejava exprimir agradecimento, dizia respeitosa e quase solenemente: "Obrigado a vossa mercê"; mas Rodrigo soltava um "Gracias!" rápido, casual e quase insolente.

O pe. Lara lembrou-se dos tempos em que fora capelão da igreja de Viamão. Isso tinha sido pouco antes de 1822, quando já se falava da surda luta pela independência do Brasil. Ele via a má vontade, a desconfiada reserva com que alguns açorianos e seus descendentes recebiam ou comentavam as notícias sobre a propaganda libertária. Para eles era melhor que o Brasil continuasse sob o domínio português. Se o país ficasse independente, sabiam que iam sentir-se como que abandonados.

Esses açorianos, tão apegados a suas terras, lavouras, lojas e oficinas, representavam a ordem, a estabilidade, o respeito às leis, a obediência à Corte de Lisboa. Mas os homens que, como Rodrigo, tinham vindo das Guerras Platinas, onde estiveram em contato com os caudilhos e guerreiros castelhanos que procuravam libertar sua pátria do domínio espanhol; os homens do interior e da fronteira que amavam a ação, o entrevero, as cargas de cavalaria, a lida e a liberdade do campo, onde viviam longe do coletor de impostos e das autoridades — esses falavam em liberdade, hostilizavam os portugueses, queriam a independência. Representavam a população menos estável porém mais nativista do Rio Grande. Criavam gado, faziam tropas e eventualmente engrossavam os exércitos quando o inimigo invadia a Província. Alguns brigavam por obrigação; muitos por profissão; mas a maioria brigava por gosto.

E agora, observando o moço de Porto Alegre que viera casar com uma filha de Santa Fé, o pe. Lara mais uma vez ficava em dúvida quanto ao tipo que mais lhe agradava: o habitante sedentário e pacato do litoral ou aquela gente meio bárbara do interior? E concluía um tanto alarmado que, contra toda a lógica, entre o futuro genro de Joca — o moço quieto, que se confessava, tomava comunhão e ia à missa — e Rodrigo Cambará, que não tinha Deus nem lei e zombava da religião, ele, um sacerdote, preferia o último, de todo o coração. Era uma questão de simpatia que nada tinha a ver com suas conveniências ou convicções religiosas.

Para a Igreja, os litorâneos, os habitantes de lugares como Porto Alegre, Viamão, Rio Grande e Pelotas, ofereciam uma seara mais rica e segura que a de outras zonas da Província. A Igreja Católica precisava de estabilidade e havia nessas cidades, vilas e povoados uma hierarquia nítida — nobreza, clero e povo —, uma divisão muito conveniente ao trabalho de evangelização. Quanto às populações das estâncias e charqueadas, o problema era diferente e infinitamente mais complicado. Aquela vida agreste e livre convidava à violência, à arbitrariedade e à insubmissão. As charqueadas eram focos de banditismo. O trabalho das estâncias como que nivelava o patrão ao peão e ao escravo. Muitas vezes o estancieiro saía a camperear ombro a ombro com aqueles numa faina igualizadora que oferecia certos perigos, pois criava o risco de negros e caboclos quererem gozar das mesmas prerrogativas que seus senhores. O pe. Lara sabia que todos os homens tinham sido criados à imagem e semelhança do Senhor. Mas reconhecia também que, para maior facilidade e eficiência do trabalho dos sacerdotes de Deus na Terra, era necessário que houvesse ordem, um sentido de hierarquia, um escalonamento nítido da sociedade. Porque a desordem era inimiga da religião, e se os homens não reconhecessem nenhum princípio de autoridade na vida temporal, como haviam de reconhecê-lo na vida espiritual? Por outro lado, estava também convencido de que todas as ideias de liberdade e igualdade traziam no seu âmago sementes de ateísmo e anarquia, tanto que as conspirações republicanas eram feitas em geral pela maçonaria. Lera muitos ensaios sobre a Revolução Francesa. Detestava Marat, Robespierre e Danton. Achava-os uma corja de ateus que negavam o Deus único e falavam em nome duma deusa absurda, quando na verdade estavam apenas dando voz a seus apetites, ambições e perversões. O mundo — achava o pe. Lara — nunca fora mais feliz que na Idade Média. Ateus e hereges chamavam a essa época áurea da história a era do obscurantismo, a idade negra. Mas um dia a Idade Média haveria de voltar e com ela toda a glória da Santa Madre Igreja.

Rodrigo — achava o vigário — representava à maravilha a mentalidade do homem do campo, da guerra e do cavalo, que não teme a Deus nem ao diabo. Aqueles aventureiros habituavam-se a nunca ir à igreja nem a respeitar os sacerdotes. Não havia em suas vidas ordem ou método ou estabilidade que lhes permitisse dedicarem pelo menos um dia da semana ao culto do Criador. Em alguns lugares da Província os homens nem chegavam a saber quando era domingo. Por outro lado, como podiam eles humilhar-se diante de Deus se sabiam que Deus era um homem, e um homem macho — segundo o rude código continentino — nunca baixa a cabeça nem ajoelha diante de outro homem? Habituados a guerras, asperezas e violências, confiavam mais em seus cavalos, suas armas e sua coragem do que em santos, rezas, sacerdotes ou igrejas.

Às vezes, estudando as gentes de Santa Fé, comparando-as com as outras pessoas que conhecera em outros recantos da Província, estendendo o olhar para os horizontes que por assim dizer cercavam aquelas vastas campinas em derredor do povoado, o pe. Lara ficava a pensar no que seria aquela população dali a cem anos... A vida para ele não era fácil nem agradável, por causa da asma, mas gostaria de poder durar tanto como Matusalém para ver que resultado teria aquela mistura de raças que se estava processando na Província de São Pedro. Sabia que era uma espécie de tradição entre os Amarais fazer filhos nas escravas, produzir mulatos e mulatas, que por sua vez depois se cruzavam com brancos, índios ou pretos. Os brancos gostavam muito das índias. O padre ouvira dizer que as mulheres índias se entregavam aos índios por obrigação, aos brancos por interesse e aos negros por prazer. Agora — refletia ele — aquele moço de sangue açoriano ia casar-se com a filha de Joca Rodrigues, que era um paulista neto de portugueses do Minho. Fazia já mais de quatro anos que tinham chegado à Feitoria do Linho-Cânhamo, às margens do rio dos Sinos, centenas e centenas de colonos alemães. No futuro os filhos desses imigrantes haveriam de fatalmente casar-se com as gentes da terra e o sangue alemão se misturaria com o português, o índio e o negro. Para produzir...

o quê? Havia outra coisa que inquietava o vigário de Santa Fé. Era pensar que entre esses imigrantes alemães deviam existir muitos protestantes. Chegaria o dia em que as igrejas luteranas começariam a aparecer nas colônias. O governo devia evitar isso, estabelecendo como condição para um imigrante entrar no Brasil a sua qualidade de católico praticante. Porque a terra da Santa Cruz pertencia espiritualmente à Igreja Católica. Muitos anos antes de os alemães sonharem com aquela parte do mundo, já havia ali missionários da Sociedade de Jesus. O primeiro branco a pisar as terras do Continente fora o jesuíta Roque Gonzales. Todos sabiam disso.

Na manhã do dia em que a filha de Joca Rodrigues ia casar-se com o moço de Porto Alegre, o pe. Lara ficou sentado nos degraus da capela, falando sozinho, lembrando, comparando, imaginando... Se ele vivesse tanto quanto Matusalém, ia ver muita coisa engraçada. Mas com aquelas dores no peito não esperava ir muito longe. Seus olhos voltaram-se para o alto da coxilha onde ficava o cemitério. Por trás daquela cerca de pedra estava a população mais tranquila de Santa Fé; uma gente que não incomodava ninguém, não falava, não ria, não dançava. Suas almas estavam num outro mundo. Para uns, esse outro mundo era o céu; para outros, o inferno; para outros, o purgatório. Mas para onde iria ele? Teria o grande privilégio de ver Deus? Imaginou-se entrando no céu, erguendo os olhos para a face resplandecente do Criador. Convenceu-se de que sua imaginação não o ajudava. Achava também que seria demasiada pretensão sua esperar que, depois de morto, fosse levado diretamente à presença de Deus.

Um homem passou naquele momento e perguntou:

— Falando sozinho, vigário?

O pe. Lara caiu em si e ficou meio encabulado. Mas respondeu com sereno bom humor:

— Coisas de velho caduco... coisas de velho caduco.

8

Depois do casamento na capela houve jantar e baile no terreiro da casa de Joca Rodrigues. Praticamente toda a população de Santa Fé compareceu à festa com as suas melhores roupas. Ao anoitecer sentaram-se em bancos sem encosto (pranchas de madeira em cima de pedras e tijolos empilhados) ao longo duma grande mesa feita de várias mesinhas emendadas e a cuja cabeceira estavam sentados os noivos, tendo à direita os pais da moça e à esquerda o pe. Lara. Em cima da mesa viam-se pratos e travessas cheios de pedaços de galinha assada, carne de porco com rodelas de limão, batatas-doces e aipim. No fundo do quintal preparava-se o churrasco: dezenas de espetos fincados em bons nacos de carne estavam colocados sobre um longo valo raso, no fundo do qual luziam braseiros; a graxa derretida caía nas brasas, com um chiado, e uma fumaça cheirosa subia no ar, enquanto duas pretas de vez em quando mergulhavam ramos de pessegueiro dentro dum balde com salmoura e depois aspergiam os churrascos, trazendo os que ficavam prontos para a mesa, onde eram disputados aos gritos. Os homens usavam suas facas, que tiravam da cintura ou das botas, e com elas cortavam o assado, muitas vezes respingando o rosto com o sumo sangrento da carne. Nas barbas negras de alguns deles a farinha branquejava como geada sobre campo de macegas recém-queimado. O dono da casa dirigia o jantar, gritava para os churrasqueadores, recomendando: "Um bem assado!" ou "Que venha uma boa costela" ou ainda "Um gordo aqui pro Chico Pinto!". No princípio da festa notara-se um silêncio um pouco constrangido. Mal, porém, o vinho começou a encher os copos e subir à cabeça dos convivas, eles se puseram a falar mais alto, a rir, a contar histórias, entusiasmados. As mulheres, mais quietas, limitavam-se a sorrir, de cabeça meio baixa. O terreiro estava iluminado por muitas lamparinas de azeite e sebo dentro de guampas postas em cima da mesa ou presas nos galhos das laranjeiras e pessegueiros.

De seu lugar Rodrigo cocava Bibiana com os olhos famintos. A moça estava junto de Bento Amaral, não muito longe do lugar do capitão. Este podia ver-lhe bem o rosto, graças à lamparina que havia sobre a mesa, bem na frente dela. Estava linda no seu vestido branco, com um fichu no pescoço, os cabelos escuros puxados num coque, no qual estava metido um pente espanhol. Bento tinha o rosto voltado para ela e dizia-lhe alguma coisa. Era um homem grandalhão, de cabelos crespos muito lustrosos e suíças grossas; e era talvez, com exceção do noivo, o homem mais bem vestido da festa. Bibiana, porém, parecia não estar muito interessada no que ele dizia, porque enquanto o rapaz falava ela brincava com uma bolinha de miolo de pão, rolando-a entre o indicador e a mesa, de olhos baixos, séria, o sobrolho franzido. Rodrigo dizia para si mesmo: "Vou falar com ela hoje. Vou falar com ela hoje". Mastigava o seu churrasco com gosto, bebia o seu vinho estralando a língua. Sentia aos poucos um calor bom apoderar-se-lhe do corpo e ao mesmo tempo ficava um pouco inquieto, pensando no que poderia acontecer se ele se embriagasse e "perdesse a tramontana". O gaiteiro começou a tocar e os primeiros acordes do instrumento foram abafados pela gritaria de aplauso. Depois as vozes silenciaram um pouco e o homem — mulato de cara larga picada de bexigas — começou a tocar uma tirana. Estava sentado numa cadeira, no meio do terreiro, o chapéu quebrado na frente, o barbicacho quase a entrar-lhe na boca; tocava de olhos fechados, as sobrancelhas erguidas, e segurava a gaita com frenética paixão, como se estivesse abraçando uma mulher. Os noivos comiam pouco, mas olhavam-se muito e sorriam um para o outro. O padre estava empenhado numa conversa com o pai da noiva. Rodrigo olhou um momento para a filha de Joca Rodrigues: viu-a ali de véu e grinalda contra um fundo escuro de árvore na sombra e prometeu a si mesmo que — custasse o que custasse — dentro de algum tempo quem estaria na cabeceira duma mesa como aquela seriam ele e Bibiana. Afogou suas visões num novo gole de vinho, bem no momento em que alguém lhe passava por cima do ombro um espeto com um churrasco cheiroso e suculento. Largou o copo, segurou o espeto e gritou:

— Sirvam-se, patrícios!

Muitas mãos e facas aproximaram-se do churrasco.

O gaiteiro continuava a tocar a tirana. Rodrigo via por sobre sua cabeça um vago brilho de estrelas e, num relance, lembrou-se das suas noites de guerra, nos acampamentos da Banda Oriental em que, cansados de brigar, eles se deitavam, alguns com suas chinas. Quase sempre havia alguém que tocava cordeona ou guitarra e cantava. E ele, deitado de papo para o ar sobre os arreios, com as mãos enlaçadas contra a nuca, ficava olhando as estrelas, pensando nas muitas mulheres que tivera, em como era bom estar ainda vivo. A carne que davam às tropas era pouca e ruim; a água que bebiam era turva. Mas era bom estar vivo. E agora ali sentado àquela mesa — as faces ardentes, uma comichão nas mãos e nos pés — olhando para Bibiana ele concluía mais uma vez que a melhor coisa do mundo era estar vivo. Só lamentou que não pudesse virar a mesa com um pontapé, dar um empurrão em Bento, tomar Bibiana pelo braço, montar a cavalo, levar a moça na garupa e ir deitar-se com ela em meio do campo, sob aquelas mesmas estrelas que o haviam acompanhado em tantas campanhas.

Bibiana olhou para ele furtivamente. E no rápido instante em que seus olhos se encontraram Rodrigo viu, sentiu que a moça o amava. Essa potranquinha está laçada — concluiu. — Já botei nela a minha marca. Meteu na boca um naco de carne gorda, triturou-o nos dentes fortes e pensou ainda: Minha marca não sai mais. Nunca mais. Mastigou bem a carne e depois ajudou-a a descer goela abaixo com um gole de vinho tinto. Afrouxou o nó do lenço. "Está quente, amigo", murmurou, dirigindo-se ao homem que tinha a seu lado. O outro não ouviu e continuou a comer, de cabeça muito baixa, como um porco com o focinho metido no cocho. Os sons rasgados e chorosos da gaita enchiam o ar. Um ventinho morno bulia com as folhas, fazia oscilar a chama das lamparinas. Homens iam e vinham trazendo churrascos ou levando espetos nus. A vida era boa — pensava Rodrigo. Ele havia de casar com Bibiana. Esta noite tiro a minha dúvida. Vou falar com ela.

Alguém pediu silêncio. O padre levantou-se, fez um breve discurso e no fim pediu que bebessem um brinde à felicidade dos noivos. Tiniram copos. Os convivas estavam de pé quando novamente os olhos de Bibiana se encontraram com os olhos de Rodrigo e por assim dizer chocaram-se de leve como copos que se tocam num brinde. Minha marca é pra sempre — pensou o capitão.

Sentaram-se. Foi só então que Rodrigo começou a sentir que o observavam. Voltou a cabeça e deu com os olhos de Pedro Terra. Sorriu e fez-lhe um sinal amável. O pai de Bibiana limitou-se a inclinar a cabeça, sério. Mas Juvenal, que estava do lado do pai, ergueu a mão para Rodrigo num aceno amistoso. O capitão levantou o copo e gritou-lhe um "Salud!" que se perdeu em meio da algazarra.

9

Quando o jantar terminou, a mesa foi desmanchada, os bancos arredados e o terreiro ficou livre para o fandango. No princípio houve um pouco de acanhamento, os moços não se decidiam a tirar as moças para dançar. Mas Joca Rodrigues os animou, convidando Rosa para a primeira marca. Depois puxou os noivos para o terreiro. Joca sabia que as gentes das ilhas eram dançadeiras e alegres; tinham trazido para o Continente muitas das danças que se dançavam nas vilas e na campanha, como a chimarrita, o vira e tantas outras. Novos pares vinham para o centro do terreiro e Ataliba, o tocador de violão, aboletou-se no seu mocho, debaixo de um pessegueiro, e começou a pontear a guitarra. Alguém gritou: "Aí, Ataliba velho!". Rodrigo estava encostado no grosso tronco de uma laranjeira e olhava em torno, meio atarantado. A bebida lhe dera uma tontura boa e quando caminhava ele tinha a impressão de que o chão lhe fugia. Mas não estava tão embriagado que não compreendesse que estava embriagado e que se não se contivesse poderia fazer alguma asneira. Não queria de modo algum entornar o caldo. Desejava falar com Bibiana sem precisar brigar com ninguém. Se provocasse algum escândalo, talvez perdesse a moça para sempre. Lá estava ela junto de Bento, que faceiramente ajeitava o lenço, o cachorro! O diamante do anel do herdeiro do velho Amaral rebrilhava como seu cabelo besuntado de vaselina perfumada. Rodrigo imaginou-se a atravessar o terreiro, na direção do moço; viu-se a passar a mão por aquela cabeleira e despenteá-la... Por um instante o desejo de fazer isso foi tão grande que ele abraçou o tronco, como para evitar que suas pernas o levassem até Bento Amaral.

— Vai dançar com a árvore? — perguntou-lhe alguém.

Rodrigo voltou a cabeça e viu o vigário.

— Ah! Pois é, padre. As moças de Santa Fé não me querem.

O pe. Lara acendeu um cigarro e olhou em torno. Depois, lançando um olhar enviesado para Rodrigo, perguntou:

— Quantos copos de vinho bebeu, capitão?

— Uns dez...

— Por que não vai dar um passeio na praça e depois volta pra cá?

— Está com medo de que eu faça alguma loucura?

— Para lhe ser franco, estou.

— Não se preocupe. Estou enxergando mui claro. Não quero fazer barulho. Quero mas é falar com dona Bibiana.

O vigário sacudiu a cabeçorra.

— Não faça isso. O Bento pode ficar brabo.

— Que morda o rabo!

— Por que não deixa a coisa pra outra vez?

Rodrigo não respondeu. Olhava a grande roda que se havia formado no meio do terreiro.

— Vamos dançar o anu! — decidiu Joca Rodrigues. E bateu palmas, pedindo silêncio. As vozes se aquietaram e o pai da noiva dirigiu-se a Bento: — Vosmecê vai marcar.

— Está feito! — respondeu o moço. Tinha uma voz gorda e retumbante.

— Vamos, Ataliba! — gritou Joca para o violeiro. — O anu!

Ataliba começou a tocar.

— Tudo cerra! — gritou Bento, cujo par era Bibiana Terra.

Homens e mulheres deram-se as mãos e fecharam a roda. O sapateado começou. Os homens batiam com as esporas ou o salto das botas no chão duro do terreiro, enquanto as mulheres meneavam o corpo.

— Cadena! — mandou Bento.

Marcava a dança sem alegria nem graça. Dava ordens: era ainda o senhor de Santa Fé a falar aos outros de cima de seu cavalo. E no tom de sua voz Rodrigo percebia um certo orgulho, como se ele estivesse sempre a pensar assim: sou um Amaral. Eu mando. Sou um Amaral. Eu mando.

Os pares obedeciam. Quebravam a roda, os cavalheiros postavam-se à mão direita das damas. As figuras se sucediam e todos pareciam divertir-se muito.

Quando houve uma pausa na dança, Ataliba cantou:

> *O anu é pássaro preto,*
> *Passarinho de verão.*
> *Quando canta à meia-noite*
> *Dá uma dor no coração...*
> *Folga, folga, minha gente,*
> *Que uma noite não é nada;*
> *Se não dormires agora,*
> *Dormirás de madrugada.*

Dormirás de madrugada — pensou Rodrigo. — Mas com quem? Com quem? E não tirava os olhos de Bibiana. Via os pares passarem, ouvia o sapateado, a voz do violeiro...

Depois do anu dançaram a chimarrita e o tatu. E no meio da balbúrdia Rodrigo de quando em quando via os olhos de Bibiana buscarem os seus, oblíquos e ariscos; esperava longos minutos por esse encontro breve e leve. A seu lado o pe. Lara observava-o disfarçadamente. Houve uma pausa em que a música cessou. Os homens passavam os lenços pelos rostos suados; as mulheres abanavam-se com seus leques ou fichus, sentavam-se, diziam-se segredinhos com as cabeças muito juntas. O gaiteiro veio substituir Ataliba. E, quando os pares começavam a se preparar para a tirana grande, Rodrigo sentiu que havia chegado sua hora. Tinha esperado demais. A paciência dum homem tem limites. Apertou o braço do padre e disse:

— Padre Lara, não estou bêbado nem nada. Olhe a minha mão. — Estendeu o braço e abriu os dedos. Estavam firmes, sem o menor tremor. — Vou tirar a Bibiana para dançar. Quero que vosmecê esteja perto pra ver como vou me comportar.

Arrastou o padre consigo. Quando o viram aproximar-se de Bibiana, que já estava de pé, na frente de Bento, os outros pares se afastaram como se todos estivessem esperando por aquele momento especial. De repente houve um silêncio. Até o gaiteiro parou. Foi um silêncio tão grande que Bibiana chegou a temer que os outros pudessem ouvir as batidas de seu coração.

Rodrigo fez uma cortesia na frente da moça e perguntou:

— Vosmecê quer me dar a honra desta marca?

Ela quis dizer alguma coisa mas não pôde falar. O pe. Lara olhava para Bento com uma expressão desolada na cara. Houve um curto segundo de indecisão. Mas o filho de Ricardo Amaral falou:

— Dona Bibiana já tem par.

Rodrigo não se perturbou, olhou para o outro, firme, e disse com calma:

— Vosmecê me perdoe, mas estou falando é com a moça.

— Mas eu estou le respondendo.

O sacerdote tomou do braço de Rodrigo, tentando arrastá-lo dali.

— Capitão... — começou ele a dizer.

Rodrigo desembaraçou-se do padre e, fazendo nova curvatura para Bibiana, repetiu o convite.

— Vosmecê quer me dar a honra de dançar comigo a outra marca?

Os convivas aproximaram-se e em breve formavam um círculo, no centro do qual estavam Bibiana, os dois homens que a requestavam e o padre.

— Já le disse que ela tem par!

Rodrigo contemplava Bibiana, sem dar nenhuma importância ao que o outro dizia.

— Se vosmecê disser que não quer dançar comigo — prosseguiu ele —, vou-me embora desta casa. Se vosmecê disser que não quer saber de mim, vou-me embora de Santa Fé para nunca mais voltar. Mas, por favor, diga alguma coisa!

Bibiana tinha a impressão de que seu coração era como um pássaro louco, como um anu que ela tinha encerrado no peito e que agora batia com as asas e com o bico em suas carnes, querendo fugir. Sentia as pernas moles, a cabeça tonta. De olhos baixos, as faces ardendo, não sabia responder, e já agora nem sequer escutava o que os outros diziam. Não queria que aqueles homens brigassem por sua causa. Mas não queria também que Rodrigo fosse embora. Que fazer, meu Deus? Que fazer?

— Podemos resolver tudo isso amigavelmente — disse o padre, com voz um pouco trêmula. — Vamos, rapazes. No fim de contas não há motivo.

Bento Amaral interrompeu-o:

— Com certos tipos a gente só resolve as coisas de homem para homem.

Os outros admiravam-se da serenidade de Rodrigo, que encarava Bento a sorrir. E, quando falou, dirigiu-se aos que o cercavam:

— Vosmecês estão vendo. Esse moço está me provocando...

Insolente, Bento Amaral botou as mãos na cintura e disse:

— Pois ainda não tinha compreendido?

Bibiana sentiu que alguém lhe pegava do braço e a arrastava para longe dos dois rivais, abrindo caminho por entre os convivas. Não ergueu os olhos, mas sentiu que esse alguém era o pai.

— Vamos lá pra dentro resolver isto como cavalheiros... — sugeriu Joca Rodrigues, batendo timidamente no ombro de Bento.

— Não vejo nenhum cavalheiro na minha frente — retrucou este, mais mordendo do que pronunciando as palavras. — Vejo é um patife!

O sangue subiu à cabeça de Rodrigo, que teve de fazer um esforço desesperado para não saltar sobre o outro. Com voz surda replicou:

— Por menos que isso já escrevi a faca a primeira letra de meu nome na cara dum patife.

Bento deu um passo à frente, arremessou o braço no ar e sua mão bateu em cheio numa das faces do cap. Cambará.

E, quando Rodrigo, espumando de raiva, quis saltar sobre ele, sentiu que quatro braços o seguravam e retinham pelos ombros e pela cintura. Esperneou, vociferando, fazendo um esforço desesperado para se desvencilhar:

— Me larguem! Canalhas! Me larguem! Traidores!

E atirava pontapés para todos os lados.

— Larguem o homem! — pedia Bento. — Larguem!

Atarantados, Joca Rodrigues e o padre não sabiam o que fazer. O vigário viu um ódio feroz no rosto do capitão. Mais que isso: viu um desejo de morte, de sangue. Compreendeu também que já àquela altura dos acontecimentos não era mais possível resolver a questão sem violência. No meio da confusão ouviu-se de repente uma voz:

— Isso não é direito! O homem foi esbofeteado e agora não deixam ele reagir. Não é direito!

Era Juvenal Terra quem falava.

— Pois larguem o patife! — dizia Bento. — Larguem!

Mas os homens que seguravam Rodrigo não o largavam.

— Não podemos soltar o capitão. Vai haver sangue! — disse um deles.

Juvenal replicou:

— Depois dessa bofetada não pode deixar de haver sangue.

E o padre ficou surpreendido ao perceber no rosto do filho de Pedro Terra uma expressão que só podia ser ódio mal contido: uma surda raiva velava-lhe a voz. E o vigário pela primeira vez percebeu como Juvenal detestava Bento Amaral.

— Não quero briga dentro da minha casa — declarou Joca Rodrigues.

Sem tirar os olhos de Bento, Juvenal tornou a falar:

— Não precisa ser dentro de sua casa, seu Joca. Pode ser em qualquer outro lugar. O mundo é muito grande.

Rodrigo sentia arder-lhe o rosto, como se Bento tivesse encostado nele um ferro em brasa. Sua garganta estava seca e irritada. Seus dentes rilhavam. Mas ele já não fazia mais esforços para se libertar.

— Pois estou à disposição do seu amigo — anunciou Bento, encarando Juvenal.

O filho de Pedro Terra apertou os olhos e a voz.

— É muito fácil dizer isso, Bento, quando a gente tem pai alcaide e miles e miles de capangas.

— Que é que vosmecê quer dizer com isso?

— Que é muito bonito pro filho do coronel Ricardo se fazer de valentão. Porque neste povoado e em muitas léguas em roda dele quem arranhar o dedo mindinho de vosmecê não escapa com vida.

O rosto de Bento estava vermelho de cólera, sua testa reluzia e em seus olhos, que agora estavam fitos no rosto de Juvenal, havia uma expressão que era ao mesmo tempo rancor e espanto.

— Não seja desaforado!

— Que foi que aconteceu pro Juca da Olaria?

O coração do padre desfaleceu. Ele sabia que o cel. Ricardo tinha mandado um de seus peões matar o Juca da Olaria porque o rapaz lhe "lastimara" o filho numas carreiras.

— E o Maneco Bico-Doce? E o Mauro Pedroso?

— Cale essa boca, Juvenal! — interveio Joca Rodrigues, tentando levar o rapaz dali.

— Não calo, Joca, não calo. Se vosmecês têm medo de falar, eu não tenho. Por muito tempo andei com essas coisas atravessadas na garganta. Agora chegou a hora. Agora digo tudo.

Bento parecia engasgado. Grandalhão, o largo peito a subir e a descer ao compasso de uma respiração irregular, o anel a brilhar no dedo, ele ali estava como um touro que se prepara para o arremesso. E as palavras de Juvenal eram provocadoras como um pano vermelho.

Nesse momento Rodrigo gritou:

— Amigo Juvenal, esta parada é minha. Me larguem!

Juvenal não tirava os olhos de Bento.

— A parada é de vosmecê, capitão, eu sei. Mas ainda não terminei. Todo mundo aqui tem medo dos Amarais. Pois eu, se tive algum, agora perdi. Não é o vinho. Só bebi refresco de limão. Posso estar bêbado, mas é de raiva. Pois é. Ninguém diz nada, ninguém faz nada. Hai anos que a gente vive aqui encilhado pelos Amarais. O velho Ricardo Amaral tirou a terra do meu pai. Botou a corda no pescoço do coitado, quando ele ficou mal de negócios. Todo mundo sabe que a maior parte dos campos que esse velho tem foi roubada. Só sinto é ele não estar aqui pra ouvir estas verdades.

Bento bufava, mas não dizia nada, como que inibido pela surpresa.

Os homens que seguravam Rodrigo olhavam para Bento, como a pedir-lhe instruções. O filho de Ricardo Amaral tornou a passar a mão pela testa suada e disse, altivo, dirigindo-se a Rodrigo:

— Estou à sua disposição.

— Onde? — Foi só o que o capitão pôde perguntar.

O padre percebeu que no estado em que ele se encontrava era capaz de beber o sangue do outro.

— Montamos a cavalo e vamos pro alto duma coxilha.

Juvenal intrometeu-se:

— E os capangas de vosmecê vão atrás e ajudam a liquidar o capitão, não é?

Bento cresceu sobre Juvenal, que ficou firme onde estava, encarando-o.

— Isso é uma calúnia.

— Pois então prove que é. Dê ordem aos seus homens pra não seguirem vosmecê.

Bento olhava em torno, atarantado.

— Depressa com isso! — gritou Rodrigo, fazendo ainda um esforço por se livrar dos braços que o prendiam.

Juvenal continuou:

— E se vosmecê é um homem de honra, prometa aqui diante de toda esta gente que se o capitão ferir ou matar vosmecê ele pode ir embora em paz. Prometa!

Bento transpirava, arquejante, mas não dizia nada. Era como se aqueles muitos pares de olhos que estavam postos nele irradiassem calor, fazendo-o suar e dando-lhe um mal-estar insuportável.

— Está bem — disse, soturno. — Dou minha palavra de honra. — Dirigiu-se para um dos que seguravam Rodrigo. — Se esse homem me ferir ou me matar, podem deixar ele ir embora em paz. — Aproximou-se do vigário. — Padre, vosmecê fale com meu pai, explique a ele que empenhei minha palavra de honra.

O pe. Lara tinha os lábios trêmulos e sua respiração parecia mais agoniada que nunca.

— Meninos, acho que podíamos ajustar tudo honradamente sem ser necessário um duelo — sugeriu.

— Agora é tarde, padre! — gritou Rodrigo. — Se eu não botar minha marca na cara desse cachorro, não me chamo mais Rodrigo Cambará.

Isso pareceu enfurecer ainda mais Bento Amaral.

— Vamos embora — disse ele. — O quanto antes. Cada qual no seu cavalo. Só os dois. Seguimos na direção da lagoa... — Calou-se, ofegante. — Chegando atrás do cemitério, apeamos...

— Arma de fogo? — perguntou Rodrigo.

— Adaga.

Os olhos de Rodrigo brilhavam.

— É melhor. Leva mais tempo.

Bento deu meia-volta e foi pedir que lhe trouxessem o cavalo. Formaram-se os grupos, romperam as conversas. Algumas mulheres tinham os olhos arregalados de susto e não podiam falar. Uma delas chorava, tomada duma crise de nervos, enquanto as negras da casa lhe preparavam um chá de folhas de laranjeira.

Quando soltaram Rodrigo, este se aproximou do pe. Lara e disse:

277

— Tome a minha pistola. — Deu-lhe a arma. — Na casa do Nicolau, debaixo da cama, tem um baú e no baú está uma guaiaca com todo o meu dinheiro. Se eu morrer, dê metade do dinheiro pro Juvenal e fique com a outra metade pra sua igreja.

O padre contemplava-o, estupidificado, incapaz de pronunciar uma palavra, de fazer o menor gesto, de dar o menor sinal de gratidão ou de pesar: apenas ronronava, de boca semiaberta.

Um homem aproximou-se deles e comunicou:

— O seu Bento disse que daqui a pouquinho está esperando vosmecê debaixo da figueira. É de lá que os dois têm de sair.

Rodrigo foi até seu quarto, acendeu uma vela e começou a procurar os arreios. Estava excitado, feliz, e no seu nervosismo assobiava baixinho. Foi então que percebeu a presença de alguém mais ali no quarto. Num canto escuro estava um vulto parado. Reconheceu nele a mulher de Nicolau.

— Vou pelear, Paula, vou pelear.

Ela continuou silenciosa.

— Vou botar minha marca na cara do Bento Amaral.

Rodrigo puxou os arreios de debaixo da cama e apanhou a adaga que estava sob o travesseiro. De repente uma ideia louca lhe veio à cabeça e lhe tomou conta do corpo como um veneno de ação instantânea. Deu dois passos na direção de Paula, agarrou-a pela cintura, ao mesmo tempo que lhe erguia a saia. Deitou-a no catre e amou-a com pressa e fúria, pensando em Bibiana. Depois se ergueu, botou os arreios nas costas, a adaga na cinta, saiu para fora e foi encilhar o cavalo.

A noite estava clara, morna e mansa. Um vaga-lume cruzou o ar na frente de Rodrigo. Era esquisito, mas ele estava com a impressão de que tinha tido nos braços a filha de Pedro Terra.

Montou a cavalo e dirigiu-se para a figueira grande. Havia junto dela um grupo, no meio do qual se achava Bento Amaral montado no seu cavalo tordilho.

Juvenal Terra transmitia instruções. Bento sairia pela direita e Rodrigo pela esquerda, a galope, para se encontrarem atrás do cemitério. Não haveria testemunhas, pois existia no país uma lei contra duelos. Os adversários deviam apear, arregaçar as mangas e brigar. O que escapasse viria depois até a praça dar o sinal para irem buscar o corpo do outro. Mas, se dentro de uma hora nenhum dos dois aparecesse, um grupo devia ir ver o que tinha acontecido.

Rodrigo escutou as instruções e aprovou-as com um aceno de cabeça. O perfume da vaselina que vinha do cabelo de Bento fazia seu ódio crescer ainda mais, e o capitão pensava naquele rosto largo, duma boniteza desagradável, e já via nele sua marca: a primeira letra de seu nome, um *R* maiúsculo de sangue...

— Podem ir — gritou Juvenal.

Os dois homens esporearam os seus cavalos e se foram.

O tropel das patas encheu a praça e a noite. Pelas frestas de algumas janelas, mulheres espiavam.

10

Chegaram quase ao mesmo tempo ao ponto marcado para o encontro. Apearam em silêncio e amarraram seus cavalos. Rodrigo viu quando Bento, a uns vinte passos de distância, tirava o chapéu, o casaco e começava a arregaçar as mangas. Fez o mesmo. Da lagoa próxima vinha um coaxar de sapos.

O crescente no céu parecia uma talhada fina de melancia. Se eu mato esse homem não posso ficar em Santa Fé e perco Bibiana — refletiu Rodrigo. — Se ele me mata, perco tudo. É uma situação dos diabos.

Viu a adaga lampejar nas mãos do outro. Um vento morno batia-lhe no rosto, entrava-lhe pelas narinas com um cheiro de água. No campo vaga-lumes pingavam de fogo o corpo da noite.

— Pronto? — gritou Bento.

— Pronto!

E aproximaram-se um do outro, lentos, meio encurvados. Pararam quando a distância que os separava era pouco mais de cinco passos e ficaram a se mirar, negaceantes. Rodrigo ouvia a respiração arquejante do inimigo.

— Vou te mostrar o que acontece quando se bate na cara dum homem, patife — rosnou de. E sentiu que a raiva o fazia feliz.

— Quem vai te mostrar sou eu, canalha.

E dizendo isto Bento avançou brandindo a adaga. Os ferros se encontraram no ar com violência e tiniram. No primeiro momento Rodrigo teve de recuar alguns passos. Mas logo firmou o pé no chão e desviou todos os pranchaços do outro. Bento quis atingir-lhe a cabeça com o lado da adaga, mas o capitão aparou o golpe no ar com tal firmeza que a arma do adversário se lhe escapou da mão e caiu ao solo. Rápido, Rodrigo deu-lhe um pontapé e atirou-a longe, fora do alcance de Bento, que começou a recuar devagarinho, arquejando como um animal acuado.

— Pode pegar a adaga! — gritou-lhe Rodrigo. — Não brigo com homem desarmado.

Bento correu, apanhou a arma e tornou a arremeter. Por alguns instantes os dois inimigos terçaram armas, disseram-se palavrões, enquanto suas camisas se empapavam de suor. Por fim se atracaram num corpo a corpo furioso, cabeça contra cabeça, peito contra peito. O braço direito de Rodrigo estava no ar, seguro à altura do pulso pela mão esquerda de Bento, cuja direita tentava aproximar a ponta da adaga do baixo-ventre do adversário.

— Vou te botar minha marca na cara, pústula!

— Vou te tirar as tripas pra fora, corno!

Empregando toda a sua força, que o ódio aumentava, o capitão conseguiu prender a mão direita do outro entre suas coxas; e depois, imobilizando com a sinistra o braço que Bento Amaral tinha livre, com a destra segurou a adaga e aproximou-lhe a ponta da cara do inimigo, que atirou a cabeça para trás, num pânico, e começou a bufar e a cuspir.

— Te prepara, porco! — gritou Rodrigo. — É agora.

E riscou-lhe verticalmente a face. O sangue brotou do talho. Bento gemia, sacudia a cabeça e houve um momento em que seu sangue respingou o rosto de Rodrigo e uma gota lhe entrou no olho direito, cegando-o por um breve segundo.

— Falta a volta do *R*!

E num golpe rápido fez uma pequena meia-lua, às cegas. Bento cuspiu-lhe no rosto, frenético, e num repelão safou-se e tombou de costas, deixando cair a adaga.

Rodrigo imaginou que ele ia levantar-se, apanhar de novo a arma e voltar ao ataque. Mas Bento, sentado no chão, com a mão no rosto, ficou a olhar atarantadamente para todos os lados. Os sapos continuavam a coaxar. Vaga-lumes passavam entre os dois inimigos. Uma ave noturna saiu de dentro do cemitério e sobrevoou a coxilha, num seco ruflar de asas.

— Não vou te matar, miserável — disse Rodrigo. — Mas não costumo deixar serviço incompleto. Quero terminar esse *R*. Falta só a perninha...

E caminhou para o adversário, devagarinho, antegozando a operação e lamentando que não fosse noite de lua cheia para ele poder ver bem a cara odiosa de Bento Amaral.

Na casa de Pedro Terra o pe. Lara acendia de instante a instante o cigarro e esquecia de fumá-lo. Estava desolado. Sabia o que ia acontecer quando chegasse à estância a notícia do duelo. Se acontecesse alguma coisa de mau a Bento, seu pai poria o mundo abaixo. E ele, Lara, ouviria horrores, seria repreendido por não ter tido autoridade suficiente para impedir o duelo. Imaginava o velho Amaral a trovejar:

— Por que não mandou me avisar? Por que não fez isso? Por que não fez aquilo?

Pedro Terra conservava-se em silêncio, de cara fechada. Juvenal caminhava dum lado para outro. O pai ouvira tudo quanto ele dissera a Bento Amaral, mas não fizera nenhum comentário. Teria ele gostado do destampatório? Ou seria que agora pensava com temor nas consequências daquele desabafo? Fosse como fosse, não se arrependia do que tinha dito. Pouco lhe importava o que os outros pensassem. Estava cansado de ser mandado, de dizer sempre *sim senhor*, de pedir a bênção aos mais velhos. Pouco me importa — pensava ele. E sacudia os ombros para reforçar seus pensamentos.

Fechada no quarto, deitada na cama, Bibiana chorava, com o rosto metido no travesseiro. Chorava e pensava na avó. Se ela estivesse viva, provavelmente teria uma palavra para explicar tudo aquilo, para a consolar. Bibiana não tinha coragem de ir para a sala e fazer frente à família. Tudo aquilo havia acontecido por sua causa. Fazia já tempo que os homens tinham ido para a coxilha do cemitério, mas nenhum ainda voltara. Ela havia rezado diante do velho Cristo sem nariz e feito uma promessa. "Se nenhum dos dois morrer, prometo nunca mais comer doce." Mas achara a penitência fraca. Prometera então rezar cem ave-marias e cem padre-nossos e ter uma vela das grossas sempre acesa aos pés da imagem de Nossa Senhora da Conceição, padroeira do povoado. A seus ouvidos chegava o rumor de conversas da peça contígua. Mas a voz que ela ouvia com mais clareza, a voz que não lhe saía da memória era a do cap. Rodrigo. "Se vosmecê não quer dançar comigo, vou-me embora desta casa. Se não quer saber de mim, vou-me embora de Santa Fé..." Na penumbra do quarto Bibiana abriu os olhos úmidos e de repente teve um pensamento horrível. O cap. Rodrigo podia já estar morto... De novo enfurnou o rosto no travesseiro.

Ouviu-se um tropel. Pedro, Juvenal e o padre precipitaram-se para o centro da praça, onde grupos de homens conversavam. Um cavalheiro surgiu na boca duma das ruas.

— É o capitão... — disse alguém.

— Não é. O cavalo é o tordilho do Bento.

Finalmente cavalo e cavaleiro aproximaram-se. E todos viram que era mesmo Bento Amaral. Não apeou. Apertava contra a face um lenço todo ensanguentado. Quando falou, a voz lhe saiu abafada e trêmula.

— Podem ir buscar o corpo... — disse.

Deu de rédeas, esporeou o animal e saiu a galope na direção do casarão dos Amarais.

Juvenal, Joca Rodrigues e mais dois homens montaram em seus cavalos e dirigiram-se a todo galope para a coxilha do cemitério.

Encontraram Rodrigo Cambará estendido no chão, os braços abertos, a camisa branca toda manchada de sangue. Juvenal ajoelhou-se ao lado dele e auscultou-lhe o coração.

— Ainda está vivo — disse. Acendeu a lanterna que havia trazido e à sua luz viu o rosto de Rodrigo, que estava mortalmente pálido e de olhos fechados. Abriu-lhe a camisa ao peito e descobriu a ferida:

— Eu bem que estava desconfiado — disse. — Isto não é ferimento de adaga... Vamos levar o homem ligeiro pro povoado. Pode ser que a gente ainda salve ele.

Perto do muro do cemitério o cavalo de Rodrigo pastava tranquilamente.

I I

Juvenal levou o ferido para sua casa e a novidade se espalhou depressa por toda a vila. A história apresentava dois aspectos culminantes — Bento Amaral havia cometido uma traição: levara uma pistola escondida e servira-se dela; Rodrigo estava muito mal: uma bala lhe atravessara o pulmão. Ninguém sabia dos detalhes da luta, porque o ferido não podia falar e Bento tinha ido embora para sua estância, sem falar com ninguém. Mas não era muito difícil imaginar o que se passara. Tinham visto Bento chegar à praça, depois do duelo, com uma das faces tapada por um lenço ensanguentado; muitos se lembravam da ameaça do capitão: "Se eu não botar a minha marca na cara desse cachorro, não me chamo mais Rodrigo Cambará". O pe. Lara, por sua vez, declarara que Rodrigo antes de partir para a coxilha do cemitério lhe confiara sua pistola; Juvenal guardava a camisa do ferido que a pólvora chamuscara, provando que o tiro fora disparado à queima-roupa, decerto quando estavam ambos atracados num corpo a corpo.

— Muito feio — resmungava o padre, quando lhe falavam no assunto. — Muito feio. Indigno dum homem de honra.

E sacudia a cabeçorra, pigarreava, ronronava, fazia e desfazia o seu cigarro, imaginando o que ia acontecer quando o cel. Ricardo lhe viesse falar no assunto. E se Rodrigo morresse? Era o diacho. E se se salvasse, levantasse da cama e quisesse vingar-se do outro? Também era o diacho. Lembrava-se do que Juvenal dissera a Bento no terreiro do Joca Rodrigues; àquela hora o cel. Amaral decerto já sabia de tudo. Uma desgraça completa!

A história da traição de Bento Amaral corria pela cidade de boca em boca. "O Bento é valente quando anda com os capangas", murmurou um, olhando a medo para os lados. Uma velha que fazia renda de bilro em sua casa disse ao marido: "Eu só queria era ver a cara do seu Bento com a marca do capitão".

Um novo dia amanheceu e a casa dos Amarais continuou fechada. Agora o povoado esquecia os Amarais para se preocupar com Rodrigo Cambará. A venda do Nicolau vivia cheia de homens que comentavam o caso. Santa Fé queria saber o que se passava no quarto da meia-água de Juvenal Terra, onde o cap. Cambará ardia em febre, entre a vida e a morte. Tinham chamado todos os curandeiros das redondezas e diziam que Juvenal não abandonava a cabeceira do doente. E as notícias mais desencontradas corriam, espalhadas por gente da casa de Juvenal ou então por alguém que lhe batia à porta para saber como ia passando o capitão. Dizia-se:

"Não passa desta noite. Está botando sangue pela boca." "Já extraíram a bala. Mas diz que ficou um buraco deste tamanho nos bofes do homem." "Está com tanta febre que a testa dele queima como chapa de fogão." "Botaram teia de aranha no ferimento." "A negra velha Mãe d'Angola benzeu ele, hoje de manhã. Parece que a febre diminuiu." "Perdeu muito sangue. Está branco que nem vela de cera." "Diz que está variando e que só fala na filha do Pedro Terra." "A ferida parece que arruinou." "Está perdido. A coisa é pra hoje."

A *coisa* era a morte. Ao entardecer do quinto dia correu a notícia de que Rodrigo Cambará ia morrer. O pe. Lara paramentou-se e foi levar a extrema-unção. Encontrou o doente quase tão branco como a parede caiada do quarto e com uma barba dum castanho meio dourado a cobrir-lhe as faces emagrecidas. Parecia um defunto.

Ao ver o padre, Rodrigo sorriu um sorriso torto de canto de boca. Respirava com dificuldade e parecia haver em seus olhos uma espécie de névoa. Parado aos pés da cama, o pe. Lara, de boca semiaberta, contemplava-o, penalizado.

Juvenal, que estava ao lado do vigário, murmurou:

— A febre passou. Ele está agora muito fraco por causa do sangue que perdeu. Temos de meter comida na boca dele por um canudo. Não tem força pra nada.

Rodrigo continuava a sorrir com metade da boca. O pe. Lara aproximou os lábios do ouvido de Juvenal e disse:

— Não é melhor dar a extrema-unção pra ele?

Juvenal encolheu os ombros.

— Isso é lá com vosmecê, vigário.

O cochicho do padre ficou ainda mais tênue:

— Acho que ele não escapa desta. Vai morrer de fraqueza. É melhor que se confesse, tome a comunhão e morra na paz do Senhor.

— Mas como? — sussurrou Juvenal, sem tirar os olhos do doente. — Ele não pode nem falar.

— Mas entende o que a gente diz?

— Entende. Porque quando eu falo ele faz sinal com os olhos ou então ri.

— Pois basta isso. Já confessei um homem assim.

O pe. Lara botou a mão no ombro de Juvenal.

— Agora vosmecê faça o favor de sair do quarto.

O dono da casa retirou-se. O padre acercou-se da cama. Começava a escurecer dentro daquele pequeno quarto. Uma fita alaranjada de sol atravessava a parede em diagonal, atrás do catre em que estava o capitão. O vigário sentou-se junto do doente e tomou-lhe a mão.

— Escute aqui, meu filho — disse ele. Verificou que não lhe era muito fácil falar, pois estava comovido. Só agora percebia o quanto estimava aquele homem. — Vosmecê está muito doente e então eu achei melhor vir... Está me entendendo?

Rodrigo continuava a sorrir e seus olhos tinham uma fixidez cadavérica.

— Quero que vosmecê se confesse. Não diga nada. Não se apoquente. Vai ser uma coisa ligeira. Está claro que o meu amigo vai sarar. Mas é sempre bom a gente estar prevenido...

O vigário passou a mão pela testa do doente e sentiu-a fresca e úmida de suor. É bom sinal — concluiu. — Mas assim mesmo acho que ele não resiste.

— Escute aqui. — E aproximou-se mais do rosto do outro. — Vosmecê não pode falar, mas pode fazer um sinal com os olhos. Vamos ver se me entendeu... Se entendeu feche e abra os olhos. Vamos ver...

Rodrigo fechou e abriu os olhos.

— Muito bem. Agora vou lhe fazer uma pergunta. Está contente com a minha visita? Se não está, pisque duas vezes. Se está, pisque só uma.

Rodrigo piscou uma vez. O vigário sorriu e os dois homens ficaram por algum tempo lado a lado, ambos a respirar com dificuldade.

— Estamos nos entendendo — disse o padre, esfregando as mãos. — Agora vamos à parte mais importante da nossa conversa. Todos nós temos nossos pecados. Quem é que não comete uma faltazinha de vez em quando? Mas a Igreja instituiu o confessionário para aliviar as consciências, para limpar as almas a fim de que as pessoas possam tomar a comunhão, quer dizer, participar do corpo de Cristo.

Rodrigo tinha fechado os olhos e o padre suspeitou que ele tivesse mergulhado no sono.

— Está me ouvindo?

O ferido tornou a abrir os olhos e piscou uma vez.

— Muito bem, capitão, muito bem. Pois vou lhe poupar trabalho. Não precisamos entrar em detalhes. Basta vosmecê dizer com uma piscadela que se arrepende de todos os seus pecados...

Rodrigo piscou duas vezes e o padre exclamou:

— Não? Pisque uma vez, diga que sim.

Rodrigo piscou duas vezes.

O rosto do vigário era uma careta de aflição.

— Pense no que há depois desta vida, capitão. Não perca a sua alma para toda a eternidade. Vosmecê morre e sua alma vai para o inferno. Se vosmecê se confessar e receber a extrema-unção, sua alma se salvará. Estou aqui não só como sacerdote, mas também como seu amigo. Tudo o que está se passando agora entre nós será conservado em segredo. Neste momento só Deus está nos vendo e ouvindo.

Rodrigo continuava imóvel. Não sorria mais, e suas pálpebras estavam caídas. Na parede a mancha de sol esmaecia cada vez mais.

— Por amor de Deus, capitão. Diga que sim, arrependa-se de seus pecados. Se amanhã vosmecê sarar e sair dessa cama, ninguém ficará sabendo que vosmecê se confessou e comungou. Dou-lhe a minha palavra. Juro perante Deus. Ninguém vai saber. Vamos, capitão! Não seja cabeçudo. Não seja orgulhoso.

Houve uma pausa em que o vigário lutou com um pigarro, alisou os cabelos brancos e tentou descobrir no rosto do outro um sinal qualquer de rendição. Não viu nada: apenas o sorriso de canto de boca que punha à mostra parte da forte dentadura de Rodrigo Cambará.

— Vou fazer mais uma tentativa, para provar que sou seu amigo. Mas quero lhe dizer que tudo que estou fazendo pelo bem de sua alma é desinteressado. No fim de contas quem vai sofrer é vosmecê, não sou eu. Eu cumpro o meu dever. E mais uma coisa. — E neste ponto o padre assumiu o mesmo tom de voz que usava quando explicava o catecismo às crianças. — Não pense que Deus precisa muito de sua alma no céu. Há muita gente boa lá em cima e vosmecê não faz nenhum obséquio a Nosso Senhor se disser que se arrepende de seus pecados e está disposto a morrer em paz com a Igreja. Vamos, capitão. Pisque uma vez. Diga que sim. Arrependa-se enquanto é tempo.

Rodrigo abriu os olhos e ergueu lentamente a mão direita na direção do rosto do vigário. E com um súbito horror, como se de repente tivesse visto a figura de satanás, o pe. Lara leu naquela mão dessangrada a resposta do doente. O cap. Rodrigo Cambará lhe fazia uma figa! Seus dentes estavam agora todos descobertos num sorriso horrível. O padre ergueu-se e deixou o quarto precipitadamente.

12

A notícia do milagre espalhou-se pelo povoado, graças à sogra de Rosa Rodrigues, uma beata que vivia na capela a rezar e fazer promessas. Depois da visita do pe. Lara — contava ela — o cap. Cambará começara a melhorar a olhos vistos. Diziam que o moribundo se confessara e tomara a comunhão e que o Corpo de Cristo lhe fora o melhor de todos os remédios. "Já fala, já se senta na cama e já pediu um churrasco!", noticiava a velha, mascando o seu naco de fumo e agitando no ar as mãos miúdas e enrugadas.

Pouco mais dum mês depois da noite do duelo, Rodrigo deixou a cama pela primeira vez, com os membros lassos, a cabeça oca e tonta. Caminhou até a porta da casa de Juvenal e, quando olhou para a praça e avistou a figueira grande, sentiu que amava aquela árvore, aquele chão, aquele povoado. Entrecerrou os olhos, focou-os na casa de Pedro Terra e, pensando em Bibiana, concluiu que era bom, muito bom estar vivo. Quando caiu em si, as lágrimas lhe escorriam pelas barbas. Ao perceber que estava chorando, achou a coisa tão engraçada que começou a rir, primeiro baixinho, depois numa gargalhada. E, quanto mais ria, mais as lágrimas lhe vinham aos olhos. E pareceu-lhe que o riso e as lágrimas lhe aumentavam a fraqueza, e ao mesmo tempo a fraqueza lhe produzia mais riso e mais lágrimas. Teve de se apoiar na parede para não cair. Ergueu o olhar para o céu, o sol bateu-lhe em cheio na cara, como que lhe prendeu fogo nas barbas. Estar vivo, recobrar as forças, poder de novo montar a cavalo, andar à toa, livre, conversar com as pessoas, dedilhar a viola, cantar, jogar... E, principalmente, poder de novo ter mulher, comer e beber!

Rodrigo ouviu a voz de Maruca Terra:

— Capitão, é melhor vosmecê vir pra dentro e deitar um pouco pra descansar.

Cambará voltou-se para ela e sorriu:

— É melhor mesmo, dona.

Devagarinho aproximou-se de uma cadeira e sentou-se. Juvenal apareceu, vindo do fundo da cozinha, com uma cuia de mate na mão.

— Que tal um amargo?

— Vem do céu — respondeu Rodrigo. — Vem do céu.

Apanhou a cuia, seus lábios descorados e ressequidos beijaram a bomba; e ele chupou o mate com delícia, enquanto Juvenal limpava as unhas com a ponta dum punhal.

— Bonito punhal — disse Rodrigo. — É de prata?

Juvenal olhou a arma como se a visse pela primeira vez.

— Parece.

— Onde comprou?

— Foi a finada minha avó que me deu. Era do marido dela. É mui antigo.

Entregou o punhal a Rodrigo, que o rolou na palma da mão, com cuidado, passando depois os dedos pela lâmina.

— Bom aço. — Olhou os arabescos da bainha de prata e murmurou: — Nunca vi um punhal assim. Deve ser estrangeiro.

Juvenal deu de ombros e repetiu, indiferente:

— É mui antigo.

Apanhou a arma e tornou a metê-la na bainha.

Rodrigo agora sentia, de mistura com a canseira, um certo enternecimento.

— Amigo Juvenal, nunca hei de esquecer o que vosmecê fez por mim.

O outro desviou o olhar do rosto do capitão como se aquelas palavras lhe causassem um certo constrangimento.

— Ora... — fez ele, lançando um olhar para a figueira grande, através da janela.

— Se lembra quando vosmecê disse que eu podia ficar aqui trinta anos, três meses ou três dias?

Juvenal fez um sinal afirmativo com a cabeça.

— Pois veja como são as coisas... Parece que vosmecê sabia o que ia acontecer. Minha vida esteve por um fio. Bem diz o ditado: "Se Deus é grande, a vontade de viver é maior".

O dono da casa apanhou a chaleira preta de picumã que tinha a seus pés, tornou a encher a cuia e passou-a ao amigo.

— Por falar nisso — disse ele com ar casual. — Que foi que vosmecê fez pro padre Lara que ele ficou tão sentido?

Rodrigo riu, deu um chupão forte na bomba e depois narrou a "cena da extrema-unção", rematando-a com as seguintes palavras:

— E não me arrependo do que fiz.

— A intenção do pobre homem foi boa — observou Juvenal.

— E a minha também. Nunca acreditei em padre, igreja, santo e essas coisas de religião. Veja bem, amigo Juvenal, se eu morresse sem me confessar e depois descobrisse que havia outra vida... bom, eu sustentava a nota e aguentava os castigos porque não havia outro remédio. Se eu me confessasse e não morresse, ia ficar com uma vergonha danada de ter me entregado só por medo da morte. Todo mundo ia dizer que afrouxei o garrão, e isso, amigo, era o diabo...

Fez uma pausa, cansado.

— É... — murmurou Juvenal.

— Agora, se eu me confessasse, tomasse a comunhão e morresse... e se houvesse outro mundo e Deus e mais essas lorotas todas, o que é que acontecia? Acho que Ele logo ia ver que eu tinha me confessado só por conveniência e aí não me valia de nada o arrependimento.

Juvenal escutava, tomando em calma seu chimarrão. Depois de nova pausa, acariciando as barbas com as mãos trêmulas, Rodrigo concluiu:

— E se eu morresse e não encontrasse nada do outro lado, então... então nada tinha importância e tudo estava muito bem.

Juvenal Terra sacudiu a cabeça vagarosamente e depois perguntou:

— Mas vosmecê pensou em tudo isso na hora que o padre estava le pedindo que se confessasse?

O capitão soltou uma risada.

— Pra falar a verdade, não pensei. Mas fiz a figa só pra ver a cara do homem.

Atirou a cabeça para trás, porque o riso lhe aumentava a fraqueza e porque quando ele ria lhe doía o peito e a cabeça. Por um instante Juvenal não ficou sabendo ao certo se o capitão ria ou gemia ou se fazia ambas as coisas ao mesmo tempo.

Maruca atravessou a peça onde os dois amigos se encontravam e, levemente inquieto, Juvenal viu os olhos que o capitão botou nela. Não foi um relance casual, mas sim esse olhar comprido e faminto que ele vira muitas vezes nos doentes que, estando em rigorosa dieta de leite e mingau, veem passar alguém com um prato cheiroso de carne assada. E mais uma vez Juvenal desejou que o amigo já estivesse de volta a seu quarto na venda do Nicolau.

— Ah! — fez ele. — Eu ia me esquecendo, capitão. O padre Lara me disse que na noite do duelo vosmecê declarou que se morresse metade do seu dinheiro ia ficar pra igreja e a outra metade pra mim...

— É verdade.

— Mas por quê?

— Por que o quê?

— Por que me fazer seu herdeiro?

— Ora essa! Porque sou seu amigo.

Juvenal baixou os olhos. Encheu de novo a cuia, e por algum tempo ficou a tomar o mate em silêncio. Rodrigo pensava agora em suas horas de febre. Se o inferno existisse, ele devia ser como a cabeça de um homem que tem febre alta. Por mais que escarafunchasse na memória, não conseguia lembrar-se de ter visto Bibiana em seu delírio. Vira, isso sim, caras de gentes mortas, de velhos amigos e cavalos doutros tempos; andara pelos lugares de sua infância, e principalmente tornara a guerrear as guerras do passado.

Olhou para Juvenal e perguntou:

— Me diga uma coisa, amigo. Quando eu estava variando na cama, disse muita bobagem?

— Que eu ouvisse, não. Vosmecê falava, resmungava, mas não se entendia nada.

— Sabe de uma coisa engraçada? Quando variei sempre me parecia que eu andava a cavalo, em guerras. O que eu sentia era algo muito esquisito: vontade de terminar a briga, acampar, dormir, descansar. E quando pensava que ia fazer isso, lá vinha outra guerra ou então eu estava de novo na estrada, caminhando num solaço brabo, às vezes atravessando a vau um rio de fogo. E vá briga, vá briga! E só me golpeavam na cabeça, e a cabeça parecia que ia estourar de tanta dor. Alguém me dizia que logo adiante, numa canhada, tinha um olho-d'água. Minha sede era de rachar, a língua estava seca... Mas a viagem continuava e o olho-d'água não aparecia. Outras vezes...

Calou-se. O melhor mesmo era não pensar mais naquilo. Estava vivo e isso era o que realmente importava. Mudou de tom:

— Acho que posso voltar amanhã pra casa do Nicolau.

O outro disse simplesmente:

— Como vosmecê achar melhor.

— Preciso fazer a barba. Estou com a cara que nem roça abandonada.

Sem saber bem por quê — mas com uma secreta alegria ao imaginar que depois de barbeada a cara do capitão apareceria magra, pálida, sem o viço e a beleza de antigamente —, Juvenal disse:

— Roça abandonada coberta de erva daninha é triste. Mas terra nua onde a seca matou tudo é muito mais triste.

Rodrigo respirou fundo e respondeu:

— Não hai seca que dure sempre. Um dia chove e quando a terra é boa ela torna a viver.

— Isso é verdade... — concordou Juvenal, apanhando a cuia que o outro lhe entregava. — Um dia chove. Não resta a menor dúvida.

13

Quando o outono entrou, Rodrigo Cambará já se sentia tão forte como antes, e, quando lhe perguntavam: "Como vai, capitão?", ele respondia, jovial: "Pronto pra outra!".

Os Amarais voltaram para o povoado e quase toda a gente temeu novo conflito. Achavam que quando Bento e Rodrigo se defrontassem tirariam as pistolas e se alvejariam um ao outro, estivessem onde estivessem. Juvenal receava que os capangas do cel. Ricardo dessem cabo da pele do capitão numa emboscada ou então que o provocassem num jogo de osso ou numas carreiras para matá-lo, alegando depois que haviam sido agredidos. E quando um dia Juvenal disse a Rodrigo de seus temores e censurou-o por ele, ainda meio fraco, andar sozinho, o capitão deu-lhe uma palmada no ombro e exclamou:

— Qual nada, amigo! Eles não se metem mais comigo.

— É melhor andar prevenido...

— E por falar nisso, vosmecê também tem de se cuidar...

— Eu! Mas por quê?

— Porque naquela noite no terreiro do Joca Rodrigues vosmecê disse umas verdades duras pro Bento.

Juvenal olhou pensativo para a ponta das botas.

— Mas é engraçado. Ontem cruzei com ele na rua, pensei que o homem ia virar a cara, fingindo que não me via.

— E que foi que ele fez?

— Me olhou, bateu no chapéu e disse: "Buenas tardes, seu Juvenal!".

— Essa é muito boa! E vosmecê?

— Fiquei meio atrapalhado no princípio. Mas disse: "Buenas tardes". E fui andando.

Rodrigo sorria.

— Viu a cara dele?

— Muito bem, não.

— É pena. Eu só queria saber como ficou a minha marca... — Soltou um suspiro. — Foi uma lástima eu não ter acabado aquele servicinho...

Juvenal mirava o amigo sem compreender. Rodrigo esclareceu:

— Não cheguei a terminar o *R*. Ficou faltando a perninha da frente da letra. Uma lástima... Era só mais um talhinho de nada...

Juvenal sorriu seu sorriso lento e meio triste.

Por aqueles dias de fins de março o pe. Lara procurou Rodrigo e contou-lhe que o cel. Amaral o chamara para "tratar do assunto".

— Que assunto?

— O duelo.

— Ah! Que foi que a fera disse?

Estavam sentados debaixo da figueira e era por volta das cinco da tarde.

— Me pediu que falasse com vosmecê e lhe dissesse que ele não aprova o que o filho fez. Eu queria que o capitão visse o velho! Estava furioso. Chegou a dizer: "Nunca nenhum Amaral fez isso. Foi uma traição indigna de um homem de bem e de coragem".

— E que é que ele quer que eu faça? Que peça desculpas ao Bento? Ou que vá embora?

O padre sacudiu a cabeça.

— Não. Ele pede para vosmecê esquecer tudo.

— Mas uma pessoa não esquece uma coisa porque quer: esquece porque esquece.

— Não é isso. Ele quer evitar novo duelo. Chegou a dizer: "Estão mano a mano. Ele levou uma bala no peito que quase le arrebentou a alma. Mas meu filho tem na cara aquela marca que é uma vergonha pra toda a vida".

Rodrigo sacudia a cabeça com ar de quem não compreende.

— Veja como são as coisas. Nunca imaginei que o coronel fosse dizer uma coisa dessas. Isso prova que a gente nunca chega a conhecer direito as pessoas.

— Que é que vosmecê esperava que ele fizesse?

— Eu esperava que mandasse me matar... e ainda não estou certo de que não vai mandar... — O padre ensaiou um tímido protesto que não chegou a tomar forma definida. Rodrigo prosseguiu: — Ou então que dissesse ao filho: "Vá e bote um *B* na cara dele; senão vosmecê não é mais meu filho". Pelo menos era isso que eu havia de dizer ao meu filho...

Houve um silêncio. Meu filho... Aquelas palavras tinham para Rodrigo um som agradável. Meu filho: o homem que ia herdar-lhe a espada e o nome...

— Padre, mais uma vez vou lhe fazer um pedido.

— Qual é?

— Vá conversar com Pedro Terra e diga a ele que quero casar com dona Bibiana.

O pe. Lara espalmou a mão sobre o peito, como se esse gesto lhe pudesse facilitar a respiração. Aquele dia morno e pesado agravava-lhe a asma. O verão fora horrível: passara noites em claro, mais sentado que deitado na cama, sem poder dormir por causa da falta de ar.

— Vosmecê ainda tem esperança de casar com essa moça?

— Esperança? Tenho a certeza.

— Se tem, por que é que me pede?

— Porque não quero fazer nada de estabanado. Estou cansado de ser olhado como desordeiro. Vosmecê pode arranjar tudo. Vá e fale com Pedro Terra. Diga que o Juvenal já concordou em botar sociedade comigo. Tenho dinheiro, vamos abrir uma venda aqui em Santa Fé. Ele vai comprar coisas no Rio Pardo e eu tomo conta do negócio. — Fez uma pausa. Olhou para a fachada da casa de Bibiana e acrescentou, calmo: — Padre, le dou minha palavra de honra como quero mudar de vida. Estou passando dos trinta e cinco, não sou mais criança.

O vigário ergueu-se com esforço, gemendo e arquejando.

— Está bem. Vou fazer o que posso. Sou um pobre velho que gosta de ajudar os outros. — Ergueu o indicador diante do nariz de Rodrigo, bem como fazia com as crianças nas aulas de catecismo. — Mas vosmecê não merece. O que vosmecê me fez numa hora séria daquelas é dessas coisas que não têm perdão. Foi uma blasfêmia horrível. Vosmecê não merece.

— Está bem, padre. Não mereço. Mas vá falar com o homem.

O padre mudou de tom:

— Ah! Deixe que eu dê um recado que o coronel Ricardo lhe mandou: ele quer que vosmecê dê o dito por não dito, ou melhor, o feito por não feito e fique vivendo quieto a sua vida.

— É o que estou fazendo, padre.

— Também disse que vosmecê pode ficar no povoado.

Rodrigo ergueu-se, brusco, com a cara iluminada.

— Ora, essa é muito boa! Que eu posso ficar? Pois foi isso mesmo que eu disse pr'aquele velho no fim da única conversa que tivemos. Disse que ficava. E fiquei.

O padre voltou-lhe as costas, resmungando:

— Vosmecê é um homem impossível.

E se foi na direção da capela, muito encurvado, arrastando os pés na poeira do chão.

14

O pe. Lara tinha confessado Bibiana por aqueles dias, preparando-a para a comunhão pascal. Sabia agora que a moça morria de amores pelo cap. Rodrigo; e, como conhecia o temperamento dela, achava inútil tentar convencê-la de que o partido não lhe convinha. De resto, o pe. Lara não estava bem certo disso. Gostava de Rodrigo: gostava tanto que lhe perdoara todas as suas ofensas à Igreja, todas as blasfêmias, todos os atrevimentos. Conhecera outros homens assim. Eram o produto da vida que levavam, da educação que tiveram. Que se podia esperar dum menino criado no meio de soldados nos acampamentos ou de peões e índios vadios nos galpões, nos bolichos, nas canchas de carreira e de jogo de osso? A guerra tinha sido talvez sua única escola. No entanto o vigário sabia que no fundo Rodrigo Cambará era um homem de bons sentimentos. Talvez desse até um bom marido. Talvez sentasse o juízo. Fosse como fosse, agora ele sabia que Rodrigo era um homem muito mais decente que Bento Amaral. Foi por causa dessas reflexões e principalmente pela simpatia que sentia pelo capitão que o vigário decidiu falar com Pedro Terra. Foi uma noite à casa deste, depois do jantar. Ficaram primeiro a fumar e a conversar sobre as colheitas, o tempo e as notícias que tinham chegado recentemente de Porto Alegre — todas elas cheirando a revolução e intrigas políticas. E num dado momento o padre pediu a Bibiana que saísse da sala, pois tinha um "particular" a tratar com seu pai. A moça obedeceu. E quando Arminda fez menção de retirar-se também, o padre deteve-a com um gesto:

— Não. Vosmecê pode ficar. Quero que escute tudo.

Transmitiu, então, o recado de Rodrigo Cambará: o capitão queria casar com Bibiana e prometia sentar o juízo. Pedro Terra escutou o padre num silêncio em que havia ressentimento e má vontade. E quando o vigário terminou, ele disse simplesmente:

— Esse homem não é trigo limpo.

— Aí é que vosmecê se engana; o capitão foi condecorado. Vi a fé de ofício dele. É um homem de grande valor.

— Mas não é trigo limpo.

— Quem foi que lhe disse?

— Qualquer um vê logo.

O padre deu uma palmada na própria coxa, mas imediatamente arrependeu-se do seu entusiasmo. No fim de contas não era lógico que estivesse tão apaixonado pela questão a ponto de perder a calma habitual.

— Deus, que é Deus, sabe perdoar tudo, meu amigo — disse ele. — Até o mais miserável dos pecadores pode regenerar-se aos olhos d'Ele.

— Mas eu não sou Deus. Sou um homem.

— O capitão também é um homem. Concordo que ele é um pouco atrevido, um pouco esquentado, vamos dizer. Mas os Amarais são esquentados. E vosmecê também é bastante esquentado.

Pedro Terra não sorriu. Brincou com a corrente do relógio, pigarreou secamente e depois falou:

— Mas quem foi que lhe disse que a Bibiana gosta dele?

Só naquele instante é que o padre percebeu que os Terras quase sempre principiavam suas sentenças com um mas; era o sinal de que estavam sempre discordando do que os outros diziam. Era a gente mais cabeçuda, mais teimosa que ele conhecia.

— Eu sei que a Bibiana gosta desse homem. E muito.

Arrependeu-se de ter dito isso. Não podia violar o segredo do confessionário. Mas agora era tarde. A coisa lhe tinha escapado... Deus compreenderia. Deus não era cabeçudo.

— Mas quem foi que lhe disse?

Não havia outro remédio senão mostrar as cartas.

— Ela mesma me disse.

— Como é que a Bibiana lhe diz coisas que nunca me disse?

Arminda ergueu a cabeça e soltou um balido de ovelha:

— Ora, Pedro. O vigário sabe...

O pe. Lara avançou:

— Vosmecê já lhe perguntou alguma vez se ela gostava do capitão?

— Não.

— Pois aí está...

Pedro mexeu-se na cadeira. Viu uma lagartixa atravessar a parede, por trás do padre. Seguiu-a com os olhos, mas pensando em Bibiana. Por fim disse:

— Ela pode gostar um pouco dele. Mas vai acabar esquecendo.

Arminda ergueu a cabeça.

— Esquecendo? — repetiu. — A Bibiana é bem como a avó, dessas que só gostam dum homem em toda a vida. Essas nunca esquecem.

Pedro Terra suspirou, inclinou o busto para a frente, descansou os cotovelos nas coxas e apoiou a cabeça nas mãos.

— É triste a gente criar uma filha com sacrifício para entregar depois ao primeiro canalha que aparece...

— Já lhe disse que o governo não condecora canalhas! Vosmecê está sendo injusto. Um canalha vem da guerra com a guaiaca cheia de onças, de joias e de coisas roubadas. O capitão Rodrigo trouxe apenas o soldo que economizou. Não é muito. Eu vi.

Pedro olhava fixamente para o chão. O padre e Arminda trocaram um olhar significativo. Vendo que ela estava de seu lado, o vigário sorriu-lhe agradecido.

— Seja tolerante, Pedro — insistiu ele. — Receba o homem na sua casa, converse com ele, tenha paciência.

Pedro pôs-se de pé e gritou:

— Bibiana!

A moça apareceu.

— É verdade que vosmecê gosta desse tal capitão Rodrigo?

Bibiana baixou os olhos. Viu as botas embarradas do pai, mas viu principalmente a face do cap. Rodrigo. Tinha chegado a hora decisiva. Se mentisse, perderia o homem que amava. Se dissesse a verdade, poderia perdê-lo também, mas pelo menos ficaria com o consolo de não ter mentido. Aconteça o que acontecer — resolveu —, vou dizer a verdade. Sem erguer a cabeça, balbuciou:

— Gosto, papai.

— E vosmecê sabe que eu não gosto dele?

— Sei, sim senhor.

— E mesmo assim quer casar com ele?

— Eu não sei se ele quer casar comigo...

— Está visto que quer! Mas vosmecê está resolvida a arriscar a ser infeliz?

Ela ficou em silêncio por alguns segundos.

— Estou — disse, erguendo o rosto e encarando o pai.

O padre olhou para Pedro e sentiu um calafrio. O que via nos olhos, no rosto daquele homem era ciúme, um ciúme surdo, escondido, que ardia como brasa viva sob a cinza.

— Vosmecê alguma vez falou com esse homem? — tornou a perguntar Pedro Terra.

— Nunca, papai.

— E se eu lhe proibisse de falar com ele, que é que vosmecê fazia?

— Obedecia.

— E ficava triste?

— Ficava.

— Ficava com raiva de mim?

— Como é que a gente vai ficar com raiva do pai?

— Mas não acha que um dia vosmecê podia esquecer esse homem?

— Não acho, não senhor.

— Por quê?

— Porque sei o que sinto.

— Escute, minha filha. — A voz de Pedro ficou mais branda e ele chegou a dar um passo na direção da moça. O padre olhou para Arminda e viu que as mãos dela tremiam. — Vosmecê nunca se interessou por homem nenhum...

Bibiana meneou a cabeça afirmativamente.

— E vosmecê não sabe — continuou o pai — que esse homem não tem nada de seu a não ser um cavalo, um violão e uma espada?... Que esse homem não tem nenhum ofício e nenhuma serventia? Não vê que vosmecê pode ser infeliz com ele, sempre com medo de que ele possa abandonar a casa duma hora pra outra e ir pra alguma aventura ou seguir outra mulher? Não sabe?

— Sei.

— E assim mesmo quer casar com ele?

— Se ele quiser, eu quero.

O padre agora via na moça a decisão de Ana Terra: o mesmo jeito de falar, quase a mesma voz. Teve saudade da velha, com quem costumava manter longas conversas ao pé do fogão, nas noites de inverno.

Pedro Terra continuou:

— E vosmecê sabe que este casamento vai me deixar muito triste?

— Sei, sim senhor.

— E apesar disso ainda insiste em casar com ele?

A própria Bibiana sentiu que era Ana Terra quando respondeu:

— Parece que é sina um de nós ficar triste. Veja só, papai. Se eu me caso com ele, vosmecê fica triste, mas eu fico alegre. Se vosmecê me proíbe de casar, não caso, mas fico triste, e me vendo sempre triste vosmecê vai ficar triste e a mamãe também. Não é melhor só um triste em vez de três?

Os anjos falaram pela boca dessa menina! — pensou o pe. Lara. Mas olhando para o rosto do pai de Bibiana viu que ele não tinha gostado do raciocínio.

Pedro Terra apertou uma mão fechada contra a palma da outra e fez estalar as juntas dos dedos.

— Bom, padre — disse ele —, posso ser um pouco teimoso, mas não sou nenhum animal. Vou falar com aquele sujeito. Mas vá logo dizendo a ele que nunca espere a minha amizade. Quero que vosmecê, vigário, seja testemunha do que vou dizer à minha filha. — Dirigiu-se à mulher. — E vosmecê também, Arminda. — Encarou Bibiana: — Vou consentir nesse casamento pra não dizerem que sou um tirano, mas acho que minha filha vai ser infeliz. Quero lavar as mãos do que vai acontecer. Nunca insisti com ela pra casar com o Bento, apesar de saber que é o melhor partido destas redondezas. Ela não gosta do rapaz, está muito bem. Eu também não gosto muito dele. Não proíbo ela de casar com esse tal capitão. Dou o meu consentimento com tristeza, mas amanhã, quando Bibiana depois de casada vier bater na nossa porta dizendo: "Papai, vosmecê tinha razão, meu marido não presta", não quero que ninguém me culpe do que aconteceu. Está tudo bem entendido?

Por alguns momentos ninguém falou. Finalmente Bibiana fez um esforço e disse, com voz trêmula:

— Vosmecê sabe que nunca me queixo de nada nem de ninguém.

Examinando com atenção o rosto daquele homem, o pe. Lara viu que ele sofria. Mas outra pessoa que entrasse naquele momento e não soubesse do que se estava passando não perceberia nenhuma alteração na fisionomia de Pedro Terra. Era a mesma cara de sempre: tostada de sol, fechada e apenas melancólica.

15

Assim, Rodrigo Cambará se casou pelo Natal de 1829 com Bibiana Terra. O noivo envergava seu fardamento completo, em cujo dólmã luzia a medalha. Bibiana ostentava o mesmo véu e a mesma grinalda que sua mãe usara no dia de seu casamento. Pedro Terra estava vestido de preto e trazia também luto fechado no rosto e foi com má vontade e constrangimento que recebeu as felicitações que lhe deram à saída da igreja. D. Arminda chorava de mansinho e seus olhos estavam vermelhos e tristes. Ao pé da imagem de Nossa Senhora da Conceição ardia uma grande vela de cera que Bibiana mandara vir de Rio Pardo para pagar uma promessa...

Os noivos foram morar numa casa de madeira que Juvenal ajudara Rodrigo a erguer à entrada do povoado, do lado nascente. Era na peça grande da frente que ficava a venda, com suas prateleiras de pinho — onde se amontoavam as mercadorias: peças de morim e riscado, cordas, velas, pedras de isqueiros, facas, pentes, vidros de água de cheiro — e as barricas e sacos com bolachas, farinha de trigo, arroz, cebola, açúcar e sal. Numa prateleira à parte via-se uma pequena botica com purgantes, ervas medicinais, emplastros, pomadas e linimentos.

— Para começar já dá... — disse Juvenal ao padre no dia em que lhe mostrou as prateleiras da loja.

Rodrigo gozou a sua noite de núpcias como quem, depois dum longo período de abstinência, saboreia um jantar especial, com churrasco gordo e bom vinho; mas não se tratava duma refeição comum, dessas em que a gente come em mangas de camisa, à vontade, mas sim duma ceia de cerimônia... por exemplo, no Paço do Governo, no meio de figurões, numa mesa com muitos candelabros e talheres de prata, louça fina e mulheres de maneiras fidalgas — uma ceia enfim em que o conviva do campo tem de refrear o apetite, comer devagar, evitando qualquer gesto que possa ocasionar a quebra dum copo, dum prato ou da etiqueta. Porque todo o seu apetite por Bibiana, havia tanto tempo reprimido, foi um pouco contido pela sensação de estar diante duma donzela, duma moça cuja timidez e pudor eram tão grandes que quase chegaram a contagiá-lo. Mas nem por isso o vinho deixou de subir-lhe à cabeça; nem por isso ele deixou de quebrar cristais ou de revelar sua sofreguidão. Bibiana se lhe entregou numa passividade comovida, trêmula e cheia de medo. Quando se viu a sós com aquele homem, deitada com ele na mesma cama, teve por um rápido segundo quase um sentimento de pânico e a sensação perfeita de que estava praticando um ato feio e ilegal pelo qual teria de responder no dia seguinte perante os pais, o padre e o resto da população de Santa Fé.

E essa sensação de pecado, essa impressão esquisita de que Rodrigo não era seu marido e de que ela não passava duma "china de soldado" não a abandonou nunca durante toda a lua de mel, principalmente quando ela se via frente a frente com o pai. Mas isso não a tornou menos feliz. Porque, naqueles meses que se seguiram ao casamento, Bibiana viveu como que no ar, erguida na crista duma onda cálida de felicidade, que a estonteava um pouco, dando às pessoas e coisas que a cercavam um aspecto de sonho. Cuidar da casa, fazer comida para Rodrigo, lavar-lhe a roupa branca, usar as coisas de seu próprio enxoval, tomar conta dos bichos do quintal — tudo isso eram prazeres que ela gozava duma maneira miudinha, prolongada, bem como fazia no tempo de menina quando lhe davam um pedaço de rapadura e, evitando triturá-lo com os dentes, ela o deixava dissolver-se aos poucos na boca para que o doce durasse mais. E muitas vezes, quando estava lidando na cozinha ou no quintal, fazia pausas ao ouvir a voz do marido, e ficava escutando, como se alguém estivesse a tocar uma música bonita na venda. E tudo que ele dizia ela achava divino. "Quantas arrobas? Duas? Lá vai." Havia na voz de seu marido um tom amigo e simpático quando ele gritava para alguém recém-chegado: "Apeie e entre, patrício! A casa é de vosmecê!".

E era mesmo. Porque Rodrigo gostava de casa cheia e sempre que podia trazia amigos para almoçar ou jantar. "Coma mais uma costela, compadre!" E sua cordialidade era tão grande que não raro chegava a ser agressiva. "Mais feijão? Mas vosmecê está me fazendo uma desfeita!" E era quase com brutalidade que botava feijão no prato do convidado.

Lembrando-se de cenas como essas, Bibiana ficava sorrindo e escutando a voz do capitão. E ouvia também o tinir dos patacões, vinténs e cruzados que ele atirava na gaveta. Rodrigo não sabia fazer nada com calma e jeito. Não punha um objeto em cima da mesa: atirava-o. Quando se despia à noite, jogava as roupas para todos os lados. Não sabia beber um copo d'água ou de vinho devagar: tomava em goles largos, fazendo muito ruído e no fim estralando os beiços. Até mesmo no sono continuava fazendo barulho: seu ressonar era pesado e muitas vezes no meio da noite ela ouvira Rodrigo falar enquanto dormia. Bibiana não cessava de comparar o marido com o pai e concluía que eram tão diferentes um do outro como geada e fogo, e mais difíceis de se misturarem do que água e azeite. Bibiana criara-se à sombra daquele homem calado e sério, bondoso mas seco de gestos e palavras. Nunca o ouvira soltar uma boa risada: quando ele sorria, era um sorriso entre amargo e triste. Sabia que o pai era bom, isso sabia; não havia ninguém no mundo melhor que ele. Era capaz de todos os sacrifícios para fazer a família feliz. Trabalhava como um mouro, era um homem honrado, não se metia na vida de ninguém. Quando falava era em voz baixa, e sempre parecia pensar muito antes de falar. Para Pedro Terra água de cheiro, brincos, espelhos e enfeites eram coisas inúteis de "gente que não tem mais o que fazer". Os seus ditados — que ele repetia sempre que havia oportunidade, como para que servissem de lição à filha — davam uma ideia de sua maneira de avaliar as pessoas e as coisas. "Mulher que muito ri não pode ser boa coisa." "Primeiro a obrigação, depois a diversão."

Uma vez, no tempo de menina, Bibiana apanhara uma sova da mãe e quando, com o rosto cheio de lágrimas, ela fora, soluçando, queixar-se ao pai, esperando que ele a tomasse nos braços e a consolasse, Pedro Terra, de mãos às costas, baixara os olhos para ela e limitara-se a dizer: "Não é nada. Pata de galinha nunca matou pinto". Quando, antes do casamento, d. Arminda expressou um dia a esperança de que Rodrigo pudesse sentar juízo, Pedro, tirando da boca uma costela de rês, cuja pelanca ele tentava arrancar com os dentes, disse com a voz que a banha fazia perder a habitual secura: "Cachorro que come ove-

lha uma vez come sempre, só morto se endireita". Nos dias de tristeza, quando tudo lhe parecia sair mal — uma colheita pobre, uma peste na lavoura ou no gado, uma doença na família —, Pedro Terra
suspirava e dizia: "A vida é como vaca tambeira que esconde o melhor
leite". Não deixava Bibiana ir a bailes senão duas ou três vezes por
ano, e assim mesmo em sua companhia; durante todo o tempo das
danças ficava sentado a um canto, sem tirar os olhos dela. Porque
tinha medo de que começassem a falar da filha, pois "a boca do povo",
dizia, "é maior que a boca da noite, e muito mais malvada".

Era por tudo isso que Bibiana não se habituava à nova situação.
Tudo era bom demais para ser verdade. Tinha agora seu marido, sua
casa, sua liberdade... Mas Rodrigo era tão diferente do pai, tão alegre,
tão descuidado, tão barulhento, tão engraçado, que ela às vezes ficava
com a impressão de que estava — ainda para usar uma frase de Pedro
Terra — levando uma vida de "gente louca" e que portanto essa vida
não era decente nem podia durar.

E, quando Rodrigo à noite a tomava nos braços, erguia-a no ar
como se ela fosse um nenê e começava a beijar-lhe os cabelos, o pescoço, os braços, Bibiana desatava a rir, cheia de cócegas, feliz e ao mesmo tempo envergonhada, amando-o mas achando-o despudorado —
e todo o tempo ficava a olhar para a porta, para a janela aberta,
receando que alguém os visse naquela indecência e, acima de tudo,
temendo que o pai aparecesse...

Num anoitecer em que o pe. Lara viera visitá-los após o jantar e ficara a conversar e a fumar enquanto ela tirava os pratos da mesa, Rodrigo dera uma palmada nas nádegas de Bibiana, soltando ao mesmo
tempo uma risada e dizendo: "Certas coisas da vida valem mais que
uma ponchada de onças!" — ela ficara muito vermelha e refugiara-se
na cozinha, sem coragem de olhar para o vigário.

Para Rodrigo todas as noites eram noites de amor. Bibiana ficava
um pouco assustada. Os ardores do marido a sufocavam. E havia no
rosto dele algo que a fascinava e ao mesmo tempo a atemorizava. Longe dele Bibiana fazia projetos. Ia pedir-lhe que tivesse modos diante de
estranhos; que a deixasse dormir cedo; que não a acordasse no meio da
noite para fazer as suas loucuras. Mas quando o via não pedia nada.
Submetia-se a todos os seus desejos. Quando ele entrava numa peça,
de repente tudo como que esquentava, e ficava mais claro, como se a
cara do capitão fosse um sol. Quando o marido falava, ela sentia uma
coisa no peito. Quando ele a tocava, ela desejava entregar-se, derreter-

-se, ficar mais pequena ainda do que era... Mas havia sempre de mistura com seus prazeres e êxtases um elemento secreto de inquietação — não só o pressentimento de que aquilo tudo não podia durar, como também a desconfiança de que aquele tipo de amor não era direito, não devia existir entre marido e mulher.

O pai e a mãe apareciam raramente. Quando vinham era para visitas breves em que o velho falava pouco e nunca olhava Rodrigo nos olhos, apesar de todos os esforços que este último fazia para ser agradável ao sogro. Quem os visitava mais era Juvenal, que quando não estava em viagem para o Rio Pardo ajudava o cunhado no serviço da venda.

Uma noitinha, depois do jantar, Rodrigo sentou-se num banco, botou a mulher no colo e começou a beijá-la com avidez.

— Não! — balbuciou ela. — Agora não.

— Só um pouquinho, minha prenda — disse ele, e seus lábios úmidos e frescos passearam pelo pescoço da mulher.

Estava ele de costas para a porta, através da qual Bibiana, apreensiva, via a rua. Num dado momento avistou dois vultos que se aproximavam. A noite estava clara e ela reconheceu neles o pai e a mãe. Fez um esforço para se desvencilhar do marido, mas os braços de Rodrigo a prendiam. E Bibiana, muda, afogueada, cheia de vergonha, viu o pai acercar-se da porta, parar, olhar para ela, de cenho franzido, fazer meia-volta, tomar o braço da mulher e ir-se embora sem dizer palavra.

— Por favor, Rodrigo!

Rodrigo, porém, continuava a beijá-la com fúria, por entre risos. Bibiana olhava para a porta, para a noite, e não podia esquecer a expressão de desagradável surpresa e — sim! — de vergonha que vira no rosto do pai.

16

O verão se foi, entrou o outono e Bibiana — que esperava o primeiro filho para meados da primavera — começava a ficar deformada pela gravidez. Seu ventre estava muito crescido, as feições um pouco intumescidas e o busto mais cheio. Rodrigo contemplava-a numa confusão de sentimentos. A ideia de que ia ter um filho deixava-o alvoroçado, orgulhoso, e ele contava os dias nos dedos, desejando que o tempo passasse e outubro chegasse depressa. Havia, porém, em sua alegria um elemento de impaciência. Porque Bibiana como que se desmanchava aos poucos ante seus olhos sempre gulosos. A rigidez de suas carnes dera lugar a uma flacidez descorada e ela de repente como que se fizera mais adulta, mais mulher. E ele, que já não se podia entregar aos mesmos excessos amorosos — pois além de ser obrigado a cuidados especiais com a esposa já começava a achá-la menos atraente —, ficava irritado com a situação e agora já pensava em outras mulheres.

Bibiana percebeu isso mas não disse nada. Vivia em constantes acessos de nervos, chorava às escondidas de medo ao pensar no parto. Quando comunicava esses temores à mãe, d. Arminda, para a consolar, dizia:

— Não há de ser nada, minha filha. A tesoura de tua avó está aí mesmo.

Mas isso, longe de confortar Bibiana, dava-lhe um terror frio, pois achava horrível a ideia de cortarem o cordão umbilical da criança com aquela tesoura negra e enferrujada.

Quando chegou a época de Juvenal ir ao Rio Pardo buscar novo sortimento para o inverno — pois quando entrasse junho seria praticamente impossível atravessar a serra —, Rodrigo ofereceu-se para ir fazer a viagem daquela vez.

— Mas vosmecê não conhece a estrada — observou o cunhado.

— Não se apoquente. Hei de encontrar o Rio Pardo.

Juvenal mirou o cunhado com seus olhos apertados e cheios de suspeita e disse:

— Mas tenho medo de que depois vosmecê não encontre Santa Fé, na volta...

Ele percebia tudo. Rodrigo queria um pretexto para se ausentar de casa por uns dois ou três meses, para evitar de ver a mulher naquele estado. Essa era uma das razões pelas quais insistia em fazer a viagem. A outra, mais poderosa, era o desejo de correr mundo, pois Juvenal compreendia — embora parecesse não atentar na coisa — que o cunhado já começava a aborrecer aquela vida parada ali atrás do balcão a vender pingas e a pesar farinha e feijão. Acontecia também que no Rio Pardo Rodrigo poderia procurar chinas. Em Santa Fé isso não era fácil.

— Pois está bem — disse. — Desta vez vai vosmecê.

Quando Rodrigo participou à mulher a decisão que tomara, Bibiana nada disse. Foi para o quarto, deitou-se, apertou o rosto no travesseiro e chorou. Tinha o pressentimento de que Rodrigo não voltaria mais. Podia cair num precipício na serra ou então meter-se em alguma briga no Rio Pardo e ser assassinado.

Quando se despediu do marido, abraçou-o e beijou-o longamente.

— Eu volto logo, minha prenda — disse ele. — Cuide bem de nosso filho.

Durante a ausência de Rodrigo, Bibiana de dia ajudava Juvenal na venda e ao anoitecer dirigia-se para a casa dos pais, onde pernoitava. Fiava na roca roupas para o filho, ia para a cama cedo, mas ficava muitas horas sem poder dormir, pensando no marido. Sentia falta da voz dele, do cheiro dele, da presença dele. E à medida que o tempo passava mais se fortalecia nela o pressentimento de que nunca mais tornaria a ver Rodrigo. Era essa mesma suspeita que Bibiana lia nos olhos do pai, nas raras vezes em que ele a fitava. Porque agora Pedro Terra evitava olhar para ela, como se aquele filho que ela trazia no ventre fosse o produto dum amor ilegítimo, dum "mau passo". Bibiana ficava constrangida quando alguma amiga que a visitava, ou cruzava com ela na rua, lhe pedia notícias de Rodrigo, pois sentia, no tom de voz com que as outras faziam a pergunta, que elas tinham a certeza de que o cap. Cambará não voltava mais. Uma tarde Lúcia, a filha de Chico Pinto, perguntou-lhe:

— Sabes quem chegou hoje?

— Não. Quem foi?

— O Bento Amaral e a mulher. Dizem que o casamento deles foi uma maravilha, uma beleza. As gentes mais finas de Porto Alegre foram. Até o governador!

Houve uma pausa. A outra baixou os olhos para o ventre de Bibiana.

— Então, pra quando é o "baile"?

— Ah, vai demorar ainda. Parece que é lá pra meados de outubro.

Ao se despedirem, Lúcia Pinto sussurrou:

— Esse filho podia ser do Bento, não? Ia ser melhor pra ti e pra ele. Em vez de morar na venda, tu moravas no casarão da praça.

Bibiana voltou para casa pensando naquelas palavras. E à medida que os minutos passavam ia crescendo sua indignação. Filho do Bento! Ela estava satisfeita e orgulhosa por trazer dentro de si um filho do cap. Rodrigo Cambará. Pensou no Bento e na cicatriz em forma de *P* que ele tinha na face. Avistara-o apenas duas vezes depois do duelo, e o homem dobrara esquinas, intempestivo, para não se defrontar com ela. Se a mulher de Bento ficasse grávida e olhasse muito para o rosto do marido, era bem possível que o filho nascesse com aquele *P* em algum lugar do corpinho. E assim a marca de Rodrigo passaria também para a criança.

Ao chegar a casa, ao ver as coisas do marido — o uniforme, a espada, a medalha —, sentiu que quem tinha mais forte a marca de Rodrigo era ela mesma. Tinha-a em todo o corpo, como que feita a fogo.

Deitou-se abraçada com o dólmã do capitão, e começou a chorar de mansinho. Da loja vinha a voz calma e seca de Juvenal, que conversava com os fregueses. E em pensamentos Bibiana via o marido estirado no chão, no fundo dum precipício, com a cabeça esmagada; ou então no momento em que o enterravam, no Rio Pardo, depois dum duelo. As lágrimas caíam no dólmã escuro e ela sentia no rosto o contato físico dos botões de metal. Naquele momento Bibiana percebeu que o filho lhe esperneava no ventre e por entre lágrimas começou a sorrir. Talvez fosse um homem e herdasse o gênio do pai. Imaginou Ana Terra com o bisneto no colo. Era pena que ela estivesse morta. E suas lágrimas passaram então a ser muito pela ausência de Rodrigo e um pouco pela morte da avó.

O outono se foi, começaram as chuvas e os frios de inverno, e Rodrigo não chegava. Juvenal inquietava-se porque já era tempo de o cunhado estar de volta. Fazia-se perguntas a si mesmo, imaginava coisas, mas não dizia nada à irmã para não inquietá-la.

E em certos dias em que o minuano soprava, enrolada num xale e pedalando na roca (pois agora que estava cada vez mais pesada não podia ir ajudar o irmão na venda), Bibiana pensava na avó, que costumava dizer-lhe que o destino das mulheres da família era fiar, chorar e esperar.

Junho ia em meio quando um dia Rodrigo apareceu com a carreta. Os amigos o receberam com grande alvoroço. Juvenal alegrou-se de vê-lo, mas limitou-se a apertar-lhe a mão e a dar-lhe duas palmadinhas no ombro, perguntando apenas:

— Fez boa viagem?

Rodrigo não ouviu a pergunta. Precipitou-se para casa, entrou e tomou Bibiana nos braços, cobrindo-lhe o rosto de beijos. Ela não pôde falar, engasgada. À vista do marido, cuja voz ouvira antes de ele entrar em casa, sentira uma onda de calor tomar-lhe conta do corpo.

Era como se ela voltasse à vida depois de estar morta e fechada num túmulo: era como se o sol se abrisse de repente depois duma temporada longa de chuva e céu nublado. Tinha uma bola na garganta, e quando Rodrigo a beijava e dizia coisas e tornava a beijá-la e a fazer perguntas — seus lábios permaneciam imóveis e frios. E, enquanto o marido a apertava nos braços, o filho lhe esperneava nas entranhas. Essas coisas lhe deram um contentamento tão grande, tão agudo que Bibiana Terra desejou morrer naquele momento, morrer porque temia que no futuro essa felicidade acabasse.

Naquela noite Rodrigo contou à mulher, ao cunhado e a outros amigos as peripécias de sua viagem. Perdera-se na serra, lutara contra tremedais, matagais e peraus, mas achara finalmente o caminho. Tinha trazido a carreta cheia de mercadorias para a venda e muitos presentes para Bibiana.

E, quando no dia seguinte foram ambos visitar Pedro Terra, a primeira coisa que Rodrigo disse foi:

— O tio de vosmecê, o velho Horácio, mandou muitas lembranças...

— Agradecido — respondeu Pedro. E não disse muito mais que isso durante todo o resto da visita em que o genro contou as novidades do Rio Pardo.

Outubro passou e o filho de Bibiana não nasceu, contrariando todas as previsões. Mas à uma hora do dia 2 de novembro ela começou a ter dores muito fortes e por volta das quatro da tarde uma criança recém-nascida berrava na casa de Rodrigo Cambará.

— Logo no Dia de Finados! — lamentou-se Bibiana. Estava estendida na cama, muito pálida, de pálpebras pisadas. Rodrigo tomou nas suas a mão da mulher e respondeu:

— Mas foi no Dia de Finados que nós nos conhecemos, minha prenda.

A mulher sorriu um sorriso cansado. D. Arminda entrou no quarto e fumigou-o com alfazema. Pedro veio olhar o neto e ficou a mirá-lo em silêncio, sorrindo com os olhos.

Rodrigo exclamou:

— Mais um Cambará macho!

O sogro não respondeu. Lançou um olhar enviesado e tristonho para a mesa, em cima da qual jazia a velha tesoura de Ana Terra.

17

Na sua admiração pelo cel. Bento Gonçalves, em cujo regimento de cavalaria servira, Rodrigo pensou em dar ao filho o nome de Bento. Mas lembrou-se de Bento Amaral e resolveu chamar ao primogênito Bolívar. Bibiana não gostou do nome, mas não fez o menor reparo: o desejo do marido era para ela uma ordem. O pe. Lara batizou-o naquele mesmo novembro: Juvenal e Maruca foram os padrinhos.

Rodrigo não podia esconder seu orgulho e sua satisfação por ter um filho macho. Brincava com a criança como uma menina brinca com sua boneca e às vezes não podia deixar de dar voz à sua impaciência diante do fato irremediável de que a criança levaria anos para crescer, fazer-se homem e poder chegar à idade de botar pistola e espada na cintura e sair a burlequear pelo Continente.

— O mundo está errado! — disse ele um dia ao vigário, quando ambos conversavam na frente da venda, após o jantar. — Por que é que cavalo cresce tão depressa e gente leva tanto tempo?

O padre, que palitava os dentes com um espinho de laranjeira, encolheu os ombros e respondeu, meio vago:

— Deve ser porque cavalo vive menos.

— Também está errado. Um cavalo devia viver tanto como uma pessoa.

O pe. Lara olhou para o capitão longamente antes de falar. Fazia meses que vinha notando mudanças nele. O homem simplesmente andava desinquieto, irritadiço. Tudo indicava que aquela vida sedentária, atrás dum balcão, começava a entediá-lo. Não fora feito para aquilo. Para falar a verdade, também não fora feito para o matrimônio, ou melhor, para ter uma mulher só. E o vigário se inquietava, pois de certo modo se sentia responsável perante Pedro e Arminda Terra por aquele casamento, do qual era uma espécie de fiador. Se o signatário da letra de que ele era avalista fugisse e ele fosse chamado a pagar a dívida, que poderia fazer ou dizer? Soltou um suspiro e perguntou:

— Se vosmecê fosse o criador do mundo, como é que fazia as coisas e as pessoas?

Rodrigo apanhou um seixo, fez pontaria numa árvore e arremessou-o, errando o alvo.

— Se eu fosse dono do mundo, fazia algumas mudanças...

— Por exemplo... — pediu o padre.

— Acabava com essa história de trabalhar...

— Sim, e depois?

— Fazia os filhos virem ao mundo de outro jeito. Eu vi o que a Bibiana sofreu. É medonho.

O vigário sorria. Aquelas palavras, partidas dum egoísta, não deixavam de ter seu valor.

— E depois?

— Dividia essas grandes sesmarias de homens como o coronel Amaral.

— Dividia? Como? Pra quê?

— Dividia e dava um pedaço pra cada peão, pra cada índio, pra cada negro.

— Não vá me dizer que ia libertar os escravos...

— E por que não? Acabava com a escravatura imediatamente.

O padre ria, e o riso encatarroado que o sacudia todo depois se transformou num acesso de tosse que acabou por deixá-lo ofegante e cansado.

— Vosmecê é das arábias, capitão. Mas continue com o seu mundo... Que mais?

Dentro da casa Bolívar chorava. E Bibiana, ninando-o, cantava as cantigas de Ana Terra.

— Ah! Eu ia m'esquecendo. Pra principiar, fazia o mundo mais pequeno, pra gente poder atravessar todo ele a cavalo, sem levar muito tempo.

— E como é que vosmecê ia se arranjar, indo dum país pra outro sem conhecer outra língua senão a sua?

— Eu acabava com esse negócio de línguas diferentes...

Rodrigo fez uma pausa e ficou pensativo.

— Que mais?

— Acabava também com a velhice.

— Acabava?

— Quero dizer, ninguém envelhecia mais...

— Nem morria?

— Morrer... morria. Mas se morria era de desastre, nos duelos, nas guerras.

O vigário mordeu o palito, fez avançar a cabeça na direção do outro:

— Vosmecê não ia também acabar com as guerras?

Rodrigo por um instante pareceu confuso. Depois respondeu, lento:

— Bom... Acabar de todo, não acabava. Porque guerra é divertimento de homem. Sem uma guerrinha de vez em quando ficava tudo muito enjoado.

— Ia ser um mundo bem esquisito...

— Mas não mais esquisito que este nosso, padre.

— Se Deus fez o mundo assim foi porque achou que era o direito.

— Mas hai muita coisa torta por aí.

— Que há, há...

Rodrigo abafou um bocejo. Depois, olhando para os lados como para ver se ninguém o escutava, cochichou:

— Outra coisa, padre. No meu mundo não ia haver casamento. Um homem podia ter quantas mulheres quisesse. Dez, quinze, vinte, mil...

— E se dois homens desejassem a mesma mulher?

Rodrigo respondeu indiretamente com uma pergunta:

— Pra que é que serve a espada? Pra que é que serve a adaga? E a pistola?

O vigário procurou resumir as aspirações do amigo através do que ouvira e do que sabia dele por observação direta durante aquele ano:

— Noutras palavras, capitão, seu desejo mesmo é andar correndo mundo, sem pouso certo, sem obrigação marcada, agarrando aqui e ali uma mulher como quem apanha fruta em árvore de beira de estrada... De vez em quando uma partidinha de truco ou de solo, um joguinho de osso, umas carreiras e, para variar, uma peleia... Não é isso?

Rodrigo sacudiu a cabeça lentamente.

— Mais ou menos.

O choro do menino cessara, mas Bibiana ainda cantava baixinho. Um cão ladrou para os lados da casa dos Amarais. Por longo tempo os dois amigos ficaram em silêncio, olhando o céu estrelado. Rodrigo pensava na mulher com quem dormira todas as noites que passara no Rio Pardo: era uma mulata clara, de olhos verdes, com uma voz doce como arroz de leite e um corpo que cheirava a fruta madura quente de sol. O pe. Lara pensava na noite que iria passar... horas de aflição, sem ar e sem sono. A solidão de seu quarto era tão grande que ele às vezes ia para a capela e lá ficava orando e meditando, olhando para a imagem de Nossa Senhora, como que a buscar-lhe a companhia. Quase ao amanhecer caía no sono e dormia no chão, sobre as tábuas duras.

— Mas o mundo não é o que a gente quer — disse ele, quebrando o silêncio. — É o que é.

— Eu sei que ele é o que é. Mas a gente não deve se entregar. Deve lutar para conseguir as coisas que quer. Não há muita gente disposta a dar. Às vezes é preciso tirar à força.

— Cada qual luta a seu modo, meu filho. Cada qual luta por um ideal. Houve homens que lutaram para libertar o Brasil dos portugueses.

— Mas os galegos estão aí mesmo — retorquiu Rodrigo. — Nas tropas os oficiais portugueses mandam mais que os brasileiros. No fundo a independência não mudou nada.

— Mas deixe-me terminar o pensamento. Uns lutam de arma na mão pela sua pátria. Eu luto pela minha fé. Vosmecê não acha que eu podia encontrar uma vida melhor se tivesse ficado em São Paulo e seguido o comércio como os meus irmãos fizeram? — Rodrigo sacudiu a cabeça. — Pois é. Estou aqui porque esta gente em geral vive sem Deus. Vosmecê sabe que um padre também é chamado um pastor. É porque os paroquianos são como ovelhas. É preciso proteger os rebanhos contra os guarás, os tigres, as onças-pintadas. Mas de que é que vosmecê está rindo?

Ao luar ele via a cara do capitão, toda aberta num sorriso irônico.

— Me lembrei do coronel Amaral.

— E que é que ele tem a ver com a nossa conversa?

— Tem muito. Ele é um leão baio. E dos grandes! E vosmecê parece ser mais do lado dele que do lado das ovelhas, padre.

O pe. Lara empertigou-se sobre a banqueta.

— Não compreendo — disse. Mas compreendia perfeitamente o que o outro insinuava.

— Vosmecê sabe como ele trata os escravos... — continuou Rodrigo. — Para ele negro não merece ser considerado gente. Vosmecê sabe como ele trata os peões e os agregados. E vosmecê não ignora que ele tem mandado matar gente...

O pe. Lara estava meio sufocado. Que conversa para depois do jantar! Seu ressentimento, sua confusão lhe tiravam a clareza das ideias e ao mesmo tempo lhe roubavam o fôlego. Passaram-se alguns momentos antes que ele pudesse falar.

— Mas não há provas! — exclamou por fim.

— Provas do quê?

— De que foi o coronel Amaral que mandou matar aqueles homens.

E ao dizer essas palavras ele baixou a voz e olhou a medo para os lados. Rodrigo soltou uma risada:

— Ora, padre, todo mundo sabe!

— E depois vosmecê deve saber que muitas vezes fui falar com o coronel para interceder por um escravo, por um peão. Ele me ouve muito.

Rodrigo desabotoou a camisa e puxou-a para fora das bombachas. Sentia calor. Não havia a menor viração na noite cálida.

— Conheci muitos padres por esse mundo velho que tenho corrido. Eles nunca estão contra o governo.

— A Igreja não é revolucionária — exclamou o vigário. — A Igreja não é lugar de conspirações. Ela representa o poder espiritual, que está acima, muito acima do temporal.

— Não me venha com essas palavras difíceis, padre, que eu não entendo. Fale claro. Temporal pra mim é mau tempo. Mas, falando sério, amigo Lara, cá pra nós no maior segredo, vosmecês nunca se arriscam a ir contra o governo, não é mesmo?

O padre rosnou alguma coisa ininteligível. Depois sua voz se fez clara e ele murmurou:

— Não é a Igreja que está com o governo. É o governo que está com a Igreja.

— Ahá! — e a gargalhada de Rodrigo encheu aquele pedaço da noite que parecia envolver a casa. — Quando nós brigamos com os castelhanos, nossas bandeiras e nossas espadas eram benzidas aqui pelos padres católicos. E os padres católicos lá da Banda Oriental faziam o mesmo com as bandeiras e as espadas dos castelhanos. Como é que se explica isso?

— Isso prova que a Igreja Católica é universal. Está acima das paixões e dos interesses dos homens, que são todos iguais perante Deus.

— Iguais? Até os negros?

O padre teve um levíssimo instante de hesitação — não porque considerasse os negros animais, mas porque lhe passou pela cabeça uma dúvida quanto à maneira como o outro podia usar sua resposta.

— Até os negros, claro.

— Então por que é que vosmecê nunca protestou contra a escravatura?

O padre mexeu-se, tomado de mal-estar. Nessas ocasiões ele sentia mais agudamente que nunca aquele fogo no peito.

— Os escravos nesta província são muito mais bem tratados que em qualquer outra parte do Brasil! Eu queria que vosmecê visse como os senhores de engenho tratam os negros lá no Norte.

— Eu sei, mas vosmecê não respondeu à minha pergunta... Será que Deus não fez os homens iguais?

— Mas tem de haver categorias para haver ordem e respeito. — Usou uma palavra grande para esmagar o outro. — Tem de haver hierarquia.

No fim de contas esse foi o mundo que nós encontramos ao nascer, capitão. Não podemos mudar tudo de repente.

Ia acrescentar: "Um dia essas mudanças hão de fazer-se". Mas achou melhor calar-se. As paredes tinham ouvidos. Além disso, o capitão era muito conversador. Preferiu mudar de assunto e dizer:

— Por que é que vosmecê se mostra tão do lado dos negros? Por quê? É porque vosmecê no fundo é um homem de bem. Isso é um sinal de que ainda um dia poderá vir a ser um bom católico.

— Nada disso, padre! Sou contra a escravatura só por uma coisa. É que não gosto de ver homem rebaixado por homem. Nós os Cambarás temos uma lei: nunca batemos em mulher nem em homem fraco; nem nunca usamos arma contra homem desarmado, mesmo que ele seja forte. Quando vejo um negro que baixa a cabeça quando gritam com ele, ou quando vejo um escravo surrado, o sangue me ferve. Depois que vi certos negros brigando no nosso exército contra os castelhanos... Barbaridade!... se eles não são homens, então não sei quem é...

— Bons sentimentos, capitão. Bons sentimentos — disse o vigário, levantando-se. — Vou andando para começar a minha via dolorosa.

Referia-se às andanças habituais da noite; despir-se, ir para a cama, orar, lutar com a tosse, a falta de ar; depois enfrentar a longa vigília, e os seus pensamentos e o medo — que ele não podia dominar — de morrer sozinho no quarto.

Rodrigo ergueu-se também.

— Eu vou com vosmecê até a capela.

— Não se incomode.

— Não é incômodo. A noite está bonita. — Chegou até a porta da casa e gritou: — Bibiana, vou levar o padre em casa e já volto.

A mulher, que tinha o filho no colo e balouçava-o dum lado para outro, fez com a cabeça um sinal de assentimento.

Rodrigo e o padre começaram a andar lado a lado.

O luar como que azulava tudo e as casas lançavam suas sombras negras sobre o chão da rua. Muitas janelas estavam iluminadas.

De mãos às costas, a respiração áspera, muito encurvado, o padre caminhava dum jeito que dava a Rodrigo a impressão de que era com dificuldade que mantinha erguida a grande cabeça. E os dois amigos continuaram a andar em silêncio, escoltados pelas próprias sombras. Não disseram uma única palavra antes de chegarem à praça.

Rodrigo olhou para a casa de Pedro Terra e pensou nos tempos em que Bibiana vivia lá dentro e ele não lhe conseguia falar. Comparou mentalmente a Bibiana daquela época com a de hoje. Ele a amava ainda, sim, não havia a menor dúvida. Mas seria inútil tentar esconder a verdade de que já não sentia por ela o mesmo apetite de antigamente.

Olhando para o casarão de pedra, o vigário perguntou:

— Tem visto os Amarais?

— Inda outro dia cruzei com o Bento.

O padre segurou o braço de Rodrigo.

— E ele?

O capitão deu de ombros.

— Virou a cara. Virou mas tive tempo de ver a minha marca... Foi uma pena eu não ter terminado aquele *R*. Falta só o rabinho.

— Não pense mais nisso, capitão. Vosmecê agora é pai de família.

— E ele também vai ser ainda este ano. A mulher está de barriga.

— E o velho?

— Faz séculos que não vejo.

— Anda muito entusiasmado, falam que Santa Fé vai ser vilada e ele quer ser o presidente da Câmara Municipal.

— E será — retrucou Rodrigo. — Todo mundo vai votar nele. Inclusive vosmecê, padre.

— Quem foi que lhe disse?

— Eu é que sei...

Os dentes do capitão estavam à mostra num ricto sardônico. O padre olhou para ele longamente e depois, entre confidencial e trocista, disse:

— Meu filho, aprenda uma coisa. Por que é que a Igreja tem sobrevivido através de todos estes séculos? Por quê? Passam os reis, os conquistadores, os generais, os filósofos... passa tudo. Mas a Igreja fica. Alguns pensam que é porque ela é de origem divina. — Piscou um olho e pegou na fralda da camisa do outro. — Mas eu acho, e Deus me perdoe a irreverência, que é um pouco porque nós os sacerdotes somos realistas. Realistas, está ouvindo? Vosmecê sabe o que é um realista?

— Um homem do lado do rei?

O pe. Lara sacudiu a cabeça numa ardorosa negativa.

— Não. Um realista é um homem que nunca dá murro em ponta de faca. Deixa que os outros deem... Boa noite, capitão, durma bem.

— Boa noite, vigário.

Rodrigo voltou para casa pensando na mulata de olhos verdes que lhe alegrara as noites no Rio Pardo. Quando entrou no quarto, Bibiana mudava as fraldas de Bolívar, que estava acordado em cima da cama, sacudindo os braços e as pernas. Rodrigo ajoelhou-se junto ao leito, aproximou a lamparina e olhou bem a cara do filho, buscando parecenças. Não conseguia nunca saber se os olhos da criança eram pretos ou dum azul-escuro. Do nariz pra cima é a Bibiana — pensava —, do nariz pra baixo é parecido comigo... Sorriu e começou a dizer coisas e a fazer cócegas no ventre do filho.

— Não faça cócegas no menino, Rodrigo! — pediu Bibiana, que tirava fraldas novas de dentro dum baú.

Mas Rodrigo não lhe dava ouvidos. Passeava os dedos cabeludos pelo corpo claro do bebê, apertava-lhe as pernas. Seus olhos fixaram-se no sexo da criaturinha, em torno do qual ele já inventava histórias e anedotas.

— Já viu, Bibiana? É bem Cambará, este diabo. E vai dar muito trabalho às moças. Quando ele tiver quatorze anos, quem vai procurar mulher pra ele sou eu.

Vai, fica com ela e esquece o filho — pensou Bibiana, mas não disse nada.

— E se me sair maricas, que Deus nos livre, atiro ele no primeiro perau que encontrar no caminho.

— Nem diga uma coisa dessas!

Rodrigo derretia-se para o filho, e ao falar com ele sua voz ficava macia.

— Mas este não tem perigo. Já estou vendo na cara do bichinho. Vai ser macho mesmo. Capitão Bolívar Cambará. Dará muito que falar. Quero viver bastante para ver meu filho homem-feito e poder andar um pouco com ele por este mundo velho.

E, em vez de esperar e ter medo por causa de um — pensou Bibiana —, vou esperar e ter medo por causa dos dois. Imaginou o que seria sua vida no dia em que Bolívar crescesse e saísse a correr mundo com o pai. Aproximou-se da cama e começou a mudar as fraldas do filho, mas tendo antes o cuidado de polvilhar-lhe as nádegas e as coxas com farinha de arroz.

— Isso! — dizia Rodrigo. — Bota farinha no capitão. Cuida bem dele. Daqui a uns vinte anos não há de faltar mulher que queira fazer isso. Olha só a cara desse sem-vergonha! Parece que já entende tudo.

Bibiana tornou a tomar o filho nos braços e depois deu-lhe o peito. Rodrigo ficou junto da porta da rua olhando a noite, com um desejo de montar a cavalo e sair para o campo. Santa Fé era triste. Havia ali poucas diversões. A vila mais próxima, Cruz Alta, ficava muito longe... Abriu a boca num bocejo. E de repente — quase num susto — sentiu-se mais gordo, menos enérgico, um pouco molenga. Fazia tempo que não brigava, que não se movimentava. Aquela vida de balcão, que lhe enferrujava os membros, era de matar um cristão de aborrecimento. Por que se tinha ele metido naquilo? Por quê?

Voltou para dentro de casa e fechou a porta. Uma hora depois estavam os dois deitados e, revolvendo-se na cama, Bibiana disse:

— Um filho só é ruim, Rodrigo. Fica muito mimado.

Na verdade ela pensava numa menina, em alguém que lhe pudesse fazer companhia no futuro.

— Pois podemos tratar disso agora, minha prenda — disse ele, abraçando-a.

E assoprou a lamparina.

18

Um ano depois o pe. Lara escreveu no seu registro: "Aos vinte e oito de dezembro de mil oitocentos e trinta e um nesta capela de Nossa Senhora da Conceição batizei e dei os Santos Óleos a Anita, filha legítima do Cap. Rodrigo Severo Cambará, natural da freguesia do Rio Grande, e sua mulher Bibiana, natural desta freguesia...".

Pedro Terra não compareceu ao batizado. Cada vez se afastava mais do genro, cujo comportamento ultimamente se havia deteriorado de tal maneira que era por assim dizer o assunto predileto de Santa Fé. Todos sabiam que ele não vendia um copo de cachaça sem beber outro, junto com o freguês. Vivia em rodas de solo e bisca e jogava a dinheiro; aos domingos ia para as carreiras, onde fazia apostas altas. Gastava também um dinheirão com galos de rinha. Diziam, mais, que frequentava o rancho da Paraguaia, uma velha índia que morava lá para as bandas do cemitério e que cedia a neta de dezoito anos a quem estivesse disposto a pagar por ela alguns patacões. Murmurava-se que Rodrigo, que se enrabichara pela rapariga, dava muito dinheiro à avó para ter o uso exclusivo da chinoca. Essas conversas chegavam aos ouvidos de Pedro Terra, que as ouvia sem comentário, com uma raiva surda que era dirigida muito contra Rodrigo, mas um pouco também contra quem lhe trazia as murmurações. E de mistura com essa raiva havia um sentimento de vitória, pois tudo aquilo ele tinha previsto; nunca se iludira com Rodrigo. Esperava o dia em que Bibiana lhe viesse chorosa bater à porta para se queixar do marido. Então ele lhe diria: "Eu bem que lhe avisei".

Imaginou o futuro da filha: daria cria todos os anos e, depois que ela estivesse com uma ninhada bem grande, o marido iria embora, deixando-a ao abandono com toda a prole.

Por isso não foi ao batizado de Anita nem quis vê-la. Era o seu protesto e equivalia a um rompimento definitivo com o genro.

Bibiana ficou triste, mas não disse nada. Sua tristeza entretanto não durou, porque começou a entreter-se com a filha, que era ainda mais bonita que Bolívar e tinha os olhos azuis. Seu trabalho agora dobrara, pois, além de todo o serviço da casa, tinha de cuidar de duas crianças pequenas. Bolívar, longe de diminuir-lhe o trabalho agora que já caminhava, criava-lhe mais problemas, pois andava a correr por toda a casa, saía pelo quintal a perseguir as galinhas e um dia quase virara sobre a cabeça um tacho cheio de marmelada a ferver.

Rodrigo frequentemente tomava a filha nos braços e vinha mostrá-la aos homens na venda.

— Vejam os olhos dela... São como os do pai.

— Não preferia que fosse um machinho? — perguntou-lhe alguém certa vez.

— Que era melhor, era. Mas já que veio fêmea... paciência.

— Mulher dá mais trabalho.

— Isso é verdade. Mas quando ela crescer vou andar de olho aberto. Há muito gavião por aí.

Olhou bem para o rosto da filha e imaginou como ia ser ela quando ficasse mocinha: seria talvez uma Bibiana de olhos claros.

Suas atenções, porém, iam mais para Bolívar. Fazia-o montar nos joelhos e, segurando-lhe ambas as mãos, sacudia a perna e dizia:

— Eta cavalo corcoveador! Vamos avançar, capitão Bolívar! Os castelhanos vêm vindo... Upa!

Divertia-se vendo o filho pronunciar as primeiras palavras. Fazia projetos: quando ele falasse direito, ia ensinar-lhe alguns nomes. Um homem deve saber dizer nomes feios. Dizer nomes é coisa que alivia a alma.

Mas havia momentos em que Rodrigo perdia a paciência com os filhos. Era quando eles o despertavam à noite com seu choro.

— Cala essa boca, filho duma mãe! — exclamava, revolvendo-se na cama.

Bibiana procurava ninar a criança que chorava. Às vezes as duas berravam ao mesmo tempo.

— Esgoela esse desgraçado — resmungava Rodrigo.

E uma noite, vendo que as crianças não cessavam de chorar, ergueu-se da cama, furioso, e foi dormir no quintal, debaixo de uma laranjeira.

Bibiana tomava conta dos filhos, alimentava-os, lavava-os, vestia-os e afligia-se quando eles adoeciam. Rodrigo não a ajudava em nada. Bibiana pensara em arranjar uma criada, visto como o marido se recusava a comprar uma escrava. Um dia uma menina morena, de sangue índio, apareceu à procura dum emprego. Bibiana examinou-a longamente: viu que tinha um rosto bonito, um corpo benfeito e respondeu:

— Não preciso de criada.

Sabia o que ia acontecer se a rapariga ficasse. Ajustou uma índia velha para cozinhar e ela própria continuou a lavar a roupa e a entregar-se inteiramente a Anita e Bolívar.

Horas havia em que Bibiana se ficava a fiar na velha roca, tendo a seu lado Anita num berço e Bolívar a seus pés a brincar com ossos de boi e sabugos de milho. Era nessas horas que ela pensava mais, como se o barulho da roca lhe estimulasse as ideias. Sentia que o marido mudara. Estava quase sempre com o hálito recendendo a cachaça e agora com frequência abandonava a venda para ir jogar baralho na casa do Chico Pinto. Dizia-se que as paradas eram altas e que os homens ficavam jogando, fumando e bebendo, durante horas e horas. Ultimamente Rodrigo voltava para casa muito tarde e não eram poucas as vezes em que ele só chegava ao romper do dia. Deitava-se vestido, dentro em pouco estava ressonando e só acordava por volta do meio-dia. Nessas ocasiões Juvenal tomava conta da venda; e, quando ele estava ausente em suas viagens para o Rio Pardo, era Bibiana quem tinha de ir atender a freguesia. Juvenal um dia lhe dissera:

— O Rodrigo desse jeito vai mal. Gasta demais e trabalha de menos.

Ela não fizera nenhum comentário, limitara-se a baixar a cabeça. Nas raras vezes em que ia à casa dos pais, temia que eles lhe falassem no marido, por isso ficava o tempo todo como que sobre brasas, ansiosa por ir embora. Notava, porém, que apesar de tudo o pai se mostrava mais carinhoso e menos severo que antes. Decerto tinha pena dela. Não era só o pai. Ela via no olhar e no jeito de falar das outras pessoas que em Santa Fé se comentava a vida de Rodrigo e se lamentava a sorte dela. Um dia uma de suas amigas lhe viera contar que o capitão tinha uma amásia, uma chinoca chamada Honorina, neta da Paraguaia. Ela saltara logo:

— Não acredito!

E a outra:

— É engraçado. Todo mundo sabe, todo mundo vê.

— Mas não acredito.

— O pior cego é o que não quer ver...

No entanto ela sabia que era verdade. Rodrigo dividia suas noites entre a mesa de jogo e a casa de Honorina. Bibiana chegara a ver uma noite a rapariga na última festa do Espírito Santo, toda vestida de vermelho. Tinha a pele cor de canela, tranças compridas, negras e lustrosas, e um jeito disfarçado e arisco de olhar as pessoas sem nunca encará-las direito. Era esquisito — refletia Bibiana —, mas ela não tinha propriamente ciúme do marido. Sabia que ele gostava era de mulher, que não se contentava com uma só. Mais cedo ou mais tarde havia de ficar também cansado de Honorina e passaria para outra. O melhor que ela tinha a fazer era fingir que não sabia de nada. Contanto que ele não fosse embora, que ela pudesse tê-lo a seu lado — contanto que ele continuasse a ser o seu marido, tudo estava bem. E, pensando nessas coisas, Bibiana pedalava a roca e fiava, e de quando em quando interrompia o trabalho para atender a Anita ou para ralhar com Bolívar.

Seus pensamentos, porém, voltavam sempre para o marido. Não podia esquecê-lo quando ele estava ausente. Aquilo era um vício. Havia pessoas viciadas em pitar cigarro ou cachimbo, pessoas viciadas no jogo de cartas ou na bebida. O vício dela era Rodrigo. Suportaria tudo, se sujeitaria a todos os rebaixamentos contanto que ele não fosse embora. Os habitantes de Santa Fé comentavam os defeitos de Rodrigo, mas se fossem justos não deviam esquecer suas boas qualidades. Ele era honesto, leal e tinha bom coração. Durante aqueles dois anos de casamento — refletia Bibiana — aconteceram muitas coisas que lhe revelaram o lado bom do marido. O capitão gostava de ajudar os pobres e era um mão-aberta incapaz de fazer papel feio por causa de dinheiro. Um dia passava a cavalo por uma casa quando viu um branco espancando um escravo; apeou e espancou o branco, deixando-o deitado no chão, quase sem sentidos. De outra feita viu dois homens que em pleno campo atacavam um viajante. Rodrigo não conhecia nenhum deles, mas achou que não podia passar de largo. "Dois contra um é covardia!", gritou. Saltou do cavalo, puxou a adaga e entrou na luta. Voltou para casa trazendo o desconhecido que livrara dos assaltantes. Estavam ambos com as mãos e o rosto cheios de talhos de faca. Chegaram sangrando mas sorrindo, recordando a briga e dando grandes risadas. Fecharam-se na sala da venda e tomaram juntos uma bebedeira.

"Rodrigo não pode ver briga", dizia Juvenal, "porque ele logo compra a parada." E era verdade. Se alguém maltratava um animal em sua presença, ele se enfurecia. Um dia viu um índio chicotear um burro que, emperrado, se recusava a andar. "Não surre a criatura!", gritou. O outro não lhe deu ouvidos e continuou a maltratar o animal. Rodrigo ficou vermelho, precipitou-se para o índio, tirou-lhe o chicote das mãos e começou a fustigar-lhe as costas, os braços, as pernas, até que o pobre-diabo, assustado, desandou a correr. Essas histórias — sabia Bibiana — eram contadas e espalhadas pelo povoado e pelas vizinhanças. Muitos as comentavam com simpatia e concluíam: "O capitão Cambará é um homem de bom coração". Mas outros deduziam que ele era antes de mais nada um desordeiro. Bibiana, porém, preferia resumir seus sentimentos numa frase: "É meu marido e eu gosto dele".

19

Em princípios de 1833 Santa Fé foi sacudida por uma grande novidade: a chegada de duas carroças conduzindo duas famílias de imigrantes alemães, as primeiras pessoas dessa raça a pisarem o solo daquele povoado. Os recém-chegados acamparam no centro da praça, e em breve toda a gente saía de suas casas e vinha bombear. Muitos dos santa-fezenses nunca tinham visto em toda a sua vida uma pessoa loura, e aquela coleção de caras brancas, cabeleiras ruivas e douradas, olhos azuis, esverdeados e cinzentos — era uma novidade tão grande que a manhã de fevereiro mais parecia um dia santo com quermesse, cantigas e danças na frente da igreja.

Os dois chefes de família foram imediatamente ao casario de pedra falar com Ricardo Amaral Neto. Grupos cercaram as carroças e alguns tentaram comunicar-se com as mulheres e os filhos dos colonos, mas sem o menor resultado, pois nenhum dos estrangeiros parecia falar ou entender o português.

Antes do anoitecer já havia informações positivas sobre as duas famílias. Chamava-se Erwin Kunz o alemão alto, magro, de rosto vermelho e sardento. Ia abrir uma selaria no povoado. Tinha mulher e uma filha cuja beleza deixou alguns homens que a viram um tanto perturbados. Teria uns vinte anos, no máximo, olhos dum azul vivo e limpo, e cabelos tão louros que pareciam polvilhados de ouro. "Tem cara de imagem", disse um. "É duma boniteza engraçada", comentou outro. E aqueles homens habituados às mulheres de cabelos e olhos castanhos ou negros — criaturas de feições bem marcadas — ficavam um tanto perplexos diante de Helga Kunz, tão branca e delicada, que falava outra língua e se vestia duma maneira diferente das mulheres do lugar. Uns a miravam com desconfiada insistência como que procurando decifrar-lhe o semblante. Outros a avaliavam como fêmea, olhavam-lhe os pés nus metidos em chinelos de couro, os seios pontudos. Houve um que disse: "Não troco as nossas chinas por essa alemoa".

A outra família era a de Hans Schultz, que tinha comprado perto do povoado umas terras onde pretendia plantar batatas, milho, feijão e linho. Além da mulher, Hans tinha duas filhas e cinco filhos em idades que iam de oito a dezoito anos.

— Como é que o pai sabe o nome de cada filho? — perguntou um santa-fezense a outro. — Todos têm a mesma cara.

— Decerto pela altura.

Riram-se, olhando para aquelas fisionomias vagas e sardentas, coroadas de cabelos que mais pareciam barba de milho.

Kunz e Schultz — que falavam um pouco de português — fizeram compras na venda de Rodrigo e pernoitaram com suas famílias debaixo das duas carroças, sob a grande figueira. E muito tarde, naquela noite, o pe. Lara, que não podia dormir, saiu para fora e começou a andar na frente da igreja. Aproximou-se do acampamento dos alemães, parou a pouca distância dele e ficou olhando... Era uma noite de quarto crescente, muito estrelada e fresca, e o vigário podia enxergar os colonos deitados e adormecidos debaixo das carroças, enquanto os cavalos, presos à soga, pastavam perto. Contou as pessoas: doze. Viu ainda brasas vivas nas fogueiras que eles haviam acendido para fazer o jantar. O padre ficou pensando naquelas criaturas que tinham vindo de tão longe para tentar a vida naquele fim de mundo. Pensou também em como deviam achar estranho ficarem sob o governo dum homem como o cel. Amaral, e como lhes deviam parecer rudes as caras barbudas e morenas dos homens da Província, e bárbara a língua que eles falavam.

Serão protestantes? — perguntou o padre a si mesmo. Não sabia, mas tudo indicava que sim. Esperaria o próximo domingo para ver se eles vinham ou não à igreja.

As brasas luziam. Um dos cavalos escarvou o chão. O vigário continuou seu caminho. Sabia o que algumas pessoas diziam dele. Chamavam-lhe lobisomem por causa de suas caminhadas noturnas. Não fazia mal. Assim de boca aberta, todo de preto, a vaguear sozinho pela noite, ele parecia mesmo um lobisomem. Passou pela frente da casa de Pedro Terra, lançou-lhe um olhar de soslaio e parou, porque pela primeira vez notava uma coisa curiosa: a fachada, com a porta ladeada pelas duas janelas, possuía uma fisionomia quase humana. E aquela casa, por mais absurda que parecesse, tinha um semblante parecido com o do dono: parado e triste. Será que os homens constroem suas casas à sua própria imagem? Ou então, que as casas acabam ficando parecidas com as pessoas que as habitam? E o padre continuou seu caminho, sacudindo a cabeça, resmungando e já agora pensando em Rodrigo e na vida que ele levava, de perdição e vadiagem. Sabia que seu negócio ia mal, que a venda ficava cada vez menos sortida. O pior era que ele via aproximar-se o dia em que Juvenal fatalmente teria de brigar com o cunhado.

O vigário passou pela frente do casario dos Amarais. O senhor de Santa Fé andava assanhado com os acontecimentos políticos. Falava-se em perturbação da ordem. Os ódios partidários explodiam e tudo indicava que mais cedo ou mais tarde ia haver barulho. Havia pouco chegara a Santa Fé um homem contando que corria pela Província o boato de que o cel. Bento Gonçalves, do Partido Liberal, se correspondia com o gen. Lavalleja e estavam conspirando para entregar a Província aos castelhanos. Rodrigo, que ouvira a conversa, pulou vermelho e gritou:

— É uma mentira. Conheço o coronel Bento Gonçalves!

O homem se encolhera, intimidado.

— Bom, moço, não vamos brigar. Estou contando o que ouvi.

— Mas é uma mentira, repito — retrucou Rodrigo. — E quem falar do coronel Bento briga comigo.

O vigário caminhava e seus passos soavam macios no chão. Um cão vadio atravessou a rua, à sua frente. Outro lobisomem — pensou o padre. E olhou, numa boca de rua, para aqueles campos que a imaginação das gentes da Província povoava de duendes. Àquela hora — sorriu o padre — decerto o Negrinho do Pastoreio andava a repontar sua

321

tropilha de cavalos negros. Falava-se muito nas salamancas, principalmente na do cerro do Jarau, onde diziam haver tesouros escondidos, sob a guarda de feras e fantasmas horrendos. Contavam que muitos homens tinham conseguido entrar nessa salamanca, voltando de lá com a guaiaca cheia de onças, e muita gente garantia ter visto essas moedas que pareciam pequenos sóis. Havia outras histórias: a de são Sepé, o guerreiro índio que trazia uma lua resplandecente na testa; a da Mãe do Ouro; a da mulita e a da teiniaguá, a lagartixa que tinha um diamante por cabeça e que nada mais era do que uma malvada princesa moura que desgraçava os homens. O pe. Lara sorria. Tudo aquilo eram invenções dos homens que andavam sedentos de milagres. No entanto esqueciam os milagres que os santos tinham obrado. Desses havia testemunho; não eram produtos de nenhuma imaginação. Ele conhecia muitos homens que não tiravam o chapéu ao passar pela igreja nem tinham fé em santos e anjos; no entanto, esses mesmos homens esperavam um dia encontrar uma salamanca, acendiam velas para o Negrinho do Pastoreio e acreditavam em almas do outro mundo.

O pe. Lara viu luz na casa de Chico Pinto e aproximou-se da janela. Olhou para dentro e vislumbrou homens em torno duma mesa. Era a roda da bisca. Reconheceu a voz de Rodrigo e pensou em Bibiana com pena.

— A la fresca! — exclamava o capitão. — Estou perdido.

Outra voz:

— Uma vez é da caça, outra do caçador.

Alguém puxou um longo pigarro encatarroado. O pe. Lara voltou para casa pensando: um lobisomem vê e ouve coisas tristes quando sai a passear de noite. Vê, ouve e pensa. E concluiu: não é bom ser lobisomem, nada bom.

Chegou a casa, acendeu a lamparina, pegou o breviário e começou a ler até que o sono veio de mansinho e lhe cerrou as pálpebras. O livro caiu ao chão e a cabeça do vigário pendeu sobre o peito e em breve seu ressonar enchia o quarto.

20

Atrás do balcão Rodrigo olhava melancolicamente para o trecho de rua que a porta da venda enquadrava. Via, lá do outro lado, o quintal dos Almeidas e para além dele o campo, verde e batido de sol — uma sucessão de coxilhas onde azulavam capões. De vez em quando passavam no céu, dum azul liso e intenso, grandes nuvens brancas. Rodrigo foi até a porta e olhou para o alto. O vento trazia um cheiro bom de capim, e, aspirando-o, ele como que se embriagava. O fedor de cebola, alho e banha que havia dentro da casa nauseava-o. Meter-se naquele negócio tinha sido a maior estupidez de sua vida. Estava com a sensação de que o haviam trancafiado num calabouço. Ia resignar-se e ficar ali preso toda a vida? Imaginou-se velho e asmático como o pe. Lara, a pesar cereais, cortar fumo e vender cachaça aos copos, enquanto os vinténs e os cruzados pingavam na gaveta encardida.

Alguém entrou e disse:

— Lindo dia!

Rodrigo não respondeu. Estava de olhos erguidos, mas fechados, recebendo em cheio no rosto o sol quente e o vento fresco. Pensava em como seria bom sair pelo campo a cavalo, a todo o galope, percorrer as invernadas, tomar um banho no lajeado e depois ficar deitado ao sol...

— Capitão!

Voltou a cabeça e viu um homem junto do balcão.

— Que é que há? — perguntou, contrariado.

— Me dê um pacotinho de purgante de maná e um rolo de fumo.

Rodrigo despachou o freguês num silêncio ressentido, recebeu o dinheiro e por puro hábito disse:

— Gracias!

De súbito o outro se lembrou:

— Ah! Quero também uma réstia de cebola...

Rodrigo franziu a testa:

— Raspa! — gritou.

O homem estremeceu, ficou atarantado. Era um caboclo franzino que trabalhava numa atafona.

— Fora daqui!

— Mas capitão... — balbuciou ele.

— Qual capitão qual nada! — exclamou Rodrigo. — Vá embora, seu cachorro!

O outro fez meia-volta e saiu da venda quase a correr. Um fogo ardia no peito de Rodrigo, pondo-lhe um formigueiro em todo o corpo. Era uma sensação de angústia, um desejo de dar pontapés, quebrar cadeiras, furar sacos de farinha, esmagar os vidros de remédio e sair dizendo nomes a torto e a direito.

Quando o caboclo lhe pedira "uma réstia de cebola", ele de repente vira o horror, o absurdo da vida que levava. O cap. Rodrigo Cambará, que fora condecorado com a medalha da cruz dos militares e que possuía uma fé de ofício honrosa; o cap. Rodrigo, que brigara em várias guerras, estava agora reduzido à condição de bolicheiro: era da laia do Nicolau.

Fechou a porta da venda, saiu para o quintal e começou a encilhar o cavalo. Olhou o sol: deviam ser umas onze horas, calculou. Apertou a cincha com fúria, como se quisesse partir o animal em dois. Bibiana apareceu à porta dos fundos da casa com a filha no colo e perguntou:

— Adonde vai?

— Não sei — respondeu Rodrigo sem olhar para a mulher.

Sem chapéu nem botas, montou.

— Volta pro almoço?

— Não sei.

Bateu com os calcanhares nas ilhargas do seu zaino, que rompeu a trote pelo meio da rua, rumo ao norte. Em breve o capitão viu o campo livre, incitou o cavalo e precipitou-o a todo o galope. O vento batia-lhe na cara, revolvia-lhe os cabelos, fazia-lhe ondular a camisa como uma bandeira. "'Amo, zaino velho!", gritava ele acicatando o animal com esporas imaginárias. O zaino galopava e Rodrigo aspirava com força o ar, que cheirava a capim e distância. Quero-queros voaram, perto, guinchando. Longe, uma avestruz corria, descendo uma coxilha. O capitão começou a gritar um grito sincopado e estrídulo, bem como faziam os carreiristas no auge da corrida. Era assim que os soldados gritavam nas cargas de cavalaria. Pena eu não ter trazido a espada! — pensou ele. O pocotó das patas do cavalo, o vuu do vento, o guincho dos quero-queros — tudo isso era música para seus ouvidos. De repente Rodrigo sofrenou o animal, que estacou no alto da coxilha, resfolegando e sacudindo as crinas. Zaino velho de guerra! Rodrigo olhou em torno e avistou, longe, o lajeado do Bugre Morto e teve vontade de tomar um banho. Pôs o animal a trote e dirigiu-o para lá. Em breve começou a ouvir o murmúrio da água; e depois de atravessar um caponete chegou às margens do lajeado, cuja água faiscava como prata e corria transparente sobre as pedras cor de ardósia. Rodrigo apeou, amarrou o zaino a uma árvore, despiu-se, atirou-se no poço e começou a nadar, espadanando com muito barulho. Mergulhou, ficou algum tempo debaixo d'água, depois emergiu, bufando, com os cabelos colados na testa e caídos sobre os olhos. No seu corpo, dum branco rosado, gotas d'água fulgiam como diamantes.

Um cheiro de mel-de-pau lhe chegava às narinas junto com todos os perfumes do mato. O capitão começou a cantar cantigas que falavam em mulher. Pensou em Bolívar e desejou que ele estivesse suficientemente crescido para estar ali agora, nadando em sua companhia. Pensou em Helga, a filha do seleiro Kunz, que às vezes ia à venda fazer compras. Seria bom se pudesse ter a alemãzinha com ele no lajeado, toda nua. Devia ter um corpo branco como leite e seus cabelos lembravam-lhe um trigal maduro que ele vira num dia de sol nos campos de Cima da Serra. Seria gostoso atufar as mãos naquelas espigas douradas. Cada dia que a rapariga vinha à venda ele lhe descobria um novo encanto. No princípio fora a voz, que às vezes era grave e seca, quase como de homem, mas de repente se fazia fina como o som dum cincerro de égua madrinha; e aquela mudança — grave e agudo — lhe dava assim uma impressão de quente e frio, e isso era uma coisa que lhe bulia com o sangue... Rodrigo também não cansava de apreciar o contraste entre os cabelos cor de puxa-puxa e os olhos dum azul de açude em dia de céu limpo.

Deitou-se debaixo da pequena cascata e ficou recebendo a água fria no peito, nas coxas e nas pernas e sentindo contra as costas e as nádegas a dureza das lajes. Agora se sentia melhor. Tinha fugido da prisão. E ali sozinho e nu debaixo da cascatinha já não podia acreditar que era chefe de família, que tinha mulher e dois filhos — sim! — e um negócio... Que fosse tudo pro diabo! Fechou os olhos e ficou vendo nas pálpebras um campo vermelho onde havia manchas, flores e riscos esverdeados, azuis, dourados e pretos. Tornou a abrir os olhos e viu um rabo-de-palha frechar o ar e entrar na copa duma árvore. Acima do chuá-chuá mole e regular da água o capitão começava agora a ouvir os ruídos do mato. Era bom... Os bugios tagarelavam nas árvores e um pássaro-ferreiro batia bigorna. De quando em quando um sopro mais forte de vento fazia o arvoredo crepitar. Tico-ticos ciscavam o chão, perto da água, e por muito tempo Rodrigo ficou olhando, fascinado, para um sangue-de-boi que estava pousado num galho seco e que se destacava, muito vermelho, contra o azulão do céu. Rodrigo ficou assim deitado por longo tempo. Depois foi estender-se sobre a grama das margens, e ficou a secar ao sol. Formigas lhe subiram pelo corpo e ele se sentou para catá-las, primeiro com paciência, depois aos tapas, num frenesi. Ergueu-se de novo e entrou no mato à procura do que comer. Encontrou alguns sete-capotes e pôs-se a devorá-los ficando com uma certa aspereza na boca. Quando sentiu o corpo seco, tornou a vestir-se, montou a cavalo e dirigiu-se para o rancho da Paraguaia. Ao ouvir o ruído das patas do cavalo, Honorina saiu de casa e veio ao encontro do capitão. Estava descalça, de vestido cor de maravilha e seus cabelos reluziam, bem como o rosto redondo, de grandes olhos pretos.

— Ué — fez ela. — A esta hora? Não esperava.

— As coisas melhores são as que a gente não espera, minha prenda — respondeu Rodrigo, apeando e maneando o cavalo. Enlaçou a rapariga pela cintura e entrou com ela no rancho.

— Como vai, velha? — gritou para a Paraguaia, que fumava a um canto seu cachimbo de barro. A índia respondeu apenas com um grunhido. No seu rosto pregueado de rugas, os olhos de sáurio tinham um brilho frio e gelatinoso. Continuou imóvel onde estava, pitando em calma.

O rancho cheirava a picumã e a terra úmida.

— Já comeu? — perguntou Honorina.

— Comi uns sete-capotes no mato — respondeu Rodrigo.

— Tem paçoca e arroz.

Mas Rodrigo já não pensava mais em comida. Puxou Honorina para o quarto e disse:

— Tira toda a roupa.

Ela obedeceu.

A Paraguaia continuou a fumar, ouvindo agora os ruídos que vinham do outro lado da repartição de pano. Seu rosto, porém, não revelou a menor emoção. De vez em quando ela cuspia no chão e depois sua boca desdentada de novo se pregueava em torno da haste do cachimbo. Ao cabo de meia hora Honorina apareceu e disse baixinho à avó:

— O capitão está sesteando.

A Paraguaia não respondeu. O cachimbo se havia apagado e então ela estendeu a mão magra e apanhou um tição debaixo da trempe onde o arroz fervia numa panela de ferro.

Por volta das cinco horas Rodrigo acordou, montou a cavalo e dirigiu-se para o povoado de Santa Fé. Não tinha pressa, por isso deixou o animal seguir a passo. Sentia agora saudade da mulher e dos filhos, e uma pontinha de arrependimento começou a picá-lo. Era um egoísta, um desalmado: precisava mudar de vida, cuidar melhor da família e da venda. Mas que diabo! No fim de contas não era escravo nem português para passar a vida dentro de casa vendendo cebola e alho. Era um soldado, um oficial. Talvez fosse melhor conversar com Juvenal, desfazer-se da venda e tratar de outro negócio. Era mais divertido criar gado, fazer tropas. Ali estava! Ia ser tropeiro... Um tropeiro viaja, vê muitos povoados e vilas e gente por este mundo velho. E, pensando nisso, Rodrigo de repente sentiu vontade de comer arroz de carreteiro.

Olhou em torno. O sol declinava. Era uma tarde calma, com reflexos lilases como os de certas cachaças. Na encosta verde duma colina abria-se um grande quadrilátero de terra avermelhada, onde algumas pessoas trabalhavam. Rodrigo reconheceu a lavoura dos Schultz. Lá estava toda a família a mourejar, menos a mãe, que decerto tinha ficado em casa com o filho de colo a preparar o jantar para sua gente. Ao aproximar-se da lavoura, Rodrigo ia pensando naqueles imigrantes. Fazia meses que estavam no povoado e viviam quietamente sua vida. Trabalhavam de sol a sol, desde o filho mais moço, de oito anos, até o velho Hans. Uma madrugada, quando voltava da casa de Honorina, encontrara na estrada o "batalhão do Schultz", que ia para o trabalho; cada um deles levava a sua enxada e uma lata com comida. Iam todos de tamancos e tinham nas cabeças chapéus de palha de abas largas. Rodrigo não pôde deixar de sentir um certo mal-estar quando passou por eles. Na Província as gentes antigas afirmavam que o trabalho é coisa honrosa e necessária e muitos continentinos olhavam com desprezo para os vagamundos e os "índios vagos". Diziam que Deus ajuda quem cedo madruga. Pois Deus havia de ajudar os Schultz! — refletiu Rodrigo. Naquela madrugada, mal o sol começava a raiar, lá se iam eles para a lavoura, falando muito alto a sua língua doida e dando grandes risadas. Rodrigo buscara consolo num pensamento que lhe vinha com frequência à cabeça: "A vida vale mais que uma ponchada de onças". No fim de contas eles eram estrangeiros e tinham vindo com a tenção de encher os bolsos de dinheiro para depois voltarem para sua pátria. E, por falar em dinheiro — refletira —, ele daria de bom grado muitas moedas de ouro para ter uma noite em sua cama a filha de Erwin Kunz.

Agora pela primeira vez Rodrigo Cambará via a família de Schultz em plena atividade. Aquilo era até bonito. O sol — que ficava mais alaranjado à medida que caía — atirava sua luz sobre a lavoura, deixando mais vivo o vermelho da terra. Era bom a gente ver aquelas gentes de pele clara e roupas de muitas cores inclinadas a virar a terra, com a cara escondida pela sombra dos chapéus. Quando Rodrigo passou,

Hans Schultz retesou o busto, ergueu a enxada e cumprimentou-o. O capitão fez um sinal com a mão e gritou:

— Boa tarde!

Sua voz como que subiu a encosta, e ele teve a impressão de que se sumia no ar antes de chegar aos ouvidos dos alemães. Toda a família tinha parado de trabalhar, voltava-se para Rodrigo e, tirando os chapéus, acenava-lhe. O capitão viu o sol atear incêndios naquelas cabeças. E de repente, sem ele mesmo saber por quê, sentiu um nó na garganta e uma vontade de chorar. Ficou com raiva de si mesmo e meio ressentido com aquela "alemoada do diabo". Meteu o calcanhar nas ilhargas do cavalo e se foi.

2 1

O ano de 1833 aproximava-se do fim. A população de Santa Fé estava alvoroçada, pois confirmara-se a notícia de que em 1834 o povoado seria elevado a vila. No entanto o assunto preferido de todas as rodas era a política. Gente bem informada, vinda de Porto Alegre e do Rio Pardo, contava histórias sombrias. Depois da abdicação de d. Pedro I, as coisas na Corte andavam confusas. Seu filho, o Príncipe d. Pedro, não podia ser coroado porque era muito criança. Ali mesmo em Santa Fé, bem como acontecia nas carreiras, as pessoas tomavam partido. Uns eram pela maioridade; outros achavam que o melhor mesmo era que uma junta de homens direitos e sábios ficasse no governo. A princípio todos esperavam que com a abdicação de Pedro I a situação mudasse, pois achavam que, sendo o Imperador português, não podia deixar de puxar brasa para o assado de Portugal. Mas haviam-se passado mais de dois anos e tudo continuava como antes. Bento Gonçalves, acusado de estar negociando com Lavalleja a anexação da Província à Banda Oriental, fora chamado à Corte para se defender dessas acusações e voltara de lá não só completamente desagravado, como também com honras e privilégios novos. Além disso trazia a seus correligionários do Partido Liberal a promessa de que um filho da Província, Fernandes Braga, seria nomeado governador.

Muitas vezes o pe. Lara ia conversar com o cel. Ricardo no casario de pedra e vinha de lá com "notícias frescas", que transmitia a alguns amigos na venda do Nicolau ou na do cap. Rodrigo. O cel. Amaral inclinava-se ora para o lado do Partido Restaurador, que desejava a volta de d. Pedro I ao trono, ora para o Partido Liberal de Bento Gonçalves, que se opunha àquele. Os restauradores tinham fundado a Sociedade Militar e Bento Gonçalves trouxera do Rio de Janeiro a promessa do governo central de impedir o funcionamento desse clube, que os liberais classificavam de retrógrado. Tudo parecia resolvido quando o comandante militar da Província, Sebastião Barreto, de novo tentou reerguer a Sociedade. Bento Amaral — que agora era representante em Santa Fé do juiz de paz de São Borja — chegara, havia pouco, de Porto Alegre e contava que a Câmara Municipal dera seu apoio aos liberais e que por sua vez o presidente da Província censurara esse pronunciamento da Câmara. Nas ruas da cidade, liberais e restauradores discutiam, diziam-se nomes, engalfinhavam-se a tapas e socos.

Os restauradores chamavam os liberais de "farroupilhas" e "pés de cabra". Os liberais retrucavam, chamando seus adversários de "retrógrados", "galegos", "caramurus". Ninguém se entendia mais. E — concluía Bento Amaral — a coisa estava muito preta. O pe. Lara andava inquieto porque tudo indicava que ia rebentar uma guerra civil.

— Que rebente! — exclamou um dia Rodrigo, exaltado. — Quanto tempo faz que esta gente não briga? As espadas e as lanças já estão enferrujadas, e os homens estão ficando molengas.

O padre, porém, lembrava-se de outras guerras e sacudia a cabeça, aflito. E um anoitecer, vendo a família de Hans Schultz passar em fila indiana, de volta do trabalho a cantar uma cantiga alemã, ele refletiu:

— Esses sim é que são felizes. Não sabem o que está se passando e, se vier a guerra, não terão nada a ver com ela, porque são estrangeiros.

Outro felizardo era Erwin Kunz — conhecido agora no povoado como "O Serigote". Passava os dias a fazer lombilhos e a bater sola, enquanto a mulher e a filha faziam doces e cucas cujo cheiro apetitoso o padre às vezes sentia ao passar pela casa do seleiro.

Helga, que todos conheciam como "a filha do Serigote", parecia ficar cada vez mais bonita e gostava de andar com lenços de cores muito vivas amarrados na cabeça.

A casa de Hans Schultz e a de Erwin Kunz ofereciam um contraste nítido quando comparadas com todas as outras do povoado. Eram graciosos chalés de madeira, muito limpos, que tinham até cortinas e vasos de flores nas janelas. Pouca gente do povoado havia entrado nelas, mas os poucos que as visitavam diziam que lá dentro até o cheiro das coisas era diferente. O que chamava também muito a atenção dos santa-fezenses eram os jardins bem cuidados que havia na frente de ambos os chalés, com seus canteiros caprichosos e suas flores. "Estrangeiro é bicho esquisito", comentavam os naturais do lugar.

No primeiro abril que os alemães passaram em Santa Fé, todos acharam muito engraçada a maneira como eles festejaram sua Páscoa. Contava-se que ao acordar as crianças encontraram debaixo de suas camas pequenos cestos em que havia ninhos de palha cheios de ovos de galinha pintados de amarelo, azul, vermelho e verde. Os filhos de Hans Schultz afirmavam que se tratava de "ovos de coelho", mas um caboclinho da casa vizinha, de pele terrosa e ventre túmido, que costumava brincar nu no seu quintal, observou, céptico, quando lhe contaram a história: "Coelho não bota ovo". Os meninos dos cabelos de fogo riram muito quando o pai lhes traduziu as palavras do pequeno brasileiro.

E na véspera do Natal de 1833 os que passaram à noite pela casa de Schultz tinham visto na sala da frente uma pequena árvore toda coberta de flocos de algodão e cheia de velas acesas. Dizia-se que Hans, com barbas postiças de algodão e metido num camisolão vermelho, trouxera presentes para os filhos dentro dum saco. Aos poucos as coisas se explicaram. Aquele era um costume alemão: o velhinho barbudo chamava-se Weihnachtsmann, e o Menino Jesus era conhecido na Alemanha como Christkind.

O pe. Lara comentou na loja de Rodrigo:

— Isso tudo pode ser muito interessante, mas eu fico com o presépio. É mais bonito e muito mais nosso.

Eu fico com a Helga — pensou Rodrigo, que sentia crescer seu desejo pela rapariga.

Na noite de ano-bom houve festa grande na praça do povoado, com quermesse, jogos e fandango. Estavam todos muito alegres porque a Assembleia Provincial tinha aprovado a resolução que elevava Santa Fé a vila e a desmembrava do município de Cachoeira. Anunciava-se que em fins de janeiro haveria ali uma eleição para escolher os membros da primeira Câmara Municipal; e que dentro de poucas semanas seria criado um serviço regular de correio entre Santa Fé, Rio Pardo e São Borja!

Razões havia, e de sobra, para aquela festa. E a praça, em cujo centro foi acesa uma grande fogueira, desde o anoitecer se encheu de gente e do som de gaitas, violas e risadas.

Quando à meia-noite o pe. Lara mandou tocar sino para anunciar que o mundo entrava no ano da graça de 1834, a gritaria começou. As pessoas se abraçavam, os homens davam tiros para o ar e o sino da capela badalava desesperadamente como se estivesse dando um alarma de incêndio. Fizeram uma roda muito grande ao redor da figueira e começaram a andar e a desandar, pulando e cantando. Depois dançaram várias danças: a meia-canha, a tirana, o tatu, a chimarrita.

De sua casa, onde tinha ficado a cuidar dos filhos, Bibiana escutava a música e as vozes. Sabia que Rodrigo estava no meio daquele povaréu, dançando e cantando. Não se apoquentava com isso. Ao contrário: queria que ele se divertisse, pois o coitado andava cada vez mais inquieto. O negócio ia mal: as despesas aumentavam, a freguesia escasseava. Juvenal queixava-se de que Rodrigo perdia muito no jogo e ameaçava deixar a sociedade. Assim — concluía Bibiana —, era melhor que Rodrigo se distraísse, pois enquanto estava dançando não jogava nem andava metido com a neta da Paraguaia...

Sentado na frente da capela o pe. Lara olhava as danças, mas pensava na guerra. O cel. Ricardo lhe dissera que "a coisa estava pra estourar, mais dia, menos dia". Levantou-se e começou a passear por entre as gentes em busca de Rodrigo. Nunca estava sossegado quando sabia que "aquele diacho" andava solto. Olhou em torno e não viu o amigo. Pouco tempo depois alguém gritou: "Que cante o capitão Rodrigo!". "Muito bem!", aplaudiram vários homens batendo palmas. "Capitão! Onde está o capitão?" Cabeças se voltaram para todos os lados, procurando. Rodrigo, porém, não aparecia. "Por onde andará esse diacho?", perguntou o vigário a si mesmo. Ninguém sabia. Decerto está na casa da china — refletiu o padre com melancolia e uma sombra de remorso. Tinha consciência de haver contribuído para a desgraça de Bibiana. Não podia compreender como um homem branco e limpo pudesse deixar-se enfeitiçar por uma rapariga que pouco faltava para ser mulata.

Naquele mesmo instante, atrás do cemitério, Rodrigo contemplava o corpo nu de Helga Kunz. Tinham-se amado fazia poucos minutos — com uma fúria que o vinho, que ambos haviam bebido na festa, contribuíra para aumentar. Agora, de pé, o capitão olhava para a rapariga, que estava estendida sobre o capim. Como era branco aquele corpo! E como os beijos da "Filha do Serigote" tinham um gosto diferente dos de Honorina!

Rodrigo sentia-se tão feliz que tinha vontade de gritar. Helga não falava. Poucas palavras sabia de português. E quando a tivera nos braços, ela lhe dissera coisas em alemão — e essa língua estranha soara dum jeito que o deixara mais excitado.

Rodrigo tornou a deitar-se junto da rapariga e fez com que ela pousasse a cabeça sobre o braço esquerdo, que ele estendera no chão. Os cabelos dela tinham um cheiro doce. Nunca em toda a sua vida ele dormira com uma mulher tão loura, tão branca e tão limpa. Ergueu os olhos e viu o escuro muro de pedra do cemitério. Os mortos não têm olhos para ver — refletiu — nem ouvidos para ouvir nem boca para falar. Os mortos não podem amar. Era bom estar vivo! De vez em quando o vento trazia de Santa Fé os rumores da festa. E as estrelas brilhavam no céu.

22

No dia seguinte, alguém que vira Rodrigo sair de Santa Fé a cavalo, rumo à coxilha do cemitério, levando a "Filha do Serigote" na garupa, passara a sensacional notícia adiante.

E por alguns dias o escândalo teve a força de empurrar para um segundo plano o assunto "política" e até os boatos de revolução. A história chegou aos ouvidos do pe. Lara, dos Amarais e finalmente de Bibiana e Pedro Terra. Para o pe. Lara a coisa não tivera propriamente o caráter de novidade, pois ele sabia que naquela noite de ano-bom o cap. Rodrigo "andava fazendo mais uma das suas": só não esperava que fosse com Helga Kunz. Encolheu os ombros num comentário silencioso e concluiu para si mesmo: ela é protestante. O confessionário faz muita falta para essa gente. Ao saber do escândalo, Bento Amaral ficou muito vermelho, a cicatriz de seu rosto tomou uma cor esbranquiçada e começou a comichar. Ficou a pensar no que ele como delegado do juiz de paz devia fazer. Se a coisa continuasse, teria de chamar Rodrigo Cambará à sua presença para repreendê-lo. Mas a ideia de se ver de novo frente a frente com aquele homem que ele detestava e de certo modo temia não lhe era nada agradável. A simples menção daquele nome lhe causava um mal-estar insuportável. "E dizem que é amigo de Bento Gonçalves!", comentou o cel. Ricardo com um tom de voz cheio de intenções secretas. Queria dizer com isso que não perdia o homem de vista e, no caso de os "pés de cabra" tentarem alguma mazorca, mandaria prender o capitão antes de ele ter tempo de dizer "água". Pedro Terra repeliu a pessoa que lhe contou a história: "Não quero saber de nada. Esse homem pra mim não existe". E no dia em que ficou sabendo da aventura amorosa do genro, deixou a olaria e saiu a passear pelo campo sem rumo certo para esquecer as mágoas. Mas Bibiana não lhe saiu um instante sequer do pensamento. Recordou o tempo em que ela era menina, tinha uma pele fresca, uma fisionomia juvenil: agora lá estava envelhecida, com um filho no colo, outro agarrado às saias e o terceiro já a crescer-lhe no ventre. Esses eram assuntos que ele tinha vergonha de comentar com as outras pessoas, até mesmo com Arminda; por isso falava sozinho, conversava com o vento que carregava suas palavras para longe.

Bibiana recebeu a notícia como um soco no peito: ficou por um instante sem respiração. Estava acostumada às patifarias do marido: sabia que quando ia ao Rio Pardo dormia com outras mulheres. Tolerava que ele sustentasse a casa da Paraguaia e passasse até algumas noites com Honorina. Mas com Helga a coisa podia ser diferente: Rodrigo era capaz de perder a cabeça. A rapariga era moça bonita. E o fato de ser estrangeira, de falar uma língua esquisita, como que lhe dava aos olhos de Bibiana um certo ar de feiticeira. Ela ouvia falar nas histórias da teiniaguá... Pois a princesa moura que o diabo fizera virar lagartixa devia ter uma cara linda e malvada como a de Helga Kunz. Fiando e cantando para Anita dormir e sentindo os movimentos do outro filho no ventre, de quando em quando, através da porta, Bibiana lançava um olhar para Bolívar, que brincava no quintal com Florêncio, o filho de Juvenal; e pensava aflita no que devia fazer para evitar que a "alemoa" lhe roubasse o marido; e, como não atinasse com nenhum remédio, chorava, e chorando continuava a fiar, a cantar e a esperar...

Depois daquela inesperada noite com Helga, Rodrigo ficara alvoroçado, desejando a segunda, a terceira e muitas outras noites. E a simples perspectiva de ter uma mulher cor de leite num dia e uma mulher cor de canela noutro enchia-o duma alegria que lhe tornava cada vez mais difícil passar as horas na venda. Mas aconteceu que depois da noite de ano-bom não pudera mais nem aproximar-se de Helga. A rapariga andava arisca e quando passava pela venda nem sequer olhava para ele. O capitão inventava estratagemas para falar com ela. Foi um dia à selaria de Kunz para encomendar um serigote, e ficou conversando longamente com o alemão, na esperança de ver-lhe a filha. Mas não viu; ouviu-lhe apenas a voz, no fundo do chalé. Voltou para casa decepcionado; e sua decepção se transformou numa espécie de ressentimento, e o ressentimento em fúria quando um dia se espalhou a notícia de que chegara à vila o noivo de Helga, um alemão grande, de barbas louras e olhos claros. Morava em São Leopoldo, onde tinha uma chácara, e vinha buscá-la para a boda. Helga foi-se com ele, pois o casamento ia ser feito naquela colônia por um pastor protestante. E, quando a "Filha do Serigote" montou a cavalo e partiu em companhia do noivo para empreender uma viagem que levaria muitos dias e muitas noites, os moradores de Santa Fé trocaram perguntas e comentários atônitos ou maliciosos: "Mas ela vai sozinha com o noivo?". "Vão casar só em São Leopoldo." "Cruzes, que gente!" "Também, depois do que aconteceu com o capitão Rodrigo..." Mas Chico Pinto julgou resumir numa frase a explicação de tudo aquilo: "Estrangeiro é bicho sem-vergonha".

No dia em que Helga partiu, Rodrigo tomou uma grande bebedeira e nas semanas que se seguiram aliviou no corpo da chinoca cor de canela a saudade da alemã cor de leite. Tratou Bibiana e os filhos com impaciência irritada, cuidou mal do negócio, mergulhou fundo no jogo. Metia-se em carreiras, apostava alto e às vezes provocava brigas. Nos fundos da venda do Nicolau reuniam-se tropeiros e peões, que bebiam cachaça e jogavam osso: Rodrigo misturava-se com eles e lá ficava durante horas a jogar, a blasfemar e a contar histórias de guerras, mulheres, cavalos e apostas. E em certas ocasiões, na roda de bisca ou de voltarete, quando jogava com algum viajante desconhecido cuja cara lhe parecia suspeita, antes de começar o jogo desembainhava ostensivamente a adaga e cravava-a na mesa, ao alcance da mão, como uma advertência que já era também uma provocação.

O inverno daquele ano de 34 foi duro, de grandes geadas e chuvas longas. Numa noite de tormenta Anita, que havia semanas andava adoentada, piorou subitamente e Bibiana mandou chamar a mãe, que fez a criança tomar seus chás e aplicou-lhe seus linimentos.

— Onde está o Rodrigo? — perguntou d. Arminda.

— Saiu — respondeu a filha, sem erguer os olhos.

Balouçava nos braços a filha, que, muito pálida, tinha a boca entreaberta, as pálpebras azuladas, a respiração difícil.

— Aonde é que ele foi?

Bibiana não respondeu. Ninava a criança e cantava, baixinho, não porque achasse que isso ia ajudar a criaturinha, mas porque era a única coisa que podia fazer e um pouco também porque era hábito. Nenhum dos curandeiros da vila havia acertado com o remédio. Ninguém sabia o que a criança tinha. Fazia quase um mês que ela definhava, aos poucos — nenhum alimento lhe parava no estômago e agora Anita estava que era só pele em cima dos ossos. Tinham tentado tudo: simpatias, benzeduras, promessas...

— Aonde é que ele foi? — repetiu d. Arminda.

Bibiana continuava a sacudir a filha dum lado para outro.

— Está na casa do Chico Pinto.

— Jogando?

Bibiana sacudiu afirmativamente a cabeça. Depois, com todo o cuidado, pôs a filha no berço e cobriu-a com um pelego.

— A coitadinha está gelada... — murmurou, botando as costas da mão na testa de Anita.

D. Arminda inclinou-se sobre a neta, mirou-a longamente e depois murmurou:

— Essa criança vai morrer.

As palavras caíram como geada no peito da mãe. Por um instante se fez silêncio e as duas mulheres ficaram escutando o uivar do vento. D. Arminda acabava de dizer o que Bibiana temia, o que ela se esforçava por não reconhecer. Anita ia morrer. Era questão de dias, talvez de horas. Estava já ficando fria e roxa. De súbito, como que compreendendo o horror da situação, Bibiana precipitou-se para a filha, encostou o rosto no peito dela e procurou escutar-lhe as batidas do coração.

— O coraçãozinho dela não está batendo mais, mamãe!

D. Arminda apanhou um espelho, aproximou-o da boca entreaberta da criança e ali o deixou por alguns segundos. Trouxe-o depois para perto da lâmpada e examinou-lhe o vidro: estava embaciado.

— Está respirando — disse. — Mas é melhor chamar o Rodrigo.

— Inácia! — gritou Bibiana.

A cozinheira índia apareceu, enrolada num xale, os olhos como sempre lacrimejantes.

— Vá à casa do seu Chico Pinto e diga pro capitão Rodrigo vir ligeiro. A Anita está muito mal...

Sentado à mesa de jogo, com as cartas abertas em leque nas mãos, Rodrigo recebeu o recado e murmurou:

— Diga pra dona Bibiana que já vou.

Mal, porém, a índia desapareceu, ele a esqueceu e esqueceu também o recado, a filha, a mulher, a casa, tudo. Porque aquele jogo o apaixonava, e porque ele estava com sorte aquela noite. A parada era grande e os outros três homens que se achavam ali ao redor da mesa estavam perdendo.

— Que potra! — exclamou um deles.

Rodrigo sorria, com os olhos postos nas cartas.

De vez em quando vinha um escravo servir cachaça com mel, que o capitão tomava em longos sorvos. E, à medida que o álcool lhe ia subindo à cabeça, ele ficava ainda mais exaltado, as ideias se lhe tornavam surpreendentemente claras, tão claras como caninha destilada em alambique de barro.

Pensamentos que nada tinham a ver com o jogo às vezes lhe relampejavam na mente.

Juvenal queria desmanchar a sociedade... Pois que desmanchasse! Fosse pro diabo! Não precisava dele, não precisava de ninguém. Estava ganhando dinheiro, estava de sorte, ia levantar-se dali com a guaiaca gorda de patacões, cruzados e onças. Pagaria todas as dívidas, atiraria o dinheiro na cara dos credores. E depois... Depois viria a guerra. Era mesmo bom que viesse a guerra. Não havia nada melhor que uma guerra para resolver todos os problemas. Conhecia outros homens que quando estavam quebrados pediam a Deus uma revolução assim como sapo pede chuva. Guerra era remédio para tudo.

— Jogue, capitão.

— Lá vai e los arrebento!

Era bom o som da cachaça caindo no copo. O cheiro também era bom. Ele olhava ora para as cartas que tinha na mão, ora para as caras dos homens alumiadas pela lamparina que fumegava em cima da mesa.

O tempo passava. Como o tempo voa — refletiu Rodrigo — quando a gente está com uma mulher ou numa mesa de jogo! Na venda o tempo se arrastava como lesma.

— Vassuncê está com sorte hoje, capitão.

— Mandei me benzer por uma negra velha.

Bateram na porta. Chico Pinto foi abrir.

— Um recado pra vosmecê, capitão.

— Que venha!

Era um rapazote, filho dum vizinho.

— Capitão, dona Bibiana mandou dizer pra vosmecê ir pra casa. A sua filha está muito mal.

Aquela voz parecia vir de muito longe, e as palavras que ele dissera não tinham sentido muito claro. Sua filhinha está muito mal. Muito mal. Muito mal.

— Já vou! — disse Rodrigo. — Mais uma mão. Feche a porta, Chico. O minuano está danado.

O vento entrava, gelando a casa. Um homem tossiu. A chama da lamparina dançou. Chico Pinto fechou a porta.

— Não é bom vosmecê ir pra casa? — perguntou, meio bisonho.

— Não sou curandeiro.

— Mas é pai.

— Cuide de sua vida! Sente e dê as cartas.

Chico Pinto suspirou e em silêncio tornou a sentar-se. O jogo recomeçou. O tempo passava, Rodrigo sentia a bexiga inchada e dentro do peito uma fita de fogo que parecia subir e descer, dando-lhe um enjoo. A boca tinha um gosto amargo, e sua saliva estava grossa. Melhor era parar de beber. Mas não parava. Podia erguer-se, esvaziar a bexiga e voltar. Mas não fazia isso, estava chumbado àquela cadeira, preso ao jogo, fascinado. E, quando começou a perder, sua irritação cresceu.

— Que macaca! — exclamou ele. — Principiei tão bem...

E entraram numa nova mão. Rodrigo examinou as cartas, cuspiu para o lado, disse um palavrão. Os outros homens falavam baixo, esfregavam a sola das botas no chão. E quando ficavam em silêncio, ouvia-se o vento lá fora.

— Deve ser tarde — disse um dos jogadores.

— Só galinha é que dorme cedo — retrucou Rodrigo.

Um outro soltou uma gargalhada.

— Vosmecê ri agora porque está ganhando — observou Chico Pinto.

— Ué, amigo, também sou filho de Deus, não sou?

Duas horas depois Chico Pinto abafou um bocejo, olhou o relógio e disse:

— Quase quatro. Vamos deixar o resto pra amanhã?

— Qual nada! — vociferou Rodrigo. — Vosmecês me levaram todo o dinheiro, me deixaram pelado. Não saio daqui sem tirar pelo menos o dinheiro que trouxe.

Os outros consultaram-se com os olhos.

— Está bem — assentiu Chico Pinto.

Fizeram uma pausa, antes de continuar o jogo. Os homens levantaram-se, foram até o fundo da casa e voltaram. Um deles disse:

— Está uma noite medonha.

Noite medonha... Noite medonha... Rodrigo não se erguia. Não sabia que era que o prendia àquela cadeira. Uma teimosia, uma vontade de contrariar os outros, um medo de... Medo de quê? Escutou o vento. "Sua filhinha está muito mal..." Pois que esteja. Mulher não faz falta no mundo. Que morra! As mulheres são falsas. Helga Kunz é uma cadela. Que morra! Não sou curandeiro. Melhor é não ver nada. Não tem mais remédio. É questão de horas. Não me adianta nada ir. Não gosto de choro. Um dia a guerra vem. Tudo se resolve. A guerra e o tempo. Remédio pra tudo.

Apanhou a garrafa que tinha a seus pés e tornou a encher o copo e a beber. Cachaça com mel e limão fazia bem ao peito.

Chico Pinto deu as cartas. Jogaram mais uma mão e Rodrigo perdeu o que não tinha. O dono da casa levantou-se e disse:

— Agora vosmecês vão ter paciência. Vai clarear o dia.

— No inverno o dia clareia às sete... — retrucou Rodrigo.

Mas ergueu-se também. Botou na cintura a pistola que mantivera no chão, junto de sua cadeira, e a adaga, que cravara na terra ao lado da pistola e ao alcance da mão. Enfiou o poncho e saiu. A ventania esbofeteou-lhe a cara e ele começou a caminhar lentamente rumo de casa. Estava tudo escuro, mas Rodrigo prosseguia levado pelo instinto. Não havia luz em nenhuma das casas do povoado. Suas botas atolavam-se na lama. O céu estava negro como carvão e as árvores sacudidas pelo vento pareciam gemer *ai, ai, ai, ai*... Nos pensamentos de Rodrigo também havia um negror de confusão. Estava cansado, irritado, mas não queria dormir.

Ao aproximar-se de sua casa, viu um risco de luz por baixo da porta. Então, de repente, compreendeu a situação. Tinham-no chamado porque a filha estava mal e ele não atendera ao chamado. Uma paixão doida pelo jogo prendera-o à mesa. Já agora ele não sabia como fora capaz de fazer aquilo. Amava a família, não era nenhum monstro, daria um braço, uma perna, um olho para salvar a vida dos filhos, da mulher, de qualquer amigo.

Parado ali na rua, recebendo na cara o vento gelado, ele pensava essas coisas e olhava para a porta de sua casa. Depois aproximou-se dela e abriu-a devagarinho. A lamparina estava à beira da cama, onde, deitada ao lado de Bolívar, que dormia, Bibiana chorava mansamente, enquanto d. Arminda lhe passava a mão pelos cabelos. Rodrigo aproximou-se do berço da filha e viu que Anita tinha a cabeça coberta por um lençol.

Ia erguer o braço para descobrir o rosto da criança quando ouviu uma voz de homem:

— Faz mais de uma hora que a menina morreu.

Só então Rodrigo percebeu que havia outra pessoa na peça. Dum canto escuro avançou um vulto. Era o pe. Lara.

— Mas não mandaram me avisar! — exclamou Rodrigo com voz rouca e sem pensar bem no que dizia.

Suas palavras morreram no ar. Ele olhou primeiro para o padre e depois para d. Arminda. De repente um soluço lhe rompeu do peito e ele caiu sobre uma cadeira, chorando desatadamente e cobrindo o rosto com as mãos.

23

Quando agosto entrou e Bibiana se preparou para ter o filho, Pedro Terra mandou dizer-lhe que se ela quisesse voltar para casa ele a receberia de bom grado. D. Arminda foi a portadora do recado. A filha respondeu:

— Diga pro papai que muito obrigada. Mas meu lugar é aqui.

Não queria abandonar Rodrigo. Nem lhe guardava rancor pelo que ele fizera. Depois daquela noite horrível em que Anita morrera, ele tinha mudado por completo. Vivia em casa, a seu lado, tratando-a com todo o carinho, e não bebia nem jogava mais. Tomava um novo interesse pela venda, e se os negócios não iam bem — concluía Bibiana — não era por culpa do coitado, mas sim da situação geral. Ninguém queria pagar as contas, pois só se falava em guerra civil.

Rodrigo não abandonou a cabeceira da cama da mulher desde o momento em que as dores do parto começaram a vir-lhe mais fortes e com menores intervalos, até o instante em que a criança nasceu. Ele temia um mau sucesso por causa da comoção que a morte de Anita causara a Bibiana. Mas tudo correu bem, e a parteira, a mulata Teresa, disse rindo:

— Pistola boa não nega fogo.

Rodrigo saiu contente e foi levar a notícia ao padre:

— É outra menina! — exclamou com os olhos velados de lágrimas.

E permitiu-se beber um copo de cachaça para festejar o acontecimento.

— Graças a Deus tudo correu bem.

O padre não dizia nada. Era com certo constrangimento que agora via Rodrigo. Depois de tudo que acontecera, não lhe era fácil encarar o homem. No entanto, ainda não lhe queria mal. O diacho tinha um encanto tão grande que tornava às outras pessoas difícil não gostar dele. Eu só queria saber — pensava às vezes o vigário — se o Pedro tem mesmo raiva do genro ou se está só fingindo.

Rodrigo saiu à rua para anunciar aos amigos o nascimento da filha. Quando lhe perguntaram como ia chamar-se, respondeu:

— Leonor.

— Nome de alguma pessoa da família de vosmecê?

— É — mentiu Rodrigo. — Da minha mãe.

Não era. Leonor era o nome de uma mulher de trinta anos que ele amara no Rio Grande quando tinha apenas dezoito. Havia sido um amor distante, pois ela nunca lhe correspondera e acabara casando com outro.

O pe. Lara batizou a menina naquele mesmo agosto frio e úmido. E de novo Bibiana se sentiu feliz ao repetir com Leonor o que já fizera com Bolívar e Anita. Isso e o trabalho da casa ajudaram-na a esquecer as lembranças tristes e um pouco o medo do futuro. E naqueles dias sombrios de agosto ouvia-se sempre no quarto dos fundos da venda o ruído regular da roca. A mulher de Juvenal levava às vezes Bolívar para sua casa, a fim de que o menino brincasse com Florêncio. Os dois primos cresciam juntos, brigavam ou brincavam um com o outro, paravam rodeios com bois imaginários, que eram ossos de galinha, sabugos de milho ou pedras, montavam em seus cavalos que eram cabos de vassoura ou faziam casas de barro no fundo do quintal.

O pe. Lara às vezes olhava para o rosto de Bolívar e tentava descobrir nele traços do pai. Encontrava-os vivos, e ficava meio apreensivo. Restava saber se o menino tinha herdado também o gênio do capitão. Quando Bolívar fazia uma travessura, o vigário ria, e a risada se emendava com a tosse, e a tosse deixava-o afogado, e assim, meio engasgado, com os olhos cheios de lágrimas, ele dizia sincopadamente:

— Este alarife... Este alarife.

Naquelas noites de inverno o pe. Lara não podia sair em suas caminhadas noturnas por causa do mau tempo. Por isso ficava em casa lendo os jornais de Porto Alegre — alguns de data muito atrasada — que amigos lhe mandavam quando havia portadores. E à luz duma vela, os óculos na ponta do nariz, ele lia, relia e treslia. A situação não podia ser pior. Atacava-se o presidente da Província, o dr. Fernandes Braga, que havia tomado posse do cargo em maio daquele ano. Dizia-se que quem realmente mandava no governo era o irmão do presidente, o juiz de direito de Porto Alegre, um homem que os liberais acusavam de retrógrado, vingativo e autoritário. Todos haviam recebido o novo presidente com simpatias e esperanças, mas ao cabo de pouco tempo ele pusera as unhas de fora: começara a perseguir os liberais e a encher as cadeias de inimigos políticos. Recentemente tinha havido tumulto nas ruas de Porto Alegre porque o povo apoiara a Constituinte do Rio, que era de caráter liberal. (A falta que nos faz um imperador! — refletiu o pe. Lara.) O juiz de direito tomara o arsenal de guerra. O povo prendera o brig. Carneiro da Fontoura, entregando-o ao juiz municipal...

O vigário de Santa Fé fez uma pausa, tirou os óculos e olhou firme para a chama da vela... A situação era negra. Quando o povo perde o sentido de disciplina e de ordem, quando começa a desrespeitar a autoridade, então é porque o desastre está iminente... O pior de tudo era que, como sempre, a conspiração se fazia na maçonaria. Mas ele não justificava o regime de terror que o presidente instituíra. Era uma imprudência, uma temeridade, uma provocação...

O vigário continuou a ler as notícias e os artigos. Estes pareciam escritos com ódio e sangue. Os jornais liberais acusavam o governo de despotismo, tirania e corrupção. Os jornais do governo chamavam os liberais de traidores, de aliados dos castelhanos, de perturbadores da ordem e conspiradores...

O sacerdote tentou orar, mas não pôde concentrar-se na oração. Doía-lhe o peito e seus pensamentos estavam confusos. Abriu o breviário, mas o que ele via em suas páginas não eram apenas orações, e sim as palavras dos jornais — caramurus, retrógrados, tirano, traidor da pátria, guerra.

Começou a preparar-se para dormir. Pensou em Santa Fé e no que podia acontecer se a revolução rebentasse na Província. Tudo indicava que o cel. Ricardo e sua gente se manteriam fiéis à legalidade. Fosse como fosse, nenhuma revolução contra o resto do país poderia triunfar. Mais cedo ou mais tarde seria abafada. Ajoelhou-se, rezou um padre-nosso e uma ave-maria com o pensamento dividido entre a oração e a lembrança do que acabara de ler nos jornais. Seria verdade que os liberais planejavam mesmo anexar a Província à Banda Oriental? Ou tudo era intriga? Com quem estava a razão?

Deitou-se, cobriu-se, apagou a vela, fechou os olhos e ficou tentando capturar o sono, como quem procura apanhar um mosquito arisco.

24

No fim do verão de 1835, quando Juvenal Terra voltou com sua carreta do Rio Pardo, amigos o cercaram, curiosos, e lhe pediram que contasse "as últimas". Juvenal não perdeu a calma. Primeiro acendeu um cigarro, tirou uma tragada, apertou os olhos e começou a falar com seu jeito lento e seco.

O que contou era alarmante, porque significava guerra. Mas o tom de sua voz, a expressão de seu rosto eram os mesmos que ele tinha quando falava de coisas triviais.

Juvenal vira quando os portugueses de Rio Pardo fizeram desfilar pelas ruas um judas que representava — diziam — os brasileiros. Tinha havido protestos, e quando um escravo ergueu a voz foi morto ali mesmo. O povo do Rio Pardo enviara uma representação ao presidente da Província, protestando contra as autoridades que ele nomeara. Como única resposta Fernandes Braga mandara prender os signatários do manifesto.

— Já se sente cheiro de pólvora no ar — disse Juvenal. — Se alguém acender um isqueiro, tudo vai pelos ares.

Ouvira falar de tumultos no Rio Grande e de ameaças de revolta em Viamão. Conversara com muitos charqueadores que estavam irritados com o governo central, que os obrigava a pagar seiscentos réis fortes de imposto por arroba de charque. Os criadores também se queixavam, indignados, de que além da taxa de dez mil-réis por légua quadrada de campo, os quintos que tinham de pagar sobre o couro "eram uma barbaridade"; e se quisessem exportá-lo, Santo Deus, nesse caso o imposto era dobrado! Não se podia fabricar nada que lá vinham os impostos mais absurdos, os dízimos, como se o Rio Grande fosse uma colônia e não uma província do Brasil. Para cúmulo, até as tropas de mulas que os criadores rio-grandenses vendiam para tropeiros de Sorocaba e outros lugares fora do Continente estavam sujeitas a um imposto que era cobrado não no lugar de origem do negócio, mas sim nos mercados onde os muares eram revendidos, de sorte que quem se ia beneficiar com a arrecadação eram outras províncias.

A todas essas São Pedro do Rio Grande vivia abandonado e esquecido pela metrópole. Não lhe davam estradas, nem pontes nem policiamento nem nada. Justiça? Há-há! Todos os processos tinham de ser julgados pela Relação do Rio de Janeiro, para onde eram remetidos e onde ficavam a criar cabelos brancos.

Parecia que a Corte achava que os continentinos só serviam para brigar com os castelhanos, porque quando rebentava a guerra começavam logo o recrutamento e as requisições. Terminada a luta, cessavam de pagar o soldo às tropas e esqueciam-se de resgatar as requisições. E pouco se lhes dava que a guerra tivesse dizimado os rebanhos e destruído as lavouras do Continente.

— E onde é que eles metem o dinheiro do imposto? — perguntou um dos homens que escutavam Juvenal.

— Metem no rabo desses caramurus do inferno! — respondeu, azedo, um velhote de chiripá seboso.

Os outros o miraram de soslaio sem dizer nada.

— Com tudo isso que pagamos — disse Chico Pinto —, não temos nem escolas pros nossos filhos.

O velhote cuspinhou para o lado e retrucou:

— Qual escola, qual nada! Não preciso dessas coisas. Não sei ler e isso nunca me fez falta. Também não tenho filho pra mandar pr'escola. Mas me dá raiva de ver que estamos sustentando o luxo da Corte. O nosso dinheirinho é pra encher a barriga desses condes, duques e barões de meia-pataca!

Naquele mesmo dia, Juvenal transmitiu ao pai essas notícias inquietadoras. Pedro Terra ficou por algum tempo calado, e quando todos pensavam que ele as tinha esquecido, ouviram-no dizer:

— Já mataram o trigo, agora vão matar o resto. São pior que gafanhoto, pior que ferrugem.

— Quem, Pedro? — perguntou-lhe a mulher.

— Esses malditos caramurus.

Num domingo, à hora da missa, o pe. Lara pregou um sermão sobre a obediência, a ordem e a paz. Sabia que o cel. Amaral, que se encontrava então em Porto Alegre, estava resolvido a manter a todo custo a ordem em Santa Fé.

Em meados de outono o cel. Ricardo voltou da capital e convocou os vereadores para uma sessão especial. Contou-lhes que a situação se agravara e que a revolução era questão de meses ou talvez de semanas. No ato da instalação da Assembleia Legislativa Provincial — ajuntou Ricardo Amaral — o presidente Fernandes Braga fizera um discurso muito franco e corajoso, acusando os liberais de estarem conspirando e preparando uma revolução com o fim de separar a Província do resto do Brasil e incorporá-la a uma federação cisplatina. Concluiu:

— O doutor Fernandes Braga me pediu que organizasse um corpo em Santa Fé e que garantisse a ordem aqui e nos arredores. — Bateu com o punho fechado na mesa. — E hei de garantir. Já estou reunindo gente. Quero que a Câmara Municipal faça uma proclamação jurando fidelidade ao governo. Alguém tem alguma coisa a dizer contra a minha proposta?

Houve um silêncio breve ao cabo do qual alguém falou:

— Eu tenho.

Cabeças voltaram-se para o lugar donde viera a voz. Era Pedro Terra. Ricardo Amaral franziu a testa, contrariado, e ordenou:

— Pois então fale.

O outro ergueu-se e disse:

— Acho que este assunto deve ser muito bem pensado.

— Não pode haver dois pesos nem duas medidas! — vociferou o presidente da Câmara. — Ou estamos com a legalidade ou estamos com os desordeiros que querem nos entregar aos castelhanos.

Sem se perturbar, Pedro continuou no mesmo tom de voz:

— O coronel Bento Gonçalves já foi acusado de traidor, foi chamado à Corte, defendeu-se e voltou com seu nome limpo e com um cargo de confiança.

O rosto do cel. Amaral estava cor de tijolo. Os outros conselheiros remexiam-se, inquietos, nas cadeiras. Um deles interveio com jeito conciliador:

— Que é, então, que o amigo Terra propõe?

— Eu proponho... — começou Pedro.

Mas Ricardo deu um novo murro na mesa: o secador e o tinteiro de louça saltaram, um pingo de tinta caiu sobre a madeira sem lustro.

— Vosmecê não propõe coisa nenhuma! Esta Câmara representa o governo. Não é uma Câmara de traidores.

Fez-se um silêncio pesado. Pedro Terra e Ricardo Amaral mediram-se com os olhos, e ficaram a mirar-se como duas cobras que trocam olhares hipnóticos, presas uma ao sortilégio da outra.

Finalmente um dos conselheiros disse:

— Estou com o presidente da Câmara.

Os outros vereadores sacudiram as cabeças e murmuraram uma aprovação meio constrangida. Sem tirar os olhos do senhor de Santa Fé, Pedro Terra declarou:

— Mas eu voto contra.

Afastou a cadeira para trás com o pé e quando se preparava para retirar-se ouviu a voz do cel. Amaral:

— Vosmecê está preso!

A notícia espalhou-se rápida pela vila. Tinha havido barulho na sessão da Câmara Municipal e Pedro Terra estava preso. Constava que antes do anoitecer iam prender também Juvenal e o cap. Rodrigo. Na venda do Nicolau alguns homens reuniram-se para comentar o fato e um deles disse: "Começou o fandango! O melhor é a gente ir pra casa limpar a garrucha e afiar a espada". E emborcou o copo de cachaça.

Ao entardecer daquele dia, Juvenal, que passara a tarde dando ordens na olaria do pai, correu à casa do cunhado. Contra seus hábitos, entrou intempestivo, sem bater à porta, e encontrou Bibiana junto ao fogão ajudando a cozinheira. Bolívar brincava debaixo da mesa e Leonor choramingava no berço.

— Vão prender o Rodrigo — disse ele, meio ofegante. — O melhor é ele tratar de...

Calou-se de súbito, pois antes de terminar a frase teve intuição do que havia acontecido. A venda estava fechada. A espada de Rodrigo não se achava mais pendurada, como de costume, na parede da varanda. E só agora é que Juvenal se lembrava de que não vira o cavalo do cunhado no quintal.

Bibiana caminhou para o irmão. Havia em seu rosto uma grande, uma profunda mas tranquila tristeza.

— O Rodrigo a esta hora está longe — murmurou ela.

Juvenal sentou-se e começou a enrolar um cigarro com dedos que tremiam um pouco. Por alguns instantes nenhum dos dois falou. Leonor choramingava ainda e debaixo da mesa Bolívar raspava com os dedos o barro ressequido das botas do tio. Bibiana sentou-se também e ficou olhando para Juvenal. Inda bem que Terra não é espalhafatoso — refletiu este. Sua gente era quieta, aceitava os fatos com uma coragem resignada e tinha vergonha de fazer cenas.

— Quando foi que ele saiu?... — perguntou em voz baixa, batendo a pedra do isqueiro para acender o cigarro.

— A noite passada.

— Pr'onde foi?

— Não disse.

— Como é que estava? Abatido?

Bibiana sorriu melancolicamente.

— Estava louco de contente. Parecia que ia pra uma festa.

— Deixou algum recado pra mim?

— Deixou. Disse pra vosmecê desculpar ele, mas que essas coisas acontecem. Deixou o dinheiro da féria na gaveta. Levou só uns patacões, uma manta de charque e um saco de farinha. Ah! E uma garrafa de caninha.

Juvenal fumava, sacudindo a cabeça vagarosamente. Parecia mentira — refletia ele —, mas de certo modo a ausência de Rodrigo lhe dava um alívio. Gostava do cunhado, não podia negar; gostava "por demais" até, mas acontecia que o comportamento do capitão fazia que ele vivesse sobressaltado. Rodrigo cometera muitas loucuras, tantas quantas um homem pode cometer. Botara dinheiro fora com jogo e mulheres, cuidara mal do negócio, fizera a Bibiana sofrer. Era estabanado, esquentado, e onde ele estivesse sempre havia perigo de barulho. Não tinha meio-termo: com ele era risada ou choro, beijo ou bofetada, festa ou velório. Ultimamente andava tão quieto, por causa daqueles boatos de revolução, que já nem pensava noutra coisa. Aquilo tinha de acontecer, mais cedo ou mais tarde. E agora que acontecera, Juvenal sentia alívio. Podia ser absurdo, mas sentia.

Olhou para a irmã e só então viu que ela chorava de mansinho e que as lágrimas lhe escorriam pelas faces. Procurou uma palavra de consolo, mas não achou nenhuma. Podia levantar-se e ir abraçá-la, mas o acanhamento lhe impediu esse gesto. Desviou os olhos dela e murmurou:

— Não há de ser nada...

Bolívar saiu de baixo da mesa cantarolando, aproximou-se do berço da irmã e ficou na ponta dos pés a espiá-la.

— Pra onde será que ele foi? — perguntou Bibiana depois de algum tempo.

— Decerto foi se reunir com a gente do coronel Bento Gonçalves. Pelo menos era isso que ele dizia que ia fazer se rebentasse a revolução...

— Mas será que vai rebentar mesmo?

— Vai. Não há dúvida. Vai.

Juvenal levantou-se e começou a caminhar lentamente de um lado para outro.

De repente Bibiana lembrou-se:

— E o papai? Como vai ser agora?

Juvenal deu de ombros.

— Dizem que vão me prender também.

— E vosmecê vai ficar na vila?

— Pr'onde é que hei de ir? — Mordeu o cigarro apagado e depois acrescentou: — Alguém tem de ficar pra olhar por vosmecês.

Bibiana pensava na mãe, em Rodrigo, nos filhos... Às vezes as desgraças chegavam ao mesmo tempo, amontoavam-se, como se uma chamasse a outra.

A filha rompeu a chorar e ela a tomou nos braços e começou a acalentá-la. Deve ser fome — concluiu. Sentou-se na cama, de costas para Juvenal, desabotoou o corpinho e deu o seio à menina.

Das panelas em cima do fogão vinha um cheiro bom de arroz com guisado de charque. Juvenal ficou olhando através da janela a estrela do pastor que cintilava no céu limpo do anoitecer.

25

O estafeta do correio que chegou do Rio Pardo em fins de outubro trouxe a grande notícia. Tinha rebentado a revolução e Bento Gonçalves da Silva, chefe supremo das forças revolucionárias, havia atacado e tomado Porto Alegre! O presidente da Província fugira para o Rio Grande e o chefe farroupilha convocara o vice-presidente para assumir o governo. Dizia-se também que toda a Província aderira ao movimento, com exceção de Pelotas, Rio Grande e São José do Norte.

E naquele novembro ventoso Bibiana passou os dias a trabalhar, a cuidar dos filhos e a esperar notícias do marido. Não sabia por onde andava Rodrigo, mas "uma coisa" lhe dizia que ele estava vivo e não muito longe dali.

Pe. Lara visitava-a com frequência e tratava-a com um carinho maior que o de costume, como que procurando atenuar assim o mal que lhe fizera, uma vez que se julgava responsável por aquele casamento.

— E o Velho? — perguntou o vigário um dia.

— Que velho? — perguntou Bibiana, deixando por um instante de pedalar na roca.

— O pai de vosmecê.

— Vai bem.

— Eu sei, mas tem aparecido?

— Tem...

— Já le falou alguma vez no Rodrigo?

— Não. Nunca.

O cigarro pendia do canto da boca do vigário. Como sempre, Bolívar olhava curioso para aquele homem tão parecido com um urubu e que, ainda por cima, havia engolido um gato que fazia ron-ron-ron em seu peito. O menino cocava o padre com olhos reluzentes de malícia e sorria. E nesse sorriso o vigário reconhecia Rodrigo.

Faziam-se longos silêncios naquelas visitas do pe. Lara — fundos silêncios em que ele pensava, desolado, nas coisas que via, ouvia ou lia. Santa Fé agitava-se em preparativos guerreiros. Ele sabia de muitos homens — entre os quais Chico Pinto e Joca Rodrigues — que tinham fugido para se reunirem às forças dos farrapos. Isso deixara o velho Amaral furioso. Pedro Terra fora solto depois de prometer, sob palavra, não se afastar do povoado a nenhum pretexto; mas os homens do cel. Ricardo não o perdiam de vista dia e noite. Juvenal fora proibido de fazer suas viagens ao Rio Pardo e vivia também muito vigiado. O recrutamento de "voluntários" — muitos dos quais eram presos a maneador — processava-se em todo o município de Santa Fé e os homens do cel. Amaral não tinham tato nem piedade. Fazia pouco, haviam matado a tiros um lavrador que recusara deixar a família e a lavoura para se incorporar às tropas legalistas. Hans Schultz, seu filho mais velho e Erwin Kunz também tinham sido recrutados. Na hora em que Hans deixou a casa, toda a família rompeu a chorar; mas no dia seguinte antes de nascer o sol foram todos como de costume trabalhar na roça, desta vez comandados por Frau Schultz, que levava o filho mais moço escanchado na cintura. E ao vê-los o vigário fizera reflexões melancólicas: o que aquela gente colhesse na próxima safra seria fatalmente requisitado pelo cel. Amaral, para alimentar seus soldados; e os Schultz nunca veriam um vintém daquelas requisições. Todos os pequenos criadores e plantadores do município andavam alarmados, pois as requisições de cavalos, gado e cereais já haviam começado.

O pe. Lara continuava a receber jornais. Pelo que lia neles e através de cartas de amigos, verificava que muitos sacerdotes católicos estavam metidos na conspiração ou tinham aderido à revolução. Não se tratava de um ou dois padres, mas de dezenas deles. E ali na casa de Bibiana, enquanto esta pedalava, o padre sacudia a cabeça repetidamente. Não compreendia como sacerdotes católicos pudessem dar seu apoio a uma revolução cujo chefe era um homem maçom, grau 33! Estava tudo errado, tudo perdido, tudo muito feio.

— E já houve combates! — disse ele depois de um longo período de silenciosa reflexão.

Bibiana, que quase havia esquecido a presença do padre, ergueu a cabeça e perguntou:

— Que foi que vosmecê disse?

— Eu disse que tem havido muitos combates.

— Ah!

— No primeiro os revolucionários foram mal! — contou o vigário com alguma relutância, temendo afligir Bibiana. — As forças de Silva Tavares e de Manoel Marques de Souza derrotaram os farrapos.

E no momento de pronunciar essas palavras uma ideia lhe veio à mente: "Um dia todas essas coisas hão de ser história", refletiu ele. Lera já vários artigos e livros sobre Napoleão Bonaparte, o grande conquistador. Era já homem maduro quando pela primeira vez ouvira falar nesse famoso general nascido na ilha de Córsega. Fora depois acompanhando, interessado, sua carreira. Agora Napoleão se tornara uma figura conhecida em todo o mundo e estava na história ao lado de César, Alexandre, Átila e tantos outros. Mas era muito possível — concluiu — que o resto do mundo nunca chegasse a ouvir falar em Bento Gonçalves. Não deixava de ser curioso a gente ver a história no momento em que ela estava sendo feita! Dali a cem anos, como iriam os historiadores descrever aquela guerra civil? O pe. Lara sabia como era custoso obter informações certas. As pessoas dificilmente contavam as coisas direito. Mentiam por vício, por prazer ou então alteravam os fatos por causa de suas paixões. Cenas da vida cotidiana que se tinham passado sob o seu nariz, ali mesmo na praça de Santa Fé, eram depois relatadas na venda do Nicolau duma maneira completamente diferente. Como era então que a gente podia ter confiança na história? Passou-lhe, então, pela mente a lembrança da importância que tinha para a Igreja Católica a tradição oral... Ora, estava claro que com a Igreja, que era divina, a coisa era diferente. Mas seria mesmo diferente? Essa dúvida era indigna dum sacerdote. Que Deus lhe perdoasse a heresia! Mas agora Bibiana lhe estava dizendo alguma coisa...

— Que foi que vosmecê disse? — perguntou, como se despertasse dum cochilo.

— Que os farrapos vão mal.

O pe. Lara sacudiu a cabeça.

— Não vão, Bibiana, não vão. No combate do arroio Grande o general Neto venceu as forças do Silva Tavares. Mais ainda: Bento Gonçalves e um tal Onofre Pires ameaçaram o Rio Grande e o presidente Braga achou melhor se mudar para o Rio. São notícias frescas.

Houve um curto silêncio. Florêncio, o filho de Juvenal, entrou, montado num cavalo imaginário, e convidou Bolívar para irem atacar o inimigo no fundo do quintal. Bolívar botou na cabeça um velho chapéu de Rodrigo, apanhou sua espada de pau, montou no seu cavalo invisível e saiu com o primo a todo o galope.

O padre acompanhou-os com o olhar. Depois tirou o isqueiro do bolso, bateu a pedra, prendeu fogo no pavio e aproximou dele a ponta do cigarro, enquanto Bibiana lhe fazia uma pergunta:

— Por onde andará ele?

— Ele quem? — perguntou o vigário, percebendo numa fração de segundo a inutilidade de sua pergunta, pois estava claro que Bibiana se referia ao marido.

— O Rodrigo — disse ela. — Será que ainda está vivo? A noite passada sonhei que ele era um soldado alemão.

— Vosmecê já viu alguma vez um soldado alemão?

— Nunca. Mas no sonho eu sabia que ele era alemão.

— Não se impressione porque o Rodrigo se arranja. Ele sempre leva a melhor em tudo.

— Vosmecê se lembra que ele costumava dizer que Cambará não morre na cama? O pai e o irmão morreram na guerra, muitos tios morreram em duelo...

— Me lembro, sim. Nenhuma pessoa foge ao seu destino...

Mal havia dito essas palavras, o padre percebeu que estava fazendo uma afirmação herética. Que diacho tenho eu hoje que estou aqui a pensar e falar como um ateu de má morte?

— Vosmecê também acredita no destino? — perguntou Bibiana.

O padre deu um chupão no cigarro, depois tirou-o da boca e respondeu:

— Destino é o nome que a gente dá à vontade de Deus.

E, depois de alguns segundos, acrescentou:

— O Rodrigo pode entrar em mil guerras e duelos, mas se Deus quiser que ele morra de velho em cima duma cama, ele morrerá.

Bibiana escutou-o, séria e pensativa, e depois disse:

— Padre, eu não quero que meu marido morra. Quero que ele volte. Mas acho que o destino dele é correr mundo. Por isso estou preparada pra tudo. Não tenho mais esperança de que ele fique sossegado no seu canto trabalhando. Decerto a vontade de Deus é que ele ande nessa vida.

— A vontade de Deus é que cada um viva de acordo com os dez mandamentos.

Bibiana encolheu os ombros, incrédula, e o pe. Lara teve a impressão de que mais uma vez estava a conversar com Ana Terra, como nos velhos tempos.

— Mas quem é que sabe o que Deus quer? — perguntou ela. — A paz ou a guerra? Deus será do lado dos farrapos ou dos legalistas? Eu às vezes fico pensando...

— Deus quer tudo pelo melhor, minha filha.

— Mas por que é que sempre acontece o pior?

O pe. Lara lutou por um instante com sua respiração e com seus pensamentos.

— Nem sempre acontece o pior.

— Pra nós sempre tem acontecido, padre — replicou ela com firmeza.

Ele sabia que aquilo era verdade, mas censurou-a:

— Uma católica verdadeira não diz essas coisas.

— Deus me perdoe, mas eu digo o que sinto.

Pouco tempo depois o pe. Lara ergueu-se, gemendo, foi até o berço onde Leonor dormia, inclinou-se um pouco sobre a criança, sorriu de leve e disse:

— Bom, vou andando. Até outro dia!

— Até outro dia.

E muitos outros dias vieram. Entrou o ano de 1836 e a Santa Fé chegavam as mais desencontradas notícias da guerra.

Pedro Terra uma tarde visitou a filha em companhia da mulher, pôs Bolívar sobre os joelhos e, examinando-lhe o rosto com atenção, descobriu nele traços do pai, principalmente o jeito arrogante de olhar. Sacudiu a cabeça, penalizado, mas não disse nada. Arminda passeava cantarolando dum lado para outro com a neta nos braços.

— Minha filha — disse Pedro, olhando para Bibiana —, por que vosmecê não volta pra sua casa?

Ela ergueu os olhos e fitou-os no pai, que baixou os seus para a ponta das botas.

— Não, papai. Esta é a minha casa. Quero que o Rodrigo me encontre aqui quando voltar.

Pedro Terra ficou meio desconcertado ao ouvir o nome do genro, mas limitou-se a transformar seu embaraço num pigarro prolongado.

— O padre Lara me disse que há esperanças de paz — acrescentou Bibiana.

O padre lhe contara, havia poucos dias, que Fernandes Braga tinha chegado ao Rio, onde dera conta dos acontecimentos da Província ao pe. Feijó, regente do Império, e que este lançara uma proclamação chamando à ordem os revolucionários. Tinha mandado um novo presidente para a Província, e Bento Gonçalves e seus generais estavam dispostos a dar posse ao novo governador e depor as armas.

Pedro Terra sacudiu a cabeça.

— Não, minha filha. Não vai haver paz. Nem pode haver paz com esses caramurus. Os homens lá em Porto Alegre não se entenderam. O governo imperial deu anistia aos revolucionários, mas eles não aceitaram. — Fez uma pausa curta e depois acrescentou: — São as últimas notícias. E deve ser verdade, porque o Ricardo Amaral anda furioso.

Bibiana olhava para o pai, com a boca entreaberta, o peito a arfar. Suas esperanças caíam por terra. Tão cedo não veria Rodrigo.

— E agora que vai ser de nós? — perguntou. — Essa guerra louca... essa...

Calou-se, engasgada. Pedro Terra olhava para a filha num triste silêncio. Andava amargurado, tinha a impressão de que dentro dele algo começava a apodrecer. "Às vezes parece até que tenho caruncho dentro do peito..." Agora contemplava a filha, via-a aflita, queria fazer ou dizer alguma coisa que lhe desse esperança e conforto. Mas continuou onde estava, imóvel e calado. Por fim, a única coisa que encontrou para dizer foi:

— Vai ser uma guerra braba.

26

Foi em fins de abril, num calmo princípio de tarde, que a notícia explodiu na vila como um petardo. Forças revolucionárias aproximavam-se de Santa Fé para atacá-la. Haviam invadido o município no dia anterior e, a menos que fossem repelidas pelos legalistas, entrariam na vila ao anoitecer. Dizia-se que era um contingente de cavalaria vindo do Rio Pardo especialmente para "ajustar contas com o cel. Ricardo e sua gente". O sino da capela tocou alarma e por alguns instantes deu a Santa Fé uma impressão de fim de mundo. Mulheres, crianças e velhos saíram de suas casas carregando cobertores, travesseiros, sacos e baús. Eram os moradores da parte leste da vila, de onde se supunha viria o ataque: iam refugiar-se nas casas que ficavam a oeste, para além da praça. Muitas mulheres choravam e soltavam exclamações; outras, lívidas, estavam demasiadamente assustadas para dizerem o que quer que fosse.

Juvenal correu à casa de Bibiana e encontrou-a sentada, dando de comer aos filhos.

— Vamos embora daqui — disse ele com um tom de urgência na voz.

Bibiana ergueu os olhos, franziu a testa e respondeu:

— Eu vou ficar.

— Não vai ficar coisa nenhuma! Os farrapos vão entrar por aqui.

— É por isso mesmo.

— Mas é perigoso, Bibiana. Arrume as coisas e vamos pra minha casa.

Bibiana não se movia. O sino ainda badalava; era como uma voz pedindo socorro.

— Vou ficar.

— Está louca!

Juvenal começou a apanhar coisas ao acaso: um cobertor, um pacote de velas, um travesseiro...

— Vou esperar o Rodrigo.

Juvenal parou à frente da irmã e encarou-a.

— Rodrigo?

— Ele vem aí.

— Quem foi que disse?

— Eu sei.

— Ele escreveu? Mandou algum recado?

— Não.

— Então como é que vosmecê sabe?

— Uma coisa aqui dentro me diz que o Rodrigo vem aí. E que ainda hoje vou ver ele...

Juvenal sacudiu a cabeça, meio perdido. Largou o cobertor, as coisas que tinha na mão e disse:

— Não temos tempo a perder, Bibiana. Resolva duma vez.

— Já resolvi. Vou ficar.

— Então me deixe levar as crianças.

— O Rodrigo vai querer ver os filhos.

Juvenal perdia a paciência.

— Mas é uma loucura. Vosmecê vai arriscar a vida dos inocentes só porque...

Calou-se.

— Está bem, Juvenal. Pode levar as crianças. Mas eu fico.

O sino cessou de tocar. E de repente Bibiana sentiu que o silêncio era ainda mais medonho que o badalar do sino.

— É uma loucura! — exclamou Juvenal, compreendendo que seria inútil tentar levar a irmã dali.

— A guerra também é uma loucura. Tudo é uma loucura. Mas eu fico.

A capela estava cheia de gente, principalmente de mulheres. O vigário deu conselhos aos santa-fezenses, instruindo-os sobre o que deviam fazer na hora do combate, e pediu a Deus que protegesse Santa Fé e seus habitantes. Todos então começaram a rezar um padre-nosso em coro. A oração foi entrecortada de soluços. E, à ave-maria, quando estavam a dizer "agora e na hora de nossa morte...", ouviu-se ali na capela um grito agudo. Cabeças voltaram-se na direção do grito... Uma mulher estava caída ao chão, gemendo. Todos compreenderam imediatamente. Era Maria da Graça, a filha de Chico Pinto. "Ela vai ter a criança!", exclamou alguém. O pe. Lara mandou que todos saíssem da capela e fechou a porta, ficando ali apenas com Arminda Terra. Mandou chamar às pressas a mulata Teresa. E, quando esta veio e falou, o vigário sentiu-lhe o hálito recendente a cachaça. E ali mesmo na igreja Maria da Graça teve o filho. As pessoas que haviam ficado na praça ouviram-lhe os gritos: "Nossa Senhora me acuda! Nossa Senhora da Conceição!". E d. Arminda contou depois que a pobre moça passara o tempo todo com os olhos pregados na imagem da padroeira da vila.

* * *

Quando anoiteceu os habitantes de Santa Fé começaram a ouvir o pipocar do tiroteio. A praça ficou deserta, as casas fechadas. E o último sol daquela tarde de outono alumiou ruas mortas. Mas pelas frestas das janelas olhos espiavam para fora. De casa para casa, vizinhos trocavam impressões. E assim, por meio desse sistema de comunicação, naquele anoitecer eles fizeram correr pela vila as últimas notícias e boatos. O cel. Ricardo tinha mandado prender Pedro e Juvenal Terra, pois os dois se estavam preparando para se unirem aos farrapos.

A noite chegou, morna e estrelada. O tiroteio cessou, e o silêncio que se fez pareceu cheio de mau agouro. Duma das meias-águas da praça uma velha que vigiava a casa do cel. Amaral gritou para a casa vizinha: "Os legalistas chegaram. Parece que vão se entrincheirar no casarão". E ficou de olhos e ouvidos atentos. "Um homem disse que os farrapos já tomaram o cemitério", anunciou uma hora mais tarde. E dentro de poucos minutos quase toda a gente sabia do fato. Alguém comunicou que havia fogueiras no alto da coxilha do cemitério. "Vão acampar para passar a noite lá", opinavam uns. Outros diziam: "Vão atacar a vila ainda esta noite".

27

Sentada junto da mesa, no meio do quarto às escuras, Bibiana esperava com o coração a bater descompassado. Rodrigo se aproximava — pensava ela. Os soldados de Ricardo Amaral tinham recuado. Ela ia ver o marido. Aquela escuridão parecia pulsar também como um coração assustado. De quando em quando se ouvia lá fora uma voz de homem. Mas o que havia mesmo era o silêncio. E o seu coração louco parecia bater-lhe não só no peito, mas nas fontes, no pescoço, em todo o corpo. Às vezes tinha a impressão de que até a casa estremecia àquelas pulsações surdas. E assim ela como que via o tempo passar. Não podia fazer nada. Não queria acender a luz para não chamar a atenção dos legalistas, pois havia o perigo de eles entrarem e levarem-na dali à força. De súbito, num horror, Bibiana pensou que eles bem podiam estar preparando uma emboscada para Rodrigo. Sabiam que o capitão procuraria ver a família: podiam ficar entrincheirados, escondidos nas casas vizinhas, empoleirados nas árvores do quintal e, quando ele se aproximasse, fariam fogo. Ou então — muito pior — o prenderiam para o degolar. Ela sabia de histórias horríveis daquela guerra... O melhor que tinha a fazer era ficar alerta e gritar para Rodrigo que tomasse cuidado. Mas quem é que lhe garantiria que Rodrigo estava com os atacantes?

Um cachorro começou a uivar — um uivo prolongado, tremido, triste, triste, triste. Bibiana de repente sentiu frio, tanto frio que pensou em enrolar-se num xale. Mas não teve coragem de fazer o menor movimento. Ficou onde estava, toda encolhida, agora com os braços cruzados, apertados contra o peito. A cabeça começava a doer-lhe. Decerto eram as marteladas do sangue. Ou então o medo, a aflição...

Ouviu um tropel. E três tiros, bem destacados, não muito longe. Devia ir para baixo da mesa? Esconder-se atrás do armário? Era melhor. Mas não fez nada. Ficou imóvel, escutando não só com os ouvidos, mas com todo o corpo. Achou que só tinha uma coisa a fazer. Rezar. Começou a dizer: "Ave Maria cheia de graça...". E seus lábios se moviam, e ela murmurava a oração como se estivesse cochichando ao ouvido da santa. Disse uma salve-rainha, e depois um padre-nosso, mas ia repetindo as palavras sem prestar atenção nelas, pensando todo o tempo no marido. Queria vê-lo mais uma vez, só uma vez. Deus não ia ser tão mau que não lhe permitisse essa alegria. Ela já nem ousava pedir o impossível: que a guerra terminasse e Rodrigo voltasse para casa. Isso era demais. Bibiana sabia que as coisas boas nunca aconteciam. Por isso nem pedia. Mas queria ver o marido naquela noite. E continuava a balbuciar as orações.

Quanto tempo ficou ali sentada, esperando, rezando, temendo e sofrendo? Duas horas? Três? Perdera a noção do tempo. Talvez fossem dez da noite. Mas o dia também podia estar raiando. Ela já não sabia de mais nada. O tiroteio recomeçara, cerrado, havia pouco, e muito próximo. Ela ouvira vozes exaltadas na rua. E agora de novo estava tudo quieto.

De repente, uma voz lá fora:

— Bibiana!

A voz de Rodrigo! Bibiana teve um sobressalto. E imediatamente achou que estava dormindo e que aquilo era um sonho. Mas estava bem acordada... Sentia a dureza da mesa sob os cotovelos. Ela estava mas era louca, ouvindo vozes. Agora ouvia também passos... passos no quintal. Começou a tremer, a bater dentes e teve de fazer um esforço enorme para não gritar.

"Bibiana!", outra vez a voz.

Então se levantou, aérea, foi até a porta, abriu-a e viu um vulto no quintal.

— Bibiana!

O vulto aproximou-se. Agora ela lhe via o rosto à luz do luar. Era Rodrigo, sim, mas ela não podia acreditar.

O marido tomou-a nos braços, beijou-lhe o rosto. Os lábios dela permaneceram moles, inertes. Ele lhe dizia coisas, ela sentia nas faces a aspereza de suas barbas... Deixou-se levar para dentro de casa. Rodrigo acendeu uma vela e Bibiana viu-lhe o rosto à luz da chama. Aqueles olhos... Ficou meio estupidificada, olhando para seu homem que lhe fazia perguntas apressadas. E os filhos? E Juvenal? Onde estavam?

Ouviram uma batida.

— Quem é lá?

— Sou eu. O Quirino.

Rodrigo abriu a porta e Bibiana ouviu o desconhecido dizer:

— Estão entrincheirados no casarão.

— Está bem — gritou Rodrigo. — Cerquem aquele chiqueiro por todos os lados, tomem posição, mas não deem nenhum tiro. Daqui a pouco vou assumir o comando.

Rodrigo tornou a fechar a porta. Voltou-se para Bibiana e de novo a tomou nos braços. E, quando ela conseguiu falar, a primeira coisa que lhe ocorreu perguntar foi:

— Está com fome?

— Estou, minha prenda. Mas isso não é o mais importante.

— Está muito cansado?

— Estou mas não há de ser nada. Ainda tenho serviço para esta noite. Só vou dormir depois que tomar o casarão e prender os Amarais, o pai e o filho.

— Cuidado, Rodrigo!

Bibiana sentiu que ele estava inquieto e que não o teria consigo por muito tempo. O silêncio continuava lá fora. Nos braços do marido agora ela sentia o calor voltar-lhe ao corpo, e a pressão dos braços dele lhe fazia bem, dava-lhe uma sensação de segurança, de proteção.

Atabalhoadamente ele lhe contou coisas: o que fizera naqueles meses, os lugares por onde andara, os combates em que tomara parte. Não chegava a terminar as frases que principiava. Gesticulava muito e olhava de instante a instante para a porta. De repente mudou de tom e disse:

— Tenho de terminar aquele servicinho. Parece mentira que foi preciso uma guerra civil para eu poder botar o rabinho no *R* da cara do Bento.

— Rodrigo!

Ele a tranquilizou com um sorriso.

— Estou brincando, minha prenda. A cara daquele canalha não me interessa agora. Mas precisamos tomar o casarão.

Apertou mais forte a mulher contra o peito e beijou-lhe a boca longamente. Suas mãos correram pelas costas de Bibiana, seus dedos lhe prenderam a saia, começaram a erguê-la. Bibiana compreendeu e disse um não sem desmanchar o beijo, um não abafado, pronunciado dentro da boca do marido. Repetiu o não enquanto ele a empurrava na direção da cama. Continuou a dizer não. Agora ele a levava erguida nos braços. Já deitada na cama, ela ainda relutou.

— Agora não, Rodrigo.

Mas ele não lhe deu ouvidos. Tirou o chapéu da cabeça e atirou-o ao chão; deitou-se ao lado da mulher e assim vestido como estava, sem ao menos tirar as botas, tornou a enlaçá-la com os braços.

E momentos depois, quando o teve deitado a seu lado, meio arquejante, Bibiana passou-lhe as mãos pelos cabelos e disse:

— O pobre do meu filho deve estar cansado...

Por um momento Rodrigo nada disse. Depois, suspirou fundo e murmurou:

— Estou com um sono medonho. Se eu pudesse dar uma cochilada...

Ouviram-se passos. O coração de Bibiana começou a bater acelerado. Uma voz:

— Capitão, está tudo pronto!

— É o Quirino — disse Rodrigo, baixinho. Depois, gritou: — Já vou indo!

Saltou da cama, botou o chapéu. Bibiana também se ergueu e se aproximou do marido, agora mais infeliz que nunca.

— Por amor de nossos filhos, Rodrigo, tenha cuidado.

Ele tornou a beijá-la na testa, nos cabelos, na boca, dizendo:

— A vida vale mais que uma ponchada de onças. A gente passa trabalho numa guerra, mas se diverte muito.

Apanhou a espada que deixara sobre a mesa, e exclamou:

— Me frita uma linguiça que eu já volto. Até logo, minha prenda!

Precipitou-se para fora. Montou o cavalo e voltou a cabeça na direção de sua casa. Vislumbrou o vulto da mulher no desvão da porta e gritou-lhe:

— Cuidado com alguma bala perdida!

28

Antes de começar o ataque ao casarão, Rodrigo foi à casa do vigário.

— Padre! — gritou, sem apear. Esperou um instante. Depois: — Padre!

A porta da meia-água abriu-se e o vigário apareceu.

— Capitão! — exclamou ele, aproximando-se do amigo e erguendo a mão, que Rodrigo apertou com força.

— Foi só para saber se vosmecê estava aqui ou lá dentro do casarão. Eu não queria lastimar o amigo...

— Muito obrigado, Rodrigo, muito obrigado. — O pe. Lara sacudiu a cabeça, desalentado. — Vosmecê vai perder muita gente, capitão. Os Amarais são cabeçudos e têm muita munição.

— Eu também sou cabeçudo e tenho muita munição.

— Por que não espera o amanhecer?

Rodrigo deu de ombros.

— Pra não deixar a coisa esfriar.

— Olhe aqui. Vou lhe dar uma ideia. Antes de começar o assalto, por que vosmecê não me deixa ir ao casarão ver se o coronel Amaral consente em se render para evitar uma carnificina?

— Não, padre. "Não faças aos outros aquilo que não queres que te façam a ti." Não é isso que dizem as Escrituras? Se alguém me convidasse pra eu me render, eu ficava ofendido. Um homem não se entrega.

— Mas não há nenhum desdouro. Isto é uma guerra entre irmãos.

— São as mais brabas, padre, são as mais brabas.

De cima do cavalo Rodrigo ouvia a respiração chiante e irregular do sacerdote. Lembrou-se das muitas conversas que tiveram noutros tempos.

— Vosmecê é um homem impossível... — disse o padre, desolado.

— Acho que esta noite vou dormir na cama do velho Ricardo. — Sorriu. — Mas sem a mulher dele, naturalmente... E amanhã de manhã quero mandar um próprio levar ao Chefe a notícia de que Santa

Fé é nossa. A Província toda está nas nossas mãos. Desta vez os legalistas se borraram! Até logo, padre.

Apertaram-se as mãos.

— Tome cuidado, capitão. Vosmecê se arrisca demais.

— Ainda não fabricaram a bala que há de me matar — gritou Rodrigo, dando de rédea.

— A gente nunca sabe — retrucou o padre.

— E é melhor que não saiba, não é?

— Deus guie vosmecê!

— Amém! — replicou Rodrigo, por puro hábito, pois aprendera a responder assim desde menino.

O padre viu o capitão dirigir-se para o ponto onde um grupo de seus soldados o esperava. A noite estava calma. Galos de quando em quando cantavam nos terreiros. Os galos não sabem de nada — refletiu o padre. Sempre achara triste e agourento o canto dos galos. Era qualquer coisa que o lembrava da morte. Voltou para casa, fechou a porta, deitou-se na cama com o breviário na mão, mas não pôde orar. Ficou de ouvido atento, tomado duma curiosa espécie de medo. Não era medo de ser atingido por uma bala perdida. Não era medo de morrer. Não era nem medo de sofrer na carne algum ferimento. Era medo do que estava para vir, medo de ver os outros sofrerem. No fim de contas — se esmiuçasse bem —, o que ele tinha mesmo era medo de viver, não de morrer.

O tiroteio começou. A princípio ralo, depois mais cerrado. O padre olhava para seu velho relógio: uma da madrugada. Apagou a vela e ficou escutando. Havia momentos de trégua, depois de novo recomeçavam os tiros. E assim o combate continuou madrugada adentro. Finalmente se fez um longo silêncio. As pálpebras do padre caíram e ele ficou num estado de madorna, que foi mais uma escura agonia do que repouso e esquecimento.

O dia raiava quando lhe vieram bater à porta. Foi abrir. Era um oficial dos farrapos cuja barba negra contrastava com a palidez esverdinhada do rosto. Tinha os olhos no fundo e foi com a voz cansada que ele disse:

— Padre, tomamos o casarão. Mas mataram o capitão Rodrigo — acrescentou, chorando como uma criança.

— Mataram?

O vigário sentiu como que um soco em pleno peito e uma súbita vertigem. Ficou olhando para aquele homem que nunca vira e que agora ali estava, à luz da madrugada, a fitá-lo como se esperasse dele, sacerdote, um milagre que fizesse ressuscitar Rodrigo.

— Tomamos o casarão de assalto. O capitão foi dos primeiros a pular a janela. — Calou-se, como se lhe faltasse fôlego. — Uma bala no peito...

O padre mirava-o, estupidificado, pensando em Bibiana.

— E os Amarais?

— O coronel Ricardo morreu peleando. O filho fugiu.

O padre sacudia devagarinho a cabeçorra, como que recusando aceitar aquela desgraça.

— Eu queria que vosmecê fosse dar a notícia à mulher do capitão — pediu o oficial.

O vigário saiu de casa e começou a andar na direção da praça quase sem saber o que fazia. O homem caminhava a seu lado e houve um momento em que murmurou:

— Meu nome é Quirino. Quirino dos Reis. Conheci o capitão no Rio Pardo. Brigamos juntos nas forças de Antônio Vicente da Fontoura...

A praça na luz lívida. A figueira, como uma pessoa, grande, triste e escura. Lá do outro lado, o casarão...

— Perderam muita gente? — perguntou o padre com voz tão fraca que o outro não ouviu e ele teve de repetir a pergunta.

— Perdemos seis homens e temos uns quinze feridos. Dos caramurus... nem contei. Mas fizemos uns trinta prisioneiros desde o primeiro combate até a tomada do casarão...

O pe. Lara caminhava na direção da casa de Bibiana. Como havia de lhe transmitir a notícia? Dizer tudo de chofre? Ou primeiro mentir que o capitão estava ferido... gravemente, e depois, aos poucos, preparar-lhe o espírito para o pior? Talvez ela lesse no rosto dele o que havia acontecido. Talvez já tivesse adivinhado tudo. Essas mulheres às vezes têm uma intuição dos diachos...

— ... mas era um homem — murmurava Quirino.

— Hein?

— Estou dizendo que o capitão Rodrigo era um homem. O general Bento Gonçalves vai ficar muito triste. — Soltou um suspiro. — Tenho a consciência tranquila. Eu bem que avisei o capitão. Era loucura tomar o casarão de assalto. Eles iam acabar se entregando. Era só esperar. Mas qual! O capitão queria porque queria. — Suspirou, depois abriu a boca num grande bocejo que pareceu um ronco de animal. A seguir acrescentou: — Nunca vi cristão que gostasse mais de brigar que o capitão Rodrigo!

361

E o pe. Lara, que já avistava a casa de Bibiana, murmurou mais para si mesmo que para o outro:

— Era um homem impossível.

Disse isso com uma certa ternura zangada, e as lágrimas começaram a escorrer-lhe frias pela face.

Os mortos foram sepultados naquele mesmo dia. Quase toda a população de Santa Fé foi ao enterro do cap. Rodrigo Cambará, levando-lhe o caixão a pulso até o cemitério. Pedro e Juvenal Terra ajudaram a descê-lo à cova, e todos fizeram questão de atirar um punhado de terra em cima dele.

De volta do cemitério, por longo tempo Pedro Terra caminhou em silêncio ao lado do filho. De vez em quando seu olhar se perdia campo em fora.

— Este ia ser um bom ano para o trigo — disse ele, brincando com a corrente do relógio.

Ele não se esquece — pensou Juvenal, sacudindo a cabeça. Quis falar em Rodrigo, mas não teve coragem.

— Até quando irá durar esta guerra? — perguntou.

— Só Deus sabe.

Juvenal olhava para o casarão de Santa Fé, do qual aos poucos se aproximavam. Os telhados escuros estavam lavados de sol. Havia no ar um cheiro de folhas secas queimadas. Ao redor da vila estava tudo tão verde, tão claro e tão alegre que nem parecia que a guerra continuava. Juvenal não podia tirar da cabeça a imagem do cunhado. E não conseguia convencer-se de que ele estava morto, não podia mais rir, nem comer, nem amar, nem falar, nem brigar. Morto, apodrecendo debaixo da terra... Lembrou-se do primeiro dia em que o vira. "Buenas e me espalho! Nos pequenos dou de prancha e nos grandes dou de talho." E se viu a si mesmo saltar dum canto, de faca em punho: "Pois dê". Aqueles olhos de águia, insolentes e simpáticos... O mundo era mesmo bem triste!

Pedro fez alto e olhou para uma grande paineira florida que se erguia na boca duma das ruas.

— Tinha mais gente no enterro do capitão Rodrigo que no do coronel Ricardo — observou ele como se estivesse falando com a árvore.

— Rei morto, rei posto — refletiu Juvenal.

Retomaram a marcha e Pedro Terra foi dizendo:

— Mas tenho pena é desses soldados dos Amarais que morreram e foram enterrados de cambulhada num valo, sem caixão nem nada. Eram uns pobres coitados. Muitos até ninguém sabe direito como se chamavam. Não podem nem avisar as famílias. Foram enterrados como cachorros.

— É a guerra.

— Eu só queria saber quantas guerras mais ainda tenho de ver.

Um quero-quero soltou o seu guincho agudo e repetido, que deu a Pedro Terra uma súbita vontade de chorar.

Quando o Dia de Finados chegou, Bibiana foi pela manhã ao cemitério com os dois filhos. Estava toda de preto e agora, passado o desespero dos primeiros tempos, sentia uma grande tranquilidade. Ficou por muito tempo sentada junto da sepultura do marido, enquanto Bolívar e Leonor brincavam correndo por entre as cruzes ou então se acocoravam e se punham a esmagar formigas com as pontas dos dedos. Mentalmente Bibiana conversava com Rodrigo, dizia-lhe coisas. Seus olhos estavam secos. Às vezes parecia que ela toda estava seca por dentro, incapaz de qualquer sentimento. No entanto, a vida continuava, e a guerra também.

A Câmara Municipal de Santa Fé tinha aderido à revolução. O velho Ricardo Amaral estava morto. Bento havia emigrado para o Paraguai com a mulher e o filho. Diziam que os imperiais tinham de novo tomado Porto Alegre. Bibiana não sabia nem queria saber se aquilo era verdade ou não. Não entendia bem aquela guerra. Uns diziam que os farrapos queriam separar a Província do resto do Brasil. Outros afirmavam que eles estavam brigando porque amavam a liberdade e porque tinham sido espezinhados pela Corte. Só duma coisa ela tinha certeza: Rodrigo estava morto e rei nenhum, santo nenhum, deus nenhum podia fazê-lo ressuscitar. Outra verdade poderosa era a de que ela tinha dois filhos e havia de criá-los direito, nem que tivesse de suar sangue e comer sopa de pedra. O pai convidava-a a voltar para casa. Mas ela queria ficar onde estava. Era o seu lar, o lugar onde tinha sido feliz com o marido.

Bibiana olhou para a sepultura de Ana Terra e achou estranho que Rodrigo estivesse agora "morando" tão pertinho da velha. E não deixava de ser ainda mais estranho estarem os dois à sombra do jazigo perpétuo da família Amaral, onde se achavam os restos mortais do cel. Ricardo. Agora estavam todos em paz.

Bibiana levantou-se. Era hora de voltar para casa, pois em breve o cemitério estaria cheio de visitantes, e ela detestava que lhe viessem falar em Rodrigo com ar fúnebre. Não queria que ninguém a encontrasse ali. Em breve tiraria o luto do corpo: vestira-se de preto porque era um costume antigo e porque ela não queria dar motivo para falatório. Mas no fundo achava que luto era uma bobagem. Afinal de contas para ela o marido estava e estaria sempre vivo. Homens como ele não morriam nunca.

Ergueu Leonor nos braços, segurou a mão de Bolívar, lançou um último olhar para a sepultura de Rodrigo e achou que afinal de contas tudo estava bem.

Podiam dizer o que quisessem, mas a verdade era que o cap. Cambará tinha voltado para casa.

Dona Picucha Terra Fagundes, conte alguma coisa da sua vida.

Pra contar não tenho muito. Mas sou filha do velho Horácio Terra, negociante no Rio Pardo. Me casei muito menina com um tropeiro de Caçapava. Quem me escolheu marido foi meu pai, sem pedir minha opinião. Quando vi, estava noiva. O moço vinha uma vez por semana, mas ficava na sala proseando com o Velho. Eu mal tinha licença pra espiar pela fresta da porta. E fomos muito felizes, graças a Deus Nosso Senhor.

Onde está seu marido?

Enterrado em chão castelhano. Morreu na Cisplatina.

Dona Picucha, quantos filhos teve?

Fui bem como a mulita. Tive uma ninhada de sete machos.

E os sete se criaram?

Com o leite destes peitos.

Deram muito trabalho?

Nem tanto. Só sinto não ter tido mais sete.

Me perdoe a curiosidade, mas quantos anos a senhora tem?

Sessenta e seis na cacunda.

Quem vê a senhora não diz.

É muita bondade sua, sei que estou um caco velho. Mas não vá s'embora ainda. Quero que prove meus bolinhos de polvilho e um licorzinho de butiá. Quem sabe aceita um mate? Só lhe peço que não repare, pois isto é casa de pobre.

Dona Picucha Terra Fagundes, toda vestida de preto, pele de marfim, olhos de noz-moscada, buço cerrado, verruga no queixo, xale xadrez e chinelas de ourelo.

Dona Picucha Fagundes, uma coisa vou dizer: quem um dia entrou em vossa casa nunca mais há de esquecer

seu cheiro de flor e pão quente

o pintassilgo da gaiola

os manjericões da janela

os ratos que espiam nos buracos dos rodapés e que vós tratais como pessoas da família.

Quem passou pela vossa casa, ainda que viva cem anos, há de sempre recordar

vossas mãos ágeis que fazem renda de bilro

vossas mãos frescas e secas, boas para espremer queijo
vossas belas mãos afeitas a acariciar cabeças de filhos, netos e gatos
vossas ligeiras mãos que sabem curar feridas de gentes e bichos
vossas rapadurinhas de leite
vossos lençóis cheirando a alfazema
vossos chás caseiros
vossos óculos na ponta do nariz
vossas cantigas
vosso oratório onde sempre há velas acesas
e a vela solitária que às vezes acendeis no meio do pátio para o Negrinho do Pastoreio.

Quem um dia passou pela vossa casa há de guardar para sempre na memória os causos que contais de Carlos Magno e os Doze Pares de França os vossos fabulosos causos de assombrações e mistérios, princesas e fadas, lagoas brabas e salamancas.

Dona Picucha Terra Fagundes:

Quem vos ensinou essas histórias e rezas e receitas, essas cantigas antigas e essas estranhas simpatias que tudo podem curar?

Depois da Guerra dos Farrapos dona Picucha não falou mais nas proezas de Carlos Magno e seus doze cavaleiros.

Esqueceu Rolando por Bento Gonçalves
Olivério por Antônio Neto
Reinaldo por Davi Canabarro
Florismaldo por Lima e Silva.

Entre, patrício, a casa é sua. Não faça cerimônia, tome assento e aceite um chimarrão.

Eu lhe conto como foi. Nunca vi guerra mais braba nem mais comprida. Durou dez anos.

Está vendo aquele pessegueiro lá no fundo do quintal? Quando ele floresceu, em setembro de 35, chegou a notícia que o general Bento Gonçalves tinha dado o grito da revolução. Um ano se passou, e eu estava ainda comendo compota dos pêssegos de 35 quando o general Neto proclamou a República Rio-Grandense.

Dei tudo que tinha pros farrapos. Meus sete filhos. Meus sete cavalos. Minhas sete vacas. Fiquei sozinha nesta casa com um gato e um pintassilgo. E Deus, naturalmente.

Quando eu não estava fazendo pão ou doce, fazia renda de bilro, porque estas mãos que vassuncê está vendo não sabem ficar sossegadas.

Sina de mulher é essa: ficar em casa esperando, enquanto os homens se vão em suas andanças.

Mas por que será que o tempo custa tanto a passar quando há guerra?

Decerto não pode andar ligeiro, tropeçando num morto a cada passo.

E por que às vezes o vento geme tanto que parece ferido?

Decerto porque viu muito horror no seu caminho.

Foi uma guerra tremenda. Durou dez anos. Bem dizia o compadre Quinzote. Em todo o Continente não podia haver ninguém de lado, só os uru-bus, que pra eles carne de farroupilha era o mesmo que carne de caramuru.

Vassuncê deve se lembrar de quando prenderam o general Bento Gonçalves.

> Bento Gonçalves da Silva
> Foi preso, foi desterrado,
> Mas deixou o bravo Neto
> Pra cumprir o tratado.

Quando me contaram que os imperiais tinham levado nosso General pra Bahia e metido ele no Forte do Mar, acendi uma vela pra santo Antônio, que tem honras de sargento, e lhe pedi que ajudasse o nosso chefe a fugir.

Santo Antônio me atendeu, é santo mui cumpridor.

Um dia Bento Gonçalves pediu licença aos carcereiros pra tomar um banho no mar. Deram. Ele se atirou nas ondas e começou a bracear com vontade, e quando os guardas caíram em si nosso bravo Presidente estava longe e já entran-do na canoa dum amigo, pois tudo era combinação. Veja só que homem ladino!

Depois, bem disfarçado, entrou num navio que descia cá pros mares do Sul, desembarcou em Santa Catarina, montou logo num cavalo e se tocou pro Continente.

Upa, upa, meu bragado! Tenho pressa de chegar, vou assumir a Presi-dência da República Rio-Grandense, e preciso muitas contas ajustar!

Depois de três dias de viagem batida chegou numa estância e gritou:

Ó de casa!

Apareceu uma velhinha.

Minha boa senhora, quero que me ceda um cavalo, que me alugue ou que me venda, o meu está mais morto que vivo, venho de longe, preciso chegar ao meu destino, é um caso de vida ou de morte.

A velhinha respondeu:

Vivo sozinha neste rancho, dei tudo que tinha pros farrapos e o resto os imperiais levaram. Só me resta um cavalo, que faz todo o serviço da estância. Esse não vendo nem alugo, nem por ouro nem por prata nem por sangue de lagarta. Há só um ente no mundo pra levar o meu tordilho. É o homem que mais venero, e o que mais admiro: o general Bento Gonçalves.

Mas vá se servindo de mate, a chaleira está aí mesmo.

Pois foi uma guerra braba, que judiou com o Continente. Mas dela saímos limpos, passamos todas as provas, honramos o nosso povo.

Mas cá pra nós vou lhe dizer, do lado dos caramurus também havia muita gente boa, que todos eram do mesmo sangue.

E o tal de Bento Manoel Ribeiro? Ninguém entendia esse cristão. Um dia estava com os imperiais e no outro com os farroupilhas. Havia até quem dissesse que duma feita ele entrou na salamanca do Jarau e saiu de lá com o corpo fechado pra bala e arma branca.

O meu compadre Quinzote acredita nessas bruxarias. E eu às vezes também acho que alguma coisa deve haver...

O general Bento Manoel era valente, ligeiro e alarife. O povo até fez uns versos:

> Pode um altivo humilhar-se,
> Pode um teimoso ceder,
> Pode um pobre enriquecer,
> Pode um pagão batizar-se,
> Pode um mouro ser cristão,
> O arrependido salvar-se.
> Tudo pode ter perdão,
> Só o Bento Manoel, não.

Mas isso de perdoar é lá com Deus Nosso Senhor, que conhece melhor as pessoas.

Pois é como lhe digo. Os homens da Revolução eram feitos duma só peça.

Não sei se vassuncê se lembra do manifesto do Presidente, do ano 38.

Tenho guardado o jornal que o meu filho me mandou da guerra. Leia onde ele marcou.

Eramos o braço direito e tão bem a parte mais vulneravel do Imperio. Agressor ou agredido o Governo nos fazia sempre marchar à sua frente: disparavamos o primeiro tiro de canhão, e eramos os ultimos a recebe-lo.

Longe do perigo dormião em profunda paz as mais Provincias, em quanto nossas mulheres, nossos filhos e nossos bens, presa do inimigo, ou nos erão arrebatados, ou mortos, e muitas vezes trucidados cruelmente.

É preciso ter senhoria na cabeça pra escrever palavras assim.

Foi uma guerra mui séria, de ódios e durezas, ferro contra ferro, olho por olho, dente por dente.

Vassuncê deve estar lembrado que os republicanos deram alforria pra todos os negros que se alistaram nas suas forças. Os imperiais quando pegavam um desses negros mandavam dar-lhe uma sumanta de duzentos a mil açoites.

O governo farroupilha deita então um decreto, dizendo que dali por diante toda vez que os caramurus surrassem um negro farrapo eles tiravam a sorte entre os prisioneiros e passavam um oficial legalista pelas armas.

Vingança, sim senhor. Mas davam morte de homens e não castigo de cachorro.

Como o patrício está vendo, o respeito entrava na guerra.

Também, houve cada uma!

Os farroupilhas precisaram levar sua frota por mar. Vai então José Garibaldi inventou de carregar dois navios em cima de carretas puxadas por duzentas juntas de bois. Coisa igual nunca se viu, dês que o mundo é mundo. E assim aqueles dois barcos fizeram léguas por terra do Capivari até o mar.

> Montado no seu cavalo,
> Garibaldi é o capitão.
> Nas verdes ondas do campo
> A sua rédea é o timão.

Foi por esse tempo que os farrapos tomaram a vila da Laguna, onde por sinal nasceu a minha avó materna. Garibaldi foi por água, Canabarro foi por terra. E acabaram proclamando a tal República Juliana.

Também foi por esse tempo que Garibaldi conheceu Anita. E agora me dê licença de falar na minha gente.

Um dia um capitão farrapo, de espada na cinta, lenço republicano no pescoço, bateu na minha porta, tirou o chapéu e entrou.

Venho da parte do general Canabarro. Tenho o pesar de lhe comunicar que seu filho o tenente Crescêncio morreu em ação como um bravo. O general me pediu que lhe desse os seus pêsames.

Fiquei tonta, meio cega, mas fiz força pra não chorar. Porque essas coisas, como tantas outras, a gente deve fazer quando está sozinha.

Diga ao general Davi que lhe fico muito obrigada.

E como não tinha mais que dizer, perguntei ao capitão:

Aceita um amargo? Ou uma guampa de leite?

E depois que ele foi embora, peguei na renda de bilro, porque estas mãos que vassuncê está vendo não sabem ficar sossegadas. Mas, ai!, este coração de velha é que ficou sem sossego, e não encontrei pra ele outro trabalho senão pensar nos ausentes.

E o tempo continuava a andar num tranco lento de boi lerdo. Entrava inverno, saía inverno. E a guerra nada de acabar.

Notícias foram chegando.

Batalha do Taquari. Nessa perdi dois filhos.

Cerro dos Porongos. O general Canabarro foi pegado de surpresa: mais três filhos meus que se foram.

O sétimo morreu no Poncho Verde.

Depois veio a paz, com honras pros dois lados.

Mas a flor do Continente se perdeu.

Os campos ficaram desertos,

as mulheres de luto,

casas viraram tapera,

cidades empobreceram,

cemitérios cresceram,

os urubus engordaram,

e muita gente até hoje passa necessidade por causa dessa guerra,

e os que antes não tinham nada depois dela ficaram com menos.

E agora aqui está a velha Picucha Terra Fagundes, esperando a chamada de Deus.

Ah! Ia me esquecendo de lhe dizer que tenho sete netos, todos homens.

Quando vejo eles, que já estão grandotes, sinto um calafrio pensando noutra guerra.

Por falar nisso, vassuncê acha fundamento nos boatos que andam correndo que vai haver outro barulho com os castelhanos?

Deus queira que seja mentira, mais uma guerra ninguém aguenta.

Mas vá tomando o seu mate. Quem sabe aceita uns bolinhos? Não faça cerimônia, a casa é sua.

E agora, se me dá licença, vou voltar à minha renda, porque estas mãos que vassuncê está vendo não sabem ficar sossegadas.

Dona Picucha Terra Fagundes, toda vestida de preto, pele de marfim, olhos de noz-moscada, buço cerrado, verruga no queixo, xale xadrez e chinelas de ourelo.

O Sobrado IV

25 de junho de 1895: Noite

Quando anoitece e um companheiro vem substituí-lo na vigia da água-furtada, Jango Veiga — o melhor atirador de quantos estão no Sobrado — vem reunir-se aos companheiros que se encontram na cozinha, perto do fogo. Como a lenha acabou, Licurgo mandou queimar algumas cadeiras velhas e as tábuas das prateleiras da despensa.

Continua a soprar o minuano, que entra silvando pelas frestas de janelas e portas.

— Quem me dera um trago de branquinha! — murmura um dos homens.

— E um bom assado gordo — diz outro.

Uma voz brota dum canto escuro:

— E uma china bonita de perna grossa pra dormir comigo e m'esquentar.

— Deixa de prosa, Fandango — retruca Jango Veiga. — Tu está tão velho que nem pode com as bombachas.

Alguém solta uma risada seca e breve, sem muita vontade.

João Batista, um negro que foi escravo de Curgo, aproxima-se do fogão e remexe nos tições; um clarão avermelhado ilumina-lhe a larga cara preta, coroada por uma cabeleira dum branco amarelado que lembra um pelego velho.

Jango Veiga acaricia a Comblain e conta:

— A caçada hoje foi pobre. Desde que começou esta festa acho que derrubei uns oito maragatos: primeiro foram aqueles que pularam o muro, no primeiro dia. Depois os loucos que se atreveram a atravessar a praça nos provocando. O tiro mais lindo de todos foi aquele federalista que derrubei da torre da igreja. Mas hoje a caçada foi magra. Dei uns cinco ou seis tiros, quebrei umas vidraças da Intendência e parece que lastimei um maragato que atravessou a rua correndo.

— Tu viu ele cair? — pergunta Antero.

— Vi quando ele meio se ajoelhou e depois se ergueu e sumiu por detrás duma casa.

— Por que será que não nos atacam? — pergunta Gervásio, que está deitado ao pé do fogão. — Um tiroteio não era nada mau pra gente esquentar o corpo.

A voz áspera do negro João Batista raspa o ar frio:

— E um entrevero era ainda melhor. Um entrevero de arma branca, isso sim é que ia ser divertido.

O velho Fandango, que está muito junto do fogo, opina com voz compassada:

— Entrevero é pra gente moça.

Alguém diz:

— Guerra é que é pra gente moça, companheiro.

Uma súbita pausa. Muitos olhos se voltam para o velho, que replica, calmo:

— Nem sempre quem está na guerra é porque gosta de brigar, menino. Às vezes a gente se mete numa revolução, numa peleia porque tem vergonha. E vergonha não é privilégio de moço.

A lenha crepita no fogão. O minuano sacode as vidraças, que tremem: é como se, sentindo frio, o Sobrado estivesse a bater dentes.

— Por que é que hei de mentir? — diz outra voz. — Eu brigo porque gosto.

— Cada qual com o gosto que Deus lhe deu... — replica Fandango. De novo o silêncio.

— Minha barriga está roncando... — queixa-se Gervásio, ao cabo de alguns segundos.

— Que novidade!

— E essa coisa de só comer charque e laranja está me estragando o estômago.

Jango Veiga ergue a voz:

— Na revolução de 35 meu avô uma vez carneou uma rês pros soldados dele, e como não tinha sal esfregaram o churrasco na cinza.

— Xô mico! Isso não é nada. Meu pai uma vez teve de ferver um laço e um relho pra comer. Noutra ocasião assou uma cobra.

— Cobra? Cruzes! — exclama alguém, cuspinhando.

— Vamos falar noutra coisa?

Jango Veiga tira do bolso uma palha, enrola-a à maneira de cigarro e aproxima-se do fogo para acendê-la. Volta para seu canto, com aquele ponto de fogo nos lábios, e, falando com os dentes apertados, diz:

— Não sei o que estará acontecendo. Esta tarde vi uns movimentos engraçados. Um homem passando a galope pelas ruas detrás, um alvoroço no pátio da Intendência. Parece que está começando a sair gente na direção de Cruz Alta.

— Decerto o próprio que chegou ontem veio dizer que as forças do Pinheiro Machado estão se aproximando.

— Se é assim — diz João Batista —, a coisa não vai durar muito...

Há uma pausa. E os homens começam a ouvir ruídos surdos que

vêm do andar superior. Um deles murmura, com uma ternura respeitosa na voz:

— É a velha de novo.

— Minha Nossa Senhora! — exclama o negro. — Que vontade de sair por essa porta nem que fosse pelado, com minuano e tudo! Não nasci pra viver fechado. Se um dia me botassem na cadeia, eu morria louco. — Um suspiro fundo. — Que vontade de montar num ca'alo e sair a galope pelo campo!

— Quando eu sair daqui — diz Fandango —, me meto num baile e passo três dias e três noites dançando sem parar.

— Dançando? Pois eu vou procurar uma china bem bonita pra ficar uma semana com ela na cama fazendo ticau.

Ajoelhado diante do fogão e mexendo nas lenhas com uma haste de ferro, um velho de cara bronzeada diz:

— Vocês podem achar que estou caducando. Mas o que eu tenho vontade mesmo de fazer saindo daqui é ir enterrar esses cristãos que estão apodrecendo por aí como cachorro sem dono. Vocês parece que já se esqueceram do Adauto que está morto em cima da tampa do poço, faz dias.

— Por falar em esquecer — observa Jango Veiga —, como irá o Tinoco?

Ninguém responde. Mas Antero recebe a pergunta como uma bofetada. Durante todas estas últimas horas Tinoco não lhe tem saído da cabeça. E agora, ali no seu canto escuro, encolhido debaixo do poncho, sentindo o vento frio que entra pela fresta da porta da cozinha e lhe sobe pelas pernas — ele pensa no ferido. E, cada vez que se lembra de que lhe escarrou três vezes na cara, uma sensação de vergonha lhe toma conta do corpo. Prevalecido, prevalecido, prevalecido! Ofender um homem ferido que não pode fazer nenhum movimento é o mesmo que bater em mulher.

— Esse está liquidado... — diz alguém.

— Um de nós bem podia meter uma bala no ouvido do pobre, pra ele parar de sofrer.

— Então, por que tu não vai?

— Ué, se o seu Licurgo me der ordem...

— Tu é mas é bandido.

Continuam os ruídos compassados da cadeira de balanço. De quando em quando estala uma viga da casa. Um dos homens começa a descascar uma laranja: o cheiro acre do sumo da casca enche o ar.

— Nunca pensei em virar papa-laranja! — suspira Fandango.

— Esse cheiro já me embrulha o estômago.

— Graças a Deus o charque acabou.

— Mas ainda tem farinha.

— O remédio mesmo é a gente virar bugre — caçoa Fandango — e comer um dos companheiros.

— Quem vai ser?

— Que tal o Antero?

— Boa ideia. Estás de acordo, nanico?

Antero arrasta os pés, engole em seco e diz:

— Não é negócio pra vocês. Estou muito magro.

— Boa mesmo era a Laurinda. Só aquelas nádegas e peitos davam uns bifes supimpas. Vamos comer a mulata.

Nesse momento o vulto de Laurinda avança da sombra da sala de jantar e sua voz se ouve:

— Come a tua mãe, desaforado!

Laurinda aproxima-se do fogão, ajoelha-se e começa a puxar brasas para o prato de folha que tem na mão.

— Senta aqui com nós, Laurinda, e nos conta teus causos de bandalheira.

Laurinda não responde. Ergue-se e torna a sair da cozinha.

— Vamos calar a boca e dormir — propõe um dos homens.

— Não. É muito cedo. Alguém canta alguma coisa. Vamos ver umas trovinhas, Jango.

Jango Veiga, que está de novo acendendo a sua palha nas brasas, responde:

— Cantar? Não vê que tem gente de luto no Sobrado?

— De luto quase todos estamos. Nesta revolução não hai quem não tenha um morto.

Jango Veiga ajeita a Comblain entre as pernas.

— E se o Fandango dissesse uns versos pra nós?

— Esse velho anda com a cabeça vazia que nem porongo — caçoa o negro.

— Diz aquele verso da nau *Catarineta*.

— É. Isso mesmo! A nau *Catarineta*!

— Verso não enche barriga.

— Cala boca, bagual! Vamos, Fandango.

O velho pigarreia e começa:

Lá vem a nau Catarineta!
Que tem muito que contar!
Ouvide agora, senhores,
Uma história de pasmar.

Passava mais de ano e dia
Que iam na volta do mar.
Já não tinham que comer,
Já não tinham que manjar.

Jango Veiga cerra os olhos e fica escutando a voz do velho. Os versos lembram-lhe a mãe, que os recitava quando ele era pequeno. Tinha uma voz fina, tremida e triste. Contava que tinha aprendido aqueles versos com seu avô, que viera menino da ilha dos Açores.

Deitaram sola de molho
Pra o outro dia jantar,
Mas a sola era tão rija,
Que não puderam tragar.

Fandango faz uma pausa. Alguém diz:
— Nós também estamos na nau *Catarineta*.
— Silêncio, galo velho! — repreende-o Fandango.
E continua:

Deitam sortes à ventura
Qual se havia de matar;
Logo foi cair a sorte
No capitão-general.

O vento é uma música para as palavras de Fandango. De cabeça caída sobre o peito, o velho bronzeado cochila ao pé do fogão. Antero continua pensando em Tinoco: na sua lembrança torna a riscar um fósforo e vê a cara esverdeada e barbuda, a boca endurecida, os olhos parados. Prevalecido! Prevalecido! Não é isso que o vento está dizendo? Prevalecido! Antero fecha os olhos. A voz de Fandango parece vir de longe, das bandas do próprio mar que nunca nenhum destes homens viu.

Vejo sete espadas nuas
Que estão para te matar.
Acima, acima, gajeiro,
Acima ao tope real!
Olha se enxergas Espanha,
Areias de Portugal.

Jango Veiga agora tem doze anos. É uma manhã de sol, em pleno inverno, e a geada endureceu a água da tina que passou a noite ao relento. Sua mãe lava a roupa, com os dedos duros e roxos de frio. E para não chorar ela recita com a voz tremida os versos que aprendeu do avô açoriano.

Já vejo terras de Espanha,
Areias de Portugal.
Mais enxergo três meninas
Debaixo dum laranjal:
Uma sentada a coser,
Outra na roca a fiar,
A mais formosa de todas
Está no meio a chorar.

A voz de sua mãe. A voz do velho. A voz do vento.

No quarto dos meninos, que uma lamparina alumia, Laurinda bota o prato com brasas debaixo da cama.

— Agora durmam! — diz ela para Toríbio e Rodrigo, que estão ambos ajoelhados na cama.

— Conta uma história pra nós, Laurinda — pede Rodrigo.

— História nada! Vão dormir. É tarde.

— Tenho medo do escuro — murmura Rodrigo.

— Tamanho homem!

— Conta uma história, Laurinda.

Ela hesita: por alguns instantes fica indecisa, mas acaba sentando na beira da cama e diz:

— Está bom. Mas uma só. Então se deitem e se cubram.

Os meninos obedecem. Há uma pausa em que só se ouve o assobio do minuano, as vidraças tremendo e o bam-bam da cadeira de balanço de d. Bibiana.

— Conta uma do Pedro Malasarte — sugere Toríbio.

O chciro de Laurinda... Rodrigo gosta do cheiro de Laurinda. Suor, banha e cebola. Para ele este cheiro está ligado às histórias que ela conta. É o cheiro do próprio Pedro Malasartes.

— Uma vez Pedro Malasarte ia por uma estrada — começa a mulata — e de repente sentiu vontade de fazer uma necessidade...

Os dois meninos começaram a rir. As histónas de Laurinda são tão boas!

— Então arriou as calças, se agachou e fez. Naquele momento apareceu um homem a cavalo na estrada e Malasarte teve uma ideia. Tapou a porcaria com o chapéu e quando o homem veio e perguntou que era que tinha ali escondido, ele respondeu: "É um passarinho muito raro e muito bonito, que vale uma fortuna". O homem apeou do cavalo e Malasarte disse: "Agora eu vou à cidade buscar uma gaiola. O senhor quer ficar aqui cuidando do passarinho?". "Com muito gosto", respondeu o homem. Então Malasarte ficou sério e disse: "Mas como é que vou ter a certeza que o senhor não vai fugir com o bichinho?". "Ora", respondeu o homem, "eu lhe dou cinquenta mil-réis como garantia." E deu. Malasarte botou o dinheiro no bolso e disse: "Então me empreste o chapéu e o seu cavalo pra eu ir até a cidade. Volto logo". O homem emprestou e quando já estava em cima do animal o Malasarte disse: "Não levante o chapéu senão o passarinho foge. É uma beleza. Vale uma fortuna". Vai então Malasarte galopou pra cidade e o homem ficou agachado segurando o chapéu. Passou-se uma hora, duas, três. O homem começou a ficar desconfiado. E, quando viu que Malasarte não vinha, resolveu ver o bichinho.

Rodrigo e Toríbio estão agora sentados na cama, esperando o final da história que já ouviram dezenas de vezes.

— Deitem, senão não conto o resto!

Eles obedecem, Laurinda puxa as cobertas até o queixo dos meninos e continua:

— Vai então o homem botou a mão debaixo do chapéu para segurar o passarinho e os dedos dele esmagaram a porcaria que o Malasarte tinha feito...

Hoje Laurinda não ri, como de costume. Fica calada por algum tempo e depois abre a boca num bocejo.

— E o Malasarte? — pergunta Toríbio.

— Malasarte estava na cidade se divertindo com o cavalo, o chapéu e o dinheiro do homem. Agora durmam!

Levanta-se e sai do quarto depois de soprar a lamparina. Rodrigo fecha os olhos, apanha o punhal que está debaixo do travesseiro, deita-se de borco e aperta a arma contra o peito.

— Estou sentindo uma dor — choraminga ele.

— Onde?

— Na boca do estômago.

— É fome.

— Acho que é.

Um silêncio. Toríbio revolve-se na cama. Depois de alguns instantes Rodrigo pergunta:

— E ela?

— Ela quem?

— A enterradinha.

— Está no porão.

— Eu sei. Mas será que não sente frio?

— Morto não sente frio.

— Como é que tu sabe?

— Qualquer um sabe.

— E se a mamãe morrer também... vão enterrar ela no porão?

— Acho que sim. Enquanto os maragatos estiverem cercando a casa ninguém pode sair.

Rodrigo aperta o estômago contra o punhal para fazer a dor passar. Sempre de olhos fechados, pensa numa história de alma do outro mundo que Laurinda um dia contou: a do homem que foi dormir numa casa assombrada e altas horas da noite ouviu uma voz que gemia: "Eu caio... Eu caio", e o homem, que era valente, gritou: "Pois caia!", e caiu a perna duma pessoa e a voz continuou: "Eu caio...", e o homem de novo disse: "Pois caia", e caiu outra perna e depois os braços, o peito, a cabeça...

Agora o vento parece dizer: "Eu caio... Eu caio... Eu caio...".

Rodrigo aconchega-se ao irmão e sussurra-lhe ao ouvido:

— Estou com medo.

— Medo de quê?

— Do escuro.

— Bobo! — exclama Bio.

Mas ele também está de olhos cerrados, procurando não escutar o vento, nem o ratatá das vidraças, nem as vozes misteriosas que cochicham em seus pensamentos.

380

A lamparina arde junto da cama de Alice, que dorme um sono desinquieto de febre. E Licurgo, que há pouco se deitou vestido ao lado da mulher, dorme também. Sentada numa cadeira junto do lavatório, Maria Valéria está de vigília, encolhida sob o xale, os braços cruzados a apertar a boca do estômago. O frio a deixa como que anestesiada, incapaz de sentir o que quer que seja: tristeza, compaixão ou esperança. O que a mantém de pé a ajudar sua gente é ainda um sentimento de dever que lhe vem principalmente do hábito. D. Bibiana tem razão: as mulheres do Rio Grande são direitas e cumprem suas obrigações por puro cacoete, e cacoete hereditário.

Maria Valéria olha para o cunhado, cujo ressonar forte enche o quarto. Até no sono seu rosto conserva a rigidez agressiva das horas de luta: é um rosto tenso, sem repouso, como se mesmo dormindo Licurgo continuasse a espreitar e a odiar o inimigo. E como suas botas sujas e brutais se parecem com sua cara! Ali na cama sobre a coberta branca — meio coisas e meio bichos — elas avultam estranhas, indefiníveis, como certas imagens de pesadelo. Por alguns instantes Maria Valéria fica escutando o vento e as batidas cadenciadas da cadeira de balanço de d. Bibiana. Se o cerco continuar — reflete ela, olhando para a chama da lamparina —, outros cadáveres irão fazer companhia à recém-nascida (ou recém-morta?) na terra fria do porão. Alice pode morrer de infecção. Lá na despensa Tinoco apodrece aos pedacinhos. Seu pai, de coração velho e cansado, não poderá aguentar o sítio por mais tempo. E é só por milagre que a velha Bibiana ainda está viva.

Maria Valéria contempla o cunhado com um frio ódio. Ele não hesitará em sacrificar toda aquela gente ao seu orgulho de macho. Homens! E de súbito ela sente vontade de cuspir. Homens! Botas embarradas, cheiro de suor, sarro de cigarro e cachaça, faca na cava do colete, revólver na cintura, escarro no chão. Machos! Aqueles homens nojentos lá embaixo, enrolados nos ponchos, cuspindo a casa toda, fazendo suas necessidades no porão (em cima, de certo, da sepultura da menina), empestando o ar com seu hálito podre e lançando às mulheres olhares indecentes. Machos!

Alice agita-se no sono, sacode a cabeça dum lado para outro, murmura palavras incompreensíveis. Maria Valéria pensa em Ismália. O que mais deve doer em Licurgo é a ideia de que Ismália ficou no Angico à mercê dos maragatos. Bem feito! Quem faz, paga. A pobre da Alice! O que ela sofreu no dia em que ficou sabendo de tudo! Mas sofreu calada, bem como sabem sofrer os Terras. Não se queixou a ninguém, continuou vivendo como se nada tivesse acontecido. O filho que a Ismália tinha era de Licurgo: todo o mundo sabia disso. No entanto agora ele falava em honra, falava em decência, falava em dignidade.

Santo Deus! Se ao menos parasse este vento!

Maria Valéria encolhe-se sob o xale e pensa nas palavras de d. Bibiana: "Noite de vento, noite dos mortos".

Madrugada alta, Maria Valéria é despertada pelos gritos de Alice.

— Socorro! Licurgo! Os ratos!

Licurgo ergue-se automaticamente, estonteado de sono, sem atinar ainda com o que se passa. Mas vendo a mulher de pé na cama, fazendo menção de saltar para o chão, toma-a nos braços e faz que ela se deite de novo. Alice, porém, reluta, debate-se e continua a gritar:

— Os ratos! Os ratos!

Maria Valéria ajuda o cunhado a sujeitar a doente.

— Fica quieta, Alice. Por amor de Deus, fica quieta.

— Os ratos! Os ratos!

— Ela está variando — diz Licurgo.

— Os ratos vão roer o corpo da minha filha! — grita Alice. — O porão está cheio de ratos. Eu estou vendo. Já abriram a cova dela. — Cala-se de súbito. — Escutem... não ouvem o barulho dos ratos roendo uma coisa? — Faz um esforço por se levantar de novo. — Depressa, Licurgo. Vai salvar a nossa filha. Os ratos vão comer a pobrezinha.

Licurgo olha para a mulher e lhe diz com uma secura irritada:

— Sossega, Alice. É o vento...

FIM DO PRIMEIRO TOMO

Cronologia

Esta cronologia relaciona fatos históricos a acontecimentos ficcionais dos dois volumes de *O Continente* e a dados biográficos de Erico Verissimo.

A fonte

1626

Os jesuítas tentam estabelecer missões no território onde hoje é o Rio Grande do Sul. São os primeiros a introduzir a pecuária nessa região, mas essa primeira tentativa não vinga.

1680

Os portugueses fundam a Colônia do Sacramento, em frente a Buenos Aires, para disputar o controle do rio da Prata.

1682

A Companhia de Jesus retorna ao território do Rio Grande do Sul, desta vez para se fixar, e funda os Sete Povos das Missões: São Borja, São Nicolau, São Miguel, São Luís Gonzaga, São Lourenço, São João Batista e Santo Ângelo, trazendo índios guaranis. As Missões prosperam com a produção de erva-mate, a criação de gado e com a fiação e a tecelagem. Alcançam seu esplendor artístico com o estilo "barroco missioneiro".

1726

Fundação de Montevidéu.

1737

Portugueses fundam o presídio militar de Rio Grande, na região onde hoje se encontra a cidade de mesmo nome.

1740

Jerônimo de Ornellas obtém uma sesmaria do governo na região onde hoje fica Porto Alegre.

1741

Fundação de Capela do Viamão.

1750

Portugal e Espanha assinam o Tratado de Madri: a Espanha cede a Portugal o território dos Sete Povos das Missões e recebe em troca a Colônia de Sacramento. Os índios aldeados devem abandonar as missões.

1752

Começa a demarcação do tratado.
Organizam-se partidas armadas de portugueses e espanhóis para forçar os índios e os jesuítas a deixarem as missões.
Os missioneiros

1745

Começa a ação do romance. Numa madrugada de abril, na missão de São Miguel, pe. Alonzo acorda assustado, com o mesmo pesadelo que há tempos o atormenta.
No anoitecer do mesmo dia nasce o personagem Pedro Missioneiro.

1750

No sábado de Aleluia, pe. Alonzo recebe a notícia da assinatura do tratado.

resistem, liderados pelo corregedor de São Miguel, o cap. Sepé Tiarajú. Alguns padres apoiam os índios.

1756

Em 7 de fevereiro, Sepé Tiarajú morre em combate contra portugueses e espanhóis.

Em 10 de fevereiro, exércitos ibéricos massacram 1500 índios perto do arroio Caibaté. A resistência dos guaranis se desfaz. As missões são destruídas e o território, ocupado.

1759

Os jesuítas são expulsos de Portugal.

1761-1762

Com o Tratado de El Pardo, os espanhóis retomam a região das Missões.

1767

Os jesuítas são expulsos da Espanha.

1768

A Companhia de Jesus é expulsa da América. Os padres são presos e os bens da ordem, confiscados.

1756

Cel. Ricardo Amaral, fundador da estância de Santa Fé, toma parte nas batalhas, do lado dos ibéricos.
Em maio Pedro Missioneiro foge da missão de São Miguel, antes da ocupação pelos portugueses.

1769

O poeta mineiro Basílio da Gama publica em Portugal o poema *O Uraguai*, sobre as Missões.

Ana Terra

1772

Fundação de Porto Alegre.

1776

Em meio a novas hostilidades, os portugueses retomam o controle sobre o território do Rio Grande do Sul. Essa nova fase da disputa é marcada pela presença de caudilhos como Rafael Pinto Bandeira. Nos Estados Unidos da América do Norte, proclamação da independência.

1781

Em 18 de maio, o governo espanhol executa em Cuzco, no Peru, o inca Tupac Amaru, acusado de sedição.

1777

Ana Terra encontra Pedro Missioneiro ferido à beira de uma sanga, perto da casa de seu pai, Maneco Terra.

1778

No verão, Ana Terra fica grávida de Pedro, que é morto pelos irmãos dela. Nove meses depois nasce o menino Pedro Terra.

1781

Horácio Terra deixa as terras do pai e muda-se para Rio Pardo, onde se torna tanoeiro.

1787 ou 1788

Morre d. Henriqueta, mãe de Ana Terra.

1789

Tomada da Bastilha,
em Paris. Começa
a Revolução Francesa.
No Brasil, a
Inconfidência Mineira.

Fim de 1789
ou começo de 1790

Bandidos castelhanos
arrasam a estância de
Maneco Terra e matam
todos os homens
adultos. Ana Terra, a
cunhada e as crianças
partem para as terras do
cel. Ricardo Amaral.

1801

O território das missões
é conquistado
definitivamente pelos
portugueses.

1801

Nessas novas lutas
morre o cel. Ricardo
Amaral.

1803

O filho do cel. Ricardo,
Chico Amaral, dá início
às providências para
fundar o povoado de
Santa Fé.
Pedro Terra casa-se
com Arminda Melo.

1804

Independência do
Haiti. É o segundo país
americano a conseguir
a independência.

1806

Nasce Bibiana, filha de
Pedro Terra.

1807

O Rio Grande do Sul
é promovido a
capitania-geral,
deixando de
ser administrado
pela capitania do Rio
de Janeiro.

1808

Napoleão domina
a península Ibérica e a
família real vem para
o Rio de Janeiro.

c. 1810

Nascimento de
Fandango, que virá a
ser capataz do Angico.

		1810
1811	1811	Manoel Verissimo da Fonseca emigra de
Portugueses invadem a região do Uruguai, chamada de Banda Oriental, para combater os independentistas platinos, que se sublevam contra a Espanha.	Pedro Terra acompanha as tropas do cel. Chico Amaral.	Portugal para o Brasil, onde se casa com Quitéria da Conceição, de Ouro Preto. O casal radica-se no sul do Brasil.

Um certo capitão Rodrigo

1815

Derrota de Napoleão em Waterloo e consolidação, na Europa, do predomínio da Santa Aliança (Rússia, Prússia e Império Austro-Húngaro) e da Inglaterra.

1816

Novas lutas e incursões de tropas portuguesas na região do Prata. A campanha se estende até 1820 e o Uruguai é anexado ao Brasil com o nome de província Cisplatina.

1820

Revolução liberal
e constitucionalista em
Portugal, na cidade
do Porto. O movimento
repercute no Brasil,
inclusive em Porto
Alegre.

1821

D. João VI retorna a
Portugal e aceita a nova
Constituição.

1822

O príncipe regente
d. Pedro I proclama
a independência
do Brasil.

1824

Primeira Constituição
do Império do Brasil.
Revolta liberal em
Pernambuco, onde é
fundada a Confederação
do Equador. Na
repressão subsequente,
o frei Caneca do Amor
Divino é fuzilado, no
começo de 1825.
No Rio Grande do Sul
chegam os primeiros
colonos alemães.

1825

O caudilho Juan
Lavalleja começa a luta
pela independência do
Uruguai. Nova
mobilização brasileira
para intervir no Prata.

1821

O cap. Rodrigo
participa da agitacão
popular e militar em
Porto Alegre.

1825

Morte de Ana Terra.

1821

Em 18 de agosto,
funda-se o povoado de
Cruz Alta, terra natal de
Erico Verissimo.

1827

Os brasileiros são
derrotados na Batalha
de Passo do Rosário, ou
de Ituzaingó.

1828

Com pressão da
Inglaterra, Brasil e
Argentina reconhecem
a independência do
Uruguai.

1828

Em fim de outubro,
chega a Santa Fé o
cap. Rodrigo Severo
Cambará. No Dia de
Finados ele vê Bibiana
Terra pela primeira vez.

1831

D. Pedro I abdica em
seu filho e retorna a
Portugal.

1829

Duelo entre Rodrigo
Cambará e Bento
Amaral.
No Natal, Rodrigo e
Bibiana casam-se.

1834

Os coronéis Bento
Gonçalves da Silva e
Bento Manuel Ribeiro
são acusados de manter
ligações inconvenientes
com políticos e
militares uruguaios.
Depois são absolvidos.

1830

No Dia de Finados,
nasce Bolívar Cambará,
filho de Rodrigo e
Bibiana.

1833

Nascimento de Luzia
Silva, futura mulher de
Bolívar Cambará.
Chegam a Santa Fé os
primeiros imigrantes
alemães.

1834

Elevação de Cruz Alta
à categoria de vila.

1835

Cresce a insatisfação no
Rio Grande do Sul. Em
20 de setembro, Bento
Gonçalves toma Porto
Alegre e depõe
Fernandes Braga.
Começa a Revolução
Farroupilha.
No Pará eclode a
revolta conhecida como
Cabanada.

1835

O cap. Rodrigo parte
para se juntar às tropas
de Bento Gonçalves da
Silva. Os Amarais
permanecem fiéis ao

1836

Na Corte formam-se os partidos Conservador e Liberal. Os imperiais retomam Porto Alegre. Em represália, depois da Batalha do Seival, gen. Antonio de Souza Netto proclama a República Rio-Grandense, em 11 de setembro. Em outubro, o general Bento Gonçalves é aprisionado por Bento Manuel, que mudara de lado, e vai para o Rio de Janeiro.

1837

Depois de ser mandado para o Forte do Mar, na Bahia, Bento Gonçalves foge com ajuda da maçonaria e volta para o Rio Grande do Sul, onde assume a presidência da República Rio-Grandense ou Farroupilha. Ainda na prisão no Rio de Janeiro, conhece o italiano Giuseppe Garibaldi, que adere à causa farroupilha.

Império e dominam Santa Fé.

1836

O cap. Rodrigo retorna a Santa Fé para tomá-la. Morre no assalto ao casarão dos Amarais. O cel. Ricardo Amaral também morre. Bento Amaral foge para o Paraguai.

1838

O governo da República Rio-Grandense funda o jornal *O Povo*, dirigido pelo italiano Luigi Rossetti.
Começa na Bahia a revolta conhecida como Sabinada, liderada pelo médico dr. Francisco Sabino da Rocha Vieira, que ajudou Bento Gonçalves a fugir.

1839

Os republicanos invadem Santa Catarina e tomam Laguna, proclamando a República Juliana, confederada à Rio-Grandense. A República durará quatro meses. Em novembro a Marinha Imperial retoma Laguna. Nessa passagem Garibaldi conhece Anita, "a heroína de dois mundos" e se junta a ela.

1840

Maioridade de d. Pedro II, que assume o trono e põe fim ao período regencial.

1841

Garibaldi vai para Montevidéu com Anita.

1842

Eclode a Revolta Liberal em Minas Gerais e São Paulo, em junho. Chega-se a pensar numa aliança entre as revoltas do Sul e do Centro do país. Caxias neutraliza mineiros e paulistas, e é enviado ao Rio Grande do Sul.
No Prata, recrudescem as lutas, agora entre Rosas, de Buenos Aires, e uruguaios, que querem manter a independência. Garibaldi adere aos uruguaios. As potências europeias, sobretudo a Inglaterra, querem garantir a livre navegação no rio da Prata. A diplomacia brasileira também age na região.

1843

Divididos, os republicanos rio-grandenses iniciam o debate sobre a Constituição, que não será proclamada.

1840

De acordo com a tradição familiar, evocada por Erico em *Solo de clarineta*, um de seus bisavôs, apelidado de Melo Manso, combateu os farrapos no planalto de Santa Catarina e aprisionou Anita Garibaldi. O fato é verídico; deu-se junto ao rio Marombas, e ali foi derrotada a coluna sob comando do cel. Teixeira Nunes. Alguns dias depois Anita conseguiu fugir, juntando-se novamente aos farroupilhas. Do lado destes lutava um irmão de Melo Manso, apelidado de Melo Bravo...

1844

Gen. Bento Gonçalves
e cel. Onofre Pires
batem-se em duelo.
Ferido, o coronel
morrerá de gangrena.
Bento Gonçalves
deixa a presidência
da República
Rio-Grandense.
As forças de Davi
Canabarro são
surpreendidas e
derrotadas em cerro dos
Porongos. Os imperiais
apresam armamento,
cavalos, bandeiras
e o arquivo dos
farroupilhas. O major
Vicente da Fontoura
segue para o Rio de
Janeiro, a fim de
negociar a paz.

1845

Em 25 de fevereiro,
em Ponche Verde, é
assinada a paz entre o
Império e os revoltosos.
Embora assine o
documento, gen.
Antonio de Souza
Netto declara-se pela
continuação da luta, e
se exila no Uruguai.

A teiniaguá

1848

Eclode em Pernambuco a Revolução Praieira, a última grande revolta armada contra o governo do Império brasileiro.
No Rio Grande do Sul, preparam-se novas investidas armadas no Uruguai para se contrapor à influência de Rosas.
Eclodem revoltas populares em quase todas as capitais europeias.
Marx e Engels lançam o *Manifesto comunista*.
Em Montevidéu, Garibaldi decide retornar à Itália para lutar pela unidade do país, contra o poder papal e o império austro-húngaro.

1849

Morre Anita Garibaldi, em 4 de agosto, na Itália.

1850

A lei Eusébio de Queirós proíbe o comércio negreiro da África para o Brasil.
Novas intervenções brasileiras no Prata.

1845

Chega a Santa Fé o negociante Aguinaldo Silva, avô de Luzia.

1850

A vila de Santa Fé é elevada a cabeça de comarca.

1851

No Uruguai, as tropas brasileiras derrotam Oribe. Ascende ao poder Venâncio Flores, do Partido Colorado, com apoio do Brasil. Começa a guerra com Rosas, da Argentina. Chega ao Brasil Karl Julius Christian Adalbert Heinrich Ferdinand von Koseritz (Carl von Koseritz), refugiado político que fixa residência no Rio Grande do Sul. Intelectual combativo, terá enorme influência entre os imigrantes no Sul do Brasil. Inspirou o personagem dr. Carl Winter, seu suposto correspondente.

1852

As forças de Juan Manuel Ortiz de Rosas são derrotadas na Batalha de Monte Caseros. Rosas se refugia na Inglaterra. Em Paris, Napoleão Bonaparte é declarado imperador, com o título de Napoleão III.

1853

Edição do *Almanaque de Santa Fé*, onde se menciona "a recente" construção do Sobrado. Noivado e casamento de Bolívar Cambará e Luzia Silva. Bibiana muda-se para o Sobrado.

1854

Irineu Evangelista de Souza, o barão e depois visconde de Mauá, inaugura a primeira estrada de ferro

1854

Morte de Aguinaldo Silva.

brasileira, no Rio de
Janeiro.
Início da Guerra da
Crimeia.

1855

Começa a construção
da Estrada de Ferro
D. Pedro II, depois
chamada Central do
Brasil.

1855

Nascimento de Licurgo
Cambará, filho de
Bolívar e Luzia.
Viagem de Bolívar e
Luzia a Porto Alegre.
Bolívar é morto por
capangas de Bento
Amaral.

A guerra

1858

Em Porto Alegre,
fundação do Banco da
Província e inauguração
do Teatro São Pedro.

1860

Nos Estados Unidos
da América do Norte
começa a Guerra de
Secessão.

1860

Nascimento de Maria
Valéria, filha de
Florêncio Terra.

1862

Reviravolta política na
Corte. Cai o gabinete
conservador, sobe o
liberal Zacarias de Goes.

1863

Começa nova guerra

civil no Uruguai, entre Atanásio Aguirre, do Partido Blanco, e Venâncio Flores, do Partido Colorado, que tem o apoio do Brasil.

1864

Flores é vencido no Uruguai. O Brasil intervém em seu favor, inclusive a pedido dos estancieiros brasileiros que têm terras no país.

1865

Aguirre é deposto e pede auxílio a Solano López, presidente do Paraguai. López invade o Brasil no Mato Grosso e no Rio Grande do Sul, e a província de Corrientes, na Argentina. Deflagra-se a guerra. O Brasil mobiliza 100 mil homens em armas, e um terço do exército é gaúcho.
Nos Estados Unidos termina a Guerra de Secessão, com a vitória dos nortistas e o fim da escravidão. O presidente Abraham Lincoln é assassinado. As forças paraguaias tomam São Borja, Itaqui e Uruguaiana. Mas em setembro desse mesmo ano são

1865

Florêncio Terra e Chiru Caré vão para a Guerra do Paraguai.

obrigadas a render-se às
tropas brasileiras.

1868

No Paraguai, a luta
pende para os aliados.

1869

Em 1º de janeiro os
aliados tomam
Assunção, mas López
segue combatendo.
Em Porto Alegre,
assina-se contrato para
a construção da
primeira estrada de
ferro no estado.

1869

Chegam a Santa Fé os
primeiros soldados que
estavam na guerra,
entre eles, Florêncio.

1870

Em março, Solano
López é morto em
combate. Fim da
guerra.
No Rio de Janeiro é
divulgado um
Manifesto Republicano.
Em *O gaúcho*, José de
Alencar relata
acontecimentos da
Revolução Farroupilha.

Ismália Caré

1871

Cresce a campanha
abolicionista. Vota-se a
Lei do Ventre Livre.

Morre o jovem poeta baiano Castro Alves, já consagrado como poeta lírico e abolicionista, autor de "O navio negreiro". Na Europa, a França é derrotada pela Prússia. Organiza-se e proclama-se o Império alemão em Versalhes. Segue-se a revolta da Comuna de Paris e sua brutal repressão pelo próprio Exército francês.

1874
Inauguração da primeira estrada de ferro no estado, entre Porto Alegre e São Leopoldo.
Na região de São Leopoldo uma parte dos colonos alemães se revolta, formando a seita religiosa liderada por Jacobina Maurer e que ficou conhecida como Mucker.

1875
Começa a imigração italiana no Rio Grande do Sul.

1878
Sob a liderança do senador Gaspar Silveira Martins, o Partido Liberal Histórico chega ao governo da província. Mas

1872
Morte de Luzia.
O Sobrado passa definitivamente para a família Terra Cambará.

1879
Cruz Alta, cidade natal de Érico, é elevada à condição de cidade.

abandona a pregação radical.

1882

Com a primeira convenção republicana no Rio Grande do Sul, funda-se o Partido Republicano Rio-Grandense (PRR).

1883

Realiza-se o primeiro congresso do Partido Republicano na província. Consolida-se a liderança do jovem Júlio de Castilhos.

1884

Funda-se *A Federação*, jornal do PRR.
O Rio Grande do Sul, adiantando-se à Lei Áurea, abole a escravidão. O mesmo fazem Amazonas e Ceará.

1885

Lei do Sexagenário.

1887

Agrava-se a dissensão entre os militares, dominados pela propaganda republicana, e o Império. Mal. Deodoro da Fonseca, investido de comando no Sul, é chamado à Corte.

1884

Santa Fé é elevada a cidade. Em 24 de junho, Licurgo Cambará liberta todos os seus escravos. Licurgo noiva com sua prima Alice. Conflitos com Alvarino Amaral, filho de Bento.

1885-1886

Nascem Toríbio e Rodrigo Terra Cambará.

Trata-se da Questão
Militar.

1888

Aprovada e assinada a
Lei Áurea, pela princesa
Isabel.

1889

Proclamação da
República.
No Rio Grande do Sul,
cai o governo liberal.
Como o imperador e
sua família, Gaspar
Silveira Martins segue
para o exílio.

O Sobrado

Os sete episódios de "O Sobrado", que se intercalam entre as demais partes,
transcorrem da noite de 24 de junho à manhã de 27 de junho de 1895. Desenha-se
o estertor da chamada Revolução Federalista no Rio Grande do Sul, última
grande guerra civil na região do Rio Grande do Sul no século XIX. Nessa guerra
morreram cerca de 10 mil pessoas, dentre as quais estima-se que cerca de mil
foram degoladas.

1890

No Rio de Janeiro, o
mal. Deodoro ocupa
a presidência da
República e o mal.
Floriano Peixoto, a
vice-presidência.
No Rio Grande do Sul
organiza-se a primeira

oposição ao PRR, com
o nome de União
Nacional.

1891

Eleição da Assembleia
Constituinte do Estado,
só com membros do
PRR. Em 14 de julho,
proclama-se a
Constituição Estadual,
de forte influência
positivista.
Júlio de Castilhos é
eleito presidente do
estado. No Rio,
Deodoro fecha o
Congresso. Júlio apoia
Deodoro, mas a
oposição consegue
depô-lo do governo
rio-grandense. Segue-se
um momento de
indefinição política.
Uma junta governa o
Rio Grande do Sul, e
fica conhecida como
"governicho".

1892

Gaspar Silveira Martins
volta do exílio. A
oposição ao PRR se une
e funda em Bagé o
Partido Federalista
Brasileiro. Reúnem-se
ali monarquistas,
parlamentaristas e
dissidentes do que
chamam "a ditadura
de Castilhos".

1893

Castilhos volta ao poder. Os federalistas se revoltam. Reúnem tropas no Uruguai e entram em território brasileiro. Os republicanos de Castilhos se identificam por um lenço branco ao pescoço e são chamados de "chimangos" ou "pica-paus". Os federalistas usam lenço vermelho e são chamados de "maragatos". Aqueles têm ligação com os colorados no Uruguai; estes, com os blancos. Entre os maragatos destacam-se caudilhos como os irmãos Aparício e Gumercindo Saraiva, conhecidos no Uruguai como "Saravia" e Joca Tavares.
No Rio de Janeiro eclode a Revolta da Armada.

1894

Uma coluna de maragatos chefiada por Gumercindo Saraiva tenta chegar ao Rio de Janeiro para depor Floriano. Entretanto, embora consiga tomar as cidades de Lapa e Curitiba (PR), é

obrigada a retroceder.
Os revoltosos da
Armada deixam o Rio,
e as duas forças
encontram-se em
Nossa Senhora do
Desterro (sc), onde um
governo provisório é
proclamado. Cercadas,
as forças deixam a
cidade mediante um
armistício. Segue-se
feroz repressão
comandada pelo cel.
Moreira César, que
muda o nome da cidade
para Florianópolis.
Em 10 de agosto,
morre o caudilho
maragato Gumercindo
Saraiva, depois do
combate de Carovi.
No Rio de Janeiro,
Prudente de Morais
é eleito e assume a
presidência da
República. É o
primeiro civil a
ocupar o cargo.

1895

O contra-almirante
Saldanha da Gama
reúne-se aos maragatos,
no Rio Grande do Sul.
Em 24 de junho, é
morto e seu esquadrão
destroçado em combate
no Campo dos Osórios.
No dia da morte de
Saldanha da Gama,
inicia-se a ação que abre
"O Sobrado". Em 29 de
junho morre Floriano

1895

Em 24 de junho inicia-se
a ação de "O Sobrado".

Peixoto, no Rio de Janeiro.

O governo de Prudente de Morais propõe uma anistia, mesmo contra o desejo dos castilhistas. Em 23 de agosto as facções assinam a paz, em Pelotas.

Crônica biográfica

Quando publica *O Continente*, em 1949, Erico Verissimo já é um escritor consagrado. As primeiras notas do romance que se tornaria *O tempo e o vento* datam de muito antes, de 1941, embora a ideia já lhe tivesse ocorrido em 1939.

Em *O resto é silêncio*, de 1943, sete personagens presenciam o suicídio de uma jovem em Porto Alegre. No final do romance, uma das testemunhas, o escritor Tônio Santiago, está no Teatro São Pedro, ouvindo a *Quinta sinfonia* de Beethoven, quando tem a visão da história do Rio Grande do Sul como uma sinfonia. Nessa imagem sucedem-se personagens e momentos desde a época das Missões até os dias contemporâneos. O que deflagra o devaneio do escritor é uma associação vertiginosa de tempo e espaço: "Quando o tema da *Quinta sinfonia* preocupava o espírito do compositor, os antepassados da maioria das pessoas que enchiam o teatro andavam pelas campinas do Rio Grande do Sul a guerrear com os espanhóis na disputa das missões" (*O resto é silêncio*, capítulo 45, "Sinfonia").

Erico tinha planejado escrever toda a ação de *O tempo e o vento* num único romance de oitocentas páginas, mas acabou por desdobrá-la em três: *O Continente*, cuja ação vai de 1745 a 1895, e *O Retrato* e *O arquipélago*, que falam de fatos transcorridos entre 1895 e 1945.

Em seu livro de memórias, *Solo de clarineta*, Erico conta que a chave para os personagens do Sobrado foi a lembrança de um tio seu, Tancredo Lopes, homem que descreve como retraído e rude. A lembrança desse tio despertou-lhe certa vontade de mergulhar no fundo da alma dos personagens rio-grandenses, os de vida simples e dura, "aquela humanidade batida pela intempérie, suada, sofrida, embarrada, terra a terra" (*Solo de clarineta*, volume 1, capítulo 5).

Para Erico, os livros escolares não faziam ninguém amar a história do Rio Grande do Sul e de sua gente. Eram, em geral, versões decoradas cujo estilo lembrava um "relatório municipal".

Animado pela descoberta de que o brilho de alguns personagens brasileiros nada ficava a dever aos melhores espadachins do romance europeu, o escritor conclui que descortinar o passado devia ser muito mais interessante do que ficar preso às versões da mitologia oficial. Portanto, é de um impulso de apaixonar-se pela história de sua terra que nasceu este romance, hoje considerado um dos clássicos da literatura brasileira.

Erico começa a escrever *O Continente* em 1947, embrenhando-se no mundo de seus personagens, que se tornam mais e mais exigentes.

Talvez a melhor frase do escritor sobre essa liberdade que os personagens exigem, uma vez criados, seja: "Quem sou eu para sujeitar um potro como o capitão [Rodrigo] Cambará?", também de seu *Solo de clarineta* (capítulo 5).

Em *O Continente* o escritor mergulha no passado sul-riograndense e brasileiro, na busca das raízes do presente. O país vivia um momento de redescoberta de si e de redefinição de caminhos, com o fim do Estado Novo e da Segunda Guerra Mundial, e o começo da Guerra Fria. Essa é a moldura de Erico Verissimo para sua visão vertiginosa da violência e das paixões na definição da fronteira e nas guerras civis em seu estado natal.

> "Ao escrever *O Continente*, o que a princípio me parecera um obstáculo, isto é, a falta de documentos e de um maior conhecimento dos primeiros anos da vida do Rio Grande do Sul, tinha na realidade sido uma vantagem. Era como se eu estivesse dentro dum avião que voava a grande altura: podia ter uma visão do conjunto, discernia os contornos do Continente. Viajava num país sem mapas, e outra bússola não possuía além de minha intuição de romancista. E isso fora bom."

ERICO VERISSIMO

Erico Verissimo nasceu em Cruz Alta (RS), em 1905, e faleceu em Porto Alegre, em 1975. Na juventude, foi bancário e sócio de uma farmácia. Em 1931 casou-se com Mafalda Halfen von Volpe, com quem teve os filhos Clarissa e Luis Fernando. Sua estréia literária foi na *Revista do Globo*, com o conto "Ladrão de gado". A partir de 1930, já radicado em Porto Alegre, tornou-se redator da revista. Depois, foi secretário do Departamento Editorial da Livraria do Globo e também conselheiro editorial, até o fim da vida.

A década de 30 marca a ascensão literária do escritor. Em 1932 ele publica o primeiro livro de contos, *Fantoches*, e em 1933 o primeiro romance, *Clarissa*, inaugurando um grupo de personagens que acompanharia boa parte de sua obra. Em 1938, tem seu primeiro grande sucesso: *Olhai os lírios do campo*. O livro marca o reconhecimento de Erico no país inteiro e em seguida internacionalmente, com a edição de seus romances em vários países: Estados Unidos, Inglaterra, França, Itália, Argentina, Espanha, México, Alemanha, Holanda, Noruega, Japão, Hungria, Indonésia, Polônia, Romênia, Rússia, Suécia, Tchecoslováquia e Finlândia. Erico escreve também livros infantis, como *Os três porquinhos pobres*, *O urso com música na barriga*, *As aventuras do avião vermelho* e *A vida do elefante Basílio*.

Em 1941 faz uma viagem de três meses aos Estados Unidos a convite do Departamento de Estado norte-americano. A estada resulta na obra *Gato preto em campo de neve*, o primeiro de uma série de livros de viagens. Em 1943, dá aulas na Universidade de Berkeley. Volta ao Brasil em 1945, no fim da Segunda Guerra Mundial e do Estado Novo. Em 1953 vai mais uma vez aos Estados Unidos, como diretor do Departamento de Assuntos Culturais da União Pan-Americana, secretaria da Organização dos Estados Americanos (OEA).

Em 1947 Erico Verissimo começa a escrever a trilogia *O tempo e o vento*, cuja publicação só termina em 1962. Recebe vários prêmios, como o Jabuti e o Pen Club. Em 1965 publica *O senhor embaixador*, ambientado num hipotético país do Caribe que lembra Cuba. Em 1967 é a vez de *O prisioneiro*, parábola sobre a intervenção dos Estados Unidos no Vietnã. Em plena ditadura, lança *Incidente em Antares* (1971), crítica ao regime militar. Em 1973 sai o primeiro volume de *Solo de clarineta*, seu livro de memórias. Morre em 1975, quando terminava o segundo volume, publicado postumamente.

Obras de Erico Verissimo

Fantoches [1932]
Clarissa [1933]
Música ao longe [1934]
Caminhos cruzados [1935]
Um lugar ao sol [1936]
Olhai os lírios do campo [1938]
Saga [1940]
Gato preto em campo de neve [narrativa de viagem, 1941]
O resto é silêncio [1943]
Breve história da literatura brasileira [ensaio, 1944]
A volta do gato preto [narrativa de viagem, 1946]
As mãos de meu filho [1948]
Noite [1954]
México [narrativa de viagem, 1957]
O senhor embaixador [1965]
O prisioneiro [1967]
Israel em abril [narrativa de viagem, 1969]
Um certo capitão Rodrigo [1970]
Ana Terra [1971]
Incidente em Antares [1971]
Um certo Henrique Bertaso [biografia, 1972]
Solo de clarineta [memórias, 2 volumes, 1973, 1976]

O TEMPO E O VENTO

Parte I: *O Continente* [2 volumes, 1949]
Parte II: *O Retrato* [2 volumes, 1951]
Parte III: *O arquipélago* [3 volumes, 1961-1962]

OBRA INFANTOJUVENIL

A vida de Joana D'Arc [1935]
Meu ABC [1936]
Rosa Maria no castelo encantado [1936]
Os três porquinhos pobres [1936]
As aventuras do avião vermelho [1936]
As aventuras de Tibicuera [1937]
O urso com música na barriga [1938]
Outra vez os três porquinhos [1939]
Aventuras no mundo da higiene [1939]
A vida do elefante Basílio [1939]
Viagem à aurora do mundo [1939]
Gente e bichos [1956]

Copyright © 2004 by Herdeiros de Erico Verissimo
Texto fixado pelo Acervo Literário de Erico Verissimo (PUC-RS) com base
na edição princeps, sob coordenação de Maria da Glória Bordini.

Grafia atualizada segundo o Acordo Ortográfico da Língua Portuguesa de 1990,
que entrou em vigor no Brasil em 2009.

CAPA E PROJETO GRÁFICO Raul Loureiro

FOTO DE CAPA Leonid Streliaev

FOTO DE ERICO VERISSIMO Leonid Streliaev, *c.* 1973

SUPERVISÃO EDITORIAL Flávio Aguiar

CRÔNICA BIOGRÁFICA E CRONOLOGIA Flávio Aguiar

PESQUISA Anita de Moraes

PREPARAÇÃO Cristina Yamazaki

REVISÃO Otacílio Nunes e Isabel Jorge Cury

ATUALIZAÇÃO ORTOGRÁFICA Página Viva

Os personagens e as situações desta obra são reais apenas no universo da ficção;
não se referem a pessoas e fatos concretos, e sobre eles não emitem opinião.

1ª edição, 1949 (43 reimpressões)
2ª edição, 2002
3ª edição, 2004 (23 reimpressões)

Dados Internacionais de Catalogação na Publicação (CIP)
(Câmara Brasileira do Livro, SP, Brasil)

Verissimo, Erico, 1905-1975.
   O tempo e o vento, parte 1 : O Continente 1 /
Erico Verissimo. — 3ª ed. — São Paulo : Companhia das Letras, 2004.

   ISBN 978-85-359-1585-3 (COLEÇÃO)
   ISBN 978-85-359-0559-5

   1. Romance brasileiro I. Título. II. Título: O Continente 1.

04-6617   CDD-869.93

Índice para catálogo sistemático:
1. Romances : Literatura brasileira 869.93

Todos os direitos desta edição reservados à
EDITORA SCHWARCZ S.A.
Rua Bandeira Paulista 702 cj. 32
04532-002 – São Paulo – SP
Telefone: (11) 3707-3500
www.companhiadasletras.com.br
www.blogdacompanhia.com.br
facebook.com/companhiadasletras
instagram.com/companhiadasletras
twitter.com/cialetras

Esta obra foi composta em
Janson por Osmane Garcia Filho
e impressa pela Lis Gráfica em ofsete
sobre papel Pólen da Suzano S.A.
para a Editora Schwarcz em maio de 2024

A marca FSC® é a garantia de que a madeira utilizada na fabricação do papel deste livro provém de florestas que foram gerenciadas de maneira ambientalmente correta, socialmente justa e economicamente viável, além de outras fontes de origem controlada.